Amie Kaufman und Meagan Spooner
Die Göttin und der Prinz
Beyond the End of the World

Amie Kaufman und Meagan Spooner

BEYOND THE END OF THE WORLD

Die Göttin und der Prinz

Roman

Aus dem amerikanischen Englisch
von Katja Hald

dtv

Von Amie Kaufman und Meagan Spooner
ist außerdem bei dtv lieferbar:
Die Göttin und der Prinz 1. The Other Side of the Sky

Von Amie Kaufman (zusammen mit Jay Kristoff):
Illuminae. Die Illuminae_Akten 1
Gemina. Die Illuminae_Akten 2
Obsidio. Die Illuminae_Akten 3

FSC www.fsc.org
MIX
Papier | Fördert gute Waldnutzung
FSC® C014496

Deutsche Erstausgabe
2025 dtv Verlagsgesellschaft mbH & Co. KG
Tumblingerstraße 21, 80337 München
produktsicherheit@dtv.de

Titel der amerikanischen Originalausgabe:
›Beyond the End of the World‹, 2022 erschienen bei Harper Teen,
einem Imprint von HarperCollins Publishers, New York

Lektorat: Sarah Schugk
Umschlaggestaltung: Jaqueline Kropmanns
Umschlagmotive: shutterstock.com / Sibrikov Valery;
depositphotos.com / hasantanjim000@gmail.com, tomert, alexannabuts;
vasssaa; creativemarket.com / Eclectic Anthology
Gesetzt aus der Arno Pro
Satz: Greiner & Reichel GmbH, Köln
Druck und Bindung: GGP Media GmbH, Pößneck
Printed in Germany · ISBN 978-3-423-74122-4

Für die Freunde,
die wir in Weyrn, Holds und Gilden gefunden haben,
mit einem herzlichen Dankeschön
für all die unvergessenen Geschichten.

Willkommen zurück, liebe Leserinnen und Leser!

Bevor wir erneut in unsere Erzählung eintauchen, hier eine kurze Zusammenfassung dessen, was bisher geschah.

Unsere Geschichte spielt in einer zweigeteilten Welt: oben, die technologisch fortschrittliche Himmelsstadt Alciel, in der ein Königshaus regiert; unten, eine archaische Wildnis, in der das Leben der Menschen unter der Führung einer lebenden Gottheit von Magie, Schicksal und Prophezeiungen beherrscht wird.

Die Bestimmung der lebenden Gottheit wird im Unten seit tausend Jahren von einer Generation an die nächste weitergegeben – stirbt ein Träger oder eine Trägerin des Göttlichen, wird diese auf die nachfolgende Gottheit übertragen.

Die letzte Göttin, Jezara, hatte sich jedoch in einen Mann verliebt, obwohl die göttlichen Gesetze es verbieten, andere zu berühren oder berührt zu werden. Als sie schwanger und ihre heimliche Liebe entdeckt wurde, vertrieb man sie aus dem Tempel.

Nimh, eine Magierin, wird noch als Kind zu ihrer Nachfolgerin – Nimhara – ernannt. Aber die Jahre vergehen, ohne dass sich Nimharas göttliche Bestimmung manifestiert, und der Glaube ihres Volkes gerät zunehmend ins Wanken. Unter den Zweiflern bilden sich Splittergruppen heraus: auf der einen Seite die Graumäntel, die eine Welt ohne Magie anstreben, auf der anderen der Schattenkult, dessen Anhänger eine zwielichtige Gestalt anbeten, die sie für ihre wahre Göttin halten.

Doch dann hat Nimh eine Vision, von einem unbekannten Teil einer alten Prophezeiung, der den Fall des Letzten Sterns und die Ankunft des Lichtbringers verkündet.

Dieser Lichtbringer, auch bekannt als der Zerstörer, soll das Ende aller Tage bringen und Nimh glaubt nur zu gerne, dass ihrer finsteren, zerrütteten Welt der Niedergang bevorsteht und sie nun endlich ihre göttliche Bestimmung gefunden hat.

Heimlich macht sie sich auf, um der Prophezeiung nachzugehen. Sie findet zwar keinen Stern, aber einen vom Himmel gefallenen jungen Mann – Prinz North, den Enkel des Königs von Alciel, der gerade den Absturz seines Gleiters überlebt hat. Was sie Zauber nennt, nennt er Wissenschaft. Ihre Welt wird von Magie beherrscht, seine von Technik.

Kurz darauf reißt Inshara, die Anführerin des Schattenkults, die Kontrolle über den Tempel an sich und tötet den Hohepriester Daoman. North und Nimh sind gezwungen mit der Hilfe von Matias, dem Meister der Archive, auf einem gestohlenen Boot zu fliehen. Auf ihrer Reise den Fluss hinunter kommen sie sich näher, aber obwohl sie die gegenseitige Anziehung bald nicht mehr voreinander verstecken können, halten sie sich an das göttliche Gesetz der Unberührbarkeit. Nimh will auf keinen Fall den Glauben ihres Volkes enttäuschen, so wie Jezara es getan hat.

In einem Dorf, das bereits vom Nebel heimgesucht wurde – der unbezähmbaren und gefährlichen Quelle aller magischen Kräfte im Unten – werden sie von einer rätselhaften Frau gerettet, die sich ihnen kurz darauf als Jezara vorstellt. Von ihr erfahren sie auch, wer Inshara in Wirklichkeit ist: Jezaras Tochter, die davon überzeugt ist, zur Lichtbringerin bestimmt zu sein.

Als die beiden Jezara verlassen, nehmen sie eine alte Schriftrolle mit, die die einstige Göttin aus dem Tempel gestohlen hatte, nachdem man sie dort verstieß. Während sie ihr Nachtlager aufschlagen und die Schriftrolle betrachten, fällt ein Tropfen von North' Blut auf das alte Pergament und offenbart ihr Geheimnis: Vor Nimhs Augen verändert sich die ursprüngliche Prophezeiung und Dutzende Buchstaben werden lesbar – die teils jahrhundertealten Nachrichten vorangegangener Gottheiten. Sie alle sind an Nimh gerichtet und transportieren eine gemeinsame Botschaft: Sie ist die wahre Lichtbringerin.

Diese längst überfällige Manifestation ihrer Göttlichkeit beschert Nimh neue Zauberkräfte und ihr gelingt, was niemandem vor ihr je gelungen war – den mächtigen magischen Nebel zu kontrollieren.

Aber Nimh spricht auch von einer neuen und schrecklichen Prophezeiung, laut derer der Himmel herabstürzen und es das Blut der Götter regnen soll. North erklärt sie, erst wenn alles Leben ausgelöscht und beide Welten untergegangen wären, könnten sie gemeinsam wieder neu entstehen.

North verschreckt dieser apokalyptische Gedanke und er weigert sich Nimh bei der Erfüllung der Prophezeiung zu helfen. Als er die Nachricht auf seinem Chronometer empfängt, dass ein Rettungstrupp aus Alciel ihn erwartet, beschließt er Nimh zu verlassen. Sie gibt ihm noch einen Schutzstein mit auf den Weg, der ihn vor feindlicher Magie bewahren soll, und mit gebrochenem Herzen verabschieden sie sich voneinander.

Kurz darauf muss North feststellen, dass Inshara ihn hereingelegt hat. Der Rettungstrupp ist eine Falle. Inshara verspricht ihm jedoch ihn zurück zum Palast und nach Hause zu bringen, wenn er ihr hilft Nimh zu ergreifen. Sie besitzt ebenfalls ein Chronometer aus seiner Welt, das sie immer um den Hals trägt und von dem sie behauptet, daraus spreche schon ihr ganzes Leben der Lichtbringer zu ihr. Diese mysteriöse Stimme scheint vieles zu wissen, das eigentlich niemand hier, im Unten, wissen kann – zum Beispiel, dass North ein Prinz ist.

North findet außerdem heraus, dass ausgerechnet Elkisa, Nimhs Leibwache, der sie blind vertraut hat, eine Verräterin ist. Elkisa liebt Inshara und glaubt fest daran, dass sie die wahre Göttin sei.

Nimh beschließt sich gegen Inshara zur Wehr zu setzen und macht sich ebenfalls auf den Weg zurück zur Stadt. Sie trifft dabei auf Jezara und auch Elkisa, die sich nach wie vor als Freundin ausgibt, stößt dazu. Sie will unbedingt das Aufeinandertreffen der beiden Göttinnen verhindern und erzählt Nimh, dass North tot sei, wodurch sie einen unkontrollierten Ausbruch von Nimhs neu gewonnener Macht als Lichtbringerin auslöst.

Währenddessen findet North, zurück im Palast, wider Erwarten in Techeki, dem Meister der Zeremonie, einen Verbündeten.

Inshara und die Graumäntel, die bereits mit Nimhs Rückkehr rechnen, haben Anker aus Himmelsstahl – einem Material, das magische Kräfte neutralisiert – angefertigt, die sie rund um die Stadt im Fluss versenken wollen. Inshara selbst, deren schwangere Mutter man einst gezwungen hatte Himmelsstahl zu trinken, um ihre Zauberkräfte zu zerstören, ist immun dagegen und kann innerhalb des Ringes, den der Fluss um die Stadt bildet, als Einzige Magie wirken.

Als Nimh schließlich in ihrer Gestalt als Lichtbringerin – und Zerstörerin – die Stadt erreicht, führt sie einen gewaltigen Nebelsturm an, der eine Spur der Verwüstung hinter sich herzieht. In einer erschreckenden Demonstration ihrer Macht lässt sie sogar den Fluss verdunsten.

Jezara, die ihre Tochter zur Vernunft bringen will, erklärt ihr, die Stimme aus dem Chronometer sei kein Gott, sondern ihr Vater – ein Wolkenländer wie North –, woraufhin diese voller Wut ihre eigene Mutter tötet.

Zwischen Nimh und Inshara kommt es zu einem Kampf. North, der befürchtet, Nimh könnte ihre eigene Stadt zerstören, wirft sich, ohne nachzudenken, in den Nebelsturm, der um Nimh tobt, wird jedoch dank seines Schutzsteins von den herumfliegenden Trümmern nur leicht verletzt. Während er versucht Nimh in ihrem Zorn und Kummer zu beschwichtigen, gelingt es Inshara, diese am Knöchel zu packen und damit das göttliche Gesetz der Unberührbarkeit zu brechen.

Genau in diesem Moment greift Nimh, an deren Fingern ein wenig von North' Blut klebt, nach ihrem Kronreif und wie schon bei der Prophezeiung geschehen setzt das königliche Blut erneut ungeahnte Kräfte frei. Nimh und Inshara werden in ein goldenes Licht gehüllt und verschwinden. North will Nimh zurückhalten, kann sie aber nicht mehr erreichen.

Danach ist der Kronreif zerstört und mit ihm North' einziger Weg nach Hause. Mit Techeki, dem Meister der Zeremonie, und Matias, dem Archivar, der sich nicht nur als Fischerkönig und Anführer der Flussläufer offenbart, sondern auch einer der mysteriösen Sentinels ist, die den Weg zwischen den Welten bewachen, bleibt North im Unten zurück.

Und nun liebe Leserinnen und Leser, lasst uns aufbrechen zu neuen Abenteuern, die dem Fischerkönig alle Ehre machen …

DIE ZOFE

Leise betritt die Kammerzofe die Schlafgemächer. Ihre Augen haben sich schnell an die Dunkelheit gewöhnt. So früh am Morgen hat sie kaum etwas zu tun, aber sie liebt die Stille – liebt die Atemgeräusche der schlafenden Königin und deren Gemahlin, das Flüstern ihrer eigenen Schritte auf dem luxuriösen Teppichboden, das erwartungsvolle Knistern, das in der Luft liegt.

Vorsichtig zieht sie, einen nach dem anderen, die Vorhänge zurück, damit die Sonne die Schlafenden behutsam wecken kann. Dann öffnet sie die in den Boden des Palastes eingelassenen Luftschächte der Zentralheizung und es wird warm im königlichen Schlafgemach. Rasch wischt sie im Badezimmer über die Oberflächen und füllt den Wasserkrug für den Nachttisch der Königin.

Erst als sie sich leise dem Bett nähert, um den Krug an seinen Platz zu stellen, bemerkt sie, dass es leer ist.

Gerade will sie wieder hinaushuschen, als sie aus dem privaten Salon, der an das Schlafzimmer grenzt, Stimmen hört. Auf dem Teppich unter der Tür ist ein dünner Lichtstreifen zu erkennen.

Sie weiß, dass sie sich zurückziehen sollte, aber die scharfe Tonlage der Stimmen lässt sie zögern. Mit klopfendem Herzen schleicht sie auf Zehenspitzen zur Tür, als sie Schritte kommen hört und gerade noch rechtzeitig wieder zurückspringt.

Die Tür fliegt auf und Anasta stürmt ins Zimmer. Zu aufgebracht, um die Anwesenheit der Zofe zu bemerken, läuft die Gemahlin der Königin schnurstracks zur Tür und schlägt sie krachend hinter sich zu.

»Sie wird sich wieder beruhigen.« Die Stimme der Königin klingt gedämpft, aber fest. »Anasta legt sehr viel Wert auf Traditionen – Veränderungen sind schwierig für sie.«

»Ihr seid sehr einfühlsam, Majestät.« Obwohl die zweite Stimme noch relativ neu ist im Palast, ist sie der Zofe in den vergangenen zwei Wochen bereits vertraut geworden. Nachdem sie den Schreck über Anastas temperamentvollen Abgang überwunden hat, fasst sie sich ein Herz und schleicht noch einmal näher heran, um zu lauschen. »Es ist nicht leicht zu erklären, von welch großer Bedeutung meine Mission ist. Aber wir *müssen* weitersuchen.«

»Ihr glaubt also, diese … Person könnte für mein Volk eine Gefahr darstellen. So viel habe ich verstanden, Nimhara. Und ich bin Euch sehr dankbar, dass Ihr so um unser aller Sicherheit bemüht seid.«

Die Stimme der Königin klingt irgendwie seltsam, weshalb die Zofe riskiert hinter der Tür hervor in den Salon zu spähen. Erschrocken sieht sie, dass der Königin Tränen über die Wangen fließen. Es ist nicht das erste Mal, dass die Zofe sie weinen sieht, seit dieses merkwürdige Mädchen aus einer anderen Welt aufgetaucht ist. Aber sie ist schließlich noch in Trauer. Natürlich weint sie.

Das Mädchen – Nimhara – steht nah bei der Königin und ihr rotes Gewand leuchtet im Schein der Lampen. »Ich bin so froh Euch gefunden zu haben«, sagt sie milde. »Euer Sohn wäre glücklich mich an Eurer Seite zu wissen.«

Die Königin schenkt ihr ein schwaches Lächeln. »Kommt«, sagt sie entschlossen, ohne sich die Mühe zu machen, ihre Tränen zu trocknen. »Ganz Alciel soll erfahren, dass eine Göttin zu uns gekommen ist. Seid Ihr bereit?«

Nimhara drückt der Königin die Hand. »Ja, das bin ich«, murmelt sie. »Hier zu sein ist mein jahrtausendealtes Schicksal. Meine Bestimmung.«

1
JAYN

Unter den Wolken kriecht die Sonne hervor und noch vor allem anderen nehmen die massigen Gebäude die Farben des Morgens an. Weißer Stein und polierter Stahl leuchten vor dem Hintergrund des dunklen Nachthimmels, eine blanke Leinwand unter dem Lichtpinsel der aufgehenden Sonne.

Hoch über dem Rest der Stadt ragt die komplexe Architektur des Palastes auf, dessen schlanke Türme das schimmernde Rotgold des anbrechenden Tages als Erste einfangen, ihre strahlenden Ziegel ein glühendes Flackern wie von nächtlichen Leuchtfeuern erhellt. *Fürchtet euch nicht,* scheinen sie über die schlafende Stadt zu rufen. *Noch dämmert der Morgen.*

Der Balkon, auf dem ich stehe, ragt über den Rand der Insel hinaus und ich starre hinab auf die Wolkendecke, die diese Welt von der unteren trennt. Erleuchtet von der aufsteigenden Sonne sieht sie aus wie ein rosafarbener Ozean, aus dessen Tiefen langsam der Tag auftaucht.

Ich zittere und ziehe mir den Pullover enger um die Schultern. Selbst der Sonnenaufgang gibt mir das Gefühl, hier oben fremd zu sein, und löst wie so viele andere Dinge ein Unbehagen in mir aus, das ich der Elektrikerin, die mich seit zwei Wochen bei sich wohnen lässt, nie wirklich erklären konnte.

»Die Ärzte werden dir helfen«, hat sie mir versichert, in dem für sie typischen Tonfall, der keinen Widerspruch duldet. »Mein Cousin ist der beste Gehirnspezialist in ganz Alciel. Mach dir mal keine Sorgen.«

Ich schließe meine Augen, in denen Tränen brennen. Obwohl ich nicht weiß, was mir widerfahren ist, sagt mir eine innere Stimme, dass ich verloren bin, und das mit einer Nachdrücklichkeit, als wäre sie nicht ein Teil von mir, sondern mein Feind. Winzige Erinnerungssplitter deuten an, wie ich hierhergekommen bin – aber ich bin mir nicht sicher, ob ich die Wahrheit wirklich kennen will.

Nacht für Nacht wache ich von dem Gefühl auf, dass sich eine brennende Fessel um meinen Fußknöchel legt. Und Nacht für Nacht wird mir noch im Traum klar, dass es kein Feuer ist, sondern von vor Erbitterung glühende Finger, die mich packen, mich *berühren*. Ich sehe nach unten und blicke in das wutverzerrte Gesicht einer Wahnsinnigen mit gebleckten Zähnen. Ihre Augen haben einen unnatürlichen Schimmer, als käme sie aus einer anderen Welt. Ich weiß, dass ich sie nicht besiegen kann, dass alles, was ich war und bin, zerborsten ist, dass ich *verloren* bin. Dann erwache ich mit einem erstickten Schrei.

In manchen Nächten sehe ich aber auch nach unten und da ist nicht der irre Blick dieser Kreatur. In manchen Nächten sind dort warme braune Augen, die zu mir emporblicken; eine schmale Adlernase, lächelnde Lippen, die stumm ein Wort formen, als würden sie beten. Ich glaube, es ist mein Name, bin mir jedoch nicht sicher. Ich kenne meinen Namen nicht. Auch dann spüre ich ein Brennen auf der Haut, nur sind die Finger, die mich berühren, sanft. Eine heiße Welle rollt über meine Wade und über die empfindliche Haut meiner Kniekehle bis hinauf zur Rundung meines Schenkels.

Auch in solchen Nächten schrecke ich keuchend aus dem Schlaf auf, wünsche mir hingegen, dass ich nie aufgewacht wäre.

Dem seltsamen Sonnenaufgang den Rücken zuwendend atme ich einmal tief durch. Dieses Haus ist der einzige Ort, an dem ich nicht das Gefühl habe, mich im Halbschlaf durch einen Albtraum zu bewegen. In einer Welt, die nur aus Chaos, Lärm und hartem, grellem Licht zu bestehen scheint, ist dieser Balkon eine Oase der Ruhe. Hier gibt es keine Bildschirme, keine breiten, von schwindelerregend hohen Gebäuden gesäumte Straßen, keine Menschenmassen, die pausenlos in ihre Chronos sprechen, oder Verkaufomaten, die mit blechernen Stimmen Essen und Getränke anbieten.

Der Rand der Insel ist dicht gesäumt von Balkonen wie diesem, die sich rechts und links von mir in der Ferne verlieren. Trotzdem sehe ich nur selten einen Nachbarn. Die Balkonmauern sind nicht gestrichen und eine begabte Gärtnerin – wahrscheinlich die Mutter der Elektrikerin – hat sie mit duftenden Blütenranken bepflanzt, die sich über die Balustrade ergießen und in der frischen Morgenbrise wehen. Hier, zwischen all den Pflanzen, fühle ich mich fast … zu Hause.

Ein Stöhnen und Knarzen aus dem Haus holt mich wieder zurück in die Wirklichkeit und ich gehe hinein. Monah, die Mutter der Elektrikerin, sitzt in ihrem Lieblingssessel vor dem noch kalten Kamin und hält mit beiden Händen eine große Tasse. Als sie einen Schluck trinkt, steigt mir der kräftige, bittere Geruch ihres Mokkateegetränks in die Nase.

»Guten Morgen, Liebes«, sagt sie, ohne den Kopf zu heben.

Ich schiebe die Tür hinter mir zu und tapse barfuß hinüber, um mich neben ihr in einen zweiten Sessel fallen zu lassen. »Ihr nehmt heute nicht an den Krönungsfeierlichkeiten teil?«, frage ich überrascht. Ich hatte geglaubt, die Elektrikerin hätte ihre gesamte Familie mitgenommen, nachdem sie heute Morgen an die Tür meiner Schlafstätte geklopft hatte, um sich zu verabschieden.

Die Frau lächelt und ich habe den Eindruck, es sollten dabei Falten entstehen, tief und stolz, Zeugen von Alter und Weisheit. Sie ist schon sehr betagt, ihr Mann und auch ihre Frau längst verstorben, weshalb sie wieder im Haus ihrer Tochter lebt. Doch die einzigen Anzeichen von Alter finden sich in ihrer Mimik, der Tiefgründigkeit ihrer Augen und in den Bewegungen ihrer Hände – obwohl sie weich und glatt sind, legen sich die Knochen und Gelenke ein klein wenig gekrümmt um ihre Tasse.

Ich habe mir sagen lassen, es gebe eine Behandlung, die alle hier bis an ihr Lebensende jung aussehen lässt – ein Vortäuschen von Jugend, welches das Alter zu einem Grund für Scham anstelle von Stolz macht. Es gibt in dieser Welt viele solcher Wunder, die es mir schwer machen zu glauben, dass es sich dabei nicht um eine Form von Magie handelt.

Nicht Magie, belehrt mich eine amüsierte Stimme in meinem Kopf. *Technologie.*

Ich kenne diese Stimme und doch kann ich mich nicht erinnern, wem sie gehört. Dieser Verlust erscheint mir größer als all die anderen und sorgt dafür, dass die Lücke in meinem Gedächtnis schmerzt wie eine pochende Wunde.

»Mir tun die Knochen weh«, gesteht mir Monah mit einem trüben Lächeln. »Mir ist heute nicht danach, mich durch eine Menschenmenge zu kämpfen.« Der Blick der alten Frau verweilt auf dem kalten Kamin, als würde sie in ein eingebildetes Feuer starren. »Vor gar nicht allzu langer Zeit«, fügt sie mit leiser Stimme hinzu, »habe ich schon einmal eine Krönung miterlebt. Und ich glaube, die behalte ich lieber im Gedächtnis.«

Aus ihren Worten sprechen sehr viel Trauer und Kummer – und doch spüre ich, dass sich hinter meinen fehlenden Erinnerungen ein Schmerz verbirgt, der noch sehr viel größer ist als ihrer. Und eine Traurigkeit, die ich mit niemandem teilen kann.

Die Menschen hier oben haben ihren alten König geliebt. In den Nachrichten sagen sie, er sei vor genau zwei Wochen und einem Tag an einem Herzinfarkt gestorben. Ich habe nie ein Bild von ihm gesehen – oder kann mich zumindest nicht daran erinnern. So weit reicht mein Gedächtnis nicht zurück. Es ist hier Brauch, Bilder von Verstorbenen nach deren Tod für ein Jahr wegzuschließen. So empfinden die Leute, wenn sie das Gesicht des geliebten Menschen wiedersehen, neben der Trauer auch Freude.

Die Geschichten, die die Chronos und Bildschirme dazu erzählen, sind nüchtern und beschränken sich auf Fakten. Aber in den Gesichtern der Menschen kann man die Wahrheit lesen: Der alte König starb an einem gebrochenen Herzen, am Schmerz über den Verlust seines geliebten Enkels, des Prinzen, der wenige Tage zuvor bei einem Unfall mit seinem Gleiter ums Leben gekommen war.

Als ich am Tag, nachdem die Elektrikerin mich bei sich aufgenommen hatte, zum ersten Mal davon hörte, sprang ich vom Tisch auf und rief: »Aber der Prinz ist nicht tot!«

Die Elektrikerin tauschte nur vielsagende Blicke mit ihrer Familie. »Du solltest versuchen diese Tragödie zu vergessen. Was passiert ist, ist schwer zu verkraften, insbesondere, wenn man kaum noch Erinnerungen hat. Geh es langsam an, Jayn, Schritt für Schritt.«

Wie das Antlitz des alten Königs wird auch das des Prinzen vor dem Volk von Alciel versteckt, weshalb ich sein Gesicht nie gesehen habe. Doch der Klang seines unter vorgehaltener Hand geflüsterten Namens, der ebenso tabu ist wie sein Bild, scheint dieses unerklärliche Wissen, das tief in meinem Herzen verankert ist, nur zu bestätigen.

Der Prinz lebt.

»Du hast noch Zeit bis zu deinem Termin im Ärztezentrum«, sagt Monah und holt mich wieder zurück in die Wirklichkeit. »Sollen wir uns die Übertragung der Krönung gemeinsam anschauen?« Dass sie nun doch bereit ist, sich die Zeremonie anzusehen, liegt wohl allein daran, dass sie mich ablenken möchte. Diese Familie hat mich wirklich mehr als freundlich aufgenommen.

Ich murmele meine Zustimmung und erhebe mich. »Soll ich das Feuer für Euch entfachen, Großmutter? Es ist ein kalter Tag. Die Wärme des Kaminfeuers wird den Schmerz in Euren Knochen lindern.«

Sie lacht, aber es klingt freundlich. »Mir gefällt, wie du redest«, sagt sie und nickt in Richtung des Kamins. »Bleib tapfer, kleine Poetin. Die Ärzte werden schon herausfinden, was mit dir los ist.«

Die Elektrikerin ist der Ansicht, ich sei Studentin an der Königlichen Akademie. Als die Königin neben der Einstellung des Zugverkehrs zwischen den Inseln auch die Schließung der Akademie anordnete, hatten Hunderte Studierende von den Nachbarinseln plötzlich keine Bleibe mehr. Die Elektrikerin glaubt, ich wäre eine dieser Gestrandeten und hätte mein Gedächtnis bei einem Unfall verloren. Deshalb hat sie mich aufgenommen und mir einen Termin bei einem Arzt besorgt. Sie denkt, ich studiere die Kunst des Dichtens und spreche deshalb, als würde ich nicht von hier sein.

Ich wage nicht, ihr zu gestehen, dass ihre Theorie – genau wie all die anderen Theorien, die man in den letzten zwei Wochen an mich herangetragen hat – absolut nichts in mir wachruft.

Vor dem Kamin kniend fahre ich mit dem Finger unter dem Sims entlang, bis ich den Zündknopf finde und eine Reihe hübscher kleiner Flammen zwischen den Steinen auflodert.

Als ich das zum ersten Mal beobachtete, war ich mit einem spitzen Schrei zurückgewichen, woraufhin der zehnjährige Sohn der

Elektrikerin schallend über meine Dummheit lachte. Meine erste Vermutung war, dass es sich dabei um einen verblüffenden Zauber handelt. Mittlerweile weiß ich, dass das Unsinn ist. Die Steine im Kamin sind mit winzigen Löchern versehen und mit einer Leitung verbunden, durch die ein Stoff fließt, der heiß und sauber brennt. Jedes Haus der Stadt wird damit versorgt.

Dennoch zucke ich jedes Mal, wenn sich ein Feuer entzündet, ebenso erschrocken zurück, wie wenn einer ihrer Bildschirme zum Leben erwacht. Zwar kann ich meine Reaktionen immer besser verbergen, doch mit jedem dieser kleinen Wunder wird mir das Herz ein wenig schwerer. Denn ihm schwant bereits, was mein Verstand und meine Erinnerung nicht fassen können – es ist nur ein vager Verdacht, ein unmöglicher Gedanke. Aber ... Ich gehöre nicht hierher.

Ich richte mich auf und schalte, bevor ich zu meinem Sessel zurückkehre, den Bildschirm über dem Kamin ein. Obwohl ich weiß, wie ich mich kleiden muss, wie mein Haar kämmen und wie eine Schleife binden, ängstigt mich mein Mangel an Kenntnissen. Für die Familie der Elektrikerin ist der Gebrauch des Bildschirms so leicht und selbstverständlich wie der eines Haarkamms.

Für mich ist er ... magisch.

Auf dem Bildschirm ist ein aus der Luft aufgenommenes Bild der überfüllten Straßen vor dem Palast zu sehen. Viele müssen ihre Häuser noch vor der Elektrikerin und ihrem Sohn verlassen haben, denn es sind Hunderte – nein, Tausende, mehr als ich mir je vorgestellt habe. Die Menge drängt sich vor den geschlossenen Palasttoren wie wogende Wellen, die gegen ein Flussufer schlagen. Der schiere Anblick dieser Masse an Körpern zerrt an meinen Nerven.

Die Elektrikerin hat sich dafür entschuldigt, dass mein Treffen mit ihrem Cousin, dem Spezialisten, ausgerechnet auf den Tag der Krönung fällt, als würde ich das Spektakel meines Lebens verpassen. Aber ich musste wohl nur deshalb nicht länger als zwei Wochen warten, weil niemand sonst diesen Termin wollte.

Während die versammelte Menge vor Aufregung und Vorfreude brodelt, wird mir bei der Vorstellung, unter ihnen zu weilen, so schwindelig, dass ich die Augen schließen muss. Meine Gastgeberin und ihre Familie haben sofort akzeptiert, dass ich nicht berührt werden will. Doch dort draußen, inmitten der Menge … ich könnte den Menschen nicht ausweichen.

Ein Murmeln aus dem Sessel neben mir lässt mich die Augen öffnen. Monah verfolgt mit ernstem Gesicht die Übertragung, als würde sie gleich Zeugin eines sehr bedeutenden Ereignisses.

Das Bild hat von der Luftaufnahme der Menschenmenge zu einem Podium im Innenhof des Palastes gewechselt. Es ist umgeben von den Maschinen, die Bilder und Geräusche aufzeichnen und diese dann durch die Stadt schicken. Die Leute, die eng nebeneinander hinter den Maschinen stehen, sind besser gekleidet als die Menschen vor dem Palast – es müssen Berater und andere wichtige Staatsdiener sein. Welche Rollen sie genau innehaben, weiß ich nicht oder kann mich nicht daran erinnern. Dem ungeduldigen Murren nach zu urteilen interessiert sich Monah im Moment jedoch genauso wenig für sie wie für die Maschinen – *Kameras,* flüstert mir mein Verstand eines der Wörter zu, die ich in den vergangenen Wochen gelernt habe. Alle Kameras sind auf das leere Podium und den verhangenen Pavillon gerichtet, aus dem jeden Moment die Königin treten wird.

Ich kann verstehen, weshalb Monah die Krönung mitverfolgen möchte, obwohl sie darin keinen Grund zum Feiern sieht.

Sosehr die Menschen hier ihren alten König, den Vater der Königin, geliebt haben, so skeptisch scheinen sie ihrer neuen Regentin gegenüberzustehen. Allerorts hört man Gerüchte über seltsame Entscheidungen und eine ungewöhnliche Geheimnistuerei seitens des Thrones. Manche behaupten, die Königin habe den Zugverkehr zwischen den Inseln in der Absicht einstellen lassen, ihn nie wieder aufzunehmen.

Es wird gemunkelt, ihr sei völlig gleichgültig, was geschehen wird, wenn die Geschäfte in Alciel leer gekauft sind. Auf der Hauptinsel gibt es keine Farmen – alle Lebensmittel kommen von kleineren Inseln, die weit entfernt sind.

Die Menschen fragen sich, weshalb die Königin nicht mehr zu ihrem Volk spricht, weshalb die täglichen Audienzen gestrichen wurden und weshalb sie außer ihren Bediensteten und Wachen, die das Palastgelände nicht verlassen, niemand mehr gesehen hat.

Es heißt, die neue Regentin sei verrückt geworden.

Auf dem Bildschirm öffnet sich der Vorhang und Beatrin, die Königin von Alciel, betritt das Podium. Ihre Höflinge brechen in begeisterten Applaus aus, werden aber vom Gebrüll der Massen jenseits der Tore übertönt, die wie wir das Geschehen auf riesigen Bildschirmen in der gesamten Stadt verfolgen.

Sie ist groß und auf eine unnahbare Art schön, ihre Haut von einem makellosen Braun, ein bis zwei Nuancen dunkler als meine. Stellvertretend für die Krone, die sie am Ende der Zeremonie tragen wird, ist ihr langes schwarzes Haar zu einem Kranz um ihren Kopf geflochten. Sie ist dünn, dünner als auf den vor Monaten oder Jahren aufgenommenen Bildern, die ich von ihr gesehen habe, und ihre Augen scheinen in die Ferne zu schweifen – allerdings steht sie ja auch vor Aberhunderten von Menschen.

Ihre Lippen bewegen sich bereits seit einer Weile, als ihre Stimme das Grölen der Menge schließlich übertönt. Sie hebt die Hände, um Ruhe bittend.

»Danke«, sagt sie mit tönender Stimme. »Es berührt mich zutiefst, euch an diesem glorreichen Morgen hier vor mir zu sehen. Unser Volk musste in diesen letzten schweren Wochen so viel Leid ertragen, so viele Verluste und Unsicherheiten hinnehmen. Und doch höre ich die Kraft in euren Stimmen, sehe die Entschlossenheit in euren Gesichtern und weiß, dass Alciel zu seiner alten Stärke zurückfinden wird. Wir haben die schwärzesten aller Tage überstanden und werden nun gemeinsam erleben, wie Hoffnung und Wohlstand dieses Land wieder zum Leuchten bringen.«

Königin Beatrin macht eine Pause und ihr Volk bricht in Jubel aus. Ihre Worte rühren auch mein Herz. Sie ist eine begnadete Rednerin, die ihr Publikum zu begeistern weiß.

»Ihr fragt euch vielleicht, wie ich mir da so sicher sein kann«, spricht sie weiter, als die nachlassenden Rufe der Menge es wieder zulassen. »Und ich könnte die lange Geschichte unseres Volkes anführen und unsere unvergleichliche Fähigkeit, uns anzupassen. Ich könnte die Macht des königlichen Blutes nennen, das in meinen Adern fließt, das Blut meines Vaters und der Mutter seines Vaters, das über tausend Jahre von Generation zu Generation weitergegeben wurde. Aber die Wahrheit, geliebtes Volk, ist, dass ich eine Besucherin empfangen durfte.«

Das Johlen der Menge verstummt und noch bevor ich Monahs gerunzelte Stirn sehe, weiß ich, dass dieser letzte Satz vom Üblichen abweicht.

Beatrin wartet noch einen Moment, bis es ganz still ist, dann spricht sie mit großem Ernst weiter. In ihrer kraftvollen Stimme schwingt eine ungewöhnliche Leidenschaft mit. »Ihr alle seid heute hier, um mitzuerleben, wie eure Königin nach dem Ende der Trauerzeit zum ersten Mal die Krone tragen wird. Doch ich möchte euch auch mit einer anderen Herrscherin bekannt machen. Wahrscheinlich werdet ihr, was sie zu sagen hat, nicht glauben – anfangs habe ich es selbst nicht getan. Aber heute, nach vielen nächtelangen Gesprächen, glaube ich ihr – glaube ich *an* sie –, und das aus tiefstem Herzen.«

Von ihren Gefühlen überwältigt tritt die Königin mit rot geränderten Augen zur Seite und deutet mit ausgestrecktem Arm auf den Pavillon. Die Bewegung der Vorhänge verrät, dass noch jemand dahinter steht. »Ich weiß, ihr alle werdet so begeistert von ihr sein, wie ich es bin: Nimhara, zweiundvierzigste Trägerin des Göttlichen, lebende Göttin ihres Volkes und die erste Abgesandte von Unten in unserem Land.«

Die fassungslose Stille, die nun folgt, bildet einen harten Kontrast zu dem ohrenbetäubenden Jubel noch vor wenigen Minuten. Eine junge Frau tritt aus dem Pavillon und stellt sich neben die Königin. Ihr Gesicht ist leicht unscharf, scheinbar sind die Kameraleute ebenso überrumpelt wie alle anderen. Neben mir brabbelt Monah etwas von »unmöglich« und »niemand lebt im Unten«, wobei ihre Stimme sich vor Aufregung fast überschlägt.

Ich nehme keine Notiz davon. Ich höre sie nicht. Und auch die dicht gedrängte Menge auf dem Bildschirm höre ich nicht mehr, obwohl sie wieder in Bewegung geraten ist und die Königin die explosive Stimmung nicht mehr kontrollieren kann.

Da ist nur dieser dumpfe Widerhall einer Erinnerung in meinen Ohren. Ich kenne diesen Namen.

Die Frau trägt Rot, ein langes Gewand aus durchscheinendem Stoff, in dem sich die Morgensonne fängt und es in Brand setzt. Ihr langes dunkles Haar ist von Gold gekrönt, in der Hand hält sie eine Art Stab mit einer gefährlich aussehenden Spitze. Sie wendet sich der Königin zu, der nun die Tränen über die Wangen laufen, und spricht mit ihr. Obwohl die Frau in Rot sich bemüht ihr Gesicht vor den Kameras zu verbergen, löst ihr Anblick eine so heftige Reaktion in mir aus, dass ich laut aufschreie.

Ich kenne sie. Nimhara. Trägerin des Göttlichen. Gottheit. Hell wie Glockenschläge klingen die Worte nach und wirbeln in meinem Kopf Erinnerungsfetzen auf wie ein Windstoß die Asche.

Aus Hunderten von Kehlen höre ich den Namen, immer wieder. Unbekannte Gesichter, die mir dennoch vertrauter scheinen als mein eigenes, blitzen auf. Ich sehe eine andere Terrasse, einen anderen Balkon, einen anderen Garten. Ich sehe einen Fluss, tief unter mir, der im Mondschein glitzert. Ich sehe das Wolkenmeer, auf das ich heute Morgen vom Balkon aus geblickt habe. Nur sehe ich es von *unten*, erhellt von einer Sonne, die sich über eine weite Ebene aus wogendem Gras und alten Ruinen erhebt.

Ich springe auf. Wie Wellen gegen eine Mole schlagen verlorene Erinnerungen gegen die dicken Mauern in meinem Kopf und lassen sie erbeben – reißen sie aber nicht ein. Was bleibt, ist nur eine einzige Gewissheit. Ich gehöre nicht hierher.

Die Ahnung, die mich quält, seit ich in jener bitteren Nacht vor zwei Wochen neben den Gleisen aufgewacht bin, verhärtet sich in meiner Brust und lässt mich taumeln. Die Wahrheit, zu schrecklich, um sie zu akzeptieren, und zu verrückt, um mit irgendjemandem darüber zu sprechen, schießt durch meine Adern wie Gift. Wie eine Krankheit, eine Pest, die mich von diesen Menschen, die so freundlich zu mir waren, für immer trennt. Ich werde niemals eine von ihnen sein, denn dies ist nicht mein Zuhause.

Ich komme aus einer anderen Welt.

2
NORTH

»Habt Ihr hier geschlafen, North?«

Ich tauche aus meinem Traum auf und schwimme der Stimme entgegen. Durch meinen Kopf wabert Nebel, meine Augen brennen. Meine abgewinkelten Arme, auf denen ich geschlafen habe, sind steif und schmerzen, als ich versuche sie zu strecken. Ich reibe mir das Gesicht, um wach zu werden, und überprüfe dabei heimlich, ob mir Spuckefäden in den Mundwinkeln hängen. Als ich die Augen kurz zusammenkneife und dann weit aufreiße, sitzt vor mir auf dem Tisch der Kater und sieht mich vorwurfsvoll an.

Hinter ihm steht mit verschränkten Armen Techeki und blickt streng, aber nicht unfreundlich auf uns herab. Obwohl er in den letzten Tagen ein bisschen mitgenommen zu sein scheint, ist sein Kopf noch immer glatt rasiert und seine bronzefarbene Haut glänzt im Schein der Archivlampen, wo ich anscheinend die Nacht verbracht habe.

»Ist es schon Morgen?«, frage ich.

»Ja. Wie kommt es, dass Ihr schon wieder hier geschlafen habt?«

»Das war nicht meine Absicht«, entgegne ich und werfe dem Kater einen Blick zu, als könnte er meine Aussage bestätigen. Aber der starrt mich nur weiter mit großen Augen an.

Der Meister der Zeremonie – und nun Tempelvorsteher und Vorgesetzter von Nimhs Priestern und Bediensteten – seufzt auf eine Art und Weise, die mich an meine Mütter erinnert. »Die Aufsichtführenden wagen es nicht, Euch zu wecken, North. Niemand wagt es, dem Letzten Stern aus der Prophezeiung auf die Schulter zu tippen, um ihm mitzuteilen, dass es Zeit ist, schlafen zu gehen.«

»Einer Ihrer Graumäntel hat es gestern aber doch getan«, entgegne ich genervt von seinem Tonfall, der klingt, als spräche er mit einem ungehorsamen Kind.

»Ich bitte Euch«, versucht er mich zu beschwichtigen. Ich kenne niemanden, der seine Emotionen besser im Griff hat als Techeki, weshalb ich mir nicht sicher bin, ob es ein Zeichen seiner Müdigkeit oder unserer neuen Vertrautheit ist, dass er mir gegenüber durchblicken lässt, dass er sich um mich sorgt.

»Es sind nicht *meine* Graumäntel. Wenn überhaupt, dann sind sie nur meine vorübergehende Lösung für ein Problem, dem ich im Moment nicht anders Herr werden kann.«

Zu sagen, die Graumäntel und Nimhs Priester wären sich in manchen Dingen nicht ganz einig, wäre so schamlos untertrieben, wie wenn ich behaupten würde, ich wäre *nur ein klein wenig* überrascht gewesen, als mir klar wurde, dass Magie tatsächlich existiert.

Die von einer – im Übrigen knallharten – Frau namens Elorin angeführten Graumäntel sind der Ansicht, Nimhs Volk sollte seine Magie – und seine Religion – aufgeben. Um den Nebel, die Quelle der Magie, von der Stadt fernzuhalten, haben sie Himmelsstahl im Fluss versenkt und sie so zu einem ihrer Bunker gemacht.

Die Lampen, die im frühen Morgenlicht schon fast erloschen sind, brennen mit Öl anstatt mit Zauberfeuer, und selbst die Luft im Tempel hat sich verändert. Alles ist in eine gedämpfte Atmosphäre getaucht, die mich extrem nervös macht.

Jemanden, den man kaum gekannt hat, kann man eigentlich nicht vermissen. Und doch fehlt mir Nimh so sehr, dass es sich anfühlt, als drücke mir jemand permanent die Kehle zu.

»Nimh hätte im Tempel niemals Graumäntel geduldet«, widerspreche ich bockig. »Und *Sie* haben sie *eingeladen*.«

»Wäre Nimh hier, wären *sie* nicht hier«, entgegnet Techeki. »Aber solange Nimh nicht zurück ist, sind Elorin und ihre Graumäntel die Einzigen, die den Nebel davon abhalten, sich jede einzelne Seele in dieser Stadt zu holen. Ihr wisst das und ich hoffe, ich werde es eines Tages auch Nimh erklären können. Und sollte sie mir dennoch nicht verzeihen, kann ich nichts daran ändern.«

»Aber es muss doch …«

»Nein, es gibt keine andere Möglichkeit«, unterbricht er mich knapp. »Wir hatten dieses Thema bereits, North. Ich weiß, dass Ihr Elorin die Stirn bieten wollt, und wenn ich ehrlich bin, habe ich es satt, ständig dazwischenzugehen. Den Graumänteln ist es gleichgültig, ob Ihr Teil der Prophezeiung seid, momentan haben wir aber dasselbe Interesse. Wir *müssen* verhindern, dass der Nebel in die Stadt eindringt, auch wenn das auf Kosten der Magie geht. Nur so wird Nimhara noch ein Volk haben, zu dem sie zurückkehren kann, auch wenn sie mich dann vielleicht nicht mehr dazu zählt.«

Ich sage nichts. Wir wissen beide, dass er recht hat – Skrupel können wir uns nicht leisten. Nicht, solange unsere Göttin nicht da ist. Nicht, solange die Gefahr so groß ist.

»Legt Euch schlafen, North«, sagt er schließlich ein wenig milder. »Wenn Ihr irgendetwas überlest, weil die Müdigkeit Euren Verstand in eine breiige Masse verwandelt, nutzt Ihr niemandem etwas. Ihr müsst die Sache langsam und zielgerichtet angehen, wenn sie Erfolg haben soll. Ihr seid der Stern und ich glaube, wenn irgendjemand einen Weg finden kann sie zurückzuholen, dann Ihr.«

Der Stern.

Alles, was ich hier bin, alles, was ich habe, habe ich nur, weil ich ein Teil von Nimhs Prophezeiung bin.

Ich greife nach meinem Wasserglas, um den Geschmack nach alten Schuhen im Mund loszuwerden, aber es ist leer. Techeki nimmt den Krug und schenkt mir nach.

»Irgendwelche Fortschritte?«

»Nein.« Meine Antwort hängt schwer zwischen uns.

Seit zwei Wochen wühle ich mich verzweifelt durch die Archive, bin einem Weg nach Hause aber noch kein Stück näher gekommen. In den ersten Tagen habe ich noch kreuz und quer nach Hinweisen gesucht, wild entschlossen irgendetwas zu finden, das unser Problem lösen könnte. Mittlerweile habe ich mir Techekis Rat zu Herzen genommen und versuche methodischer vorzugehen. Ich will sicher sein, dass ich nichts übersehe, während ich mich durch die Archive arbeite.

»Wir brauchen Matias«, brummt Techeki und lässt den Blick über die unzähligen Regalreihen schweifen, deren oberste Fächer im diesigen Licht der Morgensonne verschwimmen. »Doch unser Meister der Archive ist ja lieber damit beschäftigt, für seine Flussläufer den Fischerkönig zu spielen, und will nicht gefunden werden.«

Ich weiß, wo er zu finden ist, es erscheint mir aber nicht der richtige Moment, Matias zu verraten.

Techeki klingt müde – natürlich. Er hat mindestens genauso viel gearbeitet wie ich.

In der Hoffnung, irgendeine Möglichkeit zu finden ihn zu reparieren, hat er mit einem Frachtkahn meinen Gleiter holen lassen. Aber er war nur noch ein Klumpen geschmolzener Schrott. Obwohl Techeki mir Schmiede zur Verfügung gestellt hatte, die eigentlich beim Wiederaufbau der Stadt gebraucht wurden, konnten wir weder den *Skysinger* instand setzen noch den Kronreif, der Nimh und Inshara von hier nach Alciel transportiert hat.

Er hat wirklich alles versucht, was uns eingefallen ist, ist jedem Hinweis, wie ich wieder nach Hause kommen könnte, nachgegangen und hat währenddessen kaum geschlafen. Die halbe Stadt hat dabei zugesehen, wie Inshara Nimh berührt hat, was für eine unberührbare Göttin fatal ist, und sie hat die Stadt in Trümmer gelegt. Trotzdem versucht er so gut er kann ihre Getreuen bei der Stange zu halten.

Er will seine Göttin zurückhaben. Ich will nach Hause.

Zumindest glaube ich, dass ich das will.

Ich kann die Gesichter meiner Familie vor mir sehen, die Freude meiner Mütter, wenn sie erfahren, dass ich noch am Leben bin. Meinen Großvater, dessen Sorgenfalten sich bei meinem Anblick erleichtert glätten. Miri und Saelis, die mich in die Arme schließen. Ich vermisse sie alle so sehr, dass es mir fast die Brust zerreißt. Wenn ich jedoch die Augen schließe ... dann ist es immer nur Nimhs Gesicht, das vor mir auftaucht.

»Schlaft ein wenig«, wiederholt Techeki noch einmal leise und wendet sich zum Gehen.

»Das werde ich«, murmele ich. Aber als ich anfange meine Sachen auf einen ordentlichen Stapel zu legen, fällt mein Blick auf das Schriftstück, das ich gelesen hatte, kurz bevor ich eingeschlafen bin, und plötzlich erinnere ich mich wieder. »Warten Sie«, rufe ich und springe auf. »Ich habe da etwas Merkwürdiges gefunden.«

Techeki bleibt stehen und schiebt die Hände in die Ärmel seines Gewandes. Er will verhindern, dass seine Körpersprache ihn verrät, doch allein diese Geste spricht Bände: Ich soll nicht merken, dass wieder Hoffnung in ihm aufkeimt. »Ja?«

»Je weiter ich in den Aufzeichnungen zurückgehe, umso mehr Hinweise finde ich auf etwas, das sich das Orakel nennt und mit dem Aufstieg, oder auch Exodus, in Zusammenhang steht.«

Techeki fixiert mich mit diesem überraschten Gesichtsausdruck, von dem er genau weiß, dass er mir auf die Nerven geht. »Kennt man diese Geschichte in eurem Land denn nicht? Seid ihr so sehr damit beschäftigt, Götter zu spielen, dass ihr vergessen habt, wie die Welt entstanden ist?«

»Nein, sind wir nicht«, presse ich zwischen zusammengebissenen Zähnen hervor. »Unsere Geschichte ist nur ... anders.« Er kann einem die Freude, etwas Neues zu erfahren, wirklich vermiesen. »Ist das Orakel eine Art Gottheit, die die Welt erschaffen hat?«, will ich wissen.

Techeki seufzt wieder, als wäre ich ein kleines Kind, dem man alles erklären muss. »Das Orakel hat uns die Geschichte vom Anfang der Welt erzählt. Ohne das Orakel wüssten wir weder, woher wir kommen, noch, warum wir hier sind, und auch nicht, dass es vor diesem bereits andere Lebenszyklen gegeben hat.«

»Und warum wird das Orakel in den neueren Geschichten nicht mehr erwähnt?«

»Irgendwann begannen die Theologen an der Existenz des Orakels zu zweifeln. Wenn es ein Gott war, war das problematisch, weil laut der Legende nach dem Exodus nur eine Gottheit zurückgeblieben war – die *lebende* Gottheit. Und wenn es nur ein gewöhnlicher Mensch war, woher konnte es dann wissen, wie die Welt entstanden war? Und so haben die religiösen Gelehrten, wie es so ihre Art ist, das Orakel im Laufe der Zeit einfach aus ihrem Kanon gestrichen.«

Die Vorstellung, dass ernsthafte Gelehrte einen Teil der Geschichte einfach unter den Teppich kehren, um ihn nicht erklären zu müssen, amüsiert mich so sehr, dass mein Ärger verfliegt. »Wie kann ich mehr über dieses Orakel erfahren? Oder über die Geschichte, die es euch erzählt hat? Wenn das alles mit dem Exodus zu tun hat, kann ich vielleicht etwas Entscheidendes herausfinden.«

Techekis Mundwinkel zucken. »Ihr könnt froh sein, dass Matias nicht aufzufinden ist. Er würde Euch bitten, Euch zu setzen und Euch die Sage in ihrer kompletten Länge erzählen.«

Ich verziehe keine Miene. Techeki muss nicht wissen, was ich über den früheren Meister der Archive alles weiß. »Ich denke, für meine Zwecke wird die kurze Version genügen.«

Techeki hält einen Moment inne und verschränkt die Arme hinter dem Rücken. Obwohl er sich über den alten Mann lustig macht, dessen Spezialgebiet es ist, Heldenepen oder bedeutende Weisheiten vorzutragen, nimmt er exakt dieselbe Haltung ein.

»Unser Leben ist ein ewiger Kreislauf. Alles, was geschehen ist, wird wieder geschehen – alles, was geschieht, ist schon geschehen. Unsere Welt ist nur ein Glied in einer endlosen Kette aus Entstehung und Zerstörung, Freud und Leid, Leben und Tod und hätte schon vor tausend Jahren enden sollen. Aber der Lichtbringer, die Gottheit, die dazu bestimmt war, ihr ein Ende zu bereiten, brachte es nicht über sich sie zu zerstören.«

»Den Teil kenne ich bereits«, unterbreche ich Techeki, ohne das verärgerte Blitzen in seinen Augen zu beachten. »Nimh hat mir die Geschichte erzählt. Weil er die Welt nicht zerstören wollte, ist der Lichtbringer mit den anderen Göttern in den Himmel geflohen.« Bei dem Gedanken, dass alle in Alciel – einschließlich mir – Götter sein sollen, fällt es mir schwer nicht zu grinsen. »Aber er hat eine Prophezeiung zurückgelassen, die besagt, dass er eines Tages wiedergeboren und zurückkommen würde, um zu beenden, was er vor tausend Jahren nicht vollbracht hat.« *Und Nimh glaubt, diese Aufgabe – diese Verantwortung – sei ihr zugefallen,* kann ich mir gerade noch verkneifen hinzuzufügen.

»Mehr oder weniger.« Techeki nickt. »Was uns allerdings das Orakel sagt – und die meisten Theologen gerne vergessen, wenn sie die Sage des Lichtbringers immer wieder neu schreiben –, ist, *warum* er uns verlassen hat. In der Version des Orakels betrachtete der Lichtbringer die Welt und war hin- und hergerissen. Sie war voll von Gewalt, Leid und Streit, doch auch ein Ort der Schönheit, Liebe und Vergebung. Er konnte das Gute nicht vom Schlechten trennen und brachte es nicht übers Herz, mit der Finsternis auch das Licht auszulöschen. Er hat uns verlassen, sagt das Orakel, weil wir ihm das Herz gebrochen haben.«

So poetisch die Geschichte auch ist, sie erklärt nicht, wie unsere Vorfahren es geschafft haben, rein technisch, eine ganze Stadt in den Himmel aufsteigen zu lassen – und wie ich selbst wieder dorthin gelange.

Doch Techeki ist noch nicht fertig. »Das Orakel behauptet auch, der Lichtbringer habe die eine Hälfte seines Herzens ins Land der Götter mitgenommen und die andere hiergelassen. In dieser Version der Geschichte kann diese Welt nur enden und ein neuer Zyklus beginnen, wenn die Hälften wieder vereint sind.«

Ich zucke innerlich zusammen. »Dann ist die Hälfte, die hiergeblieben ist, die lebende Gottheit, nehme ich an. Aber das würde auch bedeuten, dass die andere Hälfte irgendwo in Alciel herumschwirrt. Wahrscheinlich mögen eure Theologen die Geschichte deshalb nicht so besonders gerne.«

Techeki zuckt mit den Schultern. »In der Version des Orakels gibt es nichts, das nahelegt, dass das Herz des Lichtbringers etwas mit der lebenden Gottheit zu tun hat. Manche glauben, es müsse sich um zwei Artefakte handeln, die große Macht haben, oder um das Wolkenland selbst. Ich muss gestehen, mehr weiß ich auch nicht – in unseren Ritualen sind die Geschehnisse, von denen das Orakel berichtet, nur noch sehr selten zu finden. Die Menschen bevorzugen das Lied des Zerstörers – die Geschichte des Lichtbringers, wie Nimh sie Euch erzählt hat.«

»Okay, verstehe. Trotzdem danke.« Ich mache mir nicht die Mühe, meine Enttäuschung zu verbergen. Irgendetwas stört mich. Wie ein winziger Splitter in meinem Fuß, der zu tief sitzt, um ihn herauszubekommen. Wenn die Version dieses Orakels nicht zu den anderen Geschichten passt ... dann könnte vielleicht doch etwas dran sein, das mir weiterhilft.

Techeki sieht mich lange an. Dann murmelt er: »Ihr seht schrecklich aus, Prinz North. Ihr solltet Euch wirklich etwas Ruhe gönnen.« Als er geht, hallen seine Schritte die langen Regalreihen entlang.

Techeki hat recht. Ich werde ein paar Stunden schlafen, damit mein Gehirn sich erholen kann, und dann noch einmal durchgehen, was ich bisher zusammengetragen habe. Vielleicht ist mir ja irgendetwas entgangen. Vielleicht erhält eines der alten Dokumente vor dem Hintergrund der Geschichte des Orakels eine neue Bedeutung.

Ich lehne mich im Stuhl zurück und meine Hand tastet automatisch nach dem Schutzstein in meiner Hosentasche, den Nimh mir gegeben hat. Ich trage ihn immer bei mir.

Er ist mittlerweile so dick mit rotem Faden umwickelt, dass kein Fitzelchen mehr von dem Stein zu sehen ist. Vor zwei Wochen erst hatte ich mir ein Stück roter Seide um die Taille geschlungen und sie getragen wie die Schärpe eines Flussläufers – ein Bekenntnis zu Nimh, das ihre Augen zum Leuchten brachte. Die Schärpe ist längst weg, aber als ich den Kater vor ein paar Tagen beobachtete, wie er mit einem roten Fadenknäuel spielte, habe ich es, ohne zu wissen warum, in meine Tasche gesteckt. Als ich in der Nacht nicht schlafen konnte, habe ich die Fäden dann entwirrt, glatt gestrichen und um den Stein gewickelt.

Zwei Hälften eines Herzens ... Oben und Unten? Meine Welt in Alciel und Nimhs hier? Oder zwei Teile eines Artefakts, die durch den Aufstieg getrennt wurden? Oder ...

Oder zwei *Menschen*?

Ich streiche mit dem Daumen über den Faden um Nimhs Schutzstein und in meinem Kopf hallen die Worte wider, die sie mir beim Fest der Sterbenden, in diesem kostbaren, gestohlenen Augenblick, bevor Inshara alles zerstörte, zugeflüstert hat. *Ich glaube, die Prophezeiung hat uns zusammengeführt, North. Dies ist unsere Bestimmung.*

Ich nehme die Hand aus der Tasche und reibe mir über den Nasenrücken. Vielleicht will ich einfach, dass es wahr ist. Dass die beiden Herzhälften des Lichtbringers für mein und Nimhs gemeinsames Schicksal stehen. Denn dann wären wir laut der Prophezeiung wieder zusammen, bevor alles endgültig vorbei ist.

Wenn ich doch nur ein wenig mehr über dieses alte Orakel herausfinden könnte. Vielleicht würde ich dann auch Antworten auf meine Fragen finden.

Mit einem leisen Seufzen kehre ich zurück ins Hier und Jetzt. »Was hältst du von einem kleinen Nickerchen?«, frage ich den Kater.

Vorsichtig kommt er näher und leckt an meinem Handgelenk. Dann beißt er plötzlich zu.

»Aua! Wofür war das denn?«

Er weicht ein paar Schritte zurück und starrt an mir vorbei auf etwas, das sich hinter meinem Rücken befindet. Als ich mich umdrehe, sehe ich eine Gestalt mit Kapuze näher kommen, was eigentlich nichts Ungewöhnliches ist. Alle Akolythen tragen Kapuzen, ein Zeichen für Nimhs Abwesenheit, aber diesen begrüßt der Kater mit einem kurzen Maunzen.

Oh nein. Nicht schon wieder.

Die Gestalt setzt sich mir schräg gegenüber an den Tisch. Als sie den Kopf hebt, kann ich ihr Gesicht sehen. Es ist eine Frau – eine Flussläuferin. Nimh kennt sie sehr gut, aber ich bin ihr erst vor Kurzem zum ersten Mal begegnet.

Ihr Name ist Hiret. Ihre Zöpfe sind abgeschnitten, ein Zeichen, dass sie gerade erst Witwe geworden ist. Die rasierten Haare machen es ihr leicht, sich als Akolyth auszugeben. Ihr Gesicht ist hager und ihre braune Haut unter den Augen deutlich dunkler.

»Sag Matias, dass es bei meinem Nein bleibt«, erkläre ich ihr ruhig, aber entschieden. Das geht schon seit Tagen so und langsam bin ich mit meiner Geduld am Ende. Hirets Schwester Didyet hat ihre Magie und ihren Glauben abgelegt und ist von den Flussläufern zu den Graumänteln übergelaufen, aber Blut ist dicker als Wasser. Mit ziemlicher Sicherheit ist sie es, die Hiret heimlich Zugang zum Tempel verschafft.

»Er wird kein Nein akzeptieren«, entgegnet Hiret ebenso ruhig. »Du bist der Letzte Stern. Nimharas Volk braucht dein Licht in der Finsternis ihrer Abwesenheit.«

»Und ich brauche die Hilfe eures Fischerkönigs bei meiner Suche nach einem Weg zurück in den Himmel«, knurre ich und muss mich sehr zusammenreißen, um nicht laut zu werden.

»Die Prophezeiung hat Euch hierhergeführt«, sagt sie. »Der Ort Eurer Bestimmung ist hier.«

Normalerweise ist das Gespräch an dieser Stelle beendet. Normalerweise halte ich meinen Mund, weil Hirets Mann in der Nacht, in der ich Nimh traf, sein Leben gelassen hat. Er war einer der Flussläufer, die Nimh begleiteten, als sie der Prophezeiung folgte, die uns zusammengeführt hat.

Er hat an Nimh geglaubt und Insharas Schatten haben ihn dafür getötet.

Aber heute Morgen platzt mir der Kragen. »Ich scheiß auf die Prophezeiung, Hiret. Sie hat mich aus meiner Welt gerissen, aus meinem Leben, weg von meiner Familie und meinen Freunden. Sie hat mich zu Nimh gebracht und in all das hier hineingezogen – in all eure Feindseligkeiten untereinander. Eure Prophezeiung hat Nimh in den Himmel gehoben und mich in den Abgrund gestürzt.«

Sie klappt den Mund auf, ich bin aber noch lange nicht fertig. »Bisher hat eure Prophezeiung den Menschen, die mir etwas bedeuten, nur Schaden zugefügt. Ich habe keine Lust mehr, nach Hinweisen zu suchen, was diese Prophezeiung als Nächstes von mir will. Ich will einfach nur wissen, wie ich nach Hause komme. Das ist das Rätsel, das ich lösen muss. Und wenn dort, wo ich zu Hause bin, auch Nimh ist, dann solltet ihr es ebenfalls lösen wollen.«

Hiret wartet, bis mein Wortschwall abgeebbt ist, und hat dann eine einfache Antwort für mich. »Der Fischerkönig der Flussläufer«, verkündet sie mit vorgeschobenem Kinn, »hat nach Euch gerufen, Wolkenländer.«

»Warum sollte ich tun, was er von mir verlangt?«, frage ich. »Er hat mich belogen, seit wir uns hier in den Archiven zum ersten Mal getroffen haben. Er hat sich als Nimhs bescheidener Archivar ausgegeben und sonst nichts – weder hat er erwähnt, dass er der Fischerkönig der Flussläufer, noch, dass er ein Sentinel ist. Als ich ihn gebeten habe mir zu helfen einen Weg nach Hause zu finden, hat er nicht einmal angedeutet, dass er Mitglied eines alten Ordens ist, der die Passage zwischen den Welten bewacht.«

»Er hatte seine Gründe«, faucht sie.

»Und ganz offensichtlich hat er die auch jetzt noch«, zische ich zurück. »Ansonsten würde er nicht weiterhin den Weg nach Alciel bewachen, während ich auf meiner verzweifelten Suche nach irgendetwas, dass ihn preisgibt, seine Archive auseinandernehme.«

»Wenn er wüsste, wie wir sie finden können, würde er es Euch sagen«, beharrt sie.

»Was will er denn von mir?«, frage ich. »Wenn er nicht vorhat mir zu helfen?«

»Das wird er Euch sagen, wenn Ihr zu ihm geht.«

»Was nicht passieren wird.«

»Ihr schuldet es ihm«, flüstert sie mit Nachdruck. »Wie könnt ihr es wagen, seinem Ruf nicht zu folgen?«

Hirets Augen durchbohren mich wie Messer und ich spüre, wie mir die Hitze in die Wangen steigt. »Ich kann den Tempel nicht verlassen«, erkläre ich ihr. »Überall in der Stadt sind Schatten. Es wäre idiotisch, mich von ihnen schnappen zu lassen.«

»Dann versteckt Ihr Euch?«, will sie wissen. »Der Fluss hat keine Fische mehr. Unser Getreide verdorrt. Nicht mehr lange und die Menschen werden verhungern.«

»Ich bin kein großer Gärtner«, entgegne ich.

»Immer mehr Leute laufen zum Schattenkult über, weil es dort noch Vorräte von den Plünderungen gibt. Und der Rest fängt an auf die ketzerischen Worte der Graumäntel zu hören, die aus Nimharas Tempel dringen. Der Glaube ihres Volkes wird schwächer, und wenn wir keine gemeinsame Lösung finden, werden wir alle sterben. Jeder für sich allein.«

»Ich kann euch nicht retten«, entgegne ich ernst und erschöpft.

»Ihr seid der Letzte Stern! Wenn uns einer retten kann, dann Ihr.«

Ich beiße die Zähne so fest aufeinander, dass mir der Kiefer schmerzt, und atme dann ganz langsam aus. Aber es hilft nicht. »Hiret, ich habe alles aufgegeben, um für Nimh zu kämpfen und eure Prophezeiung zu erfüllen. Aber jetzt ist Schluss damit. Ich bin niemandes Stern. Alles, was ich im Moment tun muss, ist einen Weg nach Alciel finden, wo alle, die ich liebe, in großer Gefahr schweben. Wenn es nicht schon zu spät ist. Sag also eurem Fischerkönig, dem Sentinel, dass er mich dabei unterstützen kann oder sich unsere Wege hier trennen.«

»Ich …«

Dieses Mal bin ich derjenige, der sie unterbricht. »Du solltest jetzt gehen, Hiret. Ich habe bisher nichts verraten, weil Matias mich, als Inshara nach meinem Kopf schrie, aus dem Tempel geschleust hat. Dafür bin ich ihm sehr dankbar, aber es reicht jetzt. Wenn du noch einmal hierherkommst, rufe ich die Tempelwachen. Techeki wird sich freuen jemanden kennenzulernen, der ihn zu seinem alten Rivalen führen kann.«

Mit offenem Mund starrt sie mich an. *Das wagst du nicht,* drohen mir ihre weit aufgerissenen Augen.

Woraufhin meine sich zu Schlitzen verengen: *Lass es besser nicht darauf ankommen.*

Eine Zeit lang fixieren wir uns gegenseitig – ein Test ihrerseits, wie ernst ich es meine, dem ich aber standhalte –, dann gibt sie plötzlich auf, erhebt sich und zieht ihre Kapuze zurecht. »Heute Abend wird jemand an der üblichen Stelle auf Euch warten«, sagt sie, dreht mir den Rücken zu und geht.

Ich warte, bis sie verschwunden ist, dann stehe ich ebenfalls auf und sammle meine Papiere zusammen. »Komm, Käpt'n Plüschpfote«, fordere ich den Kater auf. »Gönnen wir uns ein paar Stunden Schlaf.«

Der Kater starrt mich an und versenkt seine Krallen in einem Stapel Papier.

»Was?«

Er starrt mich weiter an.

»Ich tue, was ich kann«, sage ich leise. »Wenn ich mit Hiret gehe, bringt uns das auch nicht zu Nimh. Es würde bedeuten Nimh aufzugeben – und dazu bin ich noch nicht bereit.«

Ich glaube, der Kater ist mit ein Grund, weshalb die Flussläufer davon überzeugt sind, dass ausgerechnet ich derjenige bin, der sie retten kann. Bisher galt seine Loyalität ausschließlich Nimh, weshalb sie seine Anhänglichkeit mir gegenüber wohl als eine Art Zeichen deuten.

Dabei habe ich ihnen bereits gesagt, dass er mir nicht folgt. Ich füttere ihn nur.

Vorbei an verschlafenen Akolythen und Bediensteten, die Frühschicht schieben, schleiche ich mich mit dem Kater durch die Korridore.

Ich habe zwar eigene Gemächer, doch wir gehen an einen Ort, an dem niemand wagt mich zu stören – an einen Ort, der allein den Gottheiten vorbehalten ist. Der Kater musste mich mehrere Male in diesen abgeschiedenen Gang führen, bis ich es endlich kapiert habe – zuerst dachte ich, wir wären in einer Sackgasse gelandet, an deren Ende er jedes Mal die Wand anmaunzte und dann erwartungsvoll zu mir hochblickte.

Ich klemme mir die Dokumente unter den Arm und taste nach dem Knopf, der in einem der steinernen Ornamente eines Schmuckpfeilers verborgen ist. Kurz darauf gleitet eine geheime Tür zur Seite und der Kater schlüpft vor mir hindurch in Nimhs heiligen Garten.

Über unseren Köpfen holen Dachfenster und Spiegel das Licht der Morgensonne herein und erhellen einen Raum, der ungefähr doppelt so groß ist wie mein Schlafzimmer.

Filigrane Kletterpflanzen bedecken die kühlen Wände, über

die Wasser in ein von Moos umrandetes Becken plätschert. Vor dem Becken steht eine Steinbank und überall recken Blumen sich dem Licht entgegen – rote, orange und gelbe –, mit langen zarten Stielen, die sich sanft im Luftzug der sich hinter meinem Rücken schließenden Tür wiegen. Es gibt hier sogar einen echten Baum mit glatter weißer Rinde und Ästen, die sich in die Höhe strecken und dann in weichen Bögen aus graugrünen Blättern und frischen rosafarbenen Blüten wieder herabfallen.

Ich habe ein paar Kissen und Decken hergebracht, denn hier unter diesem Baum kann ich ungestört schlafen – keiner der Tempelbediensteten würde es wagen, gegen die Tür eines Raumes zu hämmern, der allein den Göttern vorbehalten ist. Und Elorin und ihren Graumänteln hat, so viel ich weiß, niemand von seiner Existenz erzählt.

Ich muss jedoch gestehen, dass dieser wunderschöne Ort immer mehr wie mein Zimmer zu Hause aussieht. Neben meiner Matratze stapelt sich das Papier und an der Tür stehen mehrere dreckige Teller, die ich schon seit Tagen mit nach draußen nehmen will. An einer freien Wand habe ich eine ganze Reihe von Dokumenten aufgehängt, von denen die Hälfte bereits mit meinen krakeligen Notizen versehen ist. Obwohl ich die Informationen selbst zusammengetragen habe, kommen sie mir allmählich vor wie die Sammlung eines durchgeknallten Verschwörungstheoretikers.

Hier, in diesem wundervollen Garten, ist meine Anwesenheit ein Sakrileg. Das Chaos, das gerade meine Welt und meinen Kopf beherrscht, nimmt ihm seine Ruhe und Göttlichkeit.

Zwischen blühenden Ranken hängen mehrere Zeichnungen von Flügeln, die ein verrückter Erfinder, der die Vögel imitieren wollte, vor langer Zeit angefertigt haben muss. Hätte er damals etwas wie meinen Gleiter, den *Skysinger*, zu Gesicht bekommen, wären ihm wahrscheinlich die Augen aus dem Kopf gefallen. Trotzdem werfe ich die Zeichnungen nicht weg. Ich habe den *Skysinger* nicht mehr und bin mittlerweile verzweifelt genug alles auszuprobieren, was ich finde.

Den Gleiter habe ich eigenhändig gebaut, aus Teilen, die ich den Motoren unter meiner Stadt entnommen habe. Ich war mir sicher ihn mit der Zeit immer weiter verbessern und dann ein Luftschiff bauen zu können, das allein mit der Kraft seines Motors fliegt. An dem Tag, an dem ich abgestürzt bin, hatte ich vor dem Senat über meine Pläne gesprochen. Ich glaube immer noch, dass ich dieses Luftschiff bauen könnte, aber die Technik, die ich dafür benötige, existiert nur in meinem Land über den Wolken.

Es gibt wohl nichts Schlimmeres, als sich jedes einzelne Teil, das man brauchen würde, genau vorstellen zu können, aber keine Möglichkeit zu haben daran zu kommen – so, als stünde man am Rand einer Schlucht und entdeckte ein Brett, das einem als Brücke dienen könnte … nur dass es auf der anderen Seite liegt.

Gleich neben den Skizzen der Flugmaschine stapeln sich Schriftrollen, in denen ein Zweiter Exodus erwähnt wird. Die Rollen haben mir fast das Herz gebrochen. Für einen Moment hatte ich gehofft, jemand hätte *nach* dem Aufstieg Alciels – für Nimhs Volk der Exodus – einen Weg in den Himmel gefunden. Tatsächlich ist das Wissen darüber, wie man das geschafft hat, im Laufe der Geschichte verloren gegangen, aber für einen kurzen Augenblick dachte ich dennoch, die zerfledderten Schriftrollen würden mir verraten, wie ich ein zweites Mal aufsteigen könnte. Leider kann ich kaum ein Wort davon entziffern.

Neben dem Wasserbecken liegen, mit einem Stein beschwert, die Mythen, die ich zu den Sentinels gefunden habe. Die Sentinels existieren seit den ersten Aufzeichnungen über das Unten und kennen angeblich den Weg zwischen dieser und meiner

Welt. Es ist darin viel von magischen Türen und treuen Herzen die Rede und ich frage mich, ob es sich hier um dieselben Hälften eines gebrochenen Herzens handelt wie in der Version der Geschichte, die das Orakel erzählt. Aber auch sie enthalten keinerlei Hinweise darauf, wer oder was diese Herzen sind und wo sie sich befinden. Und was auch mit keinem Wort erwähnt wird, ist, dass zumindest einer dieser Sentinels noch lebt.

Matias' Offenbarung auf den Tempeltreppen nach Nimhs und Insharas Aufstieg hat Techeki und die anderen offensichtlich genauso schockiert wie mich. Falls Matias weiß, wie man in den Himmel kommt, wird er es mir nicht verraten. So viel ist sicher.

Noch eine Sackgasse also.

Seit zwei Wochen suche ich bereits nach einer Möglichkeit, nach Hause zu kommen, und bin keinen Schritt weitergekommen. Ich versuche meine Enttäuschung nicht allzu groß werden zu lassen und lege die wenigen Notizen, die ich mir zu diesem Orakel gemacht habe, auf den Stapel mit den Sentinel-Mythen. Noch mehr Geschichten, noch mehr Sichtweisen auf die Mythologie des Exodus. Nur nichts, was mir dabei helfen könnte zu erfahren, wie unsere Vorfahren auf die andere Seite der Wolken gelangt sind.

Als ich diesen Garten entdeckte, war er kurz davor einzugehen. Mit ein paar diskreten Fragen hatte ich schnell in Erfahrung gebracht, dass außer der Göttlichen niemals jemand diese heilige Stätte betritt. Aber Nimh war nicht da, um sich um die Pflanzen zu kümmern, und als ich das erste Mal durch die steinerne Tür trat und sie sich leise hinter mir schloss, schienen die Blätter erwartungsvoll zu zittern … Dann sah ich neben einem Beet welkender gelbweißer Blumen eine Schaufel liegen. Als hätte Nimh sie nur kurz beiseitegelegt und würde jeden Moment wiederkommen.

Gegenüber Hiret hatte ich behauptet kein guter Gärtner zu sein, aber das war nicht ganz richtig. Seit ich Nimhs Gartenwerkzeuge gefunden habe, habe ich sie immer wieder benutzt und auch jetzt sinke ich hinunter ins Gras und lege die Finger um den geschmeidigen Holzgriff, den einst Nimh in der Hand hielt. Das Bild, wie sie hier mit ihrer Schaufel kniet, ist so lebendig, dass ich plötzlich das Gefühl habe, der Griff ist noch warm von ihrer Hand, die ich unter meiner fast spüren kann.

Ich dachte wirklich, ich hätte keine Ahnung von Gartenarbeit, aber als ich anfing, konnte ich plötzlich wieder die Stimme meines Großvaters hören …

Er liebte die Palastgärten. Früher besaß ich Gartenwerkzeug genau wie dieses – nur kleiner. In meiner Erinnerung bin ich nicht älter als fünf oder sechs Jahre. Genauso alt wie Nimh, als man sie gefunden und in den Tempel gebracht hat.

Die Palastgärten waren nie eine Leidenschaft von mir, aber sollte ich je wieder nach Hause kommen, werde ich sie für meinen Großvater von einem Ende bis zum anderen jäten.

Nun verrichte ich meine täglichen Arbeiten, um vor dem Schlafen ein wenig zur Ruhe zu kommen – den Fehler, nach einer durchgearbeiteten Nacht in der Bibliothek gleich einschlafen zu wollen, habe ich nur einmal gemacht.

Langsam beginne ich das Gras, das um die Blumen herum wuchert, auszurupfen und entferne behutsam die verwelkten Blüten.

Der Kater setzt sich neben mich, um zu beobachten, was ich tue, und fängt kurz darauf an leise zu knurren. Nein, nicht zu knurren – Nimh hat mir gesagt, wie das heißt … schnurren.

»Ich versuch's, Plüschpfote«, versichere ich ihm. »Ich schwöre dir, ich tue mein Möglichstes.«

Er schlägt nur kurz mit dem Schwanz und ich arbeite weiter. Die Ruhe hier ist eine andere als in den Archiven – dieser Ort ist voller Leben, das einen Selbstzweck hat. Ich habe Bibliotheken immer geliebt, aber in den letzten zwei Wochen habe ich mich dort wie ein winziges Licht in einem riesigen dunklen Raum gefühlt, dessen Enden so weit voneinander entfernt sind, dass ich nicht mehr weiß, in welcher Richtung ich nach dem Ausgang suchen soll. Es war einsam dort.

Aber hier ... Obwohl ich die Blumen Tag für Tag gießen und die Zweige immer wieder schneiden muss, hat diese Arbeit etwas Befriedigendes, weil ich weiß, dass ich sie gut und richtig mache und heute beenden kann.

Pflanzen sind ein Zeichen der Hoffnung, North. Wie ein Echo aus meiner Welt höre ich die Stimme meines Großvaters. Denn was auch geschieht, sprießen in einem Garten stets neue Triebe in der Gewissheit, dass es ein Morgen geben wird.

Nimh hatte diese kleinen Zeichen der Hoffnung liebevoll gepflegt, obwohl sie wusste, welche Gefahren dort draußen lauerten: Insharas Schattenkult, der behauptete, Nimhs Macht würde sich nie manifestieren; die Graumäntel, die zu ihrem eigenen Schutz alle Magie verbannen wollten; die Nebelstürme, die Nimhs Volk bedrohten, das in ihr seine einzige Beschützerin sah.

Ich vermisse sie so sehr, dass es schmerzt. Meine Wut ist wie ein Schild, mit dem ich mich gegen die nagende Angst vor dem schütze, was Inshara inzwischen alles getan haben könnte – mit Nimh, meiner Familie, meinen Freunden und meinem Volk. Und diese Wut ist es auch, die mich antreibt, doch im Moment bringt sie mich nirgendwohin. Ich bin einer Antwort nicht einen Schritt näher als zu Beginn meiner Suche.

Um meine Knie zu entlasten, setze ich mich im Schneidersitz auf den Rand meiner Matratze. Der Kater klettert auf meinen Schoß – ausnahmsweise mit eingezogenen Krallen – und rollt sich zusammen. Als ich ihn hochnehme und mein Gesicht in sein Fell drücke, protestiert er nicht einmal.

»Wie hat sie das geschafft?«, flüstere ich. »Woher nahm sie bloß ihre Energie, ihre Hoffnung? Wie konnte sie sich all dem entgegenstellen, ohne dass irgendjemand daran geglaubt hat, dass sie es konnte? Ohne *selbst* zu wissen, ob sie es konnte?«

Der Kater, der sich in meinen Armen warm und weich anfühlt, hält ganz still. Wenn wir hier sind, ist er immer die Sanftmut in Person. Auch auf mich hat es eine beruhigende Wirkung, hier zu sein. Vielleicht gibt dieser Ort mir Kraft – genug, um es noch einmal zu versuchen. *Pflanzen sind ein Zeichen der Hoffnung, North.*

Doch wo soll ich meine Suche fortsetzen? Wenn ich Pech habe, sitze ich in zehn Jahren immer noch in den Archiven, ohne einen Weg zu ihr gefunden zu haben.

Und dann, ganz plötzlich weiß ich, was ich zu tun habe. Ich brauche jemanden, der mehr weiß als ich. Und ich werde eine Möglichkeit finden, ihn dazu zu bringen, mir zu helfen.

DER NETZWERKSPEZIALIST

Der Netzwerkspezialist bewegt sich am Rand der Menge entlang, die die Königin umringt. Seine Handflächen schwitzen. Hin und wieder erhascht er einen Blick auf einen Fetzen transparenten, roten Stoff. Sie ist hier, oben auf dem Podium. Das Mädchen von Unten. Sie spricht vor den Kameras zu den Menschen.

Als sie ihre Ansprache beendet hat und vom Podest steigt, wird sie sofort von Höflingen und Reportern umzingelt, die lautstark um ihre Aufmerksamkeit buhlen.

Aus exakt diesem Grund betreut der Netzwerkspezialist lieber technische Systeme – für Politik und das Geschacher um Positionen ist er nicht gemacht. Alles, was er zu seinem Glück braucht, ist ein hübscher, ruhiger Serverraum. Aber die Anordnung war unmissverständlich. Daher nimmt er all seinen Mut zusammen und macht sich bereit, sich durch die Menschenmenge hindurchzukämpfen. Doch so weit kommt es nicht, denn plötzlich taucht vor ihm ein goldgekrönter Kopf auf und ein dunkles Augenpaar fixiert ihn mit einem durchdringenden Blick.

»Ihr seid zurück!«, ruft sie und zieht die Augenbrauen nach oben. »Konntet Ihr die Ursache der Störung ausmachen?«

Der Netzwerkspezialist verlagert das Gewicht von einem Bein auf das andere. »Ich … ähm … Es war keine Störung, Ma'am.« Die Augen der Frau verengen sich zu Schlitzen und er beeilt sich seine Anrede zu korrigieren. »Göttliche, wollte ich sagen. Es war kein Fehler. Die Zentrale hat dieses spezielle Chronometer das letzte Mal vor zwei Wochen in den Gärten geortet. Ungefähr um die Zeit, als Ihr angekommen seid.«

Die Frau spürt, dass da noch mehr ist, und wartet. Er schluckt. Dann schiebt er die Hand in die Tasche und zieht einen dreckverkrusteten Gegenstand hervor.

»Jemand hat es vergraben, Ma'… Göttliche.«

»Vergraben?« Sie starrt ihn an und in ihren merkwürdig stechenden Augen blitzt Wut auf. »Wollt Ihr damit sagen, man hat versucht sich des Chronos zu entledigen?«

Der Spezialist nickt nervös. Er weiß, dass das nicht die Antwort ist, die sie hören will.

»Jemand von hohem Rang hat zu mir durch dieses Chrono gesprochen«, sagt sie. »Es muss eine andere Erklärung geben.«

»Es wurde zerstört und ungefähr einen halben Meter tief in dem Beet mit den roten Blumen im Südgarten vergraben«, entgegnet der Spezialist. Das Ganze ist ihm sichtlich unangenehm.

Als sie näher kommt, um ihm das Chronometer abzunehmen, fängt er an zu zittern. Erleichtert händigt er es ihr aus, in der unbegründeten Hoffnung, erst dann wieder in den Palast gerufen zu werden, wenn das System komplett verrücktspielt.

Nimhara betrachtet das kaputte Chrono in ihrer Hand. Dann presst sie die Lippen aufeinander und schleudert es von sich. »Wen kümmert's.« Ihr Tonfall ist scharf und kontrolliert, als sie den Blick in die Ferne richtet. »Ich brauche ihn nicht. Ich bin die Göttin meines Volkes. Und nun auch die eure.«

Der Netzwerkspezialist weicht ein paar Schritte zurück. In der Menge vor den Palasttoren hat es angefangen zu rumoren – einige Zuschauer applaudieren, aber Geschrei, Verwirrung und Unsicherheit überwiegen.

Er wartet, bis Nimhara sich umgedreht hat und wieder neben die Königin tritt. Als die Kameras sich auf sie richten und die Reporter ihre Fragen brüllen, ergreift er die Flucht. Das kaputte Chronometer lässt er liegen.

3
JAYN

Mit einer gemurmelten Entschuldigung lasse ich die alte Frau vor dem Kamin sitzen und stolpere hinaus in die knirschend kalte Morgenluft von Alciel. Ausnahmsweise raubt mir die schwindelerregende Höhe der schlanken, weißen und silbernen Gebäude, die rechts und links der Straße in den Himmel ragen, einmal nicht den Atem – in meinem Kopf tobt die schreiende Wahrheit, die ich nun endlich kenne: Ich bin nicht von dieser Welt.

Der Asphalt unter meinen Füßen zittert, als sehnten sich die breiten, einsamen Straßen nach Wärme. Mittlerweile müsste ich dieses Zittern eigentlich gewohnt sein, aber es beunruhigt und verunsichert mich stets aufs Neue. Das erste Mal, hat man mir gesagt, sei es ein paar Tage nach dem Tod des alten Königs passiert. Niemand kennt den Grund für das Beben der Insel und ich frage mich, ob es nicht vielleicht die Trauer des Volkes um seinen König ist, die Alciel erbeben lässt.

Die Straßen sind nahezu leer, was ich so noch nie gesehen habe. Vereinzelt haben sich Menschen um die Bildschirme an den Außenwänden der Gebäude gruppiert, um der Besucherin von Unten zu lauschen, doch der Großteil der Stadt hat sich vor dem Palast versammelt, um die Krönung mitzuverfolgen. Einer der Zuschauer, ein Junge in meinem Alter, dreht sich um und sieht mich an der Ecke stehen. Ich erstarre, bin mir sicher, dass er bemerkt, dass ich wie das Mädchen in Rot auf dem Bildschirm bin – dass ich nicht hierhergehöre. Ich zwinge meine Beine weiterzugehen, ohne zu wissen wohin. Eine ältere Frau neben dem Jungen sagt etwas zu ihm und er dreht mir wieder den Rücken zu.

Sie können es mir nicht ansehen, beruhige ich mich selbst, ohne mir meine Befürchtung erklären zu können. Ich lebe seit vielen Tagen bei der Familie der Elektrikerin und nie hat jemand auch nur Verdacht geschöpft. Aber das war, bevor die Menschen hier wussten, dass meine Welt existiert.

Der Wind trägt das ferne Rauschen Tausender Stimmen an mein Ohr – die Menge harrt noch immer vor dem Palast aus. Mein Herz hämmert im Takt meiner Schritte und die Angst macht meine Glieder schwer und ungelenk. Vor mir huscht ein Schatten über den Asphalt, erschrocken schnappe ich nach Luft. Über mir genießt ein Gleiter die Freiheit des nahezu wolkenlosen Himmels und zieht langsam und elegant seine Kreise.

Es muss einen Grund geben, weshalb ich nicht bei dem Mädchen bin, mit dem sich die Königin verbündet hat. Dass zwei Besucherinnen aus einer anderen Welt innerhalb weniger Tage hier gelandet sind, kann kein Zufall sein. Aber wenn ich mit ihr gemeinsam auf Reisen war … warum wurden wir getrennt?

Nimhara.

Der Name weckt das Unbehagen einer drohenden Gefahr in mir, das ich genauso wenig erklären kann wie meine Furcht. Ich habe unablässig ihr Bild vor Augen, wie sie in ihrem roten Gewand neben der Königin steht, doch jedes Mal, wenn ich die Gefühle, die es in mir weckt, zu fassen versuche, fliehen sie wie Purris vor dem Tageslicht.

Meine Schritte werden langsamer und ich bleibe bei einem der Pfosten, die am Abend die Straßen erhellen, stehen. Hier ist es nie dunkel. Jede Ecke und jede kleine Gasse wird die ganze Nacht hindurch von den unzähligen Bildschirmen und Schildern erleuchtet. Keine Dunkelheit, keine Tiere – warum ist mir das bisher nicht aufgefallen? Ich erinnere mich an dieses Wort – *Purri* –, sehe die haarigen kleinen Biester genau vor mir, wie sie auf ihren kurzen Beinchen davonflitzen. Ich weiß, es *gibt* Tiere, aber hier sind keine. Nur Vögel und der Wind und die Gleiter am Himmel.

An der Kreuzung zu einer engen Gasse mache ich halt. Ich kontrolliere, ob jemand mich beobachtet, und schöpfe Atem. Ich kenne eine wirksame Methode, Ruhe und inneren Frieden zu finden – Meditation –, mache mir aber nicht die Mühe, darüber nachzudenken, woher ich das weiß, obwohl ich mich sonst an kaum etwas erinnere. Ich schließe einfach die Augen und konzentriere mich auf meine Atmung. Das Heben und Senken meiner Brust ist mir so vertraut, dass mein Herzschlag sich augenblicklich beruhigt. Meine rasenden Gedanken werden langsamer und mein Verstand greift nach all den Dingen, an die ich mich nicht erinnern kann. Sie sind da, ich kann sie fühlen, als warteten sie hinter einem Vorhang, den ich nur zurückziehen muss – und doch bringe ich es nicht über mich, es zu tun, weil ich das, was mich dahinter erwartet, zu sehr fürchte.

Ich spüre, wie sich meine Nackenhärchen aufstellen, und öffne erschrocken die Augen. Ich bin verwirrt, hin- und hergerissen zwischen der Angst vor dem Ungeheuer hinter dem Vorhang und der Angst vor … ja, vor was eigentlich?

Und dann sehe ich ihn.

Er steht auf der anderen Straßenseite. Tadellos gekämmtes helles Haar, aufrechte Haltung. Obwohl er alltägliche Kleidung trägt – graue Hosen und eine schwarze Jacke mit Reißverschluss, den er bis zum Hals zugezogen hat –, sagt mir mein Instinkt, dass er in einer Uniform stecken sollte. Ich weiß, woran man eine verkleidete Wache erkennt.

Mir wird flau im Magen. In meinem früheren Leben muss ich wohl eine Diebin gewesen sein. Oder zumindest jemand, den es lohnte zu überwachen.

Er beobachtet mich. Ich zwinge mich den Blick über ihn hinweggleiten zu lassen, als wäre er völlig uninteressant, und gehe weiter. Es fällt mir schwer, nicht zu überprüfen, ob er mir folgt, aber ich schaffe es, bis zur nächsten Ecke zu warten, an der ein Schaufenster mir mein verschwommenes Spiegelbild zeigt.

Und dort, ein Stück hinter mir, ist auch die schwarzgraue Gestalt zu erkennen, die mir langsam hinterherschleicht.

Panik schnürt mir die Kehle zu. Ich weiß nicht, was ich jetzt tun soll – also gehe ich einfach weiter. Er scheint nicht die Absicht zu haben, den Abstand zwischen uns zu verringern, das heißt, solange ich mich bewege, bin ich sicher.

Warum sollte mich eine königliche Wache beschatten? Meine Gedanken rasen, während ich in einem anderen Schaufenster einen zweiten Blick auf meinen Verfolger erhasche. Bis heute wusste ich schließlich selbst nicht, woher ich komme. Woher weiß es also die Königin?

Aber die Antwort ist leicht: Das Mädchen in Rot weiß es. Und sie muss einen Grund haben, nach mir suchen zu lassen.

Nimhara.

Nur, dass sie *nicht* Nimhara ist. Die plötzliche Gewissheit lässt mich fast erstarren. Unter größter Anstrengung gelingt es mir weiterzugehen.

Irgendwoher kenne ich die Wahrheit, so wie ich Purris kenne und weiß, dass der Mann, der mir folgt, die typische Körperhaltung einer ausgebildeten Wache hat.

Die Botschafterin aus einer anderen Welt erzählt der Königin Lügen.

Meine Augen, die unablässig hin und her huschen, finden das

Spiegelbild meines Verfolgers überall. Dann bemerke ich etwas, bei dem mir fast das Herz stehen bleibt: Es sind *zwei*.

Ein weiterer Mann ist dazugekommen. Er ist ähnlich gekleidet wie der erste, nur dass seine Jacke grau und die Haare dunkel sind.

Ich gebe es auf mich zu verstellen und ändere die Richtung. Zwischen zwei schwindelerregend hohen Häuserblöcken zweige ich schnell in eine Nebenstraße ab – und bleibe wie angewurzelt stehen. Am Ende der Straße wartet eine dritte Wache, eine Frau mit kurzen braunen Haaren und kantigem Gesicht. Von Panik gepackt wirbele ich herum und fange an zu laufen.

Das Überraschungsmoment verschafft mir einen kleinen Vorteil. Hinter mir höre ich einen der Männer, die mir sofort nachsetzen, einen erstickten Fluch ausstoßen. Ich sprinte auf die andere Straßenseite und dort in eine schmale Gasse. Die Mauer am Ende nehme ich erst wahr, als ich schon fast darübergeklettert bin. Ich habe gerade ein Bein über den Rand geschwungen, als der erste Mann mich einholt. In dem Moment, in dem ich mich nach ihm umdrehe, streckt er die Hand nach meinem Fuß aus.

Dann sehe ich ihr Gesicht. Das Gesicht der Frau in meinen Träumen, wie sie mich packt …

Ich schreie und ein schreckliches Donnern zerreißt die Luft. Der Mann fliegt zurück, schlägt auf dem Boden auf und rollt den beiden anderen Wachen vor die Füße. Abrupt bleiben sie stehen und starren zuerst ihn und dann mich an, wie ich rittlings auf der Backsteinmauer sitze und um Atem ringe. Meine Hände umklammern den Rand der Mauer. Meine Füße sind gegen den Stein gepresst.

Ich habe mich nicht bewegt, nicht nach ihm getreten. Wir haben uns nicht berührt. Und dennoch … Ich zwinge mich weiterzuklettern, nicht darüber nachzudenken, was gerade geschehen ist. Hart lande ich auf der anderen Seite der Mauer, stolpere zwei

Schritte vorwärts und laufe weiter. Erst als ich ein halbes Dutzend Straßen hinter mir gelassen habe, bleibe ich stehen.

Ganz Alciel feiert heute Nacht. Farbenprächtige Explosionen erhellen den nachtblauen Himmel und Musik ergießt sich in die Straßen, in denen die unterschiedlichen Klänge und Rhythmen sich zu einem wogenden Teppich des Frohsinns verweben. Der Duft nach gebratenen Speisen, der von den Wagen der Straßenverkäufer ausgeht, überdeckt den beißenden Rauchgeruch der Himmelsfeuer, der mir fremd und vertraut zugleich ist. Lichter, die von den hoch aufragenden Gebäuden herab auf die Straßen projiziert werden, zeichnen betörende Muster auf den Asphalt und die Menschen, die hier zusammengekommen sind. Dieser Teil der Stadt ist sogar noch prachtvoller als das Viertel, in dem die Elektrikerin lebt, mit breiten Straßen und Gebäuden, die so kompliziert gebaut sind, dass sie aussehen wie aus Elfenbein und Obsidian geschnitzte Skulpturen. Teile der Außenwände, die bei Tag als Fenster dienen, sind nun Bildschirme, die Bilder von der Krönung und den Feierlichkeiten überall in der Stadt zeigen.

Seit ich vor zwei Wochen neben den Bahngleisen aufgewacht bin, erscheint mir die ganze Stadt von einer Traurigkeit heimgesucht, die ich bis heute nicht recht einordnen kann. Trotz aller Bemühungen, ausgelassen und sorglos zu feiern, ist auch in dieser Nacht eine vage Unsicherheit zu spüren, die das Fest überschattet. Die Stadt beklagt noch den Verlust ihres Königs und ihres Prinzen – und muss gleichzeitig das Erscheinen dieser Frau von Unten an der Seite ihrer Königin akzeptieren.

Die Bedienung der Kaffteestube, in der ich mich schon den ganzen Nachmittag verstecke, kommt schon wieder an meinen

Tisch. Sie fragt, ob sie mir noch etwas bringen kann, will mir damit aber eigentlich etwas ganz anderes zu verstehen geben: *Stundenlang hier zu sitzen und an einem einzigen Getränk zu nippen war in Ordnung, solange ganz Alciel der Krönung beiwohnte – aber jetzt habe ich andere Gäste und du keine Münzen mehr.* Ihr Gesicht ist dennoch freundlich, und als ich erkläre, dass ich nichts mehr brauche und bald gehen werde, sagt sie höflich, ich müsse mich nicht beeilen.

Gelähmt von meiner Angst und Unentschlossenheit habe ich mich den halben Tag hier verborgen. Ein Teil von mir möchte einfach zum Palast gehen und die Frau, die sich Nimhara nennt, fragen, wer ich bin. Doch etwas tief in meinem Inneren sagt mir, dass ich ihr nicht trauen kann. Immerhin ist sie eine Verbündete der Königin – und es sind königliche Wachen, die mich verfolgen.

In das Haus der Elektrikerin zurückkehren kann ich auch nicht. Die Wachen an ihre Schwelle zu locken und ihre Familie zu gefährden wäre eine armselige Art, meine Dankbarkeit für ihre Freundlichkeit zum Ausdruck zu bringen. Ich weiß nicht einmal, wie lange sie mich schon beschatten und ob sie meinen Aufenthaltsort kennen.

Fliehen kommt ebenfalls nicht infrage. Dieser Ort ist ein schwebendes Gefängnis. Ich bin umgeben von Himmel und mein Zuhause ist Welten von hier entfernt.

Für den Bruchteil einer Sekunde erhellt blaugrünes Licht das breite Fenster der Kaffteestube, bevor ich den entfernten Knall einer weiteren Festexplosion am Himmel höre. Ich weiß nicht, wo ich bin. Ich habe mich nie sehr weit vom Haus der Elektrikerin entfernt und kenne die Straßen in diesem Viertel nicht. Und eines von diesen Chronos, mit denen die Menschen hier ihren Weg finden, habe ich auch nicht.

Ich muss an meine erste Nacht in dieser Stadt denken. Mein

Körper schmerzte von Verletzungen, von denen ich nicht wusste, wie ich sie mir zugezogen hatte, und mein Kopf war vollkommen leer. Da war nichts als Angst, kein Ort, an den ich gehen, niemand, dem ich trauen konnte. Ich irrte durch die Straßen, bis ich schließlich zwischen zwei Büsche kroch und mit dem Rücken an eine Mauer gelehnt versuchte zu schlafen. Diese Mauer gehörte, wie sich später herausstellte, zum Haus der Elektrikerin.

Langsam, mir einredend, dass ich heute kräftiger und klüger bin, erhebe ich mich. Ich fische meine letzten Münzen aus der Tasche und lasse sie auf dem Tisch liegen. Es reicht gerade, um meinen kleinen Kafftee zu bezahlen und der Bedienung noch etwas für ihre Umstände dazulassen. Dann gehe ich – den anderen Gästen großzügig ausweichend, um nicht angerempelt zu werden – zur Tür, die sich mit einem leisen Zischen öffnet.

In meinem Rücken nehme ich ein scharrendes Geräusch wahr und es stellen sich mir die Nackenhärchen auf. *Zufall*, sage ich mir – in einer gut besuchten Kaffteestube ist es nichts Ungewöhnliches, wenn jemand direkt nach einem vom Tisch aufsteht. Ich drehe mich ein klein wenig zur Seite und beobachte aus dem Augenwinkel heraus eine Frau, die zur Theke geht. Als die Bedienung auf sie zutritt, winkt sie ab und studiert die Gebäckauslage. Gerade atme ich erleichtert aus, als die Frau flüchtig in meine Richtung sieht.

Mit pochendem Herzen haste ich durch die Tür, während sich in meinem Kopf die Fragen überschlagen. Wie lange hat sie schon dort gesessen und mich beobachtet? Sie muss eine der königlichen Wachen sein. Aber wenn das stimmt, warum hat sie dann nicht versucht mich zu verhaften?

Hilflos sehe ich nach rechts und nach links die Straße entlang und es schnürt mir die Kehle zusammen. Ich kann nirgendwohin fliehen.

Begleitet von johlendem Gelächter explodiert über mir ein farbenprächtiges Feuer. Mein Blick wandert nach oben zu dem Balkon, auf dem das Farbenfeuer entzündet wurde. Das aufplatzende Rot und Gold ist so hell, dass vor dem dunklen Nachthimmel ein Nachbild entsteht, während goldene Funken auf die Erde regnen wie die herabfallenden Zweige einer Trauerhirta.

Direkt darunter stehen ein Junge und ein Mädchen. Sie sehen sich an, dann lässt sie den Kopf hängen und er tritt zu ihr, um über ihre lila Locken zu streichen, die im Licht des Himmelsfeuers pink und pfirsichfarben glühen. Funken tanzen um die beiden und plötzlich scheint die Zeit stillzustehen. Meine Angst und Verzweiflung sind vergessen, während ich die beiden einfach nur anstarre. Es durchfährt mich wie ein Blitz. Ich kenne sie.

Ich kann mich nicht bewegen – wie betäubt stehe ich da, unfähig auch nur zu blinzeln.

Ein Bild taucht in meiner Erinnerung auf. Ich betrachte dieses Bild, auf dem sie die Arme umeinandergelegt haben. Sie lachen, grinsen, mit vor Vergnügen geröteten Wangen. Ihre Umarmung schließt noch eine dritte Person mit ein, einen Jungen …

Meine Augen füllen sich mit Tränen. Rückwärts taumele ich gegen die Wand der Kaffteestube. Halb verborgen im Schatten starre ich die beiden immer weiter an, bis der Junge den Kopf hebt. Als spürte er meinen Blick, dreht er sich mit zusammengezogenen Brauen um, aber seine Augen gleiten über mich hinweg. Gerade als er sich wieder zurückdrehen will, entdeckt er mich und flüstert dem Mädchen etwas ins Ohr, das ebenfalls den Kopf hebt. Als es mich entdeckt, werden seine Augen hart und es zerrt den Jungen am Arm zurück in die Menge.

Plötzlich erwache ich aus meiner Starre. »Wartet!«, schreie ich. »Bitte – bleibt stehen!«

Sie gehen weiter und ich laufe hinterher. Ihnen macht es nichts aus, angerempelt zu werden, ich aber muss mich in der Mitte der Straße bewegen, wo weniger Menschen sind und ich nicht Gefahr laufe, berührt zu werden. Die beiden sind das erste Vertraute in einer völlig fremden Welt. Ich kann nicht zulassen, dass sie verschwinden.

Geschüttelt von meiner Verzweiflung bricht in meinem Gedächtnis ein kleiner Damm. »Miri!«, rufe ich krächzend. »Saelis! Ich brauche eure Hilfe!«

In der Ferne beobachte ich, wie der lila Lockenkopf stehen bleibt und sich zu mir umdreht. Gleichzeitig nehme ich eine Bewegung in meinem Rücken wahr. Als ich mich ebenfalls umdrehe, blenden mich zwei grelle weiße Lichter und im nächsten Moment werde ich von einer Trambahn erfasst.

4
NORTH

Als ich in die schmale Gasse vor den Tempelmauern hinaustrete, ist es bereits dunkel. Das letzte Mal habe ich diesen Durchgang benutzt, als Nimh und ich durch die Archive aus dem Tempel geflohen sind.

Damals habe ich zum ersten Mal erkannt, was für eine Macht sie hat. Sie hat etwas getan, das mein Verstand sich nicht erklären konnte – vor meinen Augen hat Nimh eine Steindecke herabstürzen lassen und so unsere Verfolger aufgehalten.

In jener Nacht war mir klar geworden, dass Magie tatsächlich existiert und ich vor ihr genauso wenig davonlaufen kann wie vor dem eigenen Tod.

Später haben wir uns ein Boot von den Flussläufern geliehen und uns an Bord unter den aufgehenden Monden unsere Geschichten erzählt.

Am liebsten wäre ich mit Nimh auf dem Fluss geblieben. Für immer.

Ein erschreckender Gedanke.

Die Gasse scheint menschenleer, aber als der Kater mit einem lauten Miau an mir vorbeitrippelt, tritt eine Gestalt aus dem Schatten.

Es ist ein Mann Mitte dreißig, der die Schärpe der Flussläufer trägt. Er ist kräftig gebaut, hat ein offenes, freundliches Gesicht und dank seiner hellbraunen Haut, den dunklen Locken und seinem schiefen Lächeln bestimmt viele Bewunderer. An einem anderen Tag hätte mich sein Äußeres sicher auch fasziniert, doch heute Abend beschäftigen mich andere Dinge.

»Seid gegrüßt«, sagt er höflich, verbeugt sich vor dem Kater und sieht dann mich mit seinem gewinnenden Grinsen an. »Mein Name ist Orrun.«

Im ersten Moment kann ich ihm nur zunicken. Gerade habe ich noch daran gedacht, wie wir schon einmal aus diesem Tunnel gekrochen sind, und plötzlich steht ausgerechnet der Mann vor mir, dessen Boot wir uns damals genommen haben. Techeki hat mir erzählt, man hätte die Barke später ausgebrannt am Flussufer gefunden.

Kurz frage ich mich, ob Orrun weiß, dass ich ihm noch ein Boot schulde, doch dann fällt mir wieder ein, warum ich eigentlich hier bin.

»Kannst du mich zu Matias bringen?«, erkundige ich mich schnell.

Mit einem kleinen Lächeln verbeugt er sich ein zweites Mal. »Der Fischerkönig erwartet Euch.«

Schweigend gehen wir den kurzen Weg hinunter zum Fluss. Das Petroleum ist mittlerweile knapp geworden, weshalb die Straßen nicht beleuchtet sind und es uns leichtfällt im Schatten zu bleiben. Die Verwüstung, die Nimh angerichtet hat, zieht sich durch die gesamte Stadt. Große Steinbrocken liegen überall auf den Straßen und hinter den eingerissenen Häuserfronten und zerborstenen Fenstern klaffen unbewohnbare Räume.

Orrun führt mich das Ufer entlang auf einen sanft schaukelnden Steg, an dem ein Boot festgemacht ist. Aus der Kajüte dringt zwischen dicken, dunklen Vorhängen ein schmaler Lichtstreifen hervor.

Ich folge ihm eine ausgetretene Holztreppe hinunter, er zieht die Vorhänge beiseite und wir betreten einen von Lampen erhellten Raum voller Menschen, die sich angeregt unterhalten. Die Flussläufer haben scheinbar noch Petroleum, obwohl man sich in der Stadt schon darum prügelt.

In ihrer Mitte sitzt in einem türkisfarbenen Samtumhang und mit Dutzenden von Perlenketten behängt, die bei jeder seiner Bewegungen rasseln und klackern, Matias.

Langsam versiegt der Lärm und einer nach dem anderen dreht sich zu mir um und starrt mich mit offenem Mund an. Ein paar weichen zurück, als wäre ich wie Nimh unberührbar, aber die meisten bedecken mit den Händen ihre Augen und begrüßen mich mit derselben frommen Geste, mit der sie auch ihrer Göttin begegnen.

Ihr Respekt trifft mich wie ein Schwall kaltes Wasser. Diese Menschen glauben *wirklich*, dass ich Teil ihrer Prophezeiung bin. Dass der Letzte Stern Antworten für sie hat.

Aber die habe ich nicht.

Bevor ich noch groß über meine Worte nachdenken kann, rutschen sie mir schon heraus. »Es reicht, Matias! Ich bin nicht ihr Retter. Ich bin kein Gott. Ich bin nur irgendein Kerl, der wieder nach Hause will. Sagen Sie ihnen, sie sollen die Hände runternehmen.«

Die Überraschung, mit der die Flussläufer mich in ihrer Mitte willkommen geheißen haben, verwandelt sich in Schock. Matias kneift langsam die Augen zusammen und sieht mich an. Ein wenig erinnert er mich dabei an den Kater, der ebenso ungerührt neben mir steht.

Dann nickt er höflich, stützt sich auf seinen Stock und erhebt sich. »Schön dich zu sehen, North. Komm, gehen wir ein wenig spazieren, mein Junge.«

Dass er mich mit Namen anspricht, stimmt mich ein wenig milder. Seit Nimh verschwunden ist, habe ich ihn kaum noch gehört – niemand nennt den Letzten Stern bei seinem Namen. Und aus Matias Mund klingt er wirklich freundlich. Der Kater stakst auf den alten Mann zu und begrüßt ihn mit einem Maunzen, als wollte er deutlich machen, für was für einen Trottel er mich hält, weil ich die armen Menschen hier so angefahren habe.

Ich murmele eine Entschuldigung, während meine Wut bereits verpufft wie die Luft aus einem lecken Schwebeschiff. Dann folge ich Matias, der sich eine Laterne greift, durch die Vorhänge nach draußen. Schweigend sehen die Flussläufer uns nach. Selbst als wir schon an Deck sind und ich damit rechne, dass sie anfangen zu tuscheln, bleibt es still.

»Ist es sicher, hier draußen spazieren zu gehen?«, breche ich das Schweigen und starre nervös in die Dunkelheit jenseits des Lichtkegels der Laterne. Im Wasser ist ein leises Platschen zu hören und keine der Möglichkeiten, die mir einfallen, was das sein könnte, ist wirklich erfreulich.

Matias geht über die Rampe, die auf den Steg führt. »Hier, wo die Flussläufer zusammenkommen, sind wir in Sicherheit. Ich denke nicht, dass die Schatten schon heute Nacht ihr Glück versuchen werden. Außerdem haben wir ein Licht.«

Ich sehe mir seine Laterne etwas genauer an. Sie flackert nicht, wie die Öllampen in der Bibliothek, sondern spendet ein helles, gleichmäßiges Licht, wie ich es seit Wochen nicht mehr gesehen habe.

Es ist Zauberfeuer. In einer Stadt, in der es keine Magie mehr gibt.

»Woher haben Sie die?«, will ich wissen und zeige mit dem Finger auf die Laterne. »Wie funktioniert sie?«

Er hebt die Laterne hoch und schwenkt sie hin und her, als wäre er genauso überrascht sie zu sehen wie ich. Dann dreht er den Kopf Richtung Fluss und ich folge seinem Blick. Im Licht der Laterne, das nun weiter reicht als zuvor, erkenne ich den Grund für das Platschen. Dort sind Menschen im Wasser. Sie schwimmen unter der Oberfläche und kommen immer wieder nach oben, um Luft zu holen, bevor sie erneut abtauchen.

»Matias, sie sabotieren doch nicht etwa die Himmelsstahlanker?«, flüstere ich. »Sie sind das Einzige, was den Nebel fernhält.«

»Sie halten aber auch die Magie fern«, merkt er an.

»Haben Sie gesehen, was der Nebel mit den Leuten macht?«, zische ich. »Was nützt uns Magie, wenn alle den Verstand verlieren? Wenn Techeki das herausfindet …«

»Was dann? Erzählt er es seinen Graumänteln?«, fragt Matias und hebt eine Augenbraue.

»Es sind nicht *seine* Graumäntel, er …« Ich verstumme. Genau denselben Streit hatte ich heute Morgen mit Techeki, nur dass ich jetzt für die andere Seite eintrete. Wolkensturz noch mal, kann denn nicht einmal etwas unkompliziert sein in diesem verdammten Land?

»Komm«, fordert mich Matias auf und reicht mir die Laterne, bevor er auf seinen Stock gestützt anfängt das Ufer entlangzugehen.

Da mir ohnehin keine Wahl bleibt, schließe ich zu ihm auf und zwinge mich zu kleinen, langsamen Schritten, um neben ihm zu gehen. Der Kater ist bei den Flussläufern geblieben, wahrscheinlich um sich verhätscheln zu lassen und ein paar Geschichten auszutauschen. Ich persönlich hasse es, vergöttert zu werden, aber so wie ich den Kater kenne, hat er sicher nichts dagegen.

»Sie dürfen Hiret nicht mehr in den Tempel schicken. Sie soll aufhören mich zu bedrängen«, erkläre ich und lasse das Thema mit dem Himmelsstahl vorerst beiseite. »Ich tue, was ich tun muss. Ich versuche einen Weg nach Hause zu finden, wobei mir Ihre Unterstützung übrigens eine große Hilfe wäre. Nur deshalb bin ich hergekommen. Ich ackere mich planlos durch die Archive, weil der einzige Mann, der sich dort wirklich auskennt, nicht da ist.«

Matias antwortet nicht. Stattdessen legt er den Kopf in den Nacken und sieht hinauf zu der sternenübersäten Weite und dem dunklen Fleck, wo der Himmel hinter Alciel verschwindet.

»Ich habe alles getan, was eure Prophezeiung von mir verlangt«, erkläre ich ihm. Ich bin so nervös, dass meine Schritte automatisch schneller werden und ich mich regelrecht zwingen muss wieder langsamer zu gehen. »Sie wissen, dass ich kein Gott bin, Matias. Ich bin nur ein gewöhnlicher Kerl aus einer anderen Welt. Ich nütze euch nichts.«

Auch darauf antwortet der alte Mann nicht und ich werde zunehmend ungeduldig. Ich atme einmal tief durch, in der Absicht, ihn aufzufordern mir zu antworten oder mich ansonsten in Frieden zu lassen, doch gerade als ich den Mund aufmache, fängt Matias leise an zu kichern, als dächte er an etwas völlig anderes.

Immer noch amüsiert fragt er mich in seinem wohlklingenden Bariton: »Was weißt du über den Fischerkönig der Flussläufer, North?«

Überrascht bleibe ich stehen und muss mich dann beeilen, um ihn wieder einzuholen. »Er ist … ihr Anführer. Er hütet ihre Geschichten und mündlichen Traditionen für die nachfolgenden Generationen.«

»Ihr Anführer?« Matias stößt ein kurzes, überraschtes Lachen aus. »Wie kommst du auf die Idee, dass ich ihr Anführer bin? Nirgendwo in all unseren Traditionen weist irgendetwas darauf hin, dass der Fischerkönig etwas anderes wäre als ein Geschichtenerzähler.«

Ich kann es mir gerade noch verkneifen genervt die Handballen auf meine Augen zu pressen. »Okay, offiziell gibt es keinen Anführer, trotzdem sind Sie … also zumindest so etwas Ähnliches.«

Matias schüttelt den Kopf und schaut auf seine Füße, wobei er sich ganz offensichtlich immer noch amüsiert.

Obwohl ich langsam wirklich wütend werde, habe ich mich noch im Griff – meine Blutmutter wäre zutiefst enttäuscht, würde ich jetzt die Beherrschung verlieren. Also reiße ich mich am Riemen und befolge eine der ersten Lektionen, die ich von Beatrin gelernt habe: Ich konzentriere mich auf meine Wahrnehmung und schiebe meine Gedanken beiseite.

Ich lausche dem *Sch-Klack, Sch-Klack* von Matias' schlurfenden Schritten und dem Klopfen seines Gehstocks auf dem Holzsteg, dem leisen Platschen der schwimmenden Flussläufer, die dort im Dunkeln die Himmelsstahlanker demontieren, und rieche den Lagerfeuerrauch und die Feuchtigkeit des Flusses, die in der Nachtluft liegen. Aber da ist noch etwas anderes, das ich nicht bestimmen kann, etwas, das die Ruhe dieses friedlichen Abends stört.

Erst als wir vom Steg auf den schwammigen Boden des Flussufers treten, beginnt Matias zu sprechen. »Als ich zum neuen Fischerkönig auserwählt wurde«, sagt er, »war ich bereits ein Sentinel. Mein Vater war ein Sentinel und seine Mutter vor ihm. Es war von jeher meine Bestimmung, einer der geheimen Wächter der Passage zwischen den Welten zu sein. Keiner der anderen Flussläufer weiß, dass ich meiner Bestimmung seit Langem folge.«

»Dann … verbergen Sie hinter der Rolle des Fischerkönigs Ihre wahre Identität?«

Matias wendet sich mir zu, aber es ist so dunkel, dass ich außer dem Funkeln seiner Augen kaum etwas erkennen kann. »Eine hervorragende Tarnung. Findest du nicht?« Er streicht sich mit der freien Hand über die unzähligen Reihen von Perlen um seinen Hals. »Damals hat mich das Geschichtenerzählen nicht interessiert – immerhin hatte ich gerade erst erfahren, dass die Legende von den Sentinels wirklich wahr war. Mein Leben hatte sich grundlegend verändert und das nicht unbedingt so, wie ich es mir gewünscht hätte.«

»Das kann ich gut nachvollziehen«, murmele ich.

Er schenkt mir ein schiefes Lächeln. »Ich musste geloben den Weg zwischen den Welten im Verborgenen zu bewachen. Ich musste mein Leben in den Dienst einer Sache stellen, von der nie irgendjemand erfahren würde. Aber der alte Fischerkönig bat mich zu sich – und in jenen Tagen folgte man dem Ruf des Fischerkönigs noch.«

Er blickt mich mit blitzenden Augen an und ich bin froh, dass er nicht sehen kann, wie mir die Hitze in die Wangen steigt. Auf *mich* musste der Fischerkönig zwei Wochen warten, bis ich seinem Ruf gefolgt bin.

»Ich machte mich also auf zur Barke des Fischerkönigs und setzte mich zu ihm. Wer ihn einst beerben wird, musst du wissen, ist geheim, bis der alte Fischerkönig stirbt. Erst dann gibt sein Nachfolger sich zu erkennen. Er bat mich also eine zweite, verborgene Identität anzunehmen – den Menschen, die ich liebte, noch mehr Lügen aufzutischen. Geduldig hörte sich der Fischerkönig an, warum ich nicht in seine Fußstapfen treten wollte – wenngleich ich ihm den wahren Grund natürlich nicht nennen konnte –, und führte auch keine Gegenargumente an. Stattdessen öffnete er eine kleine, mit Edelsteinen besetzte Schachtel und nahm einen runden grauen Stein heraus, den der Fluss makellos glatt poliert hatte. Unter den jungen Flussläufern ist es üblich mit solchen Steinen in den Taschen schwimmen zu gehen. Es macht sie kräftiger. Aber dieser Stein sei etwas Besonderes, erklärte er mir – ein mächtiges, geheimes Relikt unseres Volkes, das ich einen Monat und einen Tag bei mir tragen müsste, ohne es zu verlieren. In dieser Zeit, sagte er, würde der Stein mir zeigen, ob ich zum Fischerkönig bestimmt sei oder nicht.«

Langsam schiebt Matias die Hand in einen kleinen Beutel, der an seinem Gürtel baumelt, und zieht etwas heraus. Das Licht der Monde ist gerade hell genug, um den kleinen runden Stein in seiner Hand zu erkennen. Mir läuft ein Schauder über den Rücken und ich muss mich zwingen nicht wegzulaufen.

Oh, nein ... geben Sie mir jetzt um Alciels willen bloß nicht Ihren kostbaren Stein, Matias!

Meine Gedanken überschlagen sich bei dem Versuch, die richtigen Worte zu finden, um ihm schonend beizubringen, dass ich meine Haltung nicht wegen eines magischen Kiesels ändern und in Nimhs Abwesenheit ihre Vertretung als göttlicher Retter übernehmen werde. Gleichzeitig muss ich an den Stein denken, der bereits in meiner Tasche steckt. Für andere nichts weiter als ein mit rotem Faden umwickelter Kiesel. Für mich alles, was mir von Nimh geblieben ist ...

Der alte Mann betrachtet mit einem stillen Lächeln den Stein in seiner Hand. »Ich tat, was er mich geheißen hatte, weil ich mir sicher war, dass der Stein mich nicht erwählen und ich recht behalten würde. Am liebsten hätte ich ihn einfach in eine Schublade gesteckt, bis der Monat vorüber war, hatte aber Angst, jemand könnte ihn nehmen und ich wäre für das Ende einer sehr langen Tradition verantwortlich. Mit der Zeit hatte ich jedoch das Gefühl, der Stein beobachte mich. Während ich meinem Tagesgeschäft nachging, spürte ich sein Gewicht in der Tasche und manchmal wachte ich mitten in der Nacht auf, überzeugt, tief aus seinem Inneren ein fernes Flüstern zu hören. Damals war ich bereits ein recht guter Magier und konnte die Macht, die in diesem Stein ruhte, fühlen. Nur latent und sehr schwer zu fassen, aber eine Macht. Etwas, das wartete. Suchte.«

Mein Puls hat sich beschleunigt und ohne es zu wollen, flüstere ich: »Was ist passiert, als er Sie erwählte?«

Matias schließt die Finger um den Stein und streicht mit dem Daumen behutsam darüber. »Nicht so ungeduldig, junger Prinz«, ermahnt er mich mit einem Seitenblick. »Eine gute Geschichte darf man nicht überstürzen, weißt du das denn nicht?«

Ich muss lachen und der Druck auf meiner Brust lässt ein wenig nach. »Okay, tut mir leid. Ich höre.«

Matias holt einmal tief Luft, bleibt stehen und lässt den Blick über das Wasser schweifen. Im Dunkeln sieht der Fluss aus wie immer. Die Reflektionen der Monde glitzern auf seiner Oberfläche, die sich von den Bewegungen der Schwimmer flussaufwärts sanft kräuselt.

Es scheint, als wäre er voller Leben, aber ich höre Hirets Stimme. *Der Fluss hat keine Fische mehr.*

Bevor ich hierherkam, hatte ich noch nie einen Fisch gesehen. Ihre blitzschnelle quecksilberne Anmut erinnert mich an die Vögel, die in der Abenddämmung um unseren Palast segeln.

Nachdem Nimh den Fluss hatte verdunsten lassen, war sein Bett mit dem Wasser aus dem Waldmeer innerhalb eines Tages wieder vollgelaufen. Doch der Fluss selbst, sein Ökosystem, war zerstört. Im Dunkeln sind der Schutt und die Trümmer am Grund nicht zu erkennen. Man sieht nicht, dass er tot ist.

»Ich trug den Stein einen Monat und einen Tag bei mir, wie der Fischerkönig es mir gesagt hatte.« Matias Stimme ist leiser geworden, tragend und ernst. »Am letzten Tag ging ich nach Sonnenuntergang zu ihm. Ich teilte ihm mit, dass der Stein mich nicht erwählt und er sich getäuscht hätte, als er mich zu seinem Nachfolger berief. Er müsse sich nach einem anderen jungen Flussläufer umsehen, der den Stein trägt.«

Matias hält inne, als ob er vergessen hätte, was er als Nächstes sagen wollte, oder als sei er von einem anderen Gedanken abgelenkt. Er steht einfach nur da, reibt mit dem Daumen über den Stein und starrt auf den Fluss.

Ich habe immer noch ein bisschen Angst, er könnte mir den magischen Kiesel geben, damit er mich »erwählt«, wie er einst Matias erwählt hat. Trotzdem will ich wissen, wie die Geschichte zu Ende geht. »Und was hat der Fischerkönig getan?«, frage ich.

Matias hält den Stein zwischen Daumen und Zeigefinger in die Luft und sieht mich mit einem verschmitzten Lächeln auf den Lippen an. »Das«, entgegnet er – und dann holt er aus und schleudert den Stein im hohen Bogen in den Fluss.

Mit einem unterdrückten Schrei mache ich einen halben Schritt nach vorn, als könnte ich den Stein noch fangen, doch er verliert sich in der Dunkelheit und landet mit einem leisen Platschen im Wasser.

Ich wirbele herum, will Matias fragen, was das soll, aber der lacht. »Es war nur ein Stein«, erklärt er grinsend und hält sich den Bauch. »Als der Fischerkönig *mir* damals sagte, es wäre nur ein Stein, hatte ich mir bereits die Hälfte meiner Kleider vom Leib gerissen, um nach ihm zu tauchen. ›Ich habe dir nur eine Geschichte erzählt‹, sagte er. ›Es ist dein *Glaube,* der dem Stein seine Macht verleiht.‹«

Im Schein der Laterne starre ich ihn verärgert an. Doch gerade als ich ihm etwas entgegenschleudern will, verschwindet sein Lachen und er sieht mich ernst an.

»Hör mir zu, North.« Er nimmt seinen Gehstock und rammt den Knauf in die feuchte Erde. Als hätte der Aufprall sie vom Boden gelöst, fliegt ein halbes Dutzend Steine durch die Luft – nein, es sind viel mehr, Hunderte, vielleicht sogar Tausende. Entlang des gesamten Ufers heben sich plötzlich die Kiesel vom Boden ab und schweben in der Luft, feucht glänzende, schwarze Edelsteine, die im Mondlicht aussehen wie ferne Sterne, die einen Jahrtausende alten Wasserweg säumen.

»Es wird immer einen anderen Stein geben«, erklärt er und sieht mir dabei tief in die Augen. »Ich weiß, Nimhs Prophezeiung war nicht die erste Bestimmung, der du in deinem Leben gefolgt bist. Und sie wird auch nicht die letzte sein. Welche Steine du tragen willst, kannst nur du allein entscheiden. Versuchst du sie alle zu tragen, werden sie dich in die Tiefe ziehen und du wirst ertrinken. Du wirst aber auch feststellen, dass dich die Steine in deinen Taschen zu einem kräftigeren Schwimmer machen und du vielleicht mehr von ihnen tragen kannst, als du glaubst.«

Ich schlucke, tief beeindruckt von der sorglosen Leichtigkeit, mit der der Fischerkönig seinen Zauber wirkt. »Ich kann das nicht, Matias«, flüstere ich. »Ich bin kein Gott oder auserwählt. Ich habe bereits ein Volk, das mich braucht, und es ist dort oben. Und dort ist auch Nimh ... die ich nicht im Stich lassen kann.« Vor meinem inneren Auge taucht Nimhs Bild auf – ihre großen Augen, die mit Gold bestäubten Lippen, ihre verschmitzte Heiterkeit, wenn sie mich mit ihrer Magie aufgezogen hat. Ich schiebe die Hand in die Tasche und lege die Finger um ihren Schutzstein. »Ich kann sie nicht aufgeben.«

»Das würde ich niemals von dir verlangen«, entgegnet Matias mit einem Blick, der mir keine Möglichkeit lässt ihm auszuweichen. »Aber ohne einen Weg in die Welt dort oben sind wir gezwungen *hier* unsere Entscheidungen zu treffen und zu handeln. Du kannst mehr, als nur unser Volk zusammenhalten, North. Du kannst es *einen*. Du *musst* es einen. Die Graumäntel wollen uns in ihren Ring aus Himmelsstahl sperren und den Glauben austrocknen lassen. Und dann der Schattenkult ... in ihrer Vergötterung Insharas haben die Kultisten die Welt, wie wir sie kennen, in einen Ort des Schreckens verwandelt. In ihrem Namen bekämpfen die Schatten sowohl die Graumäntel als auch den Tempel. Und Techeki hängt dazwischen wie ein Gestrandeter auf einem Fels in der Brandung. Die Stadt liegt in Trümmern und die Menschen haben Angst.«

»Laut eurer Prophezeiung wird Nimh die Welt ohnehin zerstören«, erinnere ich ihn, auch wenn ich diese Aussicht verstörender finde als er. »Vielleicht ist das ja nur der Anfang.«

»Nein, was uns als Nächstes bevorsteht, ist nicht die Zerstörung, mein Junge. Als Hüter der Geschichten meines Volkes rufe ich dich, so wie Nimhara uns gerufen hat. Wir geben alles für sie. Wir Flussläufer werden zu ihr stehen bis zuletzt, Wolkenländer. Doch was ist mit dir? Dein Teil der Geschichte ist noch nicht zu Ende. Es gibt sehr viel mehr Getreue, die an sie glauben, als du denkst, es muss sie nur jemand einen – jemand, der erleuchtet wurde. Jemand, der selbst *glaubt*.«

Ich schließe die Augen, aber vor der Wahrheit kann ich mich nicht verstecken. Ich *bin* erleuchtet. Und ich *glaube*.

»Wenn ihre Getreuen zu den Graumänteln überlaufen oder den Schatten in die Hände fallen, wird das das Ende dieser Welt sein, das Ende ihres Volkes. Es liegt bei dir, dem Letzten Stern aus der Prophezeiung. Niemand kann dich zu etwas zwingen, zu dem du dich nicht selbst entschieden hast. Diesen Stein allerdings, so fürchte ich, wird kein anderer tragen können.«

Ich schlucke. Als ich die Augen wieder öffne, um ihn anzusehen, liegen die schwebenden Steine wieder verstreut am schlammigen Flussufer.

»In den Wolken«, entgegne ich heiser, »gibt es keine Flüsse. Ich habe nie schwimmen gelernt. Ich würde selbst ohne Stein in der Tasche ertrinken.«

Matias schnaubt und klingt dabei so sehr wie mein Großvater, dass es sich einen Herzschlag lang anfühlt, als stünde er neben mir. Es würde ihm nicht gefallen, dass ich versuche mich vor der Erfüllung meiner Pflicht zu drücken.

Das leise Schmatzen von Matias' Stock im Schlamm ist zu hören und mit einem leisen Seufzen legt er mir die Hand auf die Schulter. Er hat aufgegeben.

»Ich verstehe. Diese Welt hat tausend Jahre ohne dein Volk überlebt, mein Junge. Wir werden auch einen anderen Weg finden. Doch es gibt da etwas, bei dem du mir helfen kannst, ohne Steine tragen zu müssen.«

Ich atme erleichtert auf. »Was es auch ist, ich werde tun, was ich kann.«

»Im Tempel liegt ein Artefakt mit sehr großer Macht. Die Flussläufer könnten damit das Gleichgewicht hier und in der Stadt wiederherstellen.« Matias Blick ist ernst, aber nicht mehr so fordernd. »Da es, nachdem Nimh verschwunden war, keine sichere Möglichkeit gab, es unbeobachtet aus dem Tempel zu schmuggeln, habe ich es von einem meiner Leute verstecken lassen. Ich wollte nicht, dass es Techeki in die Hände fällt. Er hätte es nur dazu benutzt, seine eigene Macht zu festigen.«

»Techeki tut wirklich, was er kann, um den Tempel zusammenzuhalten, Matias«, versichere ich. »Er hat mir bei meiner Suche nach einer Möglichkeit zurückzugelangen sehr geholfen.«

Matias hebt eine Augenbraue. »Hat er das? Und hast du dich je gefragt, *warum* er so hilfsbereit ist?«

Als ich ihn verständnislos ansehe, schüttelt er den Kopf. »Es gibt nur eine Person, die Techeki in seiner derzeitigen Position gefährlich werden kann, North. Nur eine Person, der Nimhs Volk sich zuwenden könnte – ein Symbol ihrer Göttlichkeit, das ihnen Hoffnung gibt. Mir scheint, Techeki kommt es sehr zupass, dass Nimhs Stern sich im Tempel versteckt und mit der Nase in Büchern verzweifelt nach einem Weg zurück auf die andere Seite des Himmels sucht. Ich will nicht so weit gehen zu behaupten, er sei froh, dass Nimh weg ist – aber ich glaube, solange sie weg ist, hätte er gerne selbst das Zepter in der Hand.«

Mein Nacken kribbelt. Es gibt keine Beweise dafür, dass er recht hat … trotzdem bohren sich Matias' Worte in meine Gedanken wie die scharfen Krallen des Katers. Als ich Techeki das erste Mal getroffen habe, hielt ich ihn instinktiv für einen aalglatten Intriganten. Matias' Behauptung klingt nach dem Vorgehen eines gerissenen Politikers – und Techeki *ist* ein Politiker, wenn auch im Dienste einer Religion.

»Ich sollte ihn darüber informieren, was ihr mit dem Himmelsstahl macht«, verteidige ich mich, nicht bereit ihm zu glauben, auch wenn ich, was er sagt, nicht komplett ausschließen kann. »Die Nebelstürme dort draußen sind heftiger denn je, seit …«

Seit Nimhs Wutausbruch. Keiner von uns wagt, es laut auszusprechen.

»Wir werden darüber reden, wenn du zurückkommst«, sagt er.

»Das heißt, ich soll dieses Artefakt holen, ohne dass Techeki es bemerkt. Was ist es?«

»Wenn du es siehst, wirst du es erkennen«, sagt er mit dieser Ruhe, die mich wahnsinnig macht. »Du bist der Einzige, der sich im Tempel frei bewegen und es zurückholen kann. Ich werde dir sagen, wohin du gehen musst.«

»Ist diese Geheimnistuerei wirklich nötig?«, beschwere ich mich.

Er lacht. »Ich habe schon aus allem ein Geheimnis gemacht, da war deine Mutter noch ein Leuchten im Auge *ihrer* Mutter, mein Junge. Und in meinem Alter werde ich ganz sicher nicht damit aufhören. Wirst du also tun, um was ich dich gebeten habe?«

Ich will unbedingt wissen, was es ist – und was es kann. Vielleicht ist es ein magisches Relikt, mit dem sie das Getreide wieder wachsen lassen, die Fische zurückholen oder die Stadt im Handumdrehen wieder aufbauen können. Mit einer Mischung aus Neugier, Pflichtschuldigkeit und Resignation willige ich also ein.

»Gott werde ich nicht spielen, Matias. Aber den Dienstboten mache ich für Sie. Nur dieses eine Mal.«

DER HAUPTMANN DER WACHE

Der Hauptmann der Wache steht unbeweglich in Habachtstellung und bemüht sich um einen unergründlichen Gesichtsausdruck.

»Was meint Ihr mit: Ihr habt sie *verloren*?« Die ganz in Rot gekleidete Botschafterin von Unten umklammert ihren Stab. Die Nachricht scheint sie hart zu treffen.

Der Hauptmann sieht hinüber zur Königin, die schweigend neben ihr steht und die dem Mann, der ihrem Vater zwei Jahrzehnte lang treu und ergeben gedient hat, einen strafenden Blick zuwirft. Da sie keinerlei Mitgefühl erkennen lässt, wendet sich der Hauptmann wieder Nimhara zu.

»Ihr müsst schon verzeihen, Göttliche, meine Leute sind nicht fürs Observieren ausgebildet worden. Unsere Aufgabe ist es, unser Volk zu beschützen, nicht es zu verfolgen …«

»Eure Aufgabe ist es aber, den Befehlen Eurer Königin Folge zu leisten!«, bricht es aus der Frau heraus, woraufhin die Königin sie erstaunt anblinzelt.

»Beruhigt Euch, Nimhara«, sagt sie milde. »Ich glaube an Euch.«

»Sie könnte alles verderben«, murmelt diese seltsame Göttin aus der anderen Welt. Mittlerweile treten die Knöchel an der Hand um ihren Stab schon weiß hervor. »Endlich bin ich am Ort meiner Bestimmung. Endlich …« Sie wirbelt herum und durchbohrt die Königin mit einem so gierigen Blick, dass der Hauptmann der Wache versucht ist nach seiner Waffe zu greifen. »Euer Herz gehört mir, oder etwa nicht?«

»Mein Herz«, versichert ihr die Königin mit Tränen in den Augen, »und damit auch die Herzen aller treuen Bürger von Alciel. Wir werden dieses Mädchen, nach dem Ihr sucht, finden. So wie wir auch diesen Mann finden werden … Wie nennt Ihr ihn noch gleich?«

»Den Lichtbringer«, flüstert Nimhara. Ihre Stimme klingt hohl. »Aber ich fürchte, er will nicht, dass ich ihn finde.«

»Das macht nichts«, erklärt die Königin und sieht die Frau mit einer solchen Zuneigung und Ergebenheit an, dass dem Hauptmann schaudert. »Ihr braucht ihn nicht. Ihr seid, wo Ihr sein sollt, und tut, was Ihr tun müsst. Ich … Ich bin stolz auf Euch, Nimh.«

Die Göttin wirft der Königin einen schwer zu deutenden Blick zu.

Vorsichtig macht der Hauptmann einen Schritt nach hinten, in der Hoffnung, sich unbemerkt aus dem Raum stehlen zu können, doch bevor er einen weiteren Schritt wagen kann, dreht Nimhara sich um und winkt ihn noch einmal zu sich.

»Hiergeblieben«, befiehlt sie knapp. »Wenn ihre Erinnerung allmählich zurückkehrt, wird es nicht mehr lange dauern, bis sie hierherkommt. Wir müssen vorbereitet sein. Bringt mir …« Sie hält kurz inne und hebt dann mit wiedergewonnener Ruhe herrisch das Kinn. »Bringt mir einen Schlosser.«

5
NIMH

Das Gesicht aus meinem Albtraum schwebt über mir – lange Finger, die nach mir greifen, mich packen wollen. Ich schreie, will zurückweichen, kann mich aber kaum bewegen. »Berühr mich nicht!«, krächze ich.

»Woah«, sagt eine tiefe Stimme. »Alles gut. Ich werde dich nicht berühren. Versprochen.« Das Gesicht weicht zurück, und als ich blinzele, wird der Albtraum zu einem merkwürdig vertrauten Anblick. Ein helles, rundes Gesicht, weiche grüne Augen mit einem Ausdruck ernster Sorge. Es dauert einen Moment, dann fällt mir der Name wieder ein. *Saelis*. Er kniet neben mir.

Als ich versuche mich aufzusetzen, macht er eine beschwichtigende Geste, hält dabei aber beide Hände sichtbar in die Luft. »Du solltest liegen bleiben«, sagt er freundlich. »Du bist verletzt.«

»Ich glaube nicht, dass sie verletzt ist.« Die zweite Stimme gehört zu einem Mädchen – *Miri*. In helles Licht getaucht, die lila Locken zerzaust, inspiziert sie die Front einer verbeulten Trambahn mit eingedelltem Kühlergitter. »Sieh dir das an. Ich glaube nicht, dass sie angefahren wurde. Ich glaube … sie hat die Tram *angehalten*!«

Saelis steht langsam auf und starrt zu ihr hinüber. Ich folge seinem Blick zu der Delle, ohne zu verstehen, was ihn daran so fasziniert. Mit der Hand streicht er über die eingedrückte Stelle, eine weiche Welle aus zusammengedrücktem Metall, ohne die üblichen Risse und Kanten, die ein Zusammenstoß hinterlassen hätte. »Das ist … unmöglich«, murmelt er mit gerunzelter Stirn.

Miri betrachtet mich skeptisch, während sich hinter ihr in losen Grüppchen die Passagiere der Tram sammeln, aufgeregt durcheinanderreden und sich gegenseitig auf Verletzungen untersuchen.

Dann fällt mir auf, dass auch andere Passanten sich erschrocken ansehen. Ich muss eines dieser Inselbeben verpasst haben. Miri beugt sich über mich. »Als du aufgewacht bist, was hast du gemeint? Mit dem, was du da gesagt hast?«

»Wie bitte?« Meine Gedanken fangen an sich zu sortieren. Hinter dem Kreis aus Neugierigen entdecke ich die Frau, die mich schon in der Kaffteestube beobachtet hat. Ich muss hier weg.

»Du hast gesagt: ›Er lebt.‹« Miri geht vor mir in die Hocke. »Als Sae und ich zu dir gerannt sind, hast du uns angesehen und gesagt: ›Er lebt.‹ Von wem hast du da gesprochen?«

Ich kann mich nicht erinnern das gesagt zu haben. Ich kann mich auch nicht erinnern die Tram angehalten zu haben. Trotzdem weiß ich, was ich gemeint habe. Ich habe es an meinen ersten Tagen hier ständig wiederholt: *Der Prinz lebt.* Doch man hat mir erklärt, ich sei verwirrt und könne mich an nichts erinnern, was in den letzten Wochen geschehen sei. Also auch nicht an den Tod des Prinzen. Ich schlucke und schüttele den Kopf. »Ich … Ich bin mir nicht sicher.«

Miris Augen verengen sich zu Schlitzen. Ihr markantes Gesicht ist ansprechend, ja, attraktiv mit den dunklen Sommersprossen, aber es fehlt die Wärme darin. Ich sehe wieder das Bild vor mir, dass aus meiner Erinnerung aufgetaucht war. Das Bild, auf dem sie lächelt, strahlt, voller Zuneigung für Saelis und …

»North«, bricht es aus mir heraus, als ich meinem Instinkt, ihr und dem Jungen zu vertrauen, nachgebe. »Der Prinz. Er lebt. Ich weiß, dass ihr seine Freunde seid. Mehr als Freunde. Ich erinnere mich an … an ein Bild von euch.«

Miris Gesicht bleibt hart. »Die halbe Stadt hat gesehen, wie er abgestürzt ist«, sagt sie fast höhnisch.

Ich blicke von ihr zu Saelis, der seine Augen auf den Boden gerichtet hält, und wieder zurück.

Die Verzweiflung lässt meine Stimme lauter werden. Ich muss es ihnen begreiflich machen – daran glauben, dass sie mir helfen werden. Sie sind meine einzige Chance. »Wurde euch nicht gerade erst bewiesen, dass es Leben im Unten gibt? Dass das Wolkenmeer, in dem diese Insel schwimmt, die Wahrheit, die unter eurer Stadt der Wunder liegt, verbirgt?«

Die beiden tauschen einen Blick. Als Miri mich wieder ansieht, spiegeln sich in ihrem Gesicht lauter widerstreitende Gefühle. Sie möchte mir glauben, wünscht sich einen Hoffnungsschimmer, fürchtet aber ihn ein zweites Mal zu verlieren.

Hinter der Trambahn entsteht Unruhe – jemand stellt Fragen, versucht sich durch die Menge zu schieben.

Ich senke die Stimme, ohne jedoch zu verbergen, wie dringlich mein Anliegen ist. »Bitte. Ihr seid die Ersten, die ich erkenne. Ich weiß weder, wer ich bin, noch, wie ich hierhergekommen bin, aber ich weiß: *Der Prinz ist am Leben*. Man verfolgt mich. Ich habe euch gerufen, weil etwas mir sagte, ihr würdet mir helfen. Eine Stimme in meinem Herzen. Seine Stimme.«

Miri beobachtet mich. In ihren Augen kämpft der Argwohn noch immer gegen die Hoffnung an. Schließlich tauscht sie einen wortlosen Blick mit Saelis.

»Wie weit liegen deine letzten Erinnerungen zurück?«, will er wissen.

»Vierzehn, vielleicht fünfzehn Tage.«

»Genauso lange, wie *sie* hier ist«, murmelt er und seine Augen weiten sich ein wenig. »Und sie haben dieselbe Art zu reden.«

Miri erhebt sich. »Dann sollten wir sie zu Nimhara bringen.«

»Nein!«, rufe ich so laut, dass das Getuschel der Umstehenden verstummt. Ich konzentriere mich wieder darauf, leiser zu sprechen. »Ich vertraue ihr nicht. Ich weiß, dass sie lügt. Diese Leute, die mich verfolgen – ich glaube, es sind die Wachen der Königin und Nimhara steht an ihrer Seite.«

»Du hast recht«, sagt Saelis leise, aber entschieden. »Wir bringen dich jetzt erst einmal in Sicherheit und dann denken wir darüber nach, was wir als Nächstes tun.«

»Was?« Miri starrt ihn ungläubig an. »Du glaubst ihr?«

»Ich weiß es nicht. Doch wenn sie tatsächlich von Unten ist und, woher auch immer, North kennt, würde er es uns niemals verzeihen, wenn wir ihr nicht helfen. Insbesondere, wenn sie sonst niemanden hat, an den sie sich wenden kann.«

Miri sieht mich an, ihre Wangen glühen, aber sie vergeudet keine Sekunde mehr. »Komm«, sagt sie. Sie lässt ihre Augen über die Schaulustigen schweifen und entscheidet sich dann für eine Richtung – weg von den hell erleuchteten Straßen, weißen Türmen und flimmernden Bildschirmen. »Hier entlang.«

Es dauert nicht lange Miri und Saelis alles zu erzählen, was ich weiß, denn ich weiß ja nur sehr wenig. Meine Erinnerung reicht nicht weiter als vierzehn Tage zurück, die ich fast ausschließlich im Haus der Elektrikerin verbracht habe, wo ich mit angepackt habe, so viel ich konnte, um ihr ihre Freundlichkeit zu vergelten. Aber ich erzähle ihnen, was ich kann: dass sie mich Jayn nennen, dass mir etwas Schreckliches widerfahren ist, dass ich nicht von dieser Welt bin.

Trotzdem hört Miri, während wir uns durch die Seitengassen von Alciel schleichen, nicht auf, mich mit Fragen zu löchern. Wie hat North den Sturz überlebt? Wann habe ich ihn getroffen? Habe ich ihm geholfen? Hat er je von ihr und Saelis gesprochen?

Sie versucht zwar sie zu verbergen, doch ihre Enttäuschung jedes Mal, wenn ich antworte, ich könne mich nicht erinnern, ist nicht zu übersehen. Saelis hingegen schweigt und wirft mir nur hin und wieder einen nachdenklichen Blick zu. So zurückhaltend er im Vergleich zu seiner Partnerin auch ist, habe ich das Gefühl, dass er – vielleicht aufgrund meines Tonfalls, meiner Mimik oder den Pausen vor meinen Antworten – ahnt, dass ich mehr weiß, als ich ihnen sage.

Obwohl ... das stimmt eigentlich nicht – jedenfalls nicht wirklich. Mein Verstand erinnert sich tatsächlich nur an sehr wenig. Mein Herz hingegen ... mein Herz schlägt mit jeder Erwähnung des verschollenen Prinzen ein klein wenig schneller.

In diesem vom Palast weiter entfernten Teil der Stadt sind die Gebäude weniger glänzend, niedriger und stehen enger beieinander. Anstelle der Verkaufomaten gibt es auf den Straßen Stände mit echten Verkäufern und bunten, handgemalten Schildern, auf denen die Waren angepriesen werden. Als wir an einem Wagen vorübergehen, hinter dem ein alter Mann durchsichtige Nudeln in eine Schale schöpft, wäre ich auf Befehl meines knurrenden Magens beinahe stehen geblieben. Plötzlich fühlt es sich an, als hätte ich den einzigen Kafftee an diesem Tag schon vor vielen Stunden getrunken.

Miri führt uns ans Ende einer Sackgasse und berührt dort ein paarmal ihr Chrono. Dann hält sie es über eine im Boden versenkte runde Metallplatte, die mit einem leisen Zischen zur Seite gleitet. Als ich erschrocken zurückweiche, sieht Saelis mich irritiert an, sagt aber nichts. Miri gibt bei den beiden zwar den Ton an, aber dem scharfen Blick ihres Partners scheint nichts zu entgehen.

Das Loch in der Straße führt über eine Leiter in einen Tunnel. Bei der Vorstellung, freiwillig in diese Finsternis hinabzusteigen, krampft sich mir der Magen zusammen. Dennoch ist die Erleichterung, endlich jemanden zu haben, der mir hilft und mir sagt, wohin ich gehen und was ich als Nächstes tun soll, stärker als meine Angst.

Sprosse um Sprosse klettere ich hinunter und konzentriere mich dabei so sehr auf das Metall unter meinen Schuhen, dass mir fast das Herz stehen bleibt, als mein Fuß nicht auf eine weitere Sprosse, sondern auf Stein trifft. Ich sehe nach oben, wo nur noch ein winziger Lichtkreis den Eingang zu diesem rätselhaften Ort markiert. Ich weiß, ich muss mich abwenden und weitergehen, kann mich aber weder vorwärts noch rückwärts bewegen. Ich stehe einfach nur da, das Gesicht nach oben gewandt, wie eine sterbende Blume auf der Suche nach dem wenigen Licht, das durch das Blätterdach fällt.

Blätterdach. Das Wort erweckt ein erstaunliches Bild zum Leben. Bäume, um ein Vielfaches höher, als sie hier wachsen, und so viele, dass ihre Kronen sich zu unendlich vielen Gewölben und Decken zusammenfügen, wie die Architektur eines riesigen Tempels. Sonnenlicht dringt durch die Blätter und wärmt mir die Haut, während ich über die feuchte Erde gehe. Ferne Schreie von Tieren und Vögeln. Das Wispern der Blätter gestört durch eine Horde Lügenaffen, die sich durch das Geäst schwingen, und das *Tock-tock-tock* einer Holzhackermeise, die die Rinde eines Baumes nach Insekten abklopft.

Immer wieder kneife ich die Augen zusammen, aber das Bild verblasst nicht – bis ein lautes Zischen mich aus meiner Erinnerung reißt und der Deckel über mir wieder an seinen Platz rutscht. Wie ein Mond, vor den sich eine Wolke schiebt, verschwindet der kleine Lichtkreis und plötzlich herrscht um mich herum absolute Dunkelheit. Die Atmosphäre hier unten ist merkwürdig – merkwürdig *vertraut*. Ich hatte bislang nicht bemerkt, wie fremd sich die Luft in dieser Welt für mich anfühlt. Nun atme ich einmal tief durch und ein Schauder läuft mir den Rücken hinunter. Irgendetwas in diesem Tunnel fühlt sich an wie … zu Hause.

»Wo sind wir hier?«, frage ich, mehr um die Stimmen meiner neuen Gefährten zu hören.

»Wartungstunnel«, entgegnet Miri. Kurz darauf flackert ein Licht auf und beleuchtet einen langen, röhrenartigen Korridor, der sich vor uns in der Dunkelheit verliert. Ich starre auf das Licht, das von dem Chrono an ihrem Handgelenk stammt. Wieder ist da diese fast greifbare Vertrautheit. Miri, die mein Starren falsch interpretiert, fügt erklärend hinzu: »Sie durchziehen Alciels gesamten Untergrund. North hat sie immer benutzt, um unbemerkt durch die Stadt zu kommen, und hat dabei den Ort gefunden, den er zu seinem Hangar gemacht hat.«

»Was ist ein Hangar?«, frage ich höflich, noch immer abgelenkt von der vagen Erinnerung an ein Licht an einem Handgelenk. Anders als meine anderen Gedächtnisblitze bleibt dieser in meinem Kopf haften, als wäre er eine echte Erinnerung, nicht nur ein Fetzen aus dem Leben einer anderen Person.

»Dort hat er seinen Gleiter gebaut, den, mit dem er abgestürzt ist. Niemand weiß etwas davon, deshalb ist es ein sicheres Versteck, bis wir wissen, was hier los ist. Wenn North wirklich noch lebt …«

»Er lebt.« Meine Stimme ist scharf und ich bemühe mich freundlicher zu klingen. »Ich schwöre es. Zumindest so viel kann ich mit Sicherheit sagen.«

»Selbst wenn er noch am Leben war, als du hierhergekommen bist ...«, bemerkt Miri bitter. »Das ist jetzt zwei Wochen her und er ist dort ganz auf sich gestellt.«

»Ich würde es wissen, wenn ihm etwas zugestoßen wäre.«

Für einen Moment bleibt es still. Ich halte die Augen starr auf das Licht des Chronos gerichtet, spüre aber, wie Miri und Saelis hinter meinem Rücken Blicke tauschen.

Saelis sanfte Stimme bricht das Schweigen. »Wie kannst du dir da so sicher sein, wenn du keine Möglichkeit hast, jemanden im Unten zu kontaktieren?«

Obwohl ich mit der Frage gerechnet hatte, zucke ich hilflos mit den Schultern. »Ich kann nicht erklären, woher ich das weiß. Genauso wenig wie ich erklären kann, woher ich weiß, dass ich nicht von dieser Welt bin. Ich *weiß* es einfach.«

Miri lässt ein genervtes Schnalzen hören. »Niemand wünscht sich mehr, dass North lebt, als wir. Es ist nur ... Ich will einfach nicht glauben, dass es ihm gut geht, und ihn dann noch einmal verlieren. Du weißt nicht, wie es ist, hilflos dabei zusehen zu müssen, wie jemand stirbt, den man liebt.«

Doch, das weiß ich. Ich spreche die Worte nicht aus, aber sie füllen all meine Gedanken und mein Herz aus. Stumm versuche ich diese neuerliche Gewissheit auf der Liste der Dinge, die ich nicht erklären kann, zu ignorieren.

»Kann das nicht warten, bis wir im Hangar sind, Miri?«, fragt Saelis. »Sie ist schon den ganzen Tag auf der Flucht. Sie muss Hunger haben.« Seine aufmerksamen, sanften Augen haben wohl bemerkt, wie der Duft der Nudeln mich innehalten ließ.

Miri schüttelt stur den Kopf. »Nein, Sae. Sie erwartet, dass wir alles, was sie sagt, glauben, dabei kann sie sich nicht einmal an ihren eigenen Namen erinnern. Sie behauptet einfach, dass North ...« Sie räuspert sich. »Ich verlange eine Erklärung.«

Ich lege die Hand auf den kühlen Stein der Wand, der mir Halt gibt. »Als ich erwacht bin, dachte ich, ich wüsste gar nichts – aber da waren all diese kleinen Dinge. Ich wusste, wie ich die Bänder an meiner Kleidung binden muss. Ich konnte mir das Haar kämmen. Ich erkannte mein Gesicht im Spiegel. Ich kann nicht erklären, weshalb ich diese Dinge wusste, wo ich doch alles andere vergessen hatte. Du glaubst, ich wüsste nicht, wie es ist, einen geliebten Menschen zu verlieren – ich glaube, du weißt nicht, wie es ist, sich selbst zu verlieren. Euch bedeutet es nichts, eine Schleife zu binden oder eine Bürste zu halten. Für mich war es in den ersten Tagen alles, was ich noch hatte.«

Miri sieht hinüber zu Saelis. Dann senkt sie den Kopf, hält jedoch weiter die Arme verschränkt vor der Brust, während das Licht an ihrem Handgelenk bei jedem Atemzug zittert.

»Das Einzige, was ich noch mit Sicherheit sagen kann, ist, dass der Prinz am Leben ist. Ich wusste es, als ich seinen Namen zum ersten Mal hörte.« Meine Augen brennen, aber mit einer Selbstbeherrschung, die ich bis jetzt so nicht kannte, unterdrücke ich meine Tränen. »Ich erinnere mich nicht an meinen eigenen Namen, trotzdem weiß ich, wer North ist. Ich kann euch nicht zwingen mir zu glauben. Doch diese Gewissheit lasse ich mir nicht nehmen, weil sie bis heute das Einzige ist, was ich noch habe.«

Es folgt eine lange Stille, in die hinein Saelis hörbar ausatmet. »Er bedeutet dir sehr viel.«

Ich spüre, wie er in der Dunkelheit meinen Blick sucht und schließlich ebenfalls das Licht seines Chronos einschaltet, das die harten Schatten von Miris ein wenig weicher erscheinen lässt.

Ja, die Götter mögen mir beistehen. Ich kann mich zwar nicht an ihn erinnern, aber ich glaube, mein Herz gehört ihm. Doch ich schlucke die Antwort, die ich eigentlich geben sollte, hinunter. »Ich weiß es nicht. Aber ich denke, zwischen ihm und mir besteht eine enge Verbindung.«

»Und wenn ihm etwas zugestoßen wäre, wüsstest du es«, wiederholt Saelis ohne den verächtlichen Unterton seiner Partnerin, die ihm einen vorwurfsvollen Blick zuwirft. Ich nicke.

»Ich glaube dir«, sagt er ernst.

»Was?« Miris Stimme klingt schrill.

Saelis hebt das Kinn. Seine Augen sind feucht und er wirkt müde, doch in seinem Gesicht ist eine Art von Erleichterung zu erkennen, die zuvor nicht da war. »Ich glaube ihr. Vielleicht einfach nur, weil ich *will*, dass sie recht hat, aber ich glaube ihr, dass North lebt.«

Miris Hände krallen sich in den Stoff ihrer Ärmel und ihren verzerrten Zügen ist anzusehen, wie sehr sie es ebenfalls glauben will. »Ich kann es nicht«, sagt sie schließlich und wendet sich ab. »Nicht, bevor ich ihn gesehen habe. Nicht, bevor ich mit Sicherheit weiß, dass es ihm gut geht.«

»Ich verstehe das«, murmele ich, hin- und hergerissen zwischen Ungeduld und Mitgefühl. »Es ist erlaubt sein Herz zu schützen. Du hilfst mir – und das ist mehr, als ich mir erhoffen durfte.«

Miri zieht hörbar die Nase hoch und Saelis greift nach ihrer Hand. »Gehen wir«, schlägt er vor. »Bevor es deinen Verfolgern einfällt, auch hier unten nachzusehen.«

Nun, da sie mich nicht mehr misstrauisch in die Mitte nehmen, gehe ich ein kleines Stück hinter den beiden. Die Gänge unter Alciel verlaufen in einem Muster, das sich mir nicht erschließt, teilen sich an scheinbar willkürlichen Stellen und führen nie geradeaus. Manche verlieren sich in der pechschwarzen Finsternis, andere werden von Wänden voller winziger roter und grüner Lämpchen erhellt, die in unvorhersehbaren, ständig wechselnden Rhythmen unablässig blinken.

Wir gehen durch einen Bereich mit langen Korridoren, in denen sich rechts und links große Kolben zornig auf- und abbewegen und dabei kleine Dampfwolken ausstoßen, die an der gewölbten Decke entlangkriechen, bevor sie sich wie falscher Schweiß auf unsere Haut legen.

Als wir an eine Kreuzung kommen, entdecke ich in einem Gang, den wir passieren, ein Gewirr aus Schlingpflanzen, deren Blätter in der Dunkelheit schwach leuchten.

Miri und Saelis zögern nicht. Sie kennen ihren Weg und dennoch ist da dieses Unbehagen. Würden wir getrennt, wüsste ich weder, wo ich bin, noch, wie ich wieder in die Welt über uns gelange. Ohne Chrono wäre ich nicht in der Lage, die Einstiegsluken in der Straße zu bedienen. Ich wäre hier unten gefangen, bis mich jemand findet – der wahrscheinlich weit weniger freundlich zu mir wäre als diese beiden.

Trotz der Dunkelheit und der drückenden Luft, die irgendwie ölig, aber auch merkwürdig vertraut ist, atme ich hier unten leichter und der Knoten aus Anspannung und Angst in meiner Brust löst sich ein wenig. Vielleicht liegt es daran, dass ich Verbündete habe – Freunde des Jungen, der durch mein Gedächtnis spukt –, doch eine innere Stimme sagt mir, dass da noch mehr ist.

Gefühle und Instinkte finden in Alciel nur wenig Beachtung – das hat mir die Ablehnung, die ich erfahren habe, als ich nach meiner Ankunft darauf bestand, dass der Prinz noch am Leben sei, hinreichend bewiesen. In meiner Welt müssen diese inneren Stimmen mehr Wertschätzung erfahren, denn ich verspüre einen starken Drang, auf sie zu hören. Und gerade jetzt sagen sie mir, dass hier unten etwas ist – etwas Wichtiges.

Etwas Lebendiges.

Ich bleibe abrupt stehen. Links von mir erstreckt sich ein langer, gerader Korridor. Inmitten eines verschlungenen Wegenetzes bildet er eine pfeilgerade Linie, was aber nicht das Einzige ist, das ihn von den gewundenen Tunneln, durch die wir bisher gegangen sind, unterscheidet.

Miri und Saelis, die nicht bemerkt haben, dass ich angehalten habe, gehen weiter und lassen mich ohne Licht zurück. Angestrengt starre ich in den Korridor, der sich mehr und mehr mit Dunkelheit füllt. Die dichte, finstere Leere sollte mich abschrecken – aber ich kann nicht wegsehen, nicht mit schnellen Schritten weitereilen, um meine Gefährten wieder einzuholen. Wie gebannt starre ich in den Korridor, bis meine Augen anfangen mir Streiche zu spielen und ich weit hinten ein winziges, flackerndes Licht bemerke, das auf und ab hüpft, als wollte es mich locken.

»Wartet«, krächze ich, meine Stimme nur ein heißeres Flüstern, und die Schritte von Miri und Saelis entfernen sich immer weiter.

»Wartet!« Als mein zweiter Schrei von den Wänden widerhallt, kommen die anderen zurückgerannt. Doch im Schein ihrer Chronos, die den Eingang zum Korridor erhellen, verschwindet das Licht, das ich zu sehen geglaubt hatte.

»Alles in Ordnung mit dir?«, fragt Saelis ein wenig atemlos.

»Was befindet sich am Ende dieses Korridors?« Endlich gelingt es mir den Blick loszureißen.

Ich sehe Besorgnis in Saelis und Miris Augen aufblitzen, bevor Miri mir antwortet. »Das ist einer der Zugänge zur Motorenzentrale.«

»Motoren«, wiederhole ich und starre wieder in die Dunkelheit. Als ich aufgewacht bin, kannte ich dieses Wort nicht, habe aber in den letzten Wochen gelernt, was es bedeutet. »Dieser Weg führt zu den Apparaten, die Alciel in der Luft halten?«

»Nicht ganz. Freysna hat sechs Motoren, die sich ringsherum am Rand der Insel befinden«, erklärt Saelis, »aber dort hinten ist der Kontrollraum, der alle Motoren miteinander verbindet, auch die der anderen Inseln. Nicht, dass irgendjemand noch wirklich wüsste, wie sie funktionieren ... Warte, wo willst du denn hin?«

Wie von selbst haben sich meine Beine auf den Weg gemacht, anfangs noch zögerlich, dann immer zielstrebiger. »Ich muss ihn sehen.«

»Was zum ...« Miri klingt fassungslos. Dann höre ich, wie sich ihre Schritte hinter mir beschleunigen. »Niemand außer dem offiziellen Wartungsdienst darf da rein«, zischt sie, als ihre Stimme wieder ganz nah hinter mir ist. »Wir dürften nicht einmal hier unten sein! Und ganz sicher werden wir kein durchgeknalltes Mädchen, das behauptet von Unten zu kommen, an den Ort lassen, an dem verhindert wird, dass wir aus den Wolken fallen!«

»Ich *muss* ihn sehen«, wiederhole ich und bin mir durchaus bewusst, dass ich tatsächlich ziemlich verrückt oder gar vernebelt klinge. »Ich werde dort Antworten finden. Ich kann es spüren.«

Hinter mir bricht ein Streit los und ich lasse Miri und Saelis ausdiskutieren, was sie tun sollen, während ich unbeirrt weitergehe. Irgendwie kommt es mir vertraut vor anderen Leuten dabei zuzuhören, wie sie sich darüber streiten, was ich tun soll – und sie dann zu ignorieren und meinem Instinkt zu folgen.

»Miri, warte ... Tu das nicht!« Saelis Stimme warnt mich, kurz bevor die Schritte mich einholen.

»Jayn! Stopp! Ich kann dich nicht ...« Als Miri nach meinem Arm greifen will, habe ich ihre Nähe bereits gespürt und bin vorbereitet. Ich wirbele herum und in dem Moment, in dem meine Hand nach oben schnellt, sehe ich die Lichter der Trambahn, die auf mich zugerast kommt, und höre das grässliche Krachen von

Knochen, mit dem die Wache weg von mir und auf den Boden geschleudert wird.

Nein.

Miri erstarrt, ein Fuß in der Luft, die Finger ausgestreckt, nur eine Haaresbreite von meiner Schulter entfernt. Ihre Augen sind vor Angst weit aufgerissen, aber sie sagt nichts – kann nichts sagen. Sie kann sich nicht bewegen, selbst ihre im Laufen wippenden Locken stehen ihr in der Bewegung erstarrt vom Kopf ab. Wie Flammen um ein brennendes Holzscheit züngeln bunte Lichtblitze um sie herum, grellgrün und tiefviolett durchzucken sie ihre unsichtbaren Fesseln.

Ich weiß, was das ist.

So, wie ich wusste, was ein Purri ist, wusste, wie ein Blätterdach aussieht, und wusste, dass zwischen mir und dem verschollenen Prinzen eine Verbindung besteht, weiß ich, was ich hier sehe und hier unten in der Luft schmecke: *Nebel.*

Saelis, der Miri hinterhergerannt kommt, bleibt abrupt stehen und sieht verwirrt zwischen ihr und meinem ausgestreckten Arm hin und her.

Überrascht schöpfe ich Atem. Miris drohende Berührung hatte keine Panik in mir ausgelöst. Da war allein die Gewissheit, dass ich sie aufhalten kann. Ich reiße den Blick von der tödlichen Schönheit des Nebels los und sehe Miri an. Ihr Anblick versetzt mir einen Stich – sie hat Angst. Schnell lockere ich den Griff und lasse den Nebel verdunsten, woraufhin Miri keuchend in sich zusammensackt.

»Ich will dir kein Leid zufügen«, erkläre ich und gebe mir alle Mühe, aufrichtig zu klingen. Saelis eilt zu ihr, kniet sich neben sie und nimmt Miri, die sich an ihn klammert, in die Arme. »Dir nicht, Saelis nicht und auch sonst niemandem in eurer Welt. Aber ihr dürft mich nicht berühren. Es ist verboten.«

Miri schluckt, ihr Atem geht stockend. »Was hast du mit mir gemacht?«, fragt sie schwer atmend. Ihre Stimme, die klingt, als hätte man sie gewürgt, rührt an mein Gewissen.

Ich trete einen Schritt zurück, schlinge die Arme um den Oberkörper und schüttele den Kopf. »Ich ... Ich bin nicht sicher. Ich wollte dich nicht verletzen, das musst du mir glauben.«

Saelis, der bisher geschwiegen hat, hebt den Kopf. Zum ersten Mal sind seine Augen hart und kalt, als er mich ansieht. »Dasselbe hast du auch mit der Trambahn gemacht, habe ich recht? Irgendwie kannst du nur mit deinen Gedanken Dinge bewegen. Was wäre passiert, wenn du sie genauso hart getroffen hättest wie die Tram? Du hast eine riesige Delle im Metall hinterlassen. Du hättest sie umbringen können!«

»Nein, ich ... Das würde ich niemals tun. Außerdem bewege ich nichts, ich kontrolliere nur den Nebel. Er existiert auch hier, in Alciel. Es gibt weniger davon und er fühlt sich seltsam an, doch ich erkenne ihn wieder.« Die Worte purzeln aus mir heraus, ein unzusammenhängendes Geplapper unter dem Eindruck dessen, was ich gerade erlebt – was ich getan habe. Miri und Saelis wissen mit meinen Erklärungen nichts anzufangen. Sie haben keine Vorstellung vom Nebel.

Aber ich ... Ich weiß, was Nebel ist. Und auch, dass es eigentlich unmöglich ist ihn zu beherrschen. Ihn zu lenken, ja. Ihn zu nutzen, um einen Zauber zu wirken, ja. Doch ihn zu kontrollieren, als wäre er ein Teil von einem selbst? Das war mir unmöglich, bevor ich ... bevor ich ... Mein Gedächtnis weigert sich den Satz zu beenden.

Ich fange an zu zittern und trete noch einen Schritt zurück. »Vergebt mir«, flüstere ich und bemerke, wie Saelis, der Miri in den Armen hält, seinen Körper schützend zwischen uns schiebt.

»Ich rufe die Wachen«, verkündet er und wirft mir über die Schulter einen finsteren Blick zu. Er klingt verletzt. »Wir hätten das schon oben auf der Straße tun sollen.«

Ich bin auf die Verzweiflung, die mich überkommt, als er das sagt, nicht vorbereitet. Nun wendet sich selbst Saelis von mir ab, der Einzige, der bereit war mir zu glauben und genügend zu vertrauen, um sich anzuhören, was ich über North weiß. Und das mit gutem Recht.

»Warte.« Miris Stimme ist rau, doch sie legt die Hand auf Saelis' Chrono, um zu verhindern, dass er die Wachen ruft.

Er sieht sie ungläubig an. Obwohl ihr der Schreck noch sichtlich in den Knochen steckt, ist da ein bestimmtes Funkeln in ihren Augen. Mein Herz weiß, was das bedeutet, auch wenn mein Verstand sich aus Angst, ich könnte mich täuschen, weigert es beim Namen zu nennen.

»Du hast recht, Sae. Sie hätte mich töten können. Aber sie hat es nicht getan.« Die Demonstration meiner magischen Kräfte hat sie zwar erschüttert, ihr aber auch die fehlende Gewissheit gegeben.

»Ich habe etwas gesehen«, murmelt sie, während sie sich aufsetzt, die Arme noch immer eng um Saelis geschlungen. »Als dieses Zeug mich gepackt hat, war das wie ... Ich weiß auch nicht, als würden kurze Filmsequenzen in meinem Kopf abgespielt werden. Ich glaube, ich war in einer ihrer Erinnerungen. Ich habe den Ort gesehen, von dem sie angeblich kommt. Und ich habe *ihn* gesehen.«

Saelis blickt Miri mit großen Augen an. »Willst du damit sagen ...?«

Miris Augen sind feucht. Doch auch als eine Träne von den langen Wimpern auf ihre Wange tropft, starrt sie mich weiter an, ohne auch nur zu blinzeln. »Sie war bei North.«

Mein Herz krampft sich zusammen. Ich will sie fragen, was genau sie gesehen hat, wo wir waren, was geschehen ist. Ich weiß nicht, weshalb es ihr möglich war Erinnerungen zu sehen, die selbst ich nicht sehen kann – aber der Nebel hat schon öfter bewiesen, dass er zu noch Erstaunlicherem befähigt als zu Visionen.

Miri versucht aufzustehen und Saelis, der endlich aus seiner Schockstarre erwacht, hilft ihr auf die Beine. Eng umschlungen stehen sie da und schauen zu mir herüber. Sie haben Angst, doch das Leuchten in ihren Augen, welches ich nicht wagte beim Namen zu nennen, ist stärker geworden. Sie haben wieder *Hoffnung*.

Miri schluckt. »Die Motorenzentrale befindet sich ein Stück weiter den Gang hinunter, direkt unter dem Zentrum von Alciel.«

Die Tür zum Kontrollraum ist verschlossen, trotzdem kann ich den Nebel spüren, der den Schließmechanismus durchdringt. Es ist nur eine Sache von Sekunden seine Tentakel um die Zylinder zu legen und diese in die richtige Position zu drehen. Hinter mir höre ich Miri und Saelis leise flüstern, schenke ihnen aber keine weitere Beachtung mehr.

Vor mir schwingt die Tür auf zu einem großen, runden Raum mit gewölbter Decke, an dessen Wand mehrere Metallstege verlaufen, von denen weitere Stege kreuz und quer durch den Raum hin zu einer riesigen Metallsäule führen. Die vom Boden bis zur Decke reichende Säule ist unregelmäßig mit Fenstern versehen, durch die man in ihr Inneres sehen könnte, wären sie nicht mit schmierigem Staub überzogen. An verschiedenen Stellen im Raum befinden sich Schaltpulte, mit Zifferblättern unter Glas, Hebeln, flackernden Lämpchen und anderen Dingen, deren Sinn sich mir nicht erschließt. Nichts von alledem fesselt jedoch meine Aufmerksamkeit.

Wie ein sich am Horizont zusammenballender Gewittersturm verdichtet sich das energiegeladene Flackern des Nebels um die

Säule, werden die Schwaden wild wirbelnd davon angezogen wie Metallsplitter von einem Magneten.

Mit offenem Mund, unfähig meinen Blick von diesem Schauspiel zu lösen, betrete ich den Raum. »Dieser Ort«, höre ich mich flüstern, »ist *magisch.*«

Hinter mir räuspert sich Saelis. »Nun ja, zumindest hat er eine zentrale Bedeutung. Hier werden die Motoren, die uns am Himmel halten, aufeinander abgestimmt.«

»Das ist aber keine Magie«, fügt Miri hinzu. »Das ist Wissenschaft.«

Meine Augen brennen. Ihre Worte scheinen mir so vertraut. Man hat sie schon einmal an mich gerichtet und der Verlust dieser Erinnerung versetzt mir einen heftigen Stich. Meinen Kummer hinunterschluckend drehe ich mich zu ihnen um. »Bemerkt ihr denn nicht, wie der Nebel von diesem Ort angezogen wird?«

Miri blickt zu Saelis, der irritiert die Stirn runzelt. »Hier stehen jede Menge Luftentfeuchter herum, die dafür sorgen, dass sich das Wasser aus den Wolken nicht in den Tunneln sammelt. Hier gibt es keinen Nebel.«

»Von dieser Art Nebel spreche ich nicht«, meine Stimme klingt leicht ungehalten. »Ich meine den anderen Nebel, die Kräfte, die sich hier sammeln. Ihr denkt wahrscheinlich, es ist die Wissenschaft, die die Motoren am Laufen hält, doch ich erkenne Magie, wenn ich sie vor mir habe. Ich habe mein ganzes Leben mit ihr verbracht.« Ich gehe noch einen Schritt weiter und deute auf die wabernde Nebelsäule.

Miri schaut genervt in die Richtung, in die ich zeige. »Es gibt keine Magie.« Sie sieht nicht, was ich sehe.

»Na ja ...« Saelis wirft seiner Partnerin, die ihn ungläubig anstarrt, einen schnellen Seitenblick zu. »Ich meine, sie hat dich gerade mit einem Wink ihrer Hand *eingefroren.*«

»Ja, okay. Bloß ...« Miri runzelt die Stirn. »Das war etwas anderes. Etwas wie ... Magnetfelder oder so.«

»Magnetfelder.« Saelis kling skeptisch. »Aha.«

Trotz meiner Faszination für den Nebel komme ich nicht umhin die beiden zu beobachten. Ein unterdrücktes Lächeln umspielt meine Lippen, und als Miri sich wieder mir zuwendet, kann ich mich nicht zurückhalten. »Ihr beide seid ihm so ähnlich.«

Miris finstere Miene verflüchtigt sich genauso schnell, wie sie gekommen war. »Na ja, wir sind mit ihm aufgewachsen.«

»Er und ich haben auch diese Streitgespräche geführt – er auf Seiten der Wissenschaft, ich auf Seiten der Magie. Er sagte, Magie sei nichts weiter als Wissenschaft, die man nicht erklären könne. Doch dann hat er wohl angefangen daran zu glauben, als ...«

Die beiden starren mich so fassungslos an, dass ich innehalte. Hoffnungsvoll kommt Miri einen Schritt auf mich zu. »Du fängst an dich zu erinnern, oder?«

Das penetrante Zerren des Nebels an den Rändern meines Bewusstseins steigert sich zu einem heftigen Reißen, das ich nicht mehr ignorieren kann. »Ich glaube, es ist dieser Ort«, erkläre ich ihr und blicke wieder hinüber zu der in Nebel gehüllten Säule.

Zu Hause gab es derartige Zusammenballungen von Nebel nur während eines Sturms und allein der Anblick bringt meinen Puls zum Rasen. Über den Steg gehe ich noch einen Schritt weiter darauf zu, dann noch einen und dann noch einen. Als wollte er mich begrüßen, verschiebt sich der Nebel im Gleichklang mit meinen Bewegungen, bis ich mit der Hüfte gegen das Geländer des Stegs stoße. Ohne nachzudenken, halte ich mich daran fest und schwinge mein Bein darüber. Hinter mir ertönt Protest, ich kann mich seiner Anziehungskraft aber nicht länger widersetzen. Ich strecke den Arm, recke dem Nebel meine Fingerspitzen entgegen – und dann packt er mich und umhüllt meinen Arm.

Für einen Moment sitze ich da wie erstarrt und der Nebel hält mich fest, so wie ich Miri mit dem Nebel festgehalten habe. Dann kriecht er mir in einer heißen Welle, die mir die Haut verbrennt, den Arm hinauf und raubt mir die Sicht.

Die Welt um mich her ist verschwunden. Trotzdem weiß ich, wo ich bin. Die Vertrautheit dieses Orts ist ebenso erschreckend wie das Dröhnen in meinen Ohren und das grelle weiße Licht, die mich taub und blind machen. Ich spüre meine Gliedmaßen nicht mehr, weiß nicht, ob ein Laut von mir nach außen dringt, wenn ich den Mund öffne.

Panik ergreift mich. *Nein, nicht schon wieder, nicht das.* Doch plötzlich blitzt in all dem Weiß noch etwas anderes auf. Ein Gesicht. Schmale, wohlgeformte Züge, eine markante Nase, warme braune Augen, Lippen, die gerne lächeln, Haar, das sich über die Stirn lockt und an den Seiten kurz geschnitten ist …

Ich will seinen Namen rufen, aber er ist weg, ersetzt durch andere Erinnerungsfetzen, die in schneller Abfolge an mir vorübergleiten.

Der verschollene Prinz von Alciel, der neben mir am Rand eines Abgrunds steht. Er trägt meine Farben und fleht mich an … irgendetwas zu tun.

Der Hohepriester Daoman, der sich einer Frau in einem dunkelblauen Gewand entgegenstellt. In meinem Hals steckt der Schmerz einer Warnung, die ich nicht hinausschreien kann.

Die vibrierende Wärme des schnurrenden Findelkaters unter meinen Fingern, der sanfte Druck, als er den Kopf in meine Hand schmiegt.

Noch einmal North' Gesicht, ganz nah vor mir, seine Augen, die mit so viel Erstaunen und Zärtlichkeit über meine Züge streifen, dass es mir den Atem raubt.

Und dann tauchen Erinnerungen auf, die nicht die meinen

sind, nicht sein können, und doch zu mir gehören wie meine Göttlichkeit. Eine große, sich drehende Kugel aus rotgoldenem Licht, angefüllt mit Leben, die unerreichbar knapp über meinen Fingerspitzen schwebt.

Eine lange Reihe von Menschen, die Stufen hinaufgehen – dahinter ragt Alciel auf, aber die Stadt ist nicht in den Wolken.

Die Gedächtnisblitze folgen immer schneller aufeinander, sodass ich sie kaum noch registriere. Aber ich kenne die Erinnerungen – sie sind Teil *meines* Lebens, nicht der Leben derer, die vor mir da waren. Das verlorene Exemplar des Lieds des Zerstörers übersät mit Botschaften vorangegangener Gottheiten.

Elkisa, meine liebste und einzige Freundin, ihr Blick ergriffen und zutiefst betrübt.

Ein Junge mit leblosen Augen, der mit blutender Kehle an einem Flussufer liegt.

Weiß glühender Zorn tief in meinem Inneren, der mich zerreißt …

Mein Körper schlägt so hart auf Metall auf, dass es in meinem Schädel widerhallt. Stöhnend blinzele ich gegen das Licht an und stütze mich mit zitternder Hand auf den Steg ab, um mich wieder aufzurichten. Miri ist schon bei mir und Saelis springt gerade über das Geländer, auf dem ich gesessen habe – der Nebel muss mich heruntergezogen haben.

»Jayn!« Es ist Miri, die da schreit. Benommen nehme ich wahr, dass sie diesen Namen immer wieder ruft.

Ich versuche zu sprechen, doch aus meinem Mund kommt nur ein heißeres Flüstern. Als ich den Blick hebe, sehe ich den Nebel – in sanften Wirbeln schmiegt er sich um die Säule im Herzen Alciels. Unter mir bebt noch einmal die Erde, heftiger dieses Mal, als bekundete sie meinem zitternden Körper ihre Sympathie.

Miris Hände schweben über mir, können der Versuchung, meinen Arm zu nehmen und mir aufzuhelfen, gerade widerstehen. »Alles okay? Wolkensturz noch mal, du bist von dem Geländer gesegelt, als hätte dich etwas gepackt. Versuch nicht, aufzustehen. Die Erde bebt immer noch!« Ihr scheint ein Gedanke zu kommen und sie sieht Saelis fragend an. »Hat sie etwa …?«

Saelis schüttelt verstört den Kopf. »Zufall«, murmelt er – sicher klingt er nicht.

Dass sie akzeptieren, dass ich mit dem Nebel jemanden aufhalten kann, ist eine Sache – dass meine Kräfte aber tatsächlich die Ursache für die Beben in Alciel sein könnten?

Ich ignoriere Miris Warnung, mich nicht zu bewegen, und setze mich auf. »Wir müssen zur Königin«, japse ich und blinzele die Tränen weg, die mir durch das grelle Licht in die Augen getreten sind. »Wir müssen sie warnen.«

Das Beben lässt nach und Saelis geht neben Miri in die Hocke. Er betrachtet mich mit ernstem Gesicht. »Wir könnten dich vielleicht zu ihr bringen, bloß … wovor willst du sie warnen?«

»Nimhara.« Der Name fühlt sich fremd an auf meinen Lippen – aber ich selbst benutze ihn ja auch kaum. »Die Frau an der Seite der Königin – sie ist nicht, wer sie zu sein behauptet. Alciel schwebt in großer Gefahr.«

Saelis Miene verfinstert sich, dennoch scheint er weniger überrascht, als ich erwartet hatte. »Miri und ich fragen uns schon die ganze Zeit, was diese Frau vorhat, seit die Königin sie vor zwei Wochen in ihren innersten Zirkel aufgenommen hat. Nur weiß ich nicht, wie wir die Königin treffen können, ohne dass *sie* auch da ist.«

»Ich weiß es.« Miri sieht von mir zu Saelis. »Ich weiß, wen wir anrufen können, damit er uns in den Palast schleust. Insbesondere, wenn er erfährt, dass North noch am Leben ist.«

Saelis zieht die Augenbrauen nach oben, dann nickt er. »Und was sagen wir der Königin?« fragt er an mich gewandt. »Dass Nimhara keine ... keine was ist? Keine Botschafterin?«

»Dass sie nicht *Nimhara* ist«, korrigiere ich ihn mit zusammengebissenen Zähnen, während ich mich am Geländer wieder auf die Beine ziehe.

»Hast du dich bei deinem Sturz an etwas erinnert?«

»Ich erinnere mich an alles. Bis zu dem Zeitpunkt ...« Ich zögere. Die Erinnerungsfetzen in meinem Kopf wirbeln noch immer wild durcheinander und ich bin mir nicht sicher, was geschehen ist, nachdem ich mit North an diesem Abgrund stand. Keine meiner Erinnerungen sagt mir, wie ich von dort hierhergekommen bin.

»Jayn?«, fordert Miri mich besorgt auf weiterzusprechen.

»Nein, nicht Jayn.« Zumindest so viel kann ich richtigstellen. »Nimh. *Ich* bin Nimhara. Die Frau an der Seite der Königin ist eine Betrügerin.«

6
NORTH

Zurück im Tempel nehme ich den Haupteingang – soll Techeki sich doch wundern, wo ich gewesen bin, oder versuchen mich zur Rede zu stellen. Wenn Matias recht hat und der Meister der Zeremonie mich nur beschäftigen und ablenken will, wird es Zeit, die Grenzen, die er mir gesteckt hat, ein wenig auszudehnen, und sei es nur, um herauszufinden, wie er reagiert.

Auch in den frühen Stunden vor Sonnenaufgang sind in den stillen Fluren schon Akolythen unterwegs, doch niemand wagt es, mich aufzuhalten oder Fragen zu stellen. Schließlich bin ich der Letzte Stern.

Erst als ich in die unterirdischen Ebenen des Tempels vordringe, werde ich ein wenig vorsichtiger. Da Matias nicht will, dass Techeki dieses geheimnisvolle *Ding*, wegen dem ich hier bin, in die Finger bekommt, ist es wahrscheinlich besser, niemand bekommt mit, dass ich danach suche.

Am Ende eines langen, nicht mehr benutzten Korridors stoße ich auf eine schwere Tür. Wie Matias gesagt hat. Es ist schon das zweite Mal heute, dass ich einen Eingang zu einem geheimen Ort benutze, und ich frage mich, wie viele Geheimnisse der Tempel wohl noch vor seinen Bewohnern verbergen mag.

Mit dem normalen Schloss versuche ich es gar nicht erst. Matias erzählte, der Schlüssel dazu sei schon vor Generationen verloren gegangen und niemand hätte ihn je ersetzt. Wir befinden uns hier weit unter den bewohnten Bereichen des Tempels und niemand scheint diesen Platz für irgendetwas zu gebrauchen oder zu benötigen.

Ich taste die obere Kante des Türrahmens nach dem versteckten Riegel ab, wie Matias es mir geraten hat, bis es klickt. Die Tür lässt sich ohne ein verräterisches Knarzen aufdrücken – jemand muss sie gut in Schuss gehalten haben – und der Kater, plötzlich etwa um die Hälfte schmaler, schlüpft vor mir durch den entstandenen Spalt. Keine große Kunst, vermute ich, wenn man überwiegend aus weichem flauschigem Fell besteht. Ich schiebe mich ebenfalls durch die Tür und löse die Schutzklappen meiner Laterne.

Wir finden die Treppe, die Matias mir beschrieben hat, und steigen, von einem Treppenabsatz zum nächsten, immer weiter in die Tiefe. Die Stufen sind noch in recht gutem Zustand und wir kommen schnell voran. Vom Licht meiner in die Höhe gehaltenen Laterne tanzen unsere Schatten an den Wänden, während der Kater die Stufen hinunterhuscht, als würde er schweben.

Doch Matias' Bitte, Nimhs Platz einzunehmen und eine Art Anführer zu werden, lässt mich nicht in Ruhe – was wohl auch sein Plan war. Er will, dass ich meine Rolle als Letzter Stern dazu benutze, Nimhs Volk zu einen oder zumindest zusammenzuhalten.

Aber das kann ich nicht. Das hier ist nicht meine Welt. Ich bin keiner ihrer Götter. Ich bin nur ein Mensch, der diejenigen vermisst, die er liebt – und jeder Einzelne von ihnen ist gerade in Alciel. Ich *muss* einen Weg nach Hause finden, wenn ich mich um all die Probleme kümmern will – um das Chaos, das Inshara dort womöglich gerade anrichtet, um meine Familie, meine Freunde … Nimh.

Mittlerweile sind wir auf sehr alten Treppenstufen angekommen und stoßen auf Türen, die sich nur unter einem gewaltigen Staubregen öffnen lassen. Aber unser Weg führt uns immer noch weiter hinab. Ich versuche, nicht darüber nachzudenken, wie tief unter der Erde wir uns bereits befinden – über all das Gewicht, das auf uns lastet. Obwohl ich weiß, dass diese Konstruktion schon seit mindestens tausend Jahren besteht, erscheint es mir beinahe unmöglich, dass nicht alles über uns zusammenbricht.

Die Enge, die meine Brust zuschnürt, schreit nach dem offenen Himmel und flüstert unglücklicher und eindringlicher denn je: *Ich will nach Hause.*

Ich frage mich, ob es Nimh irgendwo dort oben wohl genauso geht. Ob die luftige Leere unter Alciel sie beunruhigt und sie sich danach sehnt zu sein, wo ich gerade bin.

Ich lege die Hand auf die kühle Steinwand, um wieder auf andere Gedanken zu kommen. *Konzentrier dich auf deinen Job, North.*

Die Stufen unter meinen Füßen werden interessanterweise immer akkurater und erinnern mich an die maschinell gefertigten Quader von zu Hause. Vielleicht hat, wer auch immer diesen unterirdischen Teil des Tempels gebaut hat, auch Alciel erschaffen und die Ruinenstadt in den Geisterebenen, die heute unter einem Grashügel verborgen ist? Mein Volk kam einst von hier. Wir müssen Spuren hinterlassen haben.

Die Luft wird immer stickiger. Ich spüre zunehmend einen gewissen Druck auf meiner Lunge, der aber wohl mehr mit meiner Nervosität als der schlechten Luftqualität hier unten zu tun hat. Vielleicht hat man mir als Kind auch einfach zu viele Gruselgeschichten erzählt, doch je tiefer ich in diesen verlassenen Ort vordringe, desto … beobachteter fühle ich mich.

Um beide Hände frei zu haben, lasse ich die Laterne auf einer Stufe stehen und schalte stattdessen mein Chrono ein. *Hey,* beruhige ich mich, *du bist allein. Außer dem Kater, der ohnehin keine besonders hohe Meinung von dir hat, sieht keiner, wenn du vor deinem eigenen Schatten zurückzuckst.*

Der Kater vor mir schlägt überheblich mit dem Schwanz hin und her, trotzdem versucht auch er immer im Schein des Chronos zu bleiben.

Und dann, als das Treppensteigen schon fast automatisch geht, landet mein Fuß plötzlich, wie Matias es beschrieben hat, anstatt auf einer Stufe auf ebenem Boden. Ich bleibe stehen. Der Kater dreht sich mit einem fragenden Laut zu mir um, aber ich verharre weiter an der Treppe, sodass er irgendwann zu einem ungeduldigen Miauen übergeht.

»Schon gut, Plüschpfote«, flüstere ich. »Gib mir noch eine Sekunde. Ich muss mich kurz daran gewöhnen, an einem finsteren Ort tief unter dem Tempel zu sein, an dem es vielleicht spukt. Wenn das hier ein Horrorfilm wäre, würde ich dir an exakt dieser Stelle raten auf keinen Fall weiterzugehen.«

Doch da ist noch etwas anderes und ich muss zugeben, dass ich für jemanden, der eigentlich nur etwas abholen soll, ungewöhnlich nervös bin. Mein Atem geht so flach, dass ich mich voll und ganz auf das Füllen und Ausdehnen meiner Lunge konzentrieren muss.

Schließlich zwinge ich mich einen Fuß vor den anderen zu setzen und betrete durch einen Torbogen eine große Kammer. Ich kann zwar nicht viel sehen, aber am Echo meiner schlurfenden Schritte lässt sich erahnen, dass sie riesig sein muss. Als ich das Licht des Chronos gegen die Decke richte, bleibt mir der Mund offen stehen.

Über mir spannt sich wie ein leuchtender Regenbogen eine

Kuppel aus Kristallen, deren kantige Oberflächen das Licht in allen erdenklichen Farben reflektieren. Wie eine bunt schillernde Galaxie funkelnder Sterne reagieren sie auf die winzigste Bewegung meines Chronos. So etwas habe ich noch nie gesehen, nicht einmal in meinen Träumen.

Langsam lasse ich den Lichtstrahl über die Decke wandern, bis zu der Stelle, an der sie endet und die Wand beginnt. Sie ist bemalt mit Gestalten, die alle hintereinander angeordnet sind und in dieselbe Richtung blicken, als würden sie gemeinsam irgendwohin gehen. Was war dieser Ort früher einmal? Und warum hat man ihn verschlossen und dann verlassen?

Laut Matias befindet sich das Ding, nach dem ich suchen soll, in der Mitte des Raumes. Langsam bewege ich den Lichtstrahl über den Boden und … oh.

Du wirst es erkennen, wenn du es siehst.

Dieser hinterlistige, sture, alte … Warum habe ich das nicht kommen sehen?

Vor mir auf einem rechteckigen Steinblock liegt Nimhs Speer, dessen Spitze im Licht des Chronos sanft schimmert. Ohne nachzudenken, laufe ich darauf zu. Bevor sich meine Finger um das abgenutzte Holz des Schafts legen, halte ich jedoch abrupt inne.

Der Kater springt neben mir auf den Sockel und untersucht die Amulette am Ende des Schafts: das goldene Exemplar, das ihn selbst zeigt, den in glänzenden Draht gewickelten Stein, das winzige Schiff in der Flasche. Dann gibt er ein so klägliches Maunzen von sich, dass es mir fast das Herz zerreißt.

»Sie ist nicht hier«, flüstere ich. »Tut mir leid. Ich würde wirklich alles tun, um das zu ändern.«

Noch einmal will ich den Speer an mich nehmen, wie ihre kleine Schaufel im Garten, aber ein Speer ist nicht dafür gemacht,

Unkraut zu jäten. Unwillkürlich ballen sich meine ausgestreckten Finger zur Faust – die Luft, die den Speer umgibt, scheint irgendwie aufgeladen, als würde ich einen elektrischen Schlag riskieren, wenn ich einfach nehme, was mir nicht gehört.

»Es ist nur ein Speer«, murmele ich in die Dunkelheit, die meine Stimme verschluckt.

Und der Stein des Fischerkönigs war nur ein Stein.

Nervös trete ich von einem Fuß auf den anderen. Im flackernden Licht meines Chronos wirkt der Schatten des Speers vor dem funkelnden Hintergrund der Kristalle, als wäre er lebendig.

Ich habe Nimh nie ohne ihren Speer gesehen und es fühlt sich an, als stünde sie schweigend neben mir, hinter uns Matias, der mir ins Ohr flüstert. *Der Nebel ist nicht mehr aufzuhalten, unsere Ernten fallen aus, unsere Stadt stirbt. Jemand muss uns einen. Du bist der Letzte Stern … Niemand kann dich zu etwas zwingen, zu dem du dich nicht entschieden hast. Aber diesen Stein, fürchte ich, wird kein anderer tragen können.*

Plötzlich sehe ich Nimh vor mir, wie sie fünf Jahre alt ist und diesen Speer zum ersten Mal in die Hand nimmt, wie sie eine Bürde auf sich nimmt, um die sie nie gebeten hat, die sie seitdem jedoch trägt, so gut es ihr möglich ist.

Sie war erst fünf. Ich bin immerhin erwachsen.

»Sie ist nicht hier«, flüstere ich dem Kater zu. »Ich aber bin es.«

Langsam atme ich aus und lasse den Blick noch ein letztes Mal über den Speer gleiten. An der Stelle, auf der ihre Hand am häufigsten gelegen hat, ist das Holz glatt und stumpf. Und dann lege ich so vorsichtig, dass ich gar nicht merke, wann genau ich ihn berühre, die Fingerspitzen um den Schaft.

In dem Moment beginnt der Kater zu schnurren und ich reiße erschrocken die Hand zurück.

Damit ist der Bann gebrochen. Fast hätte ich laut über mich selbst gelacht, doch der Kater ermahnt mich mit einem strengen Blick, die ganze Sache ernst zu nehmen.

»Ich tu's ja schon«, versichere ich ihm. »Versprochen.«

Entschlossen greife ich wieder nach dem Speer. Er ist erstaunlich leicht, perfekt austariert und liegt gut in der Hand. Es fühlt sich nicht falsch an.

Während ich ihn noch einmal prüfend anhebe, sinkt etwas tief in mein Bewusstsein: Auch wenn ich nicht aufhören werde einen Weg nach Hause zu suchen, ist es an der Zeit, endlich auch Teil dieser Welt zu werden. Ich will Nimh, falls ich sie je wiedersehe, in die Augen schauen und sagen können: Ich habe getan, was ich konnte.

»Ich hab's kapiert«, erkläre ich dem Kater, der mit dem Kopf gegen mein Bein stößt. »Ihr habt es geschafft, du und Matias. Ich trage den Speer. Wir können die Treppen wieder hinaufsteigen und herausfinden, was als Nächstes ansteht.«

Aus der Finsternis hinter meinem Rücken ertönt eine Stimme. »Geht noch nicht, Prinz North.«

Mit dem Speer in der Hand schnelle ich herum, wobei der Lichtstrahl des Chronos durch die Dunkelheit des Raumes schneidet. Er fegt über die glitzernden Kristalle und reglosen Gestalten des Wandgemäldes und verharrt schließlich auf einer einzelnen Person. Es ist eine Frau – keine gemalte, eine echte –, die am hinteren Ende des riesigen Raumes steht.

Zu zwei schwarzen Zöpfen geflochtenes Haar. Hohe Wangenknochen. Nackte, muskulöse Arme. Das hellbraune Gesicht bleich im Licht des Chronos, sodass die Sommersprossen, an die ich mich erinnere, nicht zu erkennen sind. Anstelle der schwarzgoldenen Uniform der Tempelwachen trägt sie eine schlichte braune Tunika und Hosen.

Elkisa.

Vor Wut schäumend stürze ich, ohne auch nur eine Sekunde zu zögern, mit erhobenem Speer auf sie zu. Meine Gedanken werden nur beherrscht von einem einzigen Wort. »Verräterin!«, brülle ich ihr entgegen.

Mit einer geschmeidigen Bewegung duckt sie sich weg und schlägt meinen Arm zur Seite. Der Speer fällt zu Boden, es folgt ein schmerzhafter Tritt gegen mein Knie und ich liege flach auf der Nase.

Ich rappele mich wieder hoch und greife nach dem Speer. Aber als ich zu ihr aufsehe, bereit ihrem nächsten Schlag auszuweichen und mich auf die Seite zu werfen, hebt sie die Hände und bleibt einfach stehen. Die Bewegung lässt mich einen Blick auf ihren Gürtel werfen, in dem ein Messer steckt, das sie jedoch nicht zieht.

»Ich bin hier, um zu reden«, sagt sie ruhig. »Bevor Ihr wieder nach ihrer Waffe greift, hört mich an.«

Der Kater lässt ein kehliges Fauchen hören. »Du bist eine Verräterin«, presse ich hervor, meine Stimme nicht lauter als ein Flüstern. »Du warst ihre beste Freundin. Ihre einzige Freundin. Ich schwöre dir, ich …«

Das letzte Mal, als ich Elkisa begegnet bin, hatte sie Nimh verraten und war auf Insharas Seite gewechselt. Der Schmerz hatte Nimh zur Zerstörerin gemacht und ich habe angenommen, Elkisa wäre das erste Opfer ihres tödlichen Ausbruchs geworden.

»Ich bin nicht hier, um Rache zu üben.« Ihre Stimme ist vollkommen ruhig. »Und Ihr solltet auch darauf verzichten. Ich bin hier, weil ich Eure Hilfe benötige. Wir beide haben etwas, das der jeweils andere will. Wir sollten reden.«

»Ich habe dir nichts zu sagen«, presse ich zwischen zusammengebissenen Zähnen hervor und umklammere den Speerschaft wieder fester.

»Dann werde ich Euch etwas sagen«, entgegnet sie und streckt mir die Hand entgegen, um mir aufzuhelfen. »Ihr sucht nach einem Weg zurück in den Himmel, habe ich recht? Nun, ich habe einen gefunden und werde ihn Euch zeigen.«

DER SENATOR

Der Senator starrt die Königin für einen Moment mit offenem Mund an. Noch nie hat er sie mit irgendjemandem so reden hören, schon gar nicht mit einem Mitglied der Regierung. Aber Anasta, die neben ihm steht, presst nur die Kiefer aufeinander.

»Sagt der Königin, was Ihr mir nach den Krönungsfeierlichkeiten gesagt habt«, drängt sie ihn, ohne das Gesicht ihrer Gemahlin auch nur eine Sekunde aus den Augen zu lassen.

Der Senator schluckt und blickt zwischen den beiden Frauen hin und her. Die drei stehen beisammen, wie schon bei etlichen Gesprächen vor diesem.

»Wir müssen den Zugverkehr wieder aufnehmen«, sagt er und versucht dabei ruhig zu klingen. »Wenn nicht für die Öffentlichkeit, dann zumindest für den Gütertransport zwischen den Inseln. Ansonsten werden hier auf Freysna spätestens in einer Woche die Lebensmittel knapp.«

Die Königin, die ihre Gemahlin, nachdem sie diese hart angegangen war, noch immer böse anstarrt, schüttelt nur den Kopf. »Nimhara sagt *Nein* – wenn wir den Verkehr zwischen den Inseln wieder erlauben, könnte jemand, den sie sucht, von Freysna fliehen. Ich vertraue ihr.«

»Mehr, als Ihr Euren Senatoren vertraut?«, fragt er entrüstet. Er macht einen Schritt auf die Königin zu, bleibt jedoch sofort wieder stehen, als sie ihren unnachgiebigen Blick auf ihn richtet. »Eure Majestät, ich bitte Euch. Bitte hört mir zu. Einige von uns Senatoren haben miteinander gesprochen und wir …«

Anasta neben ihm hebt beschwichtigend die Hände, aber es ist bereits zu spät. Die Augen der Königin verengen sich zu Schlitzen. »Gesprochen?«, wiederholt sie langsam. »Über Nimhara, nehme ich an?«

Die Hände des Senators ballen sich zu Fäusten. »Ihr habt Euch verändert, seit sie hergekommen ist, Eure Majestät. Irgendetwas stimmt nicht. Das müsst Ihr doch sehen. Ihr müsst wieder zur Vernunft kommen und …«

Eine schallende Ohrfeige, gefolgt von einem brennenden Schmerz, lässt den Kopf des Senators zur Seite schnellen. Benommen hält er sich die Wange und versucht wieder klar zu sehen. Vor ihm steht, noch immer mit erhobener Hand, die Königin.

»Beatrin!« Anasta schnappt nach Luft und stellt sich zwischen Senator und Königin. »Was tust du da? Bei der Liebe deines Volkes, was ist bloß in dich gefahren?«

Die Königin hat angefangen zu weinen, dabei lässt ihr Gesicht weder Trauer noch Schmerz erkennen. Vielmehr wirkt sie entschlossener und unnahbarer denn je. »Du wirst mit einem solchen Unsinn nicht noch einmal zu mir kommen«, erklärt sie ihrer Gemahlin voll kalter Wut. »Um genau zu sein, wirst du überhaupt nicht mehr zu mir kommen.«

Anasta steht eine ganze Weile reglos da, während der Senator sich weiter die brennende Wange hält. Dann dreht sich die Königsgemahlin mit starrer Miene um und verlässt den Thronsaal.

7
NIMH

»Du solltest versuchen ein wenig zu schlafen.« Neben Miris gleichmäßigen Atemgeräuschen, die auf einem Stapel Decken neben ihm liegt, ist Saelis' leise Stimme gerade noch zu hören. »Unser Ticket in den Palast wird nicht vor morgen früh hier sein und du hattest einen harten Tag.«

Ich kommentiere diese Untertreibung mit einem so heftigen Schnauben, dass ein paar Krümel des gepressten Getreideriegels mit Honig durch die Luft fliegen, den er mir gegeben hat, nachdem mein Magen so laut geknurrt hatte, dass Miri fast davon aufgewacht wäre. »Den hattest du auch. Miri scheint das Schlafen keine Schwierigkeiten zu bereiten. Willst du dich nicht auch hinlegen?«

Saelis lächelt, während er den Kopf schüttelt. »Ich bin eine Nachteule«, behauptet er, doch die deutlichen Anzeichen von Müdigkeit in seinem Gesicht strafen ihn Lügen. Die Erkenntnis, dass er mich bewacht, versetzt mir einen kleinen Stich. Sie schlafen abwechselnd, um mich im Auge zu behalten. Sie trauen mir nicht. Aber kann ich ihnen das verübeln? Ich würde mir wohl auch nicht trauen.

Der Hangar, in dem North seinen Gleiter gebaut hat, ist kleiner, als ich erwartet hatte, und vollgestopft mit Maschinenteilen und Kisten. Obwohl der *Skysinger* schon lange weg ist, steht das

Gerümpel hier immer noch überall rum, nur der Platz in der Mitte ist leer. Als könnte der Gleiter – mit North an Bord – jederzeit zurückkehren.

Die Deckenlampen sind ausgeschaltet, nur an einem langen Kabel hängt eine kleine leuchtende Kugel, die den Raum matt erhellt und für die ich sehr dankbar bin. Im Dunkeln würde die Mitte des Hangars noch leerer wirken.

Saelis hat recht. Ich sollte schlafen. Ins Haus der Elektrikerin kann ich nicht zurück. Nicht, solange ich von den Wachen der Königin verfolgt werde. Wer weiß, wann ich das nächste Mal die Gelegenheit finde mich auszuruhen. Doch mein Verstand ist zu wach, um einzuschlafen. Ausgelöst von der in Nebel gehüllten Maschine im Herzen Alciels tobt in meinem Kopf ein Sturm wirrer Erinnerungen, die zu ordnen mir zumindest ein wenig Klarheit verschafft.

Bis hin zu dem undeutlichen Bild eines brennenden Bootes – es ist die Barke, mit der North und ich nach dem Tod des Hohepriesters Daoman aus der Stadt geflohen sind – vermag ich meine Vergangenheit endlich wieder zu rekonstruieren.

Ich erinnere mich an Jezara, meine in Ungnade gefallene und verstoßene Vorgängerin, wie sie mich überrascht, als ich mich über die Leiche eines Schattenjungen beuge, der sich umgebracht hat, während ich hilflos danebenstand. Ich erinnere mich auch an Elkisa, wie sie mit mir spricht, kann ihre Worte aber nicht verstehen.

Und dann erinnere ich mich an *Rot.* Ich drücke mich gegen die Kiste in meinem Rücken, die leise knarrt. Mein ganzer Körper scheint vor dieser Erinnerung zurückzuschrecken und meine Muskeln verkrampfen sich in einem namenlosen Schmerz: Angst, Wut … Scham? Schuld?

»Was ist das alles?«, frage ich Saelis, um mich abzulenken, und hole ihn damit aus seinen eigenen Gedanken. Ich deute auf die gestapelten Kisten, die Blätter, die an der Wand hängen, und Listen voller Namen und Worte, die neben mir mit Kreide auf den Boden geschrieben wurden.

Saelis zögert kurz und sieht hinüber zu der schlafenden Miri. Ich warte ab, bis er mir schließlich mit einem leisen Seufzen antwortet. »Sag es bitte niemandem, aber wir versuchen herauszufinden, weshalb North abgestürzt ist.«

Ich richte mich ein wenig auf. North hat mir nie gesagt, was seinen Absturz verursacht hat, nur dass es weder Schicksal noch die Prophezeiung war. Ich hatte mich immer gefragt, wie er sich da so sicher sein konnte. Aber wenn er von Anfang an den Verdacht hatte, dass der Absturz kein Unfall war, würde das einiges erklären.

Andererseits war North sich bei vielem sehr sicher, bei dem er heute wohl eingestehen würde, dass er sich getäuscht hat. Ich atme tief durch, um den Schmerz in meinem Herzen ein wenig abzumildern.

Gütige Götter, ich vermisse ihn so sehr. Fast wünschte ich, ich könnte mich nicht an ihn erinnern.

»Niemand außer uns wusste, wo der Gleiter versteckt war«, erklärt Saelis und spricht dabei immer noch sehr leise, um Miri nicht zu wecken. »Ein anderer Pilot, der zur selben Zeit in der Luft war und beobachtete, wo der *Skysinger* landete, hätte den Standort des Hangars eventuell triangulieren können. Außer uns wusste nur niemand, dass North den *Skysinger* flog. Warum also hätte jemand den *Skysinger* sabotieren sollen, ohne zu wissen, wer sein Pilot ist?«

Ein winzig kleiner Verdacht bohrt sich in meine Gedanken und ich sehe an Saelis vorbei zu Miri. Wenn nur zwei Menschen Zugang zum Hangar hatten und wussten, wer den Gleiter flog, dann beschränkt sich die Anzahl der möglichen Saboteure auf … zwei.

Ich will mir nicht wirklich vorstellen, dass Miri oder Saelis so etwas getan haben könnten. North hat seinen Freunden vertraut. Er hat sie *geliebt*. Sie waren mehr als bloß Freunde. Ihnen nicht zu vertrauen fühlt sich an wie Verrat.

»Lässt man die Frage, wer gewusst haben könnte, dass der Gleiter eine Möglichkeit bietet, ihn aus dem Weg zu schaffen, einmal beiseite – wer könnte North schaden wollen?«, frage ich. »Warum wünscht sich jemand in Alciel seinen Tod?«

Saelis zuckt hilflos mit den Schultern. »Das ist es ja. Wir haben keine Ahnung. North ist der Beste. Manche denken vielleicht, dass er zu viele Partys feiert oder seine Pflichten ein wenig ernster nehmen sollte. Aber er ist zu allen freundlich, rücksichtsvoll und witzig. Er hat keine Feinde und ich kann mir auch nicht vorstellen, womit er sich welche gemacht haben könnte.«

Ich sehe den Kummer in Saelis' Gesicht und wieder ist da dieses fast schon vertraute Stechen in meiner Brust, das mich jedes Mal heimsucht, wenn ich erkenne, wie viel er seinen Freunden bedeutet. Ich muss mir einen kleinen Schubs geben, bevor ich weitersprechen kann. »Nur ist North nicht einfach North. Er ist auch der Prinz, der Erbe des Thrones von Alciel. Vielleicht hat er persönlich keine Feinde – aber doch sicher der Thron?«

Saelis sieht zuerst mich an und dann nachdenklich zu Boden.

Wie es wohl ist, in einer Welt ohne erkennbare Feinde aufzuwachsen? Ein Grund mehr auf einer langen Liste, weshalb North meine Welt als sehr bedrohlich empfunden haben muss. Spätestens, als ich meine von den Schatten ermordeten Wachen gefunden habe, wusste ich, wer meine Feinde sind.

»Politik war noch nie mein Ding«, sagt Saelis schließlich und sieht mit gerunzelter Stirn wieder hinüber zu Miri. »Klar gibt es Diskussionen darüber, wie die kleineren Inseln im Senat vertreten sein sollen oder über die Verteilung von Rohstoffen und solche

Sachen. Aber mir fällt kein Grund für die Ermordung des Prinzen ein. Wozu sollte das auch gut sein? Wenn jemand Druck auf die Königin ausüben wollte, wäre es doch besser, ihn zu kidnappen oder so.«

»Das ist wahr.« Auch wenn Politik nicht Saelis' *Ding* ist, ist er kein Narr. Plötzlich kommt mir ein anderer Gedanke und ich straffe die Schultern. »Es sei denn, es geht gar nicht darum, Druck auszuüben. In meiner Welt folgt seit dem Exodus – euer Volk spricht vom Aufstieg – eine Gottheit auf die nächste. In einer bis heute, bis zu mir, ununterbrochenen Reihe. Das trifft auch auf Eure Königinnen und Könige zu, habe ich recht?«

Saelis nickt, doch in die Sorge in seinem Gesicht mischt sich jetzt auch Argwohn. Er und Miri haben mir nach meiner Beteuerung, nicht die Frau an der Seite der Königin sei die Göttin Nimhara, sondern ich, kaum Fragen gestellt.

Auch North hat geglaubt, Göttlichkeit sei lediglich ein Hirngespinst, darum ist sie für seine Freunde wahrscheinlich auch nicht viel mehr als ein zeremonieller Titel.

»Ja«, entgegnet er. »Die Erbfolge der königlichen Familie geht zurück bis zum Aufstieg. Warum?«

»Wo ich herkomme, besitzen sehr viele Menschen nur sehr wenig. Das macht sie wütend und ängstlich. Bleibt Hilfe aus, fangen sie an jene zu hassen, die ihnen welche versprochen haben.« Ich spüre einen Kloß im Hals, spreche aber weiter. »In Alciel herrscht Überfluss. Niemand muss hungern. Trotzdem gibt es vielleicht auch Menschen, die aus anderen Gründen wütend und ängstlich sind, und vielleicht machen sie die königliche Familie dafür verantwortlich. Vielleicht wollen sie etwas verändern, ohne genau zu wissen was. Wenn du Alciel ein für alle Mal von der Herrschaft der königlichen Familie befreien wolltest, wie würdest du das anstellen?«

Saelis ist sein Schreck anzusehen, die Antwort kommt prompt. »Ich würde die königliche Linie kappen.«

Stumm sehen wir uns an, bis Saelis sich nach vorne beugt und die Handballen auf die Augen presst. Er wirkt erschöpft.

Ich wünschte, ich könnte ihm die Hand auf die Schulter legen, als Zeichen, dass er nicht allein ist. Stattdessen flüstere ich: »Ich werde euch helfen. Ich möchte, dass North sicher ist, wenn er nach Hause kommt.«

Saelis schenkt mir ein schwaches Lächeln. Um seine Anspannung ein wenig zu lösen, gebe ich unserem Gespräch eine andere Wendung und erzähle ihm von North, Geschichten aus meiner Welt, die ihn wieder aufheitern: wie North dem Findelkater begegnet ist oder zum ersten Mal Fleisch gegessen hat oder wie der gut aussehende Fremde beim Fest der Sterbenden allen, die mit ihm tanzen wollten, einen Korb gegeben hat.

Dann halte ich inne. Die nächste Geschichte, die mir auf der Zunge liegt, handelt von *meinem* North, nicht von ihrem. Ich möchte von dem unwiderstehlichen Gefühl seiner Fingerspitzen ganz nah an meiner Haut erzählen, als er mir beim Ankleiden geholfen hat, oder von der verführerischen Wärme seiner schwebenden Handfläche über meiner Wange auf der Barke des Flussläufers.

Ein Teil von mir würde gerne mit jemandem reden, der weiß, wie verlockend diese Dinge sind, und sich genauso danach sehnt wie ich. Aber ich weiß, dass Saelis und Miri North lange vor mir geliebt haben, und er sie. Ich bin nur … Ich bin nur seine Bestimmung. Nicht seine Liebe.

Saelis scheint mein Verstummen nicht bemerkt zu haben. Er hat die Augen geschlossen, seine Lippen umspielt ein Lächeln. Als er leise seufzt, wird mir klar, dass die späte Stunde und die Ereignisse des Tages ihren Tribut gezollt haben. Trotz seines Vorsatzes, Wache zu halten, ist er eingeschlafen. Ich betrachte Miri, die friedlich neben ihm schlummert, und bin still.

Wie ein in der Leere des Hangars gefangenes Echo hallen in meinem Kopf meine eigenen Worte wider: Ich möchte, dass North sicher ist, wenn er nach Hause kommt.

In meiner Welt hatte ich kaum einen Gedanken daran verschwendet, dass North nach Hause zurückkehren könnte. Von oben nach unten zu fallen war eine Sache. Doch vom Boden abzuheben und sich in die Luft zu schwingen, um hinauf in den Himmel zu gelangen? Seit tausend Jahren hatte niemand mehr den Weg zwischen den Welten, zwischen unserem Land und dem der Götter, beschritten – zumindest glaubte ich das. Dann erfuhr ich, dass Jezara, nach deren Verbannung ich zur Gottheit berufen wurde, ihre Göttlichkeit für einen Wolkenländer aufgegeben hatte, der bereits eine Generation vor North' Sturz zu uns gekommen war. Womöglich reisen Menschen schon seit tausend Jahren zwischen den Welten hin und her.

Mein Verstand sagt mir, dass ich North vielleicht nie wiedersehe. Aber mein Herz – mein Glaube – sagt mir etwas anderes. Die Prophezeiung hat uns nicht zusammengeführt, um uns jäh wieder auseinanderzureißen. Ich glaube fest daran, dass unsere Geschichte noch nicht zu Ende ist. Ich werde North wiedersehen und dann wird einer von uns einen Weg gefunden haben, von einer Welt in die andere zu gelangen. Und das wiederum bedeutet, dass North nach Hause zurückkehren wird – in seine Welt, zu seiner Familie. Zu Miri und Saelis.

Mit enger Kehle und brennenden Augen schmiege ich mich an die Kiste in meinem Rücken und wickele mich in eine zerrissene Abdeckplane. Doch die Kälte, die mich zittern lässt, ist nicht die des Hangars, es ist die Kälte, die ich tief in meinem Herzen gefangen halte.

Ich will, dass North in Sicherheit ist. Noch mehr als das möchte ich jedoch, dass er glücklich ist. Nun, da ich seinen Freunden begegnet bin, seinen Geliebten, habe ich auch eine Ahnung davon, weshalb sie ihm so viel bedeuten – weshalb sie ihn glücklich machen.

Was für eine Zukunft hätte er mit mir? Ohne je meine Wange zu berühren oder mich in den Armen zu halten oder gar küssen zu dürfen?

Ich bin die Göttin meines Volkes – in einem Leben wie dem meinen hat Zärtlichkeit keinen Platz.

»Nimh! Wach auf! Er ist da.«

Miris Stimme drängt sich in meinen Traum von endlosen, sich windenden Korridoren, in denen ich hilflos und verloren durch einen Tempel irre, in dem ich zu Hause sein sollte. In meinem Traum weiß ich, von wem sie spricht. Angezogen von einem sanften Leuchten hinter mir, wie Sternenlicht, das die Finsternis verjagt, drehe ich mich um. Doch als ich die Augen öffne, sehe ich nur das Tageslicht, das durch die Fenster an der hinteren Wand in den Hangar fällt, und direkt vor mir Miris Gesicht.

Unter knackendem Protest meiner Knochen, die sich über die Nacht auf dem harten Boden beschweren, stütze ich mich auf den Ellbogen und reibe mir die brennenden Augen. Ich spüre Salzkrusten in den Augenwinkeln – ich muss geweint haben im Schlaf.

Miri blickt zum anderen Ende des Hangars, wo Saelis mit einem Mann spricht, der uns den Rücken zukehrt. Das verschafft mir etwas Zeit, mir die Tränenspuren aus dem Gesicht zu wischen.

»Wer ist hier?«, frage ich schlaftrunken.

»Der Mann, der uns zu Beatrin bringen kann.« Miri steht auf und reicht mir gedankenverloren die Hand. Als ich sie nicht nehme, zuckt sie zurück. »Tut mir leid, hatte ich vergessen.«

»Ich weiß die Geste dennoch zu schätzen«, sage ich mit einem Lächeln.

Zögernd erwidert sie es. Sie ist skeptischer als Saelis, folgt ihm aber offensichtlich in seinen Entscheidungen. Miri *will* mir vertrauen, so wie sie glauben wollte, dass North lebt, auch schon bevor die vom Nebel hervorgerufene Vision es ihr bestätigte. »Komm. Ich habe ihm nur das Allernötigste gesagt. Chrono-Chats können leicht gehackt werden.«

Ich blinzele sie an. »Ich verstehe nicht …«

In einer übertriebenen Geste schlägt sie sich gegen die Stirn. »Andauernd vergesse ich, dass du das alles nicht kennst. Ich habe ihm nicht viel gesagt, weil man der Frau bei der Königin nicht trauen kann und jemand meine Nachricht mitgelesen haben könnte.«

Mühsam erhebe ich mich und werfe einen Blick auf das Chrono an ihrem Handgelenk. »Magie erscheint mir da sehr viel zuverlässiger zu sein.«

Zu meiner Überraschung lacht Miri darüber so laut, dass ihre Locken hüpfen. »Kein Wunder, dass North dort unten mit dir abgehangen hat.«

Noch bevor ich sie bitten kann mir zu erklären, was genau sie damit meint, durchquert sie bereits den Hangar. Der Mann, mit dem Saelis spricht, trägt relativ schlichte Kleidung für Alciel, doch der Stoff und der Schnitt seiner Jacke sind von hoher Qualität. Sein braunes Haar ist kurz geschnitten und seine Haut heller als die der meisten Menschen hier. Saelis blickt uns über die Schulter des Mannes entgegen, woraufhin dieser sich uns ebenfalls zuwendet.

Für einen Augenblick hört mein Herz auf zu schlagen und ich

bleibe ein paar Schritte von ihm entfernt wie angewurzelt stehen. North?

Dann erkenne ich die Unterschiede – seine Haut ist noch heller als die von North, sein Haar braun, nicht schwarz, und seine Nase und sein Kinn, North' markantestes Merkmal, eher unauffällig. Aber die Augen … Es sind North' Augen, die mich da aus einem leicht überraschten Gesicht ansehen.

»Geht es Ihnen gut?«, fragt er mich in North' typischem Tonfall.

Und dann begreife ich es. Dieser Mann ist die zweite Hälfte der Antwort auf ein noch ungelöstes Rätsel. Von North' Mutter, der Königin, habe ich inzwischen viele Bilder gesehen. Er hat ihre Nase und ihr Haar, aber sie ist kleiner, hat eine deutlich dunklere Hautfarbe und eine Stimme, die für mich nichts Vertrautes hat. Fügt man jedoch sie und diesen Mann zusammen, erhält man … North.

»Ihr seid North' Vater!«, platzt es aus mir heraus, während ich ihn immer noch anstarre. »Er hat von Euch gesprochen. Er sagte, Ihr wärt sein bi … bi-logischer Vater?« Ich muss an den Rest dieses besonderen Gesprächs denken und mir wird heiß.

Der Mann, der noch überraschter zu sein scheint als ich, sieht von Miri hinüber zu Saelis. »*Sie* sollte ich hier treffen.« Es ist keine Frage. »Wolkensturz noch mal, sie spricht genau wie … genau wie …«

Miri nickt. Als ich North' Vater in dem Mann erkannte, war ein erleichtertes Lächeln über ihr Gesicht gehuscht. Nun schaut sie wieder ernst. »Ja. Das hier ist die *echte* Nimhara. Sie kam am selben Tag hierher wie die falsche, die sich gerade bei der Königin befindet. Deshalb haben wir zuerst Sie angerufen und sind nicht direkt in den Palast gegangen. Nimh, das ist Talamar. North' biologischer Vater.«

Talamar starrt mich immer noch geschockt an. »Dann seid *Ihr* die wahre Göttliche?«

Er spricht das Wort mit sehr viel mehr Respekt aus, als North das zu Beginn getan hat, und verleiht ihm auch deutlich mehr Gewicht als Miri oder Saelis. Dieser Mann ist ein Politiker. Ich erkenne es an seinem Tonfall und der Bedächtigkeit, mit der er seine Worte wählt. Wie ein Rinnsal kalten Wassers kriecht mir die Erleichterung den Nacken hinunter. Damit, dass er mir so schnell glauben würde, hatte ich nicht gerechnet.

Mein Schweigen falsch deutend tritt er lächelnd einen Schritt zurück, neigt den Kopf und legt die Handflächen auf die Augen – eine uralte Geste des Respekts und der Treue gegenüber einer Gottheit. Als er sich wieder aufrichtet und die Überraschung auf meinem Gesicht erkennt, sagt er schnell: »Auch wenn sie eine falsche Gottheit ist, hat sie uns in der kurzen Zeit, in der sie bei der Königin ist, viel über die Gebräuche Eures Volkes beigebracht. Aber woher wusstet Ihr, dass ich North' Vater bin, Göttliche?«

»Ihr seht aus wie er«, murmele ich, noch wie hypnotisiert von seinen Augen, die North' so ähnlich sind, und der vertrauten Verbeugung. »Ich würde ihn überall wiedererkennen, auch in seinem Vater.«

Talamar runzelt die Stirn. »Wiederkennen? Woher wollt Ihr ihn denn gekannt haben?« Ich bemerke den Schmerz in seinem Gesicht und mir wird bewusst, dass er über North in der Vergangenheit spricht. *Ihn gekannt haben.*

Miri schaut mich an und zieht die Augenbrauen nach oben. Sie haben ihm tatsächlich noch nichts weiter gesagt. Ich hole einmal tief Luft und wende mich wieder North' Vater zu. »Der Prinz hat seinen Sturz überlebt. In der Zeit, bevor ich hierherkam, kannte ich ihn gut.«

Aus Talamars Gesicht weicht alle Farbe. Er sieht erst zu Miri, dann zu Saelis, die beide nicht widersprechen, und dann wieder zu mir. »North … ist am Leben? Er hat überlebt?«

Er schluckt und sein Adamsapfel hüpft sichtbar auf und ab, während er sich an den Kragen greift. »Mein Sohn lebt?«

Ich nicke, aber bevor ich noch etwas sagen kann, beginnt er zu husten und nach Luft zu schnappen, als hätte die Nachricht seine Lungen angegriffen. Er zieht ein kleines Gerät aus der Manteltasche, das er sich schnell vor den Mund drückt. Das Ding gibt ein zischendes Geräusch von sich, er zieht scharf die Luft ein und wartet einen Moment, bevor er es absetzt. Er atmet immer noch schwer, aber es scheint ihm besser zu gehen.

»North«, flüstert er und schließt die Augen. Als er sie wieder öffnet, ist sein Blick so zärtlich und warm, dass ich fast weine. Die Ähnlichkeit mit seinem Sohn zerreißt mir das Herz. »Danke, Nimh. Ihr könnt Euch nicht vorstellen, wie viel mir das bedeutet. Uns allen.«

Miri räuspert sich, kann die Freude, die in ihrem Gesicht leuchtet, aber nicht überspielen. Und Saelis' Grinsen ist so breit, dass ich befürchte, er könnte einen Krampf bekommen.

»Allerdings habt Ihr recht«, keucht Talamar. »Wir dürfen keine Zeit verlieren. Ich glaube Euch, was Ihr sagt, Göttliche. Nimhara – die falsche Nimhara – ist eines Morgens wie aus dem Nichts an der Seite der Königin aufgetaucht. Ich nehme an, sie ist nachts gekommen. Noch bevor der Senat überhaupt von ihrer Existenz wusste, hatte sie bereits das uneingeschränkte Vertrauen der Königin. Verdächtig schnell, wenn Ihr mich fragt. Wir anderen hingegen …« Er schüttelt sorgenvoll den Kopf. »Ich wollte keine grauen Wolken an den Himmel malen und auf gar keinen Fall für böses Blut zwischen Alciel und der Welt unten sorgen, nachdem wir uns über Generationen absolut sicher waren, dass im Unten niemand mehr lebt. Trotzdem habe ich ihr nicht vertraut, insbesondere weil die Beben, die uns in letzter Zeit heimsuchen, angefangen haben, kurz nachdem sie hierherkam.«

»Wir müssen die Königin warnen«, wirft Miri ein und reckt das Kinn. Ich kann sie mir gut unter den Flussläufern vorstellen, in einem ihrer Boxkämpfe mit geballten Fäusten und blitzenden Augen. »Nimh sagt, diese Frau ist gefährlich. Wer weiß, was sie Beatrin sonst noch alles erzählt hat?«

Talamar nickt. »Du hast völlig recht. Es war richtig, dass ihr mich gerufen habt.« Er lässt den Blick durch den Hangar schweifen und kurz sieht er aus, als wäre er sehr weit weg. Wahrscheinlich denkt er an seinen Sohn, der an diesem geheimen Ort so viel Zeit verbracht hat, von dem er, bis Miri ihn hierhergebracht hat, nicht einmal wusste. »Die Königin allein zu sprechen ist nahezu unmöglich. Aber am späten Vormittag verbringt Nimhara – verflucht, wie soll ich sie jetzt eigentlich nennen? Die *falsche* Nimhara? – eine Stunde allein in ihrem Zimmer. Weiß der Himmel, was sie dort treibt.«

»Ihr Name«, flüstere ich, »ist *Inshara.*«

Talamar greift wieder nach seinem Atemgerät. Das Zischen erinnert mich an eine Flussschlange, die ihr Nest verteidigt, und mir schaudert. Als er es bemerkt, lässt er das Gerät sinken. »Eine alte Krankheit«, erklärt er freundlich. »Meine Lunge ist schwach. Sie braucht das Medikament, sonst würde sie mich im Stich lassen.«

Ich schüttele den Kopf. Ich sollte den Mann wegen seinem Leiden nicht so anstarren. »Nicht Ihr seid der Grund meiner Furcht – sie ist es. Seit ich mich an sie erinnere, habe ich den Namen meiner Widersacherin zum ersten Mal ausgesprochen.«

Saelis wirft mir einen verständnisvollen Blick zu, doch Talamar spricht bereits weiter. »Ich denke, ich kann die Königin dazu bewegen, für ein paar Minuten allein ins Audienzzimmer zu kommen. Könnt ihr punkt elf im Palast sein? Die Zeit bis dahin sollte reichen, dafür zu sorgen, dass die Wachen euch reinlassen, und mir etwas auszudenken, weshalb Beatrin euch allein treffen muss.«

Miri nickt. »Wir werden da sein.« Sie begleitet Talamar nach draußen und die beiden besprechen, welche Wachen in Kenntnis gesetzt werden und welchen Eingang wir benutzen.

Saelis, der mich beobachtet hat, kommt einen Schritt näher. »Wir werden da sein«, beruhigt er mich. »Wir alle. Was immer dort unten zwischen euch vorgefallen ist, du musst sie nicht allein treffen.«

Ich kann ihm das Grauen in meinem Herzen nicht erklären, die namenlose Angst, die mich packt bei der Vorstellung, Inshara wieder gegenüberzutreten. Es ist dieselbe Angst, Scham oder Qual, die mich überkommt, wenn ich versuche mich zu erinnern, was geschah, nachdem ich den Jungen am Flussufer habe sterben sehen und Jezara und Elkisa mich dort fanden. Es ist nicht die Angst vor dem Tod oder vor Schmerzen und auch nicht vor dem, was meinen neuen Freunden, mir oder North geschehen könnte.

Saelis zieht den Kopf ein und sieht mich auf eine Art an, die dem Grauen in meinem Herzen sofort Einhalt gebietet. Dieser Blick erinnert mich so sehr an North, dass ich mich frage, wer von beiden ihn wem abgeschaut hat. »Außerdem«, sagt er mit einem Grinsen, »würde ich bei einem Showdown zwischen dir und dieser Inshara in jedem Fall auf dich wetten.«

Ich lächele ihm dankbar zu. Sein Vertrauen hilft und es gelingt mir, das namenlose Grauen wieder in mein Unterbewusstsein zurückzudrängen, wo es wohnt, seit ich hier oben ohne Erinnerung aufgewacht bin. Dennoch kann ich mein Lächeln nur so lange aufrechterhalten, bis Miri zurückkommt, nachdem sie Talamar verabschiedet hat.

Ich weiß jetzt, wovor ich Angst habe.

Ich habe Angst, mich zu erinnern.

8
NORTH

Ich versuche, nicht darüber nachzudenken, ob ich nun völlig den Verstand verloren habe, denn die Antwort würde definitiv *Ja* lauten.

Es *muss* einen anderen Weg geben – irgendeinen, für den ich mich nicht ausgerechnet mit der Frau verbünden muss, die Nimh jahrelang in die Augen geschaut, sich ihre Geheimnisse angehört und ihr seltenes, kostbares Lächeln genossen hat – und ihr dann in den Rücken gefallen ist.

Doch selbst wenn es tatsächlich einen anderen Weg gäbe, sehe ich ihn nicht, weswegen ich alles, was auf Elkisas Liste stand, zusammengesammelt habe und mich bereit mache den Tempel noch einmal zu verlassen – dieses Mal am helllichten Tag. Um unbemerkt aus der Stadt zu gelangen, werden noch andere Verkleidungen nötig sein, diese hier ist sicher die riskanteste. Sollte ich erkannt werden, wird Techeki mich wahrscheinlich an ein Regal in der Bibliothek ketten lassen, oder Ähnliches.

Ich bin in die Kutte eines Akolythen gehüllt, die ich aus der Wäscherei gestohlen habe, die Kapuze tief ins Gesicht gezogen. Das eigentliche Problem ist der Speer, den ich auf keinen Fall hierlassen werde. Ich habe die Spitze samt den Amuletten mit grobem braunem Stoff umwickelt und trage ihn nun zwischen einem Armvoll Besen, die ich in einem Vorratsraum gefunden habe.

Ich muss es einfach riskieren. Nimhs Volk braucht seine Gottheit. Und wenn ich sie ihm zurückbringen kann …

Ich würde gerne bei der Vorstellung bleiben, dass ich sie hierher zurückhole und dann selbst nach Hause kann. Aber dann wären wir wieder getrennt. Also schiebe ich das Problem beiseite und beschließe mich vorerst auf meine sechzehn bis siebzehn anderen Sorgen und Nöte zu konzentrieren. Schließlich bin ich *kein* Gott. Die *glauben* nur, ich wäre einer.

Am oberen Ende der breiten Steintreppe, die in die Stadt hinunterführt, stehen Wachen. Ich neige den Kopf und täusche ein unterdrücktes Gähnen vor, um mein Gesicht hinter der vorgehaltenen Hand verstecken zu können. Sicher denken sie, ich hätte eine Wette verloren, dass die anderen Akolythen mich schon so früh am Morgen losschicken. Doch sie beachten mich nicht weiter und es bietet mir auch keiner an mir bei meinem Putzjob zu helfen. Den ganzen Weg nach unten warte ich nur darauf, dass mir einer hinterherruft und wissen will, wo genau ich eigentlich vorhabe zu fegen. Erst als ich auf der staubigen Straße stehe, atme ich erleichtert auf.

Elkisas Anweisungen folgend trete ich nach rechts in eine schmale Gasse, die zu einem verlassenen, kleinen Haus ein paar Blocks weiter führt. Die Tür ist aus den Angeln gerissen und mir fällt Schutt entgegen. Als ich vorsichtig darübersteige, bemerke ich, dass eine der Innenwände eingestürzt ist. Elkisa sitzt auf dem einzigen heilen Stuhl und erwartet mich.

Keiner von uns beiden spricht ein Wort, während ich mir die Kutte über den Kopf ziehe, unter der ich eine einfache Tunika und Hosen trage. Erst als ich sie zusammengelegt und in meine Tasche gestopft habe, bricht Elkisa das Schweigen.

»Ihr seid zu sauber«, sagt sie, nachdem sie mich von oben bis unten gemustert hat.

Sie hat recht. Nirgendwo in der zerstörten Stadt wird gerade wie im Tempel Wäsche gewaschen. Ich gehe in die Knie, nehme eine Handvoll Dreck und verteile ihn überall auf meiner Kleidung. »Letzte Nacht dachte ich schon, ich hätte den Fischerkönig überschätzt und Ihr würdet nicht kommen, um ihn zu holen«, sagt sie und nickt in Richtung Speer.

Ich weiß, was sie da tut – Small Talk, Deeskalation. Das hat man mir auch beigebracht und Nimhs Leibwachen haben zweifellos eine ähnliche Ausbildung genossen. Mitten in einem harmlosen Gespräch wird man nur selten angegriffen.

»Woher wusstest du überhaupt, dass ich kommen würde?«, frage ich ruhig.

Sie zuckt mit der Schulter. »Ich weiß vieles.«

Jemand musste es ihr gesagt haben, denn sie war vor mir dort unten. Aber wer? Wer in Matias' Lager wusste, was er vorhatte mir zu sagen? Seit er Hiret vor über einer Woche das erste Mal zu mir geschickt hat, stand jede Nacht ein Bote in der Gasse vor dem Tempel. Wie hätte einer von ihnen wissen können, in welcher Nacht ich schließlich einknicken würde?

Wenn du nicht weißt, was vor sich geht, pflegte meine Blutmutter immer zu sagen, hältst du besser den Mund, bis es dir jemand sagt, anstatt deine Unwissenheit preiszugeben.

Also schweige ich und entferne stattdessen den Stoff von der Speerspitze, um sie danach in mehreren Schichten erneut zu umwickeln. Als ich fertig bin, verknote ich die Stoffenden, damit es aussieht, als würde ich darin meine Habseligkeiten transportieren, wenn ich ihn mir wieder über die Schulter lege.

Prüfend taste ich nach der Spitze. Falls nötig, könnte ich damit immer noch jemanden erstechen. Bei dem Gedanken, den Speer mit Blut zu besudeln, wird mir flau. Mit undurchdringlicher Miene sehe ich wieder hinüber zu Elkisa, die mich beobachtet.

»Bist du bewaffnet?«, frage ich.

Sie nickt in Richtung eines kaputten Tisches, auf dem ein Messer liegt. Dann steht sie auf, zieht ihre Kleidung enger um den Körper und dreht sich langsam im Kreis, um mir zu demonstrieren, dass sie nichts versteckt. Wir wissen beide, dass sie mich auch ohne Waffe überwältigen kann. Sie hat es schon einmal getan. Aber ich sehe keinen Grund, es ihr leicht zu machen, im Gegenteil. Alles, was ihr Unannehmlichkeiten bereitet, ist von Vorteil.

Ich stecke das Messer in meinen Gürtel und lege mir den Speerschaft mit dem Stoff über die Schulter.

»Ein Bündel«, sagt sie mit einem Nicken. »Wie passend.«

»Ein was?«

»Diese Art, ein Stück Stoff zu binden und seine Sachen darin zu tragen«, sagt sie und zeigt auf den Speer. »Man nennt das Bündel. Der Findelkater wurde in einem solchen Bündel im Fluss gefunden, daher rührt sein Name.«

»Was hat er denn im …« Ich verstumme. Oh, na klar, er wurde reingeworfen. Kein Wunder, dass er jedem misstraut.

Nun bin ich an der Reihe, mich unbehaglich zu fühlen. Die Geschichte erinnert mich daran, wie wenig Nimh und ich voneinander wissen. Verglichen mit Miri und Saelis ist Nimh quasi eine Fremde. Und doch ist sie es, an die ich denke – morgens beim Aufwachen, abends beim Einschlafen und jeden einzelnen Tag, den ich versuche ohne sie zu überstehen. Ich vermisse Saelis und Miri – aber Nimh *brauche* ich.

Als hätte unser Gespräch ihn zurückgeholt, kommt der Kater mit erhobenem Schwanz und unzufriedener Miene durch die Tür spaziert.

»Du kannst nicht mit uns kommen«, erkläre ich ihm. »Es sei denn, du lässt dir dein Fell färben. Du bist einfach zu bekannt. Oder schaffst du es, unsichtbar zu bleiben?«

Er starrt mich an, als wäre ich ein hoffnungsloser Fall, was meinen Erfahrungen nach *Ja* bedeutet.

»Es ist Zeit zu gehen«, sagt Elkisa und erhebt sich.

»Und du bist sicher, wir werden dort draußen nicht aufgehalten?«, frage ich sicherheitshalber noch einmal nach. Bei der Vorstellung, einfach so durch die Straßen der zerstörten Stadt zu schlendern, krampft sich mir der Magen zusammen.

»Ich weiß, wo die Schatten patrouillieren«, entgegnet sie. »Und ich weiß, wie die Wachen ausgebildet werden. Da tagsüber die meisten Menschen unterwegs sind, ist es die beste Zeit, unerkannt zu bleiben.«

Gemeinsam gehen wir nach draußen und die Hauptstraße hinunter. Über die Schulter werfe ich einen Blick zurück auf den Tempel, der hoch über der Stadt aufragt, höher als die Hügel, die zu beiden Seiten das Tal säumen. Seine Türme recken sich dem Wolkenland – Alciel – entgegen und das Ausmaß seiner Grundmauern übertrifft bei Weitem jedes andere Gebäude der Stadt. An der rechten Seite reparieren Arbeiter das Loch, das Nimh in der Nacht unserer Flucht in die Außenmauer gesprengt hat. Ich hatte seither nicht mehr daran gedacht, doch jetzt kann ich beobachten, wie mehrere Arbeiter sich an Seilen zu der kaputten Stelle hinunterlassen, an der vom Boden aus noch mehr Maurer arbeiten.

»Gebt acht!«, ruft Elkisa. Ich sehe gerade noch rechtzeitig wieder nach vorn, um einem Mann mit einem Armvoll Brettern auszuweichen, die so lang sind, dass er nicht sieht, wo er hinläuft. Seit ich mit Nimh nach meinem Absturz hierhergehumpelt bin, war ich nicht mehr bei Tageslicht in der Stadt. Neugierig schaue ich mich um. Es ist, als hätte jemand die Farbkontraste reduziert – alles wirkt irgendwie trüber und langweiliger als zuvor.

Mit der Sonne, die sich über dem Horizont erhebt, erwacht die Stadt zum Leben, doch die Menschen, die sich vorsichtig einen Weg durch die Trümmer bahnen, bewegen sich nur langsam. Manche bekunden ihre Loyalität gegenüber den Graumänteln, die die Stadt gegen die Magie – und Nimhs Nebel – abschotten, mit grauen Stoffstreifen, die sie sich um die Oberarme gewickelt haben. Andere behalten ihre Meinung für sich.

Keiner von uns spricht. Auf der Straße liegen Holzbalken und Mauerstücke eines zerstörten Gebäudes und wir wechseln auf die linke Seite, wo noch ein schmaler Durchgang passierbar ist. Das alles hier hat Nimh getan.

Die Stadt liegt weitestgehend in Trümmern, aber keiner hier denkt an Wiederaufbau. Im Moment geht es nur ums nackte Überleben.

»Stern!«

Die kreischende Stimme lässt mich zusammenzucken und Elkisas Hand fliegt an ihre Taille, um nach dem fehlenden Messer zu greifen.

»Ein Stern, ein strahlender Stern!« Es ist eine vernebelte, alte Frau, die mich aus riesigen, runden Augen anstarrt. Die schmutzigen Kleider, bestehend aus mehreren Schichten löchriger Schals, die sie mit ihren knorrigen Fingern zusammenhält, bedecken nur notdürftig ihren Körper.

Techeki hatte mir bereits davon berichtet, dass jetzt viele Vernebelte durch die Straßen irren – Nimh hat sie mit ihrem Sturm erwischt, als sie auf ihm durch die Stadt fegte. Wenn ich mir vorstelle, wie sie sich fühlen wird, wenn sie von der Verwüstung erfährt, die sie hinterlassen hat, krampft sich mir das Herz zusammen.

Ein Mann, dem Kinn und den Augen nach zu urteilen der Sohn der Frau, kommt herbeigeeilt und zieht sie sanft von uns weg, sodass Elkisa und ich uns an den beiden vorbeidrücken können. Trotzdem frage ich mich: Hat die alte Frau gespürt, dass ich der Stern aus Nimhs Prophezeiung bin?

Wir gehen an Verkaufsständen vorüber, die nach vergammelten Lebensmitteln stinken. Offensichtlich sind die Besitzer nicht mehr wiedergekommen, um sie zu holen. Vor uns taucht ein Kontrollpunkt auf, ein kaputter Dachbalken, der quer über der Straße liegt, besetzt mit in Schwarz und Gold gekleideten Tempelwachen. Es sind auch mehrere Graumäntel unter ihnen, aber sie schauen alle in die andere Richtung – offensichtlich ist es ihnen wichtiger, andere von der Stadt fernzuhalten, als uns daran zu hindern, sie zu verlassen. Die Brücke über den Fluss, zu der wir wollen, liegt ein Stück vor dem Kontrollpunkt.

»Ich glaube, das ist keine gute Idee«, flüstere ich, als wir unauffällig nach links abbiegen und uns auf der Suche nach einem unbewachten Durchgang durch die Seitenstraßen schlängeln.

»Habt Ihr eine bessere?«, fragt Elkisa, während sie einen prüfenden Blick um die nächste Ecke wirft.

Ich gebe keine Antwort, entdecke vor uns aber den Kater, was hoffentlich bedeutet, dass er diesen riskanten Plan für gut befunden hat. »Erklär mir, wohin wir gehen«, fordere ich sie auf. »Was für einen Weg in die Wolken hast du gefunden?«

Als wir das Flussufer erreichen, sieht sie sich kurz um und entert dann ein unbeaufsichtigtes Boot. Ich halte den Mund und klettere, gefolgt vom Kater, vorsichtig an Bord, während Elkisa uns mit der Stange abstößt und ans andere Ufer fährt.

Der Fluss fließt von Norden her durch die Stadt, teilt sich vor dem Tempel, der auf einer eigenen kleinen Insel steht, und fließt dahinter wieder zusammen. Die komplette Tempelinsel, der höchste Punkt der Stadt, liegt in einem Tal, das im Westen und Osten von Hügeln gesäumt wird.

Diese Insel verlassen wir nun und fahren ans westliche Ufer, hinter dem die Landschaft unmittelbar ansteigt. Je höher die Häuser hier liegen, umso größer werden sie – unübersehbar eine wohlhabende Gegend, auch wenn sie das offenbar nicht vor den Verwüstungen durch Nimhs Nebelsturm geschützt hat. Die Gassen, die zwischen den Häusern mit ihren breiten Fenstern, die über die ganze Stadt blicken, nach oben führen, sind so steil, dass sie immer wieder in Stufen übergehen.

»Seht Ihr das Gebäude in der Mitte des höchsten Hügels?«, fragt Elkisa, ohne die Stange aus den Augen zu lassen. »Das größte von allen?«

»Ja, ich sehe es.«

»Dort versammelt sich der Ältestenrat«, sagt sie leise. »Er tagt im oder besser unter dem Hügel. Und dort findet sich auch das Geheimnis.«

»Und was ist das Geheimnis?«

Sie schüttelt genervt den Kopf. »Der Weg in den Himmel, Wolkenländer.«

Ich starre hinauf zu dem Ratsgebäude und versuche ein wenig Hoffnung zu schöpfen. »Warst du schon einmal dort?«, will ich wissen. »Wie kann es sein, dass der Weg nach Hause so nah ist und Matias nichts davon wusste?«

Sie schnaubt. »Ihr sprecht von einem Mann, der Euch seine Identität als Fischerkönig und Sentinel verschwiegen hat. Wie könnt Ihr Euch sicher sein, dass er Euch nicht noch mehr Lügen aufgetischt hat?«

Ich lasse mir Zeit mit meiner Antwort. Nachdem wir ans Ufer geklettert sind und anfangen den Hügel hinaufzusteigen, sage ich schließlich: »Ich bin mir nicht sicher. Trotzdem glaube ich, dass er nur das Beste für Nimh will und weiß, dass wir sie keine Sekunde länger als nötig mit Inshara dort oben alleinlassen können.«

»Vielleicht habt Ihr recht«, stimmt sie mir zu. »Und in diesem Fall hat er auch nicht gelogen. Er weiß nicht, wo sich das Gewölbe befindet. Dieses Wissen ging den Sentinels schon vor langer Zeit verloren. Es gibt zu wenige von ihnen. Die Hohepriester hingegen wussten noch von seiner Existenz. Daoman gab sein Wissen an Jezara weiter, Jezara gab es an Inshara weiter.«

»Und Inshara hat es dir erzählt«, beende ich den Satz.

»Sie wusste, dass Ihr die Krone mit Eurer Berührung entschlüsseln und sie in die Wolken schicken könnt«, entgegnet Elkisa. »Und sie hat mir von diesem Gewölbe erzählt und dass sie glaubt, auch hier könnte Eure Berührung ihr einen Zutritt verschaffen. Mit der Krone hatte sie recht und ich hoffe, sie wird auch mit dem Gewölbe recht behalten. Mittlerweile bin ich die Einzige in und außerhalb der Stadt, die weiß, wo sich das Gewölbe befindet, und Ihr seid der Einzige, der den Schlüssel dafür besitzt. Das macht uns zu Verbündeten.«

Zähneknirschend rücke ich den Speer auf meiner Schulter zurecht. Sie glaubt, dass wir Verbündete seien, ich hoffe es nur.

Die Basis für unseren Zusammenschluss ist eher dürftig, zumal das Angebot von jemandem kommt, dem zu vertrauen ich keinerlei Grund habe. Andererseits hat mir Matias auch nur die halbe Wahrheit gesagt und Techeki hat mich im Tempel versteckt, während er seine eigenen Pläne verfolgte. Es gibt in dieser Welt – einmal ausgenommen vom Kater – niemanden, auf den ich wirklich zählen kann. Und meine Suche nach einem Weg zurück nach Alciel verlief bislang ohne Ergebnis. Mir bleibt also gar nichts anderes übrig, als das Risiko einzugehen.

Und vielleicht hat sie ja recht. Mein königliches Blut hat die Magie in Nimhs Krone freigesetzt und sie und Inshara nach Alciel geschickt. Wissenschaftlich betrachtet muss sie mit einer

DNA-Technologie versehen gewesen sein. Und vielleicht ist dieser zweite Weg in die Wolken ja mit derselben Technik gesichert.

Langsam fange ich an zu verstehen, weshalb meine Familie so besessen davon ist, unsere Blutlinie fortzusetzen.

Elkisa gegenüber erwähne ich wohl besser nicht, dass es nicht meine Berührung ist, die sie benötigt, sondern nur mein Blut. Ihr wäre zuzutrauen, dass sie sich nimmt, was sie braucht, und den Rest von mir liegen lässt.

Wir folgen einer Straße, die in Serpentinen den Berg hinaufführt. Die Fenster der Häuser zu beiden Seiten sind zur Hälfte mit Brettern vernagelt. Schweiß rinnt mir den Rücken hinab und es dauert nicht lange, bis mir die Beine wehtun.

»Wenn Jezara es wusste«, frage ich nach einiger Zeit, »warum wusste Nimh es dann nicht?«

»Es war noch nicht an sie weitergegeben worden«, entgegnet Elkisa. »Daoman hätte es ihr gesagt, nachdem sie sich manifestiert und das volle Wissen der Göttlichkeit erlangt hat.«

»Hat Inshara ihn deshalb töten lassen?« Die Frage ist mir einfach so herausgerutscht und eine klare Verletzung der höflichen Unverbindlichkeit, die wir bisher aufrechterhalten konnten. Trotzdem tut es mir nicht leid. Ich stand daneben, als Nimh zusehen musste, wie der Mann, der sie großgezogen hatte, bei dem Versuch, sie zu beschützen, starb. Und es war Elkisa, die ihn erstochen hat.

Sie sieht mich kurz an und richtet den Blick dann wieder stur geradeaus, die Lippen fest aufeinandergepresst.

»Nimh hat dir vertraut«, sage ich leise. Um des lieben Friedens willen sollte ich besser den Mund halten, aber ich will, dass sie es kapiert. Dass sie versteht, was sie getan hat.

»Und Jezara hat Daoman vertraut«, faucht sie. »Bis er sie aus dem Tempel warf und sie Insha allein aufziehen musste, in einer Welt, die sie hasste.«

Jetzt reißt auch mir der Geduldsfaden. Ich hole zu ihr auf und schaffe es gerade so, nicht laut zu werden. »Du bist wirklich die Letzte, die hier irgendjemanden verurteilen darf. Du wolltest Nimhs Vertrauen dazu benutzen, sie zu töten.«

Das hat gesessen. Ich kann beobachten, wie die ihr antrainierte Selbstbeherrschung Risse bekommt. Ihr Blick ist hart, ich bemerke aber auch eine versteckte Verzweiflung in ihren dunklen Augen. Ihr Kiefer und die Art, wie sie ihre Schultern hält, zeugen von ihrer Anspannung – hinter der Fassade eines klaren blauen Himmels tobt ein Sturm.

»Ich hätte niemals zugelassen, dass Nimh stirbt«, sagt sie ruhig, doch in ihrer Stimme klingt eine Resignation mit, die sie trotz aller Bemühungen nicht verbergen kann.

Plötzlich frage ich mich, wo sie die ganze Zeit über gesteckt hat. Bei den Schatten, um sie davon zu überzeugen, auf Inshara zu warten? Oder war sie allein?

»Wusste Inshara, dass du Nimh am Leben lassen wolltest?« Es gelingt mir meine Wut zu kontrollieren, aber mein Ton bleibt scharf. Wenn ich im Gegensatz zu ihr einen klaren Kopf behalte, verrät sie mir vielleicht etwas, ohne es zu wollen. Denn sobald wir wissen, wie man nach Alciel kommt, werden sich unsere gemeinsamen Interessen erschöpft haben. »Ich bin mir ziemlich sicher, Nimh wusste, dass du sie hättest sterben lassen.«

»Keine von beiden ist jetzt hier«, entgegnet sie gereizt.

»Und doch tust du alles, um wieder bei Inshara sein zu können«, sage ich. »Ich habe gesehen, wie sie ihre eigene Mutter erstochen hat. Erzähl mir nicht, Nimh würde dir etwas bedeuten, wenn du sie ihr zum Fraß vorwerfen würdest. Inshara ist eine Mörderin!«

Elkisa bleibt abrupt stehen und deutet mit einer ausholenden Armbewegung auf die zerstörte Stadt. »Genau wie Nimh! Sieh dich doch um!«

Ich bleibe ebenfalls stehen und wir starren uns an, bis sich ihr Gesicht wieder verschließt, sie sich umdreht und schweigend weiter den Berg hochstapft.

Die nächste Stunde spricht keiner von uns ein Wort. Obwohl wir auf dem direkten Weg sehr viel schneller wären, nehmen wir die kleinen Nebenstraßen und kommen nur mühsam voran. Um im morgendlichen Treiben nicht aufzufallen, gehen wir langsam, als wären wir genauso müde wie alle anderen. Schließlich bleibt Elkisa stehen und kontrolliert eine ruhige Gasse.

»Wir sollten haltmachen und etwas essen«, sagt sie. »Die Wachen wechseln die Schicht und wir wollen ihnen auf ihrem Weg zurück in den Tempel nicht in die Arme laufen.«

Sie späht durch das Fenster eines unbewohnten Hauses, um sich zu vergewissern, dass es leer ist, und bricht dann geschickt das Schloss auf. Wir setzen uns an den fremden, kalten Kamin und essen Brot aus meinem Rucksack mit einem leckeren Aufstrich aus Nüssen, den ich aus der Tempelküche habe mitgehen lassen.

»Wie wird man eine Wache?«, frage ich mit vollem Mund. »Wird man dazu geboren oder rekrutiert?«

»Die meisten werden ausgewählt«, erklärt sie. »Eingeladen. Zu dienen ist eine große Ehre, von der ich gehofft hatte, dass sie mir zuteilwird.«

»Um Inshara zu dienen?«, frage ich möglichst neutral. »Oder hast du die Seiten erst später gewechselt?«

»Ich war acht Jahre alt, als ich mit der Ausbildung begann – einen Tag nachdem ich Nimh zum ersten Mal gesehen hatte.«

Gegen meinen Willen fange ich an mich für ihre Geschichte zu interessieren. Ich nehme einen Schluck aus meiner Wasserflasche und reiche sie ihr. Als ich acht war, hatte ich nicht viel mehr im Sinn, als Wege zu finden, wie ich meinen Tutoren entwischen konnte. »Was hat dich so jung dazu gebracht, Leibwache werden zu wollen?«

»Sie«, entgegnet Elkisa. »Man hat sie auf einem Podest durch die Stadt getragen, damit das Volk seine neue Göttin kennenlernen konnte. Sie war fünf Jahre alt und sah sehr verängstigt aus.« Sie trinkt einen Schluck und gibt mir die Flasche zurück. »Sie hatte keine Angst, aber ich glaubte es und wollte nicht, dass sie Angst haben muss.«

Nachdenklich betrachte ich ihr Profil. Diese Frau steckt voller Widersprüche und mir wird klar, dass ich gerade erst anfange sie ein klein wenig zu verstehen. »Wann hat sich das geändert?«

»Es hat sich nicht geändert«, sagt sie fest und blickt zu mir herüber, weil meine Stimme leiser geworden ist. »Ich wollte nie, dass Nimh sich ängstigt.«

»Mag sein«, gestehe ich ihr zu. »Aber du sprichst von ihr, als wärst du auf ihrer Seite, und das verstehe ich nicht, Elkisa. Für mich sieht es nämlich ganz und gar nicht so aus.«

»Ihr kennt sie noch keinen Monat«, hält sie mir vor und klingt dabei wie die Stimme in meinem Kopf, »während ich mein ganzes Leben in ihren Dienst gestellt habe.«

Ich beuge mich vor. »Dann hilf mir zu verstehen, wie das, was du getan hast, zu ihrem Besten sein konnte. Sie musste dabei zusehen, wie Menschen, die sie liebt, sterben, zusehen, wie ihre Stadt fällt, und nun ist sie – wenn wir Glück haben – allein in einem fremden Land. Das kannst du so nicht gewollt haben.«

Sie steht auf und geht zum Fenster, um nach draußen zu schauen. »An jenem Tag, an dem ich dachte, sie sei verängstigt …«, sagt sie und spricht dabei ein klein wenig schneller. »Sie hatte keine Angst. Sie war *einsam*. Als man sie aus dem Tempel führte, glaubte sie, sie dürfe endlich ihre Mutter wiedersehen.« Mit zusammengepressten Lippen schüttelt sie den Kopf. »Sie hat das alles nie gewollt.«

Ich schließe die Augen, als könnte ich dadurch das Bild der fünfjährigen Nimh, die auf der Suche nach einem vertrauten Gesicht den Blick über die Menge schweifen lässt, verdrängen.

Und auch das Bild der achtjährigen Elkisa, die ihr dieses vertraute Gesicht gerne geschenkt hätte.

»Du dachtest, du könntest sie von ihrer Göttlichkeit erlösen«, sage ich langsam, »und sie auf Inshara übertragen, die sie unbedingt wollte.«

»Als Inshara das erste Mal davon sprach, wer ihre Mutter war und welche Rolle sie sich selbst in der Prophezeiung gab ... da wollte ich, dass es wahr ist. Ich wollte, dass Nimh frei ist.« Elkisas Ton ist milder geworden.

»Ich ...« Abrupt hebt sie die Hand und ich verstumme. Elkisa fixiert etwas draußen in der Gasse. Ihr Körper ist extrem angespannt. Langsam greife ich nach dem Speer, der neben mir auf dem Boden liegt.

Kurz darauf sind Stimmen zu hören. Man kann nicht verstehen, was sie sagen, aber sie kommen eindeutig näher. Elkisa sieht zu mir herüber. »Schatten«, flüstert sie. »Sie durchsuchen die Häuser.«

»Du bist eine von ihnen«, flüstere ich zurück und stehe auf. »Sag ihnen ... Sag ihnen irgendwas, damit sie weggehen.«

Sie schüttelt den Kopf und sieht sich im Raum um. Aber genau wie ich erkennt sie sofort, dass er nicht viele Verstecke bietet. »Ich bin allein«, flüstert sie. »Ich bin nicht auf Patrouille. Und Ihr ...«

Mir rutscht der Magen in die Knie. »Die halbe Stadt kennt mein Gesicht und die Schatten mit Sicherheit auch.« Das war der

Grund, weshalb Techeki mich im Tempel versteckt hatte. Für die Kultisten, die auf Insharas Rückkehr warten, wäre Nimhs Stern der Hauptgewinn.

Mit einem Handgriff löst Elkisa bei einem der dicken Vorhänge, die das Fenster säumen, die Kordel, die ihn zurückhält. »Versteckt den Speer«, zischt sie. »Und bindet Euch den Flussläuferschal und die Schärpe um!«

Das muss sie mir nicht zweimal sagen. Schnell lege ich den Speer hinter einen Sessel und krame die Sachen aus meinem Rucksack. Um mir die Schärpe um die Taille zu knoten und den Schal über den Kopf zu ziehen, der zumindest meine Locken verbirgt, brauche ich nur wenige Sekunden. Aber als sie mich zu sich winkt, zögere ich.

»Ich muss Euch fesseln«, flüstert sie und sieht wieder aus dem Fenster. »Ihr müsst mein Gefangener sein, Prinz North. Schnell!«

»Was wirst du …«

»Schnell!«

Zwei Herzschläge lang rühre ich mich nicht vom Fleck und gehe meine Möglichkeiten durch. Aber egal für was ich mich jetzt entscheiden würde, es wäre immer ein Risiko. Also laufe ich zu ihr und strecke ihr die Hände entgegen.

Blitzschnell legt sie die Kordel um meine Handgelenke. Für einen Moment sind wir uns so nah, dass ich ihren Atem auf meiner Wange spüre. Sie zerrt die Fessel so fest zu, dass ich aufheule. Dann nimmt sie das Messer aus meinem Gürtel und bindet es an ihren.

»Wir gehen nach draußen und tun, als kämen wir gerade die Gasse herunter«, murmelt sie. »Wenn sie uns hier finden, werden sie wissen wollen, was wir hier drin zu suchen haben. Haltet den Kopf gesenkt und sagt kein Wort.«

Mit pochendem Herzen nicke ich. Jetzt gibt es kein Zurück mehr, entweder wir kommen da gemeinsam wieder raus oder gar nicht.

Durch einen Spalt in der Tür späht sie nach draußen, bis die Schatten ein paar Häuser weiter in einem Eingang verschwinden. Dann zerrt sie mich auf die Straße, versetzt mir einen Stoß und schubst mich vor sich her. Wir sind schon fast an dem Haus vorbei und ich fange gerade an zu überlegen, wie ich den Speer wieder zurückholen kann, als die Gruppe ins Freie tritt.

Es sind fünf. Alle in unterschiedlichen Pseudouniformen, alle mit gezogenen Waffen, als suchten sie Ärger. Als er uns entdeckt, bleibt der Anführer der Truppe – zumindest vermute ich, dass er der Anführer ist, weil seine Kleider ein kleines bisschen besser sind als die der anderen und die schwarze Schminke um seine Augen dicker – stehen.

»Die Begleitung der Göttlichen!«, ruft er. Einen schrecklichen Moment lang glaube ich, er meint mich, und bin versucht den Kopf zu heben.

Elkisas Stimme in meinem Rücken hält mich gerade noch davon ab. »Was treibt ihr euch in diesem Viertel herum? Wonach sucht ihr in diesen reichen Häusern? Nach dem Wolkenländer oder eher nach etwas, mit dem ihr euch die Taschen füllen könnt?«

Ich zwinge mich stillzustehen, den Kopf unten zu halten und sie die Sache allein regeln zu lassen. Sie wollte unbedingt, dass ich mit ihr komme, also wird sie uns hier auch rausbringen und die Tatsache, dass ich gefesselt bin und sie das Messer hat, nicht ausnutzen.

»Nein, wir …« Der Mann ist im ersten Moment so perplex, dass sie mit ihrer Unterstellung sicher recht hat, aber er hat sich schneller wieder im Griff als jeder Politiker. »Benötigt Ihr unsere

Unterstützung? Vielleicht können wir Euren Gefangenen für Euch abführen?« Er klingt neugierig. Nervös knete ich meine verschränkten Finger. *Würde ein Flussläufer in dieser Situation schweigen? Oder wäre er aufsässig?*

»Ich benötige keine Unterstützung«, sagt Elkisa ruhig. »Sie führen irgendetwas im Schilde, unten am Fluss, und der hier wird mir sagen, was genau der Fischerkönig plant. Ich werde ihn selbst abführen, aber ich danke euch für eure Bereitschaft. Sobald die Göttliche zurückkehrt, wird sie von mir erfahren, wer ihr hier am treuesten gedient hat.«

Trotz meiner Angst bin ich schwer beeindruckt. Sie hat es geschafft, das Gespräch sofort in eine andere Richtung zu lenken, indem sie ihnen subtil mit Konsequenzen für ihren Ungehorsam drohte und an ihre enge Verbindung zu Inshara erinnerte – dabei klang sie, als würde sie nur über das Wetter plaudern.

»Möge sie aufsteigen«, murmelt der Mann mit einer angedeuteten Verbeugung und die anderen, wie ich aus den Augenwinkeln noch erkennen kann, tun es ihm gleich.

»Möge sie uns alle segnen«, entgegnet Elkisa. »Ich denke, in der Nähe des Flusses werdet ihr bei der Suche nach unseren Feinden mehr Glück haben.«

Die Männer machen kehrt und es kostet mich all meine Willenskraft, den Blick nicht von den Pflastersteinen unter meinen Füßen zu heben. Elkisa legt mir schweigend die Hand auf die Schulter, damit ich stehen bleibe, und ich lasse es geschehen. Es dauert eine gefühlte Ewigkeit, bis ihre Schritte um die Ecke und nicht mehr zu hören sind.

»Einen Moment noch«, flüstert sie. Als sie an mir vorbeigeht, wage ich endlich den Blick zu heben und beobachte, wie sie ihnen hinterherspäht und sich vergewissert, dass die Männer den Hügel hinuntergehen. Dann dreht sie sich zu mir um und nickt.

Doch anstatt zu mir zu kommen, bleibt sie, wo sie ist, und sieht mich mit unergründlicher Miene an. Der Moment zieht sich und meine Haut beginnt zu kribbeln. *Wird sie mich wieder losbinden?*

Sie presst die Lippen aufeinander, neigt den Kopf ein wenig zur Seite und kommt auf mich zu. Ganz bestimmt denkt sie dasselbe wie ich. Ich spreche die Worte jedoch nicht laut aus, um ihr keine Gelegenheit zu geben, sie zur Realität zu machen. Also warte ich ab und halte den Atem an.

Ihre Schritte werden langsamer, bis sie direkt vor mir steht. Mit einer Hand greift sie an ihren Gürtel, während sie mit der anderen die Vorhangkordel packt und meine Handgelenke ein Stück höher zerrt.

Während sie meine Fesseln durchschneidet, lässt sie mich keine Sekunde aus den Augen. »Holt den Speer«, sagt sie leise. »Wir sollten gehen.«

DIE ELEKTRIKERIN

Die Elektrikerin hastet durch den Korridor. Ihr Puls rast. An einem anderen Tag hätte sie wohl die beeindruckende Innenarchitektur bewundert und sich gefragt, wie ausgerechnet sie – oder besser ihre Mutter – zu der Ehre kam, in den Palast gerufen zu werden. Aber sie hat ein ungutes Gefühl. Die Nachricht, die ihre Mutter ihr hinterlassen hat, war besorgniserregend kurz: Bin in den Palast gerufen worden. Bis später.

Als sie die Tür erreicht, wird sie von zwei Wachen aufgehalten, von denen eine vortritt und sich ihr in den Weg stellt.

»Meine Mutter ist da drin«, protestiert sie verängstigt und leicht durcheinander. Sie kann nicht wirklich erklären, weshalb sie so nervös ist, aber irgendetwas stimmt hier nicht.

»Lasst sie eintreten«, ruft eine Stimme aus dem Zimmer. Die Wachen tauschen einen Blick, der die Elektrikerin nur noch nervöser macht.

Als sie ins Zimmer stürmt, entdeckt sie mit dem Rücken zur Tür ihre Mutter, die auf einem Divan vor dem Kamin sitzt. Und ihr gegenüber blickt ihr mit erhobenem Haupt erwartungsvoll die Frau entgegen, die die Elektrikerin erst heute Morgen auf sämtlichen Bildschirmen gesehen hat – die Besucherin von Unten.

»Ähm …« Unsicher, wie sie der Frau, die ihre Königin als Göttin bezeichnet, begegnen soll, versucht sie sich an einem unbeholfenen Knicks. »Das ist meine Mutter. Geht es ihr …«

Beim Klang der Stimme ihrer Tochter dreht sich die Frau auf dem Divan um und der Elektrikerin bleibt das Herz stehen. Das Gesicht ihrer Mutter ist tränenüberströmt.

»Oh, Sofee. Ich bin so froh, dass du hier bist. Komm her. Darf ich dir Nimhara vorstellen?«

Die Besucherin von Unten mit ihren schwarz umrandeten Augen und der goldenen Krone auf dem Kopf ist jünger, als die Elektrikerin gedacht hätte. Aber ihre Augen – die Elektrikerin kann den Blick nicht von diesen Augen wenden. Irgendetwas ist merkwürdig an ihnen. Unnatürlich. »Seid willkommen, Sofee«, sagt sie leise. »Setzt Euch zu uns ans Feuer.«

Die Elektrikerin, die zu aufgewühlt ist, um Nimhara zu antworten, eilt zu ihrer Mutter. »Mama?« Sie greift nach der Hand der alten Frau, die ganz kalt ist – viel zu kalt für jemanden, der vor einem prasselnden Feuer sitzt. »Warum weinst du? Ist alles in Ordnung?«

Ihre Mutter nickt. »Ich bin nur so überwältigt. Diese Frau ... sie ist eine *Göttin*, Liebes. Stell dir vor, sie ist gekommen, um uns alle zu retten.« Sie richtet ihre feucht glänzenden Augen auf die Frau ihr gegenüber.

Die Elektrikerin verspürt ein ungutes Kribbeln. Ihre Nerven sind zum Zerreißen gespannt, während sie die Hand ihrer Mutter hält. »Was geht hier vor?«, fragt sie mit erhobener Stimme, ohne die Frau mit der goldenen Krone aus den Augen zu lassen. Vor der Tür hört man die Wachen unruhig auf und ab gehen.

Die Besucherin von Unten – die Göttin – lächelt sie an. »Eure Mutter hat mir alles über das Mädchen erzählt, das die letzten Wochen bei Euch gewohnt hat. Vielleicht wollt auch Ihr mir erzählen, was Ihr wisst.«

Die Elektrikerin zögert. Sie ist wie gebannt von diesen merkwürdigen Augen – schönen Augen, schöner als alle, die sie jemals zuvor gesehen hat. Ihr Puls wird schneller, dann schluckt sie und räuspert sich. »Ja«, flüstert sie und auch in ihren Augen brennen Tränen. »Ja, das will ich.«

9
NIMH

Wir betreten das Palastgelände durch das östliche Tor. Miri begrüßt die Wache mit einem verschwörerischen Nicken. Die Geste entlockt Saelis ein amüsiertes Grinsen, das jedoch sofort wieder verschwindet, bevor sie es bemerkt. Die Wache beachtet uns kaum, wofür ich ihr sehr dankbar bin. Miri und Saelis mögen Vergnügen an der Sache finden, aber seit wir mit Talamar gesprochen und er zugesagt hat uns in den Palast zu führen, sind meine Nerven aufs Äußerste gespannt.

Unser Weg führt uns durch einen kleinen, akribisch bepflanzten Garten, mit Grasflächen, die auf eine einheitliche Länge gemäht sind, kleinen, symmetrisch geschnittenen Bäumen und in der Mitte einem hübschen Brunnen, dessen musikalisches Plätschern unser Ohr erfreut, als wir an ihm vorübergehen. Ich habe Sehnsucht nach meinem eigenen Garten. Er ist ganz anders als dieser akkurat gestaltete Ort, doch gerade seine Wildheit ist es, die ich so sehr liebe. Ich muss daran denken, dass die Blumen, die gerade angefangen hatten Knospen zu bilden, mittlerweile sicher welk oder gar schon vertrocknet sind. Alles, was wächst, braucht Wasser, Nahrung und Pflege – nur war ich hier und habe mich im Haus der Elektrikerin versteckt, zu verängstigt mich an das zu erinnern, was ich wissen muss. Schnell schiebe ich den Gedanken beiseite. *Nun tue ich ja endlich etwas.*

Von so nah betrachtet ragt der Palast beunruhigend hoch über uns auf. Vielleicht kommt es mir aber auch nur so vor, weil ich weiß, wer uns in seinem Inneren erwartet. Sollte es Talamar nicht gelungen sein Inshara von der Königin fernzuhalten, sodass wir ihr unser Anliegen vorbringen können, könnte die Feindin meiner schlimmsten Albträume direkt hinter dem breiten Flügeltor am Ende des Gartens auf mich warten. Die Wachen, die davor postiert sind, nicken uns zu und öffnen das Tor. Es war North' Vater, der uns bis hierher gebracht hat – wir sollten Vertrauen haben.

Miri und Saelis bewegen sich im Palast, als wären sie hier zu Hause. Als North' engste Freunde müssen sie viel Zeit an diesem Ort verbracht haben, dessen überwältigende Innenarchitektur der des Tempels in nichts nachsteht. Staunend sehe ich mich um, während ich meinen beiden Gefährten folge. Ich kann mich nicht erinnern, dass mir der Tempel je so imposant erschienen wäre, doch das muss er wohl, als ich noch jung und gerade erst zur Göttlichen berufen worden war.

Wir gehen einen langen Korridor entlang, bis er eine Galerie mit Fenstern zu einer Seite hin kreuzt. Die dicken goldenen Vorhänge sind zurückgebunden, sodass die Morgensonne durch das dünne, makellose Glas auf eine lange Reihe von Porträts scheint, die an der Wand gegenüber hängen. Die Gesichter sind streng und abweisend, ganz anders als die früherer Gottheiten in unseren alten Manuskripten, die lebendig und in leuchtenden Farben gemalt worden sind. Es ist unschwer zu erkennen, wen sie darstellen: die einstigen Könige und Königinnen, die Herrscher Alciels.

Während wir an der Ahnengalerie vorübergehen, suche ich in den Gesichtern nach Spuren von North, finde aber kaum welche, bis ziemlich am Ende der Galerie eine ältere Frau mit einer langen, spitzen Nase und funkelnden schwarzen Augen auf mich herabblickt.

Das vorletzte Porträt ist verhangen – es muss den gerade verstorbenen König darstellen, dessen Bild bis ein Jahr nach seinem Tod nicht gezeigt werden darf. Sein Körper wird ein Jahr aufgebahrt, ebenfalls zugedeckt und mittels einer Methode, die ich nicht verstehe, vor dem Verfall geschützt. Die Gruft, in der er liegt, wird in regelmäßigen Abständen geöffnet und unterschiedliche Teile der Gesellschaft – Senatoren, Händler, Bauern – sind eingeladen ihm ihren Respekt zu zollen.

Am Ende der Trauerzeit wird sein Porträt dann enthüllt und man holt die sterblichen Überreste aus der Gruft, um sie zu verbrennen und die Asche in die Wolken zu streuen. Die Welt wird den Blick wieder nach vorne und auf das nächste Porträt in der Reihe richten. Jetzt hängt dort nur ein leerer Rahmen. Beatrins Bild muss erst noch gemalt werden.

Vor dem verhängten Porträt von North' Großvater bleibe ich stehen. Ich wünschte, ich könnte die schwarze Seide beiseiteziehen und einen Blick auf den Mann werfen, den er so sehr bewunderte. Als ich vom Ableben des alten Königs erfuhr, war meine Erinnerung noch so lückenhaft, dass ich meinen Schmerz darüber nicht verstand. Doch nun tue ich es. North war voller Bewunderung für seinen Großvater. Es wird ihn unendlich traurig machen, so weit von ihm entfernt gewesen zu sein, als er starb, und es wird ihm das Herz brechen, dass er sich nicht verabschieden konnte.

»Nimh«, flüstert Miri neben mir. »Komm weiter. Wir haben wahrscheinlich nicht viel Zeit, um mit der Königin zu reden, bevor Inshara auftaucht.« Saelis ist bereits am Ende der Galerie und winkt uns ihm zu folgen.

Ich werfe einen letzten Blick auf das gesichtslose, schwarze Stück Stoff und laufe ihnen nach.

Der Raum, den wir betreten, dessen Architektur den Blick wie von selbst auf das erhöhte Podest am Ende des Saals zieht, scheint mir sofort vertraut. Das liegt wohl daran, dass ein Audienzsaal ist wie der andere. Allerdings stünden zu Hause überall Grüppchen vornehm gekleideter Würdenträger herum, die warten, bis sie an der Reihe sind mit mir zu sprechen. Dieser Raum ist abgesehen von ein paar Dienern und Wachen beunruhigend leer. Auf dem Podest befinden sich zwei Stühle – *Throne*, korrigiere ich mich –, von denen einer unbesetzt ist. Der andere …

Meine Schritte werden langsamer, während ich den Raum nach einem boshaft verzerrten Gesicht absuche. Aber als Saelis mich fragend ansieht, schüttele ich den Kopf. Inshara ist nicht hier.

Und auch von Talamar ist nichts zu sehen – ich hoffe, er behält Inshara, wo auch immer sie ist, im Auge und sorgt dafür, dass sie uns nicht stört, wenn wir mit der Königin sprechen. Ich hebe das Kinn und trete der Monarchin entgegen, wobei ich mir vorstelle, anstatt der von Miri geborgten, frisch gewaschenen Kleider meine göttlichen Gewänder zu tragen – wenigstens ist die Jacke, die sie mir gegeben hat, rot, in meiner Welt die Farbe der Göttlichkeit.

»Eure Majestät«, begrüße ich sie, als ich vor dem Podest stehe. Mich an die kurze Einführung in die Palastetikette erinnernd, die Saelis mir heute Morgen noch schnell gegeben hat, verneige ich mich und verharre in dieser Haltung, bis die Stimme der Königin mich und meine Begleiter erlöst.

»Miri, Saelis«, sagt sie. Ihre Stimme ist weich und voller Zuneigung. »Es ist lange her, seit wir euch das letzte Mal gesehen haben. Ich hoffe, ihr wisst, dass ihr hier immer willkommen seid, auch wenn North nicht mehr bei uns ist.«

Während ich mich aufrichte, nutze ich die Gelegenheit, mir die Königin etwas genauer anzusehen. In den Nachrichten zeigen sie fast immer ein Bild von einem längst vergangenen Ereignis, auf dem sie lächelnd in die Menge winkt. Diese Frau sieht sehr verändert aus – die Wangen sind schmaler, das Haar ist mehr zerzaust als lockig, die Augen liegen tief in ihren Höhlen. *Trauer*, denke ich, mit einem Kloß im Hals. Und doch ist ihr nichts anzumerken, als sie den Namen ihres tot geglaubten Sohnes ausspricht. Sie ist eine Staatsmännin und darin geübt, ihre Gefühle nicht zu zeigen.

»Danke, Majestät«, antwortet Miri. »Aber es ist nicht mehr dasselbe, hier zu sein.« Sie spricht es nicht aus, die Worte hängen trotzdem in der Luft: *Ohne ihn.*

»Wer ist eure hübsche Freundin?«, will die Königin wissen. Ihre dunklen, trüben Augen schweifen durch den Raum und bleiben an mir hängen. Mir schaudert – diese Leere in ihrem Gesicht ist keine Trauer. Ich erkenne Trauer, wenn ich sie sehe. Ich habe mein ganzes Leben mit ihr verbracht. Es ist etwas anderes.

»Wegen ihr sind wir hier, Majestät«, erklärt Saelis. »Wir sind gekommen, um Euch zu warnen. Das ist Nimh. Sie kommt von Unten.«

Die Königin zieht die Augenbrauen nach oben, das erste Zeichen von Interesse oder Neugier. »Von Unten? Wie meine gute Freundin Nimhara?« Ihre Lippen verziehen sich zu einem schmalen Lächeln. »Nimh, Nimhara … Seid ihr miteinander verwandt? Schwestern vielleicht?«

Ich presse die Lippen aufeinander und muss tief durchatmen, bevor ich sprechen kann. »Nein, Eure Majestät. *Ich* bin Nimhara, Trägerin des Göttlichen. Ich bin die Göttin meines Volkes. Sie ist eine Betrügerin.«

Zwischen den Augenbrauen der Königin bilden sich winzige Fältchen. Dennoch wirkt sie nur leicht verdutzt, als hätte man eine Verabredung abgesagt, nicht, als hätte man sie gerade darüber in Kenntnis gesetzt, dass eine Betrügerin sich im Palast aufhält. »Das kann nicht sein«, murmelt sie. »Du musst dich täuschen.«

Miri neben mir strafft die Schultern. »Was ihren eigenen Namen angeht? Wir wären nicht gekommen, um Euch zu warnen, wenn wir nicht sicher wären, dass Ihr sie anhören solltet. Sie kennt North, Majestät. Sie sagt, North hat den Absturz mit seinem Gleiter überlebt. Er ist am Leben!«

Beatrin sieht Miri mit ihren trüben Augen an, leicht verdutzt, doch ohne jedes Anzeichen eines Schocks. »Nein, das stimmt nicht. Mein Sohn ist tot. Ich werde Nimhara fragen – Rojer, würdest du bitte …?« Sie hebt die Hand in Richtung eines gestresst wirkenden Mannes in einer dunkelblauen Livree, der vortritt und sich verbeugt.

»Wartet!«

»Nein!«, rufen Saelis und Miri gleichzeitig und der Mann bleibt verwirrt stehen.

»Schickt nicht nach ihr!« Saelis sieht von dem Bediensteten zur Königin. »Ihr müsst uns anhören, Majestät.« Er hält inne und sein Blick wandert zu dem leeren Thron neben ihr. »Wo ist Anasta?«

Beatrin zuckt mit der Schulter und winkt ab. »Ich weiß es nicht. Sie ist im Thronsaal nicht mehr erwünscht.«

Irgendetwas stimmt hier ganz und gar nicht. Selbst ich weiß inzwischen aus den Nachrichten, wie eng die Königin mit ihrer Gemahlin zusammenarbeitet. Auch ohne Titel ist sie die zweite Herrscherin von Alciel.

»Eure Majestät«, beginne ich und trete noch einen Schritt vor. Miri neben mir versteift sich. Es verstößt gegen die Etikette, die unsichtbare Linie zu übertreten, die die Königin von ihren Bittstellern trennt. Aber ich ignoriere sie. Ich bin eine Göttin. Ich habe keine Angst vor Königinnen. »Die Frau, die Ihr Nimhara nennt, ist eine Betrügerin und Mörderin, verantwortlich für den Tod unzähliger Menschen im Unten. Sie hat meine göttliche Macht und den Tempel an sich gerissen. Ihr müsst sie in Gewahrsam nehmen, bevor sie auch hier Schaden anrichten kann. North würde es mir niemals verzeihen, wenn ich zulasse, dass seiner Mutter ein Leid geschieht.«

Ich zwinge sie mich anzuhören, indem ich ihr unablässig in die Augen sehe und zeige, wie ernst es mir ist. Ihrem prüfenden Blick halte ich mühelos stand. Sie soll sehen, dass auch ich ein Volk führe, das auf mich vertraut. Sie muss begreifen, dass Inshara diese Welt zerstören könnte, wenn sie nicht aufgehalten wird. Doch Beatrin blinzelt mich nur an, mit diesem leichten Stirnrunzeln, als hätte sie eine Rechenaufgabe vor sich liegen, die nicht ganz aufgeht.

»North lebt nicht mehr«, sagt sie langsam, als wiederhole sie etwas, dass man ihr wieder und wieder vorgesagt hat. »Habe ich recht?« Als sie mich direkt ansieht, ist in der tiefen Trübung ihrer Augen ein Flackern zu erkennen. Mein Herz macht einen Sprung. Was immer nicht mit ihr stimmt, man kann noch zu ihr vordringen.

»Oh ja«, ertönt von rechts hinter dem Thron eine Stimme, glatt und hart wie Obsidian. Die Ecke eines Wandbehangs hebt sich und jemand tritt durch eine dahinter verborgene Tür. »Er ist tot.«

Erinnerungen brechen über mich herein und für einen Moment sehe ich das verzerrte, in Nebel gehüllte Gesicht aus meinen Träumen vor mir und eine krallenähnliche Hand, die nach meinem Knöchel greift. Mir stockt der Atem. Vom Schock wie gelähmt stehe ich da, unfähig zu fliehen, selbst wenn ich es wollte.

Sie trägt Rot – mein Rot –, Gewänder, die sie sich aus der Sojaseide von Alciel hat anfertigen lassen, und goldene Bänder um die Arme. Über ihre Augen verläuft nicht mehr der harte schwarze Balken wie bei ihrem Überfall auf den Tempel, stattdessen sind sie sehr viel freundlicher geschminkt, nur schwarz umrandet, wie meine früher. Auf ihrem Kopf sitzt ein goldener Reif und in der

Hand hält sie sogar einen Speer, der auf dem Marmorboden klackert, während sie hinter der Königin vorbeigeht, um sich neben Anastas leeren Thron zu stellen.

Und ihre Augen ... Nun, da sie nahe genug ist, bemerke ich die flimmernden Nebelfetzen darin. Mein Traum, der, in dem sie mich packt ... genauso sehen ihre Augen auch in meinem Traum aus.

Die Königin sitzt jetzt aufrechter in ihrem Thron, und als sie sich Inshara zuwendet, wird ihr Blick heller.

»Inshara.« Meine Stimme klingt so scharf, dass ich sie kaum wiedererkenne. »Du lügst. North hat den Absturz überlebt.«

Inshara lächelt und schüttelt ein klein wenig den Kopf. Ihre Lippen sind mit Gold bestäubt, wie meine es bei einer religiösen Zeremonie wären. »Natürlich hat er das. Aber nicht sehr lange.«

»Wovon redest du?«, fragt Miri schrill und ihr Blick wandert von der Frau in Rot zu mir. »Was redet sie da, Nimh?«

Ich öffne den Mund, doch Inshara ist schneller. »Wie ich sehe, ist deine Erinnerung teilweise zurückgekehrt«, sagt sie und sieht dabei so besorgt aus, dass ich es ihr für einen Moment sogar fast abkaufe. »Sag, an *wie viel* kannst du dich erinnern?«

»Woher weißt du, dass ich ...?«

»Nachdem man dich gefunden hatte, bat ich meine Freundin Beatrin dich beobachten zu lassen.« Die Königin wirft Inshara einen so ergebenen Blick zu, dass einem übel wird. »Du hast die letzten Wochen bei einer Elektrikerin im Leewardbezirk gewohnt. Ihre Mutter ist recht gesprächig.«

Mir fährt es eiskalt den Rücken herunter und schon wieder würde ich am liebsten einfach nur davonlaufen. »Du hast die ganze Zeit gewusst, wo ich war?«

»Fast. Aber warum sollte ich mich mit dir befassen, wo du dich nicht einmal an deinen eigenen Namen erinnern konntest? Es ist erfreulich zu erfahren, dass Beatrins Leute diskret vorzugehen wissen.« Sie nickt der Königin kurz zu.

»Ihr sagtet ja, es wäre wichtig«, wirft die Königin ein. Ihre Stimme klingt seltsam eifrig, seit Inshara den Raum betreten hat.

»Sie belügt Euch«, unterbricht Miri sie und starrt die Königin finster an. »Was immer sie Euch erzählt hat, alles Lügen.«

Die Königin reißt den Blick von Inshara los und sieht Miri an. Alle Wärme, so verwässert sie auch war, ist aus ihren Augen verschwunden. »Ich verbiete euch, vor mir so über diese Frau zu sprechen«, sagt sie scharf. »Sie genießt mein vollstes Vertrauen. In ihrer Welt ist sie eine *Göttin*.«

»Aber Eure Majestät, Nimh – die echte Nimh – kennt North! Er lebt. Er hat den Absturz überlebt, er … !«

»Genug!« Die Stimme der Königin ist wie ein Peitschenhieb. Es ist nicht die kleinste Spur von Trauer oder Zweifeln herauszuhören und doch sind ihre Augen nass von Tränen. Ohne auf Miris Worte einzugehen, wendet sie sich wieder Inshara zu, wie eine Blume der Sonne, und starrt sie mit einer verstörenden Ergebenheit an.

»Was hast du mit ihr gemacht?«, will ich wissen.

Inshara reißt übertrieben überrascht die Augen auf und sieht mich unschuldig an. »Mit ihr gemacht? Gütige Götter, Nimh, woher dieser Argwohn? Warum hätte ich etwas mit ihr tun sollen?«

»Das ist nicht die Beatrin, die ich kenne.« Saelis, der vor Wut zittert, geht auf den Thron der Königin zu. Inshara hebt den Arm und schnippt mit den Fingern.

Die Königin versteift sich und richtet den Blick auf Saelis. »Du wirst dich dem Thron nicht weiter nähern«, sagt sie leise, woraufhin er wie angewurzelt stehen bleibt. Tränen laufen ihr aus den Augen und ziehen nasse Spuren über ihre Wangen, obwohl ihr Gesicht keine Anzeichen von Traurigkeit erkennen lässt. Man könnte fast meinen, die Ergebenheit gegenüber Inshara brächte sie zum Weinen – ein deplatzierter Glaube, der sie zutiefst erschüttert.

»Und nun«, wendet sich Inshara wieder mir zu, »beantworte mir meine Frage. Woran kannst du dich erinnern?«

Mein Herz schlägt schneller, aber dank meiner Ausbildung bleibe ich ruhig und aufrecht. »Ich erinnere mich, wie du das Fest der Sterbenden gestürmt und Daoman ermordet hast«, zische ich. »Ich erinnere mich, dass ich aus meinem Zuhause fliehen musste. Ich erinnere mich, wie North und ich von deiner Mutter erfahren haben, wer du bist. Ich erinnere mich an einen Jungen, der kaum alt genug war sich zu rasieren und der sich in deinem Namen die Kehle durchgeschnitten hat.«

Gütige Götter, ich wünschte, daran würde ich mich nicht erinnern.

Insharas Blick haftet auf meinem Gesicht, kühl und kalkuliert, mit Ausnahme ihrer feurigen Iris, in denen wie winzige Blitze der Nebel flackert. Sie lässt sich Zeit, bevor sie antwortet, und als sie es tut, klingt sie fast mitfühlend, freundlich … bis die Bedeutung ihrer Worte zu mir durchdringt.

»Dann erinnerst du dich also nicht daran, dass du Prinz North getötet hast?«

Gedämpft höre ich Miris Aufschrei. Saelis dreht sich zu mir um, aber ich nehme seine Umrisse nur verschwommen wahr. In meinen Ohren rauscht das Blut, das Entsetzen drückt auf meine Kehle und meine Augen brennen.

»Nein«, krächze ich. »Nein, das würde ich niemals … Niemals könnte ich … Ich habe ihn geliebt!«

»Das weiß ich.« Inshara tritt vor Anastas Thron und kommt ein Stück die Treppe herunter, sodass sie aus kaum einem Meter Entfernung auf mich herabsehen kann. »Ich kann nur Vermutungen anstellen, aber das war wohl auch der Grund, warum du es getan hast. Als du erfahren hast, dass er dich hintergangen und mir dabei geholfen hat hierherzukommen, warst du so aufgebracht, dass du ihm das Genick gebrochen hast. Oder vielleicht war es auch der Nebel, den du kontrollierst.«

Von Miri ist ein unterdrücktes Schluchzen zu hören. Als ich zu ihr hinübersehe, starrt sie mich an, das blanke Entsetzen im Gesicht. Sie scheint nicht einmal zu bemerken, dass Saelis die Arme um sie legt. Was ich North angetan habe – was Inshara *behauptet*, dass ich ihm angetan habe –, hätte ich in den Tunneln unter Alciel fast auch ihr angetan.

Der Boden unter meinen Füßen scheint zu beben. Ich strecke die Hand aus und wünschte, ich hätte meinen Speer. »Nein«, wiederhole ich, aber meine Stimme klingt dünn und erbärmlich, nicht wie die einer Göttin. »Ich würde North niemals ein Leid antun. Ganz egal wozu er sich entscheidet. Ich würde ihn *niemals* verletzen.«

Inshara kommt noch ein Stück näher und bleibt auf der letzten Stufe des Podests stehen. Nun ist sie nur noch Zentimeter von mir entfernt, sieht aber immer noch auf mich herab. »Ich will nicht behaupten, dass es dir nicht leidgetan hätte. Das hat es – bereits im selben Moment, in dem du es getan hast. Aber du hast dich vom Nebel beherrschen lassen. Du hast den gewaltigsten Sturm heraufbeschworen, den ich je gesehen habe, und bist auf ihm über die Stadt hinweggefegt. Du hast zahllose Menschen getötet und den Tempel in Trümmer gelegt.«

»Nein, ich …« Ich will es abstreiten, doch die Mauer aus Angst, die meine Erinnerungen zurückhält, wackelt. Ich sehe wieder das Blitzen in Insharas vernebelten Augen, ihre Hand, die mich packt, und dahinter … *einen Nebelsturm.* »Gütige Götter, nein. Ich würde niemals …«

Der Schmerz bricht über mich herein, als hätte ich noch einmal einen Sturm heraufbeschworen. Ich falle auf die Knie, stütze mich mit den Handflächen auf dem kalten Steinboden ab und stemme mich gegen die Erinnerung. *Aber ich erinnere mich … Ich erinnere mich, dass North tot war.*

Miri lässt ein herzzerreißendes Stöhnen hören. Doch nein, der Laut kam nicht von ihr. Sie hat das Gesicht in Saelis' Schulter vergraben. Wieder ächzt und bebt der Boden und dieses Mal stößt Saelis einen unterdrückten Fluch aus, als würde er es auch fühlen.

Als es mir gelingt den Kopf zu heben, hat sich Inshara vor mich gekniet, in dem Rot und Gold, welche einst meine Farben waren, ein verzerrtes Spiegelbild meiner selbst.

»Du hast die Krone genommen und sie mit dem Blut des Prinzen aktiviert. Ich konnte dich gerade noch packen, bevor sie dich hierhergeschickt hat.« Die Nebelwirbel in ihren Augen sind schneller geworden. »Ja, ich habe die Königin belogen. Ich habe mir deinen Namen und deinen Titel angeeignet und versuche zu sein, was du nie warst. Eine wahre Anführerin. Jemand, der die Menschen hier bitten konnte der Welt, die du in Trümmern zurückgelassen hast, zu helfen.«

Sie richtet sich wieder zu ihrer vollen Größe auf, schwebt über mir, eine goldschimmernde Erscheinung in rotem Gewand. »Vielleicht war es nie deine Absicht, andere zu verletzen. Und doch hast du viel Leid verursacht. Wir Übrigen müssen nun versuchen zusammenzufügen, was du zerschmettert hast.«

Ein lautes Schluchzen dringt aus meiner Kehle und wieder zittert der Boden unter mir. Inshara runzelt die Stirn und die Königin zieht erschrocken die Luft ein.

»Schon wieder ein Beben«, verkündet sie und sieht Inshara an. »Was müssen wir tun, damit das aufhört?« Die Tränen strömen ihr über das Gesicht, sie scheint es kaum zu bemerken. Es ist, als hätte Inshara ihr Herz gepackt und würde es mit aller Macht auspressen.

Ich hatte geglaubt, in meinem Schmerz wäre es mir nur so vorgekommen, als bebte die Erde. Ein Blick zu Saelis, der Miri fest an sich drückt, und in sein aschfahles Gesicht genügt jedoch, um zu wissen, dass sie wirklich bebt.

Inshara ignoriert die Königin und sieht mich ungläubig an, ihre Maske des Mitgefühls verrutscht. Dann kommt ihr ein Gedanke. Sie hätte sich auch vor die Stirn schlagen und es laut herausrufen können, so deutlich ist es ihren leuchtenden Augen anzusehen. »Die Motoren«, flüstert sie. »Niemand konnte mir sagen, weshalb die Motoren ausfallen – dabei bist das *du.*«

Ich schlinge die Arme um meinen Oberkörper, schütze mich vor dem Schmerz und der Verwirrung, die über mich hereinbrechen. »Was …? Was bin ich?«

Inshara lehnt sich lächelnd ein wenig nach hinten. »Das Ungeheuer«, sagt sie leise. »Du dachtest, ich wäre das Ungeheuer, das es zu besiegen gilt, um dein Volk zu retten und mit dem zusammen sein zu können, den du liebst. Aber das Ungeheuer bist *du.* Dich hätte man als Kind auf der Straße bespucken sollen. Du hast sie alle ins Verderben gestürzt.« Ihre sich überschlagende Stimme verstummt und sie muss schlucken, um die Fassung wiederzuerlangen. Hinter ihren Worten steht ein wütender Schmerz, der mir das Herz durchbohrt.

»Warum konntest du nicht einfach wegbleiben?«, fragt Inshara und verzieht das Gesicht. »Ich hätte dich in Ruhe gelassen, wenn du einfach … Aber du bist gekommen, um alles zu zerstören, *schon wieder.*«

Die Erde bebt immer heftiger und mit einem entsetzlichen Krachen bricht der Marmorboden auf. Laut schreiend krieche ich rückwärts, weg von dem Spalt, der sich unter mir aufgetan hat.

Saelis schnappt nach Luft. »Wolkensturz noch mal, das muss die Motorenzentrale sein. Als du hineingefallen bist, hat die Erde auch gebebt, aber ich dachte, es wäre Zufall.«

Miri reißt sich von Saelis los und geht neben mir auf die Knie, das Gesicht ganz nah vor meinem. Ihre Augen sind rot, die Haut fleckig von Tränen, doch ihre Stimme ist scharf und eindringlich. »Nimh, du hast irgendeinen Einfluss darauf. Du musst dich beruhigen!«

»North!«, presse ich hervor. Von meinem Kinn tropfen Tränen auf den staubigen Boden. »Ich kann nicht …«

»Vergiss North.« Miris barsche Worte dringen durch den Dunst des Schmerzes zu mir durch. »Hier geht es um jeden einzelnen Menschen in Alciel. Du *musst* dich beruhigen.«

Insharas Lachen über uns klingt fast entzückt. »Dafür ist es längst zu spät. Du bist gekommen, um mir alles wieder wegzunehmen – doch auch du wirst leer ausgehen. Dein Schmerz wird alles zerstören.« Ihre Augen verengen sich zu Schlitzen und die Wirbel darin bewegen sich so schnell, dass mir schwindelig wird und ich beinahe wieder nach vorne auf die Handflächen falle. »Dein Schmerz ist so groß, dass er ein ganzes Meer von Städten niederreißen könnte. Gütige Götter, Nimh, wie konntest du nur das Knacken vergessen, mit dem du North' Genick gebrochen hast? Welches Monster vergisst ein solches Geräusch, nur um sich die Schuldgefühle zu ersparen?«

»Hör nicht hin.« Miris Gesicht ist verzerrt und auch in ihren Augen steht Schmerz, aber sie lässt nicht zu, dass ich wegsehe. »Ich glaube ihr kein Wort und das solltest du auch nicht. Blende sie aus. *Hör nicht hin*. Sae, wir müssen …«

»Schon unterwegs«, entgegnet er und läuft zum Thron. »Wacht endlich auf! Bitte, Ihr müsst uns anhören!«

Inshara wirft einen Blick über die Schulter. »Gib dir keine

Mühe. Die Königin gehört mir. Beatrin, denkt Ihr nicht, Ihr habt genug von diesen beiden gehört?«

Beatrin sieht von Inshara zu Saelis, dem besten Freund ihres Sohnes, der mit ihm im Palast aufgewachsen ist. Ihre rot geränderten Augen schwimmen vor verräterischen Tränen. Sie nickt. »Ja, ihr beide wart schon immer eine Gefahr für die königliche Erbfolge. Nur konnte North euch nicht widerstehen.« Sie richtet den Blick wieder auf Inshara. »Ihr könnt sie unschädlich machen.«

»Was?« Saelis weicht zurück, und als der Palast wieder zu beben beginnt, noch stärker dieses Mal, greift er nach der Armlehne von Anastas Thron.

Inshara schnalzt mit der Zunge. »Sie umzubringen erscheint mir ein wenig hart. Vielleicht sollten wir sie nur wegsperren. Womöglich braucht Ihr sie noch.«

Die Königin nickt. »Ihr seid sehr weise. Ich vertraue darauf, dass Ihr tut, was getan werden muss.«

Inshara winkt die Wachen von der nächstgelegenen Tür zu sich, die mindestens so fassungslos sind wie Miri und Saelis. »Nehmt die beiden gefangen.«

Ich versuche Miris Flüche, Saelis' Proteste und das Klicken der Handschellen, die man ihnen anlegt, auszublenden und konzentriere mich auf das Muster im Marmor. Mir schwirrt der Kopf, ein Gedanke jagt den nächsten. Die Beben in Alciel haben angefangen, kurz nachdem der König gestorben war – zu der Zeit bin auch ich hierhergekommen. Ich rufe mir einzelne Situationen des Bebens ins Gedächtnis: Da war der Moment, als mir klar wurde, dass ich mich nicht daran erinnern kann, wer ich bin; der Moment, in dem ich begriff, dass ich aus einer anderen Welt komme und nicht hierhergehöre; der Moment, als ich den Nebel in der Motorenzentrale unter Alciel berührte … Mögen die Götter mir beistehen … ich war es – jedes einzelne Mal.

Wieder erschüttert ein Beben die Erde und ich schließe die Augen. Ich rufe mir Daomans Lektionen über geistige Selbstbeherrschung in Erinnerung und lasse Schmerz und Entsetzen an mir vorüberziehen, bis ich einen winzigen Kern der Ruhe im Zentrum des Sturms in meinem Herzen finde. Das Leben aller in Alciel hängt von diesem winzigen Kern ab. Ich konzentriere mich und lasse ihn größer werden. Alle anderen Gedanken gleiten an ihm ab. Beatrin fragt, was mit mir geschehen soll, und Schritte nähern sich. Ich öffne die Augen.

Es ist Inshara, die abrupt stehen bleibt, überrascht von dem, was sie in meinem Gesicht liest, was auch immer das sein mag. Es folgt eine gewaltige Erschütterung, die mich fast zu Boden wirft, und Inshara stützt sich mit einem Lachen, das knistert wie aufgestauter Nebel, auf ihren Stab.

Beruhigen hilft nicht.

Ich lasse den Blick durch den Raum schweifen, treffe auf Miris und Saelis' entsetzte Augen, die gefesselt neben der Königin stehen, festgehalten von Wachen, in deren weit aufgerissenen Augen sich mein eigener Unglaube widerspiegelt.

»Die Lektionen in geistiger Selbstbeherrschung sind mir von meiner Mutter noch gut im Gedächtnis«, bemerkt Inshara, die sich nicht mehr die Mühe macht, ihre Fassade wohlmeinenden Mitgefühls aufrechtzuerhalten. Ihre Lippen sind zu einem triumphierenden Grinsen verzerrt. »Sie muss sie auch von diesem alten Priester gelernt haben. Scheinbar helfen Sie dir aber nicht?«

»Wie hast du die Königin in deine Gewalt gebracht?«, krächze ich. »Das ist unmöglich. Es gibt keinen Zauber, mit dem man die Gedanken anderer beherrschen kann.«

Insharas Augen bohren sich tief in meine und ich spüre, wie der Nebel darin nach mir greift, versucht den Schutzwall meiner Gedanken zu überwinden. »Diese Macht habe ich dir zu verdanken«, flüstert sie. »Der Nebelsturm, den du auf den Stufen des Tempels heraufbeschworen hast, verleiht sie mir. Du, Nimh, magst den Nebel beherrschen – aber er ist kalt und tot. *Ich* hingegen beherrsche die Herzen der Menschen, bringe sie dazu, mich zu lieben.«

Ich sehe die Königin an, ihr tränenverschmiertes, von kranker Hingabe verzerrtes Gesicht. Die Liebe zu ihrem Volk und ihre Schuldigkeit gegenüber dem Thron haben sich in eine unnatürliche Gleichgültigkeit verkehrt, in der sie kaum wahrnimmt, dass wir von ihrem tot geglaubten Sohn sprechen. Der Boden unter meinen Füßen wölbt sich gerade so viel, dass mit jedem Beben einzelne kleine Marmorbrocken an die Wand fliegen. Ich wünschte, ich hätte etwas, an dem ich mich festhalten kann – doch da ist nur Inshara.

»Wie machst du das?«

»Ich?« Inshara richtet sich auf. »Das ist dein Werk, Göttliche. Es sind deine Schwäche und die Arroganz unserer vermeintlichen Götter, die den Boden beben lassen. Die königliche Familie weiß seit Jahren, dass die Leistung der Motoren nachlässt. In ihren Senatssitzungen debattieren sie über das Absinken der Städte, ohne jedoch je etwas dagegen zu unternehmen. Sie haben sich ihrem Schicksal ergeben, das nun in deiner Gestalt zu ihnen gekommen ist – jemand, der so mächtig ist, dass er dem letzten Rest Nebel in diesen stotternden Motoren den Todesstoß versetzen kann.«

Ich starre sie an, meine Selbstbeherrschung bröckelt.

»Du willst die Göttin – die Lichtbringerin – der Menschen hier oben und im Unten sein?« Inshara fixiert mich mit ihren irren Augen, die gierig nach Anzeichen von Angst und Verzweiflung suchen. »Wenn du es nicht erträgst, dass *ich* die Retterin beider Völker bin – dann wirst du eben zu ihrer Zerstörerin werden.«

10
NORTH

Ich hatte nicht sehr viel Bewegung in den letzten Wochen. Als wir endlich oben ankommen, habe ich Rückenschmerzen und meine Beine bringen mich fast um, während Elkisa munter voranschreitet, ohne auch nur das kleinste Anzeichen von Müdigkeit.

Das Versammlungsgebäude des Ältestenrats steht auf dem Gipfel des Hügels und überblickt die gesamte Breite des Tals mit seinem sich windenden Fluss und dem Tempel auf einer Anhöhe in der Mitte. Das beeindruckende, zweistöckige Gebäude aus weißem Stein und einem Satteldach muss nach dem Tempel das größte der Stadt sein. Über die gesamte Front zieht sich ein Relief, das das Waldmeer einschließlich der Furcht einflößenden Tiere, die darin zu finden sind, darstellt – zumindest lassen die vielen aufgerissenen Mäuler und gebleckten Zähne das vermuten.

Im Schatten eines großen Baumes machen wir halt und ich genieße, auf den Schaft meines Speerbündels gestützt, die grandiose Aussicht. Dann geht Elkisa ohne ein Wort weiter und wir folgen dem Kater über den Vorplatz auf einen schmalen Trampelpfad, der an der Seite des Gebäudes entlangführt.

»Weißt du, wie wir reinkommen?«, frage ich leise, während ich den Speer wieder über meine Schulter schwinge.

»Nimh kam häufig hierher, um den Ältestenrat zu treffen«, entgegnet sie ebenso leise. »Ich kenne hier jeden Winkel. Damals war es der Versammlungsort der ältesten Priester, Gildenführer und anderer Würdenträger.«

»Und heute?«

»Heute versammeln sich hier die Graumäntel«, sagt sie. »Aber es gibt einen versteckten Liefereingang in der Nähe der Küche. Ich schätze, keiner der Bediensteten hat Elorin davon erzählt, sodass keine Wachen davor postiert sind.«

»Das muss man nach einer feindlichen Übernahme wohl in Kauf nehmen«, sinniere ich. »In so einem Fall hat niemand Lust, einem das Leben leichter zu machen.«

Mit einer bewundernswerten Abgebrühtheit lotst Elkisa mich durch den Lieferanteneingang in die Küche, als die Wache gerade am anderen Ende ihres Rundgangs ist.

Im Raum nebenan ist das Klappern von Schüsseln zu hören und die Stimme einer Frau, die leise vor sich hin summt. Doch in diesem Teil der Küche hält sich mitten am Nachmittag kein Mensch auf. Trotzdem schleichen wir uns mindestens so leise hindurch wie der Kater.

Abrupt bleibt Elkisa vor einer Garderobe stehen, an der lauter graue Jacken und Umhänge hängen. Aber dann verwirft sie die Idee wieder und ich behalte meine Verkleidung vom Vormittag an. Sie hat funktioniert, um mich aus dem Tempel zu schleusen, dann bringt sie uns hoffentlich auch unentdeckt durch das Ratsgebäude.

Niemand beachtet Putzhilfen. Sie reicht mir einen Besen und einen Wischmopp, die an der Wand lehnen, und wählt dann für sich auch zwei aus. Mit einer leise gemurmelten Entschuldigung platziere ich den Speer so, dass sein interessantes Ende vom Mopp verdeckt wird.

Im Gebäude ist es gespenstisch still. Mit gesenkten Köpfen marschieren wir los, die Ohren gespitzt, ob irgendwo eine Gefahr lauert. Wir treffen kaum auf Menschen, und wenn wir jemanden sehen, dann am anderen Enden der Flure, durch die wir gehen. Was auch gut so ist, denn der Kater hat darauf bestanden, uns zu folgen.

Schließlich kommen wir auf einen zentralen Innenhof. Er ist zum Himmel hin offen und von Balkonen gesäumt, die aus dem ersten Stock auf uns herabsehen. Der mit Steinen gepflasterte Boden ist glatt gewetzt von unzähligen Füßen, die über die Jahrhunderte darauf gegangen sind, und in der Mitte steht ein prächtiger Brunnen.

»Hier ist es«, flüstert Elkisa und überprüft mit einem schnellen Blick die Balkone.

»Wo?«, flüstere ich zurück, während ich die Türen inspiziere, die vom Hof abgehen.

»Im Brunnen.«

»Im ... Wie soll das gehen?«

Sie antwortet nicht sofort. »Ich dachte, es wäre offensichtlicher«, gibt sie zu.

»Was?« Mir bleibt die Luft weg. »Du hast uns den ganzen Weg hierhergebracht und weißt nicht, wie wir hineinkommen?«

»Wenn es für jeden gleich zu erkennen wäre«, bemerkt sie, »wäre der Ort nicht jahrhundertelang unentdeckt geblieben.«

»Aber das ...«

Doch Elkisa hat sich bereits von mir abgewendet und sieht sich mit gerecktem Hals die Statue in der Mitte des riesigen Wasserbeckens genauer an.

Langsam drehe ich ebenfalls eine Runde um den Brunnen und betrachte ihn aus verschiedenen Blickwinkeln. Aber da ist nichts, was auch nur im Entferntesten wie ein Eingang aussieht oder wie etwas, dass mich irgendwohin bringen könnte. Es ist einfach nur ein gigantischer Brunnen.

Er ist aus weißem Stein gehauen, hat ein großes, rundes Becken, aus dem in der Mitte zwei in ihrer Bewegung erstarrte Figuren aufragen, die Wasser aus Vasen schütten. Rund um das Becken ist ein Relief in den Stein gehauen mit einem sich wiederholenden Motiv, und obwohl das Wasser und das Wetter dem Brunnen im Laufe der Zeit stark zugesetzt haben, sind die Menschen darauf noch gut zu erkennen. Er ist wunderschön, im Moment bin ich jedoch nicht wirklich in der Stimmung, Kunstwerke zu bestaunen.

»Stellen sie jemand Bestimmten dar?«, frage ich leise und deute auf die steinernen Figuren, die um das Becken wandeln. »Sie kommen mir irgendwie bekannt vor. Als hätte ich sie schon einmal gesehen.«

»Das glaube ich nicht.« Elkisa bleibt stehen, um sie ebenfalls zu betrachten.

Eine der Türen zum Innenhof öffnet sich und wir verstummen, beugen uns über den Brunnenrand und tun, als würden wir ihn von der schwarzen Schicht befreien, der sich auf Steinarbeiten in Wassernähe gerne bildet. Zwei Männer in grauen Jacken tauchen auf, überqueren, ohne uns groß zu beachten, den Hof, bevor sie durch eine andere Tür wieder verschwinden.

Der kurze Moment, Nase an Nase mit dem Relief, hat jedoch genügt, um mich wieder daran zu erinnern, wo ich diese Menschen, die dort im Stein verewigt sind, schon einmal gesehen habe. Es sind dieselben wie auf dem Wandgemälde unter dem Tempel, vor dem ich vor zwölfeinhalb Stunden, die sich wie eine Ewigkeit anfühlen, Elkisa getroffen habe.

Aber nicht alle bewegen sich in dieselbe Richtung – vielmehr sind es zwei Gruppen, die aufeinander zugehen. Auf den Knien rutsche ich zu der Stelle, an der sie aufeinandertreffen und die Anführer sich die Hand reichen. Vorsichtig taste ich die Unterseite des Beckenrandes ab und da ist er … direkt unter dem Handschlag. Es gibt einen Riegel, genau wie über der Tür, durch die Matias mich geschickt hat, um zu Nimhs Speer zu gelangen. Und wenn man dagegendrückt ... *Wolkensturz noch mal!* Die große Statue in der Mitte des Brunnens teilt sich in zwei Hälften.

Als hätte sie auf der Rückseite eine Angel, klappt sie auseinander, während eine niedere Trennwand das Wasser davon abhält, in die entstandene Öffnung zu fließen, hinter der im Inneren der Statue eine Wendeltreppe nach unten führt.

Elkisa springt auf. Beide sehen wir uns erschrocken um, aber niemand hat uns beobachtet. Wir haben keine Zeit zu verlieren. Mopp und Besen lasse ich liegen und nehme nur den Speer mit, während ich mir mit der freien Hand den Kater schnappe und durch den Brunnen wate. Das eiskalte Wasser läuft mir in die Stiefel und ich habe sofort nasse Füße.

Vorsichtig trete ich auf die erste Stufe der Wendeltreppe und gehe dann ein Stück weiter, um Platz für Elkisa zu machen. Sie drückt auf einen innen gelegenen Schalter und die Statue schließt sich wieder. Es ist stockdunkel. Ich schalte mein Chrono ein und langsam steigen wir die sehr steile, sehr schmale Wendeltreppe hinab, deren Decke so niedrig ist, dass wir die ganze Zeit gebückt gehen müssen. Es ist zu eng, um den Kater abzusetzen, darum drücke ich meine Ellbogen gegen Mittelsäule und Wand, um nicht zu stürzen.

Bereits nach fünfzig Stufen habe ich mich verzählt, aber es müssen ungefähr hundert gewesen sein, als ich endlich im Schein des Chronos den ebenen Boden am Ende der Treppe ausmachen kann. Im Staub sind getrocknete Fußspuren zu erkennen, wahrscheinlich vom letzten Menschen, der durch diesen Brunnen gewatet ist.

Wie viele Jahrhunderte das wohl her ist? Wer war dieser Mensch, der hier unten seine Spuren hinterlassen hat? Da meine

DNA als Schlüssel dient, könnte es einer meiner Vorfahren gewesen sein? Die Vorstellung, dass vor so langer Zeit jemand von meinem Blut hier gestanden hat, ist seltsam – aber irgendwie auch tröstlich. Hatte er sich ebenfalls vorgestellt, dass eines Tages ich hier unten stehen würde?

Ich folge den Spuren und finde mich vor einer eisernen Flügeltür wieder. Elkisa wartet davor, begierig darauf, dass ich sie aufstoße. Aber ich bin noch nicht so weit.

»Ich will, dass du versuchst Nimhs Leben zu verschonen«, sage ich leise. »Egal was wir dort drin finden, bevor wir reingehen, musst du es mir versprechen.«

»Ich will nicht, dass ihr etwas geschieht«, entgegnet sie und sieht mir dabei direkt in die Augen. »Das ist keine Lüge. Ich wünschte … Ich wünschte, ich könnte mit ihr sprechen und es ihr erklären.«

Obwohl ich hoffe keine zu finden, suche ich in ihrem Gesicht dennoch nach Anzeichen von Unehrlichkeit. »Im Gegenzug verspreche ich dir, dass ich, wenn uns das hier gelingt und du danach mit mir zurück in den Tempel kommst und die Konsequenzen für deine Taten trägst, dafür sorgen werde, dass Nimh erfährt, was du getan hast, um sie zurückzuholen.«

Ihre Lippen zittern ein wenig und sie muss zweimal kurz hintereinander blinzeln. Ihr Schweigen zieht sich und mein Herz pocht. Ich kann verstehen, dass ihr die Antwort nicht leichtfällt – immerhin bitte ich sie sich freiwillig verhaften zu lassen oder was auch immer sonst für eine Strafe auf Verrat an der Göttlichen steht in Kauf zu nehmen. Doch wenn sie Nimh wirklich liebt, wie sie sagt … Dann muss es ihr die Chance auf Wiedergutmachung wert sein, dass sie mir ihr Versprechen gibt. Elkisa verdient diese Chance.

Sie atmet einmal tief durch und neigt dann langsam den Kopf.

»Ich schwöre es zu tun. Wenn wir hier fertig sind, werde ich mit Euch zurückkehren.«

Ich bin erleichtert, auch wenn ich versuche es nicht zu zeigen. Ich weiß, dass ich ihr nicht trauen sollte – trotzdem *glaube* ich ihr.

Mit einem kurzen Nicken wende ich mich wieder der Tür zu. Als ich dagegendrücke, öffnet sie sich geräuschlos und Elkisa tritt vor, um sie mir aufzuhalten. Gleich bei meinem ersten Schritt knirscht es unter meinem Fuß. Ich richte den Lichtstrahl des Chronos auf den Boden, wo unzählige Glasscherben, nicht größer als meine Fingernägel, glitzern. Mir wird flau. Ich halte das Handgelenk in die Höhe, um mir anzusehen, wo wir sind, und stelle fest, dass wir uns in einem großen runden Raum mit gewölbter Decke befinden. Unter der Decke verläuft ein mit Menschen bemalter Fries, der am hinteren Ende des Raumes in ein bis zum Boden reichendes Gemälde übergeht. In der Mitte des Raumes steht ein brusthoher Steintresen, der aussieht, als würde jeden Moment jemand dahinter auftauchen, um seine Schicht im Kundenservice anzutreten.

Unter dem Fries hängen schmale, *elektronische* Bildschirme an der Wand, die sich zu beiden Seiten nahtlos von der Tür bis zu dem großen Gemälde vor uns ziehen. Hier im Unten habe ich so etwas noch nie gesehen – ich bin mir nicht einmal sicher, ob ich derart fortschrittliche Bildschirme überhaupt je gesehen habe. Sie sind mit Touchpads versehen und wirken federleicht, fast durchscheinend. Ihr wunderschönes Design erscheint tief unter Nimhs Welt so deplatziert, dass es einen Moment dauert, bis ich begreife, was mit ihnen nicht stimmt: Jeder einzelne von ihnen wurde zerschlagen.

»Nein. NEIN!« Wahrscheinlich bin ich das, der da brüllt, während ich weiter in den Raum hineingehe. »Nicht schon wieder …« Nicht schon wieder eine Sackgasse. *Bitte nicht.*

Elkisa steht mit finsterer Miene im Türrahmen, als ich gegen die nächstbeste Konsole trete, und dann noch einmal, nur um meine Wut mit Schmerz zu betäuben.

Eine Hand legt sich mir auf die Schulter und zieht mich zurück. »Glaubt Ihr, noch mehr Zerstörung hilft uns weiter?«, fährt sie mich an. »Konzentriert Euch! Welcher Teil öffnet sich durch Eure Berührung?«

»Das weiß ich doch nicht«, fauche ich und ringe um Atem.

»Dann sollten wir es vielleicht herausfinden«, entgegnet sie trocken und klingt dabei wie eine genervte Lehrerin. »Wer immer das getan hat, war womöglich keiner Eurer Vorfahren und nicht in der Lage zu tun, was Ihr könnt, Prinz North.«

Am liebsten hätte ich sie wieder angeschnauzt, aber ich weiß, dass sie recht hat. Zähneknirschend mache ich mich daran, den kompletten Raum nach Dingen abzusuchen, die der Zerstörungswut entgangen sind und eventuell von Nutzen sein könnten. Währenddessen bahnt sich der Kater elegant einen Weg durch das Schlachtfeld und bleibt dann unter dem großen Gemälde am anderen Ende des Raumes stehen.

Und dort finde ich dann auch, wonach ich suche. Zwischen den Pinselstrichen des längst vergessenen Künstlers ist eine schlichte Kupferplatte mit einer kleinen Vertiefung in der Mitte versteckt.

Sie sieht genauso aus wie die Fingerpads zu Hause, mit deren Hilfe ich in die ausschließlich meiner Familie vorbehaltenen Bereiche gelange. Ob die Mikronadeln die Zeit überstanden haben?

»Hier, Elkisa«, rufe ich und drücke, ohne lange darüber nachzudenken, was alles schiefgehen könnte, den Zeigefinger auf die Platte. Geräuschlos gleitet das Gemälde zur Seite und vor uns klafft ein schwarzes Loch.

Dann gehen paarweise die Lichter an – große Lichtkreise, die mit einem leisen Puffgeräusch aufleuchten. Zuerst an der Decke über uns, dann ein Stück weiter und dann noch ein Stück weiter – wie eine Landebahn am Abend, die auf meinen Gleiter wartet, nur dass die Reihen immer wieder unterbrochen sind, weil einzelne Lichter dunkel bleiben, flackern oder in unregelmäßigen Abständen an- und ausgehen.

Der Raum, den sie erhellen, ist deutlich länger als breit und so riesig, dass er den gesamten Berg ausfüllen muss. Der Boden erinnert an geschliffenen Beton und die Wände sind mit milchig weißem Plastik verkleidet, das nun ebenfalls anfängt sanft zu leuchten.

Obwohl mich all das sehr viel mehr an zu Hause erinnert als alles, was ich bisher hier unten gesehen habe, habe ich ein ungutes Gefühl. Der Staub, der beim Öffnen der Tür vom Boden aufgeflogen ist, tanzt im flackernden Licht der Lampen, was dem Ort eine unangenehm verlassene Atmosphäre verleiht.

»W-W-Willkommen, autorisierter Nutzer«, ertönt eine verzerrte elektronische Stimme. Erschrocken weiche ich zurück und stoße mit Elkisa zusammen. Die Stimme kommt aus der Decke, es ist aber nirgends ein Lautsprecher zu entdecken.

»B-B-Bittte geben Sie die von Ihnen bevorzugte Anrede eiiiiin.« Das letzte Wort zieht sich in die Länge, während die Stimme tiefer und dumpfer wird.

»Ähm, wer? Ich?« Meine Frage wird von dem riesigen Raum fast verschluckt.

»Bitte geben Sie die von Ihnen bevorzugte Anrede ein«, wiederholt die Stimme.

»Ich bin North«, sage ich zaghaft. »Wer bist du?«

»Willkommen, North. Ich bin das operativ respondierende Auskunfts-, Kommunikations- und Evaluations-Leittriebwerk. Kurz: ORAKEL.«

»*Was?*« Es verschlägt mir die Sprache.

»Das kann nicht sein«, murmelt Elkisa alarmiert und sieht sich hektisch im Raum um. »Ist der Sprecher irgendwo hier oder ist das ein Fernsprechzauber?«

Ich versuche mich daran zu erinnern, was mir Techeki über das Orakel, das in den Erzählungen seiner Welt erwähnt wird, gesagt hat. »In der Geschichte des Orakels geht es um den Lichtbringer«, sage ich langsam. »In dieser Version weigert er sich der Welt ein Ende zu bereiten, wie es ihm eigentlich bestimmt war, weil es ihm das Herz brach – eine Hälfte ließ er hier, die andere nahm er mit in die Wolken.«

»Jetzt ist nicht die Zeit, sich alte Geschichten zu erzählen, Prinz North«, raunt Elkisa mir zu. »Wir wissen nicht, welche Gefahren hier auf uns lauern.«

Aber mein Puls schlägt bereits schneller. Und Matias würde mit Sicherheit darauf bestehen, dass eben genau jetzt die Zeit für alte Geschichten sei. Denn wenn das Orakel aus den Legenden tatsächlich eine Art Computer ist – und Inshara recht damit hatte, dass von hier aus ein Weg nach oben führt –, dann habe ich die Antwort, nach der ich so verzweifelt gesucht habe, vielleicht gefunden.

»Finden wir heraus, um was es sich hier handelt«, sage ich und verdränge meine Hoffnungen für den Moment, um Elkisas Warnungen, dass wir auf der Hut sein sollten, ernst zu nehmen. Dieses Ding ist *uralt* und ich bin hin- und hergerissen zwischen Erstaunen und Ungläubigkeit. »Ich werde vorsichtig sein. Lass mich kurz mit ihm sprechen.«

Elkisa bleibt skeptisch, hält mich aber nicht davon ab. Unsere Schritte hallen von den Wänden wider, während wir gemeinsam ein Stück weiter in den verwüsteten Raum hineingehen.

»Schön, dich kennenzulernen, ORAKEL«, beginne ich. »Was ist deine Funktion?«

»Lehrer, Informant und Ratgeber«, ertönt die abgehackte Stimme. »Mein Datenspeicher ist jedoch unvollständig. Unvollständig. Benötige Wartung durch Technikerteam und manuelle Synchronisation mit der Zentrale.«

»Ich habe meinen Müttern immer gesagt, Techniker wäre auch für einen Prinzen ein sinnvoller Beruf«, murmele ich, doch der Witz kann meine Nervosität nicht überspielen. Als der Kater kommt und sich an meine Beine drückt, nehme ihn hoch und konzentriere mich auf seine tröstliche Wärme. Meine Anspannung wächst. Ich bin schon zu oft auf falsche Spuren in den alten Archivtexten hereingefallen, um unvorsichtig zu sein, das hier scheint jedoch zweifellos etwas anderes zu sein.

»Was will der Mann uns damit sagen?«, fragt Elkisa leise, die ebenfalls sehr nervös ist.

»Das ist keine Person, die da spricht. Es ist …« Ich suche nach einer passenden Erklärung. Die Leute im Unten sind mindestens genauso intelligent wie die in Alciel, doch es gibt Dinge, von denen sie noch nie etwas gehört haben. Nimh hat nie herablassend mit mir geredet, obwohl ich auf sie wie ein Vollidiot gewirkt haben muss, als sie mich mitten im Waldmeer gefunden hat. »Es ist vergleichbar mit einer Pergamentrolle aus den Archiven«, versuche ich es. »Oder besser, mit vielen Pergamentrollen. Nur dass man die Informationen, die sie enthalten, nicht liest, sondern diese laut gesprochen werden.«

»Also ist es ein Zauber«, entscheidet Elkisa.

»Ja, es ist eine Technologie, die ich nicht erklären kann«, stimme ich ihr zu und muss an meinen ersten Streit mit Nimh über Wissenschaft und Magie denken. »Elkisa, ich glaube, es handelt sich hier tatsächlich um das Orakel aus den alten Geschichten.«

»Unmöglich«, flüstert sie. »Es kann unmöglich seit der Entstehung unserer Welt hier gewesen sein.«

»Aber falls doch«, sage ich leise, »hatte Inshara vielleicht recht und es kennt einen Weg zurück nach Hause.«

»Navigationssystem offline«, meldet ORAKEL. »Keine Definition für den Begriff ›nach Hause‹ verfügbar. Datenspeicher unvollständig. Unvollständig ...« Mit den letzten Worten wird die Stimme langsam ausgeblendet.

Erschrocken sehe ich mich in der verlassenen Anlage um, finde aber nichts, das mir eine Idee gibt, wie ich weitermachen könnte – da ist nichts außer kahlen Wänden, flackernden Lichtern und unergründlichen Schatten. »Verfügst du über Analysen deines Systemschadens, ORAKEL?«

»Datenspeicher unvollständig«, wiederholt es. »Systeme arbeiten achtundsiebzig Prozent unter dem akzeptablen Level. Bitte manuelle Synchronisation mit dem Zentralrechner starten.«

»Zentralrechner?« Es kommt keine Antwort. Nur zwei weitere Deckenlichter gehen aus und im Raum wird es noch ein wenig dunkler. Ich zwinge mich meine zu Fäusten geballten Hände wieder zu entspannen. Diese Chance werde ich mir nicht entgehen lassen. »Versuchen wir es auf einem anderen Weg«, schlage ich vor. »Kennst du die *Ursache* deines Systemschadens?«

»Drei Ursachen. Ich habe. Ich hatte. Datenspreicher unvollständig. Ursache Nummer eins: Langer Niedrigenergiemodus. Meine Aufzeichnungen melden eintausendundsechs Jahre seit der letzten Wartung. Programm achtundvierzig Jahre nach dem zweiten Exodus abgeschaltet.«

Für einen Moment schaue ich mich fassungslos in dem verlassenen Raum um, ohne ein Wort herauszubekommen – *eintausendundsechs Jahre?*

Dieser Computer steht seit über tausend Jahren hier in diesem Raum und wartet darauf, dass jemand kommt und mit ihm spricht?

Ein Wunder, dass er überhaupt noch funktioniert. An was für eine Welt er sich wohl erinnert?

Und wie soll man ihm je erklären, was er alles verpasst hat?

»Eintausendundsechs Jahre«, flüstert Elkisa. Sie sinkt auf die Knie und bedeckt die Augen mit den Händen, wie ich es auch bei Nimhs Volk gesehen habe. Ihr Atem stockt und ihre Schultern beben. Ich glaube, sie weint.

»Ich …« Ich darf gar nicht darüber nachdenken, wie lange dieses ORAKEL hier schon existiert oder was das für uns zu bedeuten hat.

»Okay«, versuche ich es noch einmal. »Ich, ähm, das ist sehr viel länger, als ich erwartet hätte. Ich denke, ich … Also noch mal: Du sagst, der Systemschaden hätte drei Ursachen. Eine davon sei, dass du seit über einem Jahrtausend nicht mehr gewartet wurdest. Was sind die beiden anderen Ursachen?«

»Es könnten auch mehr sein«, antwortet es abgehackt und die Deckenleuchten flackern wieder. »Datenspeicher unvollständig. Arbeite unter akzeptabler Kapazität. Ursache Nummer zwei: Sensoren melden Treibstoffmangel vor vierzehn Tagen siebzehn Stunden und fünfundzwanzig Minuten. Nach. Nach kurzzeitigem Ansteigen folgte eine abrupte Reduktion der partikulären Substanz.«

»Der partikulären Substanz?«

»Eine andere Bezeichnung für: Nicht eindeutig zu bestimmende einheimische Luftsubstanz. Kurz N. E. B. E. L.«

»Moment mal … *Nebel*?« Fast hätte ich laut gelacht. Die Wissenschaftler, die diesen Computer entwickelt und den Nebel entdeckt haben, müssen unseren modernen Wissenschaftlern zu Hause sehr ähnlich gewesen sein. Dass sie auch eine Schwäche für Akronyme hatten, macht sie irgendwie menschlicher, realer.

»Positiv. Allgemein wird von Nebel gesprochen.«

Das Wort *einheimisch* lässt vermuten, dass das ORAKEL-Team als Forschergruppe hierherkam – von einem Ort, an dem es *keinen* Nebel gibt –, und das wiederum unterstützt meine Hoffnung, dass diese Entdeckungsreisenden wussten, wie man von hier auch wieder wegkommt, und dass sie irgendwie mit dem Aufstieg zu tun hatten.

Der Gedanke ist so aufregend, dass er mir unter der Haut kribbelt. Wie weit müsste man gehen, um an einen Ort ohne Nebel zu gelangen? Könnte das Gebirge im Osten eine Art Barriere darstellen? Oder vielleicht der Ozean, der dahinterliegt?

»Was hat das alles zu bedeuten?«, fragt Elkisa leise, während sie sich immer noch leicht zitternd wieder erhebt.

Ich schiebe meine eigenen Fragen für den Moment beiseite und drehe mich zu ihr um. Ich habe keine Ahnung, wo ich anfangen soll. Mit den tausend Jahren des Wartens? Mit der Vermutung, dass es ein Land ohne Nebel geben könnte, ein Land, in dem Nimhs Volk auch ohne ihren Schutz sicher wäre? Der Kater auf meinem Arm sieht mich ungeduldig an, als warte er ebenfalls auf eine Erklärung.

»Es braucht Nebel, um zu funktionieren«, erkläre ich. »Aber die Versorgung ist gekappt.«

Elkisa stößt langsam die Luft aus. »Die Graumäntel haben einen Ring aus Himmelsstahl um die Stadt gezogen, um den Nebel fernzuhalten. Das heißt, der Nebel speist seine Magie?«

»Ich denke, ja. Der Nebel hält die Motoren – die Maschinen, die dafür sorgen, dass mein Zuhause in den Wolken bleibt – am Laufen. Was ist die dritte Ursache für deinen Systemschaden, ORAKEL?«

»Ursache Nummer drei: Schaden durch unautorisierten Nutzer«, antwortet es.

Elkisa und ich sehen uns an. Nervös schaut sie sich um und

ohne es zu wollen, folge ich ihrem Blick und starre angestrengt in die undurchdringlichen Schatten. Ich muss mich zwingen nicht unweigerlich ein paar Schritte in Richtung Tür zurückzuweichen. »Kannst du das näher erläutern, ORAKEL?«

Als neben uns plötzlich eine der milchig-weißen Wände hell aufleuchtet, zucken wir unwillkürlich zusammen. Die Oberfläche – die wie Plastik aussieht – ist mit Rissen überzogen. Vielleicht ist das Material im Laufe der Jahrhunderte porös geworden.

Alle anderen Wandabschnitte werden dunkel, während dieser eine sich in einen Bildschirm verwandelt und Aufnahmen des Vorraumes zeigt, durch den wir gerade gekommen sind. Irgendwo in dem Fries mit den Figuren muss eine Kamera versteckt sein, die auf die Tür hinter dem Gemälde gerichtet ist.

Schweigend beobachten wir die wackelige und flimmernde Aufnahme, die kurz erstarrt und dann erneut zum Leben erwacht. Im bereits zur Hälfte zerstörten Vorraum ist eine Gestalt zu erkennen, die mit einem Stock auf einen der Monitore einschlägt, woraufhin Glasscherben auf den Boden prasseln.

Die Gestalt dreht sich in die Kamera und bewegt den Mund, als würde sie schreien. Das Bild friert ein, erstarrt in einer wutverzerrten Maske, dann wird der Bildschirm zuerst weiß, danach dunkel. Der Raum, in dem wir uns befinden, wirkt dadurch düsterer und bedrohlicher als zuvor, und der Kater lässt ein kehliges Knurren hören, bei dem es mir die Nackenhärchen aufstellt.

»Inshara«, flüstert Elkisa atemlos. »Bevor sie in den Himmel aufgefahren ist. Ich wusste nicht, dass sie hier war.«

»Weißt du, was sie hier wollte?«, frage ich ORAKEL.

Am Ende des Raumes gehen wieder zwei Lichter aus und es dauert eine Weile, bis es antwortet.

»Sie erbat unautorisiert Zugang zur Exoduskolonie.«

»Willst du damit sagen, sie wollte zu den Inseln im Himmel?«

»Positiv.«

»Und kannst du …« Ich wage es kaum auszusprechen. Ich schließe die Augen und ringe mit dem Gefühl der Hoffnung, die sich in meiner Brust ausbreiten will.

»Kannst du ihn gewähren? Den Zugang zur Exoduskolonie?«

»Negativ«, antwortet ORAKEL knapp. Es ist wie ein Schlag direkt in die Magengrube.

»Nein?«

»Datenspeicher unvollständig. Op. Op. Operiere achtundsiebzig Prozent unter akzeptabler Kapazität. Reise unter Bereitstellung der nötigen Ressourcen eventuell möglich.«

Elkisa neben mir gibt einen enttäuschten Laut von sich, und obwohl ich weiß, dass es mich der von der Decke herabdröhnenden Stimme nicht näher bringt, mache ich einen Schritt nach vorn. »Was für Ressourcen?«, will ich wissen. »ORAKEL, das hier ist … Falls ich ein autorisierter Nutzer bin, dann ist das mein wichtigstes Anliegen. Was müssen wir tun, um in den Himmel zu gelangen?«

Plötzlich gerät der ganze Raum in Bewegung. Die milchig-weißen Wände schieben sich übereinander, klappen zusammen und versenken sich im Boden, wobei eine sich verhakt, mit einem lauten Knirschen den Boden streift und dann liegen bleibt. Staubwolken wirbeln auf und tanzen im Licht wie ein Nebelsturm. Elkisa und ich fangen an zu husten.

Als der Staub sich langsam wieder legt, ist der Raum noch größer geworden. Fast alle Bildschirmwände sind eingefahren, mit Ausnahme der kaputten und ein paar am hinteren Ende des Raumes, die direkt an die Außenseite des Berges grenzen.

Links und rechts von uns sind jetzt … *Büros?* Durch Trennwände separierte Nischen in U-Form, alle mit Monitoren und Instrumentenpulten ausgestattet, sodass der Nutzer sich nur einmal um die eigene Achse zu drehen brauchte, um alles zu erreichen. Es sind sogar noch Stühle vorhanden, die zwar sehr unbequem aussehen, aber mit Sicherheit ergonomisch sind. Die Büronischen erinnern mich an das Kontrollzentrum des Bahnnetzwerkes in Alciel, das ich einmal mit Saelis und einem unserer Tutoren besucht habe. Räume, in denen sich die Computerhardware befindet, kann ich allerdings nirgends entdecken – Speichermodule, Server, Kühlstäbe, all das Drumherum, das in einer Computerzentrale zu Hause zu finden wäre, fehlt hier.

Die Arbeitsplätze sind leer und sauber und plötzlich wird mir klar, wie geschäftig es hier einmal zugegangen sein muss, was die nun alles beherrschende Stille nur umso gespenstischer macht. Trotzdem fühle ich mich irgendwie beobachtet – als wären die Geister jener, die hier vor tausend Jahren gearbeitet haben, mit einem Mal sichtbar geworden. Was sie wohl von mir gehalten hätten, wenn sie tausend Jahre in die Zukunft hätten blicken können?

»Was war das hier?«, frage ich leise und Elkisa wiederholt die Frage wie ein Echo.

»Die Anlage diente zur Planung des zweiten Exodus«, erklärt ORAKEL. »Mein Datenspeicher verfügt dazu nur über unvollständige Informationen. Datenspeicher unvollständig. Die gesuchten Ressourcen befinden sich in dieser Nische.«

Am hinteren Ende des Raumes geht ein grünes Deckenlicht an und wirft vor einer Nische, die von hier nicht einzusehen ist, ein Spotlight auf den Boden. Nach ein paar Schritten fange ich unter Protest meiner brennenden Beinmuskulatur zur gleichen Zeit an zu laufen wie Elkisa. Unsere Schritte hallen von den Wänden wider, Staub wirbelt auf, bis wir schließlich vor dem grünen Lichtfleck zum Stehen kommen. Die markierte Nische ist kein Arbeitsplatz.

In ihr steht eine Maschine, die zweifellos verwandt mit meinem Gleiter ist, wenn auch ungefähr doppelt so lang und sehr viel wuchtiger. Elegante Flügel schwingen sich von einer stumpfen Schnauze nach hinten. Unter der Staubschicht, die die fleckige silberne Oberfläche überzieht, kann ich die Scheiben erkennen, hinter denen sich das Cockpit befindet. Ich weiß, was ich vor mir habe. Das ist ein Flugzeug.

Mit pochendem Herzen lege ich eine Hand auf seine Schnauze, als müsste ich mich vergewissern, dass es echt ist. Mein Atem geht schnell und unregelmäßig.

»ORAKEL, kann diese Maschine abheben und von hier nach Alciel fliegen?«

»Positiv. Theoretisch.«

Mir wird schwindelig, so erleichtert bin ich. Mein Gleiter hätte vom Boden nicht selbstständig aufsteigen können, doch wenn diese Maschine über einen Antrieb verfügt … dann kann dieses Ding *fliegen*. Es kann mich nach Hause bringen.

»Womit wird es angetrieben?«, frage ich und sehe mich hastig im Raum um. »Wie bekommen wir es in die Luft?«

»Es benötigt Treibstoff«, antwortet ORAKEL.

»Denselben, den du auch benutzt? Nebel?«

»Positiv.«

»Okay. Wie viel?«

»Verfüge über keinerlei Informationen«, entgegnet es, bevor ich protestieren kann. »Datenspeicher …«

»Unvollständig. Ich weiß! Hier geht es um Leben und Tod, ORAKEL. Sag mir einfach, was du weißt.«

»Keine praktikable Lösung verfügbar. Habe auf viele Daten aufgrund von Schäden oder Treibstoffmangel keinen Zugriff. Operiere weit unter der akzeptablen Kapazität. Benötige Instandsetzung, um weitere Informationen geben zu können.«

»Kannst du mir Anweisungen geben, wie ich deine Systeme instand setzen kann, damit du mir sagen kannst, wie ich an Treibstoff für das Flugzeug gelange?«

»Negativ.«

»Verdammt!« Ich kann mich gerade noch zurückhalten, um nicht mit den Fäusten gegen das Flugzeug zu trommeln.

»Prinz North«, fordert Elkisa. »Erklärt mir die Worte, die ich nicht verstehe.« Es klingt fast wie eine Bitte. Aber nur fast.

»Diese Maschine kann uns nach Alciel bringen«, fange ich an.

»So viel habe ich verstanden.«

»Nur ... Kennst du die Schlüsselsteine, mit denen die Flussläufer ihre Barken fahren? Das Flugzeug braucht auch so einen Treibstoff. So wie man für ein Feuer Holz braucht. Das Problem ist, dass es keinen Treibstoff gibt und ORAKEL mir nicht sagen kann, wie ich welchen bekomme, weil ... weil die Tinte auf seinen Pergamentrollen verblasst ist. Wir müssen sie wieder lesbar machen, sonst kann es sich nicht erinnern. ORAKEL kann uns aber nicht sagen, wie man das macht. Und ich weiß es auch nicht.«

»Dann müssen wir uns eine andere Maschine suchen«, sagt sie knapp. »Eine, die funktioniert. Deine Leute können nicht alle in so kleinen Booten in den Himmel gesegelt sein. Es muss andere Wege geben.«

»Soll dieser Nutzer autorisiert werden, ebenfalls Fragen zu stellen?«, will ORAKEL wissen.

Elkisa sieht mich an. Dass wir zusammenarbeiten, ist neu – und problematisch. Was auch immer sie mir versprochen hat, ihre Loyalität gilt Inshara und ich bin nur vor ihr sicher, wenn ich der Einzige bleibe, der mit dem Apparat, den sie braucht, kommunizieren kann.

Ich schüttele den Kopf. »Nein«, sage ich langsam.

Etwas blitzt in ihren Augen auf, was ich nicht so recht einordnen kann. Ich verschiebe es auf später, darüber nachzudenken.

»Bitte beantworte mir eine Frage«, spreche ich weiter. »Welche Informationen hast du dazu, wie und warum die … nennen wir sie mal Exodusteilnehmer … in den Himmel aufgestiegen sind?«

»Starte Lehrprogramm«, entgegnet ORAKEL.

Mir bleibt fast das Herz stehen, als plötzlich mit hinter dem Rücken verschränkten Armen ein in Schwarz und Blaugrün gekleideter Mann vor uns steht. Er hat die blasse Haut eines Menschen, der nur selten an die frische Luft kommt, dunkles Haar, mit einer kahlen Stelle am Hinterkopf, und sein Gesichtsausdruck ist leicht überheblich.

»Wo ist …«, fange ich gerade an, als er zu flimmern beginnt. Seine Gestalt verzerrt sich und nimmt dann wieder klare Umrisse an. Ein Hologramm.

»Was für ein Zauber ist das?«, fragt Elkisa. Sie ist angespannt, bereit sich zu verteidigen.

»Ein Programm, ich meine, ein Zauber, der Geschichten erzählt«, erkläre ich, die Augen auf den Mann gerichtet. Irgendetwas stimmt nicht mit seiner Auflösung, sein Blick wirkt irgendwie abwesend und er zwinkert nicht häufig genug. »Etwas Ähnliches wie ihn haben wir auch an der Akademie.«

»Herzlich willkommen zum Geschichtsunterricht Lektion 9F. Heute werden Sie etwas über den zweiten Exodus erfahren.«

»Es gab mehr als nur einen Exodus?«, fragt Elkisa mit großen Augen.

»Davon weiß ich auch nichts«, gestehe ich.

»Möchten Sie das Programm unterbrechen und Geschichtslektion 9B aufrufen?«

»Nein«, winkt sie mit einer Geste ab, die mich für einen Moment an Nimh erinnert. »Fahrt fort.«

Der Tutor schweigt und starrt mit leerem Blick vor sich hin, bis mir einfällt, dass sie keine autorisierte Nutzerin ist. »Fortfahren«, wiederhole ich, woraufhin er sich uns mit einem viel zu breiten Lächeln wieder zuwendet. Sein Gesicht ist nicht dafür gemacht zu lächeln.

»Um Geschichtslektion 9F verstehen zu können, müssen wir uns zunächst ins Gedächtnis rufen, was wir letzte Woche in Lektion 9E gelernt haben«, sagt er in einem übertrieben fröhlichen Ton, der nicht so recht zu seinem strengen Gebaren passen will. Er klingt wie ein Akademieprofessor, den man zwingt kleine Kinder zu unterrichten. Seine Stimme ist schrill und viel zu energiegeladen für sein missmutiges Gesicht, was in dieser finsteren, alten Anlage irgendwie beunruhigend wirkt. »Beginnen wir also mit Lektion 9E: Alles über Nebel! Der Nebel umgibt uns, immer und überall, wie die Luft, die wir atmen. Wir alle interagieren ständig mit ihm. Ein paar von euch werden mittlerweile jedoch auch erkannt haben, dass sie auf besondere Art und Weise mit dem Nebel verbunden sind – sie können ihn benutzen, um *Magie* zu wirken.«

Er hält inne, als erwarte er ein mehrstimmiges »Ohhh!« und »Ahhh!«. Ich sehe hinüber zu Elkisa, doch die zieht nur fragend die Augenbrauen nach oben. »Okay. Alles klar. Magie«, sage ich etwas verspätet.

Der virtuelle Lehrer legt die Stirn in Falten. Er macht keine Anstalten, seinen Unmut zu verbergen, spricht aber weiter, wobei kurzzeitig die Farbe seines Gewandes von Blaugrün zu Dunkelrot wechselt und wieder zurück. »Nun, was ihr vielleicht nicht wisst, ist, dass selbst diejenigen unter euch, die keine Zauber wirken können, in der Lage sind den Nebel zu nutzen. Denn ihr alle kanalisiert den Nebel, auch jetzt in diesem Moment. Wisst ihr, was das bedeutet – *kanalisieren*?«

»Oh. Ähm …« Ich zwinkere ihm zu. »In etwas hineingießen?«

Der Lehrer schnaubt und sieht mich an, als hätte er mir gerade im Geiste einen Punkt abgezogen.

»Sagt einfach, was ihr uns zu sagen habt!«, ruft Elkisa, die Hände zu Fäusten geballt, als wollte sie sich jeden Moment mit dem Hologramm prügeln.

Er verschwindet, erscheint wieder, blinzelt zweimal und spricht dann mit einer unnatürlichen Begeisterung weiter. »Zusammensammeln! Genau! Während manche Menschen den Nebel dazu benutzen, Magie zu wirken, kanalisiert der Rest von uns ihn unterbewusst – also ohne es zu bemerken – zu dem, an was wir glauben.«

»Können Sie mir dafür ein Beispiel nennen?«, frage ich.

»Wir werden uns später noch zwei Beispiele dazu ansehen«, sagt er und es gibt wieder eine Störung. »Aber nun müssen wir uns beeilen, sonst verpassen wir die Verkündigung der Verhandlungsergebnisse! Die Geburtsstunde des zweiten Exodus!«

»Wie können wir zu etwas, das bereits geschehen ist, zu spät …«

Mit einer theatralischen Geste, als würde er ein Meisterwerk enthüllen, reißt er die Hand nach oben. Die verlassene ORAKEL-Anlage verschwindet hinter einer holografischen Landschaft – die allerdings große Löcher aufweist, durch die man die kaputten Wände sieht.

Die funktionierenden Teile der Projektion vermitteln den Eindruck, dass wir uns im Freien befinden, obwohl die Luft nach wie vor stickig ist. Wir stehen auf einem breiten Podest auf einem großen leeren Platz, der sich auf einem Hügel in der Mitte eines engen Tals befindet. Rechts und links von uns geht es eine steile Böschung hinunter.

»Der Tempel«, flüstert Elkisa, die sich neben mir langsam um die eigene Achse dreht. »Genau hier müsste sich der Tempel befinden.« Sie hat recht, aber im Moment steht hinter uns nur ein großes, niedriges Gebäude.

Niemand auf dem Podest scheint zu bemerken, dass wir hier sind. Eine Frau in Rot tritt vor, umschwirrt von mehreren Kameradrohnen, die sie aus allen Perspektiven filmen. Scheinwerfer gehen an und setzen sie gekonnt in Szene, indem sie den Farbton ihres Gewandes mit jeder ihrer Bewegungen leicht verändern. Obwohl ich weiß, dass meine Vorfahren diesen Ort in jener Zeit verlassen haben – und es auch damals schon einen gewissen technischen Fortschritt gegeben haben muss –, ist es verstörend, ihn hier an diesem Ort zu sehen, den ich nur von Fackeln oder Zauberfeuern erhellt kenne.

Die Frau hebt die Arme als Zeichen für die Menge, dass sie ihre Aufmerksamkeit wünscht. Aber auf dem Platz steht niemand. Ich starre sie an und für einen Moment sehe ich wieder Nimh vor mir, deren rotes Gewand in der untergehenden Sonne in Flammen aufgeht.

Die Stimme der Frau wird technisch verstärkt, und als sie zu sprechen beginnt, erscheint auch die Menge – allerdings nur in einzelnen Quadraten. Der Algorithmus, der hinter all dem steckt, scheint Schwierigkeiten mit der Darstellung der vielen einzelnen Figuren zu haben, was es sehr unangenehm macht längere Zeit hinzusehen.

»Ich bin hier, um bekannt zu geben, dass es zu einer Einigung gekommen ist«, verkündet sie. »Es hat zu viel Blutvergießen gegeben, zu viel Schmerz und Unsicherheit, um weiterhin so zu tun, als könnten wir an diesem Ort gemeinsam in Frieden leben. Unsere Wege werden sich trennen. In Zukunft wird es keine Gewalt mehr geben. Wir werden den Krieg zwischen unseren Fraktionen beenden und zwei Welten schaffen. Eine hier unten, eingehüllt in Nebel und Magie. Eine oben in den Wolken, die die Magie zurücklässt und sich dem zuwendet, was wir mit unseren Händen und unserem Verstand erschaffen. Im Zentrum jeder dieser Welten wird sich unsere stolzeste und fortschrittlichste Technologie befinden – zwei Konstruktionen, die wir nur der einzigartigen Schönheit unserer Welt und der Genialität all ihrer Bewohner zu verdanken haben. Wir haben diese Technologie – diese beiden Herzen – mithilfe von ORAKEL entwickelt.«

»Die beiden Herzen aus der Geschichte«, flüstere ich.

»Eines in den Wolken, eines im Unten«, murmelt Elkisa. »So also wurde unsere heutige Welt geschaffen.«

Die Frau in Rot hat noch nicht zu Ende gesprochen. Ihre dröhnende Stimme schallt weiter über den Platz. »Das Herz oben wird den Menschen ermöglichen den Nebel zu kanalisieren und für ihre Motoren zu nutzen, die ihre neue Welt, allein durch ihren Glauben, in der Luft halten werden.

Die Menschen unten werden mit ihrem durch das Herz kanalisierten Glauben einen Magier erschaffen, der mächtiger ist als alle, die wir je gekannt haben. Einen Magier, der sie beschützen und führen wird, der die Bedürfnisse ihrer Zeit stillen wird, wie auch immer diese aussehen werden, gestärkt durch den Glauben seines Volkes.«

»Die lebende Gottheit«, wispert Elkisa mit großen Augen. Ich bin mir nicht sicher, ob sie alles begriffen hat, aber diesen Teil versteht sie zweifellos. »Sie manifestiert sich als Gott der Ernte, wenn die Zeiten mager sind. Oder als Göttin der Musik, wenn die Zeiten gut sind.« Elkisas Stimme bricht und sie schließt die Augen. »Oder als Göttin der Heilung – so wie Jezara –, wenn die Welt von Schmerz erfüllt ist. Und überhaupt nicht, wenn der Glaube schwindet.«

»Sie haben sich frei entschieden«, sage ich. »Die einen für die Wissenschaft, die anderen für die Magie. Sie haben eine Welt für beide Fraktionen geschaffen. Genau wie ORAKEL es gesagt hat. Die alte Geschichte muss auf Aufzeichnungen von diesem Ort basieren.«

»Und doch werden wir niemals ganz getrennt sein.« Die Frau in Rot erhebt noch einmal die Stimme. »In jeder Welt wird es eine Absicherung gegen Zeiten der Not geben – Schlüssel, die die Tür zwischen den Welten öffnen können. Die oben werden ihren Schlüssel in der DNA ihres Anführers haben. Die unten in dem von ihnen erwählten Magier, der sie …«

Plötzlich ist die Erscheinung verschwunden und Elkisa und ich blinzeln in das weiße Licht des Raumes. Die Lampen fangen an zu flimmern und gehen eine nach der anderen aus.

»ORAKEL, was …«

»Du kannst jetzt nicht …«

Der Kater maunzt, wobei mir nicht ganz klar ist, ob er die Simulation überhaupt sehen konnte.

Die Stimme von ORAKEL wird leiser und dann wieder lauter, während es die Worte in die Länge zieht, als wäre sein Akku leer. »Energiewarnung. Energiewarnung. Operiere neunundachtzig Prozent unter akzeptabler Minimalkapazität.«

»Was ist passiert? Eben waren es noch achtundsiebzig Prozent!«

»Lehrprojektionen verbrauchen viel Energie.«

»Was? Wir haben gerade elf Prozent deiner Energie verbraucht? Warum hast du es abgespielt, wenn es deine Reserven aufbraucht?«

»Datenspeicher unvollständig.«

Ich stöhne. »Ja, wissen wir. Vergiss den Lehrer. Wenn wir mit diesem Flugzeug nicht mehr nach Alciel kommen, gibt es dann irgendein anderes, das wir benutzen könnten?«

»Datenspeicher unvollständig. Energie wird mit exponenzieller Geschwindigkeit weniger. Remote-Backup konnte nicht erstellt werden. Meine Berechnungen sind unvollständig. Laut Hochrechnung bleiben bei niedrigstem Energieverbrauch nicht mehr als drei Tage Betriebszeit.«

Mir bleibt fast das Herz stehen. »Drei *Tage*?«

Ein leises Summen ist zu hören, und obwohl mir keine Fugen aufgefallen sind, als wir gerade über die Stelle gingen, fährt direkt hinter uns ein Zylinder aus dem Boden und bleibt dann mit einem leisen Knarzen stehen. Auf der niedrigen Säule sitzt eine Halbkugel, die langsam auseinanderklappt und einen dünnen … Armreif? … enthüllt.

»Mein Datenspeicher steht dem autorisierten Nutzer zur Verfügung«, sagt ORAKEL. »Bitte tragen Sie das Armband um das Handgelenk.«

Ich nehme den Armreif und streife ihn über. Er ist aus einem mir unbekannten kühlen, schwarzen Metall mit einer grünen Kristallintarsie, die ungefähr ein Viertel des Reifs ausmacht. Es kitzelt ein wenig, als er sich auf die passende Größe zusammenzieht und der grüne Kristall kurz aufleuchtet.

»Autorisierter Nutzer bestätigt«, spricht direkt aus dem Armreif eine dünne Stimme.

»Das Band kann eine begrenzte Anzahl von Fragen beantworten. Nur begrenzt. Begrenzt. Datenspeicher unvollständig. Kommunikation nur möglich, solange Energiereserven nicht verbraucht sind.«

»Und wenn wir dich wieder aufladen?«, versuche ich es erneut. »Wenn wir Treibstoff besorgen? Nebel? Können wir dann …?«

Ein tiefes Dröhnen wie von einem Nebelhorn unterbricht mich, als der Alarm losgeht. Alle Lichter im Raum werden rot und rasen in gebrochenen Mustern wie blutige Schatten über die Decke und Wände.

»ORAKEL? Was ist los?«

Es reagiert zunächst mit einem statischen Rauschen, dann spricht es wieder: »Katastrophenwarnung. Ausfall des Zentralrechners steht kurz bevor.«

»Was?«, schreie ich. »Aber du hast doch gerade noch gesagt, dass wir Zeit hätten …«

»Berechnungen laufen«, antwortet es. Als ich mit der Schulter gegen Elkisa stoße, bemerke ich, dass wir instinktiv näher zusammengerückt sind. Dann spüre ich blitzschnell hintereinander mehrere schmerzhafte Nadelstiche in meinem Bein und eine Sekunde später hockt der Kater in meinem Arm. Seine Augen sind weit aufgerissen, sein Fell gesträubt. Alle drei sind wir wie erstarrt, während um uns die Lichter kreisen und der Alarm so laut dröhnt, dass es die ganze Stadt hören muss. Dann ist es plötzlich absolut still. Keine Lichter, kein Alarm.

»Katastrophenwarnung. Ausfall des Zentralrechners steht kurz bevor«, wiederholt das Orakel. »Stabilisierung nicht möglich.«

»Bitte um eine nähere Erklärung, ORAKEL«, sage ich und versuche wenigstens annähernd ruhig zu bleiben.

»Visuelle Bestätigung verfügbar.« Vom hinteren Ende des Raumes, noch hinter dem Flugzeug, ist ein leises Zischen zu hören. Ein dünner rechteckiger Rahmen aus weißem Licht taucht auf und … Moment, das ist doch eine Tür, durch die das Tageslicht scheint. Wie auf Befehl fangen Elkisa und ich gleichzeitig an zu rennen.

11
NIMH

Ich stolpere den Korridor entlang. Meine Handgelenke schmerzen unter den Fesseln und mein Verstand arbeitet so zäh, dass mein Körper meinem Befehl weiterzugehen kaum folgen kann. Immer wieder spiele ich in Gedanken die Szene durch, wie Inshara mir die mit einer kurzen Kette verbundenen Handschellen vor die Füße wirft.

»Leg sie an«, befahl sie, ohne mich dabei aus den Augen zu lassen. Als ich mich nicht rührte, lächelte sie und machte ein Handzeichen.

Schneller, als ich es ihr in ihrem tranceartigen Zustand zugetraut hätte, sprang die Königin auf, packte Saelis am Arm und zog den Prunkdolch, den sie im Gürtel stecken hatte. Obwohl nur zu repräsentativen Zwecken gedacht, war die glänzende Klinge gefährlich scharf.

»Leg sie an«, wiederholte Inshara noch einmal und deutete auf die Handschellen.

Und dann das lähmende Entsetzen, als ich das Metall um meine Handgelenke schloss und bemerkte: *Himmelsstahl.*

Erst jetzt, wo die Wachen uns in unser Gefängnis abführen und ich langsam wieder zu mir finde, frage ich mich: *Warum hat sie mich nicht berührt und mir die Handschellen selbst angelegt?*

Da schleudert uns alle – mich, Miri, Saelis und die Wachen, die uns abführen – ein heftiges Beben gegen die Wand. Mein Kopf schlägt gegen den Stein und Halt suchend drücke ich mich an die kühle Mauer.

»Yorsa, du *kennst* uns.« Miris Stimme durchdringt die Watte in meinem Kopf. »Wir sind keine Verräter!«

Die Wache, die Miri angesprochen hat, steht mit angstverzerrtem Gesicht direkt hinter uns, schüttelt aber vehement den Kopf. »Ich kann die Königin nicht hintergehen«, protestiert sie und schluckt. »Ich weiß nicht, was hier los ist, aber …«

Ein zweites Beben unterbricht sie und ihr Satz endet in einem Schrei. Saelis stürzt zu Boden und Miri kniet sich neben ihn. Mit funkelnden Augen sieht sie zu der Wache hoch. »Die Königin ist nicht sie selbst!«, zischt sie. »Und das weißt du. Wolkensturz noch mal, das muss doch selbst dein mickriges Hirn kapieren. Hier stimmt etwas ganz und gar nicht. Diese Frau kontrolliert sie.«

Yorsa schließt die Augen, nimmt ihre Uniformmütze ab und fährt sich durch das kurz geschnittene Haar. »Ich … ich habe einen Eid geschworen …«

»Deinen Eid kannst du meinetwegen über den Inselrand kicken!«, schreit Miri wutentbrannt.

»Miri«, stöhnt Saelis und setzt sich mit ihrer Hilfe auf. »Es ist nicht ihre Schuld.« Der Boden des Korridors zittert und ein feiner Regen aus Staub und Steinsplittern rieselt auf uns herab. Saelis sieht die Frau ruhig und unverwandt an. »Du hast geschworen dem Thron zu dienen, richtig? Wenn du also einsiehst, dass Beatrin nicht sie selbst ist – dass Inshara sie irgendwie beeinflusst –, dann greift die Nachfolgeregelung: Ist ein Monarch oder eine Monarchin nicht in der Lage, seiner oder ihrer Pflicht nachzukommen, übernimmt der Thronfolger vorübergehend die Herrschaft.«

»Aber der Prinz …«

»Er lebt.« Saelis' Stimme ist ruhig und fest. »North würde wollen, dass du uns hilfst. Und sie«, Saelis nickt in meine Richtung, »ist die Einzige, die das, was gerade mit unseren Motoren geschieht, verhindern kann.«

Wie auf Bestellung ist eine erneute Erschütterung zu spüren. Yorsa stöhnt, dann sieht sie mich flehentlich an. »Du kannst dafür sorgen, dass das aufhört? Wirklich?«

Als ich den Mund öffne, fangen Saelis und Miri hinter dem Rücken der Wache an wild mit den Köpfen zu nicken. Ich schlucke und korrigiere, was ich eigentlich sagen wollte. »Ja, das kann ich. Aber nicht, solange ich mit Himmelsstahl gefesselt bin.«

Ich kann sehen, dass die anderen nicht wissen, wovon ich spreche. Yorsa zögert und die Knöchel der Finger, die sie um den Griff ihres Prunkschwerts gelegt hat, werden weiß.

»Ich übernehme die Verantwortung für sie.« Die Stimme kommt aus einem Gang ein paar Meter weiter und für einen Moment bleibt mein Herz stehen – bis der Sprecher auf den Korridor tritt.

»Talamar!«, ruft Miri erleichtert.

»Wir müssen Nimh hier wegbringen«, sagt er, während er auf uns zueilt und Saelis auf die Beine hilft. »Wenn wir sie weit genug wegbringen, hat sie vielleicht keinen Einfluss mehr auf die Motoren.«

»Woher weißt du …«, beginnt Saelis.

»Ich habe euch belauscht«, unterbricht ihn Talamar. »Sicherheitshalber, falls ihr Beatrin nicht zur Vernunft bringen würdet.« Mit finsterer Miene zieht er die Luft ein. »Und offensichtlich war das auch gut so. Wache, gib mir den Schlüssel.«

Yorsa versteift sich, ich erkenne aber auch, dass sie erleichtert ist die Verantwortung für uns abgeben zu können. »Ich muss sie ins Gefängnis bringen. Mein Befehl lautet, sie persönlich aus dem

Palast zu führen. Und ich habe nicht die Befugnis, die Handschellen zu öffnen, vor allem nicht ihre.« Sie wirft mir einen nervösen Blick zu.

Talamar bekommt einen roten Kopf und als ich beobachte, wie seine Augen, die North' so ähnlich sind, plötzlich eiskalt werden, schaudert es mich.

»Also gut«, sagt er. Obwohl es ihm gelingt die pflichtbewusste Wache nicht anzuschreien, ist seine Wut nicht zu übersehen. Er legt sein Atemgerät an und inhaliert die Medizin für seine geschwächten Lungen. »Dann komm eben mit uns. Wir werden sie nicht hier einsperren, sondern in den königlichen Zug setzen. Sie bleiben gefesselt, aber wir bringen sie so weit weg von der Zentrale wie nur irgend möglich. Benachrichtige die Wachen am Ende der Insel, dass sie sie dort in Empfang nehmen können.«

Yorsa zögert, doch als ein weiteres Beben Staub von der Decke rieseln lässt, nickt sie. »Gehen wir«, sagt sie streng.

Talamar führt uns bis ans Ende des Korridors, ein paar alte Stufen hinauf und dann durch mehrere Lagerräume hinaus auf einen Kiesweg. Der Bahnhof grenzt direkt an das Palastgelände, was Zugreisen für die königliche Familie und ihre Bediensteten – und nun auch für uns – sehr angenehm macht. Die Bahnsteige sind menschenleer, bis auf ein paar Wachen, die aufgeregt hin und her laufen. Als uns eine von ihnen entdeckt, nimmt sie Haltung an – die anderen scheinen abgelenkt von den wiederkehrenden Erdbebenstößen. Yorsa geht hastig zu ihnen hinüber, um mit ihnen zu sprechen.

Talamar bedeutet uns näher zu kommen. »Ich setze euch in einen Zug, der zu meiner Insel fährt«, erklärt er uns. »Dort ist man am weitesten von der Motorenzentrale entfernt, ohne den Himmel zu verlassen.«

»Sie kommen nicht mit uns?« Miris Stimme ist etwas schriller als normal, ihre Nerven zum Zerreißen gespannt. Der bebende Boden macht ihr Angst.

»Ich muss hierbleiben und versuchen Beatrin zur Vernunft zu bringen. Auch wenn wir das Versagen der Motoren noch abwenden können, muss irgendjemand verhindern, was hier gerade geschieht.« Mit düsterer Miene starrt er ins Leere. Trotz seiner diplomatischen Fähigkeiten kann er seine Angst nicht verbergen. »Das hier muss aufhören.«

»Nichts von dem, was ich tue, hat Einfluss auf die Beben«, sage ich nun, da Yorsa außer Hörweite ist. »Wenn ich mich beruhige, zeigt das keine Wirkung. Und mit diesen Fesseln«, mit einem metallischen Klappern hebe ich meine hinter dem Rücken zusammengebundenen Arme ein wenig an, »kann ich keine Zauber wirken. Sie ... Sie verhindern die Magie. Ich bin machtlos.«

»Ich hoffe Euch weit genug wegzubringen wird genügen, um dem, was hier geschieht, Einhalt zu gebieten.« Talamar legt eine Hand auf Saelis' und die andere auf Miris Schulter. »Passt auf sie auf«, sagt er mit ernstem Blick. »Vielleicht ist sie unsere einzige Chance gegen Inshara.«

Die beiden nicken. Kurz darauf kommt Yorsa zurück, während eine der Wachen das Tor zu den Gleisen öffnet, wo ein glänzender Zug, der normalerweise der Monarchin vorbehalten ist, auf uns wartet.

»Schwört mir, dass ihr nicht gegen den Thron vorgehen werdet«, sagt Yorsa und sieht zuerst Talamar und dann uns an. »Schwört mir, dass ich das Richtige tue, wenn ich euch einsteigen lasse.«

»Das tust du.« Talamar strafft die Schultern und hält Miris Arm, als würde er Yorsa, die vorausgeht, helfen uns zum Zug zu eskortieren. »Wenn es uns gelingt die Königin aus Insharas Bann zu befreien, wird sie dir für das hier sehr dankbar sein, das kannst du mir glauben.«

Als Yorsa sich wegdreht, um an der Zugtür einen Code einzugeben, zieht Talamar Saelis für eine Sekunde verstohlen beiseite und lässt ihn dann sofort wieder los. Die Wache schiebt uns in den Zug und wirft uns noch einen letzten, zweifelnden Blick zu, bevor sich die Tür hinter uns mit einem Zischen schließt und die Motoren leise anfangen zu brummen.

Kaum ist der Zug angefahren, stürzt Miri sich auf Saelis. »Was hat er dir gegeben?«, will sie wissen.

Saelis dreht langsam die Hand, bis wir es erkennen können: Talamars Inhalator. Für einen Moment sagt niemand ein Wort und ich frage mich, warum er uns ausgerechnet seine Medizin gegeben hat.

Saelis grinst.

»Wolkensturz noch mal«, ruft Miri. »Was für ein kluger, sehr kluger Mann.« Als sie meine Verwirrung bemerkt, klärt sie mich auf, während Saelis das Gerät von allen Seiten betrachtet, einen dünnen Stift aus der Umhüllung zieht und damit einen Deckel öffnet, der das Innere freilegt. »Unsere Handschellen sind elektronisch. Mit dem richtigen Werkzeug, das wir uns aus Talamars Inhalator basteln, können wir sie kurzschließen.«

»Komm her«, ruft Saelis, der ein kleines Bündel bunter Drähte aus dem Gerät zieht. »Ich brauche deine Fingernägel, um diese Kabel freizulegen.«

Eng nebeneinander, sodass ich nur zur Hälfte sehen kann, was sie tun, bauen sie das Gerät auseinander. Die Metallhülle fällt auf den Boden und sie konzentrieren sich ganz auf das Innenleben des Inhalators. Ich könnte weinen vor Erleichterung, wäre da nicht diese quälende Angst. Aber ein Junge, der mit North befreundet ist, würde doch sicher ein Schloss knacken können?

Die beiden setzen sich Rücken an Rücken, damit Saelis besser arbeiten kann. Auf der Suche nach Teilen der Prophezeiung, die man mir vorenthalten hatte, habe ich auch schon Schlösser aufgebrochen – aber ohne zu sehen, was man tut? Mir bleibt nichts anderes übrig, als schweigend abzuwarten und zu hoffen.

»Halt still«, schimpft Saelis, während er hoch konzentriert versucht Miris Handschellen zu öffnen. Dabei atmet sie kaum. Plötzlich setzt sich der Zug mit einem Ruck in Bewegung und Saelis stößt einen lauten Fluch aus, als ihm der aus Drähten improvisierte, elektronische Nachschlüssel aus der Hand fällt.

»Alles okay, Sae?«, will Miri wissen, während Saelis sich auf die Knie stemmt und sich fürchterlich verbiegt, um das Gerät wieder vom Boden zu fischen. Dann sehe auch ich das Blut, das aus einer Wunde an seinem Finger tropft. Er muss sich geschnitten haben.

»Wolkensturz noch mal, es ist total glitschig«, brummt er, während er immer wieder versucht das Werkzeug zu fassen zu bekommen. »Ich kann es nicht festhalten.« Er steht auf, geht rückwärts zu einem der Vorhänge und wischt sich mit schmerzverzerrtem Gesicht die Hände an dem dicken Stoff ab.

»Es blutet immer noch«, erklärt Miri, die ihm über die Schulter hinweg zusieht.

»Dann musst du es versuchen«, sagt er mit zusammengebissenen Zähnen.

»Du hast es mir nur dreimal gezeigt«, protestiert sie. »Und einmal habe ich nicht richtig zugehört.«

»Miri, es geht hier um unser aller Leben.«

Ohne ein weiteres Wort biegt sie sich nach hinten über und schnappt sich das Drahtbündel. Dann stemmt sie sich hoch. Saelis gibt seinen Versuch, die Blutung zu stoppen, auf und stellt sich mit dem Rücken zu ihr. Mit geschlossenen Augen erklärt er ihr Schritt für Schritt, was sie tun muss.

Ich halte die Luft an, während Miri mit der Zungenspitze im Mundwinkel vorsichtig eines der Kabel in das Schloss der Handschellen steckt.

Wenn sie ihn freibekommt und er sie, dann gelingt es ihnen vielleicht gemeinsam mich von meinen Himmelsstahlfesseln zu befreien und ich könnte …

Ja, was eigentlich? Verhindern, dass die Motorenzentrale explodiert? Inshara hatte angedeutet, ich hätte etwas in Bewegung gesetzt, das nicht mehr aufzuhalten wäre. Dass Alciel bereits dem Untergang geweiht wäre, egal was dagegen unternommen würde.

Der Himmelsstahl um die Handgelenke scheint mich meiner Sinne zu berauben – und doch kann ich sehen, hören und fühlen. Es ist etwas anderes, das mir abhandengekommen ist, ein Sinn, den ich bisher so noch nicht bewusst wahrgenommen hatte.

Der Zug nimmt an Fahrt auf und verwandelt die Landschaft vor den Fenstern in verschwommene Streifen aus grünen Flächen und hellgrauem Stein. Ich kann nicht sagen, ob das Vibrieren unter unseren Füßen ein weiteres Beben ist oder nur eine Nebenerscheinung der Magie, die den Zug über die Gleise trägt. Dann ist die Landschaft plötzlich verschwunden und wir sind im Himmel.

Miri konzentriert sich auf ihre Aufgabe. Sie hat die Augen zur Decke gerichtet und bearbeitet nach Gefühl das Schloss, während Saelis sich verrenkt und über die Schulter zu erkennen versucht, was sie tut. Keiner von beiden scheint zu bemerken, dass wir den Boden verlassen haben und – was eigentlich unmöglich ist – durch die Wolken rasen.

Ich kann nicht widerstehen und laufe zum Fenster, um das alles noch genauer zu betrachten. Vor uns beschreiben die Gleise einen weiten Bogen durch den Himmel, bis sie in einer dunklen Wolkenbank verschwinden. Ein ferner Streifen aus Grau und Grün lässt die Existenz einer weiteren Insel vermuten, die mit der, die wir soeben verlassen haben, nur durch ein fadenscheiniges Schienenband verbunden ist.

Dann ruckelt der Zug plötzlich heftig und ich werde gegen die Scheibe geschleudert. Noch bevor ich mich wieder aufrappeln kann, nehme ich vor dem Fenster eine Bewegung wahr. Ich kneife die Augen zusammen und starre konzentriert nach draußen, sicher, dass ich mir das, was ich gesehen habe, nur eingebildet habe: Der weite Bogen aus Gleisen, der sich vor uns ausdehnt, *bewegt* sich, schlägt Wellen wie eine über eine Schlucht gespannte Hängebrücke, die … jeden Moment reißen kann.

Da stößt Miri ein triumphierendes Juchzen aus und Saelis' Handschellen fallen dumpf auf den mit Teppich ausgelegten Boden. Mit einem Freudenschrei dreht er sich um, schlingt den unverletzten Arm um seine Freundin und drückt sie unter Protest an sich. Für einen kurzen Moment zögere ich ihnen zu erzählen, was ich soeben beobachtet habe.

»Wisst ihr zufällig«, krächze ich schließlich, »was diese Gleise in der Luft hält?«

Saelis hebt den Kopf und blickt stirnrunzelnd zu mir herüber. »Sie sind an den Rändern der miteinander verbundenen Inseln befestigt und werden von winzigen, in regelmäßigen Abständen angebrachten Motoren gestützt. Die Inseln schweben auf exakt der gleichen Höhe, weil ihre Motoren …« Saelis verstummt und aus seinem Gesicht weicht alle Farbe.

»… in der Zentrale gleichgeschaltet werden«, beende ich den Satz für ihn, während sich mir der Magen zusammenkrampft. »Und was geschieht, wenn die Zentrale die Höhe der Inseln nicht mehr steuern kann?« Obwohl ich kaum wirklich verstehe, wovon ich da rede, sind mir zumindest die Auswirkungen in diesem Augenblick mehr als deutlich bewusst.

Für einen Moment wagt keiner sich zu rühren. Keiner möchte aussprechen, was wir alle denken. Mit einem grässlichen Ruck wirft uns der Zug zu Boden und holt uns aus unserer Schockstarre.

Den elektronischen Schlüssel umklammernd beginnt Miri Zentimeter um Zentimeter zu mir herüberzukriechen, während Saelis aufspringt, seine Handschellen zur Seite kickt und lospurtet. Er greift nach einer Stange an der Decke, schwingt sich über mich und Miri hinweg zur Tür und macht sich daran zu schaffen, wobei seine verletzte Hand auf allem, was er berührt, breite Blutspuren hinterlässt.

»Die Tür hat einen Sicherheitsmechanismus, der verhindert, dass man sie während der Fahrt öffnen kann.« Auf Kniehöhe tritt er so lange gegen die Tür, bis im Boden eine Platte sichtbar wird, die unter seinen Tritten angefangen hat sich zu verbiegen. »Wenn wir es aus dem Zug schaffen, können wir vielleicht auf den Gleisen zurückzulaufen, bevor ...« Er beendet den Satz nicht und konzentriert sich weiter auf sein Vorhaben.

Miri tastet nach der Kette, die meine Hände zusammenhält, und zieht sich das letzte Stück zu mir herüber. Durch den Zug geht ein erneuter Ruck und ich spüre, wie ihre Locken meinen Arm streifen. Alles in mir möchte zurückweichen, aber mit all meiner Willenskraft gelingt es mir still zu halten.

Ich muss wieder daran denken, wie Inshara meinen Knöchel gepackt hat. Entweder konnte ihre Berührung meiner Göttlichkeit nichts anhaben oder ich bin bereits ein Nichts. Ich weiß es nicht – aber ob nun göttlich oder nicht, wenn Miri mich nicht freibekommt und ich uns nicht mit einem Zauber retten kann, bevor der Zug abstürzt, werden wir ohnehin alle sterben.

Saelis hat es geschafft. Er wirft die Platte zur Seite und zieht ein Bündel bunter Drähte darunter hervor. »Wie läuft's bei euch,

Miri?«, fragt er besorgt, während er mit den Fingerspitzen die Drähte entlangfährt.

»Es ist ein anderes Schloss, eine andere Machart als unsere!«, ruft sie direkt hinter meiner Schulter. Die Handschellen klappern und ich weiß nicht, ob sie es ist, die zittert, oder ich. »Es ist nicht elektronisch. Womöglich hat Inshara diese Handschellen extra für sie anfertigen lassen.«

Mir wird flau im Magen und Tränen treten in meine Augen. »Das hat sie. Sie hat sie aus Himmelsstahl machen lassen, damit ich keine Magie wirken kann, wenn ich ihr gegenübertrete.«

»Wir brauchen etwas Härteres – etwas aus Metall, aber klein genug, dass es hier reinpasst.« Miri sieht sich suchend um. Dann kracht etwas so heftig in mich hinein, dass mir die Luft wegbleibt.

Benommen hebe ich den Kopf. Miri ist über mich hinweg gegen ein Fenster auf der anderen Seite gefallen. Durch den Aufprall ist es gesprungen und wie bei einem Spinnennetz breiten sich hinter ihr jetzt lauter feine Risse aus. Ganz in meiner Nähe klammert Saelis sich an einen der Sitze. Für einen Moment weiß ich nicht, was an diesem Bild falsch ist, bis mir voller Entsetzen bewusst wird, dass Miri auf dem Fenster *liegt* und ich mit einem Bein an einer Stange klemme. Mein Kopf, den ich mir an der Rückenlehne eines Sitzes gestoßen habe, brummt.

Der Zug liegt auf der Seite und rast auf nur einem Schienenstrang in eine Kurve. Keuchend und mit Tränen in den Augen kämpft Saelis sich zu Miri, während ich nur hilflos zusehen kann. Er bekommt einen der Sicherheitsgriffe zu fassen und streckt sich, bis er mit den Fingerspitzen ihre gefesselten Hände berührt. Sie hebt den Kopf, wodurch sich die Risse im Glas unter ihr noch weiter ausbreiten. Sie erstarrt.

»Nimm meine Hand«, keucht Saelis, der sich so lang macht wie nur irgend möglich.

»Warte …« Schräg hinter Miri liegen die Hülle des Inhalators und der Stift, den Saelis herausgezogen hat, um ihn zu öffnen.

»Vergiss es«, schreit Saelis, der ihrem Blick gefolgt ist. »Du wirst abstürzen!«

»Wir werden *alle* abstürzen, wenn wir sie nicht freibekommen!«, entgegnet Miri schrill.

Ich weiß, was sie denkt: Der Metallstift könnte dünn genug sein, um in das Schloss meiner Handschellen zu passen.

»Okay, ich habe auch gesehen, was sie in den unterirdischen Gängen getan hat und mit der Trambahn, aber Magie … Es gibt keine Magie! Wie kannst du jemandem glauben, der etwas behauptet, das schlichtweg unmöglich ist, obwohl du ihn kaum kennst?«

Extrem langsam schiebt Miri sich ein kleines Stück in die eine und dann in die andere Richtung, um das gesplitterte Glas zu testen, das unter jeder ihrer Bewegungen knirscht. Dann stützt sie sich mit einem Fuß am Fensterrahmen ab, um sich noch ein kleines bisschen weiter nach oben zu schieben.

Plötzlich hält sie inne. Tränen rinnen über ihre Schläfen. »Du hast nicht gesehen, was ich gesehen habe, als sie mich mit dem Nebel gepackt hat. Ich habe North gesehen. Ich habe ihn *gespürt.*«

»Na und?« Saelis' flehende Stimme will einfach nur, dass sie aufhört, den Stift liegen lässt und nach seiner Hand greift.

»Sae – North *glaubt* an sie.«

Miri schaut mich an und kurz sehe ich North' Augen in ihren – dieselbe Entschlossenheit, mit der er sich die Schärpe umgebunden und meine Farben zu den seinen gemacht hat.

Ich weiß, was sie vorhat.

Ich kann nur noch einen Warnschrei ausstoßen, bevor sie sich mit dem Fuß vom Fensterrahmen abdrückt und nach dem kleinen Stück Metall greift. Das Geräusch von splitterndem Glas erfüllt die Luft und mit einem gewaltigen Rauschen wird alles, das nicht festgeschraubt ist, durch das zerbrochene Fenster hinaus in die blaue Leere gezogen.

Ein Schluchzen lenkt meinen entsetzten Blick weg von dem klaffenden blauen Loch hin zu Saelis, der Miri gerade noch mit einer Hand an der Taille zu fassen gekriegt hat.

Erleichtert schreie ich auf, während er mit einem entsetzlichen Stöhnen Miri und sich Stück für Stück nach oben – weg vom offenen Fenster – zieht. Sein Gesicht ist rot vor Anstrengung, jeder einzelne Muskel seines Arms angespannt, während Miri vollkommen still hält, bis sie schließlich mit einer Hand nach dem Rahmen greifen kann. Mit einem letzten Schwung zerrt Saelis sie vom Abgrund weg und Miri krabbelt auf die Wand neben dem Fenster.

Für einen Moment bleiben sie heftig atmend ineinander verschlungen liegen und murmeln sich beruhigende Zärtlichkeiten zu. Nur kurz wird Saelis' Stimme laut. »Ich könnte dich umbringen!«, knurrt er, bevor er Miri einen dicken Kuss gibt. Dann hilft er ihr auf die Knie und Miri sieht mich an.

»Ich hab ihn«, sagt sie und dreht sich um, sodass ich den Stift sehen kann, den sie hinter dem Rücken zwischen zwei Fingern hält. »Kannst du irgendwie zu mir runterkommen? Wir müssen ...«

Das laute Kreischen von auseinanderbrechendem Metall unterbricht sie und der Zug sackt so abrupt ab, dass es mir in den Magen fährt. Ich kann mich fast nicht mehr halten. Mehr Glas zerbirst, irgendein Maschinenteil gerät mit einem hohen, quietschenden Ton außer Kontrolle und es gibt einen Ruck, der mir durch Mark und Bein fährt und dann ... nichts mehr. Nur noch das Stöhnen und Pfeifen des Windes, der durch das zerbrochene Fenster in das sich drehende Abteil rauscht.

Der Zug stürzt vom Himmel.

12
NORTH

Ich drücke den Kater gegen meine Brust, während wir auf die Tür zusprinten, die am Ende der Halle in der Wand sichtbar geworden ist. Elkisa, die unser Ziel kurz vor mir erreicht, rammt mit der Schulter dagegen. Die Tür fliegt auf und wir stürmen hinaus. Unter uns breitet sich die Stadt aus, was bedeutet, dass wir uns auf dem talseitigen Teil des Hügels befinden. Alles sieht völlig normal aus.

Mein Blick folgt dem Fluss bis hin zu der Stelle, an der sich der Strom teilt und rechts und links am Tempel vorbeifließt, um dann weiter hinten aus meinem Sichtfeld zu verschwinden. Doch da ist nichts. Mein Herzschlag beruhigt sich ein wenig.

»Prinz North«, flüstert Elkisa mit rauer Stimme.

»Was ist? Kannst du etwas Ungewöhnliches entdecken?«, frage ich sie besorgt.

Sie antwortet nicht, sondern steht einfach nur bewegungslos da und starrt mit offenem Mund nach oben. Im ersten Moment wage ich nicht, ihrem Blick zu folgen, und sehe sie einfach nur an, den Dreck auf ihrer Stirn und das zerzauste Haar.

Erst als sich der Kater auf meinem Arm bewegt, erwache ich aus meiner Trance, lege den Kopf in den Nacken und sehe, was sie sieht: Alciel fällt vom Himmel.

Freysna, die größte Insel – auf der ich zu Hause bin –, befindet sich im freien Fall, gefolgt von den kleineren Inseln, die aus den

Verankerungen gerissene Schienen hinter sich herziehen, zwischen denen ein einzelner Waggon ungebremst auf den Boden zurast. Wie kann das sein? Wie konnten die Motoren, die uns seit tausend Jahren im Himmel halten, versagen?

Ein Schmerzensschrei tief aus meinem Inneren erfüllt die Luft, während ich hilflos auf meine Welt starre, die für so viele Jahre mein Zuhause war. Alle – mein Großvater, meine Mütter, meine Freunde, mein Volk, Nimh –, einfach alle, die ich liebe, befinden sich in diesem Moment auf diesen Inseln.

Und ich – ich kann nichts weiter tun, als zuzusehen, wie sie abstürzen.

13
NIMH

Mit einem gewaltigen Ruck reißt sich unser Waggon vom Rest des Zuges los und taumelt abwärts. Der Wind pfeift durch die zerbrochenen Fenster und mit tränenden Augen suche ich nach Saelis und Miri, während wir uns immer wilder um die eigene Achse drehen. Schließlich entdecke ich sie mir gegenüber, eingeklemmt zwischen zwei Sitzen.

Miri versucht meine Aufmerksamkeit zu erlangen, aber das Rauschen des Luftzuges im fallenden Waggon – *Gütige Götter, wir fallen wirklich!* – trägt ihre Stimme davon. Sie macht eine hektische, unverständliche Handbewegung und noch bevor ich ihr begreiflich machen kann, dass ich sie nicht verstehe, stößt sie sich vom Boden ab und hechtet mit Saelis' Hilfe auf meine Seite des Abteils. Sie prallt so heftig gegen einen der Sicherheitsbügel, dass ich die Vibrationen am ganzen Körper spüre.

Im ersten Moment weiß ich nicht, was sie vorhat. Sie packt die Kette, die meine Handgelenke hinter meinem Rücken hält, und biegt mir die Schultern dabei so schmerzhaft nach hinten, dass mir die Luft wegbleibt. Sie versucht immer noch mich freizubekommen.

Sie wird dabei jedoch so heftig hin und her geschleudert, dass sie den aus Talamars Inhalator geretteten Stift kaum in die Nähe meiner Handschellen bekommt. Kein Wunder, sie versucht tatsächlich in einem in die Tiefe taumelnden Zugwaggon ein Schloss zu knacken, *ohne mich dabei zu berühren*!

Plötzlich sehe ich North vor mir. Wir sind auf den Felsen oberhalb von Jezaras Haus und er blickt mich voller Mitgefühl an, während ich, verzweifelt darüber, dass er die verlorene Strophe der Prophezeiung nicht lesen konnte, den Glauben an meine Göttlichkeit – und daran, dass ich ohne sie noch irgendetwas wert bin – verloren habe. *Was ist mehr wert,* hatte ich ihn gefragt, *meine Göttlichkeit oder mein Leben?*

In seinem Gesicht spiegelt sich das Entsetzen darüber, dass ich die Antwort auf diese Frage nicht wusste, die selbstverständlich *mein Leben* lautet, und sein Entsetzen darüber, dass man mich etwas anderes hatte glauben lassen. Genug.

»Ohne dich an mir festzuhalten, wirst du es nicht schaffen«, schreie ich gegen den Wind an, in der Hoffnung, dass Miri mich hört.

Sie reckt verzweifelt den Hals, um mir über die Schulter in die Augen sehen zu können. »Bist du dir sicher?«, brüllt sie zurück.

»Ja!«

Inshara hat mich angefasst und doch bin ich noch hier. Miris Berührung wird meiner Magie nichts anhaben, nur meiner Göttlichkeit, und die habe ich wahrscheinlich ohnehin schon verloren. Doch so besteht zumindest die Chance, dass ich ihnen das Leben retten kann.

Als ihr Körper gegen meinen stößt, schließe ich die Augen. Um still halten zu können, versuche ich an etwas anderes zu denken. Dann kommt Saelis dazu und hilft Miri bei mir stehen zu bleiben, wobei er mir den Arm um die Schultern legt. Instinktiv will ich zurückweichen. Die Panik, die diese Berührung in mir auslöst, ist fast größer als die, in den sicheren Tod zu stürzen.

Ich hatte es mir anders gewünscht. An einem anderen Ort, mit einem anderen Menschen. Nicht Inshara, die wild entschlossen mich zu vernichten mit letzter Kraft meinen Knöchel packt. Und auch nicht diese beiden Fremden, die sich an mich klammern und verzweifelt versuchen unsere Leben zu retten. Ich wollte, dass die erste Berührung schön ist, angenehm, dass ich sie immer wieder durchleben und mich für den Rest meines Lebens mit Freude daran erinnern kann.

Immer wieder hatte ich mir vorgestellt, es gebe irgendeine Möglichkeit für mich berührt zu werden, nur ein einziges Mal, ohne dafür meine Bestimmung und mein Volk aufgeben zu müssen. Ein Ritual vielleicht – irgendeinen lang vergessenen Ritus, der das heilige Gesetz der Göttlichkeit außer Kraft setzt, und wäre es nur für eine Stunde, für eine Nacht.

Und als ich dann die verlorene Strophe der Prophezeiung fand, stellte ich mir den Lichtbringer vor. Stellte mir vor, er käme in unsere Welt und wir würden mein Volk retten, Seite an Seite, zwei Gottheiten vereint.

Und dann kam North … und ich stellte mir nur noch ihn vor.

North. Den warmen Klang seiner Stimme in meinem Ohr. Seine Finger in meinem Haar. Das Prickeln, als er beim Fest der Sterbenden mein Kleid schnürte. Die Wärme seiner Hand, nur eine Haaresbreite von meiner Wange entfernt, die ich auf der Barke des Flussläufers zehnmal so intensiv spürte, als hätte er mich tatsächlich berührt. Hinter meinen geschlossenen Augen sehe ich sein Gesicht so klar vor mir, als hätte ich mein Gedächtnis nie verloren.

Keine Bestimmung, keine Prophezeiung, kein Götterhimmel sollte so etwas verlangen dürfen: lieber zu sterben, als sich berühren zu lassen, seiner zweiten Hälfte zu begegnen, ohne je einen Kuss zu tauschen, für das Versprechen einer über das Menschliche hinausgehenden Göttlichkeit ein unmenschliches Leben zu fristen. Genug.

Nach einem leisen, im rauschenden Wind kaum hörbaren Klicken stößt Miri einen Freudenschrei aus. Ich reiße die Augen auf und sehe das grüne Dickicht des Waldmeeres unter mir. Es ist nah, *viel* zu nah. *Gütige Götter …*

Die Handschellen fallen ab und die Wirkung des Himmelsstahls schwindet. Geblendet von Nebel reiße ich die Arme in die Luft …

Und die Welt wird weiß.

14
NORTH

Alciel fällt und die Inseln treiben immer weiter auseinander.

Über uns ist Freysna in eine solche Schieflage geraten, dass es aussieht, als klammerte sich der spielzeugkleine Palast an den Rand der Insel, um nicht herunterzurutschen. Die Motoren laufen noch, können die immer schneller absinkenden Landmassen aber kaum daran hindern, ungebremst in die Tiefe zu sacken.

Wie von selbst haben meine Beine sich in Bewegung gesetzt und sprinten den Berg hinunter. Meine Lungen brennen.

Die Flugbahnen der Inseln lassen hoffen, dass sie den größten Teil der Stadt verfehlen werden, doch allein der Aufprall wird die Inseln zerstören – alles Leben auslöschen und die Reste meiner Heimat weit über die Welt hier unten verstreuen.

Hinter mir höre ich Elkisas hämmernde Schritte, während ich über eine kniende Gestalt springe, die betend die Hände vors Gesicht geschlagen hat.

Verursacht durch die unregelmäßigen Fehlzündungen der defekten Motoren bricht ein Stück der Unterseite der Hauptinsel einfach ab und ein Brocken von der Größe eines Wolkenkratzers stürzt auf die Felsen auf der anderen Seite des Flusses. Eine gewaltige Wolke aus Staub und Splittern steigt auf, gefolgt von einem ohrenbetäubenden Krachen, das Millisekunden später die Marktstraßen erschüttert.

Obwohl ich kaum noch Luft bekomme, weigere ich mich langsamer zu laufen. Ohne eine Ahnung zu haben, wohin ich laufe, biege ich um eine Ecke. Ich weiß nur, dass ich an den Ort muss, wo mein Zuhause aufschlagen wird – dass ich nach Überlebenden suchen muss, Hilfe holen muss, irgendwas *tun* muss.

Ein gewaltiges Ächzen erschüttert die Landmasse über mir und alles bewegt sich nur noch in Zeitlupe. Plötzlich scheint die Schwerkraft aufgehoben. Die Welt scheint stillzustehen, als halte sie den Atem an.

Und dann geschieht Unfassbares: Die Insel ändert die Richtung. Im ersten Moment glaube ich an eine optische Täuschung aufgrund der Entfernung oder der Art der Bewegung. Doch nach einem kurzen Ruckeln neigt sich der Palast nicht mehr zur Seite und auch die Fallgeschwindigkeit hat sich verringert. Die Insel sinkt noch, aber es sieht aus, als hielte eine riesige unsichtbare Hand die Stadt von oben fest, um sie vor der Zerstörung zu bewahren. Schlitternd komme ich zum Stehen. Als ich nach oben schaue und kaum zu glauben wage, was ich dort sehe, brennen Tränen der Erleichterung in meinen Augen.

Dann ändert die größte Insel ganz langsam, als wäre es so gewollt, ihre Flugbahn und steuert von der Stadt weg direkt auf uns – und den Tempel – zu. Die Bewegung hat nichts mehr von einer herabstürzenden Landmasse, sondern erinnert eher an einen gigantischen Gleiter, der die Orientierung verloren hat. Meine Hoffnungen begrabend ändere ich ebenfalls die Richtung und laufe, gefolgt von Elkisa, die neben mir überrascht aufschreit, zum Tempel.

Der Fall der Insel verlangsamt sich zunehmend, bis die Unterseite von Alciel direkt über dem Fluss schwebt, das eine Ende der Insel über dem Tempel, das andere über den Hügeln und Schluchten auf der Ostseite des Tals. Für einen langen Augenblick ist alles still, bis auf ein dunkles Grollen, das tief aus dem uralten Fels zu kommen scheint. Und dann – *antwortet* der Tempel!

Der Boden unter meinen Füßen bebt, ein Quietschen ist zu hören und als ich den Blick auf den Tempel richte, sehe ich, dass an dessen Spitze etwas in Bewegung gerät. Die oberste der zahlreichen Ebenen verschiebt sich ein wenig, als würde sie die Ankunft meiner Heimat erwarten. Lange, massive Stahlspiralen schrauben sich aus dem Tempel, breiten sich aus wie Spinnenbeine und mit einem knirschenden Geräusch, das so laut ist, dass die Pflastersteine unter unseren Füßen anfangen zu vibrieren ... setzt Alciel auf dem Tempel auf.

Elkisa und ich stehen da wie betäubt und versuchen zu begreifen, was wir da eben gesehen haben: Das Wolkenland, ihre Stadt der Götter und mein Zuhause, ist auf dem Tempel gelandet – so präzise, als hätte es jemand dort geparkt.

Der unbeschädigte Palast sitzt auf, oder besser neben, den obersten Ebenen des Tempels, wobei die Abhänge am Rand der Landmasse sich nahtlos an das Gefälle der Tempelterrassen anschließen.

Obwohl mein Verstand kaum fassen kann, dass Alciel gelandet ist, wie ein riesiger Gleiter in seinem Hangar, habe ich den Eindruck, dass alles genau dafür ausgelegt war. Vielleicht sind die Inseln anfangs ja tatsächlich abgestürzt, aber dann hat irgendetwas – oder irgendjemand? – das verhindert und mein Volk gerettet. Zumindest vorerst.

Stöhnend fange ich wieder an zu laufen und gebe Elkisa ein Zeichen, mir zu folgen. Wenn es einen Weg nach Alciel gibt, dann durch den Tempel, der nun an das Palastgelände grenzt. Ich muss dorthin, bevor irgendjemand sonst versucht durchzukommen – keiner weiß, wie mein Volk hier aufgenommen wird. An Götter zu glauben, die auf einer schwebenden Insel über dir leben, ist eine Sache – friedlich danebenzustehen, wenn diese Götter deinen Tempel in Besitz nehmen, eine ganz andere. Ich *muss* der Erste sein, der dort ist. Ich muss wissen, ob Nimh …

Ich biege um eine Ecke, hinter der der Gemüsekarren eines Händlers steht, und laufe ungebremst in ihn hinein. Als ich stürze, fällt der Karren auf mein Bein und ich habe es nur der dicken Sohle meines Stiefels zu verdanken, dass er mir nicht den Fuß zerquetscht. Ich versuche mich zu befreien, brülle den Händler an mir zu helfen, aber der ist von dem, was er soeben vom Himmel hat fallen sehen, so geschockt, dass er nach dieser zusätzlichen Katastrophe einfach nur schreiend davonläuft – mit dem Rest der panischen Menge.

Elkisa bleibt stehen. Mit einem schnellen Blick auf den umgefallenen Karren wägt sie die Situation ab, bevor sie sich neben mich kniet. »Seid Ihr verletzt?«, fragt sie besorgt, während ihre Hand schon über dem Karren schwebt. Ihre Stimme ist vom Schock trocken und rau, aber sie macht sich bereit das Problem zu lösen.

»Nein«, presse ich hervor und bewege meine Zehen ein wenig, um zu überprüfen, ob ich in meiner Panik womöglich gar nicht bemerkt habe, dass doch etwas gebrochen ist. »Nein, aber ich bin eingeklemmt. Wenn du ihn auf der anderen Seite nimmst, kann ich den Karren auf meiner ein wenig anheben. Auf drei?«

Elkisa starrt auf ihre über dem Karren schwebende Hand. Dann dreht sie den Kopf und sieht mir direkt in die Augen. Sie sagt nichts – und das muss sie auch nicht. Schlagartig, als hätte man einen Kübel Eiswasser über mir ausgekippt, wird mir klar, was sie vorhat.

»Tu das nicht.« Meine Stimme ist genauso rau wie ihre. »Elkisa, bitte … Du hast versprochen *mit* mir in den Tempel zurückzukehren.«

Diesmal macht Elkisa sich nicht die Mühe, ihren inneren Kampf hinter ihrer sonst so undurchdringlichen Fassade zu verbergen. Vielleicht schafft sie es bei der Tragweite ihrer Entscheidung auch einfach nicht, ihre Gefühle vor mir zu verstecken. Noch einmal wandert ihr Blick von mir zu den Stufen des Tempels und wieder zurück.

»Du hast gesagt, dass du Nimh liebst«, erinnere ich sie, ohne sie aus den Augen zu lassen. Ich kratze all meine Überzeugungskraft zusammen und konzentriere mich mit jeder Faser meines Körpers auf Elkisa. »Dass du das alles nur getan hast, weil du wolltest, dass sie frei ist. Du kannst zu ihr zurückkehren. Triff jetzt nicht die falsche Entscheidung. Hilf mir und komm mit mir zurück.«

Elkisa schließt die Augen. Als sie sie kurz darauf wieder öffnet, erkenne ich an den verzweifelten Schuldgefühlen, die darin aufblitzen, wie sie sich entschieden hat.

»Warte!«, flehe ich sie an. »Tu das nicht ... Warte!« Und dann ist sie weg, sprintet davon und verschwindet in der Menge.

Mit einem lauten Schrei mache ich meinem Ärger Luft, wobei sich mein Zorn nicht nur gegen Elkisas Verrat richtet – sondern vor allem gegen mich selbst, weil ich so dumm war ihr auch nur ein Wort zu glauben. Mehrere Sekunden hämmere ich mit den Fäusten gegen den Karren, bevor ich mich wieder zusammenreiße und versuche Ruhe zu bewahren. Auch wenn ich in der Falle sitze, darf ich jetzt nicht in Panik geraten.

Ich stelle fest, dass ich den Fuß noch ein klein wenig mehr bewegen kann, und nach ein paar schmerzhaften Verrenkungen gelingt es mir die Hand unter den Karren zu schieben und die Schnürsenkel meiner Stiefel zu lösen.

Beeil dich! Beeil dich! Beeil dich!, flüstert mir eine innere Stimme zu. Ich muss den Fuß mehrfach vor- und zurückschieben, bevor ich ihn mit einem lauten Stöhnen aus dem Stiefel ziehen kann. Die Kante des Karrens hat mir die Haut aufgescheuert, aber ich bin frei. Jetzt kann ich den Stiefel sogar von der anderen Seite unter dem Karren hervorziehen und wieder hineinschlüpfen.

Ich atme einmal tief durch, um den Druck auf meiner Brust loszuwerden, und laufe weiter in Richtung Tempel. Ich darf mich jetzt nicht meiner Angst hingeben, ich muss etwas tun.

Die Stadt um mich her versinkt im Chaos, während Nimhs Volk wegläuft, sich verkriecht oder einfach mitten auf der Straße steht und in die Luft starrt. In vollem Lauf bahne ich mir einen Weg durch die Gassen, wobei mir meine Verkleidung mittlerweile egal ist. Immerhin ist gerade der Himmel auf uns herabgestürzt.

Das eine Ende der Insel liegt auf dem Tempel auf, das andere auf den Hügeln im Südosten, sodass ihr Schatten sich in einer diagonalen Linie quer durch das halbe Tal zieht. Die anderen Inseln müssen sich irgendwo weiter im Osten, jenseits der Hügel am Rand des Tals befinden.

Abrupt bleibe ich vor den Toren des Tempels stehen. Mit elegant um die Beine gelegtem Schwanz sitzt dort der Kater und wartet auf mich. Nur das Zucken seiner Schwanzspitze verrät, wie nervös er ist, als er von mir zu dem offenen Tor sieht.

»Sie kommt nicht«, erkläre ich ihm, zu aufgewühlt, um mir blöd dabei vorzukommen. »Sie hat sich für Inshara entschieden.«

Der Kater niest, erhebt sich und trottet los. Ich folge ihm, werde dabei aber immer schneller, bis ich schließlich laufe und der Kater in Richtung der Treppe, die zu dem aufliegenden Palastgelände führt, vor mir herrennt.

Wir steigen höher und höher, laufen um Ecken und sprinten Korridore entlang, während Wachen, Akolythen und Bedienstete sich flach an die Wände pressen, um uns vorbeizulassen. Mittlerweile kenne ich zum Glück, mit Ausnahme von Nimhs Geheimgängen, jeden Stein in diesem Tempel.

Immer höher geht es hinauf und die Aufgänge werden zunehmend schmaler, bis ich mich schließlich mit rasselndem Atem und schmerzenden Beinen die letzte gewundene Steintreppe hinauf bis zur höchsten Stelle des Tempels quäle, an der, wie ich weiß, mein Zuhause angedockt hat.

Ich stürme auf die oberste Terrasse und bleibe stehen. Techeki ist bereits da, begleitet von einem halben Dutzend in Schwarz und Gold gekleideter Tempelwachen. Sie alle starren auf einen gewaltigen Torbogen, hinter dem sich bis vor Kurzem noch die Weite des Himmels ausgebreitet hat und der nun von einer wirbelnden und brodelnden Masse aus grünen und violetten Schlieren ausgefüllt wird, die aussehen wie ein hinter Glas gebannter Nebelsturm.

»Ich muss da durch«, keuche ich, die Augen auf den Torbogen gerichtet.

»Ja, Ihr solltet zu den Göttern zurückkehren«, sagt Techeki feierlicher, als ich ihn jemals habe sprechen hören. Der tiefe Glaube, den ich immer bei ihm vermutet habe, steht ihm in diesem Moment offen ins Gesicht geschrieben – sein Glaube an Nimh. Er ist der Grund, weshalb er im Tempel geblieben ist und ihn Elorin und ihren Leuten überlassen hat, während er sich zwischen den tosenden Fluten aus Graumänteln und Schatten verzweifelt an die Macht klammerte. »Ihr müsst da durch und sie wieder nach Hause bringen, Prinz North.«

»Das werde ich«, murmele ich. »Und ich werde meinem Volk versichern, dass es mit eurer Freundschaft rechnen kann.«

»Wartet, Hoheit.« Techekis Förmlichkeit bröckelt ein wenig. »Ich weiß nicht, wie Ihr sicher auf die andere Seite gelangen könnt. Der Nebel ist hier gefangen, komprimiert, irgendwie zusammengedrängt. Der Himmelsstahl in den Flüssen hat ihn verjagt und gleichzeitig wird er vom Wolkenland niedergedrückt. Ihr müsst vorsichtig sein.«

Ich trete einen Schritt vor, und als könnte er meine Gegenwart spüren, lichtet sich der Nebel für einen Moment und ich kann hindurchsehen.

Auf der anderen Seite sind zwei Palastwachen zu erkennen, die mit Prunkschwertern in den Händen misstrauisch in den Nebel starren, als vermuteten sie einen Zwei-Wege-Spiegel. Als sie uns bemerken, weichen sie erschrocken zurück und eine der Wachen ruft etwas. Ich kann es nicht hören, aber ihre Lippen formen eindeutig meinen Namen. Ohne zu zögern, und obwohl Techeki und ich die Hände hochreißen und eine Warnung brüllen, kommt sie auf mich zu. Sie berührt den Nebel, und als hätte sie einen Stromschlag erhalten, wird sie zwei Meter zurückgeschleudert und rollt über den Boden. Dann setzt sie sich zitternd wieder auf und ich schnappe erleichtert nach Luft. Sie hat ein paar Schrammen davongetragen, ist aber am Leben.

Die zweite Wache geht besorgt neben ihr in die Knie, wechselt ein paar Worte mit ihr und verschwindet dann im Laufschritt aus unserem Blickfeld.

Ich stecke die Hand in die Tasche und ziehe meinen Schutzstein heraus. Er hat mir schon in ganz anderen Situationen geholfen – vielleicht wirkt er ja auch hier. Ich umschließe ihn fest mit den Fingern und gehe mit ausgestreckter Faust zögernd auf den Nebel zu. Meine Haut beginnt zu prickeln und je näher ich der Nebelwand komme, umso größer wird der Widerstand, bis ich kaum noch vom Fleck komme. Es ist, als wollte ich die Faust in Stein tauchen. Ein stechender Schmerz läuft meinen Unterarm entlang, trifft auf den Nerv im Ellbogen und zieht sich hinauf bis in die Schulter.

Mit einem Schrei reiße ich die Faust wieder zurück. Als ich mir die brennende Hand reibe, stelle ich fest, dass es das Handgelenk mit dem ORAKEL-Armband ist, und mir wird mulmig. Aber wie zu meiner Beruhigung erscheint kurz darauf ein kleines grünes Licht auf dem Display und verschwindet wieder.

»Okay, so also nicht«, murmele ich, während ich die Wache auf der anderen Seite dabei beobachte, wie sie langsam aufsteht und mir wild gestikulierend zu verstehen gibt, dass ich die Wand nicht berühren soll.

Ich nicke, möchte trotzdem einen zweiten Anlauf starten. Da entsteht auf der anderen Seite Bewegung.

»Wer kommt?«, fragt Techeki, der neben mich tritt und ebenfalls durch den Nebel späht. Es erscheinen noch mehr Wachen und dann ... *Oh*.

Als sie Platz machen, steht dort Anasta, meine Herzmutter. Ihr schwarzes Haar ist zu einem Kranz geflochten, ihre helle Haut von der Anstrengung gerötet. Sie muss bis hierher gerannt sein. Als sie begreift, dass ich keine durch den Nebel verzerrte Vision bin, weiten sich ihre braunen Augen, ihr Mund formt meinen Namen und kurz sieht es so aus, als würden ihr vor Erleichterung die Beine wegsacken. Sie hat Tränen in den Augen.

Dann kommt sie auf mich zu und Techeki, die Wachen und ich schreien im Chor eine Warnung, während ihr die gestürzte Wache hinterherhumpelt und versucht sie am Arm zu packen. Doch bevor es jemand verhindern kann, steckt Anasta beide Hände in den Nebel und teilt ihn wie einen Vorhang. Schimmernd schmiegt er sich um ihre Finger, an denen sie mehrere Ringe trägt – hübsche rote Steine in filigran geschmiedeten Goldfassungen, die ich nie zuvor an ihr gesehen habe.

»Schnell, North«, drängt sie mich und ich ducke mich unter ihrem Arm hindurch und komme problemlos auf die andere Seite. Dann lässt sie den Nebel wieder los, dreht sich um und schließt mich in ihre Arme.

Beatrin, meine Blutmutter, hat mich das Führen gelehrt. Sie hat mir politisches Denken beigebracht und die Entschlossenheit, die mich hier unten hat überleben lassen. Sie hat mir tausend Dinge gezeigt, die mich zu dem gemacht haben, der ich bin. Und sie liebt mich heiß und innig. Aber wenn ich mir als Kind das Knie aufgeschlagen habe, bin ich zu meiner Herzmutter gelaufen.

Zu behaupten, die eine sei streng und pragmatisch, die andere nachgiebig und warmherzig, würde den beiden nicht gerecht werden. Sie sind fantastische Menschen, alle beide, doch in diesem Moment gibt es nichts in beiden Welten, das ich mehr brauche als eine von Anastas Umarmungen.

Sie schlingt die Arme um meine Taille und ich lege den Kopf auf ihre Schulter. Anasta ist weich, duftet nach ihrem Beerenshampoo, und alles, was ich will und brauche, ist, dass sie mich festhält. Aber nichts währt ewig und wie immer bin ich derjenige, der als Erster spricht.

»Wie hast du das gemacht?«, frage ich mit gedämpfter Stimme.

Sie hebt das Gesicht, das sie in meinem Haar vergraben hat, und lächelt mich an. Die Arme noch immer um meine Taille gelegt lehnt sie sich ein wenig zurück, um es mir zu erklären. »Der Durchgang wird vom Nebel der Motoren blockiert, doch da ist auch noch etwas anderes – etwas, mit dem ich nicht gerechnet hatte. Eine andere Art von Barriere.«

»Um die gesamte Stadt gibt es eine Barriere aus Himmelsstahl«, fange ich an. »Die Graumäntel … Moment, woher weißt du von dem Nebel?«

»Unsere Familie weiß vieles und ich werde dir alles erzählen, North«, verspricht sie. »Nur haben wir dazu jetzt keine Zeit. Wolkensturz noch mal, ich dachte, ich würde dich nie wiedersehen.« Mit Tränen in den Augen zieht sie mich noch einmal an sich, ohne sich die Mühe zu machen, ihre Gefühle zu verbergen.

»Entschuldigung«, räuspert sich eine der Wachen. Der Mann, dem es offensichtlich schwerfällt uns in einem so intimen Moment zu unterbrechen, stolpert auf uns zu, als würde ihn eine der anderen Wachen von hinten schieben.

Als er mein Gesicht sieht und ihm klar wird, wer ich bin, fällt ihm die Kinnlade herunter und für einen Moment macht mich die Erleichterung und Freude, die in seinem Gesicht aufleuchtet, fassungslos. Ich war so sehr auf meine Familie und meine Freunde konzentriert, dass ich mir über die Angst und die Unsicherheit, die in meinem Volk geherrscht haben müssen, kaum Gedanken gemacht habe. Meine Blutmutter hat das gebärfähige Alter bereits überschritten und die Menschen müssen geglaubt haben ihren einzigen Thronfolger verloren zu haben.

Ich werfe einen Blick zurück. Der Nebel dreht sich wieder in langsamen, dichten Wirbeln und auf der anderen Seite ist nichts mehr zu erkennen. Allerdings sitzt neben dem Torbogen, mit ordentlich eingerolltem Schwanz, der Kater und wartet nun offenbar darauf, was als Nächstes geschieht. Er muss mir durch den Nebel gefolgt sein und sieht irgendwie aus, als stünde auf seiner heutigen To-do-Liste »eine neue Welt erkunden«, in der er der erste Kater seit tausend Jahren ist.

Meine Herzmutter weicht einen Schritt zurück, als ihr Blick auf die merkwürdige Kreatur fällt, und ich wünschte, ich könnte ihre großen Augen und das erschrockene Gesicht noch eine Weile länger genießen. In einer anderen Situation wäre es sicherlich lustig gewesen meine eigene Reaktion auf die erste Begegnung mit dem Kater in ihrem Gesicht gespiegelt zu sehen, aber jetzt drücke ich nur kurz ihren Arm. »Keine Sorge«, beruhige ich sie. »Er ist ein Freund.«

Nun erkenne ich auch, wo genau wir uns befinden: in den Gärten in der Nähe der Außenmauern, in denen sich die Blumenbeete meines Großvaters bis zum Palast erstrecken. Der Torbogen hinter mir führt normalerweise ins Nichts und ist mit einem Gitter gesichert. Als Kind habe ich oft hier gestanden, in den Himmel gestarrt und vom Fliegen geträumt.

»Entschuldigung«, versucht es die Wache noch einmal, die Augen noch immer auf mein Gesicht geheftet. »Sollen wir die Königin davon in Kenntnis setzen, dass Prinz North zurückgekehrt ist?«

Anasta gebietet ihm mit einer Geste zu schweigen, doch die Worte sind schon in mich eingedrungen wie ein Messer. Die Königin.

Ich starre die Wache an und konzentriere mich auf die kleinen Details an seiner Uniform. Auf die goldenen Borten auf seinen Schultern. Den kleinen Faden, der sich an der Applikation auf seiner Brust gelöst hat. Ich achte auf alles, als ob diese Flut kleinster Details den Lauf der Welt irgendwie aufhalten und mich vor dem, was als Nächstes kommt, schützen könnte.

»North.« In Anastas sanfter Stimme liegt eine unendliche Trauer.

Ich drehe mich zu ihr um, so langsam und zögerlich, dass mir die Tränen bereits über die Wangen laufen, als ich sie ansehe.

»Großvater?«, flüstere ich, obwohl ich die Antwort schon kenne.

»Es tut mir so leid, mein Schatz«, entgegnet sie leise. »Er starb ganz plötzlich. Wir werden gemeinsam trauern, das verspreche ich. Er liegt in der Gruft und du wirst dich von ihm verabschieden können. Nur jetzt haben wir keine Zeit. Es gibt Dinge zu tun, die nicht warten können.«

Ich muss all meine Kraft aufwenden, um zu nicken. Mir ist auch klar, dass die Himmelsstädte abgestürzt sind – *gelandet sind*, als wären sie dafür konzipiert gewesen, als hätte sie irgendjemand irgendwie gesteuert – und dass die Welt hinter diesem Tor im Chaos versinkt. Ich weiß, dass ich derjenige bin, der zwischen ihnen steht und der ... *Aber mein Großvater ist tot.*

Dabei wollte ich ihm doch erzählen, dass ich mich um Nimhs Garten gekümmert habe. Ich wollte ihm von *Nimh* erzählen. Und von Techeki und Matias, vom Kater und von den Festen und Ritualen, von meiner Reise auf dem Fluss, von Jezara und von ...

»North«, sagt Anasta sanft und mit der ihr eigenen Engelsgeduld.

»Nimh?«, krächze ich. »Ist Nimhara hier?«

»Ja, Nimhara ist hier«, entgegnet Anasta mit gedämpfter Stimme, da die Wachen ganz offensichtlich die Ohren spitzen. »Sie hat Beatrin, North. Bitte sag mir, du weißt, was man dagegen tun kann.«

»Was meinst du mit: *Sie hat Beatrin*?«, frage ich besorgt. »Bitte bring mich zu ihr. Ich muss sie sehen.«

Anasta legt mir eine Hand auf den Arm und zieht mich näher zu sich heran. »Nein, North«, flüstert sie so leise, dass ich den Kopf neigen muss, um sie zu verstehen. »Sie hat Beatrin unter ihrer Kontrolle.«

»Was?« Ungläubig blinzele ich sie an. »Das kann nicht sein.«

»Nimhara ist gefährlich«, entgegnet sie.

»Bring mich zu ihr«, wiederhole ich. »Was immer da los ist, ich kann das klären. Ich verspreche es dir.«

»Ich darf den Thronsaal nicht mehr betreten«, sagt sie und wirft einen Blick in Richtung der Wachen.

Eine Weile starre ich sie einfach nur an und plötzlich wird mir alles zu viel. Der Himmel ist herabgestürzt. Mein Großvater ist tot. Meine Blutmutter wird von – *Nimh?* – kontrolliert. *Na klar.*

Das alles kann nur eine Nebelvision sein, eine Art Albtraum. Ich muss darauf bestehen, dass man mich zu ihnen bringt.

»Ich bin der Kronprinz«, sage ich so laut, dass die Wachen mich hören. »Und ich will zu meiner Mutter. Gehen wir.«

Ich nehme Anasta bei der Hand und lasse die Wachen bis auf den Mann, der so glücklich war mich zu sehen, vor dem Portal zum Tempel zurück. Mit ausholenden Schritten schreitet er uns voran zum Eingang des Palastes.

Hinter und neben uns drängen sich Menschen vor den Palasttoren, die nach dem Sturz schief in den Angeln hängen. Dem Großteil der Menge, die sich nach Alciels Fall auf der Suche nach Antworten und Trost an der Schwelle zum Palast versammelt hat, steht die Angst ins Gesicht geschrieben – doch es gibt auch ein paar, die uns merkwürdig starr hinterherblicken, während ihnen die Tränen über das Gesicht laufen. Schaudernd gehe ich weiter.

Vor dem Seiteneingang, auf den wir zusteuern, stoßen wir auf zwei weitere Wachen, denen anzumerken ist, wie schwer es ihnen fällt hier die Stellung zu halten. Kann ich es ihnen verdenken?

Ich kann mich noch gut erinnern, wie befremdlich es für mich anfangs war nach oben zu blicken und die Wolken waren unendlich weit entfernt. Und ich bin nur mit einem Gleiter abgestürzt – während sie mit ihrer kompletten Welt vom Himmel gefallen sind. Den Kater, der nur eine weitere Unmöglichkeit in einer ganzen Kette von beängstigenden Phänomenen ist, beachten sie kaum. Sie sind ganz auf mich fixiert – ihren von den Toten auferstandenen Prinzen.

»H-H-Hoheit?«, stottert einer, während der andere ihn aus dem Weg zerrt.

»Der Prinz lebt«, verkündet Anasta, als ich an ihnen vorübergehe, und dann bin ich endlich zu Hause, in meinem Palast, von dem ich geglaubt hatte, ihn nie wiederzusehen. Als wir gemeinsam durch die Eingangshalle gehen, ist alles so vertraut, dass es mich geradezu überwältigt – die Farben, der dezente Duft, der in der Luft liegt, die dicken roten Vorhänge, die reich verzierten Teppiche auf dem Boden vor uns. All die Kleinigkeiten, die ich, als ich sie tagtäglich sah, nie wahrgenommen habe und die sich nun plötzlich zu einem bewegenden Gefühl von *Heimat* zusammenfügen.

Überall sind die Folgen des Absturzes zu erkennen – ein heruntergefallener Wandteppich, Scherben von zerbrochenen Statuen, ein Riss, der im Zickzack quer über die Decke läuft –, trotz allem hat der Palast erstaunlich gut standgehalten. Wir kommen in den Flur mit den Porträts meiner Vorfahren und ich stelle erleichtert fest, dass alle noch an ihrem Platz hängen, wenn auch etwas schief.

Hier bin ich als kleiner Junge oft mit Miri und Saelis entlanggerannt und wir haben diskutiert, wer von den Leuten auf den Porträts am witzigsten aussieht, wer am gelangweiltesten oder wer von ihnen Geheimnisse hatte und welche. Nun wende ich das Gesicht lieber ab. Ich weiß, dass das letzte Portrait mit schwarzer Seide verhangen ist, darf mich davon aber nicht ablenken lassen. Zuerst muss ich Nimh finden und wissen, was hier vor sich geht, um alles klären zu können.

Vor dem Thronsaal stehen zwei weitere Wachen, die Anasta und mir erschrocken entgegensehen. Die eine schüttelt ungläubig den Kopf, während der andere blinzelt, als sehe er nicht richtig.

»Verzeihen Sie, Ihr könnt da nicht …«, fängt die erste Wache an und hält ihre Hand hoch, was ihr ganz offensichtlich unangenehm ist.

»Zur Seite treten!«, faucht die Wache, die uns begleitet. »Seht ihr nicht, dass der Prinz zurückgekehrt ist? Lasst ihn auf der Stelle durch!«

Sie zögern immer noch und sehen zuerst mich und dann meine Herzmutter an.

Was ist hier passiert? Warum darf Anasta den Thronsaal nicht betreten?

»Oh, hallo, Prinz North! Wie schön Euch wohlbehalten wiederzusehen«, sage ich ironisch, obwohl mir eigentlich gar nicht danach zumute ist, witzig zu sein. »Wir können es kaum erwarten Eure Geschichte zu hören, aber zuerst geht Ihr besser zu Eurer Mutter.«

»Hohei …«

Ohne ein weiteres Wort drücke ich mich an ihnen vorbei und ziehe Anasta hinter mir her. Der Schwung lässt mich noch ein paar Schritte gehen, bevor ich langsamer werde.

Der Saal mit dem Thron meines Großvaters und dem immer leeren Thron daneben, auf dem meine Großmutter gesessen hat, bevor sie starb, sieht aus wie immer. Die Wände sind mit Wandgemälden und vergoldeten Stuckarbeiten geschmückt, die für mich nichts Besonderes sind, Neuankömmlinge aber immer wieder in Staunen versetzen. Im Moment schenke ich der Pracht jedoch keine Beachtung. Auch den Wachen nicht, die in Reih und Glied an den Wänden stehen, oder den Spuren des Absturzes, den Rissen im Boden oder den Bergen von Putz, die dort liegen.

Vor dem Thron steht eine Traube von Beratern, die mir die Sicht auf meine Mutter und Nimh verstellen. Ich halte es nicht mehr aus und fange an zu laufen. Die empörten Aufschreie ignorierend kämpfe ich mich durch die Menge nach vorn.

Auf dem Thron, auf dem eigentlich mein Großvater sitzen sollte, sitzt meine Mutter und starrt mich mit gerunzelter Stirn an. Sie scheint weder überrascht noch erhebt sie sich – und auch sonst lässt abgesehen davon, dass ihr Blick auf mein Gesicht gerichtet ist, nichts erkennen, dass sie mich wahrnimmt.

Ich will etwas sagen, doch die Worte bleiben mir im Hals stecken, und als hätte mir jemand in den Magen geschlagen, weicht alle Luft aus meinen Lungen. Auf dem Thron meiner Herzmutter sitzt nicht Nimh, sondern ... *Inshara.*

Eine Weile schüttele ich nur den Kopf und kann nicht glauben, was ich sehe. Dann bricht es aus mir heraus: »Was hast du mit ihr gemacht?«

»Hoheit«, beginnt einer der Höflinge mit einem misstrauischen Blick auf den Kater, vor dem er, während er spricht, langsam zurückweicht. »Die Königin ... «

»Still«, unterbreche ich ihn, noch immer auf Inshara fixiert, deren Lippen sich langsam zu einem Lächeln verziehen. Sie scheint meinen Schock sichtlich zu genießen. »Was hast du mit Nimh gemacht, Inshara?«

Sie legt den Kopf schief und in ihrem Lächeln taucht eine Spur von Neugier auf. »Ich *bin* Nimhara, Prinz North. Die Erste ihres Namens, zweiundvierzigste Trägerin des Göttlichen. Ich habe Euer Zuhause sicher auf den Boden gebracht und Euch mit Eurem Volk vereint.«

»Nein«, rufe ich und wende mich an Beatrin. »Mutter, diese Frau ist nicht unsere Verbündete. Sie ist gefährlich. Du musst sie verhaften lassen, jetzt sofort!«

»North?« Meine Mutter starrt mich immer noch an, als wäre es für sie absolut unmöglich, dass ich überhaupt existiere. Da ist etwas in ihren Augen, das mich frösteln lässt, und ich weiche instinktiv einen Schritt zurück. »Nein. Das kann nicht North sein. Mein Sohn ist tot. Die Leiche seines Großvaters liegt aufgebahrt in der Gruft, aber North ist nicht hier gestorben.« Sie scheint ihre Verwirrung überwunden zu haben, doch dann füllen sich zu meinem Erstaunen ihre Augen mit Tränen, die anfangen ihr über die Wangen zu rinnen. Noch nie habe ich meine Blutmutter weinen sehen – und auch jetzt ist irgendetwas *falsch* daran. Ihr Gesicht zeigt keinerlei Emotionen, die diese Tränen hätten auslösen können. Im Gegenteil, sie wirkt distanzierter und entschlossener denn je.

»Ja«, bestätigt Inshara, während ihre Augen auf mich, nicht auf Beatrin gerichtet sind. »Ich bedaure, dass Ihr das durchmachen müsst, Majestät.«

Als die Königin zu Inshara hinübersieht, wird ihr Blick weich und sie lächelt sogar ein wenig. »Meinen Sohn habe ich verloren – aber eine Tochter gewonnen. Dass sie eine bessere Thronerbin sein wird, als er es je war, ist nicht von der Hand zu weisen. Sie widmet sich ganz meinem Volk und nicht wie er vor allem dem eigenen Vergnügen.«

Die Worte meiner Mutter sind für mich wie ein Schlag ins Gesicht. Mein Verstand überschlägt sich bei dem Versuch, das alles zu verstehen, bis mir der unheimliche Nebel auffällt, der tief in Insharas Augen glüht. Das ist unmöglich – Nimh hat gesagt, man könne die Magie nicht dazu benutzen, Menschen zu kontrollieren. Selbst als wir glaubten, es wäre vielleicht möglich, als Elkisa beim Fest der Sterbenden Daoman tötete, stellte sich später heraus, dass sie uns nur etwas vorgespielt hatte.

Aber jetzt ... jetzt scheint Insharas Macht irgendwie so ... real.

Ich gehe auf sie zu und bleibe wieder stehen. Starre hinauf zu den beiden Frauen auf den Thronen. Die Herrscherinnen zweier Welten. Glaube ich jedenfalls. *Moment mal, stimmt das?*

Ich bin total verwirrt. Es ist, als wäre alles vom Nebel verschleiert, als versuchte ich einen wirren Traum zu verstehen. Ich kann mich nicht erinnern, was ich sagen wollte, bin mir aber sicher, dass es mir gleich wieder einfallen wird. Meine Augen brennen, als müsste ich gleich anfangen zu weinen. Erstaunt darüber, dass mir alles vor den Augen verschwimmt, fange ich an zu blinzeln. Am besten werde ich hier stehen bleiben und warten, bis mir wieder einfällt, was ich vergessen habe. Da durchdringt ein lautes Miauen meine wirren Gedanken. Es ist der Kater neben mir. *Nimhs Kater.*

Er ist sein eigener Herr, höre ich Nimh sagen und sehe ihr Lächeln. Und in dem Moment weiß ich es wieder. Das ist nicht Nimh, die da vor mir sitzt. Nimh ist nicht hier – ich muss sie *finden*. Und an noch etwas erinnere ich mich wieder. In meiner Tasche spüre ich den mit rotem Faden umwickelten Schutzstein. Er glüht, während ich ihn fest mit meiner Faust umschließe.

Insharas vernebelte Augen weiten sich, dann kneift sie sie wutentbrannt zusammen. Was immer sie gerade mit mir versucht hat ist fehlgeschlagen. *Danke, Nimh.*

»North?«, murmelt hinter mir Anasta und etwas in ihrer Stimme sorgt dafür, dass ich mich umdrehe. Die Höflinge ziehen sich nervös zurück und lassen uns beide allein, während sich die Wachen entlang der Wände in Bewegung setzen. Die meisten zögern, werfen sich unsichere Blicke zu, hin- und hergerissen zwischen dem Eid, den sie Beatrin geschworen haben, und ihrem Gewissen und gesunden Menschenverstand. Sie ahnen, dass etwas nicht stimmt, und nehmen ihren Prinzen nur ungern fest.

Dann wirbelt die Wache, die uns hierherbegleitet hat und so froh war mich zu sehen, plötzlich herum und zieht ihre Waffe.

»Ihr kommt besser mit mir«, sagt der Mann und sieht zuerst mich und dann meine Herzmutter an. In seinem Blick ist zu lesen, dass er mit sich kämpft. Seine Leidenschaft ist dieselbe – doch vom Retter der königlichen Linie, der auf wundersame Weise überlebt hat, bin ich für ihn plötzlich zu einer Bedrohung geworden. »Wir müssen Euch schützen, Prinz North. Wir müssen Euch einschließen, damit Euch nichts mehr geschehen kann.« Tränen beginnen ihm übers Gesicht zu laufen.

Ich weiche einen Schritt zurück und sehe von ihm hinüber zu

Beatrin, die angespannt auf der Kante ihres Thrones sitzt und den Wachen ein Zeichen gibt weiterzumachen.

Inshara, die uns mit einem unterdrückten Lächeln beobachtet, ist die Einzige, deren Augen wach wirken. Sie kontrolliert die Gedanken der Wache, so sicher, wie sie auch Beatrin in ihrer Gewalt hat.

»Ihr könnt das nicht zulassen«, rufe ich und gehe auf die Höflinge und Berater zu, die immer weiter vor uns zurückweichen. »Die Königin ist nicht bei Verstand, diese Frau hat ...« Abrupt halte ich inne. Tatsächlich habe ich keine Ahnung, was sie mit meiner Mutter gemacht hat.

Mit einem Seufzen hebt Inshara die Augenbrauen. »Warum macht man mir immer wieder diesen Vorwurf?«, fragt sie niemanden im Besonderen. Dann schnippt sie in Richtung der Wachen mit den Fingern. »Tut, was eure Königin von euch verlangt. Nehmt ihn fest!«

Doch mit Ausnahme der Wache mit dem tränennassen Gesicht zögern alle. Dann knickt eine von ihnen ein. Sie seufzt, macht mit hängendem Kopf einen Schritt nach vorn und reibt sich die Augen. Wahrscheinlich konnte mich Inshara nur dank des Schutzsteins – und des Katers – nicht unter ihre Kontrolle bringen, aber ihre Macht wächst.

»Lauf, Anasta!«

Meine Herzmutter dreht sich um und stürzt zur Tür hinaus, vor ihr, nicht mehr als ein roter Blitz, der Kater, hinter ihr ich.

Im Thronsaal bricht Chaos aus. Die Höflinge schreien, als die Wachen sie zur Seite stoßen, um die Verfolgung aufzunehmen. Anasta und ich sprinten an den Porträts vorbei und biegen ab in Richtung meiner Gemächer.

Die Tür zu meiner Suite steht offen und als wir drin sind, schlage ich sie hektisch zu und presse den Daumen auf die Kupferplatte. »Türschloss aktivieren«, keuche ich. »Überbrücken nicht gestattet.«

»Bisher«, japst Anasta, »konnte sie immer nur eine Person kontrollieren. Wir müssen einen Ort finden, an dem wir vor ihr sicher sind, und dann überlegen, was wir als Nächstes tun.«

»Nimhs Tempel«, sage ich und versuche wieder zu Atem zu kommen. Mein Empfangszimmer ist ein Desaster. Beim Absturz sind sämtliche Möbel umgekippt und ein aus der Wand gerissener Bildschirm sprüht Funken.

»Bitte sag mir, dass du weißt, wie wir hier unbemerkt wieder rauskommen«, fleht Anasta mit Blick zur Tür. »Ich hatte schon immer den Verdacht, dass du dich heimlich rausschleichst, um dich mit Miri und Saelis zu treffen.«

»Weißt du, ob ... ob es ihnen gut geht?«, frage ich, während ich in mein Schlafzimmer laufe und ihr deute mir zu folgen.

»Nein, tut mir leid. Ich habe sie aus den Augen verloren, als die Stadt anfing abzusacken.«

Ich setze Saelis und Miri auf die lange Liste der Dinge, an die ich jetzt nicht denken darf, und öffne die Abdeckung einer versteckten Schaltfläche, die Miri und ich unter dem Fenstersims installiert haben. Ich tippe den Code ein und halte den Daumen über den Sensor. »Damit schalte ich das Sicherheitssystem ab, aber nur für fünfzehn Sekunden. Wenn wir sechzehn brauchen, wird die Zentrale alarmiert. Wir müssen also schnell sein. Mach dich bereit zum Klettern.«

Dann drücke ich den Daumen auf das Pad. Mit einem leisen Summen schieben sich zwei Fensterscheiben übereinander und Anasta krabbelt hinaus, dicht gefolgt vom Kater und mir. In einem wilden Durcheinander aus Armen und Beinen landen wir auf dem Boden, während sich über uns das Fenster automatisch wieder schließt.

»North!« Mir bleibt fast das Herz stehen, als jemand meinen Namen ruft. Ich setze mich auf und sehe Talamar auf uns zulaufen »North, ich …« Er bleibt vor uns stehen, stützt die Hände auf die Knie und ringt um Atem.

Anasta und ich stehen auf und sie greift sofort in seine Tasche, um nach dem Inhalator zu suchen. Als sie die Hand wieder herauszieht, ist sie jedoch leer, weshalb sie stattdessen seinen Arm nimmt und ihn stützt, bis er wieder genügend Luft zum Sprechen hat.

»Sie haben mir gesagt, du wärst hier … Ich konnte nicht … Wir müssen hier weg. Sie wird dich umbringen. North, ich bin so froh …« Er richtet sich auf und eine Sekunde später schlingt mein Vater zum ersten Mal in unserem Leben die Arme um mich und drückt mich an sich. Dann lässt er wieder los und legt mir die Hände auf die Schultern.

»Wir müssen gehen«, warnt uns Anasta.

»Wir müssen Nimh finden«, protestiere ich. »Sie ist die Herrscherin im Unten, nicht Inshara. Wenn wir Nimh finden, können wir …«

Mir versagt die Stimme. Da ist etwas in Talamars Blick, bei dem es mir eiskalt den Rücken herunterläuft.

»North«, flüstert Talamar und schüttelt langsam den Kopf. »North, es tut mir so leid. Ich habe sie mit Miri und Saelis in den Zug gesetzt – ich wollte sie in Sicherheit bringen, das musst du mir glauben – aber der Zug … er ist abgestürzt und …«

Ich höre nicht mehr, was er sagt. Und auch als er meinen Arm und Anasta den anderen nimmt und sie mit mir in Richtung Tempelportal gehen, spüre ich es kaum. Irgendwie bewegen sich meine Füße scheinbar automatisch. Nimh und Miri und Saelis …

Miris helles Lachen, ihr trockener Humor und ihre verborgene Sanftmut.

Saelis' behutsame Hände, sein ernster Blick, seine innere Ruhe.

Nimhs geheimnisvolles Lächeln, ihr großes Herz, ihr Pflichtgefühl, das in Wahrheit nur Ausdruck ihrer Liebe war, immer und immer wieder.

Alles verloren.

Wie aus weiter Ferne beobachte ich Anasta, die mit ihren beringten Händen das Portal öffnet. *Wie macht sie das nur?* Und dann schlüpfen wir alle drei samt Kater hindurch.

Techeki ist weg, dafür ist Matias mit seinen Wachen da. Er ist noch gekleidet wie ein Flussläufer und nicht als Meister der Archive.

Für einen Moment ist er absolut still, nur seine Augen wandern von mir zu Anasta und wieder zurück.

»Prinz North«, sagt er mit ruhiger Stimme, als hätte er uns erwartet und wir wären nur ein klein wenig zu spät. Dann wendet er sich mit einer tiefen Verbeugung Anasta zu. »Schwester, nie hätte ich mir träumen lassen, dass wir uns in diesem Leben begegnen werden. Es erfreut mein Herz zu sehen, dass Eure Linie Eure Bürde durch die Jahrhunderte getragen hat, so wie wir die unsere.«

»Wir haben unsere Pflicht treu erfüllt«, sagt Anasta feierlich und da erst hebe ich den Kopf und sehe die beiden richtig an.

»Schwester?«

»In gewisser Weise«, entgegnet Matias. »Wir bewachen den Weg zwischen den Welten, North, daher muss es uns oben wie unten geben.«

»Wir?«, frage ich verwirrt und meine Stimme klingt dabei fast schrill.

Meine Herzmutter neigt den Kopf und sieht den Fischerkönig lange an. »Die Sentinels«, sagt sie dann.

DER KAMMERDIENER

»Geht es Euch gut, Nimhara?« Die Königin klingt gehetzt und ängstlich – doch ihre Aufmerksamkeit gilt allein diesem Mädchen aus einer anderen Welt. Sie legt die Stirn in Falten. »Oder war es Inshara?«

Der Kammerdiener drückt sich mit den Schultern von der Wand ab, er zittert am ganzen Körper. Der Absturz Alciels sollte eigentlich das Schlimmste sein, was er je erlebt hat, aber gerade eben wurde er Zeuge, wie die Königin ihren eigenen Sohn zurückgewiesen hat, für eine Frau, die sie erst seit ein paar Wochen kennt. Das alles ist falsch. Man muss etwas dagegen tun.

Er sucht den Blick des Hauptmanns der Wache, der ihm mit einem kurzen Nicken antwortet. Die beiden sind Freunde, seit sie Kinder waren, und in Situationen wie dieser bedarf es nicht vieler Worte zwischen ihnen.

Der Kammerdiener geht auf den Thron zu und räuspert sich so laut, dass sowohl die Königin als auch die sogenannte Göttin sich ihm zuwenden. »Wir sollten unsere Verteidigung vorbereiten«, sagt er und schüttelt ein paar Dinge aus dem Ärmel, die getan werden müssten, ohne sich jedoch wirklich auf das zu konzentrieren, was er sagt. »Wir wissen nicht, wie uns die Menschen, die hier unten leben, empfangen werden. Wenn es ihnen gelingt die Barriere vor uns zu durchbrechen, müssen wir vielleicht mit einem Krieg rechnen.«

Hinter dem Thron setzt sich der Hauptmann der Wache in Bewegung. Vorsichtig, ohne ein verräterisches Schleifen des Stahls, zieht er sein Schwert und nähert sich auf leisen Sohlen.

Die Königin nickt gedankenverloren mit dem Kopf. »Ich könnte es nicht ertragen, wenn Nimhara etwas zustoßen würde. Oder soll ich Euch Inshara nennen? Was ist Euch lieber, meine Teuerste?«

»Inshara ist mir recht«, entgegnet die Frau von Unten. »Ich nehme an, mein Name spielt nun keine Rolle mehr.«

»Für mich sicher nicht«, stimmt die Königin mit einem warmen Lächeln zu.

Der Hauptmann schleicht sich näher heran ... dann noch näher ... während er langsam das Schwert über den Kopf hebt, bereit zuzuschlagen.

Doch dann hält er plötzlich inne und die Waffe schwebt in der Luft.

Obwohl er weiß, dass sein Blick die beiden Frauen warnen wird, muss der Kammerdiener zu seinem alten Freund sehen. Sein Gesicht ist verändert, Tränen sammeln sich in seinen Augen und rinnen ihm über die bärtigen Wangen.

»Wolkensturz noch mal«, murmelt er und starrt Inshara mit weit aufgerissenen Augen an. »Ich ... Ich hatte keine Ahnung.«

Inshara macht sich nicht die Mühe, sich umzudrehen. Stattdessen sieht sie den Kammerdiener an und ihr Mundwinkel hebt sich zu einem schiefen Lächeln.

Der Hauptmann verändert seinen Griff um das Schwert und folgt ihrem Blick. Ohne zu zögern, stürzt er sich auf seinen alten Freund. Während der Kammerdiener noch versucht ihm zu entkommen, hört er in seinem Rücken noch ein letztes Mal die Stimme dieser Frau.

»Sich auf einen Krieg vorzubereiten ist gar keine so schlechte Idee«, bemerkt sie nachdenklich. »Wollen wir, Beatrin?«

15
NIMH

»Wolkensturz noch mal, ist sie tot?«

»Na ja, sie sitzt aufrecht. Eher nicht, oder?«

Stille.

»Ich denke, wir sollten uns einen neuen Lieblingsfluch suchen.«

»Jetzt konzentrier dich mal! Können wir irgendetwas tun?«

»Und was, bitte schön? Was tut man, wenn die Augen anfangen zu glühen, weil jemand mit schierer Willenskraft einen abstürzenden Zugwaggon gestoppt hat?«

»Weiß ich doch auch nicht. Ihr einen Klaps geben oder so?«

Aus dem Nebel, der meine Sicht verschleiert, tauchen zwei Gestalten auf. Die eine antwortet der anderen mit einem dünnen, verängstigten Lachen. Ich versuche den Kopf zu heben, was einen stechenden Schmerz direkt zwischen meinen Augen auslöst, und ohne es zu wollen, stöhne ich laut.

»Nimh?« Miri beugt sich mit großen, besorgten Augen über mich. »Bist du ... fertig?«

»Fertig?«, krächze ich. Das Tageslicht hinter ihr ist so grell, dass ich die Augen zusammenkneife. »Was ist passiert?« Aber noch bevor Miri antworten kann, holt mich die Erinnerung an den abstürzenden Zug wieder ein. Ruckartig setze ich mich auf, um mich im nächsten Moment gleich wieder nach vorn zu beugen und mit beiden Händen meinen Kopf zu umklammern. »Leben wir?«

Saelis lacht, doch wie bei Miri klingt es eher hysterisch als froh. »Wir leben, ja. Wie lange noch, bleibt abzuwarten. Du erinnerst dich nicht, dass du den Zug abgefangen hast?«

Als ich ihn nur verwirrt anblinzele, verlagert er das Gewicht vorsichtig von einem Fuß auf den anderen und dreht den Kopf nach hinten. Als ich seinem Blick folge, entdecke ich einen Zugwaggon mit zerbrochenen, in der Sonne glitzernden Scheiben und halb offener Tür. Wir befinden uns auf einer abschüssigen Wiese, die zu einem Bach führt, links von uns ist das Waldmeer. Im ersten Moment weiß ich nicht, was er mir zeigen will, doch dann begreife ich es: *Der Waggon schwebt kniehoch über dem Boden.*

Ich schnappe nach Luft und wie auf mein Zeichen kracht der Waggon in einer Wolke aus Blättern und Grashalmen auf den Boden. Mit einem spitzen Schrei weicht Miri zurück und wirft mir einen erschrockenen Seitenblick zu. Eine Hand noch immer an meinem Kopf, drehe ich versuchsweise den Nacken – der Schmerz hat nachgelassen, nun da der Waggon unten ist.

»Und ihr behauptet ... *ich* war das?«, frage ich erstaunt. Das Letzte, an das ich mich erinnern kann, ist eine ganze Flut von Empfindungen, die über mich hereinbrach, nachdem ich von den Fesseln befreit war.

»Ja, und ich glaube, *das* warst auch du.« Saelis, der sich wieder einigermaßen gefasst hat, deutet in die entgegengesetzte Richtung des Zugwaggons.

Ich drehe mich um und erstarre. In der Ferne ist die Stadt zu sehen – *beide* Städte. Alciel sitzt auf meinem Zuhause auf, der Palast nahezu exakt über dem Tempel, während das andere Ende der Insel auf den Hügeln der gegenüberliegenden Flussseite ruht. Zwischen Tempel und Palast blitzt ein schwacher farbiger Streifen auf, eine Art Grenze aus Nebel, der zwischen den beiden Welten eingeklemmt zu sein scheint. Ich hätte mit einem Bild der Zerstörung gerechnet – Feuersbrünsten, Gebäude, die in Trümmern liegen –, aber zumindest aus der Ferne scheint alles friedlich zu sein.

»Gütige Götter«, flüstere ich, die Augen so weit aufgerissen, dass sie anfangen zu tränen.

»Nachdem du den Waggon abgefangen hattest, hast du dich Alciel zugewandt«, erklärt Miri hinter mir. »Die Inseln waren gekippt, doch dann hast du irgendetwas gemacht und ganz Alciel hat sich gedreht und ist … ich würde mal sagen, *gelandet*. Ein besseres Wort fällt mir dafür nicht ein.«

Ich schlucke, mehr entsetzt über meine Gedächtnislücke als über meine offensichtlichen Kräfte, die ich eigentlich gar nicht haben dürfte.

»Dann ist Alciel … sein Volk …?«

»Wir wissen auch nicht mehr als du«, entgegnet Saelis mit einem hilflosen Schulterzucken. »Aber es sah so aus, als ob die Menschen es überlebt hätten.«

»Du hast sie gerettet«, ruft Miri. »Und uns auch! Wir sind unten! Und am Leben!« Mit einem erleichterten Juchzer macht sie ihrer Anspannung Luft, begleitet von Saelis' Lachen.

Wie eine Antwort schallt aus den Bäumen im Süden das Kreischen eines Lügenaffen zu uns herüber und Miris Juchzen wird zu einem Aufschrei. Erschrocken sucht sie mit den Augen den Rand des Waldmeeres ab. »Was zur Hölle war das?«

Ich muss an North' erste Stunden in dieser Welt denken, an seine Angst vor einer so harmlosen Kreatur wie dem Findelkater, seine Hilflosigkeit im Waldmeer. »Nichts, wovor man sich fürchten muss«, erkläre ich ihr. Obwohl mich die Lücke in meinem Gedächtnis noch immer aufwühlt, bemühe ich mich ruhig zu sprechen. »Nur ein Tier in den Bäumen.«

Miri sieht mich an, als hätte ich nicht »Tier«, sondern »blutrünstiger Mörder« gesagt, und lässt danach die Bäume nicht mehr aus den Augen.

Vorsichtig stehe ich auf, nicht sicher, ob ich mich überhaupt auf den Beinen halten kann – aber merkwürdigerweise fühle ich mich so lebendig und wach, wie ich mich nicht mehr gefühlt habe, seit ich nach Alciel gekommen bin. Ich atme einmal tief durch und genieße die vertrauten Gerüche. Feuchte Erde, zertretenes Gras, der ferne, wilde Hauch des Waldmeeres.

Ich bin endlich wieder zu Hause.

»Bist du sicher, dass uns hier nichts passieren kann?«, fragt Miri, die noch immer nervös in Richtung Waldrand starrt.

»Das Kreischen war nur ein Lügenaffe«, sage ich, wobei mir bewusst ist, dass das ihre Frage nicht wirklich beantwortet hat. Ich denke wieder an North und das, was wir vorfanden, als wir in mein Lager kamen: die Flussläufer und alle meine Wachen tot, grausam ermordet von Insharas Schatten.

Unruhig überprüfe ich, ob meine Beine mich auch wirklich tragen. »Dennoch sollten wir zusehen, dass wir in den Tempel kommen«, füge ich hinzu. »Er ist mein Zuhause. Ich werde dort willkommen und in Sicherheit sein. Und ihr auch.«

Gemeinsam wenden sie sich dem Tempel zu, der nun im Schatten liegt und das eine Ende ihrer Stadt trägt.

»Ich weiß nicht, ob *das* wirklich sicherer ist, als hier draußen zu sein«, bemerkt Saelis. Mit einer Mischung aus Angst und Staunen lässt er den Blick über die Landschaft gleiten.

Beim Anblick der mächtigen Himmelsstadt, die auf meinem Zuhause ruht, verzagt auch mir das Herz, trotzdem schiebe ich meine Furcht beiseite. »Wir müssen gehen«, sage ich leise, »denn North wird dort sein.«

Als ich mich aufmache in Richtung der Städte, kann ich Miris Blick auf mir spüren: Sie hat Insharas Worte im Thronsaal genauso wenig vergessen wie ich. *Dann erinnerst du dich also nicht daran, dass du Prinz North getötet hast?*

Ich hatte ihr entgegnet, dass es unmöglich wäre, so unmöglich wie, dass ich in meinem Kummer meine eigene Stadt zerstört und Hunderte Menschen meines Volkes getötet haben soll. Hätte ich etwas so Unvorstellbares getan, würde ich mich daran erinnern.

Aber ich kann mich auch nicht erinnern den Waggon aufgehalten oder Alciels Motoren bei der Landung auf dem Tempel gesteuert zu haben.

Ich halte meine brennenden Augen starr auf den Weg vor mir gerichtet, während die anderen mir hinterherlaufen.

Noch bevor wir die Außenbezirke der Stadt erreichen, weiß ich, dass etwas nicht stimmt. Auf den Stegen am Markt ist keine Menschenseele unterwegs, weder in die eine noch in die andere Richtung, und es sind auch keine Barken festgemacht. Neben seinen vertrauten Gerüchen nach Feuchtigkeit und Schlamm verströmt der Fluss einen merkwürdigen, verwesten Gestank. Als wir um eine in den Fluss hineinragende Felszunge biegen, sind meine Nerven aufs Äußerste angespannt und doch bin ich auf den Moment, in dem die Unterstadt sich vor uns ausdehnt, nicht vorbereitet.

Oder besser ... das, was von der Unterstadt noch übrig ist. Sie sieht aus, als wäre ein gewaltiger Wirbelsturm vom Fluss bis hinauf zum Tempel durch sie hindurchgefegt und hätte alles auf seinem Weg dem Erdboden gleichgemacht. Gebäude, die hier schon gestanden haben, lange bevor ich geboren wurde, sind nur noch Geröll, uraltes Gemäuer liegt überall verstreut wie zerschlagene Töpferware. Straßen und Häfen sind verwaist, nur hinter den Fenstern der etwas weiter entfernten und weitgehend unversehrten Häuser sind Bewegungen auszumachen.

»Nimh …« Saelis, der neben mir steht, klingt ängstlich. »Was Inshara da im Thronsaal gesagt hat, über die zerstörte Stadt …«

»Nein.« Meine Stimme zittert, doch ich schiebe meine quälenden Zweifel rigoros zur Seite. »So etwas würde ich niemals tun. Ich weiß nicht, was hier geschehen ist. Aber ich könnte keinem Menschen ein solches Leid antun. Seit ich fünf Jahre alt war, bin ich meinem Volk treu ergeben.«

»Aber falls es doch wahr ist«, wirft Miri ein und schaut über die Schulter zu mir. »Dann ist North …«

»North ist im Tempel«, fauche ich sie an, zu aufgewühlt, um meinen Ton zu mäßigen. »Er muss im Tempel sein. Kommt.«

Den Tränen nahe führe ich die beiden durch die Ruinen meiner Heimat zu der felsigen Erhebung am anderen Ende der Stadt. Ich grabe in meiner Erinnerung, versuche verzweifelt in die Lücken vorzudringen – zu dem, was geschah, *nachdem* ich Jezara und Elkisa am Fluss getroffen habe, bis zu dem Zeitpunkt, als ich in Alciel wieder aufgewacht bin.

Wenn ich das hier wirklich getan habe … diese schreckliche, undenkbare Sache, wenn ich zerstört habe, wofür ich mein Leben opferte, könnte ich dann nicht auch einem Menschen, den ich liebe, etwas antun?

»Es ist die Göttliche!«, ruft jemand aus einiger Entfernung. Mit einem überraschten Schluchzen hebe ich den Kopf. Wir haben die Oberstadt erreicht, wo die in Terrassen angelegten Straßen in die Außenbereiche des Tempels übergehen. Eine Gruppe staubiger, erschöpfter Menschen kniet betend auf der Straße und verneigt sich zum Tempel hin – und zu der Stadt der Götter, die nun auf seiner Spitze ruht. Einer von ihnen hat den Arm in meine Richtung ausgestreckt und starrt mich an, woraufhin sich mir auch die anderen zuwenden.

Ich trage zwar nicht meine göttlichen Gewänder, aber die Jacke, die ich mir von Miri geliehen habe, ist rot. Ein Murmeln geht durch die Menge und ein paar der Betenden springen auf. »Die Zerstörerin ist zurückgekehrt!«, ruft eine Frau.

»Das gefällt mir nicht«, murmelt Miri und rückt näher an mich heran, während angezogen von der Aufregung immer mehr Menschen dazukommen, sich einen Weg durch die Trümmer bahnen und einen lockeren Kreis um uns bilden.

»Das ist nichts Außergewöhnliches«, erkläre ich ihr, obwohl ich mir gerade auch nicht sicher bin, ob das stimmt. An Aufmerksamkeit und betende Menschenmengen bin ich in der Tat gewöhnt, doch hier ist irgendetwas anders. »Ich bin auf dem Weg zum Tempel«, rufe ich mit erhobenem Kinn, wieder ganz in der Rolle der Göttlichen, als hätte ich sie nie aufgegeben. »Ich werde zurückkehren und für jeden von euch tun, was ich kann, sobald ich in Erfahrung gebracht habe, was geschehen ist.«

»Ha!« Der Mann, der mich als Erster entdeckt hat, stößt ein bellendes, bitteres Lachen aus. »Ihr behauptet, nicht zu wissen, was Ihr getan habt?«

Seine Worte treffen mich wie ein Faustschlag – und dann trifft mich noch etwas, ein nasser Klumpen, der langsam an meinem Hals heruntergleitet. Ich weiche zurück und wische mir die Spucke ab, während mein Verstand noch versucht zu begreifen, was hier gerade geschieht.

»Hey!« Saelis' sonst so sanftes Gesicht ist zu einer wütenden

Grimasse verzerrt. »Lasst sie in Ruhe! Was auch immer hier geschehen ist, sie verdient es nicht …«

Noch bevor er seinen Satz beenden kann, fliegt etwas aus der Menge auf mich zu und reißt meinen Kopf nach hinten. Ein brennender Schmerz lässt alles vor meinen Augen verschwimmen. Ich höre einen Stein auf dem Boden aufschlagen, und als ich mir an die Stirn fasse, sind meine Finger rot.

Als wäre das Blut ein Zeichen, entsteht ein Tumult und die Menge beginnt uns von allen Seiten zu bedrängen, ihren Kummer und Zorn laut herauszuschreien. Hände greifen nach meinen Kleidern, zerren am Saum meiner Jacke und reißen mich zu Boden. Miri und Saelis können sich gerade noch auf den Beinen halten und versuchen sich gegen den aufgebrachten Mob zu verteidigen.

Ich werfe einen verzweifelten Blick hinauf zum Tempel, vor dem diese Menschen vor einer Minute noch gebetet haben. Bin ich zu weit entfernt, als dass sie meine rote Jacke erkennen könnten? Wo sind meine Wachen? Wo meine Akolythen? Es kann ihnen nicht entgangen sein, dass die Menge sich um uns zusammengerottet hat – irgendjemand muss es doch gesehen haben.

»Nimh, benutze deine Magie!«, schreit Miri, bevor sie aufheult, weil ihr jemand gegen den Arm geschlagen hat.

Aber ich vermag mich nicht zu bewegen. Mein Verstand weigert sich zu arbeiten, weigert sich die Realität, die gerade über mich hereinbricht, zu akzeptieren. Die Ergebenheit meines Volkes hat sich in Feindseligkeit und Hass verwandelt … *weil ich ihm das hier angetan habe?*

Ein weiterer Schlag trifft mich, dann noch einer. Ich höre Miri schreien, dann jemand anderen, als sie zurückschlägt. Kniend versuche ich meinen Kopf zu schützen, während die Zeit verschwimmt.

Ein weiterer Schrei erhebt sich über die Menge, doch klingt er anders – vertraut? Noch mehr Angreifer nähern sich im Laufschritt, mischen sich unter die Menge – nein, kämpfen gegen sie an. Ich hebe den Kopf und wische das Blut aus meinen Augen. Als ich das Schwarz und Gold meiner Wachen erkenne, durchflutet mich Erleichterung. Sie kämpfen sich zu mir durch und schieben dabei sogar Miri und Saelis zur Seite. Sie werden angeführt von jemandem, der das Gewand eines Akolythen trägt, bloß ist sein Haar nicht kurz geschoren. Er muss das Anwachsen der Menge von der Tempelterrasse aus bemerkt und die Schreie gehört haben. Er stößt eine zerlumpte Frau zur Seite, die einen Stein in der Hand hält, und … Ein Schrei löst sich aus meiner Kehle.

North wirft sich vor mir in den Staub, seine Augen suchen mein Gesicht. Seine Hände schweben nur Zentimeter von mir entfernt in der Luft, zitternd von dem unbändigen Verlangen, mich festzuhalten. Sein Blick wandert zu meiner Stirn und seine Finger zucken, als er das Blut aus der Wunde fließen sieht. Hinter ihm drängen die Wachen den wütenden Mob immer weiter zurück und bilden einen Kreis um uns, aber ich kann die Augen nicht von seinem Gesicht losreißen.

»Ich dachte, du wärst …« Das Wort kommt mir nicht über die Lippen, trotzdem weiß er genau, was ich meine, und schüttelt den Kopf.

»Mir geht es gut. Ich dachte, *du* …« Seine Augen sind feucht, seine Stimme rau. »Nimh …«

Wir sehen uns an und das Kampfgebrüll der Menge und Wachen verstummt, als wäre die Zeit um uns herum stehen geblieben. Eine Schweißperle rinnt ihm über die Schläfe und seine Brust hebt und senkt sich, als wäre er vom Tempel bis hierher gerannt. Mit Ausnahme einer dünnen roten Linie auf seiner Wange, die von einer ein oder zwei Wochen alten Wunde herrühren muss, sieht sein Gesicht aus, wie ich es in Erinnerung habe.

Für einen kurzen Moment vergesse ich alles, was in den letzten Wochen geschehen ist – die gewalttätige Ablehnung meines Volkes, den Absturz seines Volkes, Inshara, die in das Ohr seiner Mutter flüstert, meine quälenden Gedächtnislücken, die darauf hindeuten, dass etwas Monströses in mir schlummert – alles, was ich bemerke, sind seine Lippen, die meinen Namen formen. Könnte dieser Moment doch ewig währen.

»Sae! Es ist *North*!«

Bevor einer von uns beiden reagieren kann, drückt sich Miri an zwei Tempelwachen vorbei, wirft sich auf North und gemeinsam gehen sie zu Boden. North stößt einen überraschten Fluch aus – dann stürzt sich mit einem Aufschrei der Erleichterung auch noch Saelis auf die beiden. In einem großen Knäuel bleiben sie einfach auf der Straße liegen, alle drei aufgelöst in Tränen.

Eine Wache fällt vor mir auf die Knie und nimmt mir die Sicht auf North' Wiedersehen mit den Menschen, die ihm am meisten bedeuten. »Göttliche«, richtet die Wache, die von der Anstrengung völlig außer Atem ist, das Wort an mich. »Könnt Ihr gehen? Wir müssen zum Tempel. Dort seid Ihr in Sicherheit.«

Ich weiß, ich muss mich erheben, schaffe es aber nicht, meine Beine zu bewegen. *Steh auf*, befehle ich mir selbst. *Die Leute beobachten dich.*

Ich muss es ohne Hilfe schaffen. Niemand kann mir eine Hand reichen oder mich stützen. Niemand kann mich festhalten, so wie Miri und Saelis North festhalten.

Die Wache holt noch einmal tief Luft und plötzlich kommt wie ein roter Blitz der Findelkater auf mich zugeschossen. Er springt mir gegen die Brust, wirft mich um und stellt sich auf mich, um seinen Unmut in die Welt hinauszumiauen. Ich nehme ihn hoch, wie ich es schon tausendmal getan habe, und drücke ihn an mich, was seinen Protest ein klein wenig dämpft. Schnurrend windet er sich in meinen Armen, gräbt seine Krallen in meine Kleidung und stößt sein haariges Gesicht gegen mein Kinn.

Er ist so warm, so vertraut, so sehr mein Zuhause, dass ich fast die Selbstbeherrschung verliere – meine Augen brennen, ich habe einen Kloß im Hals und bringe es nicht fertig, ihn wieder loszulassen.

»Langsam, Plüschpfote«, ertönt plötzlich North' Stimme, in der ein Gefühl mitschwingt, das ich nicht benennen kann. »Sonst erdrückt sie dich noch.«

Der Moment geht vorüber, und während der Kater auf meine Schulter klettert und sich dort breitmacht, als wollte er seinen angestammten Platz nie wieder verlassen, finde ich meine Fassung wieder. Es gelingt mir, mich aufzurichten, wobei ich mir wünsche, ich könnte das Zittern meiner Beine und die krampfhaft geballten Fäuste besser verbergen.

Der Mob hat sich aufgelöst. Ein paar der Angreifer wurden von den Wachen festgenommen, die meisten sind aber zwischen den Ruinen der Stadt verschwunden. Um mich herum formiert sich der Rest des Wachtrupps und schließt auch North und seine Freunde in den Schutzring mit ein. Die drei reden so schnell und durcheinander, immer einer den anderen unterbrechend, dass es klingt wie eine Geheimsprache. Miri und Saelis haben North in ihre Mitte genommen und die Arme um ihn gelegt.

»Göttliche?« Die Wache sieht mich besorgt an. »Soll ich nach einer Trage schicken?«

»Nein.« Ich räuspere mich, beim zweiten Anlauf klinge ich schon wieder ein wenig mehr wie ich selbst. »Nein, ich kann gehen. Bringt uns nach Hause.«

16
NORTH

Miri hält meine Hand immer noch fest umklammert, während Saelis, Anasta und Talamar wild durcheinanderreden. Es ist chaotisch und fröhlich und mir geht fast das Herz über. Wir befinden uns in meinen Gemächern im Tempel, die, da ich lieber auf meiner Matratze in Nimhs Garten schlafe, einigermaßen aufgeräumt sind, und ich bin umgeben von Menschen, von denen ich geglaubt hatte, dass ich sie nie wiedersehen würde. Es ist kaum zu fassen ... aber den Kater vermisse ich schon jetzt irgendwie.

Er ist mit Nimh gegangen, natürlich. Geschickt hat uns der Meister der Zeremonie sofort getrennt, sobald er die Möglichkeit dazu hatte. Die Wachen sollten Nimh wegbringen, damit sie sich waschen und frisch machen kann, und mich und meine Familie hat Techeki in die andere Richtung geschoben und darauf bestanden, dass wir uns sicher viel zu erzählen hätten. Ich habe es zugelassen, weil ich tatsächlich tausend Fragen hatte. Doch als ich von meiner Herzmutter wissen will, wie es sein kann, dass sie ein Sentinel ist, schüttelt Anasta nur den Kopf. »Später, North.«

Techeki hat recht. Wir brauchen etwas Zeit für uns, doch in meinen Gedanken durchlebe ich immer wieder nur diesen einen Moment, als Nimh und ich inmitten des Aufruhrs nebeneinander knieten und die Tatsache in uns aufsaugten, dass der andere noch am Leben war.

»North?«

Als ich aufblicke, beobachtet mich Saelis mit einem schwachen Lächeln, als wüsste er, woran ich denke. Sofort habe ich Schuldgefühle. Es bricht mir das Herz, wenn ich mir vorstelle, wie er und Miri um mich getrauert haben. Sie waren schon immer ein fester Bestandteil meines Lebens und ich dachte, sie wären auch meine Zukunft – bis ich Nimh traf. Wie kann ich den beiden beibringen, was sie mir bedeutet, nachdem sie mich verloren und nun endlich wiedergefunden haben?

Dabei ist es mir fast unmöglich zu unterscheiden, was an meinen Gefühlen real und was dem Wirrwarr aus Prophezeiungen und schrecklichen Traumata zuzuschreiben ist, die Nimh und mich zusammenschweißen.

Wie kann ich die beiden Welten und mein zerrissenes Herz zusammenbringen?

»North?«, fragt Saelis noch einmal. Blinzelnd erwache ich aus meinen verworrenen Gedanken.

»Sorry, ich hab nicht zugehört«, gestehe ich.

Miri kichert und drückt meine Hand. »Kannst du uns mal erklären, wer hier wer ist?«, bittet sie mich und alle sehen mich erwartungsvoll an. Natürlich interessiert sie das, sie alle sind mit den Strukturen eines Palastes vertraut.

Also erkläre ich ihnen die Welt, die ich selbst gerade erst kennengelernt habe, so einfach wie möglich.

Nimh, als ihre Gottheit, steht im Mittelpunkt.

Techeki ist loyal, aber kompliziert.

Matias und die Flussläufer sind Traditionalisten, die ihrem Glauben und der Magie folgen.

Elorin und die Graumäntel wollen den Himmelsstahl dazu verwenden, alle Magie auszusperren. Sie haben die Macht übernommen, während Nimh weg war.

Die Anhänger des Schattenkults glauben, dass Inshara die wahre Göttliche ist, und warten auf ihre Rückkehr.

Elkisa, bei der ich mir nicht sicher bin, was ich von ihr halten soll, lasse ich, zumindest für den Moment, noch unerwähnt. Und ich kann mich auch noch nicht dazu durchringen zu erklären, dass sie uns hier unten für Götter halten und ich angeblich der Letzte Stern, eine Erscheinung aus einer ihrer Prophezeiungen, bin. Dafür gibt es in keiner der beiden Welten eine einfache Erklärung, trotzdem werde ich das wohl bald nachholen müssen.

»Dann ist das Unten also kurz davor, sich in verschiedene Parteien aufzuspalten«, bemerkt Talamar, als ich mit meinen Ausführungen fertig bin.

»Das war jedenfalls der Stand, bevor unsere Insel auf dem Tempel gelandet ist«, entgegne ich. »Nun müssen wir uns auch noch mit Inshara befassen, und das nicht nur wegen Beatrin und unserem Volk. Sie wird beide Welten in Flammen aufgehen lassen, wenn wir sie nicht aufhalten.«

Auf meine Worte folgt düsteres Schweigen. Eine ganze Weile sagt niemand mehr etwas.

»Du solltest gehen und nach Nimh suchen«, sagt Miri schließlich und ich muss mich sehr zusammenreißen, dass ich nicht sofort aufspringe, um genau das zu tun.

»Miri hat recht«, meint auch Anasta. »Dem Vorfall in der Stadt nach zu urteilen, von dem ihr erzählt habt, scheint Nimhs Macht geschwächt zu sein. Und wenn sie unsere stärkste Verbündete ist, solltest du schauen, wie du ihr helfen kannst. Wir werden diesen Ort vielleicht brauchen, um unser Volk zu evakuieren und Insharas Kontrolle zu entziehen.«

»Und wenn tatsächlich sie es war, die die Stadt zerstört hat«, sagt Talamar leise, »solltest du dein Bündnis mit ihr auf keinen Fall aufgeben.«

Dem weiß ich nichts entgegenzusetzen. Zu behaupten, dass Nimh nicht gefährlich ist, wäre gelogen. Das Ganze ist nur ein kleiner Teil einer so komplexen Gemengelage, dass ich gar nicht wüsste, wo anfangen mit einer Erklärung. Also nicke ich stattdessen einfach und erhebe mich.

»Ich werde gehen und herausfinden, was vor sich geht«, verspreche ich. »Ohne Anastas Ringe kann im Moment niemand nach Alciel hinein oder aus Alciel heraus. Das verschafft uns ein wenig Zeit.« Aber wird sie reichen?

Nachdem ich das Tempelpersonal ein klein wenig eingeschüchtert habe, finde ich Nimh mit Techeki und Matias in den Räumen ihres Hohepriesters Daoman. Sie ist weder gewaschen noch umgezogen und sie in einer von Miris Jacken zu sehen ist … irgendwie irritierend. Sie sieht darin aus wie ein Mädchen aus Alciel – wenn auch wie eines, das einen extrem schlechten Tag hatte. Ihr Haar ist noch zerzaust und an ihrer Schläfe klebt Blut, auch wenn die Wunde selbst offensichtlich gereinigt wurde.

Sie hat den Kater auf dem Schoß, den sie langsam streichelt, während sie Techeki lauscht, der sie, die einzelnen Punkte an den Fingern aufzählend, auf den aktuellen Stand bringt. Er spricht ruhig und schnell und konzentriert sich dabei nur auf sie. Immer wieder wandern meine Augen über die Konturen ihres Gesichts. Ich kann kaum glauben, dass sie wirklich hier ist, wirklich *lebt*. Erst jetzt traue ich mich mir einzugestehen, wie groß meine Angst war, Inshara könnte sie getötet haben und alles, was ich versucht habe, um zu ihr zu gelangen, wäre vergebens gewesen.

Ich weiß jetzt auch, was ORAKEL mir erklären wollte: Das Göttliche wird gespeist von der Macht des Glaubens, von all jenen, die den Nebel und die Magie unterbewusst so kanalisieren, dass er Nimhs Macht stärkt.

Techeki sehe ich nun in einem ganz anderen Licht. Mit seinen Zeremonien, deren Spektakel dazu bestimmt sind, den Glauben der Menschen zu schüren – zu stärken –, ist in gewisser Weise *er* ihr Hohepriester. Kurz berühre ich das Armband an meinem Handgelenk und ziehe dann den Ärmel darüber. Wenn ich die nächsten paar Stunden überlebe, haben ORAKEL und ich eine Menge zu besprechen.

Matias befindet sich ebenfalls mit im Raum, aber er hört nur zu und mischt nebenbei irgendeinen Drink mit Flaschen, die er aus einer der Vitrinen nimmt. Ausgenommen von Nimhs Jacke sehen die drei aus, als lebten sie noch in der Zeit vor meinem Absturz – in einer Zeit, in der meine Welt bloß ein unerreichbarer Ort war, die Heimat der Götter.

»Ah, der Letzte Stern«, macht Matias auf meine Anwesenheit aufmerksam, woraufhin auch Nimh und Techeki mich entdecken, wie ich zögernd im Türrahmen stehe.

»Und bald werden wir noch mehr Gesellschaft bekommen«, erklärt Techeki und degradiert mich damit, ohne mit der Wimper zu zucken, vom Verbündeten zur reinen »Gesellschaft«. »Es wird … Ah, vielen Dank.«

Ein Akolyth mit einem von Nimhs Gewändern über dem Arm schiebt sich an mir vorbei und sie erhebt sich. »Ich werde mich ein wenig für die Gesellschaft zurechtmachen gehen«, sagt sie so ruhig, dass ich weiß, sie muss sich dafür sehr anstrengen. Als sie das Gewand entgegennimmt, treffen sich für einen kurzen Moment unsere Blicke.

Es gibt so viel, das ich ihr sagen will, und so viel, das ich von ihr wissen muss, doch dafür ist jetzt nicht die Zeit. Daher schenke ich ihr nur ein Zwinkern und ein kleines Lächeln. *Wir beide gehören noch immer zusammen.* Hoffentlich versteht sie es.

»Nun, Prinz North«, kommt Techeki sofort zur Sache, als Nimh verschwunden ist, um ihr Gewand anzulegen. »Können wir auf Euch zählen?«

Allein die Frage bringt meinen Verstand schon zum Rotieren. Wer ist *wir*? Und auf mich zählen bei *was*? Ich habe keine Ahnung, wer im Unten welche Absichten verfolgt: Frieden? Krieg? Mein Volk dahin zurückzuschicken, wo es hergekommen ist? Ich glaube, sie wissen es selbst nicht.

»North wird die Geschichte, die er bereits geschrieben hat, nicht vergessen«, sagt Matias, mit dieser selbstsicheren Gelassenheit, bei der ich am liebsten immer die Augen verdrehen würde. Techekis Kiefer zucken und ich bin ziemlich sicher, dass er mit den Zähnen knirscht.

Aber keiner von uns hat Gelegenheit, ihm zu antworten, denn in diesem Moment schwingt die Tür auf und Elorin erscheint, die Anführerin der Graumäntel. Ich hatte noch keine Möglichkeit, sie richtig kennenzulernen – Techeki hat aus Angst vor einem verbalen Eklat dafür gesorgt, dass wir uns nicht begegnen –, doch nun ist die energische Frau nicht mehr zu bremsen. Ihr schwarzes Haar ist zu einem so strengen Knoten gebunden, dass man den Eindruck hat, er zieht ihr die Augenbrauen nach oben. Es lässt ihre Haut, die wohl seit Langem keine Sonne mehr gesehen hat, noch blasser wirken.

»Nun?«, fragt sie unwirsch. »Was habt Ihr bislang herausgefunden?«

»Wir haben …«, beginnt Techeki, verstummt aber sofort wieder, als die entgegengesetzte Tür ebenfalls aufgeht und Nimh, oder besser Nimhara, den Raum betritt.

Ihr Anblick raubt mir den Atem. Sie trägt wieder ihr rotes Gewand, die Augen sind schwarz geschminkt und um die Oberarme winden sich goldene Bänder. Selbst ihre Bewegungen sind anders, steifer, als hätte Miris Jacke mehr an ihr verändert als nur das Aussehen.

Techeki und Matias verbeugen sich, nur Elorin starrt sie weiter an. Dann glättet sie mit einem einzigen Handstrich ihre grauen Kleider und wendet sich mir zu. »Wolkenländer«, sagt sie kühl. »Warum habt Ihr das getan? Warum habt Ihr Euer Land auf unseres herabgesenkt?«

»Ich habe gar nichts getan«, entgegne ich. Ihr Blick durchbohrt mich und automatisch verfalle ich in die Verhaltensmuster, die man mir ein Leben lang eingebläut hat. Ich straffe den Rücken, sehe ihr direkt in die Augen und verleihe meiner Stimme einen festen, aber höflichen Ton. »Und auch mein Volk nicht. Inshara, die falsche Göttin, hat die Stadt in ihrer Gewalt. Sie kontrolliert meine Mutter, die Königin und Herrscherin meiner Welt. Ihre Absichten sind feindselig. Wir haben dieselben Interessen, Elorin: Sicherheit für unsere Völker, sowohl für das Eure als auch für das meine.«

Für einen Moment ist es still im Raum. Ich habe es mit eigenen Augen gesehen – das tränenverschmierte Gesicht meiner Mutter, die mich anblickt, ohne mich zu erkennen –, aber die Bedeutung all dessen wird mir erst jetzt richtig bewusst.

Alciel ist Inshara komplett ausgeliefert. Niemand dort glaubt an Magie. Meine Familie herrscht schon seit tausend Jahren und Beatrin ist die alleinige Machthaberin.

Weder ich noch Anasta sind bei ihr, und bis andere es wagen, ihre Stimme zu erheben – oder auch nur daran denken, der Königin nicht zu gehorchen –, bleibt Inshara genügend Zeit, sie zum Schweigen zu bringen.

»Sie ist nicht bei Sinnen«, erkläre ich. Ich weiß, was ich zu tun habe, und versuche ruhig zu sprechen. Meine Aufgabe hält mich am Boden, obwohl der Inhalt meiner Worte mir das Gefühl gibt, ich müsste mich in Luft auflösen. Doch ich tue, was Beatrin mich gelehrt hat, ich distanziere mich von dem, worüber ich spreche – als wäre es nicht meine Mutter, die Inshara in ihrer Gewalt hat, nicht meine Stadt, die abgestürzt ist. Als wäre das alles nichts weiter als eine Geschichte des Fischerkönigs, die man sich abends am Lagerfeuer erzählt – als wäre das alles nicht wahr und ich müsste nur meine Rolle spielen.

Ich atme einmal tief durch und straffe die Schultern. »Ich bin der Thronfolger Königin Beatrins, daher erkläre ich mich, solange sie nicht in der Lage ist, ihre Pflicht zu erfüllen, zum Herrscher über Alciel. Ich bin der Sprecher und Vertreter meines Volkes.«

Matias und auch Techeki neigen feierlich das Haupt und selbst Elorin hält für einen Augenblick den Mund. Was meine Mutter bei unserer letzten Begegnung gesagt hat, dass ich kein würdiger Nachfolger und nur hinter meinem Vergnügen her sei, verbanne ich aus meinem Kopf. Sie weiß, dass ich mehr kann als das. Und da sie nicht sie selbst ist, muss ich jetzt in ihrem Sinne handeln.

Nimhs dunkle Augen sind ernst, doch hinter ihrer Entschlossenheit liegt eine sanftmütige Wärme. Ich weiß, sie versteht, welche Überwindung es mich gekostet hat, diese Worte auszusprechen und eine Verantwortung für mich zu beanspruchen, die erst die meine hätte sein sollen, wenn ich ein reifer Mann bin.

Es ist Elorin, die das Schweigen schließlich bricht, natürlich. Abrupt wendet sie sich an Nimh. Ihr Ton ist scharf. »Warum seid Ihr so lange im Wolkenland geblieben? Und wenn Inshara uns feindlich gesonnen ist, warum habt Ihr sie dann nicht davon abgehalten, in den Verstand der Herrscherin einzudringen?«

»Das war nicht leicht«, entgegnet Nimh. »Sie …«

»Die nötige Macht besitzt Ihr ja wohl«, zischt Elorin. »Man muss ja nur aus dem Tempel blicken und sehen, was Ihr mit der Stadt angestellt habt. Es liegt wohl eher daran, dass es Euch am Willen mangelt, Euer Volk zu schützen. Deshalb …«

»Ich diene allein meinem Volk, wie ich es mein gesamtes Leben getan habe.« Nimhs Stimme dröhnt vor Autorität, was genügt, um Elorin für einen Moment zum Schweigen zu bringen. »Und ich werde tun, was immer nötig ist, um es vor ihr zu beschützen.«

Elorin schnaubt. »Wir haben gesehen, was Ihr für Euer Volk getan habt, und Jezara vor Euch. Die Zeit des Göttlichen ist vorüber, und wenn Ihr glaubt, wir vertrauen auf ein Mädchen, das unser Zuhause zerstört hat, und einen Jungen, der glaubt über eine Stadt zu herrschen, die er nicht kontrollieren kann, dann beweist das nichts weiter als Eure Dummheit. Seit Ihr verschwunden seid, Nimhara, beschützen die Graumäntel diese Stadt, und das werden wir auch weiterhin tun.«

Dann reden plötzlich alle gleichzeitig – Techeki und Matias protestieren, und als Elorin immer lauter wird und versucht sich durchzusetzen, stimmt auch Nimh mit ein.

Instinktiv trete ich einen Schritt vor und stelle mich zwischen sie. Für einen Moment tritt Ruhe ein. »Wir haben sicher Meinungsverschiedenheiten«, nutze ich die Gelegenheit. »Doch sicher auch den gemeinsamen Wunsch, die Unschuldigen zu beschützen. Vielleicht sollten wir, anstatt uns darüber zu streiten, wer hier die Verantwortung trägt, lieber darüber sprechen, wie wir zusammenarbeiten können, um die zu beschützen, die sich auf uns verlassen.«

»Der Letzte Stern hat recht«, sagt Matias. »Keiner weiß, was die Schatten, wenn sie erfahren, dass Inshara am Leben und in der Stadt der Götter ist, tun werden. Oder Inshara sie tun *lässt.*«

Ich trete wieder einen Schritt zurück und stelle mich Elorin gegenüber – direkt neben Nimh.

»Das stimmt«, bekräftigt sie Matias. »Wir müssen Inshara davon abhalten, mit ihren Leuten Verbindung aufzunehmen, ansonsten wissen wir nicht, welches Leid sie über uns bringen wird. Es gibt nur wenige Wege von den Inseln herunter und zu den Inseln hinauf. Wir sollten Wachen aufstellen, um jeden abzufangen, der hindurch will.«

Während die anderen zustimmend nicken, starre ich sie verständnislos an. »Moment mal«, protestiere ich. Ich habe wieder die panischen Gesichter an den Palasttoren vor Augen. »Dort oben ist nicht nur Inshara eingesperrt, die immer mächtiger wird, sondern mit ihr auch mein gesamtes Volk.«

»Sie wird mächtiger?«, fragt Matias und hebt eine Augenbraue.

»Meine Herzmutter, die Gemahlin der Königin, die hier mit uns im Tempel ist«, erkläre ich, »hat mir berichtet, dass Inshara anfangs nur eine Person kontrollieren konnte – die Königin. Aber als ich sie heute im Thronsaal traf, hatte sie bereits mehrere Wachen in ihrer Gewalt. Zwar wissen wir nicht, wie gut oder lange sie sie kontrollieren kann, dennoch legt das die Vermutung nahe, dass sie stärker wird.«

»Und du glaubst, deshalb sollten wir die Leute durchlassen?« Nimh hebt die Hände, als hätte ich sie in ihrer Argumentation nur bestärkt. »Jeder, der kommt, könnte einer von Insharas Handlangern sein, daher dürfen wir absolut niemanden in unsere Welt lassen.«

»Aber Nimh«, widerspreche ich und trete wieder einen Schritt vor. »Alle anderen dort oben sind unschuldig. Du weißt das. Anstatt sie mit ihr einzusperren, sollten wir ihnen helfen rauszukommen. Was, wenn das, was sie mit ihnen anstellt, nicht rückgängig gemacht werden kann?« Der Gedanke schnürt mir die Kehle zu, denn auch wenn ich es nicht laut ausgesprochen habe – es geht hier nicht nur um das Volk von Alciel, es geht auch um meine Mutter. »Was, wenn ein Mensch, den sie einmal unter ihrer Kontrolle hat, dies für immer bleibt? Du verdammst Tausende dazu, ihren Verstand an sie zu verlieren, ihr Leben!«

»Wir dürfen nicht zwei Welten der Verdammnis preisgegeben, wenn wir es verhindern können«, unterbricht uns Techeki in seinem Jetzt-lasst-uns-mal-alle-vernünftig-sein-Ton. »Zumindest eine müssen wir retten.«

»Diese Welt?« Ich bemühe mich, nicht laut zu werden, doch es gelingt mir nicht. »Es ist noch ein wenig zu früh, um irgendjemanden zu verdammen, finden Sie nicht, Techeki? Wir können mein Volk nicht einfach lassen, wo es ist.«

»North, du weißt, ich kenne die Menschen in Alciel und sie sind mir wichtig«, mischt Nimh sich ein. Ihre Stimme zittert. Ihr Blick huscht von mir zu Elorin, die mit geballten Fäusten zuhört. Nimhs Augen flehen mich an sie zu verstehen – und das Schlimme ist, ein Teil von mir tut das sogar. Wir sind beide in einer unmöglichen Situation. »Wir müssen die schützen, die wir schützen können. Und wir wissen nicht, was Inshara tun wird.«

»Dann lassen wir mein Volk einfach dort oben und tun was? Abwarten, bis Inshara irgendetwas tut?«, empöre ich mich. »Und mal ganz abgesehen von Inshara ist Freysna, die Hauptinsel, von den anderen Inseln abgeschnitten. Sie muss von außen mit Lebensmitteln und sonstigen Gütern versorgt werden. Es gibt weder Farmen noch Fabriken in der Stadt. Mein Volk wird verhungern, wenn es zu lange von der Außenwelt abgeschnitten ist.«

»Bis die Nahrung ein Problem wird, bleibt uns noch etwas Zeit«, entgegnet Nimh, auch sie wird jetzt lauter. »Allein, was in den Verkaufomaten steckt, reicht für mehrere Tage, die Vorräte, die dein Volk bei sich zu Hause hortet, noch nicht mitgerechnet.«

Irgendwie freut es mich, dass sie Alciels Lebensmittelautomaten erwähnt, auch wenn außer mir wahrscheinlich niemand eine Ahnung hat, wovon sie spricht. Elorin nutzt die kurze Pause, um das Gespräch wieder an sich zu reißen.

»Mich interessiert nicht, was diese Leute essen werden«, faucht sie. »Ich will wissen, was wir mit ihnen machen. Einst haben sie uns im Stich gelassen und nun sind sie unter der Führung einer Frau zurückgekehrt, die uns, wie Ihr selbst sagt, feindlich gesonnen ist. Ausnahmsweise bin ich hier einmal mit … der *Göttlichen* einer Meinung.« Sie spricht Nimhs Titel ohne jeglichen Respekt aus, eher als hinterlasse er einen schlechten Geschmack im Mund. »Ich denke, wir sollten uns vor diesen Eindringlingen um jeden Preis schützen.«

»Ich habe nicht gesagt …«, beginnt Nimh.

»Euer eigenes Volk hat Euch angegriffen«, zischt Elorin, »nachdem Ihr es wochenlang alleingelassen habt. Ihr sprecht für niemanden. Ich brauche Eure Zustimmung nicht. Ich werde Wachen an den Portalen zwischen Tempel und Wolkenland postieren.«

Ich suche Blickkontakt mit Techeki, während ich in meinem Kopf all die Diskussionen noch einmal Revue passieren lasse, warum er die Graumäntel überhaupt in den Tempel gelassen hat. »Ich werde anordnen, dass die Tempelwache sie unterstützt«, sagt er kühl. »Mit dem Befehl, alle, die versuchen durchzukommen, zurückzuschicken – ohne Anwendung von Gewalt.«

Elorin macht auf dem Absatz kehrt und geht hinaus, dicht gefolgt von Techeki.

Ich habe selbst schon zwei Schritte in Richtung Tür gemacht, als Matias mir die Hand auf die Schulter legt und mich zurückhält. Als ich mich noch einmal umdrehe, bemerke ich gerade noch, wie die gegenüberliegende Tür ins Schloss fällt. Nimh ist weg. Verschwunden in einem ihrer privaten Korridore.

»North«, sagt Matias und drückt meine Schulter. Die kleine tröstende Geste genügt, dass ich schlucken muss. Mit aufeinandergepressten Kiefern und brennenden Augen sehe ich ihn an. »Denkt Ihr nicht auch«, sagt er voller Mitgefühl, »dass Ihr der Göttlichen ihren Speer bringen solltet?«

DIE JUNGE REKRUTIN

Nervös verlagert die junge Rekrutin der Wache das Gewicht von einem Fuß auf den anderen, während sie sich wünscht, sie könnte die Angst, die ihr das Herz zusammenkrampft, besser verbergen. Glücklicherweise ist sie nicht die Einzige. Ihre Angst fällt in dem Meer von ähnlich unruhigen Wachen und Rekruten gar nicht auf.

Sie war in ihrer Ausbildung noch nicht einmal beim Kampftraining angelangt. Bisher hatte sie gerade mal ein paar Kurse für Mediation, Massenkontrolle und Staatskunde an der Akademie belegt. Ein Schwert führt sie nicht besser als ihre Mitbewohnerin, die Bildhauerei studiert. Selbst die erfahrenen Wachen, die dem Thron schon seit Jahren dienen, haben bislang keine härteren Einsätze gehabt als aus dem Ruder gelaufene Partys. Und nun … soll es einen Krieg geben?

»Ihr habt mein vollstes Vertrauen, Göttliche«, sagt der Hauptmann und sieht Inshara mit seinen rot geränderten Augen, bei deren Anblick sich der Rekrutin der Magen umdreht, an. »Aber Ihr sagt, im Tempel erwarten uns noch einmal so viele ausgebildete Wachen? Ich fürchte, selbst wenn unsere Techniker eine Möglichkeit finden, die magische Grenze zu durchbrechen, wird unsere Truppe nicht die nötige Erfahrung mitbringen, um den Gegner zu überwältigen.«

Diese seltsame, vermeintliche Göttin von Unten – der Rekrutin waren Gerüchte zu Ohren gekommen, der Prinz persönlich sei von den Toten zurückgekehrt und habe sie als Betrügerin entlarvt – hat sich am Torbogen eingefunden und das gesamte Kontingent der königlichen Wache in Reih und Glied hinter ihr positioniert. Die Tempelwachen auf der anderen Seite in ihren schwarz-goldenen Uniformen sind nur verschwommen zu erkennen. Selbst wenn sie die Augen zusammenkneift, erkennt die Rekrutin nur ihre vagen Umrisse.

Und doch beugt Inshara sich plötzlich nach vorn und hält die Luft an, als hätte sie etwas Wichtiges beobachtet. Ihre Finger krampfen sich um ihren Speer und für einen Moment sagt sie nichts.

Dann hebt eine der Wachen auf der anderen Seite langsam die Hand – vielleicht streicht sie sich nur die Haare aus dem Gesicht, vielleicht salutiert sie auch – und Inshara atmet hörbar aus.

»Wir haben von der anderen Seite nichts zu befürchten«, sagt sie schließlich zum Hauptmann der Wache, dessen Augen unter ihrem strengen Blick sofort wieder anfangen zu tränen. »Der Tempel wird uns gehören, noch bevor die Grenze fällt.«

17
NIMH

Die Nachtluft, die durch die Ritzen hoch oben in der Wand in den Garten dringt, ist angenehm kühl. Durch die Dachfenster fällt Mondlicht, das jedem Blatt und jedem Halm einen silbrigen Ton verleiht. Heute Nacht steht nur Miella am Himmel. Ihre Liebhaberin Danna, die den am weitesten entfernten Punkt ihrer Umlaufbahn erreicht hat, wird sich erst kurz vor Sonnenaufgang zeigen. Das Licht ist anders, wenn nicht beide Monde scheinen. Irgendwie matter.

Erst beim Eintreten wird mir wieder bewusst, dass der Garten wohl verwelkt sein wird. Ich bin die Einzige, der es gestattet ist hier zu sein, also wird sich niemand um ihn gekümmert haben. Noch etwas, dass ich zerstört habe.

Ich schaue mich um und für einen Moment glaube ich im Garten meiner Erinnerung zu stehen. Doch auch nach zweimaligem Blinzeln wippen die Blüten sanft an ihren langen Stielen. Die Blätter der Bäume zittern in der kühlen Brise, die von draußen hereinweht, und in der Luft hängt der schwere Geruch nach Pflanzen und feuchter Erde. *Mein Garten lebt.*

Der Findelkater läuft mir vor die Füße und steuert direkt auf eine am Boden liegende Matratze zu. Langsam dreht er sich im Kreis und gräbt seine Krallen tief in den Stoff. Ein kleines Nest aus Katzenhaaren verrät mir, dass er hier geschlafen hat.

Neben der Matratze türmen sich Stapel von Papier – Pergamentrollen aus den Archiven und Skizzen von Gleitern und anderen fantastischen Fluggeräten. Einige Blätter sind auch an die Wand gepinnt und jemand hat sich mit Kreide daneben Notizen gemacht. Ich sehe sie mir genauer an, während meine Gedanken rasen, und ich begreife kaum, was ich lese.

North. Er ist der Einzige, der hier ein Bett aufschlagen würde. Der Einzige, der es wagen würde das Heiligtum einer Göttin in Besitz zu nehmen. Doch ich hätte auch ohne die eindeutigen Spuren seiner Gegenwart erkannt, dass er hier Zeit verbracht hat – ich kann ihn im Garten selbst spüren, in den feinen Blüten, den zitternden Blättern und der schweren Erde. Er war es, der den Garten am Leben erhalten hat.

Der Kater hat es sich am Ende der Matratze, die zu seinem angestammten Platz geworden sein muss, gemütlich gemacht und starrt auf die Tür in meinem Rücken. Bereits während ich mich ihr zuwende, weiß ich, wen ich sehen werde. Doch als ich ihn dann entdecke, eine Hand an den Türrahmen gelegt, in der anderen meinen Speer, versetzt es meinem pochenden Herzen dennoch einen Stich. Noch nie habe ich meinen Speer in der Hand eines anderen Menschen gesehen.

Als er meinen Blick bemerkt, zuckt er zusammen, als hätte ich ihn aus einem Tagtraum gerissen. Er schluckt und sieht mich lange an, bevor er sich vom Türrahmen abstößt, an mir vorübergeht und beginnt seine Zettel von der Wand zu reißen. Zunächst nur mit einer Hand, dann klemmt er den Speer in die Armbeuge und benutzt beide Hände.

»Wolkensturz noch mal«, murmelt er. »Was für ein Chaos. Ich hätte aufgeräumt, wenn …« Er bringt den Satz nicht zu Ende und stellt sich stattdessen auf die Zehenspitzen, um auch noch die obersten Zettel zu erreichen.

Ich möchte ihm sagen, dass mir die Unordnung egal ist. Dass es mir mehr bedeutet, als er sich vorstellen kann, dass er meinen Garten gepflegt hat. Dass sich mein Herz bei dem Gedanken, dass er hier war, während ich so weit weg war, ein bisschen weniger leer anfühlt. Aber die Worte bleiben mir im Hals stecken. Ich räuspere mich und alles, was ich herausbringe, ist: »Darf ich das sehen?«

North zögert, bevor er mir die Zettel entgegenstreckt. Nachdem ich sie genommen habe, dreht er sich um und beginnt die Stapel mit den Büchern und Schriftrollen zu ordnen, als könnte er unmöglich still halten. Die Blätter sind mit penibel kopierten Auszügen aus Archivquellen beschrieben – Gedichte, Fragmente einer Prophezeiung, Teile einer Erzählung, Berichte von alten Flugmaschinen, Lieder über das Land der Götter, Beschreibungen von Artefakten aus der Zeit vor dem Exodus … eine scheinbar wahllose Sammlung, wäre da nicht diese eine Gemeinsamkeit.

»Du wolltest nach Hause«, murmele ich, während ich weiter durch die Seiten blättere.

Zunächst schweigt er, dann bleibt er endlich nicht weit von mir entfernt stehen. »Ich wollte zu dir«, sagt er leise.

Als ich den Blick von den Blättern hebe, sieht er mich an. Er hat seine Bemühungen, den Garten aufzuräumen, aufgegeben und streckt mir mit einer langsamen, fast feierlichen Geste meinen Speer entgegen.

Meine Finger legen sich um das vertraute, glatte Holz, das noch warm ist von seiner Handfläche. Obwohl sich der Speer in meine Hand schmiegt, als wäre er ein Teil von mir, kann ich den Blick nicht von demjenigen losreißen, der ihn für mich aufbewahrt hat.

Er sieht aus wie immer – die schmale Nase, die markanten Wangenknochen, das sich sanft lockende, leicht zerzauste Haar über seiner Stirn, bei dem es mir in den Fingern kribbelt, es glatt zu streichen – und doch ist irgendetwas anders. Er wirkt älter, ohne dass ich sagen könnte warum – etwas an der Art, wie er die Schultern hält, der harte Kiefer, sein gequälter Blick.

Ohne es zu wollen, schwimmen Schmerz und bittere Reue an die Oberfläche. »North«, flehe ich. »Es tut mir leid. Ich weiß nicht, wie du mir je wirst verzeihen können ... Ich werde mir das selbst nie verzeihen können.«

»Hey ...« North kommt näher und duckt sich ein wenig, um mir in die Augen sehen zu können. Er scheint besorgt. Dann hebt er die Hände, nicht um mich zu berühren, sondern um mir zu signalisieren, dass er sich wünscht, er könnte es. »Ist es wegen dem, was dort drin mit Techeki, Matias und Elorin war? Wir alle suchen nach Lösungen, wie wir das hier überstehen können, ich weiß das. Alle haben Angst.«

Ich schüttele den Kopf. Das scheckige Mondlicht verschwimmt um sein Gesicht, während ich die Tränen wegblinzele. »Ich habe das getan«, flüstere ich und bemerke, dass ich den Speer so fest umklammere, dass meine Hände schmerzen. Ich lege ihn beiseite und strecke die Finger. »Ich habe Alciel zu Fall gebracht. Ich habe dein Volk und mein Volk in Gefahr gebracht.«

North' Züge verhärten sich ein wenig, trotzdem rührt er sich nicht – weicht weder zurück noch senkt er den Blick. »Es war nicht deine Schuld. Miri und Saelis haben mir erzählt, was passiert ist. Das hat Inshara getan, Nimh. Sie hat dich benutzt, deine Macht. Das warst nicht du.«

»Und das hier?« Die Leere in meinem Inneren klafft so tief, dass sie mich zu verschlingen droht. »Diese grauenhafte Zerstörung? Wer hat das getan?«

North schluckt und kommt noch ein kleines Stückchen näher. Seine Augen sind feucht. »Du warst nicht du selbst. *Du* hättest nie irgendjemanden verletzt. Ich weiß das. Jeder, der dich wirklich kennt, weiß das.«

»Und doch habe ich es getan.« Meine Worte, die bestätigen, was Inshara im Thronsaal von Alciel sagte und was ich selbst, als ich mir einen Weg durch die Trümmer meiner Stadt bahnte, bereits geahnt habe, klingen hohl. »Das Einzige, woran ich mich erinnern kann, sind mein Schmerz und meine Wut …«

»Du hast geglaubt, ich sei tot.« Er spricht leise, sein Gesicht ist ernst. »Wenn ich geglaubt hätte, jemand hätte dich getötet … Ich weiß nicht, wozu ich fähig gewesen wäre.«

Ich antworte mit einem leisen Schnauben – dem entfernten Verwandten eines Lachens. Das North irgendjemandem ein Leid antun könnte, erscheint mir unwahrscheinlicher als alles, was in den Wochen, seit er vom Himmel gefallen ist, bereits geschehen ist. Ich setze zu einem Lächeln an, aber North bleibt ernst und sieht mich mit einer Entschlossenheit an, die ich so noch nie an ihm gesehen habe.

Ohne nachzudenken, strecke ich die Hand nach seinem Gesicht aus, doch er weicht zurück, als wäre er derjenige, der nicht berührt werden darf. Die Entschlossenheit weicht der Verwirrung. »Was tust du?«, presst er hervor.

»Es spielt keine Rolle mehr.« Ich unterdrücke ein Schluchzen. »Inshara hat mich berührt. Miri und Saelis haben mich berührt, als wir mit dem Zugwaggon abgestürzt sind. Mein eigenes Volk …« Ich muss tief Luft holen, bevor ich fortfahren kann. »Mein eigenes Volk hat mich berührt, heute vor dem Tempel. Die Leute wollten, dass ich für das, was ich getan habe, bezahle. Was immer ich einst auch war, bin ich nicht mehr.«

North schiebt die Hände in die Taschen, als verbiete er sich selbst sie zu gebrauchen, und schüttelt den Kopf. »Als Miri mir beschrieb, wie du den Waggon gestoppt hast, kurz bevor er auf dem Boden aufschlug, sagte sie, du hättest geleuchtet. Das hast du auch, als du als Lichtbringerin in die Stadt gekommen bist.

Egal wer dich berührt hat, Nimh, du bist immer noch göttlich. Du darfst deine Bestimmung nicht aufgeben.«

Ich versuche durchzuatmen, obwohl mein Kopf schwirrt – und North' Nähe macht es auch nicht gerade besser. Mir war nicht bewusst, wie sehr ich seinen Geruch vermisst habe. Wie tröstlich der Klang seiner Stimme ist.

Und wie sehr das alles verblasst neben dem sehnsüchtigen Verlangen, ihn zu berühren.

»Ich wollte, dass du derjenige bist«, gestehe ich ihm mit einem Ziehen im Herzen, das mir die Tränen in die Augen treibt. »Wenn ich schon das heiligste aller Gesetze in dieser Welt breche ... dann für dich.«

North atmet langsam aus und erschrocken stelle ich fest, dass er zittert. Die Luft zwischen uns bebt. Mein Arm ist noch halb ausgestreckt und nach kurzem Zögern zieht er seine Hände aus den Taschen. Fragend sieht er mich an und wartet ein paar Sekunden, ob ich zurückweiche oder ihn doch daran hindere, und schiebt dann, als ich mich nicht rege, behutsam seine Finger in die meinen.

Ich hatte mit Schmerzen gerechnet im Moment der Berührung, mit irgendeinem Zeichen, dass das, was ich da tue, falsch ist – weil es meine Entscheidung ist, weil es mir weder aufgezwungen wurde, wie bei Inshara, noch eine Frage von Leben und Tod ist, wie bei Saelis und Miri.

Ich berühre *ihn*, getrieben von nichts anderem als meinem innersten Verlangen. Der Augenblick dehnt sich, aber anstatt in Flammen aufzugehen, spüre ich nichts als die sanfte Wärme seiner Haut.

Er wartet, bis ich den Blick von unseren Händen löse und wieder anfange zu atmen, ihm ein Zeichen gebe, dass es in Ordnung ist. Als ich ihn schließlich ansehe, tritt er näher. Seine Finger gleiten ein Stück weiter nach oben und legen sich um mein Handgelenk, bis sein Daumen auf meinem rasenden Puls liegt und sein Atem sanft über meine offene Handfläche streift.

»Oh, Nimh. Ich hatte auch gehofft, dass ich derjenige sein könnte.«

Mir stockt der Atem und ein paar Herzschläge lang stehen wir einfach nur da, wie eingefroren. Dann wird sein Griff um mein Handgelenk fester, nur kurz, ein flüchtiges Eingeständnis seines leidenschaftlichen Verlangens – und in diesem Moment spüre ich, dass es mir gefallen würde, auf diese Art gehalten zu werden.

Sein Daumen streift jetzt über meinen Handballen und öffnet sanft meine Finger, sodass er mir mit der anderen Hand etwas hineinlegen kann.

Ich erkenne den Schutzstein wieder, den ich ihm an dem Morgen hoch oben auf dem Felsen in der Nähe des Westgebirges gegeben habe. Damals trennten sich unsere Wege, weil ich glaubte dazu bestimmt zu sein, die Welt zu zerstören, und er glaubte diese Welt verlassen und in seine eigene zurückkehren zu müssen. Er hat ihn mit einem Faden in meiner Farbe umwickelt, dem Rot der Schärpe, die er in meinem Namen getragen hat. Nun legt er mir den Stein in die Hand und schließt mit beiden Händen meine Finger um ihn.

»Gib sie nicht auf«, murmelt er und zieht mich so sanft an sich, dass ich den Schritt, der das letzte bisschen Distanz zwischen uns endgültig überwindet, kaum bemerke. »Ich weiß, du denkst, alle hätten dich verlassen – dass niemand mehr an dich glaubt.«

Hoffnungslos verstrickt in ein Geflecht aus Kummer und Begehren vermag ich nicht zu antworten. Er hat mir durch seine Nähe die Stimme gestohlen, also nicke ich bloß.

»*Ich* glaube an dich«, flüstert er. Er sieht mich an und seine Lippen umspielt ein verzagtes, liebevolles Lächeln. »Ich habe immer an dich geglaubt. Bevor ich an irgendetwas anderes von all dem hier geglaubt habe, habe ich an dich geglaubt, Nimh.«

Dann neigt er den Kopf und presst die Lippen auf meine zur Faust geschlossenen Finger. Sein Mund ist weich und fest zugleich, als er mich küsst, sich zurückzieht und dann noch einmal küsst, als wäre er machtlos dagegen.

In meinen Ohren rauscht das Blut, das mir ins Gesicht schießt und zu der Stelle, an der seine Lippen meine Finger berührt haben. Es wäre nur eine winzige Bewegung, mit meinem glühenden Handgelenk an seiner Wange entlangzustreifen, die Arme um seinen Hals zu schlingen und ihn an mich zu ziehen. Doch ich bin wie gelähmt. Gefangen in meiner Angst, wie einer der farbenprächtigen Waldmeervögel in einem der Käfige auf dem schwimmenden Markt der Flussläufer. Ich brenne und kann mich aus Furcht, die Flammen könnten mich verschlingen, nicht bewegen. Schwer atmend reiße ich mich los und stolpere rückwärts. Mein Herz hämmert.

Mit vor Schreck geweiteten Augen, die Hand noch ausgestreckt, ruft North meinen Namen. Ich sehe, wie er die Lippen bewegt, aber das Rauschen in meinen Ohren ist zu laut, um seine Stimme zu hören. Ich schließe die Augen und versuche mich wieder unter Kontrolle zu bekommen.

»Habe ich dich verletzt?«, fragt North zutiefst besorgt. »Bist du … habe ich …«

»Mir geht es gut«, presse ich keuchend hervor, während meine Wangen glühen. »Es ist nur … Wenn du mich berührst … Ich habe Angst mich zu verlieren. Die Kontrolle zu verlieren.«

Schon etwas weniger besorgt hebt North die Augenbrauen. »Das könnte auch etwas Gutes sein«, sagt er mit einem vorsichtigen Lächeln.

Meine Mundwinkel zucken, würden sein Lächeln gerne erwidern, während ich an der Stelle, an der er mich berührt hat, noch immer das Prickeln meiner Haut spüren kann. Aber ich schüttele den Kopf und weiche einen Schritt zurück, den Stein fest umschlossen. »Nicht, solange ich die Macht habe, eine ganze Stadt zu zerstören.« Ich stocke. »*Zwei* Städte zu zerstören. Inshara genügte mein Schmerz, um mich zu ihrem Werkzeug zu machen. Und das macht mir am meisten Angst.«

Eine Weile sagt keiner von uns beiden etwas. Ich spüre, wie er versucht die Fassung wiederzuerlangen, und plötzlich weiß ich, dass ich als Erste sprechen muss, bevor er mich von meinem Entschluss abbringt. Er darf nicht wissen, wie leicht ihm das gelingen würde.

»Nimh, ich ...«, beginnt er, bevor meine Worte die seinen überfluten.

»Du weißt selbst, dass wir es nicht tun dürfen, aus mehreren Gründen.« Ich beiße mir auf die Lippen, als ich sein zunächst irritiertes und dann bestürztes Gesicht sehe. »Vorhin, unser Gespräch mit den anderen ... das war erst der Anfang dessen, wie es von nun an zwischen uns sein wird. Als du hier noch allein warst und vielleicht nie hättest nach Hause zurückkehren können, war die Situation eine andere, aber jetzt ... jetzt bist du König.«

North senkt den Blick und steckt die Hände zurück in seine Taschen. »Und du die Göttin deines Volkes.«

»Wir sind die Herrscher zweier Welten, die sich gegenüberstehen. Ich muss mein Volk beschützen und du das deine. Dazu brauchen wir vor allem das Vertrauen der Menschen. Womöglich habe ich es bereits verloren. Ich weiß nicht, ob die Menschen jemals wieder an mich glauben werden. Würden sie allerdings ...« Mir bricht die Stimme, sosehr ich auch versucht habe es zu verhindern. »Würden sie meine Gefühle für den Herrscher von

Alciel kennen, hätte ich ihr Vertrauen auf jeden Fall verwirkt. Und das zu Recht.«

North schweigt und hält den Blick gesenkt. Ich bemerke, wie er die Hände in den Taschen zu Fäusten ballt. Er dreht mir den Rücken zu und geht ein paar Schritte. Ich möchte etwas sagen, zu ihm gehen, ihm mit den Fingern über den angespannten Rücken streichen. Unsere Berührung hat ein sehnsüchtiges Verlangen in mir geweckt – trotzdem zwinge ich mich still zu halten. Ich kenne ihn gut genug, um zu wissen, dass er nachdenkt, auf seine ruhige Art, und ich lasse ihn. Innerlich flehe ich ihn jedoch an. Bitte sag mir, dass ich mich täusche. Wenn einer einen Ausweg für uns findet, dann du.

Als er sich wieder umdreht, hat er die Lippen fest aufeinandergepresst. »Wir müssen den Bann brechen, mit dem Inshara meine Mutter belegt hat.«

Ich versuche mir nicht anmerken zu lassen, wie sehr dieser Themenwechsel mich irritiert. Natürlich kann ich ihm nicht vorhalten, dass er auf mein unausgesprochenes Flehen nicht reagiert. Dennoch entgeht ihm meine Verzweiflung nicht, dazu ist er im Deuten von Körpersprache zu gut ausgebildet. Er zieht die Augenbrauen ein klein wenig nach oben und macht wieder einen Schritt auf mich zu. »Wenn es uns gelingt meine Mutter Insharas Kontrolle zu entziehen, kann sie wieder für Alciel sprechen und wir müssen uns keine Sorgen mehr machen, dass Insharas Handlanger durch die Grenze kommen.«

Mein Herz macht einen Sprung. Er *hat* es verstanden. »Ja, unsere Welten könnten Verhandlungen führen. Friedlich.«

Er sieht mich an und nickt, wobei mein Blick immer wieder zu seinen Lippen wandert. Ich zwinge mich damit aufzuhören und mich zu konzentrieren. »Wir werden Inshara aufhalten, was es auch kostet, und deine Mutter ihrem Einfluss entziehen.«

18
NORTH

Ich möchte die Lücke zwischen uns schließen, nur einen Schritt machen, ihre Hand nehmen und sie wieder an mich ziehen.

Stattdessen vergrabe ich die Hände nur noch tiefer in den Taschen und versuche die Schultern zu lockern, um die schmerzvolle Anspannung aus meinem Körper zu vertreiben. Meine Hände haben Nimh *berührt*.

Gerade dachte ich noch, ich würde ihre Haut niemals unter meinen Fingerspitzen spüren, und nun gibt es nichts, nach dem ich mich mehr sehne, als es wieder zu tun.

Trotzdem zwinge ich mich, mich wieder auf unser Problem zu konzentrieren. »Wie macht Inshara das?«, frage ich. »Kann man mit Magie die Gedanken eines Menschen kontrollieren?«

»Nein, das ist unmöglich«, murmelt Nimh.

»Ihr habt es auch für unmöglich gehalten den Nebel zu kontrollieren«, bemerke ich.

»Das stimmt«, gibt sie zu. »Doch nur, weil sich darin meine göttliche Macht manifestiert hat, als ich in der alten Schriftrolle das Lied des Zerstörers las. So wie Jezara eine Heilerin war und ihre Vorgänger sich als Gottheiten des Krieges oder der Musik manifestiert hatten, ist meine Eigenschaft die Zerstörung. Nur der Lichtbringer, so steht es in der Prophezeiung, kann den Nebel beherrschen.« Sie verstummt und ich sehe, wie die Angst sich in ihre Züge schleicht, während sie ihren Gedanken zu Ende denkt. »Glaubst du, es besteht die Möglichkeit, dass sie tatsächlich … göttlich ist, wie sie behauptet?«

Ich zucke hilflos mit den Schultern. »Nimh, noch vor ein paar Wochen war ich felsenfest davon überzeugt, dass es keine Magie gibt. Alles ist möglich. Und was Inshara angeht, habe ich eine Idee, wer wissen könnte, was sie ist. Oder besser gesagt, *was* es wissen könnte.«

»Wovon redest du?«

Ich hole tief Luft und überlege, wie ich ihr ORAKEL am besten erklären kann. »Setzen wir uns«, schlage ich vor, um das Ganze noch ein wenig hinauszuzögern, und wir suchen uns einen Platz auf einer Steinbank unter einem Baum. Automatisch lasse ich ein wenig Abstand zwischen uns, hätte aber fast nach ihrer Hand gegriffen. Stattdessen lege ich die Handfläche auf den kühlen Stein der Bank, woraufhin sie ihre direkt neben meine legt.

»Sag mir, was du erfahren hast, North.«

»Na ja, als ich nach einer Möglichkeit gesucht habe, dich zurückzuholen, habe ich etwas entdeckt«, fange ich an. »Es ist ein Computer, also ein …«

»Ich weiß, was ein Computer ist, North«, entgegnet sie mit einem verschmitzten Lächeln.

»Aber …« Verständnislos blinzele ich sie an. Dann macht es Klick. Klar, sie war ja auch in meiner Welt.

»Wie kann es sein, dass du hier einen Computer gefunden hast?«, unterbricht sie mich, als ihr klar wird, was ich da gerade gesagt habe.

»Er ist sehr alt. Aus der Zeit vor dem Aufstieg – ich meine, dem Exodus. Und er ist schwer beschädigt. Da er mit Nebel funktioniert – von dem es jetzt keinen mehr in der Stadt gibt –, geht ihm zudem die Energie aus.«

»Insharas Himmelsstahlring im Fluss.« Nimh runzelt die Stirn. »Er hält uns nicht nur davon ab, in der Stadt Magie zu wirken, sondern sorgt auch dafür, dass dieser Computer nicht richtig funktioniert?«

»Das hat er zumindest gesagt. Und er hat mir auch gesagt …« Ich zögere. Ich habe keine Ahnung, wie sie das, was ich ihr als Nächstes erklären werde, aufnehmen wird. »Er hat mir gesagt, woher deine Göttlichkeit kommt.«

Mit offenem Mund starrt sie mich an und es dauert eine Weile, bis sie Worte findet. »Woher sie *kommt*?«, presst sie hervor. »Die Göttlichkeit kommt nicht von irgendwoher – die Macht des Göttlichen wurde von Generation zu Generation weitergegeben, von der einen Gottheit, die zurückgeblieben ist, als die anderen Götter …«

»Als die anderen aufgestiegen sind?«, beende ich den Satz, als sie verwirrt innehält. »Nimh, du warst in meiner Welt. Glaubst du wirklich, dass wir alle Götter sind? Oder die Nachfahren von Göttern?«

Sie reißt den Blick von mir los und lässt ihn durch den mondbeschienenen Garten wandern. Ich weiß nicht, was genau sie in Alciel erlebt hat, aber sie muss dort auch normale Menschen getroffen haben. Sie hat Miri und Saelis kennengelernt: wunderbar fehlbare, ganz und gar menschliche Wesen.

»Aber wenn es nie Götter gegeben hat«, flüstert sie und verknotet ihre Hände im Schoß, »was bin dann ich?«

Meine Finger zucken so sehr, dass ich sie wie Nimh im Schoß verschränken muss, um nicht nach ihrer Hand zu greifen. Es ist gerade wirklich nicht der richtige Zeitpunkt, sie in noch größere Unsicherheit zu stürzen. »Du bist göttlich«, sage ich fest. »Das Wort ist so gut wie jedes andere und es ist *real*, Nimh. Nur ist der Grund für deine Göttlichkeit ein anderer als der, den du gelernt hast. Die

Wahrheit muss über die Jahrhunderte verloren gegangen sein, so wie mein Volk vergessen hat, wie unsere Motoren funktionieren.«

Mit einem langsamen Nicken schließt sie die Augen. Sie sieht absolut gefasst aus. »Dann sag mir, wie es funktioniert.«

Ich erzähle ihr die ganze Geschichte so einfach wie möglich und lasse Elkisa dabei außen vor. Ich bin mir nicht sicher, ob Nimh sich an ihren Verrat überhaupt erinnert, und für diese schmerzhafte Offenbarung bleibt später noch genug Zeit.

Ich erzähle ihr aber von meinen Nachforschungen. Dass ich einen Hinweis auf ein Gewölbe der Sentinels irgendwo unter der Versammlungshalle des Ältestenrats gefunden hätte und dass es mir gelungen sei hineinzukommen.

»Du weißt, dass nur eine Handvoll Menschen den Nebel nutzen können, um Magie zu wirken«, sage ich. »Ich will damit nicht sagen, dass sie ihn beherrschen, so wie du. Sie ziehen nur ihre Kräfte aus ihm. Und wie es aussieht, sind auch wir anderen im Austausch mit dem Nebel, ohne es zu bemerken. In meiner Welt haben die Menschen den Nebel in die Motoren gelenkt, die Alciel in der Luft gehalten haben. Wir alle haben *geglaubt*, dass die Stadt schwebt – also schwebte sie.«

»Und hier«, haucht sie, »haben die Leute an mich geglaubt.«

Ich nicke. »Vor tausend Jahren haben sich unsere Völker getrennt, weil nicht alle in einer Welt leben wollten, in der nur wenige mit der Magie Wunder wirken konnten. Sie waren der Ansicht, es wäre zu viel Macht für ein paar Einzelne von uns.«

Sie presst die Lippen aufeinander und betrachtet versonnen die Blüten ihres Gartens, die sich für die Nacht geschlossen haben. »Vielleicht hatten sie ja recht.«

Ich atme langsam aus. »Ich weiß es nicht – doch während mein Volk die Lösung darin sah, zu gehen und einen eigenen Staat im Himmel zu gründen, beschloss dein Volk, die Macht auf eine einzelne lebende Gottheit zu übertragen. Es ist der Glaube deines Volkes, der entscheidet, welche Eigenschaft sich in einer Gottheit manifestiert – wie beispielsweise das Heilen in Jezara.«

Nimhs Augen weiten sich. »Und nachdem Jezara verbannt und der Glaube der Menschen erschüttert worden war … Ich habe mich als Kind nur deshalb nicht manifestiert, weil der Glaube meines Volkes nicht mehr stark genug war.«

Ich nicke, unfähig den Blick von ihrem Gesicht zu wenden. Jahrelang hatte sie geglaubt, sie hätte etwas falsch gemacht oder wäre nicht göttlich genug für ihr Volk – dass es ihre *Schuld* wäre, dass sie sich nicht manifestierte. »Ich vermute, deine Vorfahren dachten, wenn sie den Nebel einen Magier auswählen lassen – eine Gottheit –, würde das den Aufstieg eines anderen verhindern.«

»Aber *wie* wählt der Nebel aus?«, will sie wissen. Offenbar fällt es ihr schwer, das alles zu begreifen, und ich kann es ihr nicht verübeln. »Nebel kann nicht denken, er existiert einfach.«

»Irgendwo im Unten gibt es eine … eine Art Maschine, nehme ich an. Sie steht in Verbindung mit dem Nebel. Im Himmel gibt es auch so eine Maschine – ORAKEL spricht von zwei ›Herzen‹.«

Nimhs Gesicht ist blass geworden. »ORAKEL?«, wiederholt sie schwach.

Jetzt erst fallen mir die Geschichten wieder ein, in denen dieses uralte Wesen erwähnt wird, und die Bedeutung, die es in der Mythologie von Nimhs Volk hat. »O-R-A-K-E-L ist der Name des Computers. Es ist ein Akronym.«

Sie beugt sich vor und umklammert die Sitzfläche der Steinbank. »Das ist … Du redest da über etwas Heiliges, älter als die göttliche Linie selbst. Und es hat von *Herzen* gesprochen? Wie in der Geschichte?«

Ich nicke. »Jede Welt hatte so ein Herz. In Alciel hat mein Volk seinen Glauben unterbewusst in sein Herz gelenkt und so die

Motoren der Stadt am Laufen gehalten. Und in deiner Welt diente das Herz dazu, den Glauben auf die Macht seiner Gottheit zu konzentrieren.«

»Das gebrochene Herz des Lichtbringers. Zwei Hälften …«, flüstert Nimh. »Willst du mir damit sagen, dass es sie wirklich gibt? Dass sie real sind? Und es handelt sich dabei um … Maschinen?«

»Mit absoluter Sicherheit weiß ich es nicht«, gebe ich zu. »Aber ich habe ORAKEL so verstanden, dass die Menschen beider Welten sie gebaut haben. Und sie irgendwie nicht nur miteinander in Verbindung stehen, sondern auch mit deiner Göttlichkeit und Insharas Macht. Erinnerst du dich, etwas in der Art begegnet zu sein, als du auserwählt wurdest? Haben sie dich an einen wichtigen oder geheimen Ort gebracht?«

»Ich war erst fünf Jahre alt«, bemerkt sie, wobei ihr jedoch etwas anderes einzufallen scheint. »Ich glaube, oben in Alciel habe ich das Herz gesehen. Ich war dort. Es ist der Ort, an dem alle Motoren miteinander kommunizieren, nicht weit entfernt von dem Hangar, in dem der *Skysinger* stand.«

»Die Motorenzentrale?«, frage ich erstaunt. »Ich dachte, sie … na ja, eigentlich erinnert sich niemand wirklich daran, was dort passiert. Ich dachte immer, dort werden Fehlerdiagnosen erstellt und die Höhe der Inseln ausgeglichen. Du denkst, sie ist das Herz? Dass die Menschen über die Zentrale den Nebel kanalisieren?«

Sie nickt. »Irgendwie … *erkennt* sie mich, als wären wir miteinander verbunden. Ich glaube, so konnte Inshara mich auch dazu benutzen, Alciel vom Himmel zu holen. Es lag an meiner Verbindung zur Zentrale.«

Ich springe auf. Ein Zittern geht durch meinen Körper, das sich gefährlich wie Hoffnung anfühlt. »Wenn sie deine Verbindung zu den Herzen dazu benutzen konnte, die Macht an sich zu reißen, die Alciel im Himmel hält ... könntest du ihr über diese Verbindung nicht auch die Macht über meine Mutter entreißen?«

»Ich weiß es nicht«, entgegnet sie. »Nichts von all dem – weder der Nebel, der mir meine göttliche Macht verleiht, noch das Herz, über das sie zu mir gelenkt wird – nichts von all dem erklärt, wie Inshara es macht. Diese Dinge hat noch kein Magier vor ihr vermocht und ich verstehe nach wie vor nicht, wie sie mit den Herzen verbunden ist.«

Wieder läuft mir ein Schauer über den Rücken, aber jetzt, weil ich Insharas verrückte, vernebelte Augen vor mir sehe. »Vor dem Sturm hatte sie diese Macht noch nicht – erst nachdem du dich als Lichtbringerin manifestiert hast und sie dich berührt hat.«

»Gütige Götter.« Nimhs Entsetzen steht ihr ins Gesicht geschrieben. Sie denkt an den Nebelsturm, mit dem sie einen Teil der Stadt, der sie einst zu dienen geschworen hatte, dem Erdboden gleichgemacht hat. »Als ich Inshara im Palast zur Rede stellte, sagte sie, sie hätte ihre Fähigkeiten mir zu verdanken.«

»Als sie dich berührte, hast du im Zentrum eines Nebelsturms und in enger Verbindung mit dem Herzen des Tempels gestanden. Das muss wie ein Blitzschlag gewesen sein – eine Eins-zu-einer-Million-Chance, eine zweite Verbindung zu den Herzen herzustellen.«

»Das heilige Gesetz«, murmelt Nimh mit gesenktem Blick, die Hände im Schoß. »Darum darf niemand die Gottheit berühren. Unsere Vorfahren müssen gewusst haben, dass es möglich ist, und wollten nicht riskieren, dass eine zweite Gottheit entsteht. Das ist der Grund, weshalb sie ihr jede Berührung verboten haben.«

Meine Fingerspitzen kribbeln bei der Erinnerung an ihre Hand in meiner. »Du wolltest sie aufhalten.«

»Ja, aber stattdessen habe ich ein Ungeheuer geschaffen.« Nimhs Stimme klingt wie aus weiter Ferne und es versetzt mir einen Stich. Ich spüre, wie sie sich zurückzieht und sich wie so oft selbst die Schuld gibt. Sie scheint noch nicht bereit für Vergebung – weder für meine noch für die von sonst irgendjemandem. Sie kann sich selbst nicht verzeihen, was sie getan hat.

»Wir werden sie aufhalten. Wir wissen, wie ihre Verbindung mit dem Herzen zustande kam, also wird es uns auch gelingen sie zu kappen.« Ich drehe mich um und knie mich vor sie. »Vielleicht kann ORAKEL uns helfen.«

»Das Gewölbe befindet sich unter der Versammlungshalle des Ältestenrats, sagst du?« Sie dreht den Kopf zur Seite und ich weiß, sie hat nicht die Gartenwand vor Augen, sondern die Angst und den Hass der Menschen, die sie einst so verehrt haben. »Ich glaube nicht, dass ich mich so gut verkleiden kann, dass ich sicher durch die Stadt komme. Dort draußen sind noch immer die Schatten, die jede Chance ergreifen würden, mich zu töten oder gefangen zu nehmen.«

»Du musst dich nicht verkleiden«, sage ich sanft. Ich halte mein Handgelenk in die Höhe. Neben meinem Chrono schimmert das Armband, als absorbiere das dunkle, matte Metall das Licht. »Ich hatte nur noch nicht die Zeit herauszufinden, wie es funktioniert.«

»Das kommt mir irgendwie bekannt vor«, sagt sie und beugt sich über mein Handgelenk, um es zu inspizieren. »Es erinnert mich an unsere ältesten Relikte.« Langsam und vorsichtig streicht sie mit dem Finger über das Metall.

Als sie dabei mit dem in das Armband eingelassenen grünen Kristall in Kontakt kommt, erstrahlt dieser in einem so grellen Licht, dass wir beide erschrocken zurückweichen und stolpernd hinfallen. Ich hebe die Hand und der Kristall leuchtet noch immer, nur hat sich jetzt das Licht zu mehreren Strahlen gebündelt, die einen Kreis über meinen Arm projizieren. Mit einem neugierigen Miauen springt der Kater auf Nimhs Schoß und schnuppert an dem Band.

»Hallo«, sagt eine eintönige, blecherne Stimme, während die Lichtstrahlen auf und ab flackern, wie ein sichtbares Echo des Sprechers. »Ich bin das operativ respondierende Auskunfts-, Kommunikations- und Evaluations-Leittriebwerk.«

Der Ton wird kurz unterbrochen, dann fügt die Stimme noch hinzu: »Seid gegrüßt, Göttliche.«

»Woher weißt du, wer ich bin?« Nimh springt erstaunt auf und drückt sich den Kater gegen die Brust.

»Ich habe zugehört«, gibt ORAKEL zu.

»Und hättest du uns irgendwann auch geholfen?«, will ich wissen, hin- und hergerissen zwischen meinem Ärger und einem hysterischen Lachen.

»Ich war nicht aktiviert.«

Ich wusste nicht, dass ein Computer schnippisch klingen kann, aber diese kleinere Version von ORAKEL tut es definitiv.

»ORAKEL«, sagt Nimh und strafft die Schultern, »die Frage, auf die ich eine Antwort suche, ist folgende: Wenn ich Inshara etwas von meiner Göttlichkeit übertragen habe, vermag ich es dann wieder rückgängig zu machen?«

»Positiv«, antwortet ORAKEL prompt. »Ohne die Herzen hätte sie nicht mehr Macht als jede gewöhnliche Zauberin.«

Nimh sieht mich mit gerunzelter Stirn an und ich zwinkere ihr zu. Dann starren wir wieder auf das Armband, als stünde die Antwort auf seiner glatten schlichten Oberfläche. »Ohne die Herzen?«, wiederhole ich verwirrt.

»Positiv. Wer die Herzen zerstört, zerstört ihre Macht.«

Mit einem kurzen Stöhnen setzt Nimh den Kater auf den Boden, der sich mit einem lauten Miauen beschwert. »Würde das nicht auch die Göttlichkeit zerstören? Nicht nur meine, sondern die der gesamten göttlichen Linie, die tausend Jahre lang fortgeführt wurde?«

»Positiv.«

»Und Alciel könnte nie wieder in den Himmel aufsteigen?«, frage ich, fast ebenso entsetzt wie Nimh.

»Ebenfalls positiv.«

Nimh beginnt mit schnellen Schritten auf und ab zu gehen. »Wenn wir sie jetzt zerstören, wären wir niemals in der Lage, die Herzen ein zweites Mal zu bauen. Was immer unsere Vorfahren über diese Kräfte wussten, ist vor Hunderten von Jahren in Vergessenheit geraten. Somit wäre alles, was die Prophezeiung für mich, die Lichtbringerin, vorgesehen hatte, ebenfalls verloren. Die Herzen zu zerstören und die göttliche Linie zu kappen, bevor die Prophezeiung sich erfüllt hat, würde bedeuten das Schicksal selbst zu zerstören.« Nimh sieht mich an, ihre Augen ein Spiegel meiner eigenen Ratlosigkeit. Sie kommt wieder zu mir und spricht in das Armband. »Wir können die Herzen nicht zerstören. Es muss einen anderen Weg geben.«

Mehrere Sekunden schweigt ORAKEL und seine Tonanzeige bleibt absolut still. Gerade als ich etwas sagen will, um zu prüfen, ob bei Nimhs Frage seine Festplatte ausgesetzt hat, flackert die Anzeige wieder auf. »Vielleicht kann der Vorgang, durch den ihr mit den Herzen in Verbindung getreten seid, wiederholt werden.«

Ich stelle mir vor, wie unsere Analytiker zu Hause meinen Müttern das Beheben eines Systemfehlers erklären, und hätte fast gelacht. »Du schlägst uns einen Neustart vor? Wir sollen noch einmal von vorn anfangen und hoffen, dass die Kräfte erneut auf Nimh gelenkt werden?«

»Theoretisch wäre das möglich«, lautet die Antwort. »Es ist allerdings noch nie versucht worden und daher nicht präzise vorhersehbar, was passieren wird.«

»Wir wissen nicht einmal, wo sich das Herz befindet«, bemerke ich.

»Wir nicht«, stimmt Nimh zu. »Aber die Sentinels könnten es wissen.«

Wir finden Matias mit Anasta in den Archiven. An diesem Ort in den Gewändern des Fischerkönigs ist Matias ein fast ebenso irritierender Anblick wie Nimh in Miris Jacke. Aber ihn neben meiner Herzmutter zu sehen, erinnert mich auch wieder an die Flut von Fragen, die alle noch nicht beantwortet sind.

Anasta ist also auch eine Sentinel. Was wusste sie? Was hat sie mir verheimlicht? Und wird sie uns jetzt helfen können?

Matias und Anasta sind so sehr ins Gespräch vertieft, dass sie sich erst umdrehen, als Nimh und ich bereits quer durch die Archive auf Matias' Schreibtisch zueilen.

»Matias«, begrüßt sie ihn. »Gibt es zu den Herzen dieser Welt und der Alciels irgendwelche Überlieferungen? Ein Herz, das mich an den Glauben unseres Volkes bindet und meine Göttlichkeit bewirkt, und ein zweites, das Alciel am Himmel hält?«

Matias legt die Stirn in Falten und sieht zuerst uns und dann Anasta an. »Herzen«, wiederholt er langsam. »Wie in der Geschichte des Orakels über das gebrochene Herz des Lichtbringers?«

Ich nicke. »Wir müssen herausfinden, wo diese Herzen sich befinden. Wisst ihr es? Habt ihr irgendeine Vermutung?« Anasta schüttelt den Kopf und auch Matias scheint ratlos. Falls die Sentinels einst wussten, wie unsere Welten miteinander in Verbindung stehen, dann ist dieses Wissen wohl ebenfalls über die Jahrhunderte verloren gegangen.

Nimh geht aufgeregt ein paar Schritte hin und her. »Es muss etwas geben … Wäre ich nur nicht so jung gewesen, als ich auserwählt wurde, dann könnte ich mich vielleicht erinnern, wo das Ritual stattgefunden hat.«

Matias zieht die Augenbrauen nach oben. »Sprecht Ihr von der Zeremonie, mit der Ihr in die göttliche Linie aufgenommen wurdet?«

Ich wage wieder zu hoffen. »Ja! Wissen Sie, wohin man sie dafür gebracht hat?«

»Selbstverständlich.« Matias wirkt leicht überrascht. »Die Zeremonie wird im rituellen Baderaum der Göttlichen abgehalten.«

Ich muss an den Abend des Festes der Sterbenden denken, wo ich Nimh bei ihrem Bad beobachtet hatte – wie wir uns sehr nahegekommen waren und ich zum ersten Mal bemerkte, wie sehr ich mir wünschte sie berühren zu dürfen.

Sie starrt ihn eine Weile an und ich kann sehen, wie sie eins und eins zusammenzählt. »Ich dachte, es war ein Traum«, flüstert sie. »Kommt. Folgt mir.«

Ohne weitere Fragen zu stellen, gehen Matias und Anasta Nimh hinterher. Den Speer in der Hand durchschreitet sie die Archive, wieder die Göttin, die sie immer war. Ich greife nach der Hand meiner Herzmutter und wie eh und je, wenn wir nebeneinanderher gingen, hakt sie sich bei mir unter.

»Ihr glaubt, dass ihr sie aufhalten könnt – Inshara, meine ich?«, fragt sie mich leise.

»Das ist eine lange und komplizierte Geschichte, in der ein antiker Supercomputer eine nicht unwesentliche Rolle spielt«, entgegne ich. »Aber ja. Ich glaube, wir können es. Willst du mir auf dem Weg nicht vielleicht verraten, wie du zu einer Sentinel geworden bist?«

Die Frage entlockt ihr ein müdes Lachen und ich entdecke Falten in ihrem Gesicht, die normalerweise hinter ihrem freundlichen Lächeln verschwinden. Wenn es mir schon schwerfällt, Beatrins feucht glänzende Augen aus meinem Kopf zu verbannen, wie muss es dann erst Anasta gehen, die sich das Ganze wochenlang ohnmächtig mit ansehen musste.

»Es wird … vererbt, in gewisser Weise«, erklärt sie.

»Und du, eine Erbin der Sentinels, hast ganz zufällig Beatrin geheiratet?«, frage ich. Ich weiß, wie sehr meine Mütter sich lieben. Kann es trotzdem sein, dass ihre Ehe arrangiert war?

»Nein, wer Sentinel wird, hängt an der königlichen Erbfolge. Es ist immer der Ehepartner oder die Ehepartnerin der Monarchin oder des Monarchen. Vor mir war deine Großmutter eine Sentinel. Und nach mir wären deine Partnerin oder dein Partner an der Reihe. Gut versteckt zwischen meinen persönlichen Unterlagen ist alles festgehalten, was er oder sie hätte wissen müssen, für den Fall, dass ich sterbe, bevor du heiratest.«

»Hätte ich je davon erfahren?«, frage ich. »Wusste Großvater es? Weiß es Beatrin?«

Anasta schüttelt den Kopf. »Niemand außer den Sentinels selbst wusste davon«, erklärt sie. »Doch nun sind wir am Ende unserer Reise angelangt. Uns bleibt keine andere Wahl mehr, als das zu tun, was wir für richtig halten. Es liegt in unserer Hand.«

Nimh hat sich eine Öllampe geschnappt und führt uns durch ihre privaten Korridore und eine geschnitzte Holztür in den privaten Baderaum, in dem ich in der besagten Nacht, in der Daoman ermordet wurde, schon einmal war.

Der Raum selbst ist komplett aus dem Fels gehauen und man kann durch eine hölzerne Wandtafel mit filigranen Durchbrechungen den gesamten Festsaal überblicken. Von hier aus haben Nimh und ich die Feierlichkeiten beobachtet. Das Loch, das Inshara an dem Abend in die Wand gesprengt hat, ist noch da. Die

Trümmer wurden beiseitegeräumt und an den Wänden zu hohen Haufen aufgetürmt. Offensichtlich hat sich in der Zwischenzeit niemand die Zeit genommen sie wieder in das schartige Loch zu schichten.

Im Baderaum selbst hängen von hohen Felsvorsprüngen Pflanzen, die ein eigenes feuchtes Ökosystem bilden. In jener Nacht dachte Nimh anfangs, ich sei eine Bedienstete, weshalb sie mich aufforderte hereinzukommen – obwohl sie nackt war.

An jenem Abend war es, als stünden wir beide unter Strom, und als sie mir jetzt über die Schulter einen Blick zuwirft, bin ich mir fast sicher, dass ihr die Erinnerung daran ebenfalls durch den Kopf spukt. Schließlich wendet sie sich wieder dem Becken in der Mitte des Raumes zu und steigt, ohne zu zögern, den Speer in der Hand, die aus dem Stein gehauenen Stufen hinunter ins Wasser. Ihre Gewänder umspülen sie und treiben auf der Oberfläche. Erst als sie unten angekommen ist, bleibt sie stehen, dreht sich im Kreis und tastet mit dem Speerschaft den Boden ab.

Als sie schließlich findet, wonach sie sucht, und der Speer stecken bleibt, legt Nimh sich auf den Rücken, breitet die Arme aus und lässt sich treiben. Ihre Gewänder bauschen sich um sie auf und kurz darauf ist ein leises Summen zu hören. Zuerst kann ich es nicht recht zuordnen, doch dann wird mir bewusst, dass es klingt wie zu Hause – ein kaum hörbares elektrisches Brummen, das von irgendwoher ganz in der Nähe kommt.

Dann beginnt das Becken unter Nimh plötzlich grün zu leuchten. Zunächst nur schwach, dann immer heller, bis wir gezwungen sind zurückzutreten, um unsere Augen zu schützen – und Nimh nur noch eine Silhouette vor dem strahlenden Licht im Herzen ihres Tempels ist.

DIE GARTENHILFE

Die Gartenhilfe hält den Kopf gesenkt und versucht der kleinen Armee, die am östlichen Rand des Geländes Aufstellung nimmt, nicht allzu viel Aufmerksamkeit zu schenken. Die Wachen haben sich vor dem merkwürdigen Riss in der Luft versammelt, der hier plötzlich aufgetaucht war, nachdem die Stadt abstürzte – eine grün-violette Wand aus knisternder Energie.

Vielleicht hätte die Gartenhilfe besser bei ihrer Familie sein sollen, aber die lebt auf Hosri, einer der kleineren Inseln, und da die Zugverbindungen unterbrochen sind, hat sie keinerlei Möglichkeit, nach Hause zu fahren. Und im Grunde ist sie in den Gärten des Palastes ja auch mehr zu Hause als auf Hosri, also wird sie hier einfach ihre Arbeit machen, bis ihr der Himmel auf den Kopf fällt.

Einer der Netzwerktechniker hat hier gestern ein Loch ins Beet gegraben. Nie fragen die Leute sie um Erlaubnis. Sie buddeln einfach irgendwelche Löcher in die Beete. Erst vor zwei Wochen war ein Mann hier, der an exakt derselben Stelle etwas vergraben hat. Die Gartenhilfe hat nichts dazu gesagt. Was ein Senator im Garten so treibt, geht sie nichts an. Trotzdem wäre es schön, wenn die Pflanzen wenigstens ein paar Wochen Zeit hätten, Wurzeln zu schlagen, bevor sie das nächste Mal ausgerissen werden.

Ein Schrei hallt über den Rasen und die Gartenhilfe hebt ruckartig den Kopf. An der Energiegrenze ist jemand zusammengebrochen und wird weggeschleppt. Die betreffende Person schlägt wild um sich und stößt dabei fast unmenschliche Schmerzensschreie aus.

Dann ertönt das wütende Gebrüll einer weiblichen Stimme. Die Gartenhilfe zuckt zusammen. Es ist die Königin. Die Monarchin ist kaum wiederzuerkennen, wenn sie so brüllt. »Versucht es weiter! Zieht, wenn nötig, noch mehr Leute von den Toren ab. Nimhara sagt, es muss eine Schwachstelle in der Grenze geben, und ich habe nicht die Absicht, sie zu enttäuschen!«

Die Gartenhilfe sieht von den durcheinanderlaufenden Wachen zu der leuchtenden Barriere und steckt ihren Handrechen in den Werkzeuggürtel zurück. Dann geht sie über den Kiesweg davon in Richtung Westen. Vielleicht, denkt sie sich, wäre es doch keine so schlechte Idee, sich eine Weile frei zu nehmen.

19
NIMH

Ich bin erst fünf Jahre alt. Daoman hält mich in seinen Armen und spricht leise und beruhigend in mein Ohr. »Ich weiß, du hast Angst, Nimh. Aber es wird nicht wehtun. Das verspreche ich dir. Ich war dabei, als die Göttin vor dir ihre Göttlichkeit empfing, und sie sagte, es wäre, als begegne man einem alten Freund. Möchtest du diesen Freund nicht auch kennenlernen?«

Wir stehen im rituellen Baderaum. Ein Akolyth hält einen Speer in der ausgestreckten Hand, der genau meine Größe hat.

»Verzeiht mir, Hohepriester«, sagt ein Mann mit kahl geschorenem Kopf an der Tür zum Baderaum. Er trägt ein reich verziertes Gewand. »Dieses Ritual war nie für ein Kind gedacht. Sie kann in dem Becken nicht stehen. Sie wird untergehen.«

Entrüstet hebe ich das Gesicht von Daomans Schulter. »Ich kann schwimmen«, erkläre ich dem farbenprächtig gekleideten Mann beleidigt.

Daomans Brust zuckt von einem unterdrückten Lachen. »Seht Ihr, Techeki? Und Ihr wart besorgt, weil eine Flussläuferin auserwählt wurde. Das Schicksal weiß, was es tut. Wo ist Kachoro? Der Meister der Zeremonie sollte anwesend sein.«

»Er ist nach den Feierlichkeiten letzte Nacht unpässlich«, sagt Techeki mit undurchdringlichem Gesicht. »Er hat mich an seiner statt geschickt.«

»Mir scheint, Euer Meister hat Euch die Verantwortung zu einem verheißungsvollen Zeitpunkt übertragen«, entgegnet Daoman trocken. Techeki blinzelt, sagt aber nichts.

Er ist ganz nett, denke ich und der Knoten in meiner Brust löst sich ein wenig.

Daoman stellt mich auf den Boden, geht vor mir in die Hocke und fasst mich am Kinn. »Bist du bereit, Nimh? Sobald du in das Wasser getaucht bist, wirst du Nimhara sein, eine Göttin. All die Menschen, die gestern zu dem Fest gekommen sind, um dich zu sehen, alle in der Stadt und in den Dörfern jenseits der Stadt werden dich lieben – brauchen jedoch auch deine Hilfe. Für jemandem in deinem Alter ist das eine gewaltige Aufgabe und ...«

Ihm versagt die Stimme. Ich kenne ihn erst seit ein paar Tagen. Wir haben fast die gesamte Zeit gemeinsam verbracht und so habe ich ihn noch nie gesehen. Alles, was er sagt, ist sehr nett. Bloß seine Augen ... die sind traurig, furchtbar traurig.

»Ist schon gut«, beruhige ich ihn und tätschele ihm die Wange, auf der im Schein der Leuchtfeuerlaterne eine Träne glitzert. »Ich kann das. Ich möchte es. Den Menschen zu helfen ist etwas Gutes.«

»Und doch wünschte ich, dass ich es nicht von dir verlangen müsste.« Daoman holt tief Luft und nimmt sanft meine Hand von seiner Wange. »Da ist noch etwas, Nimh. Nachdem du im Wasser warst, darfst du mich nicht mehr berühren und auch sonst niemanden. Es ist die wichtigste Regel von allen. Du darfst sie niemals, wirklich niemals brechen. Verstehst du das?«

Verständnislos blinzele ich ihn an, traue mich aber nicht, ihn zu fragen, wie er das meint. »Ja, Daoman. Ich halte mich daran. Ich verspreche es.«

Daomans Mundwinkel zucken, dann beugt er sich vor und drückt mir einen schnellen Kuss auf die Stirn. »Danke, Nimh.«

Die Luft beginnt zu knistern, ein Lufthauch weht durch den Raum und um mich herum steigt grünes Licht auf. Als es sich wieder aufgelöst hat, ist das Becken noch da, aber Daoman, Techeki und die Akolythen sind verschwunden. An ihrer Stelle steht ein Mädchen in einem roten Gewand am Beckenrand, hinter ihr ein junger Mann in schwarzer Wäsche, der ihr mit den Bändern im Nacken hilft.

Ich öffne den Mund, möchte etwas sagen, aber ich kann nicht. Ich kann nur zusehen, wie seine Finger die roten Bänder entlangfahren und das Mädchen zittert. Ihre Augen schließen sich, sie kann ihn fast spüren, seine Berührung fühlen. Sie hält die Luft an und stößt sie bebend wieder aus.

»Wie kannst du leben, ohne jemals einen anderen Menschen zu berühren?«, fragt der Mann mit leiser, schmerzerfüllter Stimme. »Oder jemals berührt zu werden?«

Das Mädchen zögert, dreht sich dann abrupt um, schlingt dem jungen Mann die Arme um den Hals und zieht ihn an sich für einen Kuss.

Ich will schreien, denn das ist falsch. Das ist nicht das, woran ich mich erinnere. Doch da steigt erneut das blendende Licht auf, und als ich wieder sehen kann, haben sich die Gesichter der beiden verändert. Sie stehen bis zu den Knöcheln im Wasser auf der ersten Stufe des Beckens. Ich zucke zusammen. Ich kenne diese Frau, aber da ist kein Weiß in ihrem Haar und ihr Gesicht ist ohne Falten: *Jezara*.

In einer leidenschaftlichen Umarmung erwidert der Mann ihren Kuss und dann, als sie sich trennen, schimmert zwischen ihren Lippen ein blendend helles Licht, wie die aufgehende Sonne über einem Berggipfel. Er zieht den Kopf ein kleines Stück zurück, um sie anzusehen, und das Licht folgt ihm, versickert in seiner Haut, als hätte sich etwas von ihr in ihm eingenistet.

»Ich dachte, wir dürften uns nicht ...«, sagt der Mann. Er hat die Arme fest um sie geschlungen und lehnt die Stirn gegen ihre. Er hat mir den Rücken zugewandt, sodass über seiner schwarzen Kleidung nur sein dunkles Haar zu erkennen ist. Seine Stimme scheint mir merkwürdig vertraut. »Ich hätte dich nie darum gebeten.«

»Ich weiß«, flüstert Jezara mit Tränen in den Augen. »Aber ich ... ich kann einfach nicht glauben, dass ich meinem Volk besser diene, wenn ich unberührbar bin. Ich bin nicht nur eine Göttin, ich bin auch ein *Mensch*. Und ich liebe dich.«

Der Mann legt ihr die Hand auf die Wange. »Wolkensturz noch mal«, haucht er. »Ich liebe dich auch.«

Vor dem Baderaum ist ein Geräusch zu hören. Die beiden fliegen auseinander und als sie sich zur Tür drehen, kann ich endlich sein Gesicht erkennen.

Ich starre den Mann an, dessen Züge mir auf irritierende Weise vertraut und gleichzeitig fremd vorkommen. Er sieht aus wie jemand, den ich sehr gut kenne, und doch irgendwie verändert.

Plötzlich leuchtet das Licht erneut und außer Helligkeit ist nichts mehr zu erkennen. In meiner Brust steigt eine angenehme Wärme auf, die mich umfängt wie eine Umarmung. Ich kenne dich.

Diese Erkenntnis trifft mich wie ein Blitzschlag und plötzlich erinnere ich mich wieder an alles – weshalb ich hier bin, dass ich als Kind schon einmal hier war, wie alles angefangen hat und dass die anderen hinter dem Licht darauf warten zu erfahren, ob ich durch die Wiederbelebung meiner Verbindung mit dem Herzen des Tempels die Verbindung zu Inshara kappen kann.

Dabei spüre ich eine Wärme in meiner Brust, die schon immer da war, und etwas Neues ... Inshara. Da ist ein finsteres Loch im Glauben meines Volkes und dort kauert sie wie eine Spinne in ihrem Netz, klammert sich an die Fäden, die die Menschen mit dem Herzen verbinden. Ich kann sie sehen, ein schattenhafter Umriss in einer dunklen Höhle, der mir den Rücken zuwendet … und dann dreht sie sich um, ihre Augen zwei brennende Nebellöcher, die mich anstarren.

Ich weiche zurück. Über mir schlägt das Wasser zusammen und geblendet von den Nachbildern meiner Vision vermag ich für einen Moment nichts zu sehen.

»Nimh!« Wie eine Rettungsleine holt North' Stimme mich zurück. Als ich die Augen aufschlage, kniet er am Beckenrand und sieht aus, als würde er sich jeden Moment zu mir ins Wasser stürzen. »Ist alles in Ordnung?«

»Es hat nicht funktioniert«, keuche ich zitternd. Alle sehen mich mit großen, besorgten Augen an. Mein Gewand klebt mir am Körper und schlingt sich unter Wasser um meine Beine, während ich mir in Erinnerung rufe, dass ich in Sicherheit bin, dass die Inshara, die ich gerade gesehen habe, bloß eine Vision war.

»Wie meinst du das?«, fragt North mit gerunzelter Stirn. »Wie kannst du das wissen?«

Fröstelnd schlinge ich die Arme um meine Taille. »Ich kann sie über das Herz noch spüren.«

»Dann stehen wir also wieder ganz am Anfang.« Seine Enttäuschung trifft mich bis ins Mark. »Wir sind unserem Ziel, sie aufzuhalten, keinen Schritt näher gekommen.«

»Wahrscheinlich nicht.« Ich kann nicht aufhören ihn anzusehen, dieses Gesicht, das ich nach nur wenigen Wochen schon so gut kenne – und das ich gerade eben vor mir gesehen habe, nur in abgewandelter Form.

Mein Herz rast, als befände ich mich im freien Fall, und ich greife Halt suchend nach meinem Speer. »Ich weiß, wer Insharas

Vater ist – wer mit ihr über das Chrono gesprochen und sie davon überzeugt hat, dass sie vom Lichtbringer auserwählt wurde.«

»Was?« North bleibt vor Überraschung der Mund offen stehen. »Woher?«

»Ich hatte eine Vision.« Meine Stimme zittert und ich kann den Blick nicht von North losreißen. »Das Herz erinnert sich. Sie haben sich hier, am Beckenrand, zum ersten Mal berührt.«

»Jezara und ihr Liebhaber? Techeki sagt, er wäre ein Wolkenländer gewesen, dem er geholfen hätte in den Himmel zurückzukehren.« Die Hände auf den Boden gestützt beugt sich North noch ein Stück weiter vor. »Wenn es jemand in Alciel ist, können wir ihn vielleicht davon überzeugen, Inshara ihre Wahnvorstellung wieder auszureden. Und du glaubst, du weißt, wer es ist?«

Ich schlucke und sehe hinüber zu Anasta und Matias, die hinter North stehen und zuhören. Dann fällt mein Blick wie von selbst wieder auf North, doch ich bringe keinen Ton heraus. Er musste heute schon so vieles ertragen, den Tod seines Großvaters, den Wahnsinn seiner Mutter, ich wünschte, ich könnte ihm das hier ersparen.

Und doch muss ich es ihm sagen. »North … wo habt ihr Talamar gelassen? Wo ist dein Vater?«

20
NORTH

Nimhs Haar ist noch feucht, weshalb sie es im Nacken zu einem Knoten geschlungen hat, anstatt es wie sonst offen zu tragen. Wir folgen ihr zu meinen Gemächern, wo ich Talamar, Miri und Saelis zurückgelassen habe, und ich ertappe mich dabei, wie ich auf die nassen Haarsträhnen starre, die sich ihren Hals entlang über die sanften Rundungen ihrer Schultern schlängeln.

Sie trägt ein trockenes Gewand, aber ihr feuchtes Haar beweist eindeutig, dass ich das, was soeben im Baderaum passiert ist, nicht geträumt habe. Herauszufinden, dass wir Inshara nicht vom Herzen des Tempels trennen können und wieder ganz am Anfang stehen, war wie ein Schlag in die Magengrube.

Neben mir geht Anasta, Matias hinter uns. Viele wären von Anastas resolutem Gesichtsausdruck wahrscheinlich überrascht. Jeder hält sie für Beatrins gutmütige, aber auch schwächere zweite Hälfte. Dabei war unterschätzt zu werden schon immer einer ihrer größten Vorzüge.

Wir treffen Techeki auf dem Flur. Er sieht nur selten gehetzt aus, doch Nimh hatte, als wir die Bibliothek verließen, einen Akolythen losgeschickt, um ihn zu holen, und sowohl der Junge als auch Techeki müssen einen neuen Weltrekord aufgestellt haben. Als Techeki unsere Gesichter sieht, verkneift er sich die Fragen und schließt sich uns schweigend an.

Nimh stößt die Tür zu meinen Räumen auf, die nur angelehnt ist, und geht, ohne zu zögern, hinein. Dann bleibt sie stehen und tritt automatisch einen Schritt zur Seite, damit keiner von uns in sie hineinläuft. Kurz darauf sehe ich, warum sie so abrupt halt gemacht hat: *Talamar ist nicht hier.*

Miri und Saelis erheben sich von der Couch. Beide sehen alarmiert aus.

»North?«, fragt Miri. »Was ist los? Alles in Ordnung?«

»Wo ist Talamar?«, will Anasta wissen, während sie mir beruhigend die Hand zwischen die Schulterblätter legt.

Saelis zeigt in Richtung Arbeitszimmer. Mit zwei Schritten bin ich an der Tür, die ich viel zu heftig aufstoße. Talamar steht am Fenster und sieht uns fragend an.

»Talamar«, presse ich hervor und bin mir bewusst, dass die anderen alle hinter mir stehen.

»North?« Er kommt einen Schritt auf mich zu.

»Bist du …« Ich will die Frage nicht stellen, denn wenn er sie beantwortet, wird für mich eine Welt zusammenbrechen. »Bist du schon einmal hier gewesen, Talamar?«

Stumm sieht er mich an, dann wandert sein Blick hinüber zu Techeki, der ihn mit leicht geöffnetem Mund anstarrt. Der Schock des Wiedererkennens hat die Gesichtszüge des Meisters der Zeremonie mit der Adlernase leicht verzerrt.

»Was tut Ihr hier?«, presst er hervor und schiebt sich an mir vorbei.

Mein Vater sieht wieder mich an und dann zu Boden. »Ja«, sagt er. »Ich war schon einmal hier. Als ich noch sehr jung war.«

Techeki wirbelt herum und sieht von mir zu Talamar und wieder zurück. Ich kann sehen, wie sein Gehirn versucht die einzelnen Puzzlestückchen zusammenzufügen. Mir fällt wieder ein, dass es Techeki war, der Jezaras Liebhaber, nachdem man sie verstoßen hatte, geholfen hat nach Alciel zurückzukehren. Techeki und Talamar sind alte Bekannte. Ich kann es nicht fassen.

»Der Junge, der nach Unten gefallen ist.« Saelis hinter mir schnappt nach Luft. »Ich dachte, das wäre nur eine Geschichte. Wie konnten Sie …?«

Mittlerweile sind alle wieder im Zimmer versammelt und ich gehe auf meinen Vater zu, der einen Schritt zurückweicht.

»Es war ein Unfall mit einem Flugzeug«, erklärt er. »Ich bezweifle, dass ich der Erste war, der vom Himmel gefallen ist. Aber ich war wohl der Erste, der es überlebt hat. Nachdem sie mich gefunden hatten, brachten sie mich in den Tempel und dort traf ich Jeza – ich meine Jezara. Sie wusste, dass ich kein Gott war.« Seinen Mund umspielt ein schwaches Lächeln. »Aber es gehört nicht viel dazu, das herauszufinden, wenn man mich einmal kennt.«

»Ich habe ihn damals nach Hause geschickt«, sagt Techeki leise und sieht dabei aus, als versuchte er verzweifelt das Ganze zu durchschauen.

Talamar nickt ihm zu. »Ich hatte nie Gelegenheit, mich bei Euch zu bedanken, mein Freund.«

»Ich wusste, Jezara hätte es so gewollt, wäre sie noch im Tempel gewesen«, sagt Techeki leise. Dann wendet er sich an Nimh und mich. »Ich habe dafür das einzig mögliche Relikt benutzt und es dabei zerstört. Ich habe mich immer gefragt, ob er sicher zu Hause angekommen ist.«

»Und der nächste Teil der Geschichte«, beginnt Anasta, die noch immer ihre Hand auf meinem Rücken hat, »ist meiner, North.«

Ich drehe mich zu ihr um. Mir schwirrt der Kopf. »Deiner?«

Sie nickt. »Talamar kam in einer Kammer an, die nur ich kenne – oder besser, die Sentinels. Ich hatte keine Ahnung, wer er war, dieser schmutzige, mit blauen Flecken übersäte Fremde, der plötzlich in einem seit Jahrhunderten verschlossenen Raum saß. Seit sie mir übertragen wurde, habe ich stets meine Pflicht getan, wusste dabei aber nie, ob das, was man mir gesagt hatte, auch der Wahrheit entsprach. Bis Talamar auftauchte und erklärte, er wäre im Unten gewesen.«

»Während ich panisch wurde, als ausgerechnet die Gemahlin der Prinzessin die Tür öffnete,« wirft Talamar ein und fährt sich mit der Hand über das Gesicht.

Er soll weitererzählen. Ich will die Frage laut stellen. *Bist du Insharas Vater?*

Aber das Ende der Geschichte scheint ohnehin unausweichlich. Also starre ich ihn einfach nur an und versuche mir Talamar als jungen Mann vorzustellen. Versuche mir vorzustellen, wie er durch den Tempel gegangen ist und sich in dessen Göttin verliebt hat … so wie ich eine Generation später.

»So habt ihr euch kennengelernt?«, frage ich ihn und Anasta, obwohl mir andere Fragen sehr viel mehr auf der Seele brennen.

»Ja«, antwortet Anasta schlicht. »Mit der Zeit erlangte er mein Vertrauen. Er hütete das Geheimnis von Unten und auch das der Sentinels. Und als Beatrin und ich dann nach einem Spender suchten, schlug ich Talamar als deinen Vater vor.«

Techekis bronzefarbene Haut ist blass geworden. Sein Blick wandert nervös zwischen uns beiden hin und her, wobei er immer wieder den Kopf schüttelt. »*Euer* Vater«, murmelt er und mir wird noch ein wenig flauer.

»Du warst ein Geschenk, North«, sagt Talamar und macht einen Schritt auf mich zu, als wolle er mich in den Arm nehmen. »Ich durfte niemandem sagen, dass du mein Sohn bist – das war Teil der Abmachung –, doch aus der Ferne war ich sehr stolz auf dich. Als die Nachrichtensender dann meinen Namen veröffentlichten, war das eine große Erleichterung für mich, denn es bedeutete, dass ich endlich mit dir sprechen konnte. Aber …«

»Aber?«, wiederhole ich kaum hörbar.

»Aber«, fuhr er genauso leise fort, »ich hatte mein Chrono bei Jezara gelassen und die Hoffnung nie aufgegeben, mit ihr in Kontakt zu treten. Im Laufe der Jahre habe ich unzählige Methoden ausprobiert, die Distanz zu überwinden. Und irgendwann hat es tatsächlich funktioniert. Für meine Liebe war es zu spät, jedoch ich fand heraus, dass meine Tochter noch lebte.«

»Inshara«, flüstere ich. Mein Hals ist trocken. »Inshara ist meine *Schwester.*«

Hinter mir schnappt jemand nach Luft. Ich weiß, dass es Miri ist, doch kann ich den Blick nicht von meinem Vater wenden.

»Tal«, flüstert Anasta geschockt. »Warum bist du nicht zu mir gekommen?«

»Was hättest du denn getan?«, fragt er und breitet die Hände aus. »Was hättest du tun *können*?«

»Wahrscheinlich nichts«, räumt sie ein. »Aber ich hätte mit dir trauern können.«

Nimh tritt neben mich und ich sehe zu ihr hinüber. Alles in mir will nach ihrer Hand greifen, doch das kann ich nicht – nicht hier, nicht jetzt.

»Ich versteh das nicht«, sagt sie. Sie versucht ruhig zu klingen, und in den Ohren der anderen gelingt ihr das sicher auch. »Warum war es für Jezara zu spät, Talamar?«

»Sie lebte nicht mehr«, flüstert er. »Ich habe fast fünf Jahre gebraucht, und als ich den Kontakt endlich herstellen konnte, war sie gestorben.«

Nimh sieht ihn ungläubig an, aber mir fällt sofort das letzte Gespräch zwischen Jezara und Inshara wieder ein, kurz vor Jezaras Tod. Das Geständnis der Tochter, bevor sie ihre Mutter tötete.

Verzweifelt suche ich nach den richtigen Worten, um es ihm beizubringen, doch Techeki ist schneller als ich.

»Mein Freund«, sagt er langsam. »So war das nicht. Nachdem Ihr fort wart, hat Jezara noch über zwanzig Jahre gelebt. Sie ist erst vor wenigen Wochen gestorben.«

Talamar weicht zurück, bis er mit den Beinen gegen die Couch stößt. Lautlos bewegt er den Mund, als ringe er um Atem. »Was?«, presst er schließlich hervor. »Das verstehe ich nicht. Sie starb, als Insha noch klein war. Insha hat es mir erzählt.«

Verwirrt runzelt er die Stirn und seine Mundwinkel sacken nach unten. Ich kann ihm ansehen, wie er ungläubig um Fassung ringt – und es macht das, was ich ihm als Nächstes sagen muss, umso schwerer.

»Inshara hat ihre Mutter umgebracht, Talamar. Ich war dabei. Ich habe versucht ... Ich habe versucht es zu verhindern.«

Das Gesicht meines Vaters fällt in sich zusammen und seine Beine geben nach. Er sackt auf die Couch und holt zitternd Luft, während er zu mir hochstarrt. »North, ich glaube nicht ... das kann einfach nicht wahr sein. Warum sollte sie so etwas tun? Warum sollte sie mir all die Jahre erzählen, ihre Mutter wäre tot? All die Jahre hätte ich mit ihr sprechen können?«

»Sie wollte dich für sich allein haben. Sie wollte etwas, das nur ihr gehört«, erkläre ich und auch mir werden die Knie weich bei dem Gedanken, dass ich eine Schwester habe, die meine Mutter gefangen hält – meine ganze *Welt* gefangen hält –, und dass Talamar all die Jahre von ihr gewusst hat, ohne je ein Wort darüber zu verlieren. »Was hast du ihr erzählt?«, zwinge ich mich weiterzufragen. »Was hat sie glauben lassen, sie wäre eine Göttin?«

»Ich ...« Talamar vergräbt das Gesicht in den Händen. »Ich wollte ihr nur das Gefühl geben, etwas Besonderes zu sein«, erklärt er mit gedämpfter Stimme. »Sie erzählte mir Geschichten von einer Welt, die sie hasste, einer Welt, in der sie bespuckt wurde.«

»Diese Geschichten waren wahr«, sagt Techeki mit gequältem Gesicht. »Nachdem ich herausgefunden hatte, wo sie war, habe ich Jezara, wann immer ich konnte, mit dem Nötigsten versorgt. Sie war eine Ausgestoßene.«

»Ich habe sie geliebt«, flüstert Talamar.

Neben mir stößt Nimh die Luft aus. Sie starrt meinen Vater an, als sauge sie jedes kleine Detail über ihn tief in sich auf. Seine und Jezaras Entscheidung – ihre Liebe – waren der Grund, weshalb Nimh aus ihrem Leben herausgerissen und in dieses hier hineinkatapultiert worden war.

Aber ist das der wahre Grund? Oder war es schon damals die Prophezeiung, die die Geschicke lenkte? Ist Nimh die Lichtbringerin, die Zerstörerin der Welten, weil sie schon immer dazu bestimmt war? Oder ist sie es geworden, weil ihr Volk, nachdem Jezara seinen Glauben zutiefst erschüttert hatte, dachte, die Welt müsse untergehen?

»Tal«, fragt eine leise Stimme direkt hinter mir. »Was hast du Inshara erzählt?«

»Dass ihr Vater ein Wolkenländer war«, flüstert er. »Ein Gott. Ich habe ihr Gutenachtgeschichten aus der Prophezeiung erzählt, die Teile, an die ich mich erinnern konnte. Und dann ...«

»Sprich weiter«, presse ich hervor.

»Diese Welt«, sagt er und sieht mich mit tränennassem Gesicht an. »Du bist der Einzige, der das verstehen kann, North – sie ist voller Magie und Monster, so unbegreiflich, dass man ihre Existenz kaum fassen kann. An jeder Ecke lauern Gefahren. Natürlich gibt es auch Schönheit hier, aber die Menschen – North, ich habe gesehen, wie sie weggeschleppt wurde. Von ihren eigenen Wachen. Sie hat nach mir geschrien, während die anderen mich zurückgehalten haben und ...« Seine Stimme bricht und er lässt den Kopf sinken. Um Atem ringend tastet er in seiner Tasche nach seinem Inhalator, bis ihm einfällt, dass er nicht da ist.

Wolkensturz noch mal, ich kann ihn verstehen. Wenn ich tatenlos hätte zusehen müssen, wie sie Nimh wegschleppten ...

Er wartet, bis er ohne die Hilfe seiner Medikamente wieder Luft bekommt. »Nichts ist sicher an diesem Ort«, bringt er schließlich keuchend hervor. »Das habe ich, als ich hierherkam, schnell gelernt. Ich bin in einen Nebelsturm geraten – so habe ich meine Lungen ruiniert. Die Tiere, die Bäume, alles war verdorben. Menschen wie Jeza und unschuldige Kinder wie Insha wurden bestraft.«

Nimh neben mir schluckt, und als ich zu ihr hinüberschaue, sehe ich in ihrem Gesicht das Spiegelbild meiner eigenen inneren Zerrissenheit. Wir haben Jezara getroffen. Was man ihr angetan hat, war mehr als grausam. Und was er über die Gefahren in dieser Welt gesagt hat, ist ebenfalls wahr, trotz all ihrer Schönheit.

»Ich konnte nicht zurück zu meiner Tochter.« Talamar hebt den Kopf. »Umso mehr wollte ich, dass sie sich stark fühlt. Ihr das Gefühl geben, etwas Besonderes zu sein. Deshalb habe ich ihr diese Dinge erzählt, die ich aus den Prophezeiungen kannte, über den Lichtbringer ...«

»Du hast ihr in einer Gutenachtgeschichte erzählt, sie hätte Anspruch auf die Göttlichkeit ihrer Mutter?«, fragt Anasta entsetzt.

»Ich habe nie gewollt, dass sie zu dem wird, was sie heute ist. Bitte ...« Er sieht von mir zu Nimh und dann zu Anasta und Techeki. »Ich flehe euch an, das *müsst* ihr mir glauben.«

Ich sehe ihn an und ... glaube ihm tatsächlich.

Auch ich habe mit allen Mitteln dafür gekämpft, wieder zu Nimh zu kommen. Wenn ich wie er oben festgesessen und geglaubt hätte, ihr Volk hätte sie ermordet und unser Kind wäre in einer Welt, die es hasst, auf sich allein gestellt …

Trotz all der Gefahren kann ich auch das Gute in den Menschen hier sehen, was nicht heißt, dass ich nicht auch verstehe, weshalb Talamar das nicht möglich war. An seiner Stelle hätte mein Schmerz vermutlich auch alles andere ausgeblendet.

Schließlich ergreift Nimh das Wort. »Ihr müsst mit Eurer Tochter sprechen«, sagt sie. »Ihr begreiflich machen, dass das, was Ihr ihr erzählt habt, eine Lüge war und dass sie auf dem Pfad, den sie eingeschlagen hat, noch immer umkehren kann.«

Talamars Augen weiten sich. »Habt Ihr nicht gesehen, was sie getan hat? Seit sie in Alciel ist, verstecke ich mich vor ihr. Sie würde meine Stimme sofort erkennen – und ich bin natürlich nicht in der Lage, ihr irgendwelche göttliche Macht zu verleihen. Ich weiß nicht, was passiert, wenn sie das herausfindet, ich weiß nur, dass es nichts Gutes sein wird.«

»Und was ist mit dem, was jetzt gerade passiert?« Ich werde laut. »Talamar, du kannst dich nicht länger verstecken, um dich selbst zu schützen. Du musst etwas unternehmen. Oben hätte sie dich vielleicht umgebracht, wenn sie herausgefunden hätte, wer du wirklich bist, aber hier unten glaubt sie dir vielleicht. Vielleicht ist sie bereit Alciel zu verlassen und zu dir zu kommen.«

»Und wozu sollte das gut sein?« Saelis sieht finster von mir zu meinem Vater. »Solange wir keine Möglichkeit haben, sie aufzuhalten, könnte sie uns alle unter ihre Kontrolle bringen.«

Anasta sieht Talamar traurig an, gibt sich dann aber einen Ruck und wendet sich an uns alle. »Im Palast konnte Inshara nur jene unter ihre Kontrolle bringen, die ihr nahe waren. Beatrin – und kurz bevor ich entkommen bin noch ein paar der Wachen. Wenn sie nicht in der Lage ist, Menschen auch aus der Ferne zu kontrollieren, könnten wir Beatrin vielleicht von ihr wegholen. Selbst wenn es Talamar nicht gelingt, Inshara ihren Machtanspruch auszureden, können wir meine Gemahlin vielleicht retten.« Sie schluckt. Mehr lässt sie sich jedoch nicht von den Sorgen und Ängsten anmerken, die sie quälen müssen. »Sie ist die Königin Alciels«, fährt sie mit ruhiger Stimme fort. »Wenn wir sie Insharas Einfluss entziehen können, sodass sie ihr Volk wieder um sich scharen und Befehle erteilen kann, wäre schon viel gewonnen.«

»Wir könnten reingehen«, sagt Miri langsam. »Während ihr irgendwo außerhalb des Tempels mit Inshara sprecht, könnten Saelis und ich – und Anasta – in den Palast gehen und versuchen die Königin herauszuholen.«

Ich beobachte, wie in Nimhs Augen wieder ein kleines bisschen Hoffnung aufscheint. Beide wenden wir uns meinem Vater zu, der mit zusammengepressten Lippen auf der Couch sitzt. Ich bin noch immer wütend auf ihn. Die Dinge, die er mir verheimlicht hat, die Lügen, die er Inshara erzählt hat, der Vertrauensbruch gegenüber meiner Mutter – fast wünschte ich, ich hätte nie erfahren, wer mein Vater ist.

Als er meinen Blick bemerkt, schüttelt er den Kopf. »Ich glaube nicht, dass sie mir zuhören wird, North. Was, wenn ich sie nicht überzeugen kann?«

»Du kannst ihr immer noch ein Vater sein«, zische ich und gehe einen Schritt auf ihn zu. »Vielleicht ist es noch nicht zu spät. Sag ihr, was du getan hast – dass du sie angelogen hast. Vielleicht sieht sie ein, dass sie nicht dazu bestimmt ist, eine Göttin zu sein. Und nie eine war.«

Er sieht mich lange an. Keiner von uns wagt zu atmen. Dann schließt er die Augen. »Wie du willst, ich werde ihr eine Nachricht schicken.«

Anasta sinkt neben ihn auf die Couch – schwer zu sagen, ob sie ihn trösten oder schütteln will oder beides –, während ich mich Nimh, Techeki und Matias zuwende. Die beiden Männer haben ihre Streitigkeiten beigelegt und machen ernste Gesichter. Ich zwinge mich einmal tief Luft zu holen und alles, was mir durch den Kopf schwirrt – meinen Vater, meine Schwester, meine Mütter, Nimh und all die Menschen, deren Leben ich schützen möchte –, beiseitezuschieben.

»Wir müssen sie aus Alciel herauslocken«, beginnt Techeki und verschafft mir damit Gelegenheit, mich zu beruhigen. »An einen Ort außerhalb der Stadt, wo es für Nimh genug Nebel gibt, den sie gegen sie verwenden kann.«

»Und weniger Unschuldige«, stimmt Matias zu und reibt sich nachdenklich das Kinn.

»Die Ebenen«, sagt Nimh leise. »North, du kennst sie. Wir haben dort in den Ruinen unter den Hügeln Schutz gesucht.«

»Das alte Einkaufszentrum«, erinnere ich mich, »in dem du als Kind immer gespielt hast.«

»Ich kenne dort jeden Winkel«, erklärt sie, »und bin sicher, dass Inshara das nicht tut. Wir hätten sehr viele Fluchtmöglichkeiten, falls …« Der Satz bleibt unausgesprochen in der Luft hängen. Falls wir versagen.

21
NIMH

Ich stehe am Fenster in North' Kammer und betrachte die Landschaft, die sich unter mir ausbreitet. Vor mir auf dem Sims sitzt der Findelkater und drückt sein warmes Fell gegen meine Rippen. Von hier aus ist der zerstörte Teil der Stadt nicht zu sehen – nur die mit ein paar Barken gesprenkelte Biegung des Flusses, die im Sternenlicht glänzt wie schwarzer Onyx. Jenseits des Flusses, weniger als eine Tagesreise vom Tempel entfernt, befindet sich die Ruinenstadt unserer Vorfahren, die als neutraler Boden für die Zusammenkunft mit Inshara dienen soll.

Im Arbeitszimmer versucht Talamar gerade sie über sein Chrono zu überreden sich mit ihm zu treffen.

North und seine Mutter sitzen in der Nähe der Tür und stecken die Köpfe zusammen. Die meiste Zeit redet sie und North hört einfach nur zu oder nickt mit finsterer Miene. Als würde er meinen Blick auf sich spüren, hebt er den Kopf und sieht mich an. Ich möchte das Gespräch mit seiner Mutter nicht unterbrechen, also lächele ich ihm nur zu und hebe fragend die Augenbrauen. *Geht es dir gut?*

Seine Mundwinkel heben sich zu einer stillen, traurigen Antwort. *Ja, mir geht's gut.*

Ich unterdrücke ein Seufzen und zwinge mich die Augen von ihm zu lösen. Miri hat sich auf dem Bett zusammengerollt, den

Kopf in Saelis' Schoß gelegt und ist sofort eingeschlafen. Auch Saelis schläft. Sein Kopf ist nach hinten gegen die Wand gekippt, sein Mund leicht geöffnet und es ist ein leises Schnarchen zu hören. Matias sitzt mit gesenktem Kopf an North' Frühstückstisch – entweder schläft er ebenfalls oder er meditiert.

Ich sollte auch versuchen mich auszuruhen – sobald Talamar uns mitgeteilt hat, was ihm Insha geantwortet hat. Seine Tochter.

Ich bin immer noch ganz aufgewühlt von dieser Enthüllung und muss mich zwingen nicht ständig zu North hinüberzusehen. Zuerst der Tod seines geliebten Großvaters, dann der Wahnsinn seiner Mutter und die Geheimnisse seines Vaters – und nun auch noch eine irre Schwester, die seinen Tod will. Ich wünschte, ich könnte ihn festhalten, so wie Saelis Miri, ihm etwas Geborgenheit geben und einen Ort, an den er seinen Kopf betten kann, bis sein Herz wieder zur Ruhe kommt.

»Göttliche.« Als ich mich umdrehe, steht hinter mir Techeki, der sich vor mir verneigt und vom Findelkater mit einem kurzen Miauen begrüßt wird. »Ich habe angeordnet uns Tee und etwas zu essen zu bringen. Wenn Ihr schon nicht schlafen wollt, dann esst zumindest ein wenig.«

»Danke, Techeki.« Obwohl ich mir Mühe gebe, gelingt mir nur ein schwaches Lächeln.

»Darf ich Euch Gesellschaft leisten?«, fragt er und deutet mit dem Kinn zum Fenster. Er wartet auf mein Kopfnicken, dann kommt er näher, bis er ebenfalls auf den Fluss blicken kann. Eine Weile schweigt er, wobei seine in Zurückhaltung geübte Mimik nicht einen seiner Gedanken verrät, und stößt schließlich einen langen Seufzer aus. »Die Erinnerung ist schon etwas Merkwürdiges.«

Wem sagt Ihr das. Ich muss an das Mädchen denken, dass ich noch vor wenigen Tagen war, das verwirrt und einsam durch die

Straßen von Alciel irrte und Antworten darauf suchte, wer es ist. »Wie meint Ihr das?«, hake ich nach.

Techeki schüttelt ein klein wenig den Kopf und blickt in die Nacht hinaus. »Als dieser Wolkenländer hier mit Euch im Tempel auftauchte, nachdem wir dachten, Ihr wärt …« Er verzieht das Gesicht zu einer Grimasse, sieht mich aber nicht an. »Es war, als würde sich die Geschichte von Talamar und Jezara wiederholen …«

»Ist es Euch deshalb so schwergefallen, ihm zu vertrauen?«, frage ich leise. »Weil Ihr wusstet, dass er ein Wolkenländer ist?«

»Nein, ich habe ihm nicht vertraut wegen der Art, wie er Euch angesehen hat«, entgegnet Techeki ungewohnt offen. »Wie ich schon sagte: eine Wiederholung der Geschichte …«

Er wirft mir einen langen, fragenden Blick zu und ich bin nicht ganz sicher, warum. Ich spüre, wie mir das Blut in den Kopf steigt, und schaue schnell zur Seite, in der Hoffnung, die Nacht würde die verräterische Röte meiner Wangen verbergen. »Wir haben uns nie berührt, North und ich«, erkläre ich ihm, während der Findelkater anfängt unruhig zu werden. »Nicht, bevor Inshara mein Fußgelenk gepackt hat.«

Techeki gibt ein leises Schnauben von sich und ich kann nicht sagen, ob es Erleichterung ist oder ein unterdrücktes Lachen. »Daoman wäre stolz auf dich.« Er hält kurz inne und fügt dann hinzu: »Darauf und auf so viele andere Dinge auch.«

Ich spüre einen Kloß im Hals. »Aber am Ende habe ich ihn doch enttäuscht«, flüstere ich. Meine brennenden Augen ruhen auf dem Fluss, den ich in meinem Zorn habe verdunsten lassen und der jetzt genauso tot ist wie Teile dieser Stadt.

»Am Ende?« Techeki klingt traurig, doch da ist auch noch etwas anderes, eine Wärme, die ich nicht zuordnen kann. »Wie könnt Ihr das sagen, bevor nicht wirklich alles vorbei ist? Ihr seid noch immer hier. North ebenso. Und auch Eure Verbündeten.«

Von meinen Gefühlen übermannt schüttele ich den Kopf. Erst nachdem ich mehrmals tief Luft geholt habe, bin ich wieder in der Lage weiterzusprechen. »Ich habe ihn gesehen, Techeki. In derselben Vision, in der ich auch Jezara und Talamar zusammen gesehen habe. Und dich habe ich auch gesehen. Ich habe mein Initiationsritual gesehen. Du hast mit Daoman darüber gestritten, ob ich in dem Becken ertrinken könnte.«

Techeki sieht mich erstaunt an und fährt sich mit der Hand über den kahlen Schädel. »Nun ja, es hat vielleicht ein paar Jahre gedauert, aber ich habe gelernt Euch nicht zu unterschätzen, Göttliche.« Reumütig lächelt er mich an. »Der alte Besserwisser hat mir immer wieder aufs Neue bewiesen, dass ich mich in Euch getäuscht habe.«

Die Wärme in seiner Stimme überrascht mich, was ihm nicht verborgen bleibt.

»Ja, wir waren Rivalen, natürlich waren wir das«, sagt er milde. »Man kann Männer wie Daoman und mich nicht nebeneinander auf so hohe Posten setzen, ohne sich darüber im Klaren zu sein, dass man damit einen lebenslangen Machtkampf entfacht. Aber wir waren auch Freunde.«

Seine Antwort, versetzt mir einen Stich. »Ich weiß, Ihr habt den Tempel geführt und alles zusammengehalten, solange ich weg war. Ihr habt hart gearbeitet und müsst nun all Eure Macht wieder an mich abtreten. Das ist nicht gerecht.«

Ich kenne ihn schon fast mein ganzes Leben, sodass mir die Wehmut in seinen Augen nicht entgeht.

»Göttliche«, sagt er langsam, »ich war nie glücklicher als in dem Moment, als die Wachen Euch heute aus der Stadt heraufgebracht haben.« Er schluckt. »Nimh, ich habe das alles immer nur für Euch zusammengehalten. Ihr seid meine Göttin und ich werde Euch dienen, solange ich dazu fähig bin.«

Ausnahmsweise einmal verbirgt er seine Gefühle nicht hinter einer Maske und was ich in diesem Moment in seinem Gesicht lese – Glaube und Erleichterung –, bewegt mich zutiefst.

Techeki sieht mich an und legt dann auf diese für ihn typische Art den Kopf schief. »Ich weiß, Daoman war für Euch wie ein Vater«, sagt er leise. Äußerst vorsichtig greift er nach einer einzelnen Locke, die neben meinem Hals baumelt, und legt sie sanft zurück zu den anderen, die ich im Nacken zu einem Knoten zusammengebunden habe. »Ihr müsst aber wissen, dass er nicht der Einzige war, der in Euch eine Tochter gesehen hat.«

Sprachlos, mit einem dicken Kloß im Hals starre ich ihn an. In meinen Augen brennen Tränen. Der Findelkater erhebt sich, streckt die Vorderbeine und spaziert über den Fenstersims zu Techeki, dem er schnurrend mit dem Kopf gegen den Arm stößt.

Noch bevor einer von uns etwas sagen kann, öffnet sich die Tür zum Arbeitszimmer. Miri schreckt so abrupt aus dem Schlaf hoch, dass Saelis mit dem Kopf gegen die Wand knallt und einen leisen Fluch ausstößt.

In der Tür erscheint mit gesenktem Kopf Talamar und stützt sich mit der Hand im Türrahmen ab, als wäre das das Einzige, was ihn noch auf den Beinen hält.

North sieht zu seinem Vater, den er erst jetzt richtig kennengelernt hat, und presst die Kiefer aufeinander. »Und?«, drängt er ihn.

Ein kurzes Nicken. »Sie wird kommen«, erklärt Talamar. »Wir werden sie morgen bei Sonnenuntergang in den Ruinen der alten Stadt treffen. Ich sage ›wir‹ – sie glaubt aber, dass ich allein komme. Es war die einzige Möglichkeit, sie dazu zu bewegen.«

North' Augen, die noch immer auf seinen Vater gerichtet sind, verengen sich zu Schlitzen. »Was hast du ihr gesagt?«

»Dass es nun an der Zeit wäre«, entgegnet er mit einer Mischung aus Reue und verletztem Ehrgefühl, »die Macht des Lichtbringers auf sie zu übertragen. Sie glaubt noch immer, dass sie auserwählt ist, dass die Stimme aus ihrem Chrono einem Gott gehört, der ihr noch mehr Macht verleihen wird, als sie ohnehin schon hat. Womit sonst hätte ich sie aus dem Palast locken sollen, weg von ihren Wachen?«

»Du hast sie angelogen«, zischt North mit zusammengebissenen Zähnen. »Schon wieder.«

Ich kann seine Enttäuschung spüren. North kannte seinen Vater bisher vielleicht nicht sehr gut, dennoch muss es ein schrecklicher Schlag für ihn sein, so kurz nachdem sie wieder vereint sind, zu erfahren, dass er ein Lügner und außerdem ein Feigling ist. Ich drehe dem Fenster den Rücken zu und gehe ein paar Schritte auf North zu. »Er hat getan, worum wir ihn gebeten haben«, sage ich sanft. »Die Lüge wird sie in die Ruinenstadt locken und dort können wir mit ihr reden.«

»Und du glaubst wirklich, es wird leichter sein mit ihr zu reden, wenn sie die Wahrheit dort erfährt?«

Mit hängenden Schultern dreht North sich weg, ich spüre aber, dass er mir im Grunde recht gibt.

»Wie auch immer«, geht Techeki dazwischen. »Wir sollten uns jetzt alle ein wenig ausruhen. Wenn wir bei Sonnenuntergang in der Stadt der Ahnen sein wollen, müssen wir aufbrechen, sobald der Morgen graut. Und«, fügt er noch hinzu und sieht von mir zu North, »ich will, dass wir alle in Bestform sind. Wer weiß, was uns bevorsteht.«

Techeki weckt uns kurz vor Sonnenaufgang und gemeinsam schleichen wir uns durch einen der Personalkorridore in die Küchen, wo wir den Ausgang zum Fluss nehmen. Niemand möchte Elorin und den Graumänteln erklären müssen, wohin wir gehen und warum – und auch die Schatten patrouillieren immer noch in großen Teilen der Stadt. Es sind viel zu viele, als dass die Tempelwachen oder Graumäntel sie alle verhaften könnten. Wir sind eine kleine Gruppe – nur ich, North, Techeki und Talamar –, die in ihren grauen Mänteln und Jacken kaum Aufmerksamkeit auf sich zieht.

Die kühle Morgenluft lässt mich zittern und North, der immer wieder zu mir herübersieht, um sich zu vergewissern, dass alles in Ordnung ist, zieht fragend die Augenbrauen nach oben. Ich schüttele den Kopf. Die kühle Brise ist angenehm auf meiner Haut. Nach dem erschütternden Tag gestern haben wir alle viel zu wenig geschlafen und ich muss mich anstrengen wachsam zu bleiben.

Matias erwartet uns wie versprochen auf einer Barke der Flussläufer. Er schiebt den Landungssteg ans Ufer, wo Techeki ihn wortlos festmacht. Mir fällt auf, dass sie sich dabei ein klein wenig länger in die Augen sehen als notwendig – als hätten sie unserer gemeinsamen Sache zuliebe einen Waffenstillstand geschlossen.

Einer nach dem anderen gehen wir zum Fischerkönig und seiner Mannschaft an Bord. North, der der Letzte ist, schiebt den Steg zurück auf die Barke und springt dann leichtfüßig ebenfalls an Deck. Matias hält ihn am Arm und begrüßt ihn mit einem Nicken, das an eine respektvolle Verbeugung erinnert.

Ich frage mich, was zwischen den beiden vorgefallen ist, als ich weg war – dass mein stiller und bescheidener Meister der Archive insgeheim nicht nur der Fischerkönig der Flussläufer, sondern auch einer der Sentinels aus den alten Legenden ist, war von den vielen Neuigkeiten, die Techeki mir nach meiner Rückkehr in den Tempel in Kürze unterbreitet hatte, eine der am schwersten zu verdauenden.

Die Besatzung der Barke setzt sich aus drei Flussläufern und dem Kapitän zusammen, und nachdem wir abgelegt haben, ist für eine ganze Weile das einzige Geräusch, das wir hören, das leise Plätschern der Stangen, mit denen sie uns in die Mitte der Strömung lenken. Die Motoren werden wir erst einschalten können, wenn wir den Ring aus Himmelsstahlankern, der den Einsatz von Magie innerhalb der Stadt noch immer unmöglich macht, verlassen haben.

Während der Findelkater die Nase in alle Tau- und Seilknäuel steckt und das Boot gewissenhaft nach Mäusen absucht, nehmen Matias und der Kapitän Talamar, der neugierig ist, wie Magie und Technik zusammenwirken, mit unter Deck in den Maschinenraum.

North und Techeki stehen an der Reling und unterhalten sich leise. Als ich an ihnen vorübergehe, höre ich, wie North versucht meinem Meister der Zeremonie zu erklären, was er von ORAKEL erfahren hat. Es ist mir jedoch ein Rätsel, wie er ihm den uralten Computer, oder besser die Wahrheit über die zwei Herzen in ihrer Geschichte zur Entstehung der Welt – oder die Transformation von Nebel und Glaube in Göttlichkeit –, begreiflich machen will.

Andererseits hat Techeki die Macht des Glaubens nie angezweifelt. Sein gesamtes Leben hat er den Zeremonien gewidmet, die dazu dienten, den Glauben meines Volkes zu bestärken. Vielleicht erfasst sein scharfer Verstand die Zusammenhänge ja sehr viel schneller, als ich vermute. Dass Glaube Berge versetzen kann, ist für ihn nichts Unbegreifliches, und ich wünschte, ich hätte die richtigen Worte, um ihm zu sagen, wie wertvoll sein Glaube für mich ist.

Ich schaue gen Osten, wo die direkt unter dem Horizont lauernde Sonne die Wolkendecke in ein zartes Violett taucht. Etwas später gesellt sich North zu mir an die Reling. Er legt die Hand direkt neben meine, und als ich den Kopf drehe, bemerke ich, dass Techeki verschwunden ist. Abgesehen von den Flussläufern, die in einiger Entfernung damit beschäftigt sind, ihre Stangen ins dunkle Wasser zu stoßen, sind wir allein an Deck.

Schweigend stehen wir nebeneinander und sehen zu, wie wir durch das sich kräuselnde Wasser gleiten. »Denkst du an die anderen?«, frage ich ihn schließlich leise. »Es wird ihnen nichts geschehen. Der Plan ist gut.«

Während wir hier den Fluss entlanggleiten, müssten Miri, Saelis und Anasta bereits in Alciel sein. Anasta wird mit den Ringen der Sentinel eine Tür im Nebel öffnen, und sobald Inshara weg ist, sollte es ein Leichtes sein, Beatrin zurückzuholen. Ein unschätzbar wichtiger Schritt, denn mit der Macht über die Königin verliert Inshara auch die Macht über die Menschen in Alciel.

Unsere Aufgabe ist weit gefährlicher. Machtlos gegen ihre Kräfte müssen wir Inshara entgegentreten in der geringen Hoffnung, dass die Wahrheit sie von ihrer Überzeugung, sie sei dazu bestimmt, die Welt zu beherrschen, abbringen wird.

North schüttelt den Kopf. Im blassen Licht des Morgens wirkt sein Gesicht finster. »Ich weiß, dass der Plan gut ist«, entgegnet er. »Ich wünschte nur, ich könnte bei ihnen sein.« Er musste in Kauf nehmen, dass Inshara immer mehr Menschen aus seinem Volk unter ihre Kontrolle brachte, während er gezwungen war zu fliehen. Und in diese Welt hat er nun drei Menschen zurückgeschickt, die er über alles liebt.

Zum ersten Mal, seit er mir gestanden hat, dass er ein Prinz ist, sehe ich die Last der Krone auf seinem Haupt. Zum ersten Mal sehe ich den König in ihm.

Ich spüre einen Stich im Herzen und blicke schnell hinab ins trübe Wasser. »Du wirst bald wieder bei ihnen sein«, versichere ich ihm. Wenn es das ist, was North will, werde ich nicht zwischen ihm und Miri und Saelis stehen, sosehr es auch schmerzt. »Sobald wir uns um Inshara gekümmert haben.«

»Ich kann mir nicht helfen, ich werde das Gefühl nicht los, dass wir Inshara damit genau in die Hände spielen«, gesteht er mir. »Bisher hat der Nebel sie in Alciel gefangen gehalten. Wenn wir ihr aber eine Tür öffnen, kann sie in diese Welt zurückkehren.«

»Wenn stimmt, was deine Herzmutter sagt, und ihre Macht immer größer wird, können wir nicht warten. Denn wer garantiert uns, dass sie, wenn es zu einem Angriff kommt, nicht ganz Alciel unter ihre Kontrolle gebracht haben wird? Wir wären womöglich nicht mehr in der Lage, sie aufzuhalten, egal was sie vorhat – beide Welten zu beherrschen oder sie als Lichtbringerin zu zerstören.«

North schweigt. Seine Finger umklammern die Reling, während er in den heller werdenden Himmel starrt. Ich werfe einen Blick über die Schulter auf die schwachen Umrisse der Flussläufer, die sich auf dem hinteren Teil des Decks auf ihre Arbeit konzentrieren. North und ich sind allein.

Ich stelle mir vor, wie ich meine Hand über die Reling schiebe und mit den Fingern über seine streiche. Ich stelle mir vor, wie ich mich zu ihm umdrehe und er die Arme um mich legt. Fast kann ich sein Hemd an meiner Wange spüren, das regelmäßige Klopfen seines Herzens, während mein Kopf an seiner Brust ruht.

Aber ich habe nicht vergessen, wie ich im Garten beinahe die Kontrolle über mich verloren habe, als ich zuließ, dass unsere Finger sich berührten. Ich kann das Risiko nicht eingehen. Stattdessen umklammere ich, genau wie North, so fest die Reling, dass meine Fingerknöchel weiß werden.

Ich muss wieder an meine Vision denken, an das Gespräch zwischen Talamar und Jezara im Baderaum. *Wie kannst du leben,* hat er sie gefragt, *ohne jemals einen anderen Menschen zu berühren? Oder jemals berührt zu werden?*

Ich bin nicht nur eine Göttin, entgegnete Jezara, *ich bin auch ein Mensch. Und ich liebe dich.*

Und da ist noch eine Erinnerung, die sich mir aufdrängt, heiß und quälend.

Ich spüre North' Blick auf mir ruhen. »Wo warst du gerade?«, flüstert er.

Ich sehe ihn an, kurz abgelenkt von dem schwachen Licht, das seine Züge weich und verschwommen erscheinen lässt. »Du fängst an mich viel zu leicht zu durchschauen, Wolkenländer«, murmele ich, wobei es mir nicht gelingt, das Zucken meiner Mundwinkel zu unterdrücken. Es schmeichelt mir, wie gut er mich bereits kennt. »Ich musste an meine Vision denken, als ich über das Becken in meinem Baderaum mit dem Herzen des Tempels in Verbindung trat.«

»Die Vision von Jezara und Talamar?«

»Es war der Moment, in dem sie sich zum ersten Mal berührten – sich zum ersten Mal küssten. Sie standen im Becken und ich glaube, ich habe da etwas gesehen ... etwas, das von ihr auf ihn übergegangen ist. Ein Licht.«

North' Augen weiten sich, dann runzelt er die Stirn. »Wie ein Stück Göttlichkeit?«

»Ja, vielleicht. Sie waren im Wasser, nahe dem Herzen, als es passierte.«

»Du glaubst, mein Vater steht ebenfalls mit dem Herz in Verbindung?«

»Oder stand.« Gedankenversunken betrachte ich North' Gesicht, das im Licht der aufgehenden Sonne immer deutlicher zu erkennen ist. »Wenn er das Göttliche in sich trug, als er nach Alciel zurückkehrte, und dann dich zeugte …« Ich verstumme, unsicher, wie ich meine wirren Gedanken und Gefühle formulieren soll.

North kneift die Augen zusammen. »Du glaubst, ich trage das, was sie ihm gegeben hat, womöglich in mir?«

Ich zucke hilflos mit den Schultern. »Du und ich streiten uns ständig über Wissenschaft und Magie, Technologie und Glaube – aber was, wenn die Wahrheit sehr viel komplizierter ist? Wenn sie irgendwo dazwischen liegt … dann müssen Bestimmung und Schicksal ein Medium haben, irgendetwas Greifbares, durch das sie die Geschicke der Welt lenken. Was wäre, wenn es deine Verbindung zu den Herzen war, dieses Bruchstück der Göttlichkeit, das dich hierhergeführt hat, zu mir, damit du deinen Teil der Prophezeiung erfüllst?«

North ist sehr still geworden. »Sprich weiter«, drängt er mich. »Sag es.«

»Was, wenn …« Ich spüre einen dicken Kloß im Hals und muss schlucken, bevor ich weitersprechen kann. »Was, wenn es diese Verbindung ist, die wir fühlen, wenn wir zusammen sind?«

Ein paar Atemzüge lang ist er wie erstarrt. Dann, ganz langsam, schlingt er die Arme um den Körper und zieht sich in sich zurück, während sein Blick sich am Horizont verliert.

Ich mache mir nicht die Mühe zu verbergen, wie sehr mich das verletzt. »Du kannst mir nicht weismachen, du hättest dich das nie gefragt – ich weiß, dass du es getan hast. Wir kennen uns erst seit wenigen Wochen und die meiste Zeit davon waren wir getrennt. Du musst dich gefragt haben, ob das, was zwischen uns ist, einfach nur unsere Bestimmung ist. Nur … Magie.«

North schluckt und senkt den Blick. Ich kann es ihm ansehen.

Ich habe recht. »Ich weiß, was ich fühle«, erwidert er stur und seine Stimme klingt ein wenig belegt.

Die Kälte ist nun nicht mehr angenehm, sondern schmerzt und ich schlinge ebenfalls die Arme um meinen Körper – ich fühle mich elend. »Als du in unsere Welt gekommen bist, warst du bereits verliebt. Und nun, da auch Saelis und Miri hier sind … Ich weiß, dass es dir das Herz zerreißt.«

North presst die Kiefer aufeinander und sieht mich aus den Augenwinkeln heraus an. »Und was ist mit dir?«, fragt er knapp. »Wenn es keine Prophezeiung gäbe, kein Schicksal, kein Herz, das uns verbindet – was würdest *du* für *mich* empfinden?«

Es würde keinen Unterschied machen, schreit mein Herz. Ich würde dich auch lieben, wenn wir nicht Göttin und Prinz wären, nur einfach Menschen auf einer kleinen Insel oder Flussläufer, die ihr Abendessen aus dem Fluss ziehen. Ich würde dich immer lieben, auch wenn ich ein Niemand wäre. Und doch kann ich sein Gesicht, als Miri und Saelis gestern in der Straße die Arme um ihn schlangen, nicht vergessen.

»Ich weiß es nicht«, flüstere ich. »Das ist ja das Problem. Woher soll ich wissen, was ich fühlen würde, wenn die Dinge anders wären?«

Es dauert eine Weile, bis ich ihn ansehen kann. Er sieht mir direkt in die Augen. Ich hatte erwartet, dass er verletzt ist oder wütend. Stattdessen sieht er mich an, als hätte ich meine wahren Gedanken laut ausgesprochen – oder als könnte er sie lesen.

Er macht den Mund auf, doch bevor er etwas sagen kann, erwachen die Motoren der Barke stotternd zum Leben. Ihr Dröhnen bringt den Morgendunst zum Vibrieren und das Boot macht einen Ruck, der uns beide aus dem Gleichgewicht bringt. Die Flussläufer an Decke verstauen ihre Stangen und einer von ihnen verschwindet in der Kabine des Kapitäns, der, nachdem er das

Steuer an seinen zweiten Steuermann übergeben hat, die Leiter herunter- und auf uns zukommt.

Erschrocken erkenne ich Orrun wieder, dessen Barke North und ich in der Nacht der Sterbenden gestohlen haben, um aus der Stadt zu fliehen.

»Göttliche, Letzter Stern der Prophezeiung.« Orrun steckt die Hände in die Taschen und nickt uns zu. »Wir haben den Himmelsstahl nun passiert. Wir werden ungefähr sechs Stunden fahren, bis wir unser Ziel in der Nähe der alten Ruinenstadt erreicht haben. Matias sagt, Ihr hättet nicht viel geschlafen, daher schlage ich vor, dass Ihr Euch ausruht, solange es hier nichts zu tun gibt.«

North nickt und gibt Orrun einen Klaps auf die Schulter. Dann geht er an mir vorbei hinunter unter Deck. Ich will ihm gerade folgen, als Orrun sich hörbar räuspert und ich noch einmal stehen bleibe.

»Dürfte ich Euch bitten«, sagt er ruhig, aber mit einem schelmischen Funkeln in den Augen, »dafür Sorge zu tragen, dass dieses Mal niemand mein nagelneues Boot anzündet?«

DIE KÖNIGIN

Die Königin beobachtet, wie ihre Göttin ruhelos auf und ab schreitet. Ihre schönen, mehrfarbigen Augen leuchten und ihre Vorfreude scheint mit jeder Sekunde, die verstreicht, größer zu werden – während der Königin mit jeder Sekunde das Herz noch ein bisschen schwerer wird.

»Könnt Ihr nicht bleiben?«, fleht sie, die Finger eng ineinanderverschlungen. »Alciel braucht Euch – sein Volk braucht Euch.«

Inshara geht weiter auf und ab, ohne den mit knisterndem, violett-grünem Nebel gefüllten Torbogen aus den Augen zu lassen. »Seid still«, faucht sie. Aber ihre Stimme klingt, selbst wenn sie wütend ist, unwiderstehlich, nahezu betörend. »Ich habe keine Verwendung mehr für eine Königin oder das Volk von Alciel. Bei meiner Rückkehr werde ich eine Gottheit sein, wie sie keine der beiden Welten je gesehen hat. Die Menschen werden nur noch mich anbeten.«

»Ihr seid bereits jetzt eine Göttin, wie ich noch nie eine gesehen habe«, jammert die Königin mit einem unterdrückten Schluchzen. »Und ich bete Euch an. Wenn Ihr schon nicht bleiben könnt, dann nehmt mich doch wenigstens mit Euch!«

Inshara schnaubt, ein eigenartig wohlklingendes Geräusch trotz der darin zum Ausdruck gebrachten Ablehnung. »Er sagte, sie würden die Grenze nur öffnen, wenn ich sie allein passiere.«

»Wie könnt Ihr diesem Mann vertrauen?« Die Königin spürt, wie ihr die Tränen über das Gesicht laufen, macht sich aber nicht die Mühe, sie wegzuwischen. »Was hat er Euch zu bieten, das Euch noch mächtiger macht, als Ihr es ohnehin schon seid?«

»Meine Bestimmung«, entgegnet Inshara, die nun vor der Barriere stehen bleibt, wobei ihre ausdruckslosen Augen eher hinter die Grenze zu starren scheinen. »Sie haben versucht mich davon zu überzeugen, dass er ein Niemand ist, Beatrin. Dass all seine Versprechungen nichts zu bedeuten hätten. Aber ich wusste es – *glaubte* es. Es war eine Prüfung, seht Ihr das denn nicht? Eine Prüfung meiner Macht und Überzeugung. Ich habe die Heimat der *Götter* vom Himmel geholt.«

»Aber …«

»Seine Macht wird allem, was geschehen ist, Bedeutung verleihen!« Inshara wirbelt herum und wirft der Königin einen Blick zu, der sie auf die Knie sinken lässt. »Alles, was ich getan habe … meine Mutter …« Ihre Stimme bricht.

»Ihr sagtet, Ihr hättet sie verloren, als Ihr noch sehr jung wart«, flüstert die Königin. »Und ich habe meinen Sohn verloren. Es wäre mir die größte Ehre, Euch wie eine Tochter lieben und respektieren zu dürfen, so wie Ihr es verdient. Könnt Ihr wirklich nicht bleiben?«

Insharas starrer Blick wird weicher und wirkt fast ein wenig verwirrt. Doch noch bevor sie darauf eine Antwort geben kann, ist von der Grenze hinter ihr ein leises Krachen zu hören. Ein Spalt entsteht und der Nebel teilt sich wie ein Vorhang.

Inshara strafft die Schultern und wirft einen letzten Blick auf die vor ihr kniende Königin. »Ich habe keine Verwendung mehr für eine Königin«, murmelt sie noch einmal und verschwindet durch das offene Portal.

22
NORTH

Zuerst wollten die Flussläufer mit uns kommen. Als sie sich dann doch entschieden auf dem Boot zu bleiben, während wir anderen vom Fluss zu unserem Treffpunkt wanderten, war ich fast froh.

Hier, in der Grasebene, wo die wellige Landschaft aussieht, als hätte jemand an einer riesigen Decke gezerrt und dabei in der Mitte ein Chaos aus Falten und Steinen aufgeworfen, gibt es Hunderte von Verstecken. In Hörweite zu Talamars und Insharas Treffpunkt – und in Laufdistanz zu einem Tunnel, der in das Labyrinth des unterirdischen alten Einkaufszentrums führt – leider deutlich weniger.

»Wie, glaubst du, sind all die Steinbrocken hierhergekommen?«, frage ich, während ich mit der Hand auf einen davon klopfe.

»Wahrscheinlich ein Sturm«, vermutet Nimh.

Und als gebe es nicht tausend andere Gründe, gestresst zu sein, habe ich sofort wieder den tosenden Nebelsturm vor Augen, der uns kurz nach meiner Ankunft hier in die unterirdischen Gänge getrieben hat.

Techeki zieht seinen Mantel aus und legt ihn für Nimh hinter einem Steinbrocken auf den Boden. Unter leisem Protest kniet sie sich hin, legt ein Auge an den Spalt und überprüft, ob sie alles genau beobachten kann.

Hätte ich ihr meine Jacke anbieten sollen? Ich weiß, sie braucht sie nicht. Und nach unserem Gespräch auf der Barke glaube ich ohnehin, dass es ihr lieber ist, wenn ich es lasse. Was ich eigentlich will, ist ihr meine Hand anzubieten.

Ich gehe neben ihr in die Hocke und suche mir ebenfalls einen Spalt zum Hindurchsehen. Als ich ihr wieder den Kopf zudrehe, schaut sie mich mit nachdenklichen, dunklen Augen an.

»Den hier solltest besser du nehmen«, flüstert sie und zieht den Schutzstein aus ihrer Tasche.

»Ich habe ihn dir zurückgegeben«, entgegne ich ein wenig zu schnell und zu scharf, wobei ich nicht weiß, ob meine Nervosität schuld daran ist oder unser Gespräch auf dem Boot oder beides.

»Mir erscheint es sinnvoller, wenn du ihn hast«, meint sie. Ich halte die Hand auf und sie lässt ihn hineinfallen. Der Stein ist noch warm von ihrer Haut und gibt mir das Gefühl, als wollte sie mir mehr geben als nur den Talisman, den sie für mich gemacht hat.

Ich habe keine Ahnung, was ich auf ihre Frage, ob ich sie auch dann lieben würde, wenn wir uns ohne eine Bestimmung, die uns lenkt, begegnet wären, hätte anderes antworten sollen. Außer vielleicht noch, wie sehr ich ihre Großherzigkeit liebe, ihr verschmitztes Lächeln, ihren schnellen Verstand und dass sich daran auch in einer anderen Zeit und an einem anderen Ort nichts ändern würde.

Ein Teil von mir weiß aber auch, dass ich kein Recht habe, ihr zu widersprechen – kein Recht, verletzt zu sein. Denn ich habe mir diese Frage tatsächlich ebenfalls gestellt: Erfüllt sich die Prophezeiung, weil wir uns ineinander verliebt haben, oder haben wir uns ineinander verliebt, weil es die Prophezeiung so vorherbestimmt hat?

Und wenn wir tatsächlich so eng verbunden sind, wie mein Gefühl es mir sagt, was ist dann mit Miri und Saelis? Die beiden wiederzusehen, ihre Umarmungen zu spüren – das war wie nach Hause zu kommen, wie der erste helle Sonnenstrahl nach einem schrecklichen Unwetter. Ich liebe die beiden, so viel ist sicher. Nur, bin ich noch in sie *verliebt*?

»Die Sonne ist schon fast untergegangen«, flüstert Techeki. »Wenn sie aus der Stadt direkt hierhergekommen ist, was ich schwer hoffe, kann sie nicht mehr weit entfernt sein.«

»Ja, das hoffe ich auch«, bekräftigt Nimh seine Worte.

Mit dem Boot waren wir schneller als Inshara. Zu Fuß blieb ihr gerade genug Zeit, um hierherzukommen, nachdem Anasta das Tor für sie geöffnet hat. So wollten wir verhindern, dass sie irgendetwas versucht.

»Talamar ist bereit«, sagt Techeki und nickt meinem Vater zu, den ich durch meinen Felsspalt gut beobachten kann.

Er steht dort, ganz allein, die Hände hinter dem Rücken verschränkt, und wirkt erstaunlich ruhig. Dann sucht er plötzlich hektisch in der Jacke nach seinem Inhalator und der Eindruck der Gelassenheit ist dahin. Als er ihn wie zu erwarten nicht findet, verschränkt er wieder die Hände hinter dem Rücken und richtet den Blick in die Ferne. Ob er jemanden oder etwas näher kommen sieht, ist schwer zu sagen.

»Auch wir sind bereit, falls es nötig werden sollte«, flüstert Nimh mit einem Kopfnicken. Wir alle haben die dunkle Stelle vor Augen, wo die Felsbrocken auf einen Hügel stoßen. Es ist der Eingang zu einem unterirdischen Tunnellabyrinth, das in die Ruinen eines alten Einkaufszentrums und wer weiß, was noch alles, führt, die sich dort wahrscheinlich schon seit dem Exodus befinden.

Am liebsten würde ich sofort ORAKEL fragen. Es ist schon erstaunlich, wie schnell ich mich wieder daran gewöhnt habe, alles, was ich wissen will, sofort in Erfahrung bringen zu können, so wie ich es bis vor ein paar Wochen mein Leben lang getan habe. Doch das muss jetzt warten. Das Armband bewahrt Miri für mich auf. Solange mein Blut der Schlüssel zu seinem Wissen ist, wollte ich es auf keinen Fall in Insharas Nähe bringen.

Talamar strafft die Schultern und signalisiert damit, dass er sie kommen sieht. Neben mir schnalzt Techeki mit der Zunge und deutet mit dem Kinn in Richtung meines Vaters, damit keinem von uns dessen veränderte Haltung entgeht. Ob er es schaffen wird?

Einerseits habe ich ihn jahrelang im Senat von Alciel erlebt, wo die Abstimmungen am Ende immer zu seinen Gunsten ausfielen, obwohl er der Repräsentant der kleinsten Insel war. Ich weiß, dass er sehr überzeugend sein kann.

Andererseits weiß ich aber auch, dass er, sobald es um seine Tochter geht, nicht mehr klar denken kann.

Ich bereite mich innerlich auf Insharas Auftritt vor. Gerade kann ich mich nur an ihr vom Wahnsinn verzerrtes Gesicht erinnern, als sie Nimh am Knöchel gepackt hat, und an den Nebel in ihren Augen.

Und dann erscheint sie plötzlich in meinem Sichtfeld. Das Auge an den Felsspalt gepresst halte ich die Luft an, als ob sie mich atmen hören könnte. Ihre Haltung ist ebenso aufrecht wie die Talamars. Sie trägt Schwarz – offensichtlich ist sie klug genug hier draußen in den Ebenen nicht in Rot zu erscheinen – und ihr Haar ist zu einem Zopf geflochten. Ohne es zu wollen, sehe ich sie in einem Bild mit mir, meinen Müttern und Talamar.

Ihre Augen leuchten und ihre Lippen zittern ein wenig, obwohl sie sie fest aufeinanderpresst. Sie starrt unseren Vater an wie eine Braut, die vor den Altar tritt, ihre Bewegungen langsam und bedacht, als würde sie den Moment bis ins Letzte auskosten.

Als sie sich Talamar nähert, weiten sich ihre Augen. »Ich kenne

Euch«, sagt sie überrascht und ihre Schritte werden langsamer. »Ich habe Euch oben im Palast gesehen.«

Talamar räuspert sich und fängt dann ruhig an zu sprechen. »Ich bin froh, dass du gekommen bist, Insha.«

Als sie seine Stimme wiedererkennt, bleibt ihr der Mund offen stehen. Unfreiwillig macht sie einen Schritt nach vorn und schlägt die Hände vor der Brust zusammen. »*Ihr* seid der Lichtbringer?«

»Wir haben viel zu besprechen«, sagt er und senkt den Blick.

»Ihr«, wiederholt sie und mustert ihn von oben bis unten. Sie sieht ein wenig enttäuscht aus, als hätte sie jemand anderen erwartet – jemanden, der mehr einem Gott ähnelt und ihren lebenslangen Fantasien besser gerecht werden würde. »Warum habt Ihr mich nicht angesprochen? Warum habt Ihr das Chrono vergraben, über das Ihr all die Jahre mit mir gesprochen habt?«

Talamar schluckt – ich kann die Bewegung seines Adamsapfels bis hierher erkennen –, trotzdem behält er die Fassung. Da ist nichts, kein Zucken oder Zappeln, was seine Nervosität verraten würde. »Die Zeit war noch nicht reif«, sagt er schließlich.

Neben mir schnappt Nimh kaum hörbar nach Luft. Mein Herz pocht. *Sag es ihr,* dränge ich ihn in Gedanken. *Sag ihr, wer du bist und warum du es getan hast.*

»Nicht reif?« Insharas Stimme wird dünn und scharf wie ein Messer. »Aber Ihr wart dort. Ich kenne Euch aus dem Palast. Ihr wart Zeuge meiner Macht. Wie konntet Ihr mich in dem Glauben lassen, Ihr hättet mich verlassen?« Sie greift in ihre Tunika und zieht das Chrono heraus, das sie um den Hals trägt. »An den allerschlimmsten Tagen«, erzählt sie, das Chrono fest umklammernd, »habe ich mich daran festgehalten. Da war dieser Händler, der versprochen hatte uns Essen zu verkaufen, und dann gewartet hat, bis die Kälte kam und er den Preis verdreifachen konnte. Als Teile der Felswand in unseren Garten stürzten, mussten wir die Brocken einzeln herausholen, bis unsere Hände bluteten. Wir konnten niemanden um Hilfe bitten. Es wäre zu gefährlich gewesen, so sehr hassten sie uns. Ihr wart alles, was ich hatte. Eine Stimme, die mir aus diesem Relikt etwas zuflüsterte. Und dann habt Ihr mich von heute auf morgen in dem Glauben gelassen, Ihr hättet keine Verwendung mehr für mich!«

Ihr Stimme wird so leise, dass ich ihre Worte gerade noch verstehen kann, und Talamar geht einen Schritt auf sie zu. Zwischen ihren gesenkten Köpfen erstrahlt die untergehende Sonne und macht Vater und Tochter zu gesichtslosen Silhouetten.

»Dennoch klammerte ich mich an dieses Chrono, weil ich wusste, Ihr würdet Euch wieder melden«, flüstert sie. »Weil ich mit jedem Sonnenuntergang wusste, dass wir diesem Augenblick wieder einen Tag näher gekommen waren.«

»Es tut mir leid.« Auch Talamars wohlklingende Stimme ist nun nur noch ein Flüstern. »Ich weiß nicht, wo ich anfangen soll, Insha. Du siehst deiner Mutter so ähnlich. Ich wünschte, sie wäre hier, um zu sehen, dass wir uns begegnet sind.«

Sie blinzelt und kneift dann skeptisch die Augen zusammen. »Meine Mutter?«, wiederholt sie. »Woher solltet Ihr wissen, wie meine Mutter ausgesehen hat?«

Der Moment ist gekommen, Talamar, sag ihr einmal in deinem elenden Leben die Wahrheit.

Doch Talamar zögert – und keiner von uns in seinem Versteck wagt es noch zu atmen.

»Ich bin der Lichtbringer«, sagt er schließlich feierlich. »Ich weiß alles.«

Was hat er da gerade gesagt?

Inshara holt einmal tief Luft, ihre Augen leuchten. »Dann tut, was Ihr versprochen habt. Übertragt mir Eure Macht – macht mich zu Eurem Werkzeug in dieser Welt. Ich bin bereit.«

»Ich …« Talamar schluckt und seine Angst wird offensichtlich. Zu offensichtlich. »Die Zeit ist noch immer nicht reif. Es sind weitere Vorbereitungen zu treffen.«

»Was?«, faucht sie. »Sagt mir, dass das ein Scherz ist.«

Am liebsten wäre ich aufgesprungen, um dasselbe zu brüllen: Sag mir, dass das ein Scherz ist, Talamar! Sag mir, dass du an der Lüge, die du ihr seit Jahren erzählst, nicht noch immer festhältst!

»Ich hatte dich nicht angewiesen die Königin der Wolkenländer unter deine Kontrolle zu bringen«, sagt er, sein Tonfall ist jetzt sehr viel formeller. »Du hättest dich etwas mehr zurückhalten müssen. Deshalb habe ich nicht mehr mit dir gesprochen. Ich war mir nicht sicher, ob du wirklich schon bereit bist. Du hättest ihrer Welt mit mehr Respekt begegnen müssen.«

Plötzlich wird mir klar, was er da tut. Fünfzehn Jahre lang hat er ihren Wahnsinn befeuert und nun, da sie vor ihm steht, eine mächtige Magierin, hat er Angst um sein Leben. So einfach ist das. Mein Vater ist ein Feigling.

»Ihre Welt? Ihr meint die Welt der Götter. Bloß ist die *Königin* keine Göttin.« Inshara spuckt das Wort fast angewidert aus. »Keiner von ihnen ist eine Gottheit! Also habe ich mich ihrer bemächtigt. Was hätte ich denn sonst tun sollen?«

»Abwarten«, entgegnet er und wird dabei lauter.

Techeki flüstert etwas, und obwohl ich ihn nicht verstehe, vermute ich, dass er genauso fassungslos ist wie ich. Was für ein Spiel treibt Talamar da? Was will er tun, wenn sie einwilligt ihm weiterhin zu dienen und von ihm zu lernen? Wie will er sie noch länger hinhalten?

Sie starrt ihn mit gerunzelter Stirn an, als versuchte sie etwas zu begreifen. Absolut still steht sie da, dann glättet sich ihre Stirn.

»Meine Mutter hat behauptet, Ihr wärt kein Gott«, sagt sie gedehnt. »Sie sagte, Ihr wärt ein ganz normaler Mann. Doch ich wusste es besser. Sie sagte auch, dass der Gegenstand, mit dem Ihr mir Eure Nachrichten übermittelt habt, weder magisch noch göttlich sei. Aber ich *dachte,* ich wüsste es besser.«

Sie wirft einen Blick auf das Chrono in ihrer Hand. Dann hebt sie das Lederband an, das ihr um den Hals hängt, und lässt das Gerät hin- und herschwingen. Es herrscht absolute Stille.

»Aber«, sagt sie langsam. »Es ist nur ein Chrono. Jeder in Alciel hat eines.«

»Insha«, sagt Talamar und hebt vorsichtig die Hand.

Plötzlich bekommt sie einen Wutanfall. Sie beginnt zu brüllen, reißt die Arme nach oben und das Licht der untergehenden Sonne fängt sich in ihrem Chrono. »Es ist *nichts*«, schreit sie, schmettert es auf den Boden, hebt den Fuß und rammt krachend die Ferse hinein. Funken sprühen, es flackert ein letztes Mal auf, dann ist es tot. »Es ist nichts«, wiederholt sie etwas leiser. »Nur eine Lüge und Ihr seid genauso wenig ein Gott wie der Rest von ihnen. Mein ganzes Leben hatte ich Eure Stimme im Ohr, trug Eure falschen Worte in meinem Herzen. Mein ganzes Leben, alles, was ich getan habe ... soll für *Euch* gewesen sein?«

»Insha, du warst allein«, protestiert er. »Ich wollte nur ...«

»Es ist mir egal!« Der Nebelsturm, der in ihren Augen wütet, wird stärker und verzerrt ihre Züge. Mit geballten Fäusten dreht sie langsam den Kopf und sieht direkt in unsere Richtung. Wir sind zwar hinter den Felsbrocken versteckt, doch das kann kein Zufall sein.

Ich sehe Nimh an, die meinen Blick mit weit aufgerissenen Augen erwidert. Entschlossen korrigiert sie den Griff um ihren Speer und macht sich bereit aufzustehen. Wir haben diesen Ort ausgewählt, damit keine Unschuldigen in Mitleidenschaft gezogen werden, falls Nimh und Inshara aneinandergeraten, was aber noch lange nicht heißt, dass Nimh nichts geschehen wird.

Ich sehe wieder zu Talamar und Inshara. Mit erhobenen Händen versucht er sie zu beschwichtigen, doch sie hört ihm nicht mehr zu.

»Die Götter des Wolkenlandes sind nur gewöhnliche Menschen«, brüllt sie. »Ich bin es, die Euch zeigen wird, was wahre Macht ist! Ihr glaubt zu wissen, was Göttlichkeit bedeutet?« Sie stößt ein bellendes Lachen aus, während sich eine knisternde Kraft um sie zusammenballt, als trüge sie einen Nebelsturm in sich. »Ich bin schon jetzt mächtiger als jede Gottheit, der Ihr je begegnet seid. Huldigt mir und ich werde Euch am Leben lassen.«

Etwas huscht durch meinen Verstand, wie das flüchtige Glitzern eines vorbeischwimmenden Fisches, und ich werfe mich flach auf den Boden. Techeki springt auf, sein Gesicht merkwürdig verzerrt, noch während er sich an mir vorbeidrängt, streckt er eine zitternde Hand nach mir aus. Ich ergreife sie, doch er reißt sich los, zieht das Messer aus dem Gürtel und verlässt seine Deckung. Ohne zu zögern, geht er auf Talamar und Inshara zu. Versucht er sie umzubringen, bevor sie ihre Macht auch an uns anderen demonstrieren kann? Er wird sie niemals rechtzeitig erreichen. Als sich die beiden ihm zuwenden, blitzt das Messer in seiner Hand in der Sonne auf.

Ich springe hoch und spüre Nimh neben mir, doch es gibt nichts, was ich tun könnte, um ihn zu retten. Gleichzeitig wünsche ich mir, nicht mit ansehen zu müssen, wie er Inshara das Messer in den Leib rammt.

Talamar starrt ihn einfach nur an, mit rasselndem Atem, und hebt abwehrend die Hand, als wollte er sich vor dem Meister der Zeremonie schützen. Da packt Techeki plötzlich Talamars Arm, zieht ihn an sich und hält meinem Vater die Klinge an den Hals.

Talamar schluckt. Die Klinge ist so nah, dass sie seine Haut streift. Langsam drehen die beiden sich unter Insharas triumphierendem Blick zu uns um, bis sie Nimh und mir direkt gegenüberstehen.

Und erst in dem Moment bemerke ich die Tränen auf Techekis Gesicht. Sofort habe ich wieder das Bild meiner Mutter vor Augen – ihr Wille gebrochen, gezwungen Inshara zu dienen, mit Tränen, die über ihre Wangen laufen.

»Nein«, flüstert Nimh entsetzt, die nur eine Sekunde nach mir begreift, was hier eigentlich vor sich geht.

»Ich kann euch spüren«, sagt Inshara, die jetzt wieder völlig ruhig ist. »Ich höre das Schlagen eurer Herzen, dort hinter den Trümmern. Kommt raus und leistet euren Freunden Gesellschaft. Wir können gemeinsam zurück in die Städte gehen. Dort werdet ihr sehen, dass ich meiner Macht würdig bin.«

23
NIMH

»Techeki!« Sein Name bricht aus mir hervor. Ich springe auf, um zu ihm zu laufen, aber etwas hält mich zurück. Kurz bin ich so überrascht, dass ich mich weder bewegen noch einen klaren Gedanken fassen kann.

»Du kannst da nicht rausgehen«, höre ich North neben mir. Er hält mich an meinem Speerschaft fest.

»Was … Lass los!« Ich könnte den Speer auch selbst loslassen, doch North' gequälter Blick sorgt dafür, dass ich es nicht tue. »Ich kann ihn nicht auch noch verlieren!«

»Und ich kann dich nicht verlieren!« North gibt nicht nach.

Für den Bruchteil einer Sekunde sind wir nicht mehr in den Ruinen, sondern stehen wieder auf dem gewundenen Pfad hinter Jezaras Haus, hinter uns eine senkrechte Felswand, vor uns ein tödlicher Abgrund, seine Hand an meinem Speer ist das Einzige, das mich davor bewahrt zu fallen.

Ich könnte loslassen und einfach weglaufen. Er könnte mich nicht aufhalten, nicht ohne mich zu berühren, und ich weiß, dass er das nie ohne meine Erlaubnis tun würde. Das würde jedoch bedeuten seinen Glauben und Respekt gegen ihn zu verwenden. Es wäre ein Beweis, dass ihm unser gegenseitiges Vertrauen mehr bedeutet als mir.

Inshara beobachtet uns mit finsterem Gesicht. Techeki, dem

die Tränen über das Gesicht laufen, steht neben ihr und hält Talamar weiter die Klinge an die Kehle, jede Faser seines Körpers aufs Äußerste angespannt.

»Nutze die Macht der Lichtbringerin.« North zieht mich am Speerschaft zurück hinter den Felsen, damit er mir in die Augen sehen kann. »Wir sind umgeben von Nebel, richtig? Nutze ihn, um Inshara und Techeki zurückzuhalten, sodass wir meinen Vater dort herausholen können.«

Obwohl alles in mir zu Techeki laufen will, stehe ich absolut still. Meine Gedanken kreisen um die Frage, was geschehen könnte, wenn ich dabei meine Selbstbeherrschung verliere, und sei es nur für einen kurzen Moment. Ich spüre North neben mir und seine Nähe wärmt mich wie die Glut eines Feuers, aber ich kann auch seine Verzweiflung spüren.

»Ich … ich kann es nicht«, presse ich hervor.

Enttäuscht riskiert er einen Blick über den Steinbrocken. »Uns bleibt keine Zeit, Nimh. Ich weiß, dass du es kannst – du hast einen abstürzenden Zugwaggon gestoppt.«

»Und ich habe meine Stadt zerstört.« Ich bin immer noch wie erstarrt, nicht in der Lage, den Speer loszulassen. An der Art, wie er über die Steine späht, erkenne ich, dass Inshara sich uns nähert. »Ich kann das nicht noch einmal tun.«

North sieht mich lange an, zögert und es ist nicht zu übersehen, dass er einen inneren Kampf ausficht. »Dann müssen wir hier weg. Jetzt. Sofort!« Er springt auf und zieht mich an meinem Speer hinter sich her.

Die Bewegung holt mich aus meiner Starre. Meine Beine beginnen zu laufen und North muss mich nicht länger wie einen Sack Wäsche hinter sich herschleifen. Wir haben unser Versteck gut gewählt – der Eingang zu den unter den Hügeln begrabenen Ruinen ist direkt hinter uns. Dennoch bin ich mir sicher, dass uns

Inshara und mein geliebter Techeki mit seinem Messer auf den Fersen sind.

Doch als wir die Schatten der Ruinen erreichen und ich über die Schulter einen Blick zurückwerfe, steht Inshara immer noch an derselben Stelle und starrt uns mit undurchdringlicher Miene hinterher. Talamar, den Techeki unerbittlich an ihrer Seite hält, ist schneeweiß geworden.

Halb schlitternd, halb laufend rennen wir einen langen gebogenen Marmorgang entlang. Durch die Spalten in Decken und Wänden sickert Tageslicht, das aber nicht ausreicht, um uns den Weg zu erleuchten. Ich stolpere über einen Trümmerbrocken und schlage der Länge nach hin. Mein Speer fällt klappernd zu Boden. North bleibt ein paar Schritte vor mir stehen, beugt sich vornüber, um Atem zu schöpfen, und kommt dann zurück, um sich neben mich zu knien.

»Alles in Ordnung?«, keucht er.

Ich bin so außer Atem, dass ich ihm nur mit einem Schluchzen antworten kann. Ich drücke mich hoch auf Hände und Knie, die ich mir auf dem Steinboden blutig geschlagen habe.

North lässt sich auf die Fersen sinken und fährt sich über das Gesicht. »Es tut mir leid. Ich …« Er hält inne, unfähig in Worte zu fassen, was zwischen uns geschehen ist, als er mich nur an meinem Speerschaft zurückgehalten hat.

Noch immer um Atem ringend schüttele ich den Kopf und versuche meine Gefühle zu ordnen. »Nein. Es war richtig mich aufzuhalten. Ich wollte nur …« Mir versagt die Stimme und ich schüttele noch einmal den Kopf.

»Ich weiß.« North' Miene ist ungewöhnlich finster. »Ich hoffe nur, die anderen konnten meine Mutter aus Alciel herausholen.« Er fährt sich mit der Hand durch die wirren Locken und sieht mich an. »Wir holen Techeki zurück. Ich hatte gehofft, die Erneuerung deiner Verbindung zum Herz des Tempels hätte sich zumindest ein bisschen auf Insharas Macht ausgewirkt.«

Unglücklich schlinge ich die Arme um den Körper. »Und was tun wir jetzt? ORAKEL fragen, ob es noch einen anderen Weg gibt?«

»Wir müssen uns von Miri das Armband zurückholen«, entgegnet North. »Oder direkt zu ORAKEL gehen. Aber dazu müssten wir quer durch die Stadt.«

Ich stütze mich auf meinen Speer und stehe auf. Von meinem Sturz tun mir alle Knochen weh. Am liebsten würde ich darauf bestehen, Techeki zu holen, aber ich weiß, bevor wir keinen Weg gefunden haben, Insharas Macht zu brechen, ist es sinnlos, es überhaupt zu versuchen. Ich bringe es nicht über mich, das auch North zu sagen, nicht bevor wir seine Mütter gesehen haben und wissen, ob all diejenigen, die sie in ihrem Bann hatte, ihren eigenen Willen wiedererlangen konnten. »Wir sollten zu Matias zurückkehren«, erkläre ich ruhig. »Bevor Inshara die Barke findet und wir keine Möglichkeit mehr haben, in die Stadt zurückzugelangen.«

North erhebt sich, starrt dabei aber nachdenklich auf den Boden. »Ich glaube nicht, dass sie noch länger hierbleiben wird«, sagt er leise. »Sie hat jetzt alles, was sie wollte.«

Als wir Orruns Barke erreichen, ist bereits schwer und feucht die Nacht hereingebrochen und der sternenlose Himmel verheißt Regen. Der Findelkater, der ausnahmsweise beschlossen hatte bei den Flussläufern zu bleiben, anstatt mich zu begleiten, begrüßt uns von der Reling aus. Sein Miauen ruft die anderen herbei, die alle wissen wollen, was geschehen ist. Nur Matias betrachtet uns schweigend. Von den vieren, die das Boot vor wenigen Stunden verlassen haben, sind nur zwei zurückgekehrt.

»Ihr musstet es versuchen«, sagt er leise, als die Flussläufer sich wieder an ihre Arbeit gemacht haben und die Barke flussaufwärts fährt. »Selbst wenn die Chance, ihr den Schleier der Verblendung von den Augen zu reißen, winzig war.«

»Hätte Talamar ihr nur die Wahrheit …«, beginnt North. Er steht an der Reling und hat den Kopf auf die Arme gelegt.

Matias wartet einen Moment, doch als North keine Anstalten macht seinen Satz zu beenden, sagt er: »Womöglich wäre ihre Reaktion dann noch schrecklicher gewesen. Seit sie ein Kind war, hat dein Vater ihr Dinge eingeflüstert. Er kennt sie besser als jeder andere – vielleicht hat er gespürt, dass die Wahrheit alles nur noch schlimmer gemacht hätte.«

»Noch schlimmer? Wir haben ihn und Techeki verloren.« North richtet sich auf und lehnt sich mit dem Rücken gegen die Reling. »Wolkensturz noch mal. Ich hoffe, Miri, Saelis und meine Mütter sind im Tempel und warten dort auf uns. Das wäre das einzig Positive an der ganzen Sache.«

»Wir erreichen die Stadt erst in ein paar Stunden und müssen sehr vorsichtig sein, um nicht die Aufmerksamkeit der Schatten zu erregen, die möglicherweise unterhalb des Flussläuferlagers auf dem Wasser patrouillieren. An Eurer Stelle würde ich versuchen ein wenig zu schlafen, bevor Ihr es Euch noch ganz abgewöhnt.« Er verschwindet unter Deck und lässt North und mich – und den Findelkater – allein.

Ich zögere. Ein Teil von mir möchte Matias unter Deck folgen, wo das Rauschen des Flusses und das Dröhnen der Motoren meine schweren Gedanken übertönen, aber ich spüre North' Blick auf mir. Als ich mich ihm zuwende, starrt er jedoch schon wieder gedankenverloren auf das hölzerne Deck.

Der Findelkater lässt ein leises Miauen hören und tänzelt zu North hinüber, wo er einen Buckel macht und ihm dann mit dem Kopf gegen die Beine stößt. Ohne nachzudenken, nimmt North den Arm weg, um ihm Platz zu machen, woraufhin der Kater neben ihm auf die Reling springt und sich gegen seine Schulter schmiegt.

Lächelnd gehe ich ein paar Schritte auf die beiden zu. »Kaum zu glauben, dass du vor ein bisschen mehr als zwei Wochen noch nie eine Katze gesehen hattest.«

North krault den Kater unterm Kinn und er fängt an zu schnurren, so laut, dass er sogar die Motoren der Barke übertönt. »Ich bin immer noch der Ansicht, dass man sich vor diesen Kreaturen in Acht nehmen sollte.«

Wie zur Bestätigung schnappt der Kater leicht nach North' Hand und sieht den Prinzen herausfordernd an. *Du bist am Zug.* North zuckt, zieht die Hand aber nicht weg, woraufhin der Kater ihn wieder loslässt und beleidigt von der Reling springt.

Ein unangenehmes Schweigen breitet sich aus und diese neue Distanz zwischen uns quält mich. North vermeidet es, mich anzusehen. Er spricht zwar mit mir … aber nur im Plauderton.

Ich dachte, was ich in meiner Vision gesehen habe – dass er über seinen Vater womöglich eine Verbindung zum Herzen des Tempels hat – würde ihm helfen sich über seine Gefühle klar zu werden. Ich dachte, es würde ihm helfen herauszufinden, wo – und mit wem – er am glücklichsten ist. Stattdessen ist er so weit von mir entfernt, als würden wir noch in getrennten Welten leben.

»Es tut mir leid«, flüstere ich in die Dunkelheit der sternenlosen Nacht, und als er mich fragend ansieht, füge ich noch hinzu: »Wegen Talamar.«

»Er hat sich dazu entschieden, sie weiter anzulügen.« Verständnislos schüttelt er den Kopf. »Aber ich hatte ihn vor meinem Absturz gerade erst kennengelernt und weiß, wer meine wahren Eltern sind. Wenn wir meine Blutmutter heute retten konnten … war es das wert.«

»Vielleicht hätte ich sie aufhalten können«, bemerke ich leise.

North schnaubt und sieht mich ungewöhnlich finster an. »Ich hätte dich gar nicht erst darum bitten dürfen, es zu versuchen. Ich habe keine Vorstellung davon, wie es ist, eine solche Macht in sich zu tragen und sie nicht kontrollieren zu können.«

»Nach dem, was das letzte Mal passiert ist, als Inshara und ich gegeneinander gekämpft haben … Ich denke, das war auch der Grund, warum ich mich, nachdem ich in Alciel war, an nichts mehr erinnern konnte. Vielleicht wollte mein Verstand mich beschützen. Vielleicht war mir unterbewusst klar, dass die Erinnerung an das, was ich meinem Volk angetan habe, mich … mich noch einmal zur Zerstörerin machen könnte.«

»Aber du hast doch von Anfang an geglaubt, dass es deine Bestimmung sei, die Welt zu zerstören. Hat sich das geändert?« Er stellt die provokante Frage sehr behutsam. Trotzdem verletzt sie mich. Sie rührt an einer Unsicherheit tief in meinem Herzen.

Seufzend stelle ich mich eine Armeslänge von North entfernt an die Reling und schaue ins Wasser. Selbst hier – in dieser Entfernung zur Stadt – ist der Fluss verändert, sodass ich seinen modérig faulen Geruch wahrnehme. In diesem Teil habe ich das Wasser zwar nicht verdunsten lassen, aber all die toten Pflanzen, Tiere und aufgewühlten Sedimente wurden flussabwärts geschwemmt.

»Der erste Lichtbringer«, sage ich schließlich, »war dazu bestimmt, der Welt ein Ende zu bereiten, alles Leben auszulöschen, damit neues entstehen kann. Als die Zeit gekommen war, seine Bestimmung zu erfüllen, scheute er jedoch davor zurück und floh mit den anderen Göttern in den Himmel.« Wieder spüre ich North' Augen auf mir ruhen, und als ich mich ihm dieses Mal zuwende, weicht er meinem Blick nicht aus. »Vielleicht ist auch das Teil des Kreislaufes. Vielleicht bin ich nur eine Gottheit mehr in einer langen Reihe von Göttern, die das Schicksal zu sehr fürchten, um zu tun, was getan werden muss.«

»Das glaube ich nicht«, sagt North nachdenklich. »Die Geschichte ist noch nicht zu Ende und in eurer Prophezeiung ist nichts, wie es scheint. Wir wissen nun, was das Orakel wirklich ist – und auch, dass die beiden Hälften des gebrochenen Herzens wirklich existieren. Wir wissen, dass mehr hinter der Geschichte steckt, als man uns erzählt hat. Und wir haben immer noch Zeit herauszufinden, was es ist.«

»Aber meine Kräfte …«

»Sie gehören zu dir«, versichert er mir. »Und du musst sie nutzen. In Alciel hattest du vieles vergessen, doch nun erinnerst du dich. An alles. Habe ich recht?«

»An fast alles.« Unsicher sehe ich ihn an. Es gibt da eine Frage, die ich nicht gewagt habe zu stellen, seit meine Erinnerung mehr und mehr zurückkehrt ist. Wenn mein Verstand mich wirklich vor den Erinnerungen schützt, die zu schrecklich sind, um sie zu ertragen, dann gibt es vielleicht einen Grund, weshalb ich dieses letzte Puzzlestück nie in das Gesamtbild einfügen konnte. »North … Wo ist Elkisa?«

Er versteift sich merklich und presst die Lippen aufeinander, doch allein sein Gesicht verrät mir so viel, dass die Erinnerungsbruchstücke wie von selbst anfangen sich zusammenzufügen: Elkisa, die Jezara und mich bei den Überresten von Orruns Boot findet. Ihr Geständnis, dass sie die ganze Zeit Insharas Spionin war – meine teuerste Freundin und älteste Gefährtin, eine Verräterin. Die Reste von North' roter Schärpe, die sie mir am Flussufer vor die Füße wirft. Ihre Lippen, die stumm die Worte formen: *North ist tot.*

Und dann … nichts mehr.

Vielleicht war es gar nicht die Erinnerung an die zerstörte Stadt, vor der mich mein Verstand beschützen wollte. Vielleicht wollte er mich vor einem noch viel größeren Schrecken bewahren.

North weiß, dass die Wahrheit langsam in mein Bewusstsein sickert, und schweigt, sieht mich einfach nur an, mit diesen sanften, mitfühlenden Augen.

Noch immer wage ich die eigentliche Frage, die den Kern meiner fehlenden Erinnerung bildet, nicht zu stellen. Ich lehne mich über die Reling und beginne zu zittern, während ich in das sich kräuselnde Wasser hinabstarre.

Etwas streift meine Schulter und ich zucke zusammen. North steht zwar sehr nah bei mir, aber es ist nicht er, den ich fühle. Behutsam hat er mir die Jacke um die Schultern gelegt, die noch warm ist von seinem Körper und mir schmerzlich bewusst macht, dass ich nur ein Wort entfernt bin von seiner Berührung. Ein Wort von mir würde genügen, damit er mich in die Arme schließt.

Meine Zunge fühlt sich schwer an in meinem Mund und es schnürt mir die Kehle zu. Tränen fließen mir über die Wangen, die jedoch nicht Inshara geschuldet sind.

Habe ich Elkisa getötet? Die Frage hüpft durch meine Gedanken und ich drücke die Wange an North' wärmende Jacke. Schweigend steht er neben mir, als wachte er über mich, während ich den Verlust meiner Freundin betrauere – denn verloren habe ich sie, so oder so.

Die Flussläufer machen die Barke an derselben Stelle fest, von der aus wir am Morgen abgelegt haben, unterhalb des Eingangs zu den Tempelküchen. Nicht bereit noch eine Sekunde länger zu warten, um zu erfahren, ob North' Familie sicher aus Alciel herausgekommen ist, überlassen wir es Matias, Orrun Anweisungen für die Flussläuferclans zu geben.

Die Küchen sind dunkel und leer, ein ungewohnter Anblick, der mir einen Schauder über den Rücken jagt. Wir gehen zu der Treppe, die in den Tempel hinaufführt, und bleiben auf der untersten Stufe kurz stehen, damit North eine Laterne entzünden kann. Als ich mich noch einmal umdrehe, sitzt der Findelkater noch immer in der Tür. Sein Schwanz schlägt nervös hin und her und er hat die Ohren gespitzt. Hört er etwas, das ich nicht höre? Ohne genau zu wissen, wonach ich suche, gehe ich zu einer der Feuerstellen und halte die Hand über die Asche: *kalt.*

»North ...« Meine Stimme klingt beunruhigt. »Etwas stimmt hier nicht.«

Die Laterne leuchtet auf und erhellt North' Gesicht. »Was meinst du?«

»Wo sind alle?«

»Es ist mitten in der Nacht. Ich nehme an, sie schlafen.«

Eigensinnig schüttele ich den Kopf. »Ein paar Leute arbeiten hier immer, auch nachts. Ich habe die Küchen noch nie leer vorgefunden.«

North runzelt die Stirn. Er öffnet den Mund, um etwas zu sagen, doch als sein Blick auf die Laterne in seiner Hand fällt, zieht er scharf die Luft ein und lässt sie krachend zu Boden fallen. Glas splittert und das Öl breitet sich zu einer brennenden Lache aus.

Ich laufe hinüber zu North, der sich hingekniet hat und mit den Fingern über den Boden wischt.

»Blut«, presst er hervor und deutet auf die dunkelroten Streifen, die seine Finger auf dem Steinboden hinterlassen haben. »Da war etwas Klebriges an der Laterne. Zuerst dachte ich, es wären Spuren von der Küche ...«

Das Blut auf dem Küchenboden, die Leichen meiner Wachen, die in der Nacht, in der North in diese Welt gefallen ist, an den Bäumen baumelten, der Staub, der sich ganz langsam legte, nachdem Inshara ein Loch in die Mauer meines Tempels gesprengt hatte. Die Erinnerungen brechen über mich herein wie eine Flutwelle. Das alles darf nicht wahr sein.

Noch bevor ich etwas sagen kann, springt North auf und rennt die Treppen hinauf.

»Warte!«, rufe ich. Ich versuche ihn festzuhalten, erwische ihn aber nicht. »North! Bleib stehen!«

»Meine Familie ist dort drin«, ruft er mir über die Schulter zu, zwei Stufen auf einmal nehmend.

Erst als ich das brennende Lampenöl mit einem leeren Sack erstickt habe, kann ich ihm hinterherlaufen, wobei mir mein Gewand und mein Speer ziemlich hinderlich sind. Als ich oben an der Treppe ankomme, sehe ich ihn nicht mehr. Doch es gibt nur einen Weg, den er genommen haben kann: den langen Korridor, der in die Gänge für die Bediensteten und Akolythen mündet.

Ich biege um die Ecke und halte abrupt an. Dort steht North, mit gekrümmten Schultern, und stützt sich mit der Hand an der Wand ab. Im ersten Moment kann ich nicht sagen, weshalb er stehen geblieben ist. Dann sehe ich überall die dunklen Umrisse am Boden, wie Kleiderhaufen, die unordentliche Bedienstete auf dem Weg in die Wäscherei verloren haben. Einer der Kleiderberge bewegt sich.

North und ich laufen gleichzeitig los. Er fällt auf die Knie und Entsetzen breitet sich auf seinem Gesicht aus. »Elorin?«

Die Anführerin der Graumäntel stöhnt. Ihre Augen blicken ins Leere, wandern über unsere Gesichter, ohne uns zu erkennen. Ihr Mantel ist verschwunden, die Kleidung blutgetränkt. Sie liegt in einer klebrig roten Lache, ihre rechte Seite ist eine hässliche Masse aus Fleisch, Blut und Stoff. North nimmt Elorins Hand, während ich Kräuter und magische Reagenzien aus meiner Chatelaine hole. Nur werde ich innerhalb des Himmelsstahlrings nicht viel für sie ausrichten können.

»Was ist passiert?« North klingt angespannt und seine Haltung lässt erkennen, wie aufgewühlt er ist.

»Schatten«, presst Elorin schwer atmend hervor. »Sie kamen … bei Sonnenuntergang. Haben den Tempel eingenommen. Sie sind noch hier. Ihr müsst vorsichtig sein. Angezogen wie Tempelwachen. Nein, es *war* … eine Tempelwache.«

Ich schaue North an. In seinen Augen steht Angst. Elkisa.

»Sie sagte …« Elorin wird von einem plötzlichen Husten geschüttelt. Blut spritzt auf mein Gewand und wird von dem Stoff über meinem Schenkel aufgesogen. »Sie sagte … auf Befehl der wahren Göttlichen.«

North gibt einen gepressten Laut von sich und die Verzweiflung, die darin liegt, zerreißt mir fast das Herz. Er hätte hier seine Familie treffen sollen und nun ist der Tempel verloren. Inshara hat ihr Spiel mit uns getrieben. Während wir dachten, wir locken sie zu Talamar in die Ruinen, um die Königin befreien zu können, hat sie unsere Abwesenheit genutzt und sich irgendwie mit Elkisa in Verbindung gesetzt, die an nur einem einzigen Tag den Tempel eingenommen hat.

»Haben versucht … zu fliehen.« Elorins Atem kommt stoßweise, das Heben und Senken ihrer Brust wird schwächer und schwächer. »Die anderen … Haben sie es geschafft?«

Ich blicke den Flur entlang auf die überall verstreut liegenden Leichen. North sieht mich an und in diesem Moment verstehe ich ihn auch ohne Worte.

»Ja«, sagt er und drückt ihre Hand. »Ihr habt ihnen genügend Zeit verschafft. Sie konnten entkommen.«

Elorins Anspannung lässt ein klein wenig nach und die Erleichterung haucht ihren trüben Augen noch ein letztes bisschen Leben ein, während sie sich zurücksinken lässt. Sie blinzelt, dann ruht ihr Blick auf meinem Gesicht. »Göttliche«, krächzt sie, als bemerkte sie mich erst jetzt. »Würdet Ihr …?« Wortlos bewegt sie die Lippen. Sie hat nicht genügend Luft, um den Satz zu Ende zu sprechen, aber ich weiß auch so, um was sie mich bittet.

Im ersten Moment kann ich, übermannt vom Schmerz der letzten Jahre, in denen die Bewegung der Graumäntel, denen ich so verhasst war und die mir meine Göttlichkeit absprachen, stetig anwuchs, nicht reagieren. Ich habe noch die Stimme des Jungen auf dem Markt im Ohr, dem ich am Morgen, als ich auf der Suche nach dem Letzten Stern die Stadt verließ, begegnet bin. *Die letzte Gottheit hat uns verlassen und alles, was bleibt, ist Nichtigkeit in Form eines inhaltslosen Mädchens namens Nimh …*

»Ja«, flüstere ich und hole tief Luft. »Ja, ich werde dich segnen. Sei gesegnet, Elorin. Mögest du leichten Herzens in der Leere wandeln, bis zum Tag deiner Wiederkehr …«

North hält ihre Hand, bis der Segen gesprochen und meine letzten Worte – *in eine neue Welt* – in den leeren Korridoren verhallt sind. Nachdem ich geendet habe, legt er die Hände der Frau über ihre Wunde, eine kleine Geste, die ihr ein friedlicheres Aussehen verleiht. Ihr flacher, rasselnder Atem versiegt – dann ist sie still.

North erhebt sich und ich tue es ihm gleich. »Wir müssen uns beeilen«, flüstert er und sein Blick wandert ans Ende des Korridors.

Ich will ihm gerade zustimmen, als mir klar wird, was er damit meint. »North, nein. Du kannst nicht nach ihnen suchen.«

»Vielleicht bleibst du besser hier.« North sieht mich nicht an. »Oder besser noch, du gehst zurück und wartest bei Orrun und Matias. Ich treffe dich dort, sobald ich sie gefunden habe.«

»Du weißt nicht einmal, ob sie hier sind!«, protestiere ich, wobei mir klar ist, dass meine Argumente für ihn keine Bedeutung haben. North war schon einmal in der Situation, seine Familie verloren zu haben. Wenn ich an seiner Stelle wäre, könnte mich keine Macht dieser Welt davon abhalten, jetzt sofort den Tempel nach ihnen abzusuchen. »Du hast gehört, was Elorin gesagt hat – Insharas Leute haben den Tempel eingenommen. Falls Miri, Saelis und Anasta tatsächlich hier sind, haben sie sie gefangen genommen.« *Oder noch Schlimmeres,* denke ich, ohne es auszusprechen. »Wir können nur hoffen, dass sie es nicht aus Alciel herausgeschafft haben und mit der Königin noch immer dort sind.«

»Wenn nur die geringste Chance besteht, dass sie hier sind«, knurrt North mit zusammengebissenen Zähnen, »dann werde ich versuchen sie zu finden.«

Ohne sich noch einmal umzudrehen, marschiert er auf seinen langen Beinen den Korridor hinunter, und nachdem ich den ersten Schreck überwunden habe, laufe ich ihm nach.

Getrieben von dem Verlangen ihn aufzuhalten – und gleichzeitig wissend, dass ich gerade jetzt auf gar keinen Fall die Kontrolle verlieren darf – greife ich nach seinem Ärmel. »North, bleib stehen!«

Obwohl sein Bedürfnis weiterzulaufen so groß ist, dass er am ganzen Körper zittert, hält er schwer atmend an. Er weiß, dass ich ihn nicht packen und festhalten kann, und dennoch lässt er sich von mir aufhalten. So wie ich mich mit einem Griff nach meinem Speer von ihm habe aufhalten lassen.

»Wir müssen uns zurückziehen und einen Plan machen«, erkläre ich ihm. »Wir sind nur zu zweit. Allein können wir nichts ausrichten. Wir müssen einen Weg finden, wie wir an den Schatten vorbeikommen. Wir müssen die Flussläufer holen, damit sie an unserer Seite kämpfen …«

North gibt eine Art Knurren von sich und ballt die Fäuste. Alles in ihm will loslaufen und nach seinen Leuten suchen. »Lass mich gehen, Nimh. Ich muss …«

»Ich darf dich nicht auch noch verlieren, North!«

Meine Stimme hallt von den Wänden wider, ein gequältes Flehen, dessen Dringlichkeit sich über die gebotene Stille hinwegsetzt. North steht einfach da und nur sein heftiger Atem verrät, dass er nicht zu Stein geworden ist. Mein Herz hämmert und ich habe Angst. Ich weiß, es steht mir nicht zu von ihm zu verlangen, dass er sein Vertrauen in mich über das Bedürfnis stellt, nach seiner Familie zu suchen. Vorsichtig, um ihn nicht zu erschrecken, nähere ich mich ihm leicht geduckt und zwinge ihn mich anzusehen.

»Wir *werden* wiederkommen«, sage ich bestimmt und ignoriere hartnäckig mein Verlangen, die Arme um ihn zu legen. Meine Stimme entspannt ihn ein wenig. Er lässt den Kopf sinken, bis seine Locken meine Stirn berühren. »Ich schwöre es, North. Das hier ist mein Zuhause – hier ist auch meine Familie. Wir werden wiederkommen und kämpfen. Aber das können wir nur, wenn wir diese Nacht überleben und unsere nächsten Schritte gut planen.«

North hebt die Hand und hält eine Haaresbreite von meiner Wange entfernt inne. Seine Schultern beben, als er es endlich einsieht. »Sie hätten hier sein sollen«, sagt er mit dünner Stimme. Dann hebt er den Kopf und von seinen langen Wimpern tropft eine Träne auf seine Wange.

»Wir werden sie finden«, flüstere ich. Mein Herz ist schwer wie Blei. Er hätte nicht stehen bleiben müssen – ich hätte ihn nicht dazu zwingen können. Und dennoch hat er auf mich gehört und ist geblieben. »Ich verspreche es dir.«

24
NORTH

Die Flussläufer sind schon bei Morgengrauen auf den Beinen und der Chor der Deckarbeiter, die ein Lied angestimmt haben, reißt mich aus meiner Benommenheit. An unseren Rückzug aus dem Tempel kann ich mich kaum erinnern. Ich habe mich von Nimh zurück zu Orruns Boot führen lassen und wir haben nur kurz halt gemacht, um die winzigen Wunden an meinem Knöchel zu verbinden, wo der Findelkater mich gebissen hat.

Er hatte sich von der Küchentür nicht weggerührt, bis wir zurückgekommen waren, und ich vermute, der Biss sollte die Strafe dafür sein, dass wir die Warnung, die er uns mit seinem schlagenden Schwanz und den zuckenden Ohren gegeben hatte, ignoriert hatten.

Jetzt hat er es sich in einem Nest aus Decken in Nimhs Koje gemütlich gemacht und beobachtet mich mit seinen goldenen Augen. Als ich seinen Blick erwidere, antwortet er mir mit einem trägen Zwinkern. Er hat mir wohl verziehen.

Ich glaube nicht, dass ich richtig geschlafen habe. Meine unruhigen Gedanken haben mich mal mehr, mal weniger wach gehalten. Dass ich Miri und Saelis, und natürlich meinen Müttern, im Moment nicht helfen kann, ist kaum auszuhalten, aber inzwischen muss ich Nimh recht geben: Wir wissen nicht, ob sie bei Elkisa und den Schatten im Tempel sind. Sie sind schlau, und auch wenn sie sich auf unbekanntem Territorium befinden, besteht die Möglichkeit, dass sie sich verstecken oder zurück nach Alciel fliehen konnten.

Und falls sie tatsächlich Elkisa in die Hände gefallen sind, ist davon auszugehen, dass sie sie nicht direkt umgebracht hat. Dazu sind sie zu wertvoll.

Vorsichtig, um den stillen Berg aus Decken nicht zu stören, der alles ist, was ich von Nimh sehe, drehe ich mich zur Seite. Sofort taucht im schwachen Morgenlicht, das durch die Bullaugen fällt, ihr Kopf aus den Kissen auf und sie wirft mir einen fragenden Blick zu. Sie wirkt müde, aber ihre Augen sind hellwach.

Wahrscheinlich hat sie genauso wenig geschlafen wie ich.

Ich versuche zu lächeln und stelle zu meiner Überraschung fest, dass es mir gar nicht einmal so schwerfällt, wie ich dachte. Trotz meinem dringenden Bedürfnis, endlich etwas zu tun, wünsche ich mir in diesem Augenblick verweilen und mit ihr gemeinsam aufwachen zu können. Mit ihrem zerzausten Haar und dem zerknüllten Gewand erinnert sie an ein ganz normales Mädchen und doch ist da unbestreitbar mehr, als sie mein Lächeln erwidert.

Wir gehen zu Orrun und Matias, die sich mit Hiret und ein paar anderen Flussläufern, die ich nicht kenne, an Deck befinden. Die Steine und Federn, die sie in den Haaren tragen, haben andere Farben als die Orruns, während Hirets kurz geschorenes Witwenhaar schmucklos ist.

Die unterschiedlichen Farben stehen, soviel ich weiß, für verschiedene Clans, aber alle zollen Matias denselben Respekt, mit dem ihre Berater auch meiner Blutmutter begegnen. Als Nimh erscheint, wenden sie sich ihr zu und entbieten ihr unterschiedliche Varianten eines Grußes, bei dem man sich mit den Händen die Augen bedeckt. Ich habe diesen Gruß schon mehrfach gesehen, und als Nimh weg war, wurde ich als Letzter Stern hin und wieder ebenfalls so begrüßt. Nur Hiret zögert kurz, bevor sie die Hände vor die Augen hebt. In der Nacht, in der ich aus Alciel abgestürzt war, wurde ihr Mann getötet, der zu Nimhs Schutz abgestellt war.

»Wir haben uns beraten und überlegt, was wir tun können«, sagt Orrun, als die formelle Begrüßung beendet ist. »Wenn unsere Läufer die Patrouillen an den Grenzen verstärken, könnten wir die Schatten im Tempel belagern.«

»Wir haben selbst nur für ungefähr vierzehn Tage zu essen«, bemerkt eine Flussläuferin von einem anderen Clan. »Normalerweise könnten wir fischen und so unendlich lange durchhalten, bloß ...« Sie sieht Nimh nicht an, aber ich weiß, dass alle dasselbe denken: Der Fluss hat keine Fische, weil Nimh ihn bei ihrem Kampf mit Inshara in ihrem Zorn hat verdunsten lassen.

»So lange können wir nicht warten.« Obwohl sie leise spricht, erhebt sich Nimhs Stimme problemlos über die der anderen.

»Warten womit?«, fragt Hiret. Sie lässt sich ihre wahren Gefühle nicht anmerken. Ich kann mir kaum vorstellen, was sie das kostet. Ich weiß nicht, ob ich Nimh an ihrer Stelle hätte vergeben können. Aber vielleicht hat sie auch begriffen, dass Inshara die eigentliche Schuld am Tod ihres Mannes trägt.

Nimh wirft Hiret einen schnellen Blick zu und lässt ihn dann durch die Runde schweifen. »Mit unserem Angriff auf den Tempel.«

Selbst mir bleibt die Luft weg, als die anderen sie überrascht anstarren. Dann reden alle wild durcheinander.

»Du willst den Tempel angreifen?«, frage ich noch einmal nach, da Nimh mich direkt ansieht und auf eine Reaktion wartet.

»Solange sie den Tempel und damit auch Alciel und die beiden Herzen in ihrer Gewalt hat, können wir Inshara nicht aufhalten«, erklärt sie. »ORAKEL befragen, wie man ihre Macht bricht, können wir auch nicht. Dazu müssten wir durch die Stadt und die

Schatten sind zu gut aufgestellt. Elkisa weiß, dass wir versuchen könnten dorthin zu gelangen, und die Kultisten werden mittlerweile bereits die Straßen kontrollieren.«

»Und das ORAKEL-Armband hat Miri«, füge ich deprimiert hinzu. »Das heißt, wir haben keine Möglichkeit, mit dem Computer zu kommunizieren.« Die meisten der Flussläufer haben keine Ahnung, wovon ich rede, aber Nimh nickt mit finsterer Miene.

»Ich habe die ganze Nacht darüber nachgedacht, was wir tun können«, fährt sie fort und erhebt die Stimme über das allgemeine Gemurmel ihrer Leute. »Wir können hier nicht warten«, erklärt sie, als sie ihre Aufmerksamkeit hat. »Elkisa, die die Treue und Frömmigkeit der Flussläufer kennt, wird wissen, dass North und ich bei den Clans Hilfe suchen. Früher oder später wird sie uns mit ihren Schatten angreifen und dann wird keine Verstärkung und keine Patrouille sie aufhalten können. Unsere Hälfte des Herzens befindet sich im Tempel. Niemand kann sagen, was Inshara tun wird, wenn sie davon erfährt. Genauso wenig können wir abwarten, bis sie North' Familie ausfindig gemacht hat und ihr klar wird, wie wertvoll sie als Geiseln sind. Womöglich hat sie sie bereits in ihrer Gewalt, aber falls nicht, müssen wir es um jeden Preis verhindern. Und zwar *jetzt.*«

Ich beobachte Nimh sehr genau, weshalb mir nicht entgeht, wie sie für den Bruchteil einer Sekunde noch einmal den Mund öffnet und dann wieder schließt.

»Das sind aber nicht die einzigen Gründe für einen direkten Angriff, habe ich recht?«, hake ich nach.

Nimhs sorgenvoller Blick ruht noch immer auf mir, obwohl die Flussläufer mittlerweile still sind und uns zuhören. »Der Tempel«, erklärt sie nach kurzem Zögern, »ist ein Symbol. Je länger er ein Beweis für Insharas Stärke ist, umso mehr Menschen meines Volkes könnten sich in ihrem Glauben ihr zuwenden. Ich habe schon so viele von ihnen verloren.« Ihr Blick wandert zum Ufer und zu der Schneise der Verwüstung durch die Stadt dahinter.

»Und je mehr Menschen an Inshara glauben, umso weniger Macht übertragen die Herzen auf dich«, bringe ich Nimhs Gedanken zu Ende, wobei mir noch ein bisschen beklommener zumute wird. »Ohne eine Möglichkeit, ORAKEL zu konsultieren, können wir sie nicht aufhalten.«

»Wie kann der Glaube an sie sie noch stärker machen, als sie ohnehin schon ist?«, will Orrun wissen, während sein Blick zwischen mir und Nimh hin- und herwandert.

Nimh schüttelt den Kopf. »Ich weiß es nicht. Ich weiß nur, dass unsere Herzhälfte den Glauben der Menschen bündelt und dadurch Macht verleiht. Vielleicht wäre Inshara dann in der Lage, immer mehr unschuldige Menschen zu kontrollieren.«

»Aber ein Angriff auf den Tempel?«, unterbricht Orrun sie hörbar besorgt. »Wir haben keine Ahnung, wie viele Schatten sich im Tempel befinden. Und dann kommt noch die Hälfte der Tempelwachen hinzu, die aus falscher Loyalität oder weil sie getäuscht wurden Elkisas Befehlen folgen.«

Unwillkürlich sehe ich hinüber zu Hiret, die mit grimmiger Miene vor sich hin starrt. Ihre Schwester Didyet gehörte zu den Graumänteln im Tempel. Ich schätze, wenn sie das Massaker überlebt hätte, wäre sie inzwischen schon hier. Sinnt Hiret auf blutrünstige Rache am Schattenkult? Oder hegt sie die geheime Hoffnung, dass Didyet zu ihnen übergelaufen und noch am Leben ist?

»Meine Leute sind Fischer und Sammler«, meint einer der älteren Clansmänner in Rot und Dunkelblau. »Keine Krieger.«

Nimh schluckt und vermeidet es, mich anzusehen. Womöglich fürchtet sie, mein Anblick könnte sie von ihrem Entschluss abbringen. »Wir müssen es versuchen«, beharrt sie auf ihrer Entscheidung, obwohl ich die Zweifel in ihrer Stimme hören kann. »Ich wünschte, ich müsste das nicht von euch verlangen, von keinem von euch. Im Moment weiß ich nur keine andere Möglichkeit. Und warten, bis uns vielleicht etwas Besseres einfällt, können wir nicht.«

Matias räuspert sich und instinktiv wenden sich die Flussläufer ihm zu. Selbst Nimh, für die er immer der Meister der Archive war, der schrullige Bibliothekar, der sie als Kind unterrichtete, blickt ihn erwartungsvoll an.

»Wir müssen unsere Fähigkeit, Magie zu wirken, zurückerlangen«, sagt Matias langsam. »So, wie die Dinge stehen, sind wir deutlich in der Unterzahl und ohne Chance auf einen Sieg. Doch ein Zauberer der Flussläufer, der die Magie nutzen kann, könnte es mit einem Dutzend Schatten aufnehmen.«

»Wir arbeiten weiter an den Ankern«, erklärt Orrun. »Aber selbst wenn alle Flussläufer in Schichten im Einsatz wären, bräuchten wir Wochen, um so viel Himmelsstahl aus dem Fluss zu holen, dass es wieder möglich ist, im Tempel Magie zu wirken.«

»Diese Zeit haben wir nicht«, stimmt Matias ihm zu, richtet seine Worte jedoch nicht an Orrun, sondern an Nimh. Er wartet und dann scheint sie endlich zu begreifen, was er ihr mit seinem Schweigen sagen will.

»Nein«, sagt sie und presst die Lippen aufeinander. »Nein, unter gar keinen Umständen, Matias.«

»Ihr habt die Anker schon einmal außer Kraft gesetzt«, beharrt der Fischerkönig, seine Stimme ist ruhig und unnachgiebig. »Wenn Ihr den Fluss ein zweites Mal verdunsten lasst, könnten die Flussläufer die Anker heraustragen, bevor das Wasser zurückkommt.«

»Ihr habt mit eigenen Augen gesehen, was ich noch alles getan habe, als ich den Fluss habe verdunsten lassen!«, wird Nimh laut und deutet auf die Stadt. Ihre Ruhe ist dahin. »Ich habe die Häuser der Menschen zerstört, ihren Glauben. Ich habe *Leben* zerstört. Nein«, wiederholt sie, als Matias Luft holt, um etwas einzuwenden, »ich werde die Macht der Lichtbringerin nicht noch einmal nutzen. Nicht dafür und auch für sonst nichts. Ich werde nicht noch einmal zur Zerstörerin.« Während sie spricht, geht eine knisternde und flackernde Energie von ihr aus, die mich daran erinnert, dass wir uns auf dem Gebiet der Flussläufer befinden, wo die Magie noch wirkt.

Ich widerstehe dem Drang, ihre Hand zu ergreifen, und trete einen Schritt vor. Aber als ich Luft hole, um etwas zu sagen, sieht sie mich so panisch und fast schon böse an, dass ich es nicht über mich bringe, sie ebenfalls zu bitten das Risiko einzugehen und wieder zum Ungeheuer zu werden.

Als ihr klar wird, dass ich schweigen werde, huscht Erleichterung über ihr Gesicht und die vage Aura ihrer Macht verschwindet wieder. Sie lässt den Blick über den Halbkreis der Flussläufer gleiten, als fordere sie jeden einzelnen von ihnen heraus es noch einmal zu versuchen. Keiner von ihnen tut es.

»Wir werden den Tempel in den Stunden nach Mitternacht angreifen«, erklärt Nimh jetzt in einem Tonfall, den ich von ihren Zeremonien und Ritualen kenne. »Machen wir uns bereit.«

Sie dreht sich um und schreitet, dicht gefolgt vom Kater, dessen Schritte ebenso schnell und leicht sind wie die ihren, von Deck.

Orrun wirft Hiret, die sich mit der Hand durch die kurz geschorenen Haare fährt, einen langen Blick zu. Dann beginnen sie mit den anderen Flussläufern die Vorbereitungen für den Angriff zu besprechen. Ihre Stimmen sind leise und dunkel, doch niemand wagt es mehr das Verdunsten des Flusses noch einmal zu erwähnen – für die gläubigen Flussläuferclans sind Nimhs Worte Gesetz.

Nur Matias schweigt – Matias und ich, um genau zu sein. Ich merke, dass er mich beobachtet. Im Kreis der Flussläufer spricht er nicht aus, was er von mir erwartet, aber das ist auch nicht nötig. Sein Blick ist deutlich genug.

Ich greife in meine Tasche und fühle nach dem Schutzstein in seinem Kokon aus rotem Faden. Als meine Finger ihn umschließen, fällt mir wieder ein, dass Matias mir am Abend, bevor Alciel vom Himmel fiel, erzählte, wie er zum Fischerkönig wurde.

Als ich mich zum Gehen wende, spricht Matias mit den anderen schon wieder über Strategien und die nötigen Vorbereitungen, aber ich hätte schwören können, dass er bemerkt hat, wie ich nach dem Stein griff, und dass dabei ein Lächeln über sein Gesicht huschte.

Den Tag über bekomme ich Nimh, die die Vorbereitungen für den Angriff auf den Tempel überwacht, kaum zu Gesicht. Sie ist überall – nur nirgends lange genug, dass ich sie erwische. Mal flattert ihr rotes Gewand auf einer Barke in der Nähe, mal verschwindet es irgendwo unter Deck, doch nie habe ich Gelegenheit, mit ihr zu sprechen.

Also nehme ich stattdessen am Kampftraining von Orruns Clan teil. Ein paar Flussläufer kramen antik aussehende Schwerter aus ihren Laderäumen, andere staffieren sich mit Werkzeugen aus, die auch als Waffen dienen können: Knüppel, Fischmesser und dicke Stöcke. Meine eigene Kampferfahrung geht gegen null. Das Einzige, was ich auf der Akademie diesbezüglich gelernt habe, ist, wie ich bei offiziellen Anlässen ein Prunkschwert halte, ohne mich daran zu schneiden oder damit wie ein Vollidiot auszusehen. In der Schule gab es einen Fechtclub, allerdings habe ich mich in meiner Freizeit lieber mit Aeronautik beschäftigt. Nützt mir jetzt unglaublich viel.

Frustriert lasse ich die Spitze meines geliehenen, rostigen Schwertes sinken, um meinen schmerzenden Arm zu entlasten.

All die Magie in dieser Welt, all die Technologie in meiner und trotzdem werde ich heute Nacht einer Horde ausgebildeter Killer mit einem Secondhandschwert entgegentreten müssen. Klingt nach einem Albtraum, ist aber bittere Realität.

Es ist schon fast dunkel, als ich Nimh im Bug einer Barke entdecke, den Kopf über ihre Arbeit gesenkt. Ich tätschele dem Findelkater – der unsere Anstrengungen den ganzen Tag über scheinbar amüsiert beobachtet hat – den Kopf, was er mit einem leisen Maunzen beantwortet, und mache mich auf den Weg zu Nimh.

Sie ist gerade damit beschäftigt, einen Stein über die Schneiden eines Schwertes zu ziehen, wobei jeder Zug ein bisschen Rost von der Klinge nimmt und sie im orangeroten Licht des Sonnenunterganges glänzen lässt. Ihr Speer, den sie eigentlich sehr viel geschickter einzusetzen weiß als jede andere Waffe, lehnt neben ihr, weshalb ich davon ausgehe, dass sie das Schwert für jemand anderen schärft.

Ich will sie gerade begrüßen, als ich ihre Finger sehe, die rot und rissig sind und an mehreren Stellen bluten. Entrüstet knie ich mich neben sie und greife nach dem Schwert, damit sie aufhört.

Sie war so in ihre Arbeit vertieft, dass sie mich nicht hat kommen hören. Sie zuckt zusammen und zieht aus alter Gewohnheit automatisch die Arme zurück, aber als sie mein Gesicht sieht, hält sie inne und blinzelt.

»Wenn deine Finger so wund sind, dass du den Speer nicht mehr halten kannst, wirst du heute Nacht niemandem eine Hilfe sein«, sage ich und nehme ihr behutsam das Schwert und den

Wetzstein aus den Händen, wobei sich unsere Fingerspitzen fast berühren.

Kurz widersetzt sie sich, doch dann gibt sie nach und betrachtet ihre Hände. »Ich habe mich nur anfangs geschnitten«, protestiert sie. »Ich weiß jetzt, wie man es macht.«

»Trotzdem. Mach eine Pause, Nimh. Geh ein paar Schritte mit mir. Uns steht eine lange Nacht bevor.« Oder eine sehr kurze und die letzte, wenn es schlecht läuft, denke ich, behalte es aber für mich.

Etwas widerwillig erhebt sie sich und greift mit einem letzten Blick auf das Schwert, das sie geschliffen hat, nach ihrem Speer. »Du denkst, es ist dumm zu versuchen den Tempel zurückzuerobern, habe ich recht? Dabei warst du doch derjenige, der in jeden Saal und jedes Zimmer stürmen wollte, um nach seiner Familie zu suchen, noch dazu allein.«

Wir treten aus der Barke hinaus auf den Landungssteg und von dort auf den schlammigen Boden des Flussufers. Ich atme einmal tief durch. »Ja, trotzdem habe ich den Plan aufgegeben. Denn glücklicherweise hat ihn mir jemand ausgeredet.«

»Ich sehe keine andere Möglichkeit«, entgegnet Nimh ruhig, den Blick fest auf den Boden vor uns gerichtet. »Wenn wir abwarten, werden wir keine Chance mehr haben, Elkisas Linien zu durchbrechen. Und dabei habe ich Inshara – wo auch immer sie gerade ist – noch gar nicht in meine Überlegungen mit einbezogen. Orrun sagt, niemand hat sie bisher in die Stadt kommen sehen. Bloß wenn sie zurückkommt, werden wir alle, die wir im Tempel noch auf unserer Seite haben, verlieren.«

Ihre Stimme ist leiser geworden und ich weiß, dass sie an Techeki denkt – wie sein intelligentes, entschlossenes Gesicht beherrscht wurde von einem fremden Willen. »Ich bin ja deiner Meinung. Wir müssen etwas tun, und zwar jetzt.«

Eine Weile gehen wir schweigend am Ufer nebeneinanderher, wobei ich ihre Anspannung ganz genau spüren kann. Bis es schließlich aus ihr herausbricht. »Du denkst, ich sollte wieder zur Lichtbringerin werden und den Fluss ein zweites Mal verdunsten lassen.«

Ich bleibe stehen, stecke die Hände in die Taschen und sehe sie an. »Ich weiß nicht, was ich denke«, sage ich ihr wahrheitsgemäß. »Ich weiß nicht, wie es ist, eine solche Macht in sich zu tragen.«

»Wenn wir warten«, wispert Nimh und lässt den Blick über den Fluss schweifen, »und nicht angreifen, werden die Schatten *uns* angreifen. Die Flussläufer werden versuchen mich zu verteidigen und dabei sterben, einer nach dem anderen, bis Elkisa hat, was sie will.« Dieses Mal spricht sie den Namen ihrer einstigen Freundin aus, ohne das kleinste Zittern in der Stimme. »Und wenn ich fliehe, wird sie nach mir suchen und die Flussläufer dafür büßen lassen. Wenn wir aber jetzt angreifen, besteht zumindest die Chance, dass ein paar von ihnen überleben.«

Darauf habe ich keine Antwort. Man hat mir während meiner Ausbildung zum Thronfolger viel beigebracht, Kriegsführung war jedoch nicht dabei. Gegen wen hätten wir auch kämpfen sollen, dort oben in unseren Städten in den Wolken? Auch darüber habe ich nie nachgedacht, bevor ich in diese Welt gestürzt bin.

Ich beneide Nimh wirklich nicht darum, diese furchtbare Entscheidung treffen zu müssen, und bin insgeheim froh, dass ich es nicht tun muss.

Die im Westen untergehende Sonne hat den Dunst um Alciel auf dem Tempel gelichtet. Die aus Stein und Metall konstruierte Unterseite der Stadt erstrahlt in einem feurigen Rot, das vom Fluss reflektiert und die Landschaft in einen warmen Orangeton taucht. Es ist wunderschön und doch muss ich an das Feuer denken, das die kaputte Laterne in der Tempelküche entfacht hat. Mir ist, als stünde die Welt kurz davor, in Flammen aufzugehen.

»In unseren Geschichten heißt es, die Flussläufer wären die Ersten gewesen, die in dieses Land gekommen sind«, sagt Nimh leise und lehnt sich leicht gegen ihren Speer, bevor sie ihn mit einem Seufzer zur Seite legt. »Seeleute, die seit Generationen über die Meere segelten auf der Suche nach einer Heimat. Als sie dieses Land schließlich fanden, befürchteten sie, nicht willkommen zu sein, denn wer auch immer in einem so schönen und reichen Land lebte, würde mit Sicherheit darum kämpfen. Also errichteten sie ihre Häuser auf dem Fluss, sodass sie jederzeit davonsegeln konnten, falls man sie angreifen würde. Obwohl nie jemand kam, um das Land für sich zu beanspruchen, haben sie den Fluss nicht wieder verlassen, denn sie stellten fest, dass er ihnen sehr viel mehr zu bieten hatte als jedes Land.« Sie schluckt. »Mein Volk war noch nie ein Volk von Kriegern.«

»Sie waren Entdecker«, murmele ich und muss an das Ziehen in meiner Brust denken, das mich schon als Kind quälte und von dem unbändigen Verlangen herrührte zu wissen, was sich unter der Wolkenbank von Alciel befindet. Ich wollte das Unten schon immer mit eigenen Augen sehen, und wenn Nimhs Geschichten wahr sind, fließt das Blut eines Entdeckungsreisenden auch in mir.

Von einer der Barken, die mittlerweile nicht mehr als dunkle Flecken auf dem Fluss sind, hallt über das Wasser eine Stimme zu uns herüber. Sie hebt und senkt sich in einem Lied, wie ich es in Alciel noch nie gehört habe. Die Worte verlieren sich in der Ferne und es kommen andere Stimmen von anderen Booten und Clans dazu, bis sie uns von allen Seiten umgeben und der ganze Fluss zu singen scheint.

Neben mir holt Nimh zitternd Luft. Tränen hängen in ihren Wimpern und in ihren Augen spiegelt sich das feurige Glühen der Landschaft.

»Es ist ein Abschiedslied«, erklärt sie mir. Ihr Blick wandert von einem Boot zum nächsten. »Sie singen es, wenn sie dieses Land nach dem Regen verlassen und den Fluss hinunter zum Spiegel der Göttlichkeit und in das dahinterliegende Delta fahren. Näher sind sie dem Meer, das sie einst hierhergebracht hat, nie wieder gekommen.«

Ich möchte sie berühren, doch sie hat die Arme fest um den Körper geschlungen, ein Zeichen, dass sie keinen Trost will, dass sie den inneren Kampf um ihre Entscheidung mit sich allein austragen will. Die Sonne, mittlerweile kaum mehr als ein Streifen am Horizont, überzieht jede Welle, jeden Grashalm, jedes Stück Treibholz mit einem goldenen Licht, das lange Schatten wirft. Selbst die Steine unter unseren Füßen sind golden.

Wir stehen an der Stelle, an der Matias mir erzählt hat, wie er zum Fischerkönig berufen wurde. Hier hat er mir begreiflich gemacht, dass Macht eine Frage des Glaubens ist.

Tief berührt vom Anblick des goldenen Flusses und dem anschwellenden Gesang der Flussläufer wird mir klar, dass Matias die Lösung bereits kannte – ohne die Hilfe von ORAKEL, ohne Kenntnis von der Existenz der Zwillingsherzen unserer Welten und ohne überhaupt zu wissen, wo die Quelle des Göttlichen zu finden ist. Macht ist eine Frage des Glaubens.

Ich räuspere mich und warte, bis Nimh mich ansieht. »Du kannst sie retten, Nimh. Die Flussläufer. Dein Volk. Alle.«

Ihre Augen weiten sich. Sie kommt einen Schritt auf mich zu und kurz frage ich mich, ob ich es falsch deute, wenn sie die Arme auf diese Weise um den Körper schlingt. Vielleicht wünscht sie sich auch, jemand würde sie festhalten. »Wie meinst du das?«

»Macht, sowohl deine als auch Insharas, ist eine Frage des Glaubens – des Glaubens und des Vertrauens. Das wissen wir jetzt. Dein Volk glaubt an dich und verleiht dir dadurch deine Göttlichkeit, während der Glaube meines Volkes an die Motoren Alciels uns all die Jahrhunderte in der Luft gehalten hat. Die Herzen kanalisieren unseren Glauben und machen ihn wahr. Niemand weiß, was geschehen wird, wenn du wieder in die Rolle der Lichtbringerin schlüpfst und ob nicht auch das eine Frage des Glaubens ist.«

»Die Stadt«, presst Nimh hervor und starrt durch die sich verdichtende Dunkelheit hinüber zu den Umrissen der wenigen Gebäude, die noch hoch genug sind, dass man sie über den Bäumen erkennen kann. »Was ich getan habe … Ich kann an diesen finsteren Ort nicht zurückkehren …« Ihre Stimme ist dünn und ängstlich.

Ich lasse sie keine Sekunde aus den Augen, bis sie mich endlich ansieht, auch wenn sie das, was ich ihr zu sagen habe, nicht hören will. »Du hast Angst, dass das, was geschehen ist, wieder geschieht, weil sich deine Macht aus deinen Gefühlen nährt. Nur hast du damals gelitten, Nimh. Elkisa hatte dich verraten. Du dachtest, ich wäre tot und das Schicksal hätte dir den Rücken zugekehrt. Wo steht geschrieben, dass du wieder dorthin zurückkehren wirst, wenn du die Macht des Herzens in dir bündelst? Wer sagt, dass du nicht selbst entscheiden kannst, wozu du wirst?«

»Und wenn du dich täuschst? Wie kann ich ein solch hohes Risiko eingehen?«, flüstert sie.

Sie lässt sich auf mich ein, wie schon in der alten Ruinenstadt, und so, wie ich mich im Tempel auf sie eingelassen habe. Ich muss es ihr irgendwie begreiflich machen, ihr meine Überzeugung zeigen, meinen *Glauben*. Mag sein, dass sie vor der Macht, die in ihr steckt, Angst hat, allerdings war ich mir auch noch nie so sicher wie jetzt in diesem Moment, dass sie dazu *bestimmt* ist, sie zu nutzen.

»Du gehst kein Risiko ein«, versichere ich.

»Woher willst du das wissen?« Nimhs Stimme klingt fast ein wenig vorwurfsvoll.

Ich halte sie fest mit meinem Blick. »Als Alciel abstürzte, hast du es sicher auf den Boden gebracht. Niemand wurde verletzt. Du hast mein Volk und das Leben meiner beiden besten Freunde gerettet. Das war kein Akt der Zerstörung – es war ein Akt der Liebe.«

Ich merke, wie sie versucht ihre aufkeimende Hoffnung vor mir zu verbergen, sehe aber auch das Leuchten auf ihrem Gesicht und weiß, dass sie mir glauben *will.* »Und wenn ich Miri und Saelis nur gerettet habe, weil ich meine eigene Haut retten wollte?«

Ohne es zu wollen, muss ich lachen. »Das ist das Verrückteste, was ich je von dir gehört habe«, versichere ich ihr. »Und ich habe viele verrückte Dinge zu hören bekommen, seit ich vom Himmel gefallen bin.«

»Was soll ich deiner Meinung nach also tun?«, fragt Nimh. »Wieder zur Lichtbringerin werden? Mein Volk retten, indem ich den Fluss noch einmal verdunsten lasse? Wie soll das gehen, wenn alles in mir vor den Gefühlen, die mir diese Macht verleihen, fliehen will?«

Die letzten Reste der untergehenden Sonne zaubern feuerrote Lichtreflexe in ihr dunkles Haar und lassen die Tränenspuren auf ihren Wangen sanft schimmern. Ich möchte mich über sie beugen, meine Lippen auf diese Stellen legen – und als könnte sie meine Gedanken spüren, fängt sie an zu zittern. Nur einen Hauch von mir entfernt schließt sie die Augen, und als sie das Gesicht in meine Richtung hebt, weicht die Traurigkeit daraus und hinterlässt nichts als ein sehnsüchtiges Verlangen.

Der Wunsch, sie zu küssen, ist so stark, dass ich keinen klaren Gedanken mehr fassen kann. Ich beiße mir in die Innenseite der Wange, um wieder klar denken zu können, und erst da bemerke ich, dass ihre Augen wieder geöffnet sind und mich beobachten.

»Vertraust du mir?«, frage ich heiser.

»Mittlerweile solltest du wissen, dass ich das tue, Wolkenländer.« Ihre Lippen, die den meinen betörend nahe sind, umspielt ein Lächeln. »Mögen die Götter mir beistehen.«

Stände ich nicht so unglaublich dicht bei ihr, würde ich lachen, so gelingt mir nur ein leises Schnauben. »Gut. Mehr musst du nicht tun. Dein ganzes Leben lang musstest du an dich selbst glauben, an deine Göttlichkeit und an deine Bedeutung für diese Welt. Nach dem, was in den letzten Wochen geschehen ist, kann das wohl niemand mehr von dir verlangen. *Ich* glaube aber an dich, Nimh.«

Für einen Moment bricht mir unter dem Gewicht meiner Worte die Stimme.

Nimh sagt nichts. Stattdessen hebt sie die Hand und fährt mit den Fingerspitzen über den Kragen meines Hemdes. Allein in dieser winzigen Geste steckt so viel Wärme, dass ich weitersprechen kann.

»An jenem Morgen auf der Felsklippe, als du dich als die Lichtbringerin manifestiert hast, hatte ich Angst vor dir. Du hast davon gesprochen, die Welt zu zerstören, und ich konnte nicht verstehen, weshalb diese Person, die ich als freundlich, rücksichtsvoll und mutig kennengelernt hatte, plötzlich dachte, sie wäre dazu bestimmt, alles zu zerstören, was ihr wichtig war. Es war falsch, dich dort allein zurückzulassen.« Meine Augen brennen bei der Erinnerung an diesen Moment, über den wir nie gesprochen haben – als unsere Wege sich trennten, weil ich dachte, ich könnte vor der Entscheidung zwischen Nimh und der Rückkehr in meine

Welt davonlaufen. »Es war falsch, verstehst du? Denn genau deshalb bin ich hier – deshalb hat die Prophezeiung mich zu dir geführt –, damit du nicht weiter an all das und an dich selbst glauben musst. Das ist zu viel für einen einzigen Menschen. Aber ich, ich glaube an dich. Du musst mir einfach nur vertrauen.«

Mir gehen die Worte aus, obwohl ich ihr noch so viel mehr sagen möchte. Dass ich damals nicht wusste, was ich heute weiß. Dass ich sie liebe. Und dass nichts, was sie tut, mich je wieder dazu bewegen könnte, sie zu verlassen. Sie sieht mich an, die Lippen leicht geöffnet, als wäre sie überrascht oder auch verwundert, wahrscheinlich hat sie meine Gedanken jedoch längst erraten.

Und dann kommt sie langsam – so langsam, dass ich nicht wage mich zu bewegen, aus Angst, sie könnte ihre Meinung ändern – näher. Ihre Fingerspitzen gleiten auf meinem Hemd nach unten, bis ich den sanften Druck ihrer Hand auf meiner Brust spüre. Sie streicht über den Stoff und zieht, als sie meine Haut berührt, die Luft ein – oder war ich das?

Mit den Augen folgt sie ihrer Hand, die weiter über mein Schlüsselbein wandert. Sie hat keine Eile, beobachtet, wie ihre Finger entlang einer Sehne langsam über meinen Hals fahren und im Nacken in mein Haar greifen. Als sie mich zu sich herunterzieht, ist es wie ein Schock, dem ich aber widerstandslos und ohne nachzudenken nachgebe – und dann legt sie ihre Lippen auf meine.

Einen Moment lang bin ich wie erstarrt. Gedanken rauschen sintflutartig durch meinen Kopf – jemand könnte uns hier am Flussufer beobachten; niemand weiß, dass eine Berührung ihrer Göttlichkeit nichts anhaben kann; wir sollten es langsam angehen lassen – schließlich ist für jemanden, der bis vor wenigen Wochen noch nie einen anderen Menschen berührt hat, ein Kuss ein einschneidendes Erlebnis. Nie hätte ich diesen Kuss von ihr eingefordert, sosehr ich ihn mir auch gewünscht hatte.

Sie weicht ein wenig zurück, die zitternde Wärme ihres Atems streift meine Lippen und in diesem Moment blendet mein Verstand alles andere aus und versinkt in purer Glückseligkeit. Ich schlinge die Arme um sie und verliere mich in unserem Kuss.

Es dauert eine Weile, bis mein Verstand wieder anfängt zu arbeiten und ich leicht verwirrt feststelle, dass das Licht trotz der untergehenden Sonne hinter meinen geschlossenen Lidern nicht ab-, sondern zunimmt.

Ich öffne die Augen und weiche ein kleines Stück von Nimh zurück. Ihre Haut leuchtet, als würde ein weißes Feuer in ihr brennen. Als sie die Augen öffnet, sind diese ebenfalls weiß, als wäre ihr Körper nur noch eine Hülle ihrer Macht. Ich drohe in Panik auszubrechen, bis sie mir ihr Lächeln schenkt – Nimhs Lächeln –, das nur mir allein gilt. Sie schweigt und um sie herum verdichtet sich bereits der Nebel. Eine dünne Schwade streichelt meine Wange.

Dann legt sie den Kopf in den Nacken, während der Nebel einen gewaltigen Wirbel um sie herum bildet und sie hinauf in den Himmel trägt.

25
NIMH

Die Welt ist in blendend weißes Licht gehüllt. Sie hat kein Ende mehr, keinen Anfang, keine Formen, während ich selbst nichts weiter bin als ein Gefäß, das diese endlose Leere umschließt, von ihr davongetragen wird wie ein Staubkorn in einem tosenden Sturm.

Doch plötzlich ist da ein Flimmern, flackernde Fetzen einer blassen, fliederfarbenen Substanz in einem weiten, weißen Meer. Ich konzentriere mich auf dieses Flimmern, suche verzweifelt nach einem Anker in dieser grenzenlosen Weite und, als würden meine Augen sich daran gewöhnen, werden die Farben intensiver, legen sich in Fäden um die Leere und lassen eine Form entstehen, zitternd, fließend, wie Sand, der über einen Stein in der Wüste weht.

Unter mir erspähe ich die Umrisse eines Mannes, der den Kopf in den Nacken legt, um zu mir heraufzusehen. Ich kann sein Gesicht nicht erkennen. Die Nebelschwaden, die ihn umgeben, werden dichter, wehen um seinen Körper und zerstreuen sich wieder, angezogen von einem Punkt an seiner Hüfte, an dem sich die Fäden zu einem strahlenden Knoten ineinanderverschlingen.

North.

Das Wort, der Name, schwappt in mein Bewusstsein und ich klammere mich daran wie an ein Stück Treibholz – der einzige

Halt in diesem sturmgepeitschten Meer aus Weiß. Und dann erinnere ich mich wieder: Ich bin Nimh, die Göttin meines Volkes. Durch mich wirkt die Macht des Herzens im Tempel. Ich habe eine Bestimmung.

Kurz verweilen meine Augen auf North. Ich sehe den Schutzstein in seiner Tasche, die Nebelschwaden, die von ihm angezogen werden. Ich sehe seinen Glauben an diesen Stein, seinen Glauben an *mich*, der sich im Nebel niederschlägt – sehe sein Vertrauen.

Langsam, quälend langsam, und mit North als meinem Anker lasse ich zu, dass meine Wahrnehmung sich ausdehnt. Blass legt sich der Nebel auf das Land und zeichnet die Umrisse von den Orten nach, die ich so gut kenne. Er schwebt über den Fluss und sucht sich einen Weg zu den eng beieinander vertäuten Barken, um die er sich verdichtet. Meine Augen wandern den Fluss entlang und ich kann erkennen, wo die Anker liegen, die noch nicht von den Flussläufern geräumt wurden – wie dunkle Leuchtfeuer unter dem grellen Meer aus Nebel. Ich versuche sie zu erreichen, vermag sie aber nicht zu bewegen – selbst meine göttliche Macht kann den Himmelsstahl nicht berühren.

Der Nebel offenbart mir alles Leben im Fluss: die wenigen Fische, die zurückgekehrt sind – ein grünes Flackern in den Netzen der Flussläufer –, Schilf und Wurzeln am Ufer – ein dunkles Violett.

Der Fluss erholt sich gerade erst von dem, was ich ihm vor zwei Wochen angetan habe. Es wird Monate dauern, vielleicht Jahre, bis er wieder in seinem alten Zustand ist. Das Flussbett noch einmal zu leeren, wie ich es in meinem Zorn und Schmerz getan habe, würde den Prozess nur ein klein wenig zurückwerfen. Der auf dem Wasser liegende Nebel bewegt sich sehr langsam, wabert im Gleichklang mit meinen Gedanken, bereit meinem Befehl zu folgen, meine Bestimmung zu erfüllen und den Fluss verdunsten zu lassen. Alles, was ich gelernt habe, alle Geschichten, auf die sich mein Glaube gründet, sprechen von einem Zyklus der Zerstörung und der Wiedergeburt.

Und doch kann ich den Fluss nicht ein zweites Mal zerstören, nun da er gerade erst wieder anfängt zu leben. Der Nebel beginnt zu brodeln, bereit zu tun, was ich von ihm verlange. Dann endlich weiß ich, was zu tun ist. Vorsichtig, mit all meiner Willenskraft, schiebe ich den Fluss auseinander und dränge das Wasser zurück, wie eine sanfte Brise den Staub auf einer Straße. Als spüre er, was ich vorhabe, will sich der Nebel sofort auf den Himmelsstahl stürzen und den Fluss, den ich bewahren will, zerstören – aber ich lasse nicht locker, konzentriere mich voll und ganz darauf, ihn zurückzuhalten.

Rund um den Tempel teilt sich das Wasser der Zwillingsflüsse und macht den Weg frei für die Flussläufer, die sofort durch die entstandenen Schneisen wuseln. Überwältigt von der enormen Macht der Lichtbringerin erscheinen sie mir wie Ameisen auf einem Hirtabaum.

Der Nebel, als wäre er in seinem rasenden Verlangen, den Fluss zu zerstören, enttäuscht worden, sammelt sich wieder in der Stadt und kriecht in Richtung Tempel. Irgendwo dort in meinem Zuhause hockt Elkisa, die Verräterin, und wischt das Blut von ihrem Schwert. Sie hat mich nicht nur einmal, sondern wieder und wieder hintergangen, jedes Mal, wenn sie mich hat glauben lassen, sie wäre meine Freundin.

Elkisa.

Nun, da der Fluss die Himmelsstahlanker nicht mehr zu einem durchgehenden Ring verbindet, wabert der Nebel zurück in die Stadt und mit ihm die Magie – Elkisas Vorteil schwindet.

Ich könnte den Tempel jetzt sofort einnehmen. Ich könnte das Leben aller, die sich dort aufhalten, auslöschen wie eine brennende Kerze. Ich könnte die Korridore für meine Flussläufer leer fegen, damit sie sich den Tempel zurückholen und wieder zu meinem Tempel machen. Mein ganzes Wesen, alles, was ich bin, vibriert von dem Verlangen, zur Tat zu schreiten, zu tun, was die Legende von mir verlangt. Mit nur einem einzigen Gedanken könnte ich sie alle vernichten.

Und mit ihnen das Herz des Tempels. Ich spüre seine Zerbrechlichkeit – wie leicht es wäre, meinen Willen darauf zu konzentrieren und diese alte Maschine für immer zu zerstören … *Niemand weiß, was geschehen wird, wenn du in die Rolle der Lichtbringerin schlüpfst.*

North' Stimme ist so nah und vertraut, als wäre er bei mir, als hielte er meine Hand und flüsterte mir ins Ohr. Mit einer gewaltigen Anstrengung reiße ich meine Gedanken wieder vom Tempel und all meinen Feinden, die sich darin befinden, los.

Das weiße Licht, in das ich getaucht war, verschwindet und ich falle in zersplitterte Dunkelheit. Auf der Suche nach etwas, irgendetwas, an dem ich mich festhalten kann, drehe ich mich um … und starre in ein weit aufgerissenes, vernebeltes Augenpaar.

Inshara.

Entsetzt zucke ich zusammen, kann aber nicht wegsehen. Ich bin wie gebannt, nehme weder die Stadt um mich herum wahr noch den Tempel oder die Flussläufer, die den Himmelsstahl entfernen.

Inshara starrt mich an. Sie blinzelt nicht, aber je länger ich sie ansehe, desto mehr erkenne ich tief in ihren Augen so etwas wie Furcht. Als wäre auch sie gefangen, als wären wir durch die alten mechanischen Herzen, die uns unsere Macht verleihen, verbunden. Auch wenn sie ihre Verbindung, als sie mich im Tempel am Fußgelenk packte, gestohlen hat, ist sie real und nun genauso stark wie meine.

Vor meinem inneren Auge flackert ein Bild auf, ähnlich einer Erinnerung, aber nicht ich bin es, die sich erinnert. Eine große Frau in violetten Gewändern, die sich einen Schleier vor das Gesicht hält, hastet durch eine Straße, die gesäumt ist von Menschen, die sie anstarren. *Jezara?*

Viel zu fest hält sie ein kleines Mädchen an der Hand. Die Menschen johlen und glotzen sie an. Das kleine Mädchen kann den Hass spüren, der sich aufbaut wie Elektrizität bei einem Gewitter. Jeden Moment kann er sich entladen und sie und ihre Mutter müssen um ihr Leben laufen.

Insharas Gesicht verzerrt sich. Sie will sich losreißen, ist jedoch genauso wenig in der Lage wie ich, das, was gerade zwischen uns passiert, zu kontrollieren.

Mir kommt eine eigene Erinnerung: Daoman und Techeki, wie sie mir als Kind die Rituale und Pflichten meiner Berufung beibringen. Dann eine noch frühere, in der ich mit meinem Hohepriester neben dem rituellen Wasserbecken im Tempel stehe.

Gerade noch rechtzeitig verdränge ich die Erinnerung. Ich kann nicht riskieren, dass Inshara erfährt, was es mit den Herzen auf sich hat – nicht, solange sie Alciel und den Tempel in ihrer Gewalt hat. Sie darf von der Bedeutung des Glaubens und darüber, auf welchem Weg das Vertrauen in uns uns unsere Macht verleiht, nichts wissen.

Wir starren uns an, aneinandergefesselt mit einem dünnen Band, das wir nicht zerreißen können. Wie damals, als sie mich auf der Terrasse des Tempels berührte und sich dadurch selbst ihre Göttlichkeit verlieh, umhüllt uns der Nebel – und in ihren zusammengekniffenen Augen tobt derselbe Sturm wie um uns her.

Und dann sehe ich es. Sie weiß es bereits.

Wie ein Schwall Eiswasser rauscht diese Erkenntnis durch meine Adern: Sie weiß von den beiden Herzen, weiß, dass sie uns unsere Göttlichkeit verleihen, weiß, dass sie sowohl der Schlüssel zu ihrer als auch zu meiner Macht sind und … sie hat einen Plan.

Ein tonloser Schrei verzerrt Insharas Gesicht und sie beginnt wild um sich zu schlagen, während sie sich mit aller Macht aus meinen Gedanken reißt.

Taumelnd versuche ich an meiner Konzentration festzuhalten, doch ich kann spüren, wie sie in sich zusammenfällt – die Macht der Lichtbringerin schwindet und die Erschöpfung schlägt über mir zusammen, während sie mich in die Tiefe zieht.

Ich habe meinen Willen und meinen Verstand gegen den Zerstörungswillen der Macht verteidigt, jetzt habe ich keine Kraft mehr. Während die letzten Fetzen grellweißen Lichtes verblassen, gebe ich nach und überlasse mich dankbar der Dunkelheit.

26
NORTH

In dem Moment, in dem Nimhs Füße den Boden berühren, ist es vorüber. Das Licht verblasst und sie bricht in sich zusammen wie eine Marionette, der man die Fäden durchtrennt hat.

Ich werfe mich auf die Knie, um sie aufzufangen, bevor ihr Kopf auf einem Stein aufschlägt, und als ich sie an mich drücke, geht ein Raunen durch die Flussläufer, die sich um uns versammelt haben.

»Er ist der Letzte Stern.« Es ist Orrun, der das sagt, ruhig und überzeugt. Er steht neben mir, die Hände noch schlammverschmiert vom Bergen des Himmelsstahls, und seine Stimme bringt das Getuschel sofort zum Verstummen. »Gottheiten dürfen einander berühren.«

Die Menge reagiert mit einem verständigen Murmeln und Nimh fängt an sich in meinen Armen zu regen. Erst da bemerke ich, dass ich genauso schlammüberzogen bin wie Orrun und sie es nun auch ist. Ich werde wahrscheinlich den Rest meines Lebens davon träumen, wie ich in diesem wogenden Korridor aus Wasser stand, nachdem Nimh den Fluss geteilt hatte. »Nicht bewegen«, flüstere ich, als sie versucht sich aufzurichten. »Du hast gerade …« Weiter komme ich nicht.

Von den Flussläufern, die ein wenig weiter vom Ufer entfernt sind, dringt Geschrei zu uns herüber. Zunächst ist nichts zu verstehen, aber die Panik in ihren Stimmen lässt mich Nimh behutsam auf den Boden legen und aufspringen. Meine Nerven sind zum Zerreißen gespannt.

Dann verstehe ich endlich, was sie rufen. »Die Schatten! Die Schatten kommen aus dem Tempel!«

Elkisa.

»Macht euch bereit!«, brüllt Orrun.

Ich sehe hinüber zu Nimh – der Kater hat neben ihr Stellung bezogen – und wische mir die schlammigen Hände an der Hose ab. Ich wünschte, ich hätte eines der Flussläuferschwerter mitgenommen. Dann entdecke ich Nimhs Speer neben ihr im Matsch.

Er liegt da, wie damals tief unter dem Herz des Tempels. Matias hatte ihn dort versteckt, bis jemand kam, um ihn während Nimhs Abwesenheit für sie zu tragen.

Jemand, der für sie kämpfen würde, solange sie es nicht selbst tun konnte.

»Sie werden herkommen«, sagt Orrun mit fester Stimme, während ich nach dem Speer greife. »Sie haben gesehen, was sie getan hat – die ganze Stadt hat es gesehen. Sie wissen, dass wir die Magie wieder nutzen können, und haben keine andere Wahl, als uns anzugreifen, bevor unsere Magier sie außer Gefecht setzen.«

Überall machen die Flussläufer ihre Waffen bereit, lassen Flammen aus ihren Händen schießen oder bringen die Luft zum Flimmern, während sich ein Heer schwarz gekleideter Gestalten mit Waffen in den Händen über die Tempelstufen ergießt.

»Sie kommen hierher«, betont Orrun noch einmal und plötzlich wird mir klar, was er mir sagen will. Mit *hier* meint er den kleinen grasbewachsenen Hügel am Ufer, auf dem wir gerade stehen. »Sie haben gesehen, wo sie gelandet ist.«

Von dem vergnügten Mann, der sich vor dem Kater verbeugt und mich im Scherz gebeten hat sein neues Boot nicht auch noch zu verbrennen, ist nicht mehr viel übrig. Mit finsterer Miene und zu allem entschlossen steht Orrun da, in jeder Hand ein Messer.

Auch ich korrigiere meinen Griff um den Speerschaft. Mein Atem rast, mein Herz hämmert gegen meine Rippen, mein Mund ist trocken. *Ich werde dieses Ding gleich in einen lebenden Menschen stecken müssen,* versuche ich mir bewusst zu machen, was auf mich zukommt.

Und dann sind sie da. Der Lärm der klirrenden Waffen und das laute Brüllen lässt mich zurückweichen, wobei ich Orrun aus den Augen verliere. Als in all dem Durcheinander eine glänzende Klinge auf mich zukommt, hebe ich instinktiv den Speer über meinen Kopf und wehre sie ab. Der Angreifer stolpert rückwärts und wirbelt herum, um sich gegen einen anderen Feind zur Wehr zu setzen. Obwohl die Flussläufer laut Nimh keine Krieger sind, kämpfen sie mit einer Entschlossenheit, die es einem schwer macht daran zu zweifeln. Sie kämpfen, um ihre Göttin zu beschützen.

Mit trockenem Mund und klopfendem Herzen umklammere ich den Speer und mache mich bereit mich trotz allem, was ich über Gewaltprävention gelernt habe, wieder unter Nimhs Verteidiger zu mischen. Die Kultisten haben sich verteilt und greifen nun von allen Seiten an. Uns wird bald kein Fluchtweg mehr bleiben.

Dann sehe ich sie.

Elkisas Gesicht ist verschmiert von Schweiß und Dreck, die Spitzen ihrer beiden Messer in Blut getränkt. Mit erstaunlicher Leichtigkeit duckt sie sich unter dem knisternden magischen Blitz einer Flussläuferin weg und kämpft sich mit aufeinandergepressten Kiefern weiter zu uns durch. Jede ihrer Bewegungen ist präzise und wohlüberlegt. Sie duckt sich noch einmal und tritt dann in einer fließenden Drehung der Magierin gegen das Knie. Ein Knacken und die geht schreiend zu Boden.

»Verräterin!« Es dauert einen Moment, bevor mir klar wird, dass dieser heisere Schrei von mir kam. Ruckartig hebt Elkisa den Kopf und wir blicken uns über das Schlachtfeld hinweg direkt in die Augen. Dieses eine Wort trifft sie härter als jeder Hieb, den sie bis jetzt eingesteckt hat. Ich kann sehen, wie ihr unser gemeinsamer Ausflug und alles, worüber wir gesprochen haben, durch den Kopf schießt.

Versprich mir, dass du versuchst Nimhs Leben zu verschonen, hatte ich sie gebeten. Woraufhin sie mir versicherte, sie wolle nicht, dass Nimh etwas geschieht.

Aber *wollen* und *versprechen* ist nicht dasselbe.

Ein Schatten mit einem Messer kommt auf mich zugestürzt. Ich stemme die Füße in den Boden und hole mit dem Speer aus, um ihn abzuwehren. Hinter mir liegt Nimh, dann kommt der Fluss. Ich habe keine Möglichkeit, weiter zurückzuweichen.

»North!«

»Hiret!«

In jeder Hand ein Messer kämpft sie wie eine Wahnsinnige. In ihrem Zorn und Schmerz ist sie das genaue Gegenteil von Elkisa. In ihren Hieben steckt kein Kalkül, nur blanke Wut. Der Schatten wendet sich von uns ab und Orrun zu, der mit gebleckten Zähnen bereits auf ihn wartet.

»Wir werden sie nicht ewig verteidigen können«, keuche ich und rücke ein wenig zur Seite, damit Hiret sich ebenfalls vor Nimh positionieren kann. »Ich vermute, der einzige Grund, weshalb sie uns noch nicht überwältigt haben, ist, dass sie Nimh lebend wollen.«

»Letzter Stern der Prophezeiung, es gibt da etwas, dass ich Euch beichten muss«, sagt Hiret, während Elkisa einen Flussläufer niederstreckt und sich mit zusammengepressten Zähnen immer weiter zu uns durchschlägt.

»Jetzt?« Den Speer fest im Griff sehe ich zu ihr hinüber. »Hiret, wir haben hier gerade zu tun.«

»Jetzt«, beharrt sie. »Falls es kein Später mehr geben wird. Ihr sollt wissen, dass mein Glaube nach Maitas Tod geschwankt hat. Es war schwer an eine Göttin zu glauben, die ihn in den Tod geführt hat.«

»Nimh würde das verstehen, Hiret.«

»Als der Fischerkönig Euch den Speer holen schickte, habe ich Elkisa verraten, wo sie Euch findet.« Sie hält inne, um eine Kultistin abzuwehren, die mit blutigen Messern auf uns zustürmt. Dann fügt sie nach Atem ringend hinzu: »Ich schäme mich für meine Zweifel. Maita glaubte an sie, so sehr, dass er sein Leben für sie gab. Ich hätte ebenso stark sein müssen.«

»Wenn du mich fragst, bist du ziemlich stark«, entgegne ich. »Du hast vielleicht gezweifelt – aber nun bist du hier.«

»Werdet Ihr Nimhara sagen, dass es mir leidtut?«, bittet sie mich.

»Das wirst du ihr selbst sagen können«, entgegne ich. »Pass auf!«

Zwei Schatten stürmen auf uns zu und Hiret stürzt sich auf den ersten und reißt ihn zu Boden. Mit gezogenen Messern wälzen sie sich im Dreck, während ich mich dem zweiten entgegenwerfe, der sich unter mir wegduckt.

Und dann geschieht alles wie in Zeitlupe. Der Mann rollt sich ab und landet auf einem Knie direkt neben Nimh. Im Licht eines Zaubers blitzt das Messer auf, das er über den Kopf hebt.

Während der Kater sich kreischend auf Nimhs Angreifer stürzt, berechne ich, wie für einen Gleiter auf der Startrampe zu Hause, instinktiv den Bogen, den die Klinge beschreiben wird.

Als sie sich senkt, komme ich in Bewegung. Den Speer mit beiden Händen umklammernd vollführe ich eine Drehung und sehe zu, wie die Speerspitze in der Seite des Mannes verschwindet. Ich spüre den Widerstand, als er an einer Rippe abrutscht und dann tief in den Körper dringt. Der Mann sinkt zu Boden, überall ist Blut.

Viel Blut.

Blut auf dem Speer, Blut auf den Amuletten, die von der Speerspitze baumeln, Blut auf seinem Körper, seinen Lippen – auf Nimhs regloser Gestalt. Doch es ist das Blut ihres Angreifers. Ich habe ihn erstochen.

Er rollt sich auf den Rücken, wir sehen uns an und doch erkenne ich in seinem Gesicht nichts, das mir helfen würde zu begreifen – keinen Wahnsinn, keine Magie. Nur blanke Wut.

Dann erlischt der Zorn in seinen Augen und er ist tot.

27
NIMH

Als ich aus der Finsternis wieder auftauche, begreife ich nur langsam, was ich sehe. North ist über die Leiche eines Mannes gebeugt, in der Hand meinen bis zum Schaft in Blut getränkten Speer. Er steht zwischen mir und ihm. Neben ihm sitzt der Findelkater, dessen gesträubtes Fell ihn doppelt so groß erscheinen lässt wie normal. Hinter den beiden erkenne ich Hiret, in beiden Händen ein blutiges Messer, die vom reglosen Körper eines Schattens herunterklettert.

Von der anderen Seite läuft ein weiterer Schatten auf North zu. Ich will mich aufsetzen, nach North' Arm greifen, doch meine Glieder gehorchen mir nicht. Ich schnappe nach Luft, möchte, dass North den Kopf hebt, aber er kann nicht aufhören den Mann anzustarren, den er getötet hat.

»North!« Mit einem heiseren Schrei bricht sein Name aus mir hervor, was ihn endlich aus seiner Betäubung holt.

Er hebt den Kopf und eine halbe Sekunde später den Speer. Er kann den Angriff gerade noch abwehren, gerät jedoch ins Taumeln.

Dann ist Orrun da. Entschlossen wirft er sich dazwischen, sticht mit seinem Fischmesser nach dem Kultisten, bis dieser zu Boden geht und sich schreiend zusammenkrümmt.

Mit klirrenden Udjet fährt die Spitze des Speers neben mir in den Boden und North fällt auf die Knie. »Ich … ich wollte das nicht.« Sein Gesicht ist aschfahl. »Ist er …«

Unter großer Anstrengung gelingt es mir die Finger ein klein wenig zu bewegen – aber ich schaffe es nicht, ihn zu berühren. Als er es sieht, ergreift er sofort meine Hand, und als hätte seine Berührung etwas in mir wiederhergestellt, schaffe ich es endlich mich aufzurichten. Alles ist verschwommen und dreht sich und mir wird speiübel.

Ich versuche mit dem Nebel eine Barriere um uns zu errichten, irgendetwas, das die Schatten zurückdrängt, doch dann zerreißt etwas in meinem Kopf und ich falle mit einem Schrei zurück in die Dunkelheit – nur noch North ist da, der den Speer fallen lässt und einen Arm um meine Rippen schlingt, bevor ich wieder auf den Boden sinke.

»Ich kann keine Magie wirken«, krächze ich und klammere mich an seinen Arm wie an eine Rettungsleine. »Inshara hat meine Verbindung zum Herzen gekappt …«

»Inshara?«, wiederholt North besorgt. Allein der Name genügt, um ihn aus seiner Schockstarre zu holen.

Ich schüttele den Kopf. Ich kann es nicht erklären, nicht hier und jetzt. Stattdessen drücke ich seinen Arm und lasse mich vor Erschöpfung zitternd gegen seine Brust sinken. Die Schatten rücken immer näher und aus der Ferne ist ein Triumphschrei zu hören. Elkisa muss jemanden niedergeschlagen haben. Ich kenne ihre Stimme – diesen Schrei – aus den vielen Jahren, in denen sie mich verteidigt hat.

Schaudernd lasse ich meinen Blick über das Heer der Flussläufer schweifen und stelle mit Entsetzen fest, dass es mit jeder Minute, die vergeht, weniger werden. Ein Schatten holt mit seinem Schwert aus und greift Orrun, der gerade mit einem anderen Kultisten ringt, von der Seite an. Ich will aufspringen, kann aber nur hilflos zurück in North' Arme sinken. Plötzlich kommt wie aus dem Nichts ein Stein geflogen und trifft den Schatten an der Brust. Er verliert das Gleichgewicht und rollt den Abhang hinunter.

Ich recke den Hals und erkenne Matias mit seinem Gehstock. Jedes Mal, wenn er damit auf die Erde klopft, fliegt eine Handvoll Steine auf und wird zu schwebender Munition, die er mit einer kleinen Geste in Richtung seiner Feinde schleudert.

North, der meinem Blick gefolgt ist, atmet auf. »Es hat funktioniert«, ruft er. »Der Nebel kommt zurück. Die Flussläufer können wieder ihre Magie wirken.«

Hoffnung keimt in mir auf und ich ziehe North am Ärmel, damit er mir auf die Beine hilft. Meine Knie sind so wackelig, dass ich drohe hinzufallen. North hält mich fest. Um uns herum werfen die Magier der Flussläufer ihre Waffen weg und ziehen ihre Kräfte aus dem zurückkehrenden Nebel. Auch ich greife danach, aber vor meinen Augen verschwimmt alles und ich beginne wieder zu zittern. Alarmiert drückt North meinen Arm. »Du musst dich ausruhen«, ruft er über das Schlachtgetümmel hinweg. »Wir müssen dich hier rausbringen.«

Ich will protestieren, ihm erklären, dass ich nicht fliehen werde, solange mein Volk noch für mich kämpft. Doch bevor ich überhaupt den Mund aufmachen kann, stößt North einen leisen Fluch aus. Als ich den Kopf drehe und seinem Blick folge, weiß ich warum. Die Schatten schneiden uns den Fluchtweg ab. Wir sind umzingelt.

Ich höre eine mir bekannte Stimme schreien und Hiret sackt in sich zusammen. Sie hat einen Schnitt im Oberschenkel, der so tief ist, dass er den Knochen entblößt. Bevor der Angreifer sie töten kann, schlägt Orrun ihn zurück, doch hinter ihr sehe ich andere fallen. Trotz der Magie … verlieren wir.

»Wie müssen eine Möglichkeit finden uns zurückzuziehen«, schreie ich in North' Ohr. »Hilf mir, aufrecht stehen zu bleiben. Vielleicht kann ich …«

Sein Protest geht unter in einem leisen Summen, als ich mich darauf konzentriere, die letzten Fetzen meiner Macht zusammenzusammeln. Der Nebel ist da, wartet auf meine Befehle. Auch wenn ein pochender Schmerz droht meinen Schädel zu sprengen, ignoriere ich ihn und versuche in den weißen Nebelsturm zurückzukehren …

»Nimh, hör auf!«

Als ich wieder zu mir komme, ist da North, der mich mit vor Angst geweiteten Augen schüttelt. Ich will etwas sagen, mir kommt aber nur ein schwaches Stöhnen über die Lippen. Sofort ist auch der Kater da und stößt seinen flauschigen Kopf gegen mein Bein, als wollte er mir dabei helfen, aufrecht stehen zu bleiben. North drückt mich an sich und bückt sich nach dem Speer. Dann dreht er mich so, dass wir die anderen Flussläufer im Rücken haben. Orrun ist noch da und auch Matias, aber viele sind gefallen – zu viele. Die Kultisten haben ihren Vorteil erkannt und greifen, den Sieg vor Augen, umso entschiedener an.

Plötzlich spaltet sich mit einem donnernden Grollen der Himmel. Ich suche wieder Halt an North, der selbst Schwierigkeiten hat stehen zu bleiben, als ein heftiger Windstoß droht uns wegzublasen. Auf dem gesamten Schlachtfeld kommen die Kämpfe zum Erliegen, als alle den Kopf in den Nacken legen und nach oben starren.

Silbernes Metall schimmert im Licht der Leuchtfeuerfackeln und gegen den Himmel zeichnet sich eine lange, schlanke Silhouette ab. Zu beiden Seiten ragen elegant geschwungene Bögen in die Luft, eine unverkennbare Nachahmung von Flügeln. Aus dem Bauch des Ungetüms schießt blauweißes Feuer und es ist das schwere Dröhnen von Motoren zu hören, die mal lauter und mal leiser werden, während das Ding versucht seine Position zu halten und dabei einmal in die eine und dann wieder in die andere Richtung kippt. Mir krampft sich der Magen zusammen. *Welchen neuen Schrecken hat Inshara nun wieder für uns?*

Mit einem lauten Zischen entsteht ein Riss in der Seite der Flugmaschine, der sich langsam zu einer Tür erweitert, in der sich vor leuchtenden Monitoren und Steuerpulten eine Gestalt abzeichnet. Bevor ich ihr Gesicht erkennen kann, jagt sie schon mit einem lauten Dröhnen einen orangeroten Feuerstrahl über das Schlachtfeld.

»Zurück!«, brüllt eine hohe, eindringliche Stimme und die Kultisten und Flussläufer stieben auseinander. »Zurück! Alle! Oder ich fackele euch eure Visagen ab!«

Mein Verstand rotiert. Irgendwie kommt mir diese helle, vor Wut verzerrte Stimme bekannt vor.

Trotzdem ist es North, der fassungslos als Erster ihren Namen schreit: »Miri!?«

Als zwei Schatten versuchen das Durcheinander zu nutzen und sich anzuschleichen, schießen aus dem Ding, das Miri in der Hand hält, sofort wieder Flammen. Einer der beiden kann gerade noch zur Seite springen, doch der Mantel des anderen, der nicht ganz so schnell ist, fängt Feuer. Er wirft sich auf den Boden und wälzt sich im Gras, um die Flammen zu löschen.

»Ups.« Miris Stimme klingt nervös. Die Flugmaschine kippt ein bisschen heftiger zur Seite und sie taumelt gegen den Türrahmen. »Saelis! Halt das Ding still, du schmeißt mich sonst noch raus! Hallo, North!«

Mit einem Feuer spuckenden Ungetüm wollen es wohl selbst die Schatten nicht aufnehmen und noch bevor auf unserer Seite jemand reagieren kann, höre ich Elkisa Befehle bellen. »Rückzug! Alle zurück in den Tempel!«

Die Flugmaschine kippt noch einmal zur Seite und Miri brüllt Saelis, der nirgendwo zu sehen ist, Anweisungen zu. Offensichtlich fliegt er das Ding oder versucht es zumindest.

Die heruntergeklappte Tür, die an den Landungssteg einer Flussläuferbarke erinnert, nähert sich dem Boden.

»Kommt schon, beeilt euch!« Miri wirft den seltsamen Gegenstand, den sie in der Hand gehalten hat und der wie ein kleiner Zylinder aussieht, in eine Ecke. »Wir haben keine richtigen Waffen. Ihr kommt besser an Bord, bevor die das rausfinden.«

North legt den Arm um mich und versucht mich zu seiner Freundin zu schleppen. Da mir meine Beine den Dienst versagen, kommen wir kaum vorwärts, bis sich ein zweiter Arm um meine Hüfte legt. Als ich den Kopf hebe, blicke ich in ein vertrautes, ausgemergeltes Gesicht. Matias. Finster und erschöpft, aber zu allem entschlossen sieht er mich an. Er hilft North mich auf den Landungssteg zu zerren, bis Miri meine Hand ergreifen und mich an Bord holen kann.

Hinter Matias brüllt Orrun seine Befehle und organisiert den Rückzug der Flussläufer. Ein paar springen direkt ins Wasser und schwimmen mit kräftigen Zügen zu ihren Barken, andere tragen die Verwundeten zu Fischerbooten und Beibooten, um sie in Sicherheit zu bringen.

Dann dreht Orrun sich noch einmal um und kommt mit ein paar Schritten seiner langen Beine zu uns gelaufen. »Geht«, ruft er Matias über den Motorenlärm zu. »Ich kümmere mich um die Verwundeten. Die Göttliche wird Euch brauchen.«

Matias beugt sich vor, legt die Arme um den jüngeren Mann und flüstert ihm etwas ins Ohr, das ich bei dem Lärm nicht verstehen kann. Dann zieht er sich eine der vielen Perlenketten, die er trägt, über den Kopf und hängt sie Orrun um den Hals. Der nickt und drückt noch einmal den Arm des alten Mannes, bevor er sich umdreht, um den letzten Flussläufern dabei zu helfen, Hiret zu den Booten zu tragen.

Ich stütze mich auf Miri, die mich von der Tür wegzieht, um Platz für North zu machen. Mit einem lauten Scheppern wirft er den Speer in die Flugmaschine und springt ebenfalls an Bord. Dann reicht er Matias die Hand, um ihm in die Maschine zu helfen. Nachdem Miri mit der flachen Hand auf einen schwach beleuchteten Schalter geschlagen hat, schließt sich zischend die Tür und das Dröhnen der Motoren verstummt. Zurück bleibt eine in den Ohren klingende Stille.

Atemlos streicht Miri sich die zerzausten Locken aus dem Gesicht. »Wow, das war knapp. Sind alle okay?«

North, die Hände auf die Knie gestützt, stößt einen Laut aus, der irgendwo zwischen einem Schluchzen und Juchzen liegt, und schließt sie erleichtert in die Arme.

An meinen Beinen, die nun endgültig nachgeben, spüre ich eine weiche, vertraute Wärme, begleitet von einem lauten Schnurren. Als hätte ich auf dieses Gefühl der Sicherheit, so flüchtig und unverhofft es auch sein mag, nur gewartet, verschwimmen die blinkenden Lichter des Schaltpults vor meinen Augen und ich gebe den Kampf gegen die Erschöpfung, die mich ein zweites Mal übermannt, endgültig auf.

28
NORTH

Ich drücke Miri so fest, dass sie quiekt, und vergrabe mein Gesicht in dem vertrauten Geruch ihrer Haarpracht.

»North!« Es ist Matias, der Nimh allein kaum noch halten kann.

Schnell lasse ich Miri los und helfe ihm Nimh sanft auf den Boden zu legen. Der Kater, der in dem ganzen Chaos ebenfalls an Bord gesprungen sein muss, spaziert aufgeregt neben uns auf und ab. Leise stößt Nimh die Luft aus und mein Herz beginnt wieder zu schlagen.

»Was ist mit ihr?«, fragt Miri und kniet sich neben mich. Dabei hält sie möglichst großen Abstand zum Kater.

»Sie muss sich ausruhen«, erklärt Matias. »Ich denke, sie hat sich nur überanstrengt. Sie wird sich wieder erholen.«

Aus der Tür zum Cockpit kommt Saelis.

»North, geht es dir … Oh, was ist das denn?« Er starrt den Kater an, der ungerührt und ohne zu blinzeln zurückstarrt.

»Hier unten nennen sie es Kater«, erkläre ich mit einem Schmunzeln, ohne Nimh und das langsame Heben und Senken ihrer Brust aus den Augen zu lassen. »Er ist … ähm … ein Freund. Aber vielleicht versuchst du trotzdem ihn nicht anzufassen.«

Saelis murmelt etwas Unverständliches. Wahrscheinlich stand »auf den Arm nehmen« ohnehin nicht auf seiner Liste möglicher

Reaktionen auf die erste Begegnung mit einem Tier. Er kommt ein paar Schritte näher. »Ist alles in Ordnung mit ihr?«, fragt er mit einem Blick auf Nimh.

»Angeblich muss sie sich nur ausruhen«, erklärt ihm Miri und steht auf. Dann erstarrt sie. »Wer fliegt das Ding, Sae?«, fragt sie mit schreckgeweiteten Augen.

»Ich habe den Knopf für eine Art Autopilot gefunden«, beruhigt er sie mit einem Lächeln, das auch meine weichen Knie wieder ein klein wenig stabilisiert. »Bringen wir Nimh nach hinten, dort wird sie es bequemer haben. Es gibt dort einen Raum für medizinische Erstversorgung, in dem wir zumindest die Betten nutzen können.«

Als ich Nimh auf die Arme nehme, bewegt sie sich und murmelt etwas in meine Brust. Miri und Saelis wechseln einen Blick, den ich nicht interpretieren kann, gefolgt von einem flüchtigen Lächeln ... Ahnen sie etwas?

Miri schiebt sich an mir vorbei und geht uns voran ins Heck. »Hier entlang.«

Wie immer folge ich ihr ohne Widerrede. Der Kater streicht mir so eng um die Beine, dass ich fast stolpere.

Vorsichtig bugsiere ich Nimh seitlich durch die Tür und bleibe wie angewurzelt stehen. Der Raum ist klein und mit mir unbekannten Geräten sowie zwei Hightech-Betten mit blauen Gelmatratzen ausgerüstet. Und auf den Betten sitzen ... meine Mütter.

Alle beide.

Beide sehen mich lächelnd an. Und beide haben einen klaren, liebevollen Blick. Anasta weint. Beatrin sieht furchtbar aus. Sie hat Ringe unter den Augen, ist abgemagert und scheint um Jahre gealtert – aber sie ist wieder sie selbst.

Für einen Moment stehen wir alle nur reglos da, dann springt

Anasta auf. »Leg sie hierher«, sagt sie und deutet auf das Bett, auf dem sie gesessen hat. »Geht es ihr gut, Matias?« Sie spricht in ihrer Funktion als Sentinel, drückt mir aber sanft den Arm, als ich Nimh, die ein leises Seufzen von sich gibt, sanft auf die Matratze bette und ihr das Haar aus der Stirn streiche. Trotz allem, trotz *allen*, die hier sind, will ein Teil von mir Nimh einfach nur beim Atmen zusehen und sich vergewissern, dass es ihr gut geht.

»Sie muss sich ausruhen«, wiederholt Matias geduldig.

Erst als der Kater sich einmal im Kreis dreht und dann auf Nimhs Beinen niederlässt, kann ich mich vom Anblick unserer schlafenden Göttin losreißen. Ich wende mich meinen Müttern zu, doch irgendetwas hält mich zurück – als wäre ich zu schüchtern den ersten Schritt zu machen.

Dann beginnt Beatrin zu sprechen, zaghafter, als ich es je von ihr gehört habe. »North?«

Eine Sekunde später liegen wir uns in den Armen und drücken uns, so fest wir können. Sie nimmt mein Gesicht in beide Hände und küsst mir die nassen Wangen, wobei ihr selbst die Tränen kommen. Aus der Nähe kann ich die neuen Falten um ihre Augen erkennen, ihre Erschöpfung. Sie zittert und ich spüre tiefen Hass gegenüber Inshara, für das, was sie ihr angetan hat.

»Es tut mir so leid, North«, flüstert sie mit tränenerstickter Stimme. »Bitte sag mir, dass du es verstehst. Ich liebe dich. Niemand könnte dich je ersetzen.«

»Ich weiß, dass das nicht du warst«, entgegne ich leise.

Ich weiß es wirklich. Und doch ist da etwas in mir, das aufbegehrt – mein ganzes Leben habe ich von meiner Blutmutter zu hören bekommen, dass ich meinen Mann stehen soll, mich wie ein Thronfolger verhalten und den Traum, zu forschen und neue Welten zu entdecken, aufgeben muss. Ich habe nie daran gezweifelt, dass sie mich liebt, Inshara hat nur den winzigen Samen der

Enttäuschung in Beatrin aufgehen und zu Worten werden lassen. *Dass sie eine bessere Thronerbin sein wird, als er es je war, ist nicht von der Hand zu weisen …*

»Das warst nicht du«, wiederhole ich. »Das war *sie.*«

Das Allerschrecklichste, was einem passieren kann, ist, nicht mehr man selbst zu sein. Wenn ich mir vorstelle, jemand würde die winzigen schlechten Samen in mir zu einer hässlichen, dornigen Waffe heranwachsen lassen. Die Vorstellung, dass ich Menschen, die ich liebe, jagen und verletzen könnte …

»Ich bin so froh, dass es dir gut geht«, murmelt Beatrin und streicht mir die Locken aus dem Gesicht, die seit Jahren nicht mehr so lang waren. Gierig trinkt sie meinen Anblick, wie kühlen Tee an einem heißen Tag. »Als ich dachte, dass ich euch beide verloren hätte …«

Ich schließe die Augen. Es muss grauenhaft gewesen sein, zuerst mich zu verlieren, dann einen oder zwei Tage später ihren Vater und schließlich zerrüttet von Trauer und Schmerz den Thron besteigen zu müssen … Ich stelle sie mir in ihrer Trauerkleidung vor, die harte Linie ihrer aufeinandergepressten Lippen, wie sie sich weigert Schwäche zu zeigen und dann nachts in Anastas Armen weint.

»Ich mache dir keine Vorwürfe«, sagt sie, als hätte sie meine Gedanken gelesen, und ich öffne die Augen. Durch ihre Tränen lächelt sie mir zu. »Aber ich hatte dich gewarnt, dass dieser Gleiter nicht sicher ist.«

Aus dem Türrahmen mischt Miri sich ein. »Bei allem Respekt, Majestät, aber ich habe den *Skysinger* gemeinsam mit North durchgecheckt und er war so sicher wie …« Sie verstummt. Wahrscheinlich wollte sie sagen: »So sicher wie der königliche Palast«. Nur leider haben wir gerade alle mit ansehen müssen, wie sicher mein Zuhause tatsächlich war.

»Es war Sabotage«, stellt Miri klar, das Kinn hoch in die Luft gereckt und über jeden Widerspruch erhaben.

»Durch wen?«, fragen Beatrin und ich gleichzeitig.

Ich wusste es. Nach dem Absturz war ich mir absolut sicher, habe nur seit Wochen nicht mehr an den *Skysinger* gedacht. Ich hatte schlicht keine Zeit, über etwas nachzudenken, das nicht unmittelbar meinem Überleben diente.

»Diesbezüglich sind wir uns nicht sicher«, räumt Saelis, der sich neben Miri gestellt hat, ein. »Aber sie hat recht. Es war Sabotage.«

Die Behauptung hängt schwer in der Luft, doch wir werden uns damit ein anderes Mal beschäftigen müssen.

»Vergessen wir für den Moment, wie ich hierhergekommen bin«, sage ich und setze mich zu Nimh auf die Bettkante, die jetzt friedlich schläft. Der Kater hat sich auf ihr zusammengerollt, die Augen zu schmalen Schlitzen verengt, und verfolgt mit zuckenden Ohren jedes Geräusch im Raum. »Zuerst sollten wir klären, wie *ihr* hierhergekommen seid? Und woher habt ihr bloß dieses Ding?«

»Um es kurz zu machen«, unterbricht Saelis Miri, die gerade zu einer ausschweifenden Erklärung ansetzen wollte. »Wir haben es geschafft in den Palast zu kommen und dort die Königin vorgefunden, die sich bereits aus Insharas Gewalt befreit hatte. Aber es steht nicht gut, weder um den Palast noch um die Stadt. Alle haben Angst. Und wenn Inshara in die Stadt zurückgekehrt ist, hat sie mittlerweile wahrscheinlich noch sehr viel mehr Menschen unter ihre Kontrolle gebracht als zuvor.«

»Die Wachen«, ergänzt Anasta, »konnten sich Insharas Einfluss ebenfalls entziehen, sobald sie weit genug entfernt war, und viele waren bereit wieder meinen Befehlen zu folgen. Als wir zurück in den Tempel kamen, tobte dort ein blutiger Kampf.«

»Viele Akolythen und Graumäntel sind in Richtung Ausgänge geflüchtet, also rannten wir ihnen einfach hinterher«, erzählt Miri weiter.

Ich werfe einen Blick auf Nimh, die Einzige, die wie ich gesehen hat, was mit Elorin und den anderen, die es nicht bis zu den Ausgängen geschafft haben, geschehen ist. Hatte die Anführerin der Graumäntel auch meinen Freunden und meiner Familie die Zeit verschafft, die sie brauchten, um sich zu retten? Ich werde es wohl nie erfahren.

»Als wir aus dem Tempel raus waren«, berichtet Miri weiter, »fiel uns ORAKEL wieder ein.« Sie hebt das Handgelenk mit meinem Armband in die Luft. »Es hat uns den Weg zu seinem Versteck im Berg erklärt und wir dachten, dort wäre der beste Platz, um zu überlegen, was wir als Nächstes tun. Danke übrigens, dass du uns als autorisierte Benutzer angegeben hast, North.«

»Von dort aus haben wir auch beobachtet, wie Nimh …« Saelis, der nicht weiß, wie er das, was wir alle gesehen haben, beschreiben soll, verstummt.

»Wie sie diese krasse Magienummer abgezogen hat«, hilft Miri ihm weiter. »Und dann hat sich dieser irre Nebel in der Stadt ausgebreitet, grün und lila, dichter als eine Gewitterwolke, und die ORAKEL-Zentrale hat angefangen wie verrückt zu blinken und zu leuchten. Das Feuerwerk am Tag des Aufstiegs ist ein Witz dagegen. Na ja, und dann hat der Nebel dieses Ding«, sie klopft zweimal gegen den Türrahmen, in dem sie lehnt, »wieder aktiviert.«

»ORAKEL hat der Treibstoff gefehlt«, murmele ich. »Der Ring aus Himmelsstahl hat den Nebel aufgehalten, aber nachdem wir ihn durchbrochen hatten, ist er zurückgekehrt.«

Miri grinst. »Wie auch immer, es war total abgefahren. Ich wünschte, wir hätten eine Kamera gehabt, um es zu filmen. Wir würden ein Vermögen damit machen.«

»Leider«, mischt sich Saelis wieder ein, »hat das Armband den Geist aufgegeben, als alles anfing zu blinken – wahrscheinlich ist etwas durchgebrannt. Seitdem haben wir keinen Ton mehr aus ihm herausgebracht. Es ist aber für eine gute Sache gestorben, denn zum Glück ist der Hauptcomputer wieder angesprungen, als der Nebel kam. Und der meinte, dass das Luftschiff vielleicht ganz nützlich wäre …«

»Und so kam es zu meinem Einsatz mit einem aus einer Spraydose Schmieröl und einem Schweißbrenner zusammengebastelten Flammenwerfer«, schließt Miri die Erzählung ab.

»Und meinem Flug mit dieser uralten Maschine«, fügt Saelis noch hinzu.

»Wie fliegt sie sich?«, will ich wissen. Am liebsten hätte ich sofort das Cockpit inspiziert, obwohl wir im Moment wirklich andere Probleme haben.

»Ist ziemlich einfach zu bedienen«, klärt Saelis mich auf. »Steuerknüppel und viele Piktogramme.« Er legt den Kopf schief und sieht mich auf seine ruhige Art an. Saelis kennt mich schon sein ganzes Leben. Er weiß, dass die Mischung aus Angst und Erleichterung droht mich zu überwältigen und ich nach der Flugzeugsteuerung frage, weil es in dem Meer aus Problemen, in dem ich schwimme, nur eines gibt, bei dem ich sicher bin, dass ich es lösen kann. Niemand außer Nimh kennt mich so gut wie er.

»Du bist der Pilot«, sagt er daher auch. »Warum kommst du nicht einfach mit nach vorne, dann zeige ich es dir?«

»Geht schon, Prinz North«, ermuntert mich Matias, der neben Anasta steht. »Nimh geht es gut. Wenn Ihr diesen magischen Apparat in der Luft halten könnt, dann tut es. Wir müssen ohnehin abwarten, bis sie aufwacht, um entscheiden zu können, was unser nächster Schritt sein wird.«

»Ich bleibe hier bei Nimh«, sagt Anasta und setzt sich neben mich auf die Bettkante. Der Kater scheint ihr sehr viel weniger suspekt zu sein als Miri und Saelis und ich frage mich, wie viel meine Mutter in ihrer geheimen Rolle als Sentinel über die Welt hier unten bereits wusste.

Miri zieht mich aus dem Versorgungsraum und drückt mir mit einem Blick über die Schulter kurz die Hand. »Es wäre wirklich gut, wenn dieses Ding nicht abstürzen würde«, sagt sie mit gedämpfter Stimme. »Mit der Königin *und* Nimh an Bord.«

Saelis geht uns voran. Als wir das Cockpit erreichen, bleibt er abrupt stehen und dreht sich zu uns um. Miri stoppt ebenfalls, sieht mich an und schlingt dann die Arme um meinen Hals, woraufhin Saelis die Arme um uns beide legt.

Diese innige Umarmung der beiden genügt, dass ich die Fassung verliere und anfange zu weinen. »Ich dachte, ihr wärt tot«, presse ich hervor und verschlucke mich fast an den Worten.

»Uns geht es gut«, flüstert Saelis. »Und deinen Müttern auch. Aber was ist mit dir? Ist das dein Blut auf deinen Kleidern?«

Ich schüttele den Kopf, ohne die beiden loszulassen. »Nein, ich musste …« Mein Hals wird so eng, dass ich kein weiteres Wort herausbringe.

»Du musstest dich verteidigen«, findet Miri die richtigen Worte.

»In einem Kampf, den du nicht begonnen hast«, fügt Saelis hinzu.

»Doch«, flüstere ich. »Wir haben angefangen. Wir waren diejenigen, die entschieden haben den Tempel zu stürmen.«

»Nur, weil Inshara ihn – und Alciel – in ihre Gewalt gebracht hatte. Sie hat einfach alles an sich gerissen«, beharrt Saelis mit fester Stimme.

»Nichts von dem, was geschehen ist, ist deine Schuld«, bekräftigt Miri und sieht mir dabei fest in die Augen. Auch ihr rinnen

Tränen über die Wangen. »Wenn wir wieder zu Hause sind, besorgen wir dir den besten Therapeuten, den es gibt. Du wirst eine Menge zu erzählen haben.«

»Ist mit Nimh wirklich alles in Ordnung?«, will Saelis wissen, nachdem Miri mir ein schwaches Lächeln entlockt hat.

Ich nicke. »Ich glaube, sie hat sich völlig verausgabt. Und sie sagte etwas über Inshara – dass sie über die Herzen miteinander verbunden wären. Das ist eine lange Geschichte«, füge ich hinzu, als ich in ihre verständnislosen Gesichter blicke. »Wenn Matias sagt, sie erholt sich bald, dann ist das auch so. Er ist ein mächtiger Magier und kennt sich mit diesen Dingen aus.«

»Gut«, sagt Miri. »Aber hast du dich gerade selbst gehört?«

»Magier«, murmelt Saelis und schüttelt den Kopf.

»Ja, ich weiß«, sage ich grinsend.

Schweigend legen wir alle drei die Köpfe aneinander, so wie wir es schon unser ganz Leben getan haben. Die vertraute Geste gibt mir Sicherheit und eigentlich sollte sie alles sein, was ich in diesem Moment brauche, dennoch zieht es einen Teil von mir zurück ins Heck des Flugzeugs. Zurück zu Nimh.

Vor dem Kampf, als ich mit ihr über Vertrauen gesprochen habe und darüber, wie fest ich an sie glaube, war ich mir absolut sicher. Tief in meinem Herzen wusste ich, was ich nicht laut auszusprechen wagte. *Ich liebe sie.*

Trotzdem steigt Panik in mir auf. Wie soll ich das, nach allem, was geschehen ist, jemals Miri und Saelis beibringen?

Miri seufzt und drückt mich noch einmal ganz fest. »Das hat gutgetan«, sagt sie, ihre Stimme noch ganz heiser vom Weinen. »Und jetzt ab zu deiner Göttin, Märchenprinz.«

»Aber ihr …«, fange ich automatisch an zu widersprechen.

Sie bringt mich zum Schweigen, indem sie mir den Finger auf die Lippen legt und wartet, bis ich sie ansehe. »North«, sagt sie mit einer Ernsthaftigkeit, die ich von ihr so noch nicht kenne. »Wir lieben dich.«

»Ja, das tun wir«, bestätigt Saelis ruhig.

»Und du liebst uns«, fährt Miri fort.

Ich nicke, noch immer stumm. Wenn Miri einmal angefangen hat, ist sie nicht mehr zu stoppen. Das war schon immer so.

»Nenne es, wie du willst: Prophezeiung, Bestimmung, multiple Übereinstimmungen in der Persönlichkeit, soziohistorische Kräfte oder gemeinsame traumatische Erlebnisse – über die du ebenfalls mit einem Therapeuten reden solltest –, ihr beide gehört zusammen.«

»Aber ihr ... «, fange ich noch einmal an. Ein Kloß im Hals hindert mich jedoch am Weitersprechen.

»Ja, und das werden wir auch weiterhin«, sagt Saelis leise. »Wir waren schon beste Freunde, da konnten wir noch nicht einmal laufen, geschweige denn hinter Miri herrennen, um sie daran zu hindern, etwas kaputt zu machen. Allerdings hast du hier unten auch viel mit Nimh geteilt.« Seine freundliche Stimme wird ernst. »Und Miri und ich haben auch vieles geteilt in den Wochen, in denen wir dachten, du wärst tot. Wir alle haben uns verändert, North, und das ist in Ordnung so.«

Er nimmt meine Hand und presst sanft die Lippen auf meine Finger, während Miri sich gleichzeitig auf die Zehenspitzen stellt und mir einen Kuss auf die Wange drückt.

»Wir wissen, dass du uns liebst«, sagt sie. »Aber *verliebt* bist du in sie. Geh und schenk ihr deine Liebe und dein großes Herz. Na los!«

Ich bin sprachlos. Ich sehe die beiden an und frage mich, womit ich solche Freunde bloß verdient habe.

Dann hallt plötzlich Matias' Stimme durch die Kabine. »North! Sie ist wach! Kommt schnell!«

29
NIMH

Trotz Matias' beruhigenden Worten und dem tröstlichen Gewicht des Katers auf meinen Beinen unter der Decke bin ich nicht wirklich überzeugt in Sicherheit zu sein – der Raum, in dem ich aufgewacht bin, bewegt sich, an den vibrierenden Wänden blinken Lichter und von draußen dringt ein gedämpftes Dröhnen herein, das mich fast verrückt macht. Aber dann ist da North, der schwer atmend im Türrahmen steht.

Als unsere Blicke sich begegnen, bleibt mir fast das Herz stehen. Dann bemerke ich das Blut auf seiner Flussläufertunika und schreie entsetzt auf, bevor langsam die Erinnerung wieder einsetzt. North stößt sich vom Türrahmen ab und kommt an mein Bett. Ohne dass er etwas gesagt hätte, rückt seine Mutter zur Seite und macht ihm Platz.

»Mir geht's gut«, sagt er heiser. »Das ist nicht mein Blut.« Dann schweigt er. Er wirkt aufgewühlt. Langsam kehrt meine Erinnerung zurück und ich sehe ihn über mir stehen, mit dem blutigen Speer in der Hand. Nein, er steht nicht nur über mir. Er hat sich vor mich gestellt, um mich vor einer Gefahr zu schützen. Mit den Fingerspitzen streiche ich über seinen Handrücken und er dreht sofort die Hand um und umschließt meine Finger. Seine Berührung ist warm und kräftig. »Geht es dir gut?«, flüstert er.

Ich nicke und ignoriere, dass mir dadurch der Kopf nur noch

mehr schwirrt. »Es war das Anstrengendste, das ich je getan habe«, gebe ich zu und wünsche, ich könnte mich an ihn lehnen. Aber der Raum ist voller Menschen. Auch Miri und Saelis sind da, die uns genau beobachten. Meine Haut kribbelt unter seiner Berührung, ein Gefühl, das noch so neu ist, dass ich mich auf das, was ich sage, kaum konzentrieren kann. »Wieder überkam mich der Drang, alles zu zerstören – doch dieses Mal bin ich ich selbst geblieben, auch wenn ich als Lichtbringerin fast die Kontrolle über mich verloren hätte.«

»Du warst großartig«, versichert mir North. »Wir haben alle überlebt.«

»Ich konnte das Herz des Tempels sehen«, erkläre ich ihm, während mein eigenes Herz schneller schlägt. »Es wäre so leicht gewesen es zu zerstören, so wie ORAKEL es im Garten vorgeschlagen hat – diese Sache, die uns alle zu dem macht, was wir sind, ist so zerbrechlich.«

»Du hast es nicht getan«, entgegnet North und drückt meine Hand. »Und nur darauf kommt es an. Du hast seine Verletzlichkeit gesehen, es aber nicht zerstört. Und du hast niemanden verletzt.«

Der beängstigende Druck auf meinem Herzen lässt ein wenig nach.

»Ich konnte Inshara spüren«, flüstere ich und blicke mich im Raum um. Alle aus Alciel schauen genauso ernst drein wie Matias. Der Name scheint mittlerweile in beiden Völkern dieselbe Angst auszulösen. »Ich konnte sie fühlen, durch unsere Verbindung mit den Herzen. Ich konnte fühlen, was sie vorhat.«

»Du konntest ihre Gedanken lesen?« Miri beugt sich mit weit aufgerissenen Augen ein wenig vor. »Cool.«

»Und schrecklich«, erinnert sie Saelis und zieht eine Augenbraue nach oben.

Miri wird rot. »Ja, natürlich. Das auch.«

North blickt mit einem Lächeln im Gesicht zu ihnen hinüber. Ich kann nur erahnen, wie glücklich ihr Wiedersehen gewesen sein muss, auch das von North mit seinen Müttern, während ich geschlafen habe. Ein klein wenig schmerzt es mich, dass ich es verpasst habe. Und so erschöpft ich auch bin, freue ich mich Beatrin am Leben zu wissen und wieder im Besitz ihrer geistigen Kräfte. Wenn sie wieder sie selbst werden konnte, kann es Techeki vielleicht auch.

Aber als North sich wieder mir zuwendet, ist er ernst. Das Lächeln, das er Miri und Saelis geschenkt hat, ist verschwunden und ich spüre erneut einen Stich in der Brust.

»Was hat sie vor?«, fragt er. »Wenn wir es wissen, können wir sie vielleicht aufhalten.«

Ich ignoriere meine Schmerzen, setze mich ein wenig auf und versuche mich zu konzentrieren. »Irgendwie hat sie herausgefunden, was es mit den zwei Herzen auf sich hat. Sie weiß, dass es der Glaube ist, der göttliche Macht verleiht, und denkt, dass sie diese umlenken kann – dass sie die Herzen so manipulieren kann, dass alle nur noch an *sie* glauben.«

»Sie will die Gedanken von uns allen kontrollieren?«, fragt Miri erschrocken.

Beatrin zuckt zusammen, als erwachte sie aus einem Albtraum. Als sie bemerkt, dass alle sie ansehen und North sich besorgt erhoben hat, hebt sie beschwichtigend die Hand. »Als sie mich in ihrer Gewalt hatte«, flüstert sie mit der müden und dünnen Stimme einer alten Frau, »war es, als würde sie nur meine Gedanken kontrollieren. Ich war immer noch ich selbst, aber sie bestimmte über das, was mir wichtig war. Ich hatte das Gefühl, das ich nur das tat, woran ich glaubte. Für Alciel, den Thron. Ich glaubte wirklich meine Pflicht als Monarchin zu erfüllen.«

Sie zittert, während sie spricht, und ich spüre, wie sich die Hand ihres Sohnes in meiner verkrampft. Vorsichtig entziehe ich sie ihm, damit er seiner Mutter beistehen kann. North wirkt schockiert, ängstlich. Ich kann spüren, wie sehr es ihn schmerzt, was man seiner Mutter angetan hat. So, wie sie dasitzt, ist von der starken und unerbittlichen Frau, die er mir beschrieben hat, nicht mehr viel übrig. Auf ihn muss sie wie der Schatten ihrer selbst wirken – und das macht ihm Angst.

Ein schwaches Lächeln huscht über Beatrins Gesicht. »Es geht mir gut«, versichert sie mit Tränen in den Augen. »Aber was Nimhara über Glauben gesagt hat ... genauso war es. Sie hat meine tiefsten Überzeugungen, alles, woran ich glaube, verdreht und für ihre Zwecke benutzt.«

Matias atmet einmal tief durch und sagt dann mit finsterer Miene: »Sie denkt einen Weg gefunden zu haben, wie sie mithilfe der Herzen den Glauben aller mit einem Mal in die Irre leiten kann – wie sie uns alle unterwerfen und dazu bringen kann, nur noch an sie zu glauben.«

Ich fange an zu zittern und kralle die Finger in meine Bettdecke, damit North es nicht bemerkt und bei seiner Mutter bleibt. »Auf diese Weise wird sie mächtiger als jede Gottheit, seit die Herzen geschaffen wurden.«

Für einen langen Augenblick sagt niemand mehr ein Wort und alle haben ihre persönliche Version des Albtraumes vor Augen, den Inshara sich für uns ausgedacht hat.

Dann meldet sich mit einem lauten Schnauben und einer für ihn untypischen Wut Saelis zu Wort. »Woher weiß sie das alles?«, fragt er und sieht zuerst North und dann mich an. »In Alciel kann sie über diese Herzen, von denen ihr redet, nichts erfahren haben. Dort weiß niemand etwas darüber.«

»Techeki weiß davon.« Matias sieht zu Boden und reibt sich

die Stirn. »Er und ich haben über die Herzen gesprochen, als das Wolkenland auf dem Tempel landete. Ich hatte das Gefühl, er sollte es wissen. Techeki kennt die Macht des Glaubens.«

»Und Inshara hat Techeki«, brummt North.

»Vielleicht hat sie auch schon von ihrer Mutter etwas über die Bedeutung des Glaubens erfahren«, bemerke ich. »Jezara sagte, nachdem ihr Liebhaber sie berührt hatte, sei sie noch immer die Göttin ihres Volkes gewesen – erst als die Menschen es herausfanden und nicht mehr an sie glaubten, verlor sie ihre Göttlichkeit.«

»Aber auch das erklärt nicht, woher sie weiß, wie sie die Herzen manipulieren kann«, wirft North ein. »Dazu müsste sie ORAKEL befragt haben, oder etwa nicht?«

»Und das kann sie nicht, weil sie gar nicht weiß, dass ORAKEL existiert«, fügt Miri hinzu. »Sie ist keine autorisierte Benutzerin, kann also unmöglich in die unterirdische Halle gekommen sein.«

»Ich habe Techeki von ORAKEL erzählt«, flüstert North und schließt die Augen. »Auf der Barke, als wir auf dem Weg zu dem Treffen mit ihr waren. Sie kontrolliert Techekis Gedanken, daher müssen wir davon ausgehen, dass sie alles weiß, was Matias und ich Techeki über ORAKEL und die Herzen erzählt haben.«

»Selbst dann hat sie noch keinen Zugang zum System«, bemerkt Saelis.

»Und sie hat Beatrin nicht mehr«, sagt Anasta und sieht hinüber zu ihrer Gemahlin, während ihr Sohn seiner Blutmutter den Arm um die Schulter legt. »Und damit kein königliches Blut.«

Die anderen tauschen Blicke, in denen sich Verwirrung und Angst mischen. Ich kann spüren, wie die Luft dick und drückend wird, und halte den Blick gesenkt. Mit eisigen Fingern packt mich ein wahrhaft schrecklicher Gedanke im Nacken und jagt mir einen Schauder den Rücken hinunter.

»North«, frage ich heiser. »Verschwindet dieses … Wie war gleich noch das Wort für die Kraft, die eure Schlösser zu öffnen vermag? Die Magie in eurem königlichen Blut?«

»Du meinst die DNA?«

»Ja, DNA. Verschwindet diese DNA aus dem Blut, wenn man …« Es fällt mir schwer den Satz zu Ende zu bringen. Er sieht mich so verstört und nachdenklich an, dass ich es kaum schaffe den Gedanken, der mir eben das Herz hat gefrieren lassen, mit ihm zu teilen. »Verschwindet diese DNA aus dem Blut, wenn man stirbt?«

Aus North' Gesicht weicht alle Farbe. Er sagt nichts, ich kann die Antwort aber in seinen Augen lesen, die plötzlich unglaublich traurig sind.

Beatrin schluchzt laut auf. »Sie braucht weder mich noch North. Sie hat Alciel in ihrer Gewalt. Sie hat den aufgebahrten Leichnam meines Vaters.«

Matias rammt den Gehstock auf den Metallboden und erhebt sich. »Wir müssen zu diesem ORAKEL-Relikt. Wir müssen herausfinden, was es ihr gesagt hat, und hoffen, dass wir sie aufhalten können, bevor es zu spät ist.«

Wie Sternschnuppen fliegen die verstreuten Leuchtfeuer unter uns vorüber, als das Flugzeug uns schnell über die nächtliche Stadt trägt. Saelis hat darauf bestanden, dass North sich daran versucht die Maschine zu fliegen, während er und Miri hinter dem Sitz mit den Steuerknüppeln stehen. Miri, zu aufgeregt, um ihre Lautstärke zu kontrollieren, brüllt North Ratschläge ins Ohr, wobei Saelis sie immer wieder stupst und auf verschiedene Kontrollleuchten deutet.

Die drei pflegen einen so vertrauten und leichten Umgang miteinander, dass ich den Blick nicht von ihnen wenden kann. Durch das Fenster an der Spitze des Flugzeugs kann ich mitverfolgen, wie der grasbewachsene Abhang unterhalb der Versammlungshalle des Ältestenrats sich öffnet und ein breites Tor freigibt, auf das North das Flugzeug unter immer lauter werdendem Gezänk bedächtig zusteuert, um es in seinen Hangar zu manövrieren.

Erst jetzt bemerke ich Matias, der mich grübelnd beobachtet. Er hat meinen Speer auf dem Schoß liegen und ist dabei, mit einem Lappen die blutigen Amulette abzuwischen. Dass er in all dem Chaos noch die Zeit zu einer so freundlichen Geste findet, wärmt mir das Herz. Seine Augen haben schon immer alles gesehen, auch als er für mich noch nichts weiter als der Meister der Archive war – bevor ich wusste, dass er ein Sentinel und der Fischerkönig ist, an den ich mich aus meinen Tagen als Flussläuferkind nur noch vage erinnerte.

Eine unausgesprochene Frage liegt in seinem Blick, während er mir nachdenklich dabei zusieht, wie ich die drei beobachte.

»Sie haben zusammengehört, lange bevor mir klar wurde, dass ich ihn für mich will«, sage ich leise. »Ich neide ihnen die gemeinsame Zeit nicht. Und würde auch niemals von ihm verlangen, dass er sie für mich aufgibt.«

»Habt Ihr ihn je gefragt, was *er* will?«, entgegnet Matias, während er die blutverschmierte Seite des Lappens wegfaltet und mit dem sauberen Teil die Spitze poliert. »Ihn wirklich *gefragt*? Ohne zu unterstellen, Ihr *wüsstet*, was er will?«

Ich schüttele den Kopf und muss mich zwingen den Blick nicht dorthin zurückwandern zu lassen, wo es ihn hinzieht: zu North, der wieder mit dem beschäftigt ist, was er liebt – Fliegen, Technik, Entdeckungen.

»Vielleicht«, flüstere ich, »werde ich die Zeit dazu haben, wenn das alles vorüber ist.«

Die Wahrheit ist jedoch, dass es meine Vorstellungskraft übersteigt mir auszumalen, was sein wird, wenn wir das, was vor uns liegt, hinter uns haben. Wir müssen Inshara aufhalten – über das, was danach kommt, darf ich jetzt nicht nachdenken.

Matias, der meine Traurigkeit und Angst spürt, legt den Speer beiseite. Begleitet vom Rascheln seines Gewandes schlagen die Perlenketten um seinen Hals leise aneinander, als er die Hand in meine Richtung ausstreckt. Ich kann ihm ansehen, dass er mit sich kämpft. Er möchte mich trösten, mich berühren, und obwohl er weiß, dass auch andere es schon getan haben, fällt es ihm schwer dieses Tabu zu brechen.

Also lege ich meine Hand in seine. Er schluckt, schließt für einen Moment die alten Augen und nimmt meine Hand dann in seine beiden Hände. In der Andeutung einer Verbeugung neigt er den Kopf, was mich daran erinnert, dass er in all seinen Gestalten – Archivar, Sentinel, Flussläufer – immer nur seiner Göttin gedient hat und seinem Glauben.

Ohne darüber nachzudenken, beuge ich mich vor und schlinge die Arme um den alten Mann. Kurz stockt ihm der Atem, doch dann spüre ich, wie er mich an sich drückt, zögernd zunächst und dann immer fester.

»Ich bin so stolz auf dich, Nimh«, flüstert er und küsst mich auf die Stirn, wie Daoman es vor langer Zeit getan hat. Die Erinnerung an meinen Hohepriester und die Umarmung dieses Mannes, der wie ein Vater für mich ist, rühren mich zu Tränen. »Und dein Volk ist es auch.«

Ich muss bei diesen Worten an die Flussläufer denken und wie sie sich um mich geschart haben, bereit mich bis auf den letzten Mann gegen die heranrückenden Schatten zu verteidigen.

Das Flugzeug kippt ein klein wenig zur Seite, was Miri einen spitzen Schrei entlockt, und setzt dann rumpelnd auf dem Boden des Hangars auf.

»Wolkensturz noch mal«, murmelt Miri in die darauffolgende Stille. »Ich würde sagen, Eure Landungen sind noch verbesserungsfähig, Hoheit.«

North lacht und hievt sich stöhnend aus seinem Sitz. Er ist es nicht gewohnt eine Waffe zu führen und muss völlig erschöpft und wund sein. Ich habe die Schmerzen bei meiner Ausbildung in Selbstverteidigung mit dem Speer vor vielen Jahren noch lebhaft in Erinnerung.

Auf Matias' Hand gestützt erhebe ich mich – wobei ich mir nicht sicher bin, wer hier wem beim Aufstehen hilft. Dann gehe ich zusammen mit North zur Ausstiegsrampe und die anderen folgen uns.

Der Raum, in dem wir gelandet sind, ist so riesig, dass seine Grenzen in der Dunkelheit jenseits der Flugzeugscheinwerfer nicht mehr auszumachen sind. Irgendwo aus der Finsternis kommt ein klägliches Miauen. North scheint den Weg zu kennen und führt uns zielsicher zu einer Seitentür, die sich auf seine Berührung hin öffnet.

Als wir in den ebenso finsteren Raum dahinter drängen, bleibt North so abrupt stehen, dass ich in ihn hineinlaufe und stolpere. Er greift nach meinem Arm und lässt ihn nicht wieder los. Sein Griff ist hart vor Anspannung.

»Was ist?«, flüstere ich und sehe mich ängstlich um. Aber ohne die Lichter des Flugzeugs ist es stockfinster.

»Die Lichter sollten eigentlich automatisch angehen«, entgegnet North. »Kannst du …«

Ich habe die Hand bereits in einen meiner Beutel gesteckt, in die ich vor dem Kampf gegen die Schatten noch schnell ein paar der wichtigsten Reagenzien gepackt hatte. Der Lichtzauber kommt mir wie von selbst über die Lippen und doch fühlt es sich merkwürdig an. Seit ich aus Alciel zurück bin und meine Erinnerung wiederhabe, ist es das erste Mal, dass ich einen Zauber wirke. Den Nebel direkt zu befehligen gleicht dem Ritt auf einen Blitz, wohingegen das hier leicht und angenehm ist, als würde man in ein vertrautes Bett kriechen. Ich spüre North' Blick auf mir ruhen, als ich die Zauberformel in eine Prise Feuersamen auf meiner Handfläche flüstere und die Körnchen anfangen zu leuchten. Ein sanftes grünes Licht breitet sich aus und erhellt unsere Gesichter.

Ich muss daran denken, wie ich diesen Zauber zum ersten Mal in seiner Gegenwart gewirkt habe. Er ist zurückgezuckt und hat mich angestarrt, als wären mir Flügel gewachsen. Und auch unser Streit danach fällt mir wieder ein. *Wissenschaftlich erklärbar,* behauptete er und sprach von chemischen Substanzen, die man durch Vermischen zum Leuchten bringen kann. Ich beharrte aber darauf, dass es *Magie* wäre, was ihn maßlos ärgerte.

North wirft mir einen amüsierten Blick zu. Offensichtlich erinnert er sich ebenfalls an unseren Streit.

Eine Weile stehen wir einfach nur da und sehen uns an. Dann räuspert sich jemand hinter uns und macht uns darauf aufmerksam, dass wir nicht alleine sind.

Ich hole Luft und blase die Feuersamen in den dunklen Raum vor uns, wo sie langsam auf den Boden schweben wie weit entfernte Sterne. Doch angesichts dessen, was der Lichtzauber uns enthüllt, bleibt mir die Luft weg.

»Nein …« North dreht sich langsam im Kreis. Im grünen Licht des Zaubers wirkt er blass und ausgezehrt. Da ich diese Art von Maschinen auch schon in Alciel gesehen habe, ist mir das Ausmaß der Zerstörung sofort bewusst – von dem, was einmal lange Reihen von Bildschirmen und Schaltpulten gewesen sein müssen, sind nur noch verbogenes Metall und gesplittertes Glas übrig. Alles ist zerstört, von den Platten in der Decke, die den Raum wohl erhellt haben, bis zu den Stühlen vor den Schaltpulten.

Die schlammigen Fußabdrücke auf dem Boden verraten, dass hier eine ganze Meute gewütet und alles kaputt geschlagen haben muss, was ihr in die Finger kam. Inshara und ihre Schatten. Sie hat die Informationen, die sie braucht, bekommen – und dann den alten Computer zerstört, damit niemand erfährt, was sie weiß, und ihr folgen kann. Wir kommen zu spät.

»Sie muss hierhergekommen sein, nachdem wir das Flugzeug genommen haben«, sagt Saelis verbittert. »Verdammt!« Während ich den Blick nicht von North losreißen kann, verrät mir ein schlitterndes Geräusch, dass er in seiner Wut ein Trümmerteil über den Boden gekickt hat.

Wenn Inshara eine Möglichkeit gefunden hat, die Herzen für ihre Zwecke zu nutzen und den Glauben und das Vertrauen der Menschen irrezuleiten, dann ist es nur noch eine Frage der Zeit, bis sie auch uns in ihrer Gewalt hat. Reglos stehen wir da, zu müde und zu entsetzt, um darüber nachzudenken, was wir als Nächstes tun sollen. Ich sehe die Angst und Verzweiflung in North' Gesicht und weiß, dass er befürchtet, Inshara könnte auch ihn in ihre Gewalt bringen und für ihre Zwecke benutzen. Die Vorstellung, sein Glaube an mich, an uns, seine Liebe, könnte ihm genommen werden … treibt mir die Tränen in die Augen. Alles, was ich noch will, ist, die fehlenden zwei Schritte auf ihn zuzugehen und mich in seiner Umarmung zu verlieren.

Pling. Das leise, künstlich erzeugte Geräusch hallt durch den verwüsteten Raum. Niemand spricht, aber die Luft scheint plötzlich zu knistern und für eine Sekunde denken wir alle dasselbe: dass wir uns dieses leise *Pling* in unserer Verzweiflung nur eingebildet haben, weil wir uns so sehr wünschen, der zerstörte alte Computer würde uns ein Lebenszeichen geben.

Pling.

Alle setzen sich gleichzeitig in Bewegung. In allen Richtungen suchen wir in den Trümmern nach der Quelle des Geräuschs. Aufgeregte Stimmen reden durcheinander, angestachelt von der neu aufkeimenden Hoffnung …

»Ich glaube, es kommt von dort drüben …«

»Ist es das? Nein, das ist nur dieser magische Lichtstaub …«

»Miauuu?«

»Hörst du es noch?«

»Stopp!«, tönt North' laute Stimme durch den Raum und alle verstummen. »Hört mal«, fordert er uns etwas leiser auf.

Pling.

»Ah! Es kommt von hier!« Miri tritt vor und nestelt an ihrem Handgelenk. Kurz darauf hält sie das Armband hoch, das North ihr gegeben hat und über das wir im Garten mit ORAKEL gesprochen haben.

North nimmt es entgegen, wobei der Kater hochspringt und versucht es ihm mit der Pfote aus der Hand zu schlagen. Er hält es höher und ein paar Sekunden später macht es wieder dieses Geräusch. Dann beginnt unter der metallenen Oberfläche ganz schwach ein winziges Lämpchen zu leuchten.

»Ich dachte, es wäre kaputt«, staunt Miri und starrt auf das Armband.

»Das ist es wohl auch«, entgegnet North und inspiziert es ein wenig genauer. »Ihr habt gesagt, es wäre irgendwie durchgebrannt?«

»Ja«, mischt Saelis sich ein. »Als der Nebel kam und Nimh … ihr wisst schon, diese Sache gemacht hat.«

»Darf ich?« Ich strecke die Hand nach dem Armband aus und North gibt es mir. Es ist so dunkel, dass ich mich sehr konzentrieren muss, um die winzigen Nebelschwaden zu erkennen, die sich um das Band winden. Vorsichtig wische ich mit meiner freien Hand ein paar davon zur Seite, die sich um das kleine, blinkende Licht verknotet haben, und beschwöre eine neue Nebelschwade herauf, mit der ich mehrfach über die blinkende Stelle streiche. Ich sehe dabei Elkisa vor mir, wie sie ein Feuer entfacht und immer wieder in die Glut bläst, bis diese Flammen schlägt. Und so wie sie mit ihrem Atem dem Feuer hauche ich mit dem Nebel dem Band wieder Leben ein.

Noch bevor die Erinnerung an Elkisa mich zu sehr ablenkt, beginnt das Licht in einem bestimmten Muster zu blinken und das Armband macht ein Geräusch, das es zuvor nicht gemacht hat. Dann ist es still. Niemand wagt zu atmen oder gar zu sprechen. Es herrscht absolute Ruhe.

»ORAKEL?«, presst North schließlich hervor.

Aus dem Armband steigt ein Lichtring auf und beginnt sich zu formieren. »Hallo, North«, ertönt eine Stimme.

North stößt einen überraschten Schrei aus und hinter ihm fallen Miri und Saelis sich in die Arme. Matias fährt sich auf seinen Gehstock gestützt erleichtert mit der Hand über das Gesicht – und selbst Anasta, die ihre Gemahlin am Arm hält, atmet hörbar auf.

»ORAKEL, wie bist du … wie ist das möglich?«, beginnt North, zu aufgeregt, um eine zusammenhängende Frage zu stellen.

Der Computer scheint ihn dennoch zu verstehen. Wieder ertönt die Stimme, wenn auch abgerissen und dünn. »Schwaches Signal«, meldet er. »Zu weit entfernt von Zentrale.«

»Von der Zentrale?«, wiederholt North. »Meinst du diesen Ort hier? Wir sind in der Zentrale, sie ist nur zerstört. Warum hast du immer noch eine Verbindung?«

»Zu weit entfernt von Zentrale«, wiederholt das Armband. »Vernetztes Terminal außer Betrieb.«

North starrt mich mit offenem Mund an. »Die Zentrale, natürlich. Als wir das erste Mal hier waren, wollte ORAKEL, dass wir unsere Einstellungen mit der Zentrale synchronisieren. Und ich dachte noch, dass der Raum eigentlich zu klein ist für die Größe von Rechner, die nötig ist, um all das zu leisten – die Projektion der Hologramme, die Datenspeicher für die interaktiven Programme. Dazu sind riesige Server notwendig ...«

»North!«, unterbreche ich die Flut mir unverständlicher Worte.

Blinzelnd sieht er mich an und atmet einmal tief durch. »Was ich damit sagen will, ist, dass das hier gar nicht ORAKEL ist«, erklärt er. »Ich glaube, ORAKEL befindet sich an einem anderen Ort und ist noch intakt.«

»Wie meinst du das?«

»Ich glaube, das hier ist nur eine Außenstelle. Der Hauptcomputer – die Zentrale, von der es dauernd spricht – ist woanders. Von hier hatte man nur Zugang zu Informationen, die an einem anderen Ort gespeichert sind. So wie über das Armband. Das Armband selbst ist nicht der Computer, es kommuniziert nur mit dem Computer.«

Ich greife nach seinem Handgelenk, damit er das Armband still hält. Während er noch ganz aufgeregt ist wegen seiner Entdeckung, habe ich bereits weitergedacht. »ORAKEL«, frage ich, »weißt du, wohin Inshara geht? Die Frau, die vor uns hier war und dieses ... dieses ...« Hilfe suchend sehe ich hinüber zu North.

»Terminal«, ergänzt er.

»Richtig. Und dieses Terminal zerstört hat.«

Aus dem Armband kommt ein verzerrtes Piepen und der Lichtring wird zu einem Bild, so wie ich es auch schon bei North' Chrono gesehen habe. Dann beginnt die über dem Armband schwebende Projektion sich wie eine Erinnerung zu bewegen.

Inshara ist zu erkennen, die vor einem Tor kauert – es ist nicht das Tor des Hangars. Mir ist es unbekannt, aber North scheint zu wissen, wo es ist, so wie er nach Luft schnappt. Inshara, die sehr nervös wirkt, drückt hektisch etwas gegen eine kleine Platte neben dem Tor, das sich daraufhin öffnet.

Beatrin, die mit den anderen in einem lockeren Halbkreis um North und mich herumsteht, stößt einen unterdrückten Schrei aus. Dann dreht sie sich weg und vergräbt ihr Gesicht an Anastas Schulter. Was Inshara da in der Hand hält, ist ein abgetrennter Finger.

»Ja, das ist die Frau.« Ich versuche das Bild des Fingers für den Moment zu verdrängen. »Wohin geht sie? Wie können wir sie aufhalten?«

»A-A-Autofunktion Omega.« Die Stimme wird leise und beginnt auf eine beunruhigend mechanische Art zu stottern.

»Was hat das zu bedeuten?«, schreie ich und fange an das Armband zu schütteln, wobei ich kurzfristig vergesse, dass es North ist, der es hält. Beruhigend legt er mir seine freie Hand auf die Schulter.

»A-A-Autofunktion O-O-Ome-e-e …« Die Stimme wird dunkler und schrecklich langsam, bis sie nur noch eine Parodie ihrer selbst ist. Und dann, bevor ich irgendetwas dagegen unternehmen kann, geht das winzige Licht aus und der Computer ist still.

»Nein!«, schreie ich. »Komm zurück!« North' Arm um meine Schulter gibt mir Halt, aber auch sein Atem geht schnell und flach.

In meiner Verzweiflung greife ich nach dem Nebel, schlinge ihn noch einmal um den Mechanismus des Armbands und versuche es wiederzubeleben – doch es nützt nichts. Das Armband bleibt still.

Tränen der Wut sammeln sich in meinen Augen. Ich höre, wie North schluckt, und greife nach seiner Hand, ohne genau zu wissen, ob ich ihn trösten will oder selbst Trost suche.

Ein Räuspern durchbricht das Schweigen und zögernd meldet sich Saelis zu Wort. »Ähm … Ich denke, ich weiß, was mit der Autofunktion ›Omega‹ gemeint ist.«

Im verblassenden Licht des Lichtzaubers, das nur noch unseren Halbkreis erhellt, wenden sich alle Gesichter, selbst das des Katers, Saelis zu.

Nervös sieht er von einem zum anderen, als fürchte er sich davor, nach all den Enttäuschungen einen weiteren unbegründeten Hoffnungsschimmer aufkeimen zu lassen. Miri streicht ihm über den Arm, und als er instinktiv nach ihrer Hand greift, verschränkt sie ihre Finger mit seinen.

Saelis atmet einmal tief durch und beginnt zu sprechen. »Als wir versucht haben dahinterzukommen, wie man dieses Flugzeug fliegt, haben wir nach einem Autopiloten gesucht und mehrere Programme gefunden, die alle mit Codenamen versehen waren, die uns damals nichts sagten.« Er lässt den Blick durch die Runde schweifen. »Eines dieser Programme hieß ›Omega‹.«

Wir laufen zurück ins Flugzeug und alle drängen sich um das Bedienfeld. Mitten in dem Chaos tritt jemand dem Findelkater auf den Schwanz, der entrüstet aufjault. Miri stößt erst eine Salve von Flüchen aus, dann entschuldigt sie sich. Zunächst kann keiner von uns entdecken, wonach wir suchen, doch dann zeigt North, der sich weit nach vorne gebeugt hat, plötzlich auf einen Knopf, unter dem in der Schrift der Ahnen das Wort »Omega« zu lesen ist.

Er zögert und sucht zwischen all den Augenpaaren, die ihn gespannt beobachten, meinen Blick. »Was, wenn es nur eine Störung war?«, flüstert er unsicher. »Die letzte unvollständige Information einer Maschine, die ihren Geist aufgegeben hat?«

Mein Herz rast. Nicht allein vom Laufen, sondern auch wegen der Entscheidung, die North soeben mir zugeschoben hat. Das Flugzeug könnte uns auch in ein fernes Land fliegen, weit weg von Inshara, an einen Ort in entgegengesetzter Richtung zu dem, an den wir müssen, um sie aufzuhalten. Und keiner weiß, ob wir diesen Autopiloten noch stoppen können, wenn wir ihn erst einmal eingeschaltet haben.

»Wir müssen sie aufhalten«, sage ich entschlossen und spreche in diesem Moment nur zu ihm, ohne unsere Freunde zu beachten. »Ich glaube, wir sind dazu *bestimmt*, sie aufzuhalten. Es hat einen *Grund*, weshalb die Prophezeiung uns zusammengebracht hat – es hat einen *Grund*, weshalb diese Maschine durchgehalten hat. Ich muss es einfach glauben. Ich *will* es glauben.«

North' Mundwinkel wandern ein klein wenig nach oben. Es ist noch kein Lächeln, dazu ist die Anspannung zu groß, aber sein Blick ruht warm auf meinem Gesicht, während seine Angst und Unsicherheit schwinden. Er nickt, ganz leicht – und dann drückt er den Knopf.

Mit einem sanften Ruckeln beginnen die Motoren zu rotieren, das Tor des Hangars öffnet sich und das Flugzeug gleitet hinaus in die sternenhelle Nacht.

30
NORTH

Nah beieinander in ihrem ewigen Tanz hängen die beiden Monde vor uns am Himmel. Nimh hat mir einmal erzählt, in den Geschichten ihres Volkes wären sie ein Liebespaar, und dass sie gerade jetzt so eng zusammenstehen, gefällt mir.

Unter uns breitet sich das Waldmeer aus, durch dessen dunkle Baumkronen der Fluss eine kurvige Schneise schlägt, die hier und da den Blick auf mondbeschienene Silberflächen freigibt.

Neben mir sitzt Miri. Sie hat die Füße auf das Armaturenbrett gelegt – wobei sie akribisch darauf achtet, keines der Navigationsgeräte zu berühren – und bewundert mit mir die Aussicht. Keiner von uns trägt irgendetwas dazu bei, das Flugzeug zu fliegen. Gespannt auf unser unbekanntes Ziel überwachen wir lediglich unseren Flug.

»Ist es *ein* Kater?«, fragt sie plötzlich, während sie an ihren lila Locken knabbert. »Oder *der* Kater? Ich meine, gibt es noch mehr wie ihn?«

»Ja und nein«, entgegne ich lächelnd. »Es gibt viele seiner Art, aber einen wie ihn gibt es mit Sicherheit kein zweites Mal.« Ich will noch mehr sagen – ihr erzählen, was für eine Angst ich anfangs vor ihm hatte und dass ich Nimh gefragt habe, ob er sprechen kann und wie er heißt –, aber plötzlich ruckelt das Flugzeug ein wenig und scheint seine Geschwindigkeit zu drosseln.

»Nimh!«, rufe ich und richte mich in meinem Sitz auf. Vor uns kommt die Grenze des Waldes in Sicht. Ich glaube, ich weiß, wo wir sind.

Nimh ist sofort da und drängt sich mit den anderen zu uns ins Cockpit. Nachdem sie sich direkt hinter mich geschoben hat, legt sie mir die Hand auf die Schulter und beugt sich vor, um die Landschaft zu studieren.

Wir steuern auf den Rand des Waldmeeres zu und werden definitiv langsamer. Vor uns breitet sich die spiegelglatte Oberfläche der Salzebenen aus. Größer als alle Inseln Alciels zusammen sind sie von einer absolut reglosen Wasserschicht überzogen, die kaum meine Stiefelspitzen bedeckt, von hier oben aber aussieht, als verberge sich darunter eine endlose Tiefe.

»Der Spiegel der Göttlichkeit«, flüstert Nimh.

Und das ist es wirklich. Die glatte Wasserfläche gibt den sternenbedeckten Nachthimmel so perfekt wieder, dass ich für einen kurzen Augenblick völlig orientierungslos bin und nicht mehr weiß, ob wir nach oben fliegen, den beiden Monden entgegen, oder im Sturzflug ihrer Spiegelung nachjagen.

An dieser Stelle ist mein Gleiter abgestürzt. Am Ufer ist noch die Narbe zu erkennen, die Techekis Leute hinterlassen haben, als sie ihn aus dem Wasser gezogen und auf ihre Barken geladen haben, um mit ihm die lange Reise zurück in den Tempel anzutreten. Wir hatten gehofft aus dem Wrack vielleicht noch irgendwelche Teile retten zu können, aus denen sich etwas bauen ließe, mit dem ich nach Hause kommen würde. Aber es war nichts mehr davon zu gebrauchen – und wenn ich ehrlich bin, wusste ich das auch schon vorher.

Hier bin ich aus dem zertrümmerten Gleiter gekrochen und habe überrascht festgestellt, dass ich noch lebe – nur um kurz darauf von vernebelten Wildschweinen eingekesselt zu werden, furchterregenden Kreaturen, die mich in Stücke reißen wollten, weil ich in ihr Gebiet eingedrungen war.

Und hierher hat auch Nimhs Suche nach dem Letzten Stern der Prophezeiung sie geführt. Hier ist er vom Himmel gefallen und hat auf sie gewartet. Am Ende sind wir also wieder an den Ort zurückgekehrt, an dem unsere gemeinsame Geschichte begann.

»Ist es von allein langsamer geworden?«, fragt Saelis und wirft einen Blick nach unten aufs Wasser. »Habt ihr irgendetwas angefasst?«

»Nein, haben wir nicht«, schnaubt Miri.

»Der Grund wird sich uns bald offenbaren«, sagt Matias. Er ist ruhig und ernst und für jemanden, der bis vor Kurzem noch nicht einmal wusste, was ein Flugzeug ist, hält er sich, wie ich finde, ziemlich wacker.

Nimh beugt sich über mich und zieht die Luft ein. Als ich ebenfalls wieder nach unten sehe, bleibt mir fast das Herz stehen. In der Oberfläche der Salzebene tut sich ein Spalt auf, der das Sternenmeer in zwei Hälften teilt. Anfangs ist er noch eine kaum zu erkennende dünne Linie, die jedoch immer breiter und tiefer wird. Niemand atmet mehr.

Der entstehende Riss ist so ebenmäßig, dass er menschengemacht sein muss. Das Wasser beginnt über die Kanten in den neu entstandenen Graben zu fließen, während die Sterne im schimmernden Licht der sich spiegelnden Monde, die aussehen, als zöge es sie jeden Moment über die Kanten hinunter in die Finsternis, auf der Oberfläche hüpfen und tanzen.

Der Spalt wird breiter und breiter und zwischen zwei perfekt symmetrischen Wasserfällen offenbart sich im silbernen Licht von Danna und Miella, die tapfer die Stellung halten, was all die Jahrhunderte unter dem Spiegel der Göttlichkeit verborgen lag.

Anfangs ist nur zu erkennen, dass es etwas sehr Großes sein muss. Ich sehe eine matte, silberne Fläche, dann eine ganze Reihe Satellitenschüsseln und Luken ... Es ist eine Art riesiges Gebäude mit einer seltsamen Architektur, deren sanft geschwungene Oberflächen sich in der Ferne verlieren.

»Wie groß ist dieses Ding?«, flüstert Miri, die ebenso fassungslos ist wie ich.

»Und wie lange hat es schon darauf gewartet, dass wir kommen?«, flüstere ich zurück.

Das Wasser strömt über die Ränder der Öffnung, eine Kaskade unaufhörlich in den Abgrund taumelnder Sterne. Während wir noch alle dieses Wunder bestaunen, geht das Flugzeug langsam in den Sinkflug über und im gewellten Dach des riesigen Gebäudes öffnet sich auf dieselbe Weise, wie sich noch vor wenigen Minuten die Salzebene geöffnet hat, eine Luke und wir tauchen ab.

Angestrengt starren wir in die Dunkelheit. Zunächst ist nicht viel zu erkennen, aber dann gehen nach und nach immer mehr Lichter an, bis der Raum, in den wir eingetaucht sind, taghell erleuchtet ist. Wir landen in einem schmalen Hangar, in dem in einer langen Reihe sechs weitere Flugzeuge stehen, alle von derselben Bauart wie unseres. Von hier muss unser Flugzeug irgendwann einmal gestartet sein – und ich werde das Gefühl nicht los, dass es froh ist wieder zu Hause zu sein. Auch andere Stellplätze sind leer und ich frage mich, ob die fehlenden Flugzeuge ebenfalls irgendwo unter einem Hügel schlafen.

Unvorstellbar weich setzen wir auf dem Boden auf und alle Fluggeräusche verstummen. Ich rechne mit einer spitzen Bemerkung von Miri. *Siehst du, so landet man ein Flugzeug. Nimm dir mal ein Beispiel.* Aber selbst ihr hat es ausnahmsweise einmal die Sprache verschlagen.

Eine schwache Brise streift mein Gesicht. Beatrin, die hinter den anderen im Türrahmen steht, dreht sich als Erste um, als sich in ihrem Rücken mit einem Zischen die Luke des Flugzeugs öffnet.

»Ich denke, wir sollten nachsehen, weshalb ORAKEL uns hierhergeschickt hat«, sagt Anasta. Trotzdem dauert es einen Moment, bis sich der Erste in Bewegung setzt und wir einer nach dem anderen das Cockpit verlassen. Nimh und ich sind die Letzten. Ich warte, bis sie ihren Speer geholt hat – irgendjemand hat ihn sauber gewischt, wofür ich sehr dankbar bin –, und greife nach ihrer Hand. Noch immer ist da ein kurzes Zögern, bevor ich meine Finger mit ihren verschränke, während ihre Hand in meine gleitet, als hätte sie ein Leben lang nichts anderes getan.

Das Flugzeug hat seine Tür jetzt vollständig geöffnet und eine kleine Treppe ausgefahren. Durch die noch offene Deckenluke scheinen die Sterne auf uns herab, die diesen Ort wohl seit Jahrhunderten nicht mehr gesehen haben. Die Ausmaße des Hangars sind so gewaltig, dass das Echo unserer Schritte vollständig verschluckt wird, als ich mit Nimh Hand in Hand die Treppe hinabschreite – der Kater stolz vorneweg.

Matias, dem die letzten Stunden sichtlich zugesetzt haben und der auf Anastas Arm gestützt um Jahre gealtert wirkt, steht mit Beatrin und Anasta links der Treppe, Miri und Saelis dicht nebeneinander rechts davon.

»Hallo, North«, ertönt eine elektronische Stimme und ich falle vor Schreck fast die beiden letzten Stufen hinunter. Ich kann mich gerade noch am Geländer festhalten und so verhindern, dass ich mit Nimh stürze.

»ORAKEL?« Als wir beide unser Gleichgewicht wiedergefunden haben, sehe ich mich suchend um.

»Positiv. Wir hatten bereits über eines meiner Terminals kommuniziert, in dem meine Funktionen allerdings reduziert waren. Glücklicherweise hast du hierhergefunden, nachdem das Flugzeug wieder Treibstoff hatte. Meine Zentrale ist noch voll funktionsfähig.«

»Wie das?«, fragt Saelis und sieht sich suchend nach etwas um, das er ansprechen kann. Aber da ist nichts, kein blinkendes Licht und auch sonst nichts, an dem wir uns orientieren können.

»Mein Netzwerk arbeitet mit N. E. B. E. L«, antwortet ORAKEL. »Ich begrüße Eure Hilfe bei seiner Rückführung in die Stadt, Göttliche.«

»Gerne«, murmelt Nimh schwach.

»ORAKEL«, beginne ich und straffe die Schultern. »Was ist das hier? Dient es nur zur Unterbringung deiner Computerhardware? Wie hat man es geschafft, ein so gewaltiges Gebäude zu errichten?«

»Dieser Ort wurde nicht für mich gebaut«, entgegnet ORAKEL. »Sondern ich für diesen Ort. Ich bin das operativ respondierende Auskunfts-, Kommunikations- und Evaluations-Leittriebwerk dieses Schiffs.«

Wie angewurzelt stehe ich da, während meine Gedanken anfangen zu rotieren. Die Bedeutung dessen, was ORAKEL gerade gesagt hat, trifft mich wie ein Schlag. »Leittriebwerk«, wiederhole ich und taumele einen Schritt rückwärts. Als ließen sich die ganzen Ausmaße dieses Orts, an dem wir uns befinden, durch die metallenen Wände des Hangars erkennen, lege ich den Kopf in den Nacken. »Ich dachte, du bist eine Art Computer …«

»Das Leittriebwerk dieses *Schiffs*«, flüstert Miri, die ebenfalls anfängt zu begreifen.

»Du bist das Triebwerk dieses … *Himmelsschiffs*?«

Neben mir zieht Nimh die Luft ein.

»Positiv«, sagt ORAKEL schlicht, ungeachtet der erschütternden Neuigkeit, die es uns gerade unterbreitet hat. »Das hier war einst ein Kolonieschiff und ich bin das Computer- und Antriebssystem, das es lenkt. Ich habe eure Vorfahren an diesen Ort gebracht.«

»Und von wo?«, frage ich und spüre, wie mein Herz gegen meine Brust hämmert.

»Von der Erde«, antwortet der Computer nach kurzem Zögern.

Im ersten Moment sagt niemand ein Wort, dann erhebt Nimh die Stimme. »Was ist die Erde?«

31
NIMH

»Die Erde«, erklärt ORAKEL, »ist der dritte Planet des Sonnensystems, ungefähr zweitausendachthundertundelf Lichtjahre entfernt. Sie ist einer von mehreren Planeten, auf denen sich Leben entwickelt hat, und der Entstehungsort der menschlichen Spezies. Ihre Atmosphäre besteht aus ...«

North starrt mit offenem Mund in den Himmel, als könnte er die Erde dort finden. Ich betrachte sein Gesicht und das Leuchten in seinen Augen, in denen sich die Faszination und das Erstaunen über die Geheimnisse dieses uralten Himmelsschiffs spiegeln, versetzt meinem Herzen einen fast schmerzhaften Stich.

Während ich versuche meine Gedanken zu ordnen, spricht der Computer ununterbrochen weiter. »North ...«, frage ich. »Was ist ein Planet?«

North blinzelt und sieht zu mir herunter. »Eine Art andere Welt, nehme ich an«, sagt er und wirkt dabei genauso verwirrt wie ich.

»Wie Alciel?«

North zuckt mit den Schultern. »Ich weiß es nicht. Vielleicht. In unseren Legenden ist die Rede von anderen Himmelsstädten, die irgendwo dort draußen existieren sollen. Vielleicht ist diese Erde eine davon.«

ORAKEL, das offenbar nebenbei zugehört hat, unterbricht uns. »Soll das Lernprogramm gestartet werden?«

Ich öffne den Mund, aber bevor ich etwas sagen kann, geht North dazwischen. »Nein!«, sagt er schnell. »Nein, danke.« Als ich ihn fragend ansehe, tritt er von einem Fuß auf den anderen. »Ich, ähm ... Ich habe mit diesem Programm schon einmal gesprochen. Es hält mich für einen Idioten.«

Trotz meiner Erschöpfung und der Dringlichkeit unserer Mission muss ich lachen. »Vielleicht kannst du es uns einfach erklären, ORAKEL?«, frage ich.

Nach einer kurzen Pause kommt die Antwort. Nichts erweckt den Anschein, dass ORAKEL meine Bitte als ungehörig empfindet. Im Gegenteil, als es zu sprechen beginnt, klingt es fast menschlich – nicht mehr, als würde ein programmierter Text abgespielt. »Der Mensch kommt ursprünglich von einem Planeten namens Erde. Eine lange Zeit der Zwietracht führte dazu, dass ein Teil der Menschheit sich eine Welt wünschte, in der sie ohne Konflikte leben konnten. Sie bauten ein Raumschiff, das sie hierherbrachte, in ihr neues Paradies.«

»Ohne Konflikte?«, wiederhole ich skeptisch. »Die Erde muss ein fürchterlicher Ort gewesen sein, wenn das hier im Vergleich dazu eine friedliche Welt ist.«

»Die Geschichte ähnelt der unserer Vorfahren, die in den Himmel aufgestiegen sind«, meint North und sieht über die Schulter zu seinen Müttern. »Offenbar versuchen wir immer wieder davonzulaufen. Zumindest haben wir es vor sehr viel mehr als tausend Jahren anscheinend schon einmal versucht.«

Matias lässt ein verächtliches Schnauben hören. »Deshalb sind Geschichten so wichtig«, erklärt er. »Sobald wir vergessen, woher wir kommen, wissen wir nicht mehr, wohin wir gehen müssen.«

Die Worte des Computers haben bei mir ein unangenehmes Gefühl in der Magengegend hinterlassen. »Wäre Daoman jetzt hier«, sage ich langsam, »würde er uns daran erinnern, dass alles Leben einem Kreislauf folgt – dass alles, was bereits geschehen ist, wieder geschehen wird.«

North zieht eine Augenbraue leicht nach oben, wie er es immer tut, wenn er etwas Wichtiges zu sagen hat. »Ich glaube, wir alle schreiben unsere eigene Geschichte. Nimh entscheidet selbst, was es bedeutet, die Zerstörerin zu sein, so wie Matias gesagt hat. Sie hat aus dem, was war, gelernt und das hilft ihr zu entscheiden, was als Nächstes kommen muss.«

Ich schlucke. »Wollt ihr mich unter Druck setzen?«

North lacht und kurz darauf fällt zu meiner Überraschung auch Matias mit ein, dessen Kichern von den Wänden widerhallt. Der Kater, der so dicht neben mir sitzt, dass sein Fell meinen Knöchel kitzelt, wirft dem alten Mann einen vorwurfsvollen Blick zu, streckt sich und streicht mir um die Beine.

»Du hast recht«, sage ich leise zu ihm. »Wir haben nicht viel Zeit. Warum hast du uns hierhergeführt, ORAKEL? War Inshara hier?«

»Es ist kein Benutzer mit dem Namen Inshara registriert. Kann die Frage nicht beantworten.«

North und ich tauschen einen Blick. »Sie hat dein Terminal zerstört«, erklärt er. »Sie will die Herzen manipulieren und zu ihren eigenen, grausamen Zwecken nutzen. Gibt es hier etwas, das ihr dabei helfen könnte, ORAKEL?«

»Positiv. Mich.«

Niemand sagt etwas. Alle machen sich Gedanken, was diese Information für das, was Inshara vorhat, bedeuten könnte, wobei eine Überlegung schrecklicher ist als die andere. Ich bücke mich, um den Kater auf den Arm zu nehmen.

»Wie kannst du ihr helfen?«, will North wissen. »Stehst du in Verbindung zu den Herzen?«

»Eure Ahnen haben mich gebraucht, um den N.E.B.E.L. nutzbar zu machen und die Herzen zu kreieren«, entgegnet ORAKEL.

»Dann bist du gewissermaßen das Gehirn, das die Herzen steuert«, sagt North und zieht hörbar die Luft ein. »Und sie könnte dich benutzen.«

»Du glaubst, Inshara ist wegen ORAKEL hier?«, frage ich fassungslos. »Dass sie es benutzen will, um die Herzen zu manipulieren?«

»Sie will ORAKEL in ihre Gewalt bringen, so wie sie mich in ihre Gewalt gebracht hat.« Beatrins Stimme schneidet jäh in die Stille. Versunken in meine schrecklichen Gedanken hatte ich sie und die anderen fast vergessen.

»Kann sie das?«, fragt Anasta entsetzt. »Computer beeinflussen, so wie sie Menschen beeinflusst?«

»Zumindest glaubt sie, dass sie es kann«, meint North. »Und wenn ORAKEL, wie es sagt, mit dem Nebel verbunden ist, könnte es tatsächlich funktionieren. War vor uns schon jemand hier, ORAKEL? Ist vielleicht jemand durch einen anderen Eingang hierhergekommen?«

»Negativ. Es gibt nur einen Zugang, der Jahrhunderte verschlossen war.«

North setzt zu einer anderen Frage an, da tritt Saelis mit gerunzelter Stirn neben ihn und hebt die Hand. Sofort überlässt North seinem Freund das Wort.

»Du sagst, *vor* uns war niemand hier. Aber ist jemand gekommen, seit wir hier sind?«

Der Computer bleibt eine ganze Weile stumm und mit jeder Sekunde, die wir auf eine Antwort warten, wird mir flauer. »Habe offenbar Fehlfunktion. Sensoren übermitteln bruchstückhafte Daten.«

Miri blickt sich erschrocken um, als rechne sie damit, dass hinter uns Inshara mit einer Horde Schatten steht. »Sie ist hier«, flüstert sie.

»Und wir haben ihr das Tor geöffnet«, fügt Saelis hinzu und verzieht das Gesicht.

»Nun wissen wir zumindest, wo sie ist«, sagt North knapp, »und können sie aufhalten.«

Er sieht mich an, und obwohl mich die Angst gepackt hat und es mir schwerfällt nicht merklich zu zittern, nicke ich. Zu behaupten, dass man glaubt, ist leichter, als es zu tun. North davon zu überzeugen, dass wir dazu bestimmt wären, Inshara aufzuhalten, war leicht. Doch nun muss ich an mich selbst glauben. Denn auch wenn North »wir« sagt, bin in Wahrheit ich es, die sich mit ihr messen muss.

Bei unserem letzten Zweikampf musste sie noch nicht einmal ihre eigenen Kräfte einsetzen. Alciel ist abgestürzt, weil es ihr gelungen war sich meine Gefühle und meinen Schmerz zunutze zu machen. Doch jetzt steht noch sehr viel mehr auf dem Spiel: die Herzen beider Welten.

32
NORTH

»Geht!«, ruft Matias mit einer ausholenden Geste.

»Ja, lauft!«, schreit auch Anasta und sieht zuerst zum Fischerkönig und dann zu meiner Blutmutter, die beide geschwächt und erschöpft sind. »Ich passe auf die beiden auf. Lauft!«

Einen quälenden Moment lang zögere ich noch, bis Beatrin mir tief in die Augen sieht. »Du schaffst das«, sagt sie ruhig.

Und dann laufen wir.

Wir sprinten einen schwach beleuchteten Flur entlang, immer einem grünen Lichtfleck hinterher, den ORAKEL für uns an die Wand projiziert. Nimh und ich vorneweg, dicht gefolgt von Miri und Saelis und gut zwei Meter vor uns allen der Kater. Ohne auch nur einmal nach rechts oder links zu sehen, jagt er dem Lichtpunkt hinterher.

Nimh, die mit dem Speer in der Hand neben mir läuft, hat die Kiefer fest aufeinandergepresst und scheint zu allem entschlossen. Immer tiefer dringen wir in das Zentrum des Schiffs vor. Als wir plötzlich in einen riesigen runden Raum mit gewölbter Decke gelangen, bleiben wir abrupt stehen. Meine Lungen brennen und die müden Beine schreien vor Schmerz.

Der Raum ist so grell beleuchtet, dass trotz der durchsichtigen Decke die Sterne nur schwach zu erkennen sind. Lange Reihen von Computern säumen die Wände.

Unter der Kuppel, genau in der Mitte, schwebt mehrere Stockwerke über dem Boden eine große, knisternde Kugel aus rotgoldenem Licht, deren Durchmesser meine Körpergröße deutlich übertrifft. Von den Wänden führen quer durch den Raum mehrere lange Metallstege zu dem leuchtenden Ball, der aussieht, als wäre er aus lebendigem Licht geformt – rote Streifen in der Farbe von Nimhs Gewand winden sich um goldene Stränge und bilden ein von grünen und violetten Nebelschlieren durchzogenes kugelförmiges Geflecht.

Und dort, fast schmächtig wirkend vor der gewaltigen Kugel – und doch nicht zu übersehen – steht Inshara. Die schiere Energie, die von der Zentrale des Computers ausgeht, bewegt ihre Gewänder und ihr Haar, als stünde sie in einer leichten Brise – als erzeuge der Ball sein eigenes Wetter. Sie hat das Gesicht der Oberfläche zugewandt, die Augen weit aufgerissen, die Hände erhoben.

Zu ihrer Rechten steht mit tränennassem Gesicht Techeki, zu ihrer Linken Talamar, der den Kopf gesenkt hält, als würde er trauern.

Ein paar Schritte vor ihnen, als hätte sie uns kommen hören und sich uns in den Weg gestellt, steht Elkisa. Sie wirft mir einen unergründlichen Blick zu, dann sieht sie hinüber zu Nimh.

»Ist es nicht wunderschön?«, sagt Inshara, ohne den Blick von der leuchtenden Kugel zu wenden. Ihr Tonfall ist bewundernd … es schwingt aber auch Verbitterung mit. »Es handelt sich wohl um das Gehirn dieses magischen Orts. Ich spüre seine Macht, die es über die Herzen hat.« Ihre Mundwinkel zucken leicht. »Da auch ich über Herzen herrsche, ist dieser Ort wie für mich geschaffen.«

Techeki starrt sie voller Verehrung an, während er der Computerzentrale kaum Beachtung schenkt. »Ich wünschte, unser Volk könnte Zeuge dieses Augenblicks sein, Göttliche. Ich werde zu seinem Gedenken ein Lichterspektakel ins Leben rufen – ein rauschendes Fest mit prunkvollen Aufführungen«, erklärt er mit einem unnatürlichen Flackern in den Augen.

Ich lasse ein abfälliges Schnauben hören. Ohne über meine Worte nachzudenken, fange ich an Inshara zu provozieren. »Willst du so verzweifelt sein wie Nimh, dass du keinen eigenen Meister der Zeremonie gefunden hast? Willst du alles haben, was sie hat?«

Sie atmet einmal tief durch, dann dreht sie sich endlich um und sieht mich mit aufeinandergepressten Lippen an. Unsere Anwesenheit war ihr natürlich die ganze Zeit bewusst, obwohl sie getan hat, als bemerke sie uns nicht. Oder sie glaubt tatsächlich, dass wir keine Bedrohung für sie sind.

Mir bleibt keine Zeit, länger über ihre Motive nachzudenken – hinter ihr und Elkisa bewegt sich etwas. Talamar ...

Extrem langsam hebt er den Kopf und sieht zu uns herüber. Seine Augen sind wach und trocken. Nervös sucht er meinen Blick, um mir stumm mitzuteilen, dass er etwas vorhat. Inshara scheint ihn nicht mehr zu kontrollieren – oder hat ihn nie kontrolliert.

Langsam beugt er das Knie und schiebt die Hand in Richtung Elkisas am Boden liegender Tasche, während ich instinktiv versuche Insharas Aufmerksamkeit auf mich zu lenken. Ich bin aufs Äußerste angespannt. Hat mein Vater nur darauf gewartet, bis Inshara abgelenkt ist, um sie aufzuhalten?

»Willst du uns nicht angreifen?«, frage ich sie in herablassendem Ton.

»Gewalt habe ich nicht mehr nötig«, entgegnet sie spitz. »Sie diente nur als Mittel zum Zweck. Ich habe mein Ziel erreicht.«

»Der Tempel war gepflastert von Leichen, nachdem Elkisa dort für dich ihr Unwesen getrieben hat«, halte ich dagegen. Elkisa, die neben ihr steht, schließt die Augen. »Du hast Daoman getötet und die ganze Welt hat gesehen, wie du deine Mutter getötet hast. Milde und Gnade passen nicht zu dir, *Insha.*«

Inshara zieht scharf die Luft ein. Wutentbrannt macht sie einen Schritt auf uns zu und diesen Moment nutzt Talamar, um anzugreifen.

Als hinter mir jemand einen Schrei ausstößt, sehe ich, ohne es zu wollen, zu ihm, woraufhin Techeki sich mit einem übernatürlich schnellen Reflex umdreht, an Inshara vorbeihechtet und Talamar zu Boden reißt. Er kniet sich auf seine Brust und schlägt ihm das Messer aus der Hand.

Inshara steht wie angewurzelt da. Sie starrt auf Talamar und für einen langen Augenblick bewegt sich im Raum nichts außer der wabernden Kugel aus Rot und Gold – das Gehirn von ORAKEL und Insharas Schlüssel zur Macht der Herzen.

»Du«, flüstert sie, mit zornig aufgerissenen Augen. »Du hast … nur vorgetäuscht in meiner Gewalt zu sein. Wie hast du das gemacht?«

Das Schweigen, das folgt, scheint sie nur noch wütender zu machen. »Wie?«, brüllt sie noch einmal.

Talamar stöhnt und ringt nach Atem. Techekis Gewicht beeinträchtigt seine ohnehin schon geschädigten Lungen noch zusätzlich und sein Versuch zu antworten endet in einem Würgen, sodass Techeki ein wenig von ihm ablässt.

»Du nimmst den Menschen ihren Glauben«, keucht er, »kehrst ihn um. Deine Macht speist sich aus der Liebe und dem Glauben anderer – doch woran soll ich noch glauben? Was lieben?«

»Dann war auch deine Liebe für mich nur vorgetäuscht«, stellt sie mit zitternder Stimme fest. »Aber das berührt mich nicht! Du bist kein Gott – du bist ein Niemand!« Mit einer schnellen, bösartigen Bewegung tritt sie Talamar gegen das Knie.

Er schreit auf, woraufhin Techeki ihm den Mund zuhält. Sein Brustkorb hebt und senkt sich hektisch, während er vergeblich in seiner Tasche nach dem Inhalator wühlt.

»Inshara, bitte …«, versuche ich es.

»Ja, *Bruder*?« Das Wort ist wie Gift aus ihrem Mund. »Findest du, ich sollte gnädig sein mit unserem Vater? Dann komm. Besiegele du sein Schicksal.« Sie bückt sich, hebt den Dolch auf, den Talamar hat fallen lassen, und streckt ihn mir entgegen.

Ich sehe von ihr zu Nimh, die angespannt neben mir steht, und wieder zurück. *Halte sie am Reden. Versuche durch den Wahnsinn zu ihr durchzudringen.* »Warum sollte ich meinen eigenen Vater umbringen?«

Inshara verzieht das Gesicht. »Warum? Als er seine Haut retten wollte, sind die Geheimnisse nur so aus ihm herausgesprudelt. Ich werde dir erzählen, was er mir erzählt hat. Entscheide danach, was du mit dem Messer tun willst.«

Deutlicher noch als der Zorn oder der Wahnsinn ist nun der Schmerz in ihren Augen zu erkennen. Der Verrat unseres Vaters hat ihr auch das letzte bisschen Vernunft geraubt. Sie ist nur noch ein blanker Nerv, der in die Dunkelheit schreit.

»Ich brauche das Messer nicht, Insha«, sage ich und gehe langsam auf sie zu. »Ich weiß, dass er dich verletzt hat, und ich werde ihm seine Geheimnisse und was er dir angetan hat niemals verzeihen. Aber ich werde ihn dafür nicht umbringen.«

»Davon bin ich auch nicht ausgegangen, junger Prinz. Du sollst ihn nicht für das töten, was er *mir* angetan hat«, sagt sie leise und sieht mir tief in die Augen. »Und jetzt nimm das Messer – denn er ist dafür verantwortlich, dass dein Gleiter abgestürzt ist.«

Als hätte sie mir einen Schlag in den Magen versetzt, fange ich an zu taumeln, sodass ich mich am Geländer festhalten muss. »Was redest du da?«

»Er hasst diesen Ort«, entgegnet sie und kommt noch einen Schritt auf mich zu. »Er hasst uns – fürchtet uns. Er wollte die Brücke zwischen den Welten einreißen – den Schlüssel für immer zerstören.«

»Die königliche Blutlinie«, flüstert Nimh hinter mir. Obwohl ihre Stimme das Rauschen in meinen Ohren kaum übertönt, kann ich den Schock und den Schmerz heraushören.

»Das ergibt keinen Sinn«, widerspreche ich und verdränge meine wachsenden Zweifel. »Seit er im Senat sitzt, spricht er sich dafür aus, eine Expedition nach Unten zu schicken.«

Inshara schnaubt verächtlich. »Und du glaubst tatsächlich, einer solchen Expedition wäre es besser ergangen als dir, Königssöhnchen? Hat man nicht dann die beste Möglichkeit, eine Expedition scheitern zu lassen, wenn man sie führt?« Jetzt tritt sie direkt vor mich, packt mein Handgelenk und drückt mir das Messer in die Hand. Meine Finger schließen sich um den Griff.

Eiskalt kriecht es mir den Rücken hinunter und mein Magen fühlt sich an wie der kleine Bruder dieses sich windenden flackernden Knäuels aus goldrotem Licht. Dieser Mann hatte mich immer in meinem Traum vom Fliegen bestärkt. *Alles* nur, damit ich abstürze?

In meiner Wut und meinem Schmerz umklammere ich den Griff des Messers so fest, dass meine Fingerknöchel weiß werden. Dieser Mann, mein Vater – *unser Vater* – ist der Grund für all das Leid und die vielen Toten. Wäre ich nicht abgestürzt, wäre Inshara nie nach Alciel gelangt, hätte nie meine Mutter in ihre Gewalt gebracht und mein Zuhause wäre noch oben am Himmel. Ich wäre bei meinem Großvater gewesen, als er starb, und hätte von all dem Leid und der Verzweiflung hier unten nicht einmal etwas geahnt.

Hinter mir nehme ich ein sehr feines Klirren wahr, nicht mehr als ein metallisches Klimpern, aber ich kenne dieses Geräusch.

Es ist eines von Nimhs Amuletten, das gegen den Speerschaft schlägt.

Und ich hätte niemals Nimh kennengelernt.

Ich kneife die Augen zusammen, hole einmal tief Luft und wünsche mir, dass ich das alles nie erfahren hätte. Dann öffne ich sie wieder und weiche mit dem Messer in der Hand einen Schritt zurück. »Es spielt keine Rolle«, sage ich langsam. »Für kein Verbrechen der Welt würde ich einem Menschen das Leben nehmen.«

»Aber er wollte dir *dein* Leben nehmen«, zischt sie.

»Ich bin nicht er«, halte ich dagegen.

Ich sehe zu meinem Vater, der mich mit ausdruckslosem Gesicht anstarrt. Der Krampf in meinem Magen dehnt sich auf meine Kehle aus, sodass ich kaum noch atmen kann. Obwohl ich meine Finger nicht spüre, weiß ich, dass sie ein Messer halten.

»Er verdient es nicht, dass du ihn verschonst«, flüstert Inshara. »Töte ihn, dann lasse ich euch gehen.«

Ich reiße den Blick von Talamar los. »Was?«

Mit ihren starren, vernebelten Augen sieht sie mich an. »Nehmt das Flugzeug, mit dem ihr gekommen seid, und fliegt weg, weit weg. Ich werde euch ziehen lassen.« Dann wandert ihr Blick zu Nimh, die hinter mir steht. »Du hast dieses Leben, das man dir überantwortet hat, nie gewollt, Schwester. Ich schon. Lass mich diese zerrissene Welt unter meinem Banner einen und unsere Wege werden sich nie wieder kreuzen. Tötet ihn und geht.«

Während sie spricht, habe ich es bereits vor Augen, dieses Leben, das sie angedeutet hat – an einem bescheidenen Ort, weit weg von all dem Tod und Schmerz, die bald über unsere Welten kommen werden. An einem Ort, an dem wir in Sicherheit sind. Doch wohin könnten wir schon gehen, ohne dass uns die Erinnerung an das, was wir zurückgelassen haben, verfolgen würde?

Hinter mir spüre ich Nimh, die mir Halt gibt und mich nicht von der Stelle weichen lässt. »Tut mir leid, Inshara«, erwidere ich ruhig. »Aber ich bin nicht wie du. Ich könnte niemals meinen eigenen Vater umbringen.«

Mit einem lauten, schmerzerfüllten Brüllen wirbelt sie herum und rennt mit erhobenem Messer auf Talamar zu. Ohne nachzudenken, was ich tue, hechte ich ihr hinterher, und dann geschieht alles gleichzeitig. Ich höre Schreie. Elkisa wirft sich mir entgegen und Inshara stürzt sich auf meinen Vater … Für den Bruchteil einer Sekunde sehen sich die beiden in die Augen, dann sticht sie zu.

33
NIMH

Ich laufe bereits, als Inshara Talamar attackiert und die beiden um das Messer ringen. North, der schneller ist, wirft sich zwischen Inshara und seinen – *ihren* – Vater, während ich nur laut schreien kann, als Inshara mit dem Messer ausholt ...

Und dann plötzlich zurücktaumelt. Ihre Füße rutschen über den metallenen Boden und dann steht sie einfach nur da, keuchend, und starrt die Person an, die sich zwischen sie und North geworfen hat. Elkisa.

»Schluss damit!«, schreit meine einstige Leibwache und ehemalige Vertraute. Mit ausgestreckten Armen steht sie zwischen ihnen, die eine Hand hat sie gegen North' Schulter gepresst, mit der anderen hält sie Inshara auf Abstand. »Du hast, was du wolltest, Insha. Nimm dir von dem alten Relikt, was du brauchst, und lass sie in Frieden.«

Inshara, die sich an das Sicherheitsgeländer klammert, ringt nach Luft. »Wie kannst du es wagen?«, presst sie hervor. »Du hast behauptet auf meiner Seite zu sein ...«

»Ich *bin* auf deiner Seite!«, bestätigt Elkisa, wobei sie Inshara keine Sekunde aus den Augen lässt. »Aber du kannst das nicht gewollt haben – die vielen Toten, das Blutvergießen. Das alles muss doch einen Zweck haben. Den Angriff auf Nimhs Lager habe ich verstanden. Du wolltest sie gefangen nehmen und verhindern, dass sie ihren Stern findet. Und auch bei der Rückeroberung des Tempels, der ein Zeichen deiner Göttlichkeit ist, wusste ich, dass es richtig war. Du konntest mich sogar davon überzeugen, dass Daoman sterben musste – dass meine Hände von seinem Blut reingewaschen würden, wenn mein Glaube nur stark genug wäre …« Ihre Stimme bricht und sie sieht Inshara voller Verzweiflung an. »Aber deine Mutter? Und nun willst du auch noch deinen Vater umbringen? Wie kann all das richtig sein?«

»Sie hat mich nie geliebt«, zischt Inshara. Mit weit aufgerissenen Augen starrt sie Elkisa an, als wäre deren Flüstern ein bedrohliches Brüllen. »Und er auch nicht. Sie haben mich benutzt, manipuliert …«

»Für ihn kann ich nicht sprechen«, sagt Elkisa und deutet mit dem Kinn auf Talamar, der sich mit angsterfülltem Blick hinter North versteckt. »Aber Jezara hat dich geliebt, Insha. Du hast mir genügend Geschichten über sie erzählt, die es beweisen.« Vorsichtig, mit ausgestrecktem Arm, geht sie einen Schritt auf ihre Geliebte zu, als wollte sie ein wildes Tier beruhigen.

»Halt!« Insharas Stimme ist hoch und spitz. »Du versuchst nur mich abzulenken – du bist immer noch *ihr* treu.« Mit funkelnden Augen sieht sie mich an und der Hass und das Leid, die mir daraus entgegenschlagen, treffen mich wie ein Blitz.

»Nein.« Elkisa schiebt sich vor mich, sodass ich für Inshara halb verdeckt bin. »Ich bin *dir* treu. Habe ich dir das nicht zur Genüge bewiesen? Wenn nicht, lass es mich dir noch einmal beweisen – hier und jetzt. Komm mit mir, verlassen wir diesen Ort. Du hast der Welt deine Macht demonstriert. Sieh ab von dieser monströsen Tat.«

Insharas Blick wandert wild hin und her. »Ich bin kein Monster«, zischt sie. »Alles, was ich getan habe, habe ich getan, weil ich dazu bestimmt war. Das Schicksal hat diese Entscheidungen getroffen – nicht ich! Du hast daran geglaubt. An mich geglaubt. Wenn ich jetzt gehe, bin ich nichts weiter … nichts weiter als …«

»Eine Mörderin?«, beendet North den Satz heiser.

Inshara schluckt. In ihren vernebelten Augen stehen Tränen – aber ob Wut oder Schmerz der Grund sind, lässt sich schwer sagen. »Halt den Mund!« faucht sie und unterstreicht ihre Worte, indem sie mit dem Messer in die Luft sticht, woraufhin Elkisa sich schnell wieder zwischen sie und North schiebt.

»Sieh mich an, mein Herz«, sagt Elkisa und geht vorsichtig einen Schritt auf sie zu. Ihre Stimme, sanft, aber entschieden, klingt wie damals, als wir zusammen aufgewachsen sind. »Ich werde nicht zulassen, dass du auch noch deinen Bruder tötest«, sagt sie leise und geht noch einen Schritt weiter auf sie zu. »Ich werde nicht zulassen, dass du zu einem Monster wirst.«

Ein Teil von mir will ihr zurufen, dass die Frau, die sie liebt, längst ein Ungeheuer ist, ihre Hände befleckt mit dem Blut der eigenen Mutter. Doch dann erkenne ich im flackernden Licht Tränen auf Insharas Wangen. Elkisa gelingt, was weder mir noch North noch ihrem Vater gelungen ist – sie kann zu Inshara durchdringen.

Ich presse die Lippen aufeinander und konzentriere mich auf die Wärme des Findelkaters, der sich mit gesträubtem Fell an meine Beine schmiegt.

»Nimm meine Hand.« Sanft und ohne den Blick von Inshara zu wenden redet Elkisa weiter auf sie ein. »Wir können gehen, gemeinsam. Du musst nur das Messer weglegen …«

Ich kann es sehen, bevor es geschieht. Meine an den Nebel gewöhnten Augen sehen die entsetzlich aufgeblähten Schlangen der Macht, die aus Inshara heraus- und auf Elkisa zukriechen. Schwarze, ölig glänzende Tentakel, die nach ihr greifen, sich um sie legen wie um den gefesselten Techeki.

Aber Elkisa lässt sich nicht beirren. Mit ausgestreckten Armen geht sie weiter auf Inshara zu und legt ihr die Hand auf den Arm. Die Tentakel können ihr nichts anhaben.

»Nein!« Inshara zuckt zurück. In ihre Stimme mischen sich Verwirrung und Angst. »Wie kannst du mir widerstehen?«

Elkisa antwortet nicht. Sie schlingt die Arme um Inshara, halb, um ihr ihre Liebe zu zeigen, halb, um sie aufzuhalten. »Komm mit mir«, fleht sie.

Die Schlangen versuchen erneut sich um Elkisa zu legen und wieder gleiten sie an ihr ab. Inshara kann sich nicht in ihren Verstand bohren. »Wie kommt es, dass ich dich nicht zwingen kann mich anzubeten, so wie all die anderen?« Insharas Kreischen hallt von den Wänden wider. »Warum kann ich dich nicht zwingen mich zu lieben?«

Ihre letzten Worte werden von einem grässlichen feuchten Glucksen begleitet und Elkisa krümmt sich zusammen, ohne Inshara loszulassen.

In diesem Moment vergesse ich Elkisas Verrat. Mit einem erstickten Schrei will ich zu ihnen laufen, meine Freundin retten – aber plötzlich ist North da, packt mich um die Taille und hält mich zurück. Im Licht des pulsierenden Computers wirkt sein Gesicht gezeichnet. Ich versuche mich frei zu kämpfen, doch er gibt keinen Zentimeter nach.

Voller Entsetzen lässt Inshara das Messer, das unterhalb der Rippen aus Elkisas Körper ragt, los und sieht zu, wie das Blut langsam ihre Kleidung verfärbt.

Zitternd lockert Elkisa ihre Umarmung und blickt Inshara tief die Augen. »Du brauchst diese Macht nicht«, presst sie mit schmerzverzerrter Stimme hervor. »Nicht bei mir.«

»El …« Inshara hat jetzt ebenfalls die Arme um sie gelegt und versucht sie zu stützen. »Gütige Götter, was habe ich …«

Elkisa lächelt, während ihre Stimme immer schwächer wird. »Ich ... ich habe dich immer geliebt ... mein Herz.« Ihre Knie geben nach und Elkisas Gewicht drückt beide gegen das Geländer. »Es war nie nötig ..., dass du Magie einsetzt.«

»Nein ... NEIN!« Inshara kann Elkisas schlaffen Körper nicht mehr halten. Er kippt über das Geländer und Elkisa stürzt taumelnd in die Tiefe.

Mit einem lauten Schluchzen geben meine Knie nach, aber North fängt mich auf. Er flüstert mir etwas ins Ohr, doch ich kann ihn nicht hören. Fassungslos starre ich auf die Stelle, an der eben noch Elkisa gestanden hat. Sie hat sich für uns geopfert. Nein, nicht für uns. Für Inshara.

El, flehe ich stumm. *Komm zurück.*

Inshara sinkt mit einem gequälten Laut gegen das Geländer und starrt auf ihre zitternden Hände, die so dick mit Blut überzogen sind, dass es aussieht, als trüge sie rote Handschuhe. Ihr Blick wandert zu der blutbefleckten Stelle am Geländer, an der Elkisa gestanden hat, und von dort zu ihrem auf dem Boden kauernden Vater, der ängstlich vor ihr zurückweicht. Dann wendet sie sich an uns.

Im ersten Moment sehe ich in ihren Augen nichts als Schmerz. Dort steht kein vernebeltes Ungeheuer – nur ein Mädchen, dem man im selben Alter wie mir gesagt hat, es sei dazu bestimmt, die Welt zu verändern, eine Welt, die es hasste, die seine Mutter bespuckte und es spüren ließ, dass sein ganzes Dasein ein Fehler des Schicksals war, ein Mädchen, das zusehen musste, wie ein anderes Mädchen in den Himmel gehoben, verehrt und angebetet wurde, und am Ende die Macht erhielt, die die Götter ihm versprochen hatten. Ich sehe das Herz in den Augen dieses Mädchens, das durch eine vorgetäuschte Bestimmung verdorben wurde.

Hilf mir, fleht sein Blick, ein letzter Hauch von Menschlichkeit, der über einem finsteren Abgrund aus Elend und Verzweiflung weht, neben dem all seine Verbrechen verblassen.

Ich öffne den Mund, will etwas sagen und in genau diesem Moment verschleiern sich Insharas Augen wieder und der Nebel reißt sie zurück in die Dunkelheit.

Mit einem wütenden Schrei wendet sie sich der riesigen, leuchtenden Kugel zu, die die gesamte Halle erhellt. Vor dem grellen Licht nur noch eine schwarze, von bösen Nebelschwaden umwehte Silhouette hebt sie die blutgetränkten Hände … und taucht sie tief in das Gehirn des uralten Computers.

34
NORTH

Ein gleißendes Licht, greller als die Sonne, flutet den Raum – helles Rot und glänzendes Gold, so hell, dass die Farben, selbst als ich die Augen schließe und mein Gesicht abwende, noch immer hinter meinen Lidern tanzen. Trotz des Schutzsteins in meiner Tasche spüre ich, wie Inshara nach meinen Gedanken greift – ihr Wahnsinn und ihre Wut winden sich in meinem Kopf wie das Licht, das sie in sich aufsaugt, zerren an den Rändern meines Verstandes und flüstern mir zu, dass ich auf sie hören soll.

Als mein Blick den Metallsteg entlangwandert, stelle ich fest, dass mein Vater verschwunden ist. Mir bleibt keine Zeit, über seine Feigheit nachzudenken. Soll er doch davonlaufen. Er ist es nicht, den ich gegen das grelle Licht versuche auszumachen.

»Nimh!«, rufe ich schwankend. Übermannt von einer plötzlichen Angst sehe ich sie an. Sie ist noch dieselbe. Die Lippen fest aufeinandergepresst umklammert sie ihren Speer so fest, dass die Knöchel weiß hervortreten. In ihren dunklen Augen schwimmen Tränen. Sie hat keinen Schutzstein, so wie ich, trotzdem hält sie durch, wehrt sich standhaft gegen Insharas wachsende Stärke. Nur, wie lange noch?

Die Macht, die der Computer ausstrahlt, wächst. Bald wird sie sich auf den gesamten Raum ausdehnen und darüber hinaus über das Waldmeer, bis in den Tempel und nach Alciel. Inshara wird beide Herzen beherrschen ... und alle, die sie erreicht, werden ihr huldigen.

Dann kommt mir plötzlich ein Gedanke. Ich drehe mich nach Nimh um, packe sie an den Schultern und zwinge sie mich anzusehen.

»Du bist die Lichtbringerin«, schreie ich gegen das Knistern der Macht an. »Die Zerstörerin. Nimh! Sie kann die Herzen nicht in ihre Gewalt bringen, wenn es keine Herzen mehr gibt.«

Mit großen, angsterfüllten Augen blickt sie mich an. Als zu ihr durchdringt, was ich ihr sagen will, reißt sie sich los und weicht vor mir zurück. »Nein! Wenn wir die Herzen zerstören, könnten wir dadurch alles zerstören. Es würde keine Gottheiten mehr geben. Alciel könnte nicht wieder in den Himmel aufsteigen. Wir könnten das Schicksal selbst vernichten ...«

»Das spielt alles keine Rolle mehr.« Ich bleibe hartnäckig und gehe einen Schritt auf sie zu. »Du hast recht. Du würdest der Welt, wie wir sie kennen, ein Ende bereiten ... Aber Nimh, wenn Inshara sich durchsetzt, bedeutet das in *jedem Fall* das Ende.«

Das Licht um uns her wird so grell, dass nichts mehr zu erkennen ist, und eine verzweifelte Sekunde lang hoffe ich, es wäre zu viel für Inshara und sie könnte die Herzen nicht kontrollieren. Doch dann schwächt sich das Licht wieder so weit ab, dass ich Nimhs Gesicht sehen kann und dahinter ... die Gesichter meiner besten Freunde.

Saelis starrt uns an, als versuchte er ein Problem zu lösen, ohne zu bemerken, dass ihm Tränen über die Wangen laufen, während Miri mit einem berechnenden Lächeln und leuchtenden Augen einen bedrohlichen Schritt näher kommt.

Ich kann nicht aufhören sie anzusehen. Trotz allem sind sie immer noch sie selbst – was das Allerschlimmste an der Sache ist. Saelis wirkt ruhig und überlegt, Miri hellwach und jederzeit bereit zu handeln. Inshara hat die beiden an sich gerissen und nutzt ihre wunderbaren Eigenschaften für ihre Zwecke. Die Vorstellung, dass sie auch meine Hingabe für Nimh und meine Entschlossenheit, das Richtige zu tun, an sich reißen könnte und in etwas Schlechtes verkehren ... Ich schlucke und wende mich wieder Nimh zu, die dieses Mal nicht zurückweicht, als ich sie an mich ziehe und zitternd in meinen Armen halte.

»Ich habe es endlich begriffen«, flüstere ich, nun da ich ihr nah genug bin, um nicht mehr schreien zu müssen. »Die Prophezeiung. Das Schicksal. Alles, was mich zu dir geführt hat – zu einem Mädchen, das glaubt dazu bestimmt zu sein, die Welt zu zerstören.« Liebevoll streiche ich ihr eine Haarsträhne zurück hinters Ohr, die sich aus ihrem Zopf gelöst hat. »Nimh – das ist sie jetzt. Das ist deine Bestimmung.«

Verzweifelt schüttelt sie den Kopf und klammert sich an mich. »Verlang das nicht von mir«, flüstert sie und sucht meinen Blick. »Ich kann das nicht. Wir könnten davonlaufen, und sobald wir in Sicherheit sind, nach einer Möglichkeit suchen, wie wir, was sie getan hat, wieder rückgängig machen können ...« Sie bricht den Satz ab und stöhnt vor Schmerz, als Inshara unseren Verstand erneut attackiert. Sie ist da, an der Grenze zu meinen Gedanken, und versucht immer wieder meine Verteidigungsmauern zu durchbrechen.

Ich stecke die Hand in die Tasche und schließe meine Finger um den Schutzstein. Er ist das Einzige, was Inshara noch daran hindert, auch mich zu beherrschen, so wie sie jeden beherrscht, den ich liebe. Bis auf ...

Ich sehe Nimh an. Sie ist stark, sehr stark, doch sie wird sich Insharas Macht nicht ewig widersetzen können. Sie braucht alle Kraft und jeden Schutz, den ich ihr geben kann, auch wenn ich bei der Vorstellung, aufzugeben und Inshara in meine Gedanken zu lassen – wo sie dann meine Liebe womöglich in eine Waffe verwandelt –, am liebsten wegrennen würde, weit weg, bis mein Kopf vollkommen leer ist und ich nichts mehr spüre als das Brennen meiner Lungen. Aber ich bin der Letzte Stern, gekommen, um an sie zu glauben, wenn sonst niemand es tut. Nicht einmal sie selbst.

»Ich liebe dich«, sage ich, ihrem Blick standhaltend. Als ich den Schutzstein aus der Tasche ziehe, spüre ich sofort Insharas finstere Macht, die gierig an meinen Gedanken leckt. »Es ist keine Prophezeiung, keine Magie. Es bin nur ich, der dich liebt, Nimh. Und an dich *glaubt.*«

Sie legt mir die Hand auf die Wange. Ihre Finger sind warm auf meiner Haut. Ich habe mich so nach ihrer Berührung gesehnt, von ihr geträumt. Behutsam nehme ich ihre Hand und lege den Schutzstein hinein.

Nimh schluchzt auf, als sie sieht, was es ist, und versucht ihn mir zurückzugeben. Sie weiß, was ich vorhabe. »North, nein. Bitte. Ich kann das nicht ohne dich.«

Miri und Saelis sind dicht hinter uns, trotzdem schaffe ich es nicht, mich von Nimh loszureißen. Insharas Druck wird stärker, unnachgiebiger und Nimh stöhnt auf, während sie versucht ihm standzuhalten.

»Du wirst nicht allein sein.« Falls dies meine letzten Worte an sie sein sollten, möchte ich, dass sie wahr sind. Ich drücke ihr den Stein fest in die Hand und flüstere: »Ich glaube an dich und werde jede Sekunde bei dir sein. Für immer.«

Wir küssen uns. Ich schmecke die Tränen auf ihren Lippen, schließe ihre Finger um den Schutzstein … dann gebe ich dem Druck in meinem Kopf nach.

35
NIMH

North' Körper versteift sich in meinen Armen, seine Muskeln spannen sich, sein Atem wird flacher. Mir wird eiskalt. Die Luft in meinen Lungen gefriert. Ich will North den Schutzstein zurückgeben, doch meine Finger, die immer noch von seiner Hand umschlossen werden, reagieren nicht mehr.

Dann lässt der Druck auf meinen Verstand plötzlich nach und die beengende Finsternis, die meine Gedanken und mein Herz zu erdrosseln drohte, weicht vor der Macht des Steines zurück. Wie eine schützende Schicht legen sich sein Zauber und North' Vertrauen um mich und bewahren mich vor Insharas Angriffen. Macht ist eine Frage des Glaubens.

Und North glaubt von ganzem Herzen, dass dieser Stein mich beschützen wird. Sein Griff um meine Hand wird so hart, dass ich vor Schmerz laut aufschreie und in die Knie gehe. Als ich zu ihm aufblicke, sieht er mich mit tränenüberströmtem Gesicht so grimmig an, dass es mir die Sprache verschlägt. Noch nie hat er mich so angesehen – als wäre ich nur ein Objekt, eine Sache, die es zu unterwerfen gilt.

Er öffnet den Mund und in diesem Moment wird mir klar, dass ich seine Worte nicht ertragen werde – nicht hören kann, wie Inshara seine Liebe und sein Vertrauen für ihre Zwecke verkehrt und benutzt. Ich stoße ihn von mir und befreie mich aus seinem Griff, woraufhin er ein erstauntes Brummen von sich gibt. Ich will weglaufen, aber er hat sein Gleichgewicht sofort wiedergefunden und stürzt sich auf mich. Gerade als er mich packen will, ist ein wutentbranntes Fauchen zu hören und mit angelegten Ohren, gesträubtem Fell und ausgefahrenen Krallen springt ihm der Findelkater mitten ins Gesicht. Ich ignoriere North' Schmerzensschreie und das Jaulen des Katers, rappele mich auf, stürze los, nur um gleich wieder stehen zu bleiben, wobei ich auf dem glatten Metallsteg ins Schlittern gerate und beinahe ausrutsche. Miri und Saelis, die mich ebenso grimmig anstarren wie North, versperren mir den Weg.

Verzweifelt drehe ich mich zur Seite, wo vor der gewaltigen Lichtkugel immer noch Inshara steht. Dunkle Schatten kriechen über ihre Oberfläche, breiten sich aus wie Öllachen auf einem Fluss und bilden glänzende Tentakel, die sich aus der Kugel herauswinden und dann an anderer Stelle wieder hineinbohren. Die Luft ist erfüllt von Finsternis.

Ich greife nach dem Nebel, versuche ihm meinen Willen aufzuzwingen, um mir so Zeit zu verschaffen. Sofort jagt ein glühender Schmerz durch meinen Kopf. Ich taumele so hart gegen das Geländer, dass ich befürchte mir bei meinem Sturz alle Knochen zu brechen.

»Hör auf, dich zu wehren«, ertönt eine vertraute und geliebte Stimme. »Du wirst dir noch wehtun.«

North, der die blutenden Kratzer auf seinem Gesicht und Hals nicht zu bemerken scheint, kommt mit besorgtem Blick auf mich zu. Der Findelkater ist weit und breit nicht zu entdecken. Mir bleibt fast das Herz stehen.

»Der Nebel gehört nun ihr«, beschwichtigt er mich und geht vor mir in die Hocke. Seine Augen leuchten in einem unnatürlichen Glanz. »Du musst das einsehen.«

»Hör auf«, presse ich hervor und meine damit nicht North. Auch wenn meine Stimme nicht mehr als ein Flüstern ist, lässt ihr triumphierendes Lachen keinen Zweifel daran, dass Inshara mich trotzdem gehört hat. »Hör auf damit, Inshara. Du bist nicht er.«

Mit hochgezogenen Augenbrauen sieht North mich an und die Geste ist so vertraut, dass es mir fast das Herz zerreißt. »Ich bin immer noch ich, nur dass ich nun begriffen habe, was ich zuvor nicht begriffen hatte – nicht begreifen *wollte.*« Seine Augen sind so freundlich, dass ich kurz überlege, ob ich mir seine Veränderung doch nur eingebildet habe. »Du wolltest nie die Lichtbringerin sein«, redet er auf mich ein. »Und nun musst du es auch nicht mehr. Gib deinen Kampf auf, dann können wir beide wieder zusammen sein.«

»Hör auf damit!«, schreie ich noch einmal und sehe Inshara diesmal direkt an. »Hör auf ihn zu benutzen. Wenn du mit deiner Macht prahlen willst, sprich selbst zu mir!«

»Du glaubst, ich spreche durch ihn?«, fragt sie mit übertriebenem Unschuldsblick. Ihre blutigen, mittlerweile schwarzen Hände sehen aus, als hätte der Computer sie verbrannt. Schmerzen scheint sie nicht zu spüren. »Du verstehst nicht, was ich diesen Menschen gebe, Nimh. Ich zwinge sie zu nichts. Alles, was ich tue, ist ihnen etwas zu geben, das größer ist als sie, etwas, an das sie glauben können. Etwas, das sogar größer ist als *du.*«

»North glaubt an mich«, flüstere ich und umklammere den Schutzstein in meiner Hand. »Daran wird sich nichts ändern. Egal was du ihn tun oder sagen lässt.«

»Ich will dir nichts Böses.« Inshara kommt einen Schritt näher, in ihrem Blick wütet ein Nebelsturm, so gewaltig, dass er einen Menschen zerfetzen würde, wäre er nicht hinter ihren Augen gefangen. »Gib mir den Stein, Nimh. Gib ihn mir und du und er werdet in der neuen Welt, die ich erschaffen werde, zusammen sein.«

Ich ziehe mich hoch auf die Beine und halte mich am Geländer fest. »Nein.«

»Er kann ihn dir wegnehmen.« Insharas Stimme wird eine Nuance schärfer. »Ich muss ihn nur darum bitten.«

Als wollte er ihre Behauptung bestätigen, richtet North sich zu seiner vollen Größe auf. Als er auf mich herabsieht, fällt mir auf, wie kräftig er ist – kein stämmiger Flussläufer, aber auch kein Tempelakolyth. Ich konnte ihm zuvor nur dank des Findelkaters und des Überraschungsmoments entkommen. Wenn er mich noch einmal packt, werde ich mich nicht mehr befreien können.

Ich konzentriere mich auf mein Vorhaben. Sammele meinen Willen, bis ich spüre, wie der Kummer und Zorn, die meine Manifestation als Lichtbringerin ausgelöst haben, wieder mein Herz fluten. Ich fühle auch North' Lippen auf den meinen, als über unseren beiden Welten die Sonne unterging, und erinnere mich an seine tiefe Überzeugung, dass mehr in meinem Herzen wohnt als Kummer und Zorn.

Ich sehe von North zu Inshara. »Lass es ihn versuchen!«, fordere ich sie auf.

Es dauert einen Moment, bis meine Worte angekommen sind – dann stößt Inshara einen wütenden Schrei aus und North stürzt sich auf mich. Ich weiche seitlich aus, ducke mich, schlinge von hinten die Arme um ihn und drücke dann meinen Kopf fest an seine Schulter. *Bleib, Liebster. Bleib bei mir.*

Grelles weißes Licht explodiert vor meinen Augen, blendet mich, ertränkt mich, trägt mich in eine andere Daseinsform – die Macht der Lichtbringerin erfüllt mich, droht mir meinen Willen zu rauben und alles, was ich bin. Dann öffne ich die Augen.

Dort steht Inshara, umgeben von Schatten und Finsternis. Sie stößt einen angsterfüllten Schrei aus und stolpert rückwärts. Ihre schwarzen Tentakel ziehen sich zurück wie nachtaktive Insekten, die ein Sonnenstrahl trifft. In meinen Armen erstarrt North zu Stein, aber ich halte ihn fest, will ihn nicht loslassen. Er ist mein Anker – die Verbindung zu mir selbst, meinem Herzen und meinem Willen.

Ich glaube an dich. Immer.

Hinter Inshara sehe ich den alten Computer, das Triebwerk, das unsere Ahnen einst hierhergebracht hat. Ein wenig von seinem Leuchten ist noch da, vereinzelte rote und goldene Lichtfetzen unter der Finsternis – doch Insharas Tentakel, die ich nun deutlich sehen kann, sind bereits tief in sein Inneres gedrungen, die schwarzen Fäden, die ihn einschnüren, kaum noch zu entwirren.

Meine Gedanken wandern, nehmen das Licht, das mich erfüllt, mit hinaus, sodass es sich im gesamten Himmelsschiff und darüber hinaus über den Spiegel der Göttlichkeit ausbreitet. Ich sehe Insharas finstere Welle der Macht, wie sie den Fluss ergreift, ihn entlangrauscht, kurz davor, die Herzen der beiden Welten unter sich zu begraben.

Ich jage ihr hinterher, zwinge das Licht, die Schatten einzuholen. Ich muss die Herzen vor ihr erreichen.

Das Licht reagiert, als wäre es ein Teil meines Körpers, und trotz meiner Verzweiflung überkommt mich eine wilde Leidenschaft. Nun, da ich nicht mehr gegen die Macht der Lichtbringerin ankämpfe, erfüllt sie mich, beseelt mich, entflammt jede Zelle meines Körpers. Ich kann mich nicht länger von dieser Macht distanzieren – ich *bin* das Licht.

Als ich die Spitze von Insharas Machtwelle fast erreicht habe, dreht sich der Schatten plötzlich um und wir kollidieren. Eine

Lichtexplosion erhellt die Welt – und dann versinken wir beide in einer endlosen Finsternis.

Im ersten Moment bin ich vollkommen blind. Ich sehe weder den schattenverkrusteten Computer noch Inshara noch die Welt dort draußen. Auch North kann ich nicht mehr spüren – ich kann nicht einmal sagen, ob ich noch einen Körper habe.

Und dann ist in dieser unendlichen Leere, beleuchtet von einem schwachen Lichtkegel, eine Gestalt zu erkennen.

Inshara.

Sie sitzt da, die Arme um die angewinkelten Beine geschlungen und presst die Stirn auf die Knie. Als sie den Kopf hebt, um mich anzusehen, quellen ihre Augen über von Schmerz. Ihr Hass ist verschwunden – und auch ihr Zorn und ihre Entschlossenheit.

»Bitte nicht«, flüstert sie flehentlich. »Lass mir diese Macht. Ich werde niemanden mehr verletzen. Alle werden von jetzt an in Frieden leben können.«

Von Inshara geht ein schimmernder Faden aus, der ins Leere führt, und bei genauerem Hinsehen stelle ich fest, dass von mir ebenfalls einer ausgeht. Die Verbindung zwischen uns, die ich schon bei Sonnenuntergang gespürt habe, als ich ihren Plan, die beiden Herzen zu manipulieren, fühlen konnte, besteht noch. Über die beiden Hälften des gebrochenen Herzens der Welt sind unsere Seelen noch immer aneinandergekettet. Ich kann ihre fragile Existenz spüren, könnte sie jetzt gleich zerstören und mein Verlangen, es zu tun, wächst, doch stattdessen wende ich mich Inshara zu.

Ich kehre zurück in meinen Körper und gehe zu ihr. »Ich kann nicht zulassen, dass du das Vertrauen der Menschen ausnutzt«, erkläre ich ihr sanft. »Du weißt das.«

»Und warum nicht?« Insharas Stimme klingt kläglich. »Woher willst du wissen, dass dein Weg der bessere ist? Ich biete ihnen

Frieden. Ein vereintes Volk unter der Herrschaft einer Göttin. Ist es nicht das, worum es am Ende geht? All die Toten, all das Blutvergießen. Dazu kam es nur, weil wir voreinander davongelaufen sind. Ich kann die Welt einen, für immer. Wie willst du das erreichen, ohne die Menschen zu kontrollieren?«

Ich knie vor ihr nieder, um ihr in die Augen sehen zu können. Ihre Konzentration lässt nach und ihr Gesicht verschwimmt vor meinen Augen – wahrscheinlich wirke ich auf sie genauso gespenstisch und fremd.

»Das weiß ich nicht«, flüstere ich. »Aber ich glaube, darum geht es auch nicht. Wenn dieser endlose Kreislauf aus Zwietracht und Flucht irgendeine Bedeutung hat, dann, dass Uneinigkeit die menschlichste Seite unseres Daseins ist. Ich glaube, der Sinn des Lebens liegt in dem Versuch zueinanderzufinden.«

»Wie kannst du dir da so sicher sein?«, fragt Inshara ebenfalls flüsternd.

»In meinem Volk, bei den Flussläufern, erzählt man sich Geschichten über die ersten Entdecker, die in dieses Land gekommen sind. Es heißt, sie hätten über den riesigen, dunklen Ozean mithilfe der Sterne hierhergefunden.« Am liebsten würde ich Insharas Hand ergreifen, zögere aber. »Ich hatte auch einen Stern, der mich geführt hat.«

Irgendwo dort draußen, in der echten Welt, halte ich North auf diesem schwebenden Metallsteg noch immer in den Armen, nicht bereit ihn loszulassen. Er ist der Letzte Stern auf einer langen Reise, die mich am Ende hierhergeführt hat.

Inshara verzieht das Gesicht – sie wirkt kleiner, als ob die Macht, die ihr in dieser Leere Gestalt verleiht, langsam abnimmt. »Mir hat das Schicksal nie einen Stern geschenkt«, murmelt sie.

Mir bleibt die Luft weg – und dann platzt es aus mir heraus:

»Oh, Insha – aber das hat es. Du hast sie nur nicht als das erkannt, was sie war.«

Insharas Augen füllen sich mit Tränen und ich gebe mein Zögern auf, vergesse die Fremdartigkeit dieser Begegnung, in dieser Welt jenseits der Welt, in der sie ihr Leid nicht hinter ihrem Zorn versteckt, und lege die Arme um sie. Sie sinkt gegen meine Brust und ihre Finsternis zieht sich nicht länger vor meinem Licht zurück. Tief erschüttert beginnt sie zu schluchzen.

Ich schlinge die Arme ganz fest um sie – in der echten Welt um North – und werde wieder zur Lichtbringerin, konzentriere mich auf die zwei Herzen unserer Welten. Einen kurzen Moment verharre ich, genieße die schimmernde Macht und Schönheit des Systems, das meine Vorfahren einst errichtet haben, und die Kraft des Glaubens, die es auf mich überträgt.

Endlich bin ich mir sicher – North hatte recht. Dies ist meine Bestimmung. Ich bin die Göttin, die mein Volk brauchte und die ich ihm immer sein wollte. Zum ersten Mal in meinem Leben bin ich zufrieden – zufrieden mit dem, was ich bin.

Und muss nun alles aufgeben.

Meine Macht ballt sich um die Herzen wie eine Faust, bereit sie zu zerquetschen.

North, denke ich und klammere mich an seine Seele. *Mein Herz. Mein Stern.*

Und dann füge ich mich endgültig in meine Bestimmung und zerstöre die Welt.

EPILOG
NORTH

Aus der Stadt schallt Musik zu uns herauf, eine merkwürdig anmutende Mischung aus den Trommeln und Flöten von Nimhs Volk und den elektronischen Instrumenten meiner Leute. Das Tempo wird schneller, während die Musiker sich gegenseitig zu immer komplexeren Rhythmen und Harmonien herausfordern, und die Nacht ist erfüllt von Gelächter.

Leuchtfeuer säumen die Terrasse unter uns und werfen ihr Licht auf die wogende Menge, die die Feierlichkeiten in vollen Zügen genießt. Die Mode und Farben von Unten überwiegen unter den Gästen, aber dazwischen sind auch immer wieder Leute aus meinem Volk. Miri, deren Haare diese Woche himmelblau sind, ist leicht auszumachen. Sie tanzt mit Saelis inmitten einer stetig wachsenden Gruppe von Freunden, die sie überredet – oder gezwungen – hat mitzukommen. Ich habe ihr versprochen später zu ihnen zu stoßen.

Die meisten Bewohner Alciels sind in den Wochen, seit es vom Himmel gefallen ist, oben geblieben. Noch wagen sie sich nicht in diese Welt voller unbekannter Tiere, seltsamer Bräuche und Magie – aber jeden Tag machen sich ein paar mehr auf in diese schöne neue Welt, die, ob es ihnen gefällt oder nicht, nun auch die ihre ist. Da die Herzen zerstört und Alciels Motoren für immer stillgelegt sind, wird es nicht wieder in den Himmel aufsteigen können. Mein Volk wird sich auf die eine oder andere Art an Magie gewöhnen müssen – doch das hat keine Eile. Wir haben alle Zeit der Welt.

Hier oben, auf einer der höchsten Terrassen, die nicht von festlichen Leuchtfeuern beleuchtet wird, werden die alten Steinmauern lediglich von den beiden Monden beschienen. Tief hängen die Liebenden, Miella und Danna, über dem Fluss und zaubern ihren silberroten Doppelstreifen auf das Wasser. Am Himmel prangt ein Meer von Sternen und die Stadt ist erfüllt von Musik. Mit einem lauten Seufzen lehne ich mich gegen die Brüstung und lege den Kopf auf meine gefalteten Hände.

Eine leichte Berührung am Bein lässt mich nach unten sehen, von wo mir mit einem fragenden Miauen der Kater sein breites, haariges Gesicht entgegenreckt.

»Ich wollte heute Abend Nimh treffen«, erkläre ich ihm. »So selten, wie wir uns in den letzten beiden Wochen gesehen haben, könnten wir noch in verschiedenen Welten leben. Würdest du sie für mich daran erinnern, dass ich hier oben bin?«

Der Kater schüttelt sich und springt dann leichtfüßig neben mir auf die Mauer. Eine Weile betrachtet er das festliche Treiben unter uns und wendet sich dann demonstrativ ab, um sich mit größter Sorgfalt die Pfote zu lecken.

Techeki hat dieses Fest, das er »Tag der Zusammenkunft« getauft hat, vom Bett aus geplant und organisiert, während er sich noch von den Verletzungen, die er sich unter Insharas Kontrolle zugezogen hat, erholte. Ich muss lächeln. Die Vorstellung, dass unsere Nachfahren dieses Fest auch in Hunderten von Jahren noch feiern werden, gefällt mir.

Theoretisch feiern wir mit diesem Tag die Unterzeichnung eines Vertrags, der unsere Völker eint – was praktisch bislang natürlich nur eine symbolische Geste ist. Mit zwei Städten, von denen die eine auf der anderen sitzt, und zwei Völkern, die sich nach tausend Jahren wieder zusammenraufen müssen, gibt es noch unendlich viele Details zu klären. Nimh und meine Blutmutter sitzen seit der Zerstörung der Herzen fast täglich zusammen in einem Besprechungszimmer, wo sie sich mit den Repräsentanten unzähliger Gruppen beraten: Flussläufern, Inselsenatoren, ehemaligen Graumänteln, dem königlichen Beraterstab …

Der Einzige, der bei diesen Gesprächen fehlt, ist mein Vater. Als einer der Senatoren von Alciel hätte er dabei sein müssen und die Lücke, die er hinterlassen hat, schmerzt. Als es auf dem Kolonieschiff zur Konfrontation kam, habe ich gesehen, wie er sich davongestohlen hat, um seine eigene Haut zu retten – so wie er es schon immer getan hat.

Miri und Saelis waren ihm dennoch bis ans hintere Ende des Raumschiffs nachgelaufen, wo er offenbar nach draußen geklettert und über den Spiegel der Göttlichkeit entkommen war.

»Wieso glaubt er, er könnte die komplette Strecke in die Stadt zu Fuß gehen?«, hatte Miri gefragt, als sie zu uns zurückkamen. »Und was denkt er, passiert, wenn er dort ankommt?«

Nimh wollte ihr etwas antworten, sagte dann aber nichts. Das wütende Grunzen der vernebelten Wildscheine machte eine Antwort unnötig. Die Tiere waren auf der Jagd.

Seitdem ist sein Platz am Verhandlungstisch leer und es sind andere, die an seiner Stelle sprechen. Ich sitze ebenfalls an diesem Tisch – wenn auch zum Glück nicht auf seinem Stuhl. Manchmal sage ich etwas, meistens höre ich zu. Und immer wieder starre ich einfach nur Nimh an. Aber sie mir gegenüber an einem Verhandlungstisch zu sehen ist nicht dasselbe wie hier … im stillen Mondlicht, dicht neben mir.

Der Kater, der mit der Sauberkeit seiner Pfote zufrieden zu sein scheint, erhebt sich und kommt maunzend auf mich zu. Ich will ihm gerade antworten, da lässt mich eine Stimme in meinem Rücken zusammenfahren.

»Ich glaube, er will gestreichelt werden«, sagt Matias amüsiert. Sein Gehstock klappert leise über den Steinboden, als er die Terrasse betritt.

»Glaubt Ihr wirklich?«, frage ich und versuche mir die Enttäuschung, dass er nicht die Person ist, von der ich gehofft hatte, dass sie mich hier findet, nicht anmerken zu lassen. Vorsichtig strecke ich die Hand aus und halte sie dem Kater vors Gesicht. »Ich weiß nicht so recht. Ich habe mich schon einmal getäuscht.«

Der Kater schnuppert ein bisschen an meinen Fingerspitzen und fängt an zu schnurren wie ein Motor. Dann drückt er sein Gesicht in meine Hand.

»Wahrscheinlich vermisst er sie auch«, sagt Matias lachend und tritt ins Mondlicht

Ich konzentriere mich auf den Kater und versuche meinen Ärger, weil ich so leicht zu durchschauen bin, zu überspielen – genau wie meine Schuldgefühle, weil es mir nicht passt, dass Nimh so hart arbeitet, um eine Allianz mit meiner Mutter zu schmieden.

»Es ist nur für ein paar Wochen. Bald wird es leichter.«

»Glaubt Ihr?« Matias Stimme ist milde. »Hmmm.«

Ich sehe ihn an. Im Gewand des Fischerkönigs macht er eine prächtige Figur, obwohl mir auffällt, dass er weniger Perlenketten um den Hals trägt als früher. Orrun habe ich in letzter Zeit nur selten gesehen. Wahrscheinlich hat er alle Hände voll zu tun, bevor er das Erbe des Fischerkönigs antritt.

»Heraus damit, Matias«, sage ich ein bisschen ungeduldiger als beabsichtigt. »Können wir auf die Geheimniskrämerei heute Abend nicht ausnahmsweise einmal verzichten?«

Matias schüttelt schnaubend den Kopf. »Noch immer so ungeduldig, Prinz North. Noch immer überzeugt, man könnte eine gute Geschichte auch schneller erzählen.«

»Was für eine Geschichte?«, frage ich müde. »Unsere Geschichte ist zu Ende oder etwa nicht? Die Herzen sind zerstört. Die Prophezeiung hat sich erfüllt. Das Lied des Zerstörers ist gesungen. Es gibt nicht einmal mehr einen Zerstörer. Nimh ist keine Göttin mehr – nur eine normale Magierin – und Insharas Verstand hat sich endgültig verabschiedet. Sie ist nur noch eine vernebelte leere Hülle und für niemanden mehr eine Bedrohung.«

Matias streichelt dem Kater mit seinen knotigen Fingern über das rote Fell und seufzt. »Und Ihr glaubt, alles, was dort draußen geschieht«, er deutet auf die Feierlichkeiten unter uns, auf den mit Barken gesprenkelten Fluss und die Grenze zu Alciel, das zwischen Tempel und Klippen über uns hängt, »ist nur ... der Epilog?«

Ich schüttele den Kopf, während mein Ärger über Matias' umständliche Art ein wenig nachlässt. »Nein. Ich weiß, dass alles, was im Moment geschieht, von großer Bedeutung ist. Menschen finden zusammen. Alte Geheimnisse kommen ans Licht. Welten prallen aufeinander.«

»In der Tat.« Matias lehnt seinen Gehstock an die Brüstung und stützt sich mit den Händen auf die Mauer. »Ich könnte mir vorstellen, all das wird in den Geschichten zukünftiger Fischerkönige nur der Prolog sein. Denn die eigentliche Herausforderung, die wahre Prüfung für den Glauben, hat mit dem heutigen Abend erst begonnen.«

Etwas mürrisch stimme ich ihm zu, habe aber keinen Zweifel, dass dies nicht alles war, was Matias mir zu sagen hat. Der alte Mann verweilt nie so lange, wenn es nicht einen ganz bestimmten Grund dafür gibt. Aber eher soll mich der Nebel erwischen, als dass ich ihm die Genugtuung gönne, ihn danach zu fragen.

Schließlich wendet er sich mit einem schweren Seufzer halb mir und halb der Tür zu, durch die er gekommen ist. »Es gab lange Diskussionen, was nun mit dem Tempel geschehen soll, und in ihrem Bestreben, allen zu beweisen, dass sie nicht mehr göttlich ist, will Nimh die Sache möglichst schnell geregelt haben. Doch es wird sicher seine Zeit dauern, bis der Tempel kein Tempel mehr ist. Nimhs Volk betet schon sehr viel länger zu einer Gottheit, als die Verehrung ihr gilt.«

»Mit dem Thron von Alciel ist es ähnlich«, bemerke ich. »Die königliche Blutlinie war dazu da, den DNA-Schlüssel zu schützen, der den Übergang zwischen den Welten öffnete. Man kann nicht Monarch eines halben Volkes sein, daher gehe ich davon aus, dass meine Mutter eines Tages auf den Thron verzichten und das Regieren den Senatoren und dem Ältestenrat überlassen wird.«

»Dann wollt Ihr niemals König werden?«, fragt Matias überrascht. »Nach all den Anstrengungen, die Eure Eltern unternommen haben, um Euch das Führen zu lehren?«

»Worauf wollt Ihr hinaus?«, frage ich ihn mit einem skeptischen Seitenblick.

Matias zuckt mit den Schultern. »Auf nichts. Ich könnte mir nur vorstellen, dass es beunruhigend ist plötzlich nicht mehr zu wissen, wie die eigene Zukunft aussehen wird, nachdem diese immer schon vorherbestimmt war. Ein Leben lang folgt man dieser einen Bestimmung und dann … Ja, was kommt dann?« Er schüttelt den Kopf.

»Ihr sprecht von Nimh.« Es ist keine Frage und Matias antwortet auch nicht. Doch dieses Mal ertrage ich es nicht, abzuwarten, bis sich das Schweigen unendlich in die Länge zieht. Ich beuge mich vor und stütze die Ellbogen auf die Brüstung. »Es ist nur … Wenn die Prophezeiung mich hierhergebracht hat – wenn sie meinen Vater zu Jezara geführt, meinen Gleiter sabotiert, Inshara geschaffen und mich an genau dem Ort hat abstürzen lassen, an dem Nimh mich gefunden hat … wenn das alles Teil einer Bestimmung war, die es nun nicht mehr gibt …«

Ich verstumme, unfähig – *unwillig* – den Rest laut auszusprechen. Mein Herz rast, als würde der Satz, indem ich ihn beende, wahr.

Matias legt nachdenklich den Kopf schief und rückt seine Perlenketten gerade. »Ihr fragt Euch, ob von dem, was Nimh und Euch zusammenschweißt, noch irgendetwas Bestand hat.«

Mir schießt das Blut in den Kopf und ich hoffe, er kann im Mondlicht nicht erkennen, dass ich rot werde. »Ich weiß, dass wir zusammengehören«, sage ich schnell. »Sie fehlt mir. Ich … ich *liebe* sie.« Ich warte auf ein Zeichen der Überraschung oder gar Missbilligung, aber Matias sieht mich ungerührt an. Natürlich wusste er es. Der alte Mann ist nicht dumm. »Ich … ich warte einfach nur auf eine Gelegenheit, es ihr zu sagen – weit weg von allen Zeremonien, Verhandlungen und Friedensverträgen.«

»Ich weiß.« Matias' zerfurchtes Gesicht glättet sich zu einem Lächeln. »Ihr seid Euch sicher, aber nur Eurer eigenen Gefühle – nicht ihrer.«

Noch einmal sehe ich ihn von der Seite an, ein bisschen schärfer dieses Mal, und konzentriere mich dann wieder stumm auf den Kater.

Der alte Mann stöhnt und lässt die Schultern kreisen, gefolgt von einem hörbaren Knacken der Wirbelsäule. »Wahrscheinlich sollte ich Euch in Frieden lassen. Denn im Gegensatz zu Euch habe ich einiges zu tun. Hatte ich erwähnt, dass man überlegt, was nun mit dem Tempel geschehen soll? Eine Idee – die sich meines Erachtens am Ende auch durchsetzen wird – ist, die Archive zu erweitern und den Tempel in eine große Bibliothek umzuwandeln, die das Wissen und die Geschichten beider Welten beherbergt und jedem Lernwilligen offensteht.« Den Rücken dem Nachthimmel zugewandt betrachtet Matias mit entrücktem Blick den Tempel, als sähe er die neuen Archive bereits vor sich.

Ich muss lächeln. »Das scheint mir ein einem Ex-Sentinel würdiges Projekt zu sein«, bemerke ich und füge mit leisem Bedauern hinzu: »Ich wünschte nur, ORAKEL wäre mit den Herzen nicht ebenfalls zerstört worden. Wir hätten so viel von ihm lernen können.«

Schweigend dreht Matias den Kopf, sodass er mich aus den Augenwinkeln sehen kann. Um seine Lippen spielt ein Lächeln. »Keine Geschichte geht jemals ganz verloren«, sagt er ruhig, während von der Terrasse unter uns Gelächter heraufweht. »Es braucht nur Menschen, die es sich zur Aufgabe machen sie wiederzufinden.«

Er zieht etwas aus seiner Tasche und legt es vor mir auf die Brüstung. Dann zwinkert er mir zu und wendet sich, bevor ich weiß, wie ich darauf reagieren soll, zum Gehen. Das Klopfen seines Gehstocks auf dem Steinboden wird immer schwächer, während es ihn dorthin zurückbegleitet, woher er gekommen ist.

Für einen Moment verdrehe ich die Augen, aber als ich sehe, was er mir dagelassen hat, bleibt mir die Luft weg. Matt glänzend im Mondlicht liegt vor mir auf der Mauer das ORAKEL-Armband.

Ich schlucke. Vorsichtig gleiten meine Finger über die Oberfläche, doch es bleibt dunkel. Kein Flimmern oder sonstiges Lebenszeichen deuten darauf hin, dass es jemals wieder funktionieren wird. Aber wer weiß, Nimh konnte es mithilfe des Nebels schon einmal wiederbeleben. Vielleicht …

»North?«

Beim Klang ihrer Stimme macht mein Herz einen Sprung und ich wirbele herum.

Nimh. Endlich ist sie da. Sie sieht mich an und steckt sich dabei nervös eine Haarsträhne hinters Ohr. Ihre Augen sind mit Kajal umrandet, auf ihren Lippen liegt Goldstaub und sie trägt … *Grün*?

Ich blinzele. Ich bin es nicht gewohnt sie in einer anderen Farbe als Rot zu sehen. Mit einem müden Lächeln kommt sie auf mich zu. »Techekis Idee«, sagt sie, als hätte sie meine Gedanken gelesen. »Er sagt, es wird eine Weile dauern, bis die Leute in mir *wirklich* keine Göttin mehr sehen. Und bis dahin …« Sie zuckt mit den Schultern, die der Schnitt ihres Gewands frei lässt und die meinen Blick wie magisch auf sich ziehen.

»Und bis dahin kannst du tragen, was du willst«, beende ich den Satz. Mein Herz hämmert so schnell, dass ich mich anstrengen muss ruhig zu sprechen.

Lächelnd senkt sie den Blick. Als sie mich wieder ansieht, wirkt sie ungewöhnlich schüchtern und zurückhaltend. »Wie findest du es?«

Ich muss nicht lange überlegen. Die Worte sind da, wollen raus. Ich muss mich nur beherrschen sie nicht laut herauszuschreien. »Du bist wunderschön.«

Nimh beißt sich auf die Lippe, was einen kleinen Fleck im schimmernden Gold hinterlässt, und es kostet mich meine ganze Selbstbeherrschung, die Augen wieder von ihrem Mund zu lösen. *Jetzt reiß dich mal zusammen, North.*

Sie kommt über die Terrasse und stellt sich neben mich, um den Kater zu streicheln, der sofort wieder anfängt zu schnurren. »Ich … habe dir etwas mitgebracht«, sagt sie, und als sie sich zu mir umdreht, entdecke ich ein kleines, in roten Stoff gewickeltes Päckchen in ihrer Hand.

Nachdem wir so lange getrennt waren, fällt es mir schwer mich nicht von ihrer Nähe ablenken zu lassen. »Ein Geschenk? Wofür?«, frage ich und konzentriere mich ganz auf das rote Päckchen.

»Deine Mutter hat mir gesagt, dass sich in ein paar Wochen der Tag deiner Geburt jährt und ihr das in eurer Welt mit Geschenken feiert.« Sie zögert und zieht unsicher die Augenbrauen nach oben. »Stimmt das nicht?«

Mit einem unverhohlenen Grinsen nehme ich das Geschenk entgegen und streiche ihr dabei mit den Fingern über die Hand. Als sie bei der Berührung zusammenzuckt, sehe ich sie fragend an: *Alles in Ordnung?*

Zitternd atmet sie aus, aber ihr Lächeln bestätigt mir, dass alles okay ist. »Die meisten vermeiden es immer noch mich …« Wieder beißt sie sich auf die Lippe. »Ich glaube, mich hat seit Tagen niemand mehr berührt.«

Ich sehe sie an, von der Flut an Sehnsüchten, die über mich hereinbricht, wie gelähmt. Ich will sie küssen, ihre Hand nehmen, ihre Wange berühren, sie in die Arme schließen – stattdessen stehe ich einfach nur da, wie ein Idiot.

»Und?«, fragt sie nach einer Weile. »Willst du es nicht öffnen?«

Mit einem Räuspern wende ich mich wieder dem Päckchen zu. Ich wickele den Stoff ab – rote Seide, wie sich herausstellt, von der Art, wie man sie auch als Schärpe trägt – und halte ein merkwürdig aussehendes Buch in der Hand.

Sie sieht mich erwartungsvoll an. »Sie haben es bei der Untersuchung des Raumschiffs unter dem Spiegel der Göttlichkeit entdeckt. Es gab dort in den Wohnbereichen unserer Vorfahren so viele Artefakte, dass man ganze Archive damit füllen könnte – aber wer auch immer dieses Buch dabeihatte, muss eine besondere Leidenschaft für die Sterne gehabt haben.«

Behutsam greift sie nach meiner Hand und dreht sie gemeinsam mit dem Buch, bis ich lesen kann, was auf seinem Rücken steht: *Alte Astronomie und Navigation nach den Gestirnen.*

Ich spüre einen Kloß im Hals, und als ich aufblicke, sieht sie mich fragend an. »Nimh.« Meine Stimme klingt heiser. »Das ist ... ich weiß nicht, was ich sagen soll.«

»Ich habe ein wenig darin gelesen«, flüstert sie, als verrate sie mir ein großes Geheimnis. »Das meiste habe ich nicht verstanden. Aber es erzählt viele Geschichten vom Himmel über der Erde. Ihre Bewohner haben sich einst an den Sternen orientiert, um über die Ozeane zu fahren, genau wie unsere Ahnen.«

Ich streiche mit den Fingern über den Buchdeckel, wo einst die Buchstaben eingeprägt waren, deren Farben mit den Jahren so stark verblasst sind, dass sie nicht mehr zu entziffern sind. »Ich glaube, manche Dinge sind in allen Welten gleich.«

Nimh sieht mich an, als suchte sie in meinem Gesicht nach der Antwort auf eine Frage, für die sie all ihren Mut zusammennehmen muss. »Es gab einen ganz besonderen Stern«, murmelt sie, »der so viele Namen hatte, wie es in ihrer Welt Kulturen gab: Cynosura, Tramontana, Polaris ... Er war deshalb so wertvoll für die Menschen, weil er von allen Sternen am Himmel der einzige war, der nie schwankte – nie seine Position veränderte, während alle anderen Sterne in einem ewigen Tanz über den Himmel wirbelten.«

Gefangen von ihren Augen verstehe ich kaum, was sie sagt – aber ich höre ihr zu und nach einer Weile wage ich es, näher zu rücken und meine Hand neben die ihre auf die Brüstung zu legen.

Nimhs Augen sind feucht, und als meine Finger ihre Hand streicheln, beginnt sie zu blinzeln. »Weißt du, wie sie den Stern noch genannt haben?«, wispert sie gerührt und kann ihr Lächeln nicht länger verbergen. Sie legt mir die freie Hand auf die Wange und schluckt. »Nordstern – North Star.«

Hin- und hergerissen zwischen Lachen und Staunen lege ich das Buch behutsam auf die Brüstung, meine Nerven von dem Verlangen, sie zu berühren, aufs Äußerste gespannt. »Das«, flüstere ich und lege ihr den Arm um die Taille, »ist der merkwürdigste Zufall, von dem ich je gehört habe.«

Nimh schüttelt den Kopf. Ich ziehe sie näher zu mir und mit einem erleichterten Lächeln, das heller strahlt als beide Monde zusammen, schmiegt sie sich an mich. Auch sie hat Angst.

»Nein«, protestiert sie und bedenkt mich mit einem wenig überzeugenden finsteren Blick. »Kein Zufall. Schicksal. Ich hatte von Anfang an recht.«

»Sei nicht albern.« Ich lege die Lippen auf ihre Schläfe und atme den Duft ihrer Haare, während sie in meine Arme sinkt. »Es gibt kein Schicksal«, füge ich noch hinzu, als ihre Hand schon über meine Schulter gleitet und dort eine brennende Spur hinterlässt, bevor sie in meine Haare fährt und sich um meinen Nacken legt.

Dann lehnt sie sich gerade so weit zurück, dass sie mich ansehen kann. Das Lachen ist aus ihren Augen verschwunden, ihr Blick warm und ernst. »Dann ist es wohl Magie«, flüstert sie.

Ich schlucke, umfasse sie noch fester und der Lärm und die Lichter der Feierlichkeiten unter uns verblassen. Es gibt nur noch den Nachthimmel über uns, mit all seinen Sternen und den im Osten aufgehenden Liebenden. Nicht in der Lage, noch eine Sekunde länger zu widerstehen, neige ich den Kopf, bis meine Lippen in der Dunkelheit die ihren finden. Als sie sich mir entgegenstreckt, geht ein so erregendes Zittern durch ihren Körper, dass es fast wehtut.

Ich löse mich nur so lange wieder von ihr, wie ich brauche, um eine Antwort zu hauchen: »Ja, dann ist es wohl Magie.«

DANK

Als wir vor vielen Jahren angefangen haben von einer Romanreihe zu träumen, die in zwei Welten spielt, hätte keine von uns gedacht, dass wir sie einmal auf zwei unterschiedlichen Kontinenten zu Ende schreiben würden – ohne einander sehen zu können, so weit voneinander entfernt wie die Menschen in Alciel und im Unten. Seit Langem sehnen wir uns nach dem Tag, an dem unsere persönlichen Welten wieder zueinanderfinden, und so war das Schreiben dieser Dilogie stets auch ein Trost in schweren Zeiten. Abschließend möchten wir uns daher bei einigen der Menschen bedanken, die uns geholfen haben dieser Geschichte Leben einzuhauchen.

Zuallererst gilt unser Dank den Leser*innen, Rezensent*innen, Buchhändler*innen und Bibliothekar*innen, die andere Menschen davon überzeugen, unsere Bücher zu lesen – wir sind ihnen für das, was sie tun, sehr dankbar.

Wie immer danken wir auch dem wunderbaren Team von Adams Literary Josh, Tracey, Anna und Stephen, ohne die wir verloren wären. Sowohl euren Rat als auch eure Freundschaft schätzen wir über alle Maßen.

Auch unser Team bei Harper hat sehr hart dafür gearbeitet, dass wir Ihnen dieses Buch präsentieren können. Unser Lektorin Kristen war an jedem Wort, jeder Absprache und jeder Überarbeitung beteiligt. Ohne sie hätte diese Geschichte schlicht nicht funktioniert. Vielen, vielen Dank auch an Clare, Erin, Mark und Jenna, Alison, Kristen E., Michael, Lauren, die Teams in Vertrieb, Marketing und Öffentlichkeitsarbeit sowie die Verlagsleitung.

An unser australisches Team bei Allen & Unwin – Anna, Nicola, Simon, Yvette, Sheralyn, Eva, Matt, Lou, Megan, Alison und Kylie – tausend Dank für all die wunderbaren Dinge, die ihr für uns tut.

Ein dickes Dankeschön an alle unsere Freunde, die uns in den schwierigsten Phasen über Wasser gehalten haben. Michelle, Steph, Marie, Leigh, Jay, Kiersten, Alex, Sooz, Nic, Kacey, Soraya, Ryan, Kate, Maz, Cat, die Roti Boti-Crew, das Council und die Asheville-Crew, wir werden euch auf ewig dankbar sein. Jack, Sebastian und Viola haben uns beim Schreiben begleitet, und auch Ikarus, von dem ein Teil im Findelkater weiterlebt, ist überall auf diesen Seiten zu finden.

Wie immer haben auch unsere Familien unseren tiefsten Dank verdient. All die Bücher, die wir geschrieben haben – und noch immer fehlen uns die Worte, euch all das zu sagen, was wir euch gerne sagen würden. Allen Dank der Welt (oder der zwei Welten!) an die Spooners, die Kaufmans, die Cousins und Cousinen und Mr Wolf. Von Amie wie immer ein »Ich liebe dich« an Brendan. Und auch an Pip so viel Liebe von uns beiden, dass sie zwei Welten füllt.